TREVOR SHANE

Die Rache

GOLDMANN
Lesen erleben

Buch

Maria ist verzweifelt: Ihre große Liebe Joe wurde erschossen, ihr Sohn Christopher entführt, und was alles noch viel schlimmer macht: Es scheint niemanden zu interessieren. Für die Polizei war Joes Tod ein Unfall, und Christopher hat es für sie nie gegeben. Maria versteht nicht, was vor sich geht. Erst als sie Joes Tagebuch gelesen hat, ahnt sie, in was sie hineingeraten ist. Joe erzählt darin von einem Krieg, der angeblich fast unbemerkt ausgetragen wird. Zwei verfeindete Gruppen bekämpfen sich bis aufs Blut. Joe gehörte einer der Gruppen an. Er wollte aussteigen, doch letztlich konnte er seine Familie nicht beschützen. Jetzt ist es an Maria, ihren Sohn wiederzufinden. Und ihr ist klar, auch wenn es noch so gefährlich ist, sie wird dieses Ziel nicht aus den Augen verlieren. Sie wird nicht eher ruhen, bis sie Christopher in Sicherheit weiß.

Weitere Informationen zu Trevor Shane
sowie zu lieferbaren Titeln des Autors
finden Sie am Ende des Buches.

Trevor Shane

Die Rache

PARANOIA

Band 2

Roman

Ins Deutsche übertragen
von Thomas Bauer

GOLDMANN

Die Originalausgabe erschien 2013 unter dem Titel
»Children of the Underground« bei NAL,
a member of Penguin Group (USA) Inc., New York.

Dieses Buch ist auch als E-Book erhältlich.

MIX
Papier aus verantwortungsvollen Quellen
FSC® C014496

Verlagsgruppe Random House FSC® N001967
Das FSC®-zertifizierte Papier *Pamo House* für dieses Buch
liefert Arctic Paper Mochenwangen GmbH.

1. Auflage
Taschenbuchausgabe Januar 2015

Umschlaggestaltung: UNO Werbeagentur, München
Umschlagmotiv: Stephen Carroll/Arcangel Images;
FinePic®, München
NG · Herstellung: Str.
Druck und Bindung: GGP Media GmbH, Pößneck
Printed in Germany
ISBN: 978-3-442-48164-4
www.goldmann-verlag.de

»Und was geschah dann?«, fragte das junge Mädchen die alte Frau, die ihm am Tisch gegenübersaß.

PARANOIA
Zweites Buch

Lieber Christopher,
ich habe ihn endlich gefunden. Es hat fast neun Monate gedauert, aber ich habe ihn gefunden. Jetzt ist er wieder weg. Der blutgetränkte Waschlappen im Waschbecken ist alles, was ich von ihm noch habe. Beten wir, dass er zurückkommt. Beten wir, dass er mir dabei hilft, dich zu finden.

In Liebe,
Mom

PARANOIA
DIE RACHE

ERSTES KAPITEL

Ich erinnerte mich an den Geruch von Blut. In größeren Mengen verströmt es einen penetranten Geruch, den man nie wieder vergisst. Als mir dieser Geruch entgegenschlug, wurden unzählige Erinnerungen in mir wach.

Am Vormittag fuhr ich nach Grand Case. Ich hatte eine Zeitschrift bei mir, hinter der ich mich verstecken wollte, wenn ich unter den Gesichtern der Fremden nach dem Mann Ausschau hielt, den ich auf dem Pier gesehen hatte. Ich war aufgeregt – nicht nur wegen der Aussicht darauf, ihn endlich zu finden, sondern auch wegen der Aussicht, das Spiel zu spielen. Zum ersten Mal seit Monaten hatte ich das Gefühl, eine Gewinnchance zu haben.

Grand Case ist so klein, dass ich mir sicher war, ich würde Michael finden, falls er auftauchen sollte. Nicht sicher war ich mir dagegen, wie er auf eine Begegnung mit mir reagieren würde. Es war durchaus möglich, dass er mir die Schuld am Tod deines Vaters gab und deshalb nichts mit mir zu tun haben wollte. Ich wusste selbst nicht, wie ich auf eine Begegnung mit ihm reagieren würde. Ich hatte neun Monate ohne den Krieg verbracht, ohne Gewalt, Blut und Terror. Es würde mir einigen Mut abverlangen, wieder einzusteigen. Manchmal lässt einem das Leben keine Wahl, Christopher. Ich habe mich über deinen Vater lustig gemacht, als er das irgendwann zu mir sagte, aber er hatte recht. Selbst wenn man die Wahl hat, gibt es manchmal nur eine richtige Entscheidung. Ich musste in den Krieg zurückkehren. Nur so kann ich dich vor ihm bewahren.

Als ich in Grand Case ankam, parkte ich meinen Wagen und ging zum Meer. Von der Straße bis zum Strand war es nur ein kurzer Fußmarsch. In der Bucht von Grand Case krümmt sich der Strand in einem fast vollkommenen Halbkreis. Von dort, wo ich auf den Strand trat, sah ich jede Bar, jedes Restaurant, jeden Sonnenbadenden und jedes Sandkorn, die sich alle an das blaue Wasser der Bucht schmiegten. Ich zog die Schuhe aus, marschierte los und grub meine Zehen in den weichen weißen Sand. Ich ging zwei Mal von einem Ende des Strands bis zum anderen und warf dabei einen Blick in jedes Restaurant und jede Bar, um nachzusehen, ob Michael bereits da war. Da ich ihn nirgends entdeckte, suchte ich mir einen Platz am Strand, von dem ich die gesamte Bucht überblicken konnte. Ich setzte mich hin und ließ den Blick über die Gesichter der Leute um mich herum wandern.

Ich saß stundenlang an dieser Stelle, bis ich Michael endlich entdeckte. Als ich ihn sah, war es genauso aufregend und beängstigend wie am Tag zuvor. Für mich hing alles von diesem Mann ab, den ich nie persönlich kennengelernt hatte. Ich entdeckte ihn, als er gerade aus dem Wasser kam. Ich erkannte sein Gesicht, und mir fiel die tiefe Narbe seitlich an seinem Bauch auf, wo ihm ein Messer hineingerammt worden war, als er deinem Vater das Leben gerettet hatte. Sie hatte die Form von Lippen, die für immer schweigen. Ich erkannte ihn auch an seinem drahtigen, muskulösen Körperbau wieder, den ich bereits im Hafen gesehen hatte. Michael war nicht besonders groß, wirkte aber kräftig und beweglich. Während ich ihn beobachtete, wuchs meine Hoffnung, dass er mir helfen konnte. Einen Moment lang glaubte ich, alles würde gut gehen. Ich wusste nicht, dass sich die nächsten vierundzwanzig Stunden als Albtraum entpuppen sollten.

Am Strand war ziemlich wenig los. Michael befand sich knapp fünfzig Meter von mir entfernt, doch zwischen uns standen nur wenige Leute. Außer dem Kreischen der Möwen und dem Rütteln des Windes an den Flaggen der Boote, die in der Bucht vor Anker lagen, war kein Geräusch zu hören. Das Meer war ruhig. Michael streckte sich im Sand aus und schlief ein. Abgesehen von seiner Brust, die sich hob und senkte, war sein Körper völlig regungslos. Während ich ihn beim Schlafen beobachtete, holte ich eine Zigarette aus meiner Tasche und zündete sie an, um meine Nerven zu beruhigen. Als Michael sich schließlich aufsetzte, sein Hemd anzog und auf eines der Restaurants am Strand zusteuerte, war ich bereits bei meiner dritten Zigarette angelangt. Ich warf sie halb geraucht in den Sand, klopfte mich ab und folgte ihm. Mein Plan lautete zu warten, bis Michael drei Drinks intus hatte, bevor ich ihn ansprach. Ich hatte vor, ihm zu sagen, wer ich war und wie oft und wie gerne dein Vater von ihm gesprochen hatte. Ich war bereit, Michael zu erzählen, es sei der letzte Wunsch deines Vaters gewesen, dass er dich irgendwann kennenlernen würde. Ich war bereit zu lügen. Ich war bereit, alles zu tun, was nötig war.

Als ich Stufen hinaufging, die vom Strand in das schattige Restaurant führten, saß Michael bereits mit einem Getränk vor sich an der Bar. Ich gab mir größte Mühe, ihn nicht anzustarren, und setzte mich an einen Tisch mit Blick aufs Wasser. Der Kellner fragte mich, was ich trinken wolle. Aus dem Tagebuch deines Vaters hatte ich gelernt, dass man bei einem Job niemals Alkohol trinken sollte. Ich erinnerte mich an die Geschichten, wenn dein Vater und seine Freunde Sodawasser bestellten, damit es so aussah, als würden sie Alkohol trinken. Ich hatte jedoch einen

Drink nötig und bestellte eine Margarita, weil ich glaubte, ich würde damit zumindest den Anschein erwecken, als befände ich mich im Urlaub.

Das Restaurant war etwa halb voll, als ich es betrat, füllte sich jedoch schnell. Der Tag wich langsam der Nacht. Die Männer, die hereinkamen, trugen bunte Hawaiihemden, die Frauen Kleider mit Spaghettiträgern. Michael bestellte sich ein zweites Bier. Ich orderte einen Salat, um nicht vom Kellner von meinem Tisch verscheucht zu werden. Da mir bewusst war, dass ich seit dem Frühstück nichts mehr zu mir genommen hatte, versuchte ich, etwas von dem Salat zu essen, doch meine Kehle war wie zugeschnürt. Ich brachte einfach nichts hinunter. Ein Drink ist unten, fehlen noch zwei, sagte ich mir. Dann sah ich zum ersten Mal einen der Anderen.

Der Mann saß an einem Tisch in der Ecke des Restaurants. Dem Anschein nach war er allein. Auf seinem Tisch stand ein Glas Wein, das allerdings so voll war, dass es aussah, als hätte er noch nicht einmal daran genippt. Vor ihm befand sich ein unangetasteter Teller Pasta mit Meeresfrüchten. Der Mann tat dasselbe wie ich: Er beobachtete Michael. Zunächst glaubte ich, dass ich mir das Ganze nur einbildete. Ich hatte schon mehrmals Schübe von Paranoia gehabt. Als ich mich mit deinem Vater auf der Flucht befunden hatte, sogar ziemlich häufig. Damals hatte ich jedes Mal plötzlich das Gefühl gehabt, als wären alle Blicke auf mich gerichtet, und gedacht, jeder hätte es auf mich abgesehen. Vielleicht ahnte ich jetzt, dass ich mich wieder nahe am Krieg befand. Von deinem Vater hatte ich gelernt, meinen Instinkten zu vertrauen, deshalb richtete ich ein Auge auf Michael und das andere auf den Mann in der Ecke. Ich bildete mir das Ganze nicht ein. Er verfolgte jede Bewegung, die Michael mit bedächtiger Gelassenheit machte, und wandte den Blick immer nur dann ab, wenn Michael sich in seine Richtung drehte. Im Gegensatz zu mir war er kein Amateur. Michael schien ihn nicht zur Kenntnis zu nehmen.

Meine Gedanken überschlugen sich. Ich versuchte, einen Plan zu schmieden. Es kam mir vor, als wäre ich in einer der Geschichten deines Vaters gefangen, nur dass ich unvorbereitet war. Der Mann in der Ecke warf einen Blick auf die Uhr. Dann griff er nach seinem Glas und tat so, als würde er einen Schluck Wein trinken. Er war älter als ich, aber jünger als Michael. Sein Gesicht war hager. Seine Augen und sein Haar waren dunkel. Er sah abermals auf die Uhr, als würde er auf jemanden warten.

Ich stellte mein halb volles Margarita-Glas wieder auf dem Tisch ab und schwor mir, keinen einzigen Tropfen mehr zu trinken. Ich hatte geglaubt, allein Michaels Reaktion auf die Begegnung mit mir fürchten zu müssen. Das war ziemlich naiv gewesen. Ich hätte nie gedacht, Angst davor haben zu müssen, dass jemand anderer Michael vor mir erwischen würde. Wenn Michael etwas zustieß, war ich verloren. Er war alles, was ich hatte.

In diesem Moment kam ein zweiter Mann zur Tür herein.

Der zweite Mann und sein Partner waren ungefähr gleich alt. Mir fiel auf, dass der zweite Mann seinem Kollegen in der Ecke beim Betreten des Restaurants einen flüchtigen Blick zuwarf. Die beiden sahen sich in die Augen, und der Mann in der Ecke tippte auf seine Uhr und schüttelte den Kopf, als rüge er seinen Partner, weil dieser zu spät kam. Der zweite Mann war stämmiger als der erste. Er hatte breite Schultern und tief liegende Augen. Er warf einen Blick in Michaels Richtung und ging auf ihn zu, bis er nur noch ein paar Schritte von ihm entfernt war. Ich hätte am liebsten geschrien. Ich wollte Michael warnen, fand aber nicht den Mut, etwas zu sagen. Der Neuankömmling erreichte

Michael und ging an ihm vorbei. Schließlich suchte er sich einen Platz am Ende der Bar. Ich fing wieder an zu atmen. Der zweite Mann bestellte ein Bier, doch ich hätte mein Leben darauf gewettet, dass er es nicht trinken würde. Ich richtete den Blick wieder auf Michael. Er schien nichts von alledem wahrzunehmen, während er alleine sein Bier trank. Die einzige Person, mit der er sprach, war der Barkeeper. Doch Michael war nicht annähernd so allein, wie er glaubte. Ich war wie gelähmt und beobachtete tatenlos das Geschehen, als handle es sich um einen Film. Dein Vater hatte mir beigebracht, wie man flieht. Er hatte mir aber nie beigebracht, wie man kämpft. Ich musste irgendetwas unternehmen. Ich musste Michael warnen. Im Restaurant wurde es immer lauter und an der Bar immer voller. Es wurde schwieriger, Michael im Auge zu behalten, von den anderen beiden ganz zu schweigen. Ich versuchte mir vorzustellen, was Michael an meiner Stelle getan hätte.

Schließlich stand ich von meinem Tisch auf und ging auf die Bar zu. Zunächst gaben meine Beine fast unter mir nach. Ich ignorierte die anderen Gäste, als ich mir den Weg zur Bar bahnte, hindurch zwischen den Körpern einiger Feiernder, die rochen wie ein Gemisch aus Rotwein und Kokosnussöl. Als ich mich endlich an der letzten Person vorbeigezwängt hatte, sah ich, dass der Barhocker neben Michael nach wie vor frei war. Mir blieb keine Zeit, um zu planen, was ich zu ihm sagen würde. *Lauf weg* oder *Sie sind hinter dir her* war alles, was mir einfiel. Bevor ich mich auf den Hocker neben Michael setzte, warf ich einen Blick zu dem Mann mit dem hageren Gesicht in der Ecke. Er starrte mich an und wirkte nervös. Er hatte nicht mit mir gerechnet. Ich wandte den Blick wieder von ihm ab und versuchte, das flaue Gefühl in meinem Magen zu ignorieren.

Dann ließ ich mich auf dem Barhocker nieder und drehte mich

zu Michael. Als ich das tat, rief mir der Kellner, der mir mein Getränk und meinen Salat gebracht hatte, mit der Rechnung in der Hand hinterher: »Miss, Sie haben vergessen zu bezahlen!« Michael drehte sich daraufhin zu mir und starrte mich an. Unsere Gesichter waren nur Zentimeter voneinander entfernt. Er sah in mich hinein, durch mich hindurch. Ich wollte etwas sagen, aber sein stechender Blick ließ mich erstarren.

Ohne den Blick von mir abzuwenden, rief Michael dem Barkeeper zu: »Jerry, ich muss los. Ich bezahle nächstes Mal, okay?« Dann erhob er sich und ging davon.

Der Barkeeper lachte. »Kein Problem, Michael. Ich schreibe für dich an.« Michael trat auf die Tür zu, die hinaus auf die Straße führte. Ich brachte kein Wort heraus. Ich warnte ihn nicht. Ich hatte keine Gelegenheit. Einen Moment lang saß ich wie gelähmt da, dann sah ich zu dem Mann in der Ecke hinüber. Er hatte sein Portemonnaie hervorgeholt und warf Geld auf den Tisch, um seine Rechnung zu bezahlen. Ich drehte mich wieder zu dem Mann am Ende der Bar um, doch er war nicht mehr da. Er war bereits gegangen. Vermutlich hatte er das Restaurant durch den Ausgang zum Strand verlassen, als er Michael hatte gehen sehen. Der Mann in der Ecke eilte zu der Tür, die zur Straße führte, und ließ ein paar Geldscheine auf dem Tisch zurück. Ich blieb starr vor Panik sitzen.

»Miss, Ihre Rechnung!«, rief mir mein Kellner abermals zu und schwenkte ein Stück Papier über dem Kopf. Ich hatte keine Zeit für ihn. Ich drehte mich um und rannte zur Tür, da ich Michael auf keinen Fall aus den Augen verlieren wollte. Dazu war ich zu nahe dran. Es war mir egal, dass der Mann mit dem hageren Gesicht zwischen mir und Michael stand und dass der Typ mit den tief liegenden Augen irgendwo in der Dunkelheit lauerte.

Ich huschte gerade noch rechtzeitig durch die Eingangstür, um den Mann mit dem hageren Gesicht zu meiner Rechten in der Menge verschwinden zu sehen. Ich folgte ihm so schnell ich konnte durch die Menschenmassen, die jetzt die Straßen bevölkerten. Aus den Restaurants, an denen ich vorbeikam, drang eine dissonante Mischung aus Reggae und Jazz an mein Ohr. Ich schlängelte mich durch die Menge. Touristen lachten und unterhielten sich lautstark. Inmitten anderer Menschen war man in Sicherheit. Michael brauchte nur in der Menge bleiben, dann war er außer Gefahr. Er brauchte nicht zu flüchten. Den Mann mit dem hageren Gesicht hatte ich inzwischen aus den Augen verloren. Ich ging weiter und ließ den Blick über die Gesichter der Leute wandern, die mir entgegenkamen. Irgendwann gelangte ich bei einer menschenleeren kleinen Straße an, die vom Meer wegführte und von dunklen, stillen Gebäuden gesäumt war. In den Lücken zwischen den Gebäuden war außer Schatten nichts zu erkennen. Ich blickte die Straße hinunter. Das Einzige, was ich sah, war die Silhouette eines Mannes, der sich langsam von den Menschenmassen entfernte. Er war allein. Es handelte sich um Michael. Ich erkannte ihn an der Art und Weise, wie er sich bewegte. Er ließ die Sicherheit hinter sich und ging in die Dunkelheit. Wo sich die beiden Männer befanden, wusste ich nicht. Ich hatte sie aus den Augen verloren. Mir war jedoch bewusst, dass sie irgendwo in der Nähe waren. Michael begab sich in unmittelbare Gefahr, ohne es zu ahnen. Ich sah ihm hinterher, bis er in eine zweite, dunklere Gasse einbog, die von der Seitenstraße wegführte. Ich setzte mich rasch in Bewegung und rannte Michael hinterher. Meine Füße schlugen hart auf dem Boden auf, als ich in die Richtung lief, in die ich seine Silhouette hatte verschwinden sehen. Ich folgte ihm in die Dunkelheit und bog ebenfalls in die zweite, finstere Gasse ein. Dann blieb ich wie angewurzelt stehen. Um mich herum herrschte plötzlich völlige Stille. Die Gasse war menschenleer und wurde nur von dem Halbmond erleuchtet, der sich in den zersplitterten Fensterscheiben um mich herum spiegelte.

Ich rief mir in Erinnerung, dass ich allen Grund hatte, Angst zu haben, und duckte mich in den Schatten eines Gebäudes. Ich wagte es nicht, mich zu bewegen. Ich lauschte und hörte über die leise Musik aus den nur wenige Häuserblocks entfernten Restaurants hinweg, wie zwei Personen im Flüsterton miteinander sprachen. Dann vernahm ich Schritte, leise Schritte, die sich schnell von dem Murmeln entfernten. Ich konnte mir nicht zusammenreimen, was vor sich ging, musste Michael aber unbedingt retten. Ohne ihn hatte ich keine Möglichkeit, dich zu finden. Ich setzte mich in Bewegung, sprang von einem Schatten zum anderen, von einer Lücke zwischen zwei Gebäuden zur nächsten. Dabei blieb ich jedes Mal stehen und lauschte, hörte jedoch nichts als Stille.

Ich atmete langsam und bewusst, um meine Angst unter Kontrolle zu bekommen und mich nicht zu verraten. Im Schutz der völligen Dunkelheit zwischen zwei Gebäuden beugte ich mich vor und spähte um die Ecke. Alles, was ich sah, war das Mondlicht, das auf die Straße herabschien. Dann hörte ich ein Geräusch. Ich brauchte einen Augenblick, bis mir bewusst wurde, woher das Geräusch kam – einen schrecklichen Augenblick, in dem ich wie gelähmt war. Irgendetwas war hinter mir, verborgen in der Dunkelheit. Ich hörte keine Schritte, nur ein Rascheln, das wie ein Windstoß klang. Dann sah ich vor mir etwas aufblitzen: einen metallenen Gegenstand, der das Mondlicht reflektierte, als er sich an meinem Gesicht vorbeibewegte. Bevor ich reagieren konnte, spürte ich, wie sich die heiße Klinge eines Messers fest gegen meinen Hals presste. Ich schnappte nach Luft und versuchte, nicht zu atmen, da mir bewusst war, dass das Messer bei der kleinsten Bewegung in meine Haut eindringen würde. Dann spürte ich, wie mir die Arme mit einem festen, schraubstockartigen Griff seitlich an den Körper gedrückt wurden. Ein Arm zog mich nach hinten, bis ich an einen anderen Körper gepresst dastand. Ich konnte mich nicht bewegen. Ich schloss die Augen und versuchte, mich noch ein Mal an dich zu erinnern, da ich glaubte, meine letzte Stunde habe geschlagen.

Ich konnte in der Dunkelheit nichts sehen. »Du hast zehn Sekunden Zeit, um mir zu sagen, warum ich dich nicht töten sollte«, flüsterte mir eine Stimme ins Ohr. Ich erkannte die Stimme. Hätte Michael mich mit seinem Arm, den er um meinen Körper geschlungen hatte, nicht festgehalten, wäre ich zu Boden gefallen.

»Du wirst verfolgt«, flüsterte ich zurück.

»Ich weiß«, erwiderte er. »Du gehörst zu den Anderen.«

Ich war verwirrt. In meiner Eile, Michael zu warnen, hatte ich ganz vergessen, dass er gar nicht wusste, wer ich war. »Nein«, stammelte ich, »ich bin keine von den *Anderen.*« Ich sprach das Wort so aus, wie dein Vater es immer ausgesprochen hatte, als sei es die schlimmste Beleidigung überhaupt.

»Wer bist du dann?«, wollte Michael wissen. Ich spürte, dass der Druck der Messerklinge an meinem Hals etwas nachließ. Meine Augen gewöhnten sich langsam an die Dunkelheit. Ich konnte die Messerklinge jetzt beinahe sehen.

»Ich bin Joes Freundin«, entgegnete ich.

Michael nahm das Messer von meiner Kehle und drehte mich um, sodass wir uns gegenüberstanden. Meine beiden Arme hielt er jedoch weiterhin fest gepackt. Einen Moment lang starrte er mich nur an, fixierte mich in der Dunkelheit mit seinem Blick. Die Entfernung zwischen uns war so gering, dass ich seinen Gesichtsausdruck sehen konnte. Er wirkte verwirrt und wütend zugleich. Dein Vater war nie leicht zu lesen gewesen, doch er hatte immer nur eine Emotion gezeigt. Michael dagegen zeigte mit einem Blick zig verschiedene Emotionen.

»Bleib hier«, flüsterte Michael mir zu. »Rühr dich nicht von der Stelle. Egal, was passiert, rühr dich nicht von der Stelle. Falls du dich aus irgendeinem Grund bewegst, weiß ich, dass ich dir nicht vertrauen kann.« Ich wusste nicht, was ich darauf erwidern sollte, deshalb nickte ich einfach. Ich spürte, wie seine Hände meine Arme losließen. Dann verschwand er in die Finsternis. Einen Moment lang stand ich einfach nur da und war erleichtert, dass sich keine Messerklinge mehr in meine Haut grub, fürchtete mich jedoch, da ich wieder allein war. Er hatte gewusst, dass ihm jemand folgte. Mir war nicht klar, wie das möglich war, doch er hatte es gewusst.

Ich stand allein in der Dunkelheit und lauschte der Nacht. Dabei hielt ich mich so still wie möglich und gab mir Mühe, keinen Muskel zu bewegen, da ich hoffte, dass mich meine Regungslosigkeit unsichtbar machen würde.

Alles war ruhig. Ich weiß nicht, wie lange die Stille anhielt. Es gab keinen Anhaltspunkt dafür, wie viel Zeit verging. Irgendwann hörte ich, dass sich etwas in meine Richtung bewegte. Ich vernahm das Geräusch kaum hörbarer Schritte. Wer auch immer auf mich zuging, trat vorsichtig auf dem Schotter auf und versuchte, sich lautlos fortzubewegen. Ich hörte die Schritte nur, weil die Dunkelheit meine Sinne schärfte. Dann sah ich vor mir einen Schatten über die Straße huschen. Ich hielt den Atem an. Es handelte sich um den Mann mit den tief liegenden Augen. Er hielt eine Pistole vor sich. Seine Hände zitterten. Er hätte nur in meine Richtung zu blicken brauchen, und ich wäre geliefert gewesen. Ich hatte mich noch nie in meinem Leben so verwundbar gefühlt. Ich stand in der Dunkelheit da und wagte es nicht, mich zu bewegen. Michaels Vertrauen zu verlieren, wäre in diesem Moment allerdings schlimmer gewesen als der Tod. Plötzlich rannte der Mann vor mir ohne Vorwarnung los. Seine Füße dröhnten auf dem Schotter und klangen für mich so laut wie Trommelschläge. Bum, bum, bum, bum, schallte es in meinen Ohren, und dann, nur wenige Sekunden später, verstummten sie ebenso abrupt, wie sie begonnen hatten. Ich hielt mich so ruhig wie möglich und lauschte angestrengt, um zu hören, was vor sich ging. Geräusche schwebten durch die Nachtluft zu mir. Ich hörte etwas, das für einen Kampf viel zu kurz klang. Ich hörte das Geräusch von Füßen, die über Schotter rutschten, gefolgt von einem tiefen, kehligen Stöhnen. Dann – obwohl ich es noch nie zuvor gehört hatte – drang das unverkennbare Geräusch an mein Ohr, mit dem ein Messer jemandes Haut durchbohrt. Ich hörte einen kurzen, beinahe knallenden Laut, als das Messer Haut durchstieß, und anschließend hörte ich es tiefer in Fleisch eindringen. Ich stand wie gelähmt da. Dann hörte ich ein Schnauben, gefolgt von einem zweiten Eindringen des Messers. Einen Moment lang herrschte völlige Stille. Schließlich vernahm ich einen letzten Atemzug, keuchend und grauenvoll. Nichts auf der Welt klingt wie der letzte Atemzug eines sterbenden Menschen. Ich hatte fast vergessen, wie er sich anhört. Ich wünschte, ich hätte es vergessen. Nachdem jemand anders aufgehört hatte zu atmen, fing ich wieder an zu atmen. Jemand war tot. Ich hatte in der Dunkelheit dagestanden und ihn sterben gehört. Ich betete, dass es sich nicht um Michael handelte.

Anschließend kehrte wieder völlige Stille ein. Ich rührte mich noch immer nicht von der Stelle, wie Michael es mir befohlen hatte, sondern stand nur da, von Schatten vor der Welt verborgen, und wartete auf seine Rückkehr. Michael gelangte allerdings nicht als Erster bei mir an. Der Mann mit den dunklen Augen fand mich zuerst. Ich sah ihn, bevor er mich sah. Er kam die Straße entlang, indem er von Schatten zu Schatten huschte. Die Tatsache, dass er nach wie vor auf der Suche war, bedeutete entweder, dass Michael noch lebte, oder dass sie mit ihm fertig waren und jetzt nach mir Ausschau hielten. Ich beobachtete den Mann. Seine Bewegungen waren unbeholfen. Er sah jünger aus als zuvor im Restaurant. Aus irgendeinem Grund wirkte er nicht viel älter als ein Junge, als ein verängstigter, eingeschüchterter Junge, während er sich den Weg durch die Dunkelheit bahnte. Wie sein Partner hatte auch er eine Pistole in der Hand. Er drehte sich in meine Richtung, ohne sich dessen zunächst bewusst zu sein, und starrte genau in die Gasse, in der ich stand. Dann hielt er inne und versuchte, seinen Blick zu fokussieren. Jede einzelne Zelle meines Körpers sagte mir, dass ich weglaufen sollte, doch ich beherrschte mich. Michael wollte mich testen, und ich würde bestehen. Der Mann trat einen weiteren Schritt auf mich zu, da er sich noch immer nicht sicher zu sein schien, was er sah, hob seine Pistole an und zielte auf mich. Ich befürchtete, er würde womöglich den Abzug betätigen und zur Sicherheit blind in die Gasse feuern, doch das tat er nicht. Er ging einfach auf mich zu, ohne sich noch die Mühe zu machen, sich im Schatten zu verbergen. »Keine Bewegung!«, schrie er, als er näher kam, doch ich hörte noch immer Verunsicherung in seiner Stimme. Er überquerte die Straße und blieb am Ende der Gasse stehen, in der ich mich befand.

Er konnte mich jetzt sehen und richtete seine Pistole auf meine Brust. Der Abstand zwischen uns betrug weniger als anderthalb Meter. »Du bist es«, sagte er, seine Stimme voller Erstaunen und Wut. »Das Miststück aus dem Restaurant.« Er hob seine Pistole noch ein Stück weiter an, sodass sie auf meinen

Kopf gerichtet war. »Wo ist dein Freund?«, fragte er. Ich gab keine Antwort. Ich machte keine Bewegung. Ich starrte in die Mündung der Pistole und hatte keine Angst. Niemand konnte mir mehr wehtun, als mir bereits wehgetan worden war. »Okay, ich gebe dir drei Sekunden, um mir zu antworten, dann drücke ich ab.«

»Eins«, zählte er. Ich starrte ihn an. Ich fühlte mich stärker als je zuvor. »Zwei.«

Michael bewegte sich so schnell, dass ich ihn nicht kommen sah. Er muss irgendein Geräusch verursacht haben, doch ich hörte ihn auch nicht. Mir fiel nur auf, dass die Pistole des Mannes mit den dunklen Augen, unmittelbar bevor er »drei« sagte, nicht mehr auf mich, sondern in den Himmel gerichtet war. Der ganze Körper des Mannes hatte sich gedreht, sodass ich jetzt sein Profil sah, das vom Licht auf der Straße umrahmt wurde. Dann sah ich Michael vor ihm stehen. Aus seiner rechten Hand ragte die Klinge seines Messers hervor. Mit der linken hielt er das Handgelenk des Mannes gepackt und zog die Pistole in Richtung Himmel. Dann rammte er dem Mann die Messerklinge in die Kehle. In diesem Augenblick nahm ich den Geruch von Blut wahr und erinnerte mich wieder, dass es roch wie eine Mischung aus Leben und Tod. Michael drehte sein Messer wie einen Korkenzieher, und der Mann mit den dunklen Augen fiel auf die Knie. Inzwischen konnte ich das Blut auch sehen, das vom Hals des Mannes zu Boden tropfte. Im Mondlicht sah es dunkel und unwirklich aus. Michael zog sein Messer aus dem Hals des Mannes und wischte an dessen Hemd das Blut von der Klinge. Dann ließ er den Toten los, der mit einem dumpfen Geräusch auf den Boden fiel.

Michael drehte sich zu mir um. »Was zum Teufel machst du da?«, fuhr er mich an. »Bist du völlig bescheuert?«

»Du hast mir doch gesagt, dass ich mich nicht bewegen soll«, erwiderte ich.

»Ich habe gemeint, du sollst dich nicht von hier wegbewegen«, sagte Michael und deutete mit einer halbkreisförmigen Armbewegung auf die dunkle Gasse, in der ich gestanden hatte. »Ich habe nicht gemeint, du sollst dich gar nicht bewegen. Meine Güte.« Ich wusste nicht, was ich darauf sagen sollte. Ich hatte nur getan, was er mir befohlen hatte.

»Ich wollte, dass du mir vertraust«, erklärte ich.

Michael starrte mich an, als sei ich verrückt, und schüttelte den Kopf. »Hilf mir, die Leichen loszuwerden«, forderte er mich auf. »Die andere liegt in einer Mülltonne am Ende der Straße.« Er bückte sich und warf sich ohne ein weiteres Wort die Leiche des Mannes mit den dunklen Augen über die Schulter. »Keine Sorge«, sagte er. »Ich mache das nicht zum ersten Mal.« Seine Versicherung sorgte nicht dafür, dass ich mich besser fühlte.

Es dauerte länger, die Leichen loszuwerden, als Michael gebraucht hatte, um die beiden Männer zu töten. Wir warfen ihre Leichen in das Verdunstungsbecken, das die Landebahn des Flughafens von Grand Case umgibt. Ich versuchte, ins Wasser zu blicken, als wir sie hineinwarfen, und fragte mich, wie viele andere Leichen dort wohl liegen mochten, sah aber nur mein Spiegelbild auf der glänzend schwarzen Wasseroberfläche. Als wir fertig waren, herrschte tiefschwarze Nacht. Es würde nicht mehr lange dauern, bis der Morgen anbrach.

Während wir arbeiteten, sprachen wir kaum miteinander. Anschließend wollte Michael von mir wissen, wo sich meine Unterkunft befände. Ich sagte es ihm. »Gut«, entgegnete er. »Ich bleibe bei dir.«

ZWEITES KAPITEL

Ich wartete, bis die Sonne aufging, bevor ich es wagte aufzustehen. Trotz heruntergelassener Jalousien zwängten sich Sonnenstrahlen durch Spalten in den Fensterrahmen und den Wänden. Ich hörte Vögel. Zuerst hörte ich das Kreischen der Möwen und dann das Zwitschern von Singvögeln in den Bäumen vor unserem Zimmer. Michael lag noch immer wie versteinert da, nachdem er ohne Kissen und Decke an der Tür des Motelzimmers auf dem Boden übernachtet hatte. Er hatte einfach die Hände hinter dem Kopf verschränkt und die Augen geschlossen. Ich dagegen hatte überhaupt nicht geschlafen, da zu viel Adrenalin durch meine Adern floss. Ich war dem Tod schon lange nicht mehr so nahe gewesen. Irgendwie hatte ich das Gefühl, dass ich mich langsam wieder an ihn gewöhnen sollte.

Ich kletterte so leise wie möglich aus dem Bett und ging ins Bad, um mir das Gesicht zu waschen und die Zähne zu putzen. Und um mich im Spiegel anzusehen. Mit Spiegeln stand ich seit einiger Zeit auf Kriegsfuß. Ich erkannte die Frau, die mir entgegenblickte, nur noch mit Mühe. Sie sah müde, traurig und verloren aus. Ich ließ das Wasser laufen, bis es möglichst kalt war, und spritzte mir etwas davon ins Gesicht. Dann nahm ich die Seife und schrubbte mir die Hände. Mit derselben Seife wusch ich mir auch das Gesicht. Ich putzte mir die Zähne. Danach fühlte ich mich besser. Ich fühlte mich halbwegs gesäubert. Noch tausend Tage, dann würde ich mich vielleicht wirklich sauber fühlen.

Ich öffnete die Badezimmertür und ging zurück zum Bett. Dabei huschte mein Blick zu der Stelle auf dem Fußboden vor der Tür. Sie war leer. Michael war verschwunden. Das Herz rutschte mir in die Hose. Ich hob den Blick. Die Türkette hing nach wie vor zwischen Tür und Wand. Die Fenster. Ich drehte mich um und sah nach, ob eines von ihnen geöffnet war.

»Ich bin noch da«, ertönte eine Stimme aus der Ecke des Zimmers. Ich fuhr herum. Michael saß in einem Sessel an der hinteren Wand. »Noch bin ich nirgendwohin gegangen.« Er saß zusammengesunken da und hatte einen Fuß auf der Armlehne abgestützt. Das Licht, das durch die Jalousien fiel, warf Schatten auf sein Gesicht. Ich wollte endlich etwas zu ihm sagen, brachte jedoch wieder kein Wort heraus. Michael nahm den Fuß von der Armlehne, beugte sich in dem Sessel nach vorn und stützte die Ellbogen auf die Knie. »Was machst du hier?«, fragte er.

»Ich bin Joes Freundin«, sagte ich abermals, als würde das seine Frage beantworten.

»Ich weiß. Ich habe dich von dem Foto erkannt.«

»Von welchem Foto?«, fragte ich verwirrt.

»In Joes Akte«, erwiderte Michael. »Als Joe mit dir auf der Flucht war, haben sie allen seine Akte geschickt – seinen Freunden, seinen Feinden, einfach jedem.« Ich wusste von der Akte. Ich hatte sie bei dem Jugendlichen gesehen, den dein Vater in Ohio erschossen hatte. Ich weiß noch, wie unwirklich es mir vorkam, als ich ein Foto von mir darin entdeckte. »Ich erinnere mich, dass ich die Akte durchgesehen habe, um herauszufinden, warum Joe abgehauen ist. Ich habe deine Biografie gelesen. Ich habe das Foto von dir gesehen.« Michael blickte zu mir auf. »Du hast dich verändert.« Er hielt inne. »Du wirkst älter.« Seine Stimme klang traurig, ganz anders, als ich erwartet hatte.

»Ich bin älter«, sagte ich zu ihm. »Hast du dem Krieg den Rücken gekehrt, als du Joes Akte bekamst?«

»Ich habe dem Krieg nicht den Rücken gekehrt«, entgegnete Michael mit dem Lächeln eines Lügners. Er betrachtete seine

Hände. Sie waren noch immer blutverschmiert. »Ich führe nur keine Befehle mehr aus.« Ich fragte mich, ob Blut in sein Haar gelangt war, als er mit hinter dem Kopf verschränkten Händen geschlafen hatte. Ich ging ins Badezimmer, holte einen nassen Waschlappen und reichte ihn Michael. Als er sich das Blut von den Händen wischte, verfärbte sich der Waschlappen dunkelrosa. »Aber, ja«, fügte Michael mit einem Nicken hinzu, »seitdem führe ich keine Befehle mehr aus.«

»Haben sie deine Akte auch verschickt?«, erkundigte ich mich. »Ist das der Grund, warum dich diese Leute gestern Abend gefunden haben?«

»Nein«, erwiderte Michael. »Ich wurde nicht ausgegrenzt. Ich werde nur nicht mehr beschützt.«

»Und wer waren diese Typen?«

»Es hat sich rumgesprochen, dass ich mich hier auf der Insel verkrochen habe.« Michael wischte sich das restliche Blut von den Händen und legte den blutgetränkten Waschlappen auf den Tisch neben seinem Sessel. »Deshalb kommen sie hier angetanzt und versuchen, sich einen Namen zu machen, indem sie mich umlegen. Anfangs waren es nur wenige, alle paar Wochen einer. Inzwischen sind es mehr, und sie tauchen zu zweit oder manchmal auch zu dritt auf. Das ist wie eine Rattenplage.«

»Und du tötest sie alle?«, fragte ich.

»Na ja, zuerst bitte ich sie, wieder zu gehen«, sagte Michael. Seinen Sarkasmus hatte ich verdient.

»Wie kannst du das auf Dauer durchhalten?«

»Das kann ich nicht«, sagte Michael. »Irgendwann wird mich jemand erwischen.« Seine dunkelblauen Augen leuchteten kurz auf, als sich ein Sonnenstrahl durch die Jalousien zwängte. »Ich werde es ihnen aber nicht leicht machen.« Wir schwiegen eine Weile. »Du hast meine Frage immer noch nicht beantwortet«, sagte Michael dann und brach das Schweigen. »Warum bist du hier?«

Mir fiel nichts Diplomatisches ein, was ich darauf hätte erwidern können. »Ich brauche deine Hilfe«, sagte ich.

»Meine Hilfe wobei?«

»Du musst mir helfen, meinen Sohn zurückzuholen.« Ich holte tief Luft und versuchte, gegen die Tränen anzukämpfen, die ich in meinen Augen spürte. »Du musst mir helfen, Joes Sohn zurückzuholen.«

»Wozu soll das gut sein?« Michael erhob sich und ging zum Fenster. Er schob die Lamellen der Jalousie mit den Fingern auseinander und spähte nach draußen.

»Ich möchte ihn retten. Ich möchte ihn vor dem Krieg bewahren.«

Michael lächelte abermals. Es war ein trauriges Lächeln. Dann schüttelte er den Kopf. »Du kannst ihn nicht vor dem Krieg bewahren. Der Krieg ist in seinem Blut. Er wurde hineingeboren. Er ist genauso ein Kind der Paranoia, wie ich es bin und wie Joe es war. Wie sehr du dich auch bemühst, der Krieg wird ihn finden.«

»Das glaube ich nicht«, entgegnete ich.

»Glaub, was du willst, kleines Mädchen«, sagte Michael. »Was du glaubst, ändert nichts an der Wahrheit.« Seine Worte schmerzten.

»Ist dir bewusst, dass Joes Sohn auf der anderen Seite aufwachsen wird, wenn wir ihn nicht zurückholen?«

»Ich denke nicht, dass mich das was angeht«, erwiderte Michael, doch ich bemerkte etwas in seinem Blick. Anteilnahme. Ich sah es, wenn auch nur für eine Sekunde.

»Warum sollte dich das nichts angehen? Wenn wir Joes Sohn nicht finden, wird er zu einem Feind von dir heranwachsen. Er wird zu einem von den Typen heranwachsen, die du in diesem See versenkst.«

»Oh, das glaube ich nicht, Maria«, sagte Michael und lachte. »Wenn dein Sohn anfängt zu kämpfen, bin ich längst tot. Da bin ich mir ganz sicher.«

»Sein Name ist Christopher«, entgegnete ich und suchte nach Worten, auf die Michael keine Antwort haben würde. »Joe hat den Versuch, ihn aus dem Krieg herauszuhalten, mit dem Leben bezahlt.«

»Joe war ein Träumer«, erwiderte Michael.

»Witzig, genau dasselbe hat er von dir gesagt.«

»Ja, ich war auch ein Träumer«, entgegnete Michael. »Aber jetzt ist Joe tot, und ich bin kein Träumer mehr.«

»Warte, ich habe etwas für dich.« Ich ging zum Schrank, griff ins oberste Fach und nahm das Tagebuch deines Vaters heraus. Ich hatte nicht geplant, Michael das Tagebuch zu geben. Die Idee kam mir spontan. Wenn es mir nicht gelang, Michael zu überzeugen, vielleicht würde es deinem Vater gelingen. Ich drückte Michael das Tagebuch in die Hand. Die Seiten waren bereits abgegriffen, nachdem ich sie immer und immer wieder gelesen hatte. »Das ist Joes Tagebuch. Ich habe Joe gebeten, es zu führen.« Ich steckte die verknitterten Seiten, die ich über den Tag geschrieben hatte, an dem sie dich mitgenommen hatten, hinten in das Tagebuch. Michael hatte es verdient zu erfahren, wie sein Freund gestorben war.

Er hielt das Tagebuch in den Händen und betrachtete es, als sei er sich nicht sicher, ob er es überhaupt haben wollte. Dann hob er die Hand und rieb über die Bartstoppeln auf seinen Wangen. »Komme ich auch drin vor?«, fragte er mit leiser Stimme.

»So habe ich dich gefunden«, erklärte ich ihm.

»Darf ich es mitnehmen?«, fragte Michael. Er war im Begriff

zu gehen. Ich konnte ihn nicht aufhalten. Ich konnte bloß versuchen, ihn dazu zu bringen, wieder zurückzukommen.

»Nur, wenn du mir versprichst, dass du es mir zurückgibst.«

»Versprochen«, sagte Michael. »Du kannst dich auf mich verlassen.«

»Ich weiß«, entgegnete ich. »Deshalb bin ich hier.« Ich griff nach Michaels Hand und schloss sie fest um das Buch. Sie fühlte sich dick und verwittert an.

Er betrachtete meine Hand, die auf seiner lag, dann drehte er sich um, ging zur Tür und hakte die Kette aus. »Bin ich hier in Sicherheit?«, fragte ich ihn, bevor er ging.

»Glaubst du etwa, ich bin letzte Nacht hiergeblieben, um dich zu beschützen?«, fragte Michael, als er die Tür öffnete. Die Sonne blendete mich. Das Zimmer wurde von Licht durchflutet. »Du musst noch eine Menge lernen, Maria. Ich bin letzte Nacht zu meinem Schutz hiergeblieben, nicht zu deinem.« Michael trat ins Tageslicht hinaus. »Dir wird nichts passieren. Sie haben es auf mich abgesehen. Jetzt, wo Joe tot ist, interessiert sich niemand mehr für dich.« Dann ging er zur Tür hinaus und schloss sie hinter sich.

Bislang ist er noch nicht zurückgekehrt. Ich darf die Hoffnung nicht verlieren. Mir bleibt nichts anderes übrig.

DRITTES KAPITEL

In dieser Nacht hatten sie zu zwölft in dem Haus geschlafen. Soweit Addy und Evan wussten, waren sie beide die Einzigen, die lebend herausgekommen waren. Dutty war tot. Soledad und Kevin ebenfalls. Und alle anderen.

Evan wachte in einem fremden Bett auf, und der Rauch schnürte ihm die Kehle zu. Er spürte die Hitze des Feuers und brauchte einen Moment, bis er sich wieder erinnerte, wo er sich befand. Dann hörte er Schüsse. Es herrschte völliges Chaos. Er hörte Menschen rennen und schreien. Der Rauch im Zimmer erschwerte ihm die Sicht. Er blickte zu dem anderen Bett hinüber. Es war leer. Die Abwesenheit seines Freundes machte alles noch schlimmer. Evan setzte sich im Bett auf und rief seinen Namen. Keine Antwort. Auf sein Rufen folgte unmittelbar ein Hustenanfall, als der Rauch in seine Lunge kroch und sein Körper versuchte, ihn wieder loszuwerden. Weitere Schüsse. Evan rollte sich vom Bett auf den Fußboden. Er schrie noch einmal den Namen seines Freundes und war sich sicher, dass er dieses Mal eine Antwort bekommen würde.

Addy hörte Evan durch den Rauch hindurch rufen. Sie war bereits dabei, sich einen Weg zu ihm zu bahnen, als sie seine Stimme hörte. Es war eine Erleichterung, sie zu hören. Addy kroch auf dem Boden entlang, unter dem Rauch und den Schüssen hindurch. Sie wusste, in welchem Zimmer sich Evan befunden hatte, war sich jedoch nicht sicher gewesen, ob er sich noch darin aufhielt und am Leben war, bis sie seine Stimme hörte. Genau genommen hatte sie keine Ahnung, ob das Zimmer überhaupt noch existierte. Womöglich hatten die Flammen es längst verschlungen. Sie kroch so schnell sie konnte, doch die Tatsache, dass sie nicht tief einatmen konnte, bremste sie. Sie spürte die Hitze und den Rauch in ihrer Lunge, die wenig Platz für Luft ließen. Ihre Augen brannten. Tränen liefen ihr die Wangen hinunter. Sie hörte weitere Schüsse, wusste jedoch nicht, ob die Kugeln ihr Ziel fanden oder einfach nur wie Raketen durch den Rauch schnitten. Dann hörte sie Evan erneut rufen. Sie wusste, dass er nicht nach ihr rief, setzte ihren Weg zu ihm aber trotzdem fort. Sie hatte ein Versprechen gegeben.

Addy kroch in die Richtung, aus der Evans Stimme ertönte. Als sie sich ihm näherte, sah sie ihn neben dem Bett auf dem Fußboden liegen. Sie war nur noch drei Meter von ihm entfernt und bemerkte, wie sich seine Brust hob, als er wie sie nach brauchbarer Luft schnappte. »Evan, alles in Ordnung mit dir?«, rief Addy ihm durch den grauen Dunst zu, wobei ihr Rufen nicht viel lauter als ein heiseres Flüstern klang.

»Addy!«, erwiderte Evan, und seine Augen suchten in dem Chaos nach ihr. »Ich bin okay. Was ist mit …?«, setzte Evan an.

Addy fiel Evan ins Wort. Sie wusste, was er fragen wollte. Er wollte nach ihm fragen. »Er ist nicht mehr da!«, rief sie ihm zu und schüttelte den Kopf. Ihr war klar, worauf ihre Worte schließen ließen. Sie wusste, was Evan dachte, als er sie hörte. Sie wollte, dass er es dachte. In diesem Moment war der Tod besser als die Wahrheit – zumindest war er zweckmäßiger.

Evan konnte kaum glauben, was er gehört hatte. Wie konnte sein bester Freund tot sein? Er erstarrte. Das Ganze ergab einfach keinen Sinn. So etwas passierte nicht – nicht dort, wo er herkam. Addy sah, wie Evan erstarrte. Sie hatte damit gerechnet, da sie wusste, dass er im Gegensatz zu ihr an so etwas nicht gewöhnt war. Er war nicht mit Gewalt und Tod und Paranoia aufgewachsen. Wenn sie dem Feuer und den Kugeln entkommen wollten, musste sie ihn hinauslotsen.

Addy kroch auf Evan zu, bis sie sich neben ihm befand. Er lag auf dem Fußboden, mit dem Gesicht so nahe wie möglich am Teppich, und rang nach Atem wie ein Ertrinkender. »Wir müssen irgendwie versuchen, hier rauszukommen!«, schrie Addy Evan zu, um ihn aus seiner Erstarrung zu reißen. »Wir müssen abhauen!« Addy streckte den Arm aus und packte Evans Hand. Evan spürte Addys Hand auf seiner landen. In der immer größeren Hitze im Zimmer fühlte sich ihre Hand beinahe kühl an. »Bist du bereit?«, fragte sie ihn. Er war jung und kräftig und wollte nicht auf dem Boden liegend sterben.

Er fragte Addy nicht, wohin sie laufen würden, sondern nickte einfach.

Dann erhoben sie sich gemeinsam und rannten los.

Addy hatte vor, zur Tür zu laufen. Ein anderer Weg nach draußen fiel ihr nicht ein. Vermutlich hätte sie wissen müssen, dass die Angreifer die Tür im Visier hatten. Nachdem Evan und Addy aufgestanden waren, sahen sie nichts als Rauch und die roten Laserstrahlen der Gewehre der Angreifer, die im Rauch tanzten. Obwohl sie sich an der Hand hielten, konnten sie sich gegenseitig kaum erkennen. Sie hörten allerdings das Prasseln des lodernden Feuers, und sie hörten Gewehrschüsse. Trotzdem rannten sie weiter. Als sie sich der Tür näherten, nahm die Häufigkeit der Schüsse zu, und sie hörten Menschen aufstöhnen. Dann stolperte Evan, stürzte und riss Addy mit zu Boden. Evan blickte sich um: Er war über einen Toten gestolpert. Vom Boden aus, unter den Rauchschwaden, sah er überall im Flur Leichen liegen. Er zählte vier. Dann hörte er einen Schrei und wusste ebenso wie Addy, dass es sich um den Schrei von jemandem handelte, der von den Flammen verschlungen wurde. Durch die offene Tür kamen weitere Kugeln geflogen. Wer auch immer für den Überfall verantwortlich war, versuchte, sie regelrecht auszuräuchern. Die uniformierten Angreifer standen mit ihren Gewehren vor dem Haus und warteten auf diejenigen, denen es gelang, durch die Tür vor dem Feuer zu fliehen. Vermutlich hatten sie das Feuer gelegt, indem sie eine Brandbombe durch eines der Fenster geworfen hatten, während alle geschlafen hatten. Jetzt beobachteten sie die Tür und schossen diejenigen, die ins Freie rannten, wie Schießbudenfiguren auf einem Jahrmarkt ab. Bei dem Gewehrfeuer handelte es sich nicht um einzelne Schüsse, sondern um automatische Salven, die klangen wie Marschtrommeln aus der Hölle und jeden niederstreckten, der aus dem Rauch auftauchte. Evan warf einen Blick auf die Toten und suchte nach der Leiche seines Freundes, doch selbst unterhalb der Rauchschwaden war es zu dunstig, um etwas erkennen zu können.

Evan und Addy hielten sich noch immer an der Hand. »Das Fenster!«, schrie Evan. Es befand sich auf der anderen Seite des Zimmers, gegenüber der Tür.

»Das haben sie sicher auch im Visier!«, rief Addy, ehe sie einen heftigen Hustenanfall bekam.

Evan blickte sich um. Er sah keine Flammen, nur Rauch, stellte jedoch schnell fest, dass er die Flammen nicht zu sehen brauchte, um ihre Hitze zu spüren. Seine Haut brannte. »Entweder wir versuchen es durch das Fenster, oder wir verbrennen hier drin«, sagte er zu Addy. Weitere Schüsse hallten durch die Luft wie ein Ausrufezeichen hinter Evans Worten. Die Schreie schienen vorläufig verstummt zu sein.

»Wir müssen die Scheibe einschlagen«, sagte Addy. »Das Fenster bekommen wir niemals auf.« Jedes Wort war eine Anstrengung. »Wir werfen irgendwas raus, um sie abzulenken, und dann springen wir.«

»Da in der Ecke steht ein Stuhl«, sagte Evan. Er kroch hinüber, packte den Stuhl und zerrte ihn zurück zu Addy.

»Lass es uns gemeinsam machen«, sagte Addy zu Evan. »Bei ›eins‹ schlagen wir die Scheibe ein.« Sie holte Luft. »Bei ›zwei‹ werfen wir den Stuhl raus. Bei ›drei‹ springen wir.« Sie wussten beide, dass sie nicht gleichzeitig durch die Fensteröffnung passten. »Ich zuerst«, sagte Addy. Sie war sich darüber im Klaren, dass es einem Todesurteil gleichkam, als Erste zu springen, wenn die Angreifer das Fenster im Visier hatten.

»Okay«, sagte Evan. Sie sprachen nicht darüber, ob sie mit einer Lunge voll heißer Asche überhaupt würden rennen können. Entweder würde es ihnen gelingen zu fliehen, oder sie würden sterben. Das war etwas, worüber sie nicht zu diskutieren brauchten.

Evan und Addy richteten sich auf. Ihre Köpfe befanden sich jetzt wieder im Rauch, der ihnen die Sicht raubte. Sie hielten den Stuhl von beiden Seiten. »Eins«, rief Addy, und sie schwangen den Stuhl in Richtung Fenster. Trotz des Rauchs hatten sie richtig gezielt. Die Fensterscheibe zersplitterte. Sie ließen den Stuhl nicht los, da sie ihn noch brauchten, um von sich abzulenken. Als die Scheibe barst, wurde sofort Rauch nach draußen gesaugt. Für den Bruchteil einer Sekunde hatten Addy und Evan das Gefühl, wieder atmen zu können. Einen weiteren Sekundenbruchteil später hörten sie Kugeln in die Wand neben dem Fenster einschlagen. Das spielte jedoch keine Rolle – für einen Plan B war keine Zeit. »Zwei!«, rief Addy, und sie warfen den Stuhl durch die Fensteröffnung nach draußen. Der Stuhl wurde im Fallen von einer weiteren Gewehrsalve verfolgt. »Drei!«, schrie Addy und sprang zum Fenster hinaus. Evan sprang ihr hinterher, ohne auch nur einen Augenblick zu zögern.

Addy blieb mit einem Bein an einer Glasscherbe hängen, als sie zum Fenster hinaussprang, und zog sich dabei eine kleine Schnittwunde zu, die sie jedoch kaum zur Kenntnis nahm. Die frische, rauchfreie Luft wirkte wie ein Zaubertrunk, wie ein Heilmittel gegen alle Schmerzen. Als Addy landete, hörte sie neben sich Kugeln in die Wand einschlagen. Sie rollte sich von dem Geräusch weg. Die Angreifer hatten aus ihrer Position keine direkte Sicht auf Addy und Evan, als sich die beiden aus dem kaputten Fenster stürzten, sondern schossen aus einem ungünstigen Winkel auf sie. Dabei durchlöcherten sie das ohnehin schon zerstörte Gebäude, verfehlten jedoch ihr eigentliches Ziel. Evan landete einen Sekundenbruchteil nach Addy auf dem Boden. Und in diesem Sekundenbruchteil klärte sich Addys Sicht. Sie schloss fest die Augen und ließ ihre Tränen die Asche fortspülen. Als sie die Augen wieder öffnete, sah sie zwei Männer mit Gewehren auf sie zulaufen. Sie trugen Sondereinsatzkommando-Uniformen der Polizei von Los Angeles. Addy streckte die Hand aus und packte Evan. »Los!«, schrie sie mit aller Kraft, die sie aufbringen konnte. Dann zerrte sie Evan auf die Beine, und sie rannten los.

VIERTES KAPITEL

Ich habe ein Buch, das ich ständig bei mir trage. Ich lese jeden Tag darin. Es beschreibt die Stadien der Entwicklung von Babys. Jeden Morgen, wenn ich aufwache, zähle ich die Tage seit deiner Geburt, damit ich all die Dinge nachlesen kann, die du in diesem Monat oder in dieser Woche womöglich zum ersten Mal tust. Ich lese, damit ich weiß, was ich alles verpasse. Seit sie mir dich weggenommen haben, habe ich dein erstes Lächeln verpasst. Ich habe es verpasst, dich zum ersten Mal lachen zu hören. Ich habe es verpasst, dich dabei zu beobachten, wie du krabbeln lernst. Ich habe bereits so viel verpasst. Ich möchte nichts mehr verpassen.

Ich erinnere mich, wie ich vor unserem Haus in New Mexico auf der Erde gekniet und meinen Kopf in den Schoß deines Vaters gelegt habe, nachdem sein Lebensfunke erloschen war. Ich spürte noch seinen letzten Atemzug auf meinen Lippen und war nicht in der Lage, mich zu bewegen. Damals wünschte ich mir, sie hätten mich ebenfalls getötet. Ich kniete auf dem Boden und blickte zum Horizont, in die Richtung, in die sie mit dir verschwunden waren. Das Ganze erschien mir unwirklich. Sie tauchten aus dem Nichts auf und nahmen dich mir weg. Du warst neun Monate lang in mir gewachsen, und dann, nach nur wenigen Wochen, kamen sie und nahmen dich mit. Die letzte Erinnerung, die ich an dich habe, ist das Bild, wie dieser Unmensch dich kopfüber an einem Bein hielt. Du weintest und warst voller Blut von deinem Vater. Diese Erinnerung ist für immer in mein Gedächtnis eingebrannt. Im Schlaf kann ich dich nach wie vor weinen hören. Sosehr dieses Geräusch auch schmerzt, ich möchte es nicht missen, denn es ist alles, was ich noch von dir habe.

Ich weiß nicht mehr, wie lange ich dort kniete, bis ich schließlich aufstand und zurück zu dem leeren Haus stolperte. Ich erinnere mich noch, dass der Himmel bereits dunkel war. Meine Knie schmerzten und waren mit getrockneter rötlicher Erde bedeckt. Mein ganzer Körper pulsierte. Als ich beim Haus ankam, tat ich das Einzige, was mir einfiel: Ich rief Hilfe. Ich griff zum Telefon und wählte den Notruf. Ich sagte ihnen, dass mein vier Wochen alter Sohn gekidnappt und sein Vater ermordet worden sei. Ich verriet ihnen nicht, wer dein Vater war. Ich erzählte ihnen nichts vom Krieg oder von den Regeln. Ich erzählte ihnen nicht, dass sie mir dich weggenommen hatten, weil ich noch nicht achtzehn war, und dass den Regeln des Krieges zufolge jedes Baby einer Mutter unter achtzehn an die andere Seite übergeben werden muss. Ich erzählte ihnen nicht, dass der beste Freund deines Vaters dich mitgenommen hatte, um dich den Feinden deines Vaters auszuhändigen. Sie hätten mich für verrückt erklärt. Ich sagte ihnen nur das, was in einer normalen Welt einen Sinn ergab. Dann setzte ich mich hin und wartete auf die Sirenen. Ich war überzeugt, dass mir die Welt helfen würde, aber die Welt ist nicht auf unserer Seite, Christopher. Sie ist im besten Fall neutral. Im schlimmsten Fall ist sie gegen uns.

Mir war klar, dass irgendetwas nicht stimmte, als das Heulen von Sirenen ausblieb. Schließlich hielt nur ein Streifenwagen mit zwei Polizisten vor unserem Haus. Es rückte kein ganzer Trupp an. Sie hatten nicht vor, die Bewohner der Ortschaft zusammenzutrommeln, um die Männer zu verfolgen, die dich mitgenommen hatten. Der Streifenwagen fuhr langsam die Zufahrt hinauf und blieb lautlos stehen.

Ich stand auf der Veranda und beobachtete, wie die zwei Polizisten aus dem Wagen stiegen. Sie sahen mich nicht an, sondern blieben einen Moment nebeneinander stehen und starrten auf das Auto. Im Mondlicht sah ich von der Veranda aus die zersplitterte Windschutzscheibe und die Leiche deines Vaters. Die Polizisten befanden sich näher an dem Gemetzel, nur ein oder zwei Schritte vom Auto entfernt. Einer der beiden Polizisten, ein schlaksiger blonder Officer, der trotz der Dunkelheit eine Pilotensonnenbrille trug, näherte sich dem Auto und umkreiste es langsam. Er fing auf der Beifahrerseite an und spähte durch die nicht zersplitterten Seitenfenster in den Wagen. Im Gehen fuhr er mit einem Finger am Auto entlang, als wolle er prüfen, ob es verstaubt sei. Nachdem er am Kofferraum vorbeigegangen war, machte er kehrt und steuerte auf die offene Fahrertür zu.

Als der blonde Polizist schließlich bei der Fahrertür ankam, ging er in die Hocke und spähte in den Wagen. In dieser Stellung verharrte er und starrte den leblosen Körper deines Vaters an. Dann neigte er den Kopf, um durch das Einschussloch in der Windschutzscheibe blicken zu können. Er blieb eine Weile regungslos in der Hocke, bis er sich wieder aufrichtete und die Fahrertür zuschlug. In dem Augenblick, bevor die Tür ins Schloss fiel, sah ich deinen Vater zum letzten Mal, außer in meinen Träumen.

Als der blonde Polizist mit der Inspektion des Wagens fertig war, ging er wieder zurück zu seinem Partner, der kleiner war als er und dunklere Haut hatte. Auch er trug eine dunkle Sonnenbrille. Der blonde Polizist beugte sich zu seinem Partner hinüber, und die beiden sprachen im Flüsterton miteinander. Dann drehten sie sich endlich zu mir um und gingen auf die Veranda zu. Während sie auf mich zukamen, fielen mir plötzlich wieder die anderen beiden Toten auf der Veranda ein, die ich nicht erwähnt hatte, als ich den Notruf verständigte: die beiden Männer, die dein Vater bei dem Versuch, dich zu retten, getötet hatte. Sie lagen nur Zentimeter von meinen Füßen entfernt. Wie sollte ich ihren Tod erklären? Ich spürte mein Herz in meiner Brust schlagen, als die Polizisten auf mich zugingen und mit jedem Schritt näher kamen. Alles wirkte verkehrt. Die Polizisten wirkten verkehrt. Die Stille wirkte verkehrt. Ich hatte einen Fehler begangen. Die Polizisten waren nicht gekommen, um mir zu helfen. Ich war auf mich allein gestellt.

Die beiden Polizisten blieben am Fuß der Treppe stehen, die auf die Veranda hinaufführte. Ich konnte mit Mühe den Namen entziffern, der auf der Dienstmarke des Polizisten mit dem dunkleren Teint stand. Er lautete Gonzales. Auf der Dienstmarke des blonden Polizisten stand kein Name. Nachdem sie stehen geblieben waren, warf Officer Gonzales einen flüchtigen Blick auf die beiden Toten. Der blonde Polizist ignorierte sie völlig. Offenbar hatten sie gewusst, was sie erwarten würde. »Haben Sie die Polizei gerufen, Ma'am?«, fragte mich Officer Gonzales. Seine Stimme klang ruhig und seltsam formell. Ich wusste nicht, wie ich auf seine Frage reagieren sollte. Selbstverständlich hatte ich die Polizei gerufen. Mein Grundstück war mit Leichen übersät. Ich hatte plötzlich das Gefühl, dass es irgendwo ein Skript für diesen Moment gab, sich aber niemand die Mühe gemacht hatte, mich meinen Text wissen zu lassen.

»Sie haben meinen Mann getötet«, murmelte ich schließlich. Inzwischen war es mir egal, was ich hätte sagen sollen. Zum Teufel mit ihrem Skript.

»Officer Heywood hier«, sagte Officer Gonzales und deutete auf seinen blonden Kollegen, der regungslos dastand wie eine groteske Statue. »Officer Heywood hat den Wagen inspiziert und festgestellt, dass Ihr Mann bei einem Verkehrsunfall ums Leben gekommen ist.« Officer Gonzales blickte zu mir auf, als er die Worte »Ihr Mann« sagte, um mir zu verstehen zu geben, dass er wusste, dass dein Vater und ich nicht verheiratet gewesen waren. Sie wussten alles. Sie waren eingeweiht.

»Bei einem Verkehrsunfall?« Jetzt bebte meine Stimme. »In der Windschutzscheibe ist ein Einschussloch!« Sie können nicht alles vertuschen, sagte ich mir. Das können sie nicht.

»Wir bekommen bei Windschutzscheiben alle möglichen verrückten Bruchmuster zu sehen, Ma'am. Manchmal sieht es aus, als wäre etwas passiert, das gar nicht passiert ist.«

Ich versuchte, dem Polizisten in die Augen zu starren, um ihn zu beschämen, sah in den Gläsern seiner Sonnenbrille aber nur mein erbärmliches Spiegelbild. »Und was ist mit meinem Sohn?«, fragte ich, fürchtete jedoch, dass ich die Antwort auf meine Frage bereits kannte. »Was werden Sie wegen meinem Sohn unternehmen?«

Officer Gonzales holte einen Stift und einen Block aus der Tasche und blätterte ein paar Mal um. »Unseren Informationen zufolge«, sagte er und hielt die Spitze des Stifts auf das Papier, »haben Sie keinen Sohn.« Die Worte schmerzten mehr, als wenn er mir mit der Faust in die Magengrube geschlagen hätte.

»Doch, ich habe einen Sohn«, erwiderte ich, obwohl ich wusste, dass es nichts nützen würde. Ich sagte es nur, um die Worte zu hören. »Ich habe einen Sohn, und sie haben ihn mitgenommen!«

Officer Gonzales nahm seine Sonnenbrille ab. Er hatte sanfte braune Augen. Seine Stimme blieb quälend ruhig. »Hat Ihr Sohn eine Sozialversicherungsnummer?«, fragte er. Ich schüttelte den Kopf. »Haben Sie die Krankenakte Ihres Sohnes? Sind Sie im

Besitz der Geburtsdokumente aus dem Krankenhaus?« Ich schüttelte abermals den Kopf. Du wurdest nicht in einem Krankenhaus geboren. Du kamst zu Hause auf die Welt. Das wussten sie. Dein Vater hatte darauf bestanden, damit deine Geburt durchs Raster fällt. Er hatte geglaubt, dass dich das schützen würde. Er hatte geglaubt, dass sie uns in Ruhe lassen würden, wenn niemand einen Hinweis auf deine Geburt findet. Er hatte sich getäuscht. Er hätte wissen müssen, dass sie es gegen uns verwenden würden. Sie verwenden alles gegen uns.

»Nein«, erwiderte ich mit gebrochener Stimme. Ich hätte mich am liebsten zu Boden fallen lassen und zu einer Kugel zusammengerollt. Wäre ich nicht von Leichen umgeben gewesen, hätte ich es vielleicht auch getan. »Ich habe nichts. Ich habe keine Unterlagen«, sagte ich, sah Officer Gonzales in die Augen und mobilisierte das letzte bisschen Kraft, das ich noch hatte, »aber Christopher existiert, und er ist mein Sohn, und ich lasse mir von Ihnen nichts anderes sagen.«

Officer Gonzales erwiderte meinen starren Blick. Ich erkannte Mitleid in seinen Augen. »Gehen Sie nach Hause«, sagte er und schüttelte den Kopf. »Vergessen Sie, dass all das jemals passiert ist. Das ist nicht Ihr Kampf. Gehen Sie nach Hause.«

Ich spürte meine Lippen beben. »Was ist mit denen?«, fragte ich und stieß einen der Toten auf dem Boden sanft mit dem Fuß an.

»Wir kümmern uns um sie«, entgegnete der blonde Polizist.

»Gehen Sie rein«, forderte Officer Gonzales mich auf. »Wir rufen jemanden, der Ihr Auto abschleppt und hier aufräumt.« Während er sprach, warf er abermals einen Blick auf die Leichen. »Ich klopfe, wenn wir fertig sind. Dann lassen wir Sie in Ruhe.«

Ich wusste nicht, was ich sonst hätte tun sollen, also gehorchte ich und ging ins Haus. Ich setzte mich aufs Sofa und weinte. Eine Stunde später hörte ich ein Klopfen an der Tür. Ich machte mir nicht die Mühe, darauf zu reagieren, sondern wartete auf Stille. Ich sehnte mich nach Stille. Dann erhob ich mich, ging zur Haustür, öffnete sie und blickte nach draußen. Die Leichen auf der Veranda waren verschwunden. Das Auto, in dem der Leichnam deines Vaters gelegen hatte, war ebenfalls weg. Sie hatten den Vorplatz vom Tod gesäubert. Draußen war es dunkel und kalt, und ich spürte eine Brise über die Veranda wehen. Ich schlang die Arme um meine Schultern, wusste jedoch, dass mir nicht wieder warm werden würde – nicht in absehbarer Zukunft. Dann entdeckte ich eine kurze Nachricht, geschrieben auf einem Blatt Papier aus dem Notizbuch von Officer Gonzales, das er in den Türklopfer an der Haustür gesteckt hatte. Ich nahm es heraus und faltete es auf. »Spielen Sie nicht die Heldin«, stand darauf. »Die Sache wird kein gutes Ende nehmen. Gehen Sie dorthin zurück, wo Sie hingehören.«

Ich ballte die Hand zur Faust, zerknüllte die Nachricht und warf sie vor der Veranda auf den Boden. Der Wind erfasste sie, und ich sah zu, wie sie in die Nacht davonsegelte.

Ich kann mich nicht mehr erinnern, wie lange ich noch in dem Haus in New Mexico blieb. Vielleicht eine Woche, vielleicht auch länger. Ich war noch nie in meinem Leben so verzweifelt gewesen. Schließlich nahm ich das Tagebuch deines Vaters und las es noch einmal. Ich las es immer und immer wieder. Ich suchte darin nach Hinweisen, nach irgendetwas, das mich möglicherweise zu dir führen würde. Ich hatte noch das ganze Geld, das dein Vater und ich gespart hatten. Es war eigentlich für dich gedacht gewesen, für deine Zukunft. Wenn ich nicht Gebrauch davon machte, würdest du keine Zukunft haben. Ich musste mich in Bewegung setzen. Ich musste meine Trägheit überwinden. Solange ich in New Mexico in Selbstmitleid zerfloss, würde ich dir keinen Schritt näher kommen. Ich las das Tagebuch deines Vaters ein letztes Mal. Zwei Tage später ging ich zu Fuß in den Ort und stieg in einen Bus nach New Jersey.

Die Fahrt nach New Jersey dauerte drei Tage. Ich musste drei Mal umsteigen. Es war die billigste Verbindung, die ich finden konnte. Drei Tage lang übte ich, was ich zu der Frau sagen wollte, die deine leibliche Großmutter war. Ich war bereit, ihr von sämtlichen Merkmalen zu erzählen, die du mit deinem Vater gemein hast: von deinen leicht abstehenden Ohren, deinen sanften Augen, deinen vollen Lippen. Ich war bereit, sie um Hilfe zu bitten. Ich war bereit, auf die Knie zu fallen und die Frau anzuflehen, die mir alles genommen hatte, was ich jemals geliebt hatte.

Der Bus setzte mich fünf Meilen vom ehemaligen Zuhause deines Vaters ab. Ich war nur einmal dort gewesen, erinnerte mich aber noch an den Weg. Der Fußmarsch dauerte zwei Stunden, doch es fühlte sich gut an, sich wieder zu bewegen, nachdem ich drei Tage lang im Bus eingepfercht gewesen war. Ich hatte eine lange Reise hinter mir und war auf fast alles vorbereitet, nur nicht auf das, was ich vorfand.

Das Haus war leer, vollständig ausgeräumt. Es war nicht nur so, dass niemand da war. Alles war verschwunden. Das Haus sah aus, als wäre es niemals bewohnt gewesen. Die fehlenden Vorhänge fielen mir als Erstes auf. Ich ging die Zufahrt zum Haus hinauf und bemerkte, dass die Vorhänge weg waren. Als ich näher trat und durch die Fenster spähte, stellte ich fest, dass auch sämtliche Möbel verschwunden waren. Ich ging zur Seitentür und legte die Hand auf den Türknauf. Er ließ sich leicht drehen, und die Tür schwang mit knarrenden Scharnieren auf. Ich betrat das Haus, in dem bereits ein modriger Geruch hing. Die

Arbeitsplatte in der Küche war mit einer dünnen Staubschicht überzogen. Ich ging zu einem der Küchenschränke und öffnete ihn. Alles, was sich eigentlich darin hätte befinden sollen, war verschwunden: die Teller, die Gläser. Nur kreisförmige Flecken waren auf dem Holz zu sehen, wo einst die Tassen gestanden hatten. Ich setzte mich in Bewegung und rannte nach oben zum ehemaligen Zimmer deines Vaters. Es war ebenfalls leer. Sämtliche Erinnerungsstücke aus seiner Kindheit, die seine Mutter für ihn aufbewahrt hatte, waren verschwunden: seine Trophäen, seine Fotos. Ich ging ins Zimmer seiner Schwester, in dem ich damals geschlafen und das seine Mutter zu einem Schrein für ihre ermordete Tochter gemacht hatte. Nichts. Ich spürte, wie sich mein Herz verkrampfte. Es fühlte sich an, als hätten sie deinen Vater ein zweites Mal getötet. Ich ging zurück in sein Zimmer, kauerte mich in einer Ecke zusammen und weinte. Es ist erstaunlich, wie lange man weinen kann, bis einem die Tränen ausgehen.

Ich blieb drei Tage in dem Haus, in dem dein Vater aufgewachsen war. Ich schlief auf dem Fußboden, in dem Schlafsack, den ich mitgebracht hatte, und aß keinen Bissen. Ich wäre am liebsten geblieben. Zu gehen bedeutete, deinen Vater für immer zu verlassen.

Letzten Endes musste ich doch aufbrechen. Ich durfte nicht zulassen, dass ich in dem Haus starb. Diese Genugtuung wollte ich ihnen nicht geben. Ich machte mich auf den Weg nach Manhattan, um von anderen Menschen umgeben zu sein. Niemand hatte mir gesagt, wie einsam man sich fühlt, wenn man von Fremden umgeben ist. Aus Tagen wurden Wochen. Aus Wochen wurden Monate. Ich war immer ein kluges Köpfchen gewesen, eine Streberin – Preise, Auszeichnungen, Universität mit sechzehn. Bislang war mir in meinem Leben alles leichtgefallen, doch das zählte jetzt nicht mehr. Dieses Problem ließ sich nicht mit einem Bleistift und einem Radiergummi lösen. Einmal fühlte ich mich so einsam, dass ich sogar meine Eltern anrief. Ich konnte ihnen jedoch nicht von Joseph erzählen. Ich konnte ihnen nicht vom Krieg erzählen. Ich konnte ihnen nicht einmal von dir erzählen. Ich konnte es nicht riskieren, sie in diese fürchterliche Sache hineinzuziehen. Ich konnte ihnen nur sagen, dass es mir gut ging. Ich konnte sie nur anlügen. Meine Mutter weinte, als ich mit ihr sprach. Ich wollte ihr sagen, dass sie nicht weinen solle. Ich wollte ihr sagen, dass es nichts nützte zu weinen, denn das war das Einzige auf der Welt, dessen ich mir sicher war.

Meinem Buch zufolge hast du zum ersten Mal gelächelt, während ich in New York war.

Nach New York machte ich mich auf den Weg zurück nach Montreal, zu der Wohnung, in der dein Vater und ich unser erstes gemeinsames Wochenende verbracht hatten. Das war die einzige Spur, die mir einfiel. Derjenige, dem diese Wohnung gehörte, war ein Teil des Krieges. Das war nicht viel, aber zumindest ein Anhaltspunkt.

Bei meiner Ankunft in Montreal war es kalt. Ich hatte New Mexico weit hinter mir gelassen. Als ich aus dem Bus stieg, war es bereits dunkel. Ich machte mich direkt auf den Weg zu der Wohnung. Vom Bürgersteig auf der gegenüberliegenden Straßenseite sah ich, dass in der Wohnung noch Licht brannte. Ich erinnerte mich, vor der allerersten Nacht, die ich mit deinem Vater dort verbracht hatte, fast genau an derselben Stelle gestanden und zu demselben Fenster hinaufgeblickt zu haben. Ich habe es ihm nie erzählt, doch ich war einen Moment dort stehen geblieben, hatte zum Fenster emporgeblickt und wäre beinahe wieder gegangen. Wenn ich kehrtgemacht hätte, wäre dein Vater wahrscheinlich noch am Leben, aber es würde dich nicht geben. Ich bin froh, dass ich es mir nicht anders überlegt habe, und weiß, dein Vater würde genauso empfinden.

Ich beschloss, bis zum nächsten Morgen zu warten, bis ich den Bewohner des Apartments ansprechen würde, schaffte es aber nicht, mich von dort loszureißen. Stattdessen zog ich meine Jacke eng um den Hals zusammen und setzte mich auf eine Bank. In der Wohnung bewegten sich Schatten. Ich beobachtete, wie sie an den Wänden tanzten. Gegen Mitternacht ging das Licht schließlich aus. Nachdem es in der Wohnung dunkel geworden war, lehnte ich mich auf der Bank zurück und vergrub die Hände in den Taschen meiner Jacke. Ich glaube, dass ich eine Weile schlief, bin mir aber nicht mehr ganz sicher. Am Morgen wurde es wieder etwas wärmer. Ich saß schweigend da und beobachtete die Eingangstür des Wohnhauses. In dem Haus befanden sich acht Wohnungen, doch für mich war nur eine von Bedeutung.

Ich hielt den ersten Mann an, der das Wohnhaus verließ, und fragte ihn, ob er wisse, wer im Apartment 3A wohne. Er sagte mir, es handle sich um eine Frau mit glattem blonden Haar, die ungefähr so groß sei wie ich. Etwa anderthalb Stunden später sah ich die Frau aus dem Haus kommen. Ich folgte ihr, da ich sie nicht sofort ansprechen und womöglich verschrecken wollte. Sie ging von ihrer Wohnung zu Fuß in Richtung Innenstadt und verschwand dort in einem hohen Bürogebäude. Ich wartete draußen und beschloss, sie anzusprechen, sobald sie zum Mittagessen wieder herauskam. Ich versuchte, meine Nerven zu beruhigen.

Gegen Mittag verließ die Frau zusammen mit Scharen anderer das Gebäude. Ich folgte ihr abermals. Sie ging etwa vier Häuserblocks weit, dann stellte sie sich in der Schlange in einem Bistro an, in dem geschnittene Salate für einen Betrag verkauft wurden, von dem ich mich tagelang über Wasser hielt. Ich stellte mich hinter ihr an und bemerkte, wie sehr ich herausstach. Ich trug seit drei Tagen dieselbe Bekleidung. Seit ich in New York aufgebrochen war, hatte ich keinen Blick mehr auf mein Haar geworfen. Ich wartete ein paar Minuten und schlurfte jedes Mal langsam vorwärts, wenn sich die Schlange ein Stück bewegte. Die Frau sprach mit niemandem. Als wir uns dem vorderen Ende der Schlange näherten, streckte ich die Hand aus und berührte sie an der Schulter. »Entschuldigung«, sagte ich und gab mir dabei Mühe, möglichst beiläufig zu klingen. »Wohnen Sie nicht in …« Ich nannte die Adresse ihrer Wohnung.

»Ja, da wohne ich«, erwiderte sie mit leicht frankophonem Akzent. »Warum fragen Sie?«

»Ich war einmal in einer der Wohnungen dort. Ich dachte, ich hätte Sie dort gesehen.« Die Paranoia war sofort in ihrem Gesicht zu lesen. Ich hatte etwas Falsches gesagt. Der Krieg schürt Paranoia, das wusste ich. »Keine Angst«, sagte ich im Flüsterton zu ihr. »Ich bin eine Freundin.«

»Ich weiß nicht, was Sie meinen«, erwiderte sie. Ein nervöses Beben hatte sich in ihre Stimme geschlichen. »Wann waren Sie denn in dem Haus, in dem ich wohne?«

»Vor ungefähr einem Jahr«, entgegnete ich.

»Dann können Sie mich dort nicht gesehen haben. Mein Mann und ich haben unsere Wohnung erst vor zwei Monaten gekauft.« Sie musterte mich von Kopf bis Fuß. »Wer sind Sie?« Dann trat sie aus der Schlange und entfernte sich hastig. Ich folgte ihr. Ich durfte sie nicht entwischen lassen. Sie ging schneller und versuchte, mir zu entkommen, trug jedoch Schuhe mit Absätzen. Ich holte sie ein, als wir wieder an dem Platz vor dem Bürogebäude ankamen. Als sie zum Eingang abbog, streckte ich die Hand aus, packte ihren Arm und verdrehte ihn, sodass sie gezwungen war, sich umzudrehen und mich anzusehen.

»Ich brauche Ihre Hilfe«, sagte ich und klang genauso verzweifelt, wie ich war. »Bitte.«

»Was wollen Sie von mir?«, kreischte sie und versuchte, ihren Arm meinem Griff zu entreißen, aber ich hielt ihn fest gepackt.

»Ich habe eine Frage zum Krieg«, platzte ich heraus. »Ich muss wissen, wohin sie meinen Sohn gebracht haben.« Ich benahm mich wie eine Wahnsinnige und war den Tränen nahe. Im Blick der Frau erkannte ich Angst, doch es handelte sich nicht um die richtige Art von Angst. Sie fürchtete sich nicht vor mir, weil sie etwas wusste. Sie fürchtete sich vor mir, weil sie nichts wusste. In ihren Augen war ich nur eine Verrückte, die sie auf der Straße packte und irgendetwas von Kriegen und vermissten Kindern faselte.

»Lassen Sie mich los!«, schrie die Frau. Um uns scharten sich Menschen.

»Sie haben die Wohnung erst vor zwei Monaten gekauft?«, fragte ich.

»Ja«, erwiderte sie.

»Von wem haben Sie sie gekauft?«

»Von der Bank, es war eine Zwangsvollstreckung. Wir haben nie etwas über die Eigentümer erfahren.« Ich ließ den Arm der Frau los. Sie lief nicht weg. Irgendetwas in meiner Stimme hatte sie offenbar überrumpelt.

»Die früheren Eigentümer haben die Wohnung einfach verlassen?«, fragte ich. Ich erwartete nicht, dass sie mir antworten würde. Ich kannte die Antwort ohnehin. Sie hatten die Wohnung meinetwegen verlassen. Diese Frau war genauso unschuldig und naiv, wie ich es vor einem Jahr gewesen war. Ich sah es in ihrem Blick.

»Brauchen Sie Hilfe?«, fragte mich die Frau, als sich ihre Angst in Mitleid verwandelte. Mitleid ist etwas, das ich einfach nicht ertrage.

»Ja«, erwiderte ich, »aber nicht von Ihnen.« Ich wandte mich von ihr und den Schaulustigen ab, die sich um uns geschart hatten, und suchte so schnell wie möglich das Weite. Sie hatten sämtliche Spuren verwischt. Wenn ich den Krieg nicht am eigenen Leib miterlebt hätte, wären selbst mir Zweifel gekommen, ob er überhaupt existierte. Das war es, was sie wollten. Alles, was mich mit dem Krieg in Verbindung hätte bringen können, war nicht mehr vorhanden. Sie hatten es verschwinden lassen. Das Einzige, was sie mir nicht nehmen konnten, war die Erinnerung an dich.

Ich blieb in Montreal noch länger als in New York. Ich suchte mir einen Job. Ich mietete mir eine Wohnung. Ich sparte etwas Geld. Abends las ich immer und immer wieder das Tagebuch deines Vaters. Ich tat so, als würde dein Vater versuchen, mir dabei zu helfen, dich zu finden. Während ich in meinem Apartment in Montreal wohnte, drehtest du dich vermutlich zum ersten Mal alleine um. Wahrscheinlich sagtest du *Mama* zu einer Frau, die nicht ich war. Wenn ich dich nicht in den nächsten ein bis zwei Monaten finde, werde ich höchstwahrscheinlich deine ersten Schritte verpassen. Eines Abends, als ich im Tagebuch deines Vaters las, kam mir plötzlich die Idee: Michael konnte mir helfen. Ich musste ihn nur finden. Und so landete ich schließlich auf St. Martin.

FÜNFTES KAPITEL

An dem Morgen, als ich Michael zum ersten Mal sah, hatte ich geplant gehabt, abermals am Orient Beach nach ihm zu suchen, bei dem es sich schon allein aufgrund seines Rufs um die naheliegende Wahl handelte. Falls Michael sich tatsächlich auf der Insel befand, lag es auf der Hand, dass er sich an ihrem berühmtesten Nacktbadestrand aufhalten würde. Ich hatte bereits an meinem ersten Tag auf der Insel am Orient Beach nach ihm Ausschau gehalten. Ich wanderte zwischen Scharen nackter Menschen umher und suchte nach jemandem, den ich noch nie gesehen hatte. Meine einzigen Anhaltspunkte waren ein Name, von dem ich nicht wusste, ob Michael ihn noch benutzte, und die Narbe an seinem Unterleib. Es war leicht möglich, dass ich ihn beim ersten Mal übersehen hatte. Deshalb beschloss ich, mein Glück erneut zu versuchen.

Ich hielt nur zwei Stunden durch. Unter all den Menschen, die nackt umherliefen, sorglos und ohne irgendetwas zu verbergen zu haben, fühlte ich mich wie eine Aussätzige, wie ein Fremdkörper. Ich selbst hatte mehr als genug zu verbergen. Michael ebenfalls. Vielleicht war er deshalb nicht hier. Ich hielt es nicht mehr länger aus und machte mich deshalb auf den Weg in die Ortschaft Marigot, um mir Sonnencreme und ein paar Essensvorräte zu besorgen. Inzwischen wohnte ich seit fünf Tagen im selben billigen Hotel und ernährte mich von Erdnussbutter-Sandwiches. Nachdem ich meine Vorräte aufgestockt hatte, wollte ich eigentlich noch einen anderen Strand aufsuchen, an dem ich bislang noch nicht gewesen war. Aus meinem Vorhaben wurde jedoch nichts. Ich brachte den gesamten Nachmittag damit zu, das Tagebuch deines Vaters ein weiteres Mal zu lesen, um mich zu vergewissern, dass es sich bei dem Mann, den ich gesehen hatte, tatsächlich um *den* Michael handelte.

Ich entdeckte Michael nicht dort, wo ich ihn vermutet hatte. Er arbeitete im Hafen von Marigot, wo er ein Kreuzfahrtschiff mit Proviant belud. Als ich auf dem Weg zu einem kleinen Supermarkt dort vorbeikam, hörte ich jemanden seinen Namen rufen. Sonst hörte ich nichts – nur seinen Namen. Er hallte über das Stimmengewirr der Menge, und ich hörte ihn so klar und deutlich, als hätte ihn mir jemand ins Ohr geflüstert. »Michael.« Das Wort klang betörend süß. Ich hätte beinahe meine Taschen fallen lassen, als ich es vernahm, versuchte jedoch, realistisch zu bleiben. Wie viele Michaels gab es auf dieser Welt? Eine Million? Wie groß war die Chance, dass ausgerechnet dieser derjenige war, nach dem ich suchte? Ich ging näher zu dem Pier und betrachtete die vier Männer, die dort arbeiteten. Sie waren alle schlank und muskulös. Sie besaßen die Statur von Männern, die ihren Lebensunterhalt damit verdienen, Dinge zu heben und umherzuschieben, und ihre Körper waren von der Arbeit schweißbedeckt. Einer der Männer trug ein ärmelloses T-Shirt, die drei anderen arbeiteten mit bloßem Oberkörper. »Beeil dich, Michael!«, hörte ich einen von ihnen mit leichtem kreolischen Akzent rufen. »Ich habe ein Date, zu dem ich nicht zu spät kommen möchte.«

»Entspann dich«, erwiderte Michael, der vor Anstrengung etwas außer Atem war. »Ich habe mir sagen lassen, dass deine Mutter gar keine Uhr besitzt.« Die anderen beiden Männer lachten. Michael schob eine große Kiste auf einem Wagen über den Pier zum Schiff. Die Kiste polterte, als der Wagen über die Holzbohlen rollte. Ich sah nur seinen Rücken, auf dem sich die Muskeln anspannten, als er sich nach vorn beugte, um die Kiste schneller zu schieben. »Du könntest mir auch helfen, weißt du?« Dieses Mal lachten alle drei anderen Männer. Ich konnte den

Blick nicht von Michael abwenden und versuchte, ihn durch Willenskraft zum Umdrehen zu bewegen. *Wie groß ist die Chance?*, fragte ich mich. *Wie groß ist die Chance, dass das der Mann ist, nach dem ich suche?* Aber irgendwie wusste ich, dass er es war.

»Wer hat dir denn einen Stock in den Hintern geschoben?«, rief der Kreole Michael zu.

»Ich bin einfach müde«, erwiderte Michael. Er schob die Kiste bis zu der Planke, die auf das Schiff hinaufführte. Dort übernahmen die anderen beiden Männer.

»Hast du morgen frei?«, wollte der Kreole wissen.

»Ja«, entgegnete Michael. Er klang anders, als ich erwartet hatte. Ich hatte erwartet, dass er ausgelassener klingen würde, lebendiger. Ich ging auf die Seite des Piers, um mich hinter einem der Anlegepfosten zu verstecken und diesen Michael zu beobachten. Ich wusste, wo sich die Narbe befinden musste. Dein Vater hatte mir die Geschichte zigmal erzählt. Damals verstand ich nicht, warum die Details so wichtig waren. Heute ist es mir klar.

»Und, Michael, was hast du an deinem freien Tag vor?«

»Ich fahre nach Grand Case, lege mich an den Strand und betrinke mich«, erwiderte Michael. Dann drehte er sich in meine Richtung. Ich suchte auf der rechten Seite seines Körpers nach der Narbe, knapp über der Taille, und entdeckte eine Falte an seinem Bauch, wo sich die Haut neben einem tiefen Spalt nach außen wölbte. Es sah aus, als befänden sich seitlich an seinem Bauch zwei Lippen.

Ich blieb noch mindestens eine halbe Stunde auf dem Pier und beobachtete Michael. Sie hatten versucht, sämtliche Spuren zu verwischen und jede Verbindung zu kappen, die ich mit dem Krieg hatte. Doch das war ihnen misslungen. Letzten Endes hatte ich etwas gefunden, das sie nicht hatten auslöschen können. Ich musste einen Plan schmieden. Ich musste mir überlegen, wie ich am besten mit ihm in Kontakt treten konnte. Vermutlich hatte ich dazu nur eine einzige Gelegenheit. Er hatte vor, am nächsten Tag nach Grand Case zu fahren. Ich ebenfalls.

SECHSTES KAPITEL

Addy und Evan kämpften sich so weit es ging zu Fuß voran. Selbst in der frischen Nachtluft rangen sie beide noch immer nach Atem. Sie waren den Flammen entkommen, doch das Feuer war noch immer in ihnen. Addy hielt in den Straßen unentwegt nach einem Versteck Ausschau. Sich zu verstecken, war das Einzige auf der Welt, was sie wirklich gut konnte. Sie war dabei zu lernen, wie man kämpft. Sie versuchte zu lernen, wie man rebelliert. Doch sie musste sich zu ihrer Schande eingestehen, dass sie im Weglaufen und Verstecken am besten war. Das war es, was ihr beigebracht worden war.

Als sie die menschenleere Stadtstraße entlangliefen, entdeckte Addy ein verlassenes Gebäude, dessen Tür locker in den Angeln zu hängen schien. Die Chancen standen gut, dass sie nicht verschlossen war, und selbst wenn sie es war, hatte Addy keine Zweifel, dass sie das Schloss mit einem Tritt würde öffnen können. Addy zog Evan an der Hand hinter sich her. Sie hatte seine Hand genommen, nachdem er den Polizisten getötet hatte, und sie seitdem nicht mehr losgelassen. »Komm mit«, drängte sie ihn. »Wir müssen uns ausruhen. Lass uns da reingehen.« Sie führte ihn zu dem baufälligen Eingang. Bevor sie bei der Tür ankamen, blickte Addy sich noch einmal um. Im Mondlicht sah sie, wie sich über dem Haus, in dem sie vor noch nicht allzu langer Zeit geschlafen hatten, Rauchwolken auftürmten. Sie wünschte, sie hätte gewusst, was eigentlich vor sich ging.

Als sie vor dem Gebäude standen, zog Addy am Türknauf, doch die Tür gab nicht nach. Sie war sich nicht sicher, ob sie abgesperrt oder nur festgerostet war, doch das spielte letztendlich keine Rolle. Sie hob ein Bein an und trat in der Nähe des Knaufs gegen das Türblatt. Die Tür schwang auf, und Addy zog Evan in das Gebäude. Sobald sie sich im Inneren befanden, setzte sie ihn auf den Boden und ließ sein Handgelenk los. Dann ging sie das Gebäude ab, so schnell ihre zugeschnürte Lunge es zuließ. Sie inspizierte die Fenster, um zu überprüfen, ob sie von draußen jemand in ihrem Versteck sehen konnte. Sämtliche Fenster waren verbarrikadiert. Nachdem Addy sich davon überzeugt hatte, dass sie nicht zu sehen waren, machte sie sich auf die Suche nach einem Fluchtweg. Am Fuß der Hintertreppe entdeckte sie eine weitere Tür, die auf einen asphaltierten, von einem hohen Maschendrahtzaun umgebenen Hof führte. Im Notfall würde es Evan und ihr schon irgendwie gelingen, über den Zaun zu klettern, wenn sie sich ein bisschen anstrengten. Es war kein idealer Fluchtweg, würde aber seinen Zweck erfüllen. Nachdem Addy zu der Überzeugung gelangt war, dass sie im Moment keine bessere Alternative hatten, kehrte sie zu Evan zurück. Evan hatte sich nicht von der Stelle gerührt. Er blickte zu ihr auf, als sie den Raum wieder betrat. Es war dunkel. Nur ganz wenig graues Licht zwängte sich von draußen durch die Ritzen in den verbarrikadierten Fenstern. In der Dunkelheit sah Evan einen Lichtschimmer durch Addys Haar fallen, das genauso rot war wie die Flammen, die das Haus verschlungen hatten. Er versuchte sich vorzustellen, wie sie ausgesehen haben mochte, bevor sie sich das Haar gefärbt hatte. Addy und Evan waren dem Chaos noch nahe genug, um die Sirenen hören zu können. Löschfahrzeuge. Polizeiautos. Krankenwagen. Addy fragte sich, wie lange sie schon heulten. Sie nahm sie erst jetzt zur Kenntnis.

»Was machen wir jetzt?«, wollte Evan von Addy wissen. Seine

Angst war aus seiner Stimme herauszuhören. Nach dem, was er soeben getan hatte, hatte er auch allen Grund, Angst zu haben.

Addy ging zu einem der Fenster und spähte durch die Ritzen zwischen den Brettern nach draußen. Sie wollte herausfinden, ob sie von ihrem Versteck aus den Rauch sehen konnte. Sie konnte es nicht. Die Blickrichtung war verkehrt. Addy überlegte, was sie als Nächstes tun sollten. Womöglich waren Evan und sie die Einzigen, denen es gelungen war, das Haus lebend zu verlassen, doch sie wusste, dass auch in anderen Häusern in der Stadt Leute untergebracht gewesen waren. Addy befürchtete, dass diese Häuser ebenfalls gestürmt worden waren. Es hatte sich nicht um eine normale Razzia gehandelt, soviel war ihr klar. Gut möglich, dass sämtliche Häuser in Los Angeles gestürmt worden waren. Gut möglich, dass Evan und sie die einzigen Rebellen im ganzen Bundesstaat waren, die überlebt hatten. Sie hätte auf ihrem Telefon nachsehen können – es war ihr gelungen, es vor den Flammen zu retten –, wusste jedoch, dass es noch keine Neuigkeiten geben würde. »Wir ruhen uns aus«, sagte Addy zu Evan und versuchte, stark zu klingen, »und dann hauen wir von hier ab.«

»Und wohin gehen wir?« Evan schüttelte den Kopf. »Ich verstehe nicht, was los ist. Was hatten die Bullen hier zu suchen? Warum haben sie versucht, uns zu töten?«

»Keine Ahnung«, erwiderte Addy. Sie versuchte ebenfalls, eine Antwort darauf zu finden. Gehörten diese Polizisten tatsächlich alle dem Krieg an? Sie drehte sich wieder zu Evan um. »Woher wusstest du, wie man das macht?«, fragte sie ihn. Sie machte eine Bestandsaufnahme, versuchte herauszufinden, was sie alles zu bieten hatten.

Evan wusste genau, worauf Addy hinauswollte, und versuchte, in Gedanken noch einmal durchzuspielen, was geschehen war. Er erinnerte sich daran wie an eine Szene aus einem Spielfilm. Der Mann in Uniform holte sie ein. Selbst mit seinem Helm, seiner schusssicheren Weste und einem der größten Gewehre, die Evan jemals gesehen hatte, holte er sie ein. Addy und er rannten einen Hügel hinauf, der vom Highway wegführte. Der Boden war uneben und trocken und mit den harten, abgestorbenen Wurzeln irgendwelcher Pflanzen bedeckt, die früher auf der Böschung gewachsen waren. Obwohl der Mann in Uniform ihnen immer näher kam, hätten sie es vermutlich geschafft, die Kuppe des Hügels zu erreichen, wenn Addy nicht über eine der verwitterten, abgestorbenen Wurzeln gestolpert wäre. Und Evan glaubte, dass es ihnen gelungen wäre, unversehrt zu entkommen, wenn sie die Kuppe des Hügels erreicht hätten. Der Polizist schien davor zurückzuschrecken, aus der Ferne auf sie zu schießen.

Evan hörte Addy stürzen. Er hörte das dumpfe Geräusch, als sie auf dem Boden aufschlug, und er hörte sie aufschreien. Bei dem Schrei handelte es sich um ein kurzes, schrilles Wimmern, das fast schon wieder vorbei war, bevor es überhaupt begonnen hatte. Er war beinahe unhörbar, und trotzdem entging er Evan nicht. Addy klang zum ersten Mal verängstigt, seit er sie kennengelernt hatte. Das Geräusch ihrer Angst veranlasste Evan, sich umzublicken.

Als er den Kopf drehte, sah er Addy auf dem Boden liegen. Sie wollte sich gerade wieder aufrichten und hatte bereits ein Knie angezogen, doch der Polizist war inzwischen fast bei ihr angelangt. Evan war stehen geblieben. Vielleicht hatte er sogar umgedreht und war auf sie zugegangen. Er konnte sich nicht mehr genau erinnern. Der Polizist hob sein Gewehr und zielte damit auf Addys Kopf. Er hatte offenbar nicht vor, sie aufzuhalten oder zu verhaften oder was auch immer Polizisten in Spielfilmen taten. Er hatte vor, ihr kaltblütig in den Kopf zu schießen. Für Evan bestand daran kein Zweifel. Er hatte gehört, wie die Polizisten die anderen erschossen hatten. Hatte gehört, wie Kugeln in ihren Körpern eingeschlagen waren. Dieses Geräusch wollte er nicht noch einmal hören.

Der Polizist sah Evan nicht kommen. Spürte nicht, dass er sich in

Gefahr befand. Er hob sein Gewehr, um Addy zu erschießen, und im nächsten Moment lag er tot auf dem Boden. Evan hatte gehandelt, um Addy zu retten. Er hatte instinktiv gehandelt. Was er getan hatte, war keine Absicht gewesen, dessen war sich Addy bewusst. Sie wusste aber auch, dass es keine Rolle spielte.

Evan hatte zuerst das Gewehr am Lauf gepackt und es dem Polizisten aus den Händen gerissen. Er war überrascht, wie schnell dieser es losgelassen hatte, doch seine Überraschung war nichts im Vergleich zu der des Polizisten. Zwei Schläge. Der Polizist hatte zwei Schläge mit seinen bloßen Fäusten landen können, doch er war Evan nicht gewachsen. Evan war schneller und kräftiger. Der Polizist starb auf dem Boden, ein scharfkantiger Felsbrocken tief in seinem Schädel vergraben. Es hatte nur Sekunden gedauert. Evan hatte noch nie zuvor einen Menschen getötet, doch als er es tat, tat er es mit perfekter Effizienz. Woher er gewusst hatte, wie man das macht? »Ich habe jahrelang trainiert«, sagte er zu Addy als Antwort auf ihre Frage. »Mit ihm.«

Addy spähte abermals durch die Ritzen zwischen den Brettern, mit denen die Fenster verbarrikadiert waren. »Was weißt du über den Krieg?«, fragte sie Evan.

Evan schüttelte den Kopf. »Nur das, was mir gesagt wurde. Dass es Regeln gibt. Dass Unbeteiligte herausgehalten werden sollen.«

Addy sah Evan an und fing an zu begreifen. »Du hast gedacht, das Ganze wäre ein Spiel, nicht wahr?«, fragte sie, brauchte jedoch keine Antwort von ihm. In was ist dieser arme, unschuldige Junge nur hineingezogen worden?, dachte sie. Dieser Krieg hätte nicht sein Krieg zu sein brauchen, doch jetzt war er sein Krieg, ob es ihm gefiel oder nicht. Addy konnte in Evans Blick erkennen, dass er den Krieg nicht mehr für ein Spiel hielt.

Evan saß demütig schweigend da.

»Wir müssen vor Tagesanbruch von hier verschwinden«, sagte

Addy, während sie weiterhin zu dem verbarrikadierten Fenster hinausspähte und lauschte, ob sich Gefahr näherte.

SIEBTES KAPITEL

Seit Michael gegangen ist, habe ich mein Hotelzimmer nicht verlassen. Ich kann es nicht riskieren, ihn zu verpassen. Ich gebe mir Mühe, ruhig zu bleiben, obwohl ich nichts von ihm gehört oder gesehen habe. Er muss zurückkommen. Er hat das Tagebuch deines Vaters. Ich habe viel ferngesehen, weil ich gehofft hatte, dass es mir helfen würde, Zeit totzuschlagen, aber ich kann mich einfach nicht darauf konzentrieren. In erster Linie sehe ich mir BBC an. Die Nachrichtensprecher berichten ständig über Hochwasser in Asien und Ausschreitungen in Afrika. Niemand erwähnt den Krieg. Da draußen existiert eine Welt für dich, Christopher. Sie ist voller Elend und Probleme, aber sie ist nicht so wie dieser Krieg. Es wird langsam dunkel. Ich gehe jetzt ins Bett. Ich kann Schlaf gebrauchen.

Das Läuten des Telefons neben dem Bett riss mich aus dem Schlaf. Ich hatte geträumt. Ich konnte mich nicht mehr erinnern, was ich geträumt hatte, doch in meinem Kopf herrschte völliges Durcheinander. Als das Telefon abermals läutete, stürzte ich mich darauf, da ich mir nicht sicher war, wie oft ich den Klingelton bereits verschlafen hatte.

»Hallo?«, sagte ich, nachdem ich den Hörer in die Nähe meines Mundes gebracht hatte.

»Hast du ein bisschen schlafen können?«, fragte Michael. Im Hintergrund waren die Geräusche des Hafens zu hören.

»Mehr als letzte Nacht«, entgegnete ich. Ich war nicht in der Stimmung für Smalltalk. Ich wollte, dass er meinen Qualen ein Ende setzte und sich bereit erklärte, mir zu helfen. Mir blieb jedoch nichts anderes übrig, als das Spiel mitzuspielen.

»Gut«, sagte er mit einer Dringlichkeit, die ich am Morgen zuvor nicht in seiner Stimme gehört hatte. »Das kann bestimmt nicht schaden.«

»Warum? Was ist los?«, fragte ich.

»Kennst du die Sunset Beach Bar?«

»Die beim Flughafen?« Die Sunset Beach Bar stand auf meiner Liste von Orten, an denen ich nach Michael hatte Ausschau halten wollen. Allerdings war ich bislang noch nicht so weit unten auf der Liste angekommen. Die Bar war ziemlich bekannt, da sie sich so nahe am Flughafen befand, dass man die großen Maschinen beim Landeanflug angeblich beinahe berühren konnte, wenn man am Tresen saß und die Hand ausstreckte.

»Ja«, erwiderte Michael. »Wir treffen uns dort heute um zwölf Uhr mittags. Bring alle deine Sachen mit.«

»Alle?«, fragte ich, als würde das eine Rolle spielen. Was ich besaß, war nicht viel. Ich wollte herausfinden, was Michael im Schilde führte.

»Alle«, entgegnete er.

»Was ist denn los?«, wollte ich wissen. »Hilfst du mir oder nicht?« Meine Geduld ging langsam zu Ende.

»Wir unterhalten uns in der Bar«, sagte Michael. Im Hintergrund ertönte das Horn eines Kreuzfahrtschiffs. »Um zwölf Uhr mittags.« Dann hörte ich ein Klicken, und die Verbindung war tot. Ich stand auf und warf alles, was ich besaß, in meine Reisetasche. Dein Vater hatte mich gelehrt, mit leichtem Gepäck zu reisen. Ich brauchte keine fünf Minuten, um zu packen. Dann warf ich einen Blick auf die Uhr: Es war erst halb neun.

Mir war egal, wie viel Zeit ich noch hatte. Ich wollte weg. Ich nahm meine Tasche, warf sie mir über die Schulter und ging nach draußen. Die Sonne war überwältigend. Ich hatte das Gefühl, nach tagelanger Einzelhaft wieder auf freiem Fuß zu sein, und musste mir in Erinnerung rufen, dass ich nur etwas mehr als vierundzwanzig Stunden in meinem Zimmer verbracht hatte. Meine Umgebung reflektierte das grelle Sonnenlicht und leuchtete. Ich ging zur Rezeption des Motels und checkte aus. Meine Geldreserven gingen gefährlich zur Neige.

Da der Maho Beach, wo sich die Sunset-Beach-Bar befand, mit dem Auto nur eine halbe Stunde vom Motel entfernt war, machte ich Halt, um zu frühstücken, anstatt direkt dorthin zu fahren. Mit dem Frühstück brachte ich etwa eine Dreiviertelstunde herum. Anschließend beschloss ich, die Bar aufzusuchen. Woanders Zeit totzuschlagen, erschien mir sinnlos.

Michael kam eine Viertelstunde zu spät. Um zwölf Uhr wurde ich nervös. Ich befürchtete, dass er es sich anders überlegt haben könnte und mich sitzen ließ. Ich befürchtete, dass er auf dem Weg zur Bar womöglich überfallen worden war und ich ihn nie wiedersehen würde. Ich befürchtete, dass die ganze Sache ein abgekartetes Spiel war, dass er gar nicht die Absicht hatte, sich mit mir zu treffen, weil er mich dafür hasste, was ich Joe angetan hatte. Um fünf nach zwölf holte ich eine Zigarette hervor, zündete sie an und inhalierte. Die Chemikalien sorgten nicht dafür, dass sich meine Unruhe legte. Ein paar Minuten später hörte ich seine Stimme.

»Wie lange bist du schon hier?«, fragte Michael, nachdem er sich zum zweiten Mal innerhalb von zwei Tagen von hinten an mich herangeschlichen hatte.

Ich drehte mich um und sah ihn an. Er hatte eine Reisetasche bei sich. Ich hatte meine im Auto gelassen. »Ungefähr zwei Stunden«, antwortete ich. »Und, was ist los?«

»Wir hauen von hier ab«, erwiderte Michael.

»Aus der Bar?«, fragte ich und wunderte mich, warum wir uns überhaupt hier getroffen hatten.

»Nein«, antwortete Michael. Er setzte sich neben mir auf einen Barhocker. »Von der Insel.«

»Dann hilfst du mir also?«, fragte ich und ließ etwas Hoffnung in meiner Stimme mitschwingen. Ich nahm an, dass das der Grund war, weshalb wir die Insel gemeinsam verließen.

»Nein.« Michael schüttelte den Kopf. Ich spürte mein Herz in meinen Magen stürzen. »Ich kann dir nicht helfen«, fuhr er fort. »Ich weiß nicht, wie. Ich weiß nicht, wo dein Sohn ist, und ich habe keinen blassen Schimmer, wie ich es herausfinden könnte. Außerdem ist das sowieso nicht meine Baustelle.« Michael griff nach unten in das Außenfach seiner Reisetasche. »Aber ich kann dich zu Leuten bringen, die vielleicht in der Lage sind, dir zu helfen.« Er reichte mir einen Stapel Postkarten, den er aus seiner Tasche hervorgeholt hatte. Ich sah mir das Motiv auf einer von ihnen an. Es handelte sich um ein Foto des Lincoln Memorial in der Dämmerung. In dem Wasserbecken vor der Gedenkstätte schimmerten goldfarbene Lichtstreifen. Ich drehte die Karte um und las.

Michael, wir können dir dabei helfen, dem Krieg zu entfliehen, stand darauf zu lesen. *Befolge die unten genannten Anweisungen, und wir werden dich finden.* Darunter befand sich ein kurzes Gedicht, das scheinbar nichts mit dem Rest der Botschaft zu tun hatte. Ich schob die Postkarte unter den Stapel und las die nächste. Diese Karte zeigte das beleuchtete Washington Monument bei Nacht, das wie die Spitze eines riesigen Schwerts aus der Erde ragte. Die Botschaft lautete ähnlich: *Wir können dir dabei helfen zu entkommen. Wir wissen, wer du bist. Befolge die unten genannten Anweisungen, wenn du Interesse hast.* Ich drehte noch eine und noch eine Postkarte um. Sie waren alle gleich.

»Wie viele von denen hast du?«, fragte ich Michael.

»Ich habe ungefähr ein Dutzend bekommen, seit ich hier bin. Die erste habe ich nach etwa drei Monaten erhalten. Unmittelbar nachdem das erste Mal jemand hier gewesen war und versucht hatte, mich zu töten.«

»Wer sind die Absender?«, fragte ich.

»Ich vermute, sie gehören dem Untergrund an.«

»Was ist der Untergrund?«

»Ehemalige Soldaten, die sich verbündet haben und versuchen, Leute reinzuwaschen.«

»Leute ›reinzuwaschen‹?«, fragte ich.

»Sie zu säubern. Ihnen dabei zu helfen, von der Bildfläche zu verschwinden. Sie machen Leute, die aus dem Krieg aussteigen wollen, zu Unschuldigen.«

»Und du meinst, sie können mir helfen?«

»Das weiß ich nicht.« Michael zuckte mit den Schultern. »Aber ich habe keine bessere Idee.« Über uns donnerte ein Flugzeug vorbei. Der Lärm war ohrenbetäubend, als stünde man in einem seiner Triebwerke. Ich blickte nach oben, als das Flugzeug über uns hinwegflog. Michael ignorierte es. Er nutzte den kurzen Moment, in dem alle den Blick nach oben richteten, um sich in der Bar umzusehen.

»Bringst du mich zu ihnen?«, erkundigte ich mich und fragte mich, weshalb er sich die Mühe machen sollte.

»Klar«, erwiderte er.

»Warum?«

»Weil ich auch von dieser Insel wegmuss.«

»Und warum musst du von der Insel weg?«, fragte ich. Michael machte mich nervös.

»Weil noch mehr von den Anderen hier sind«, sagte er. »Ich weiß nicht, wie viele, aber es sind noch mehr hier.« Dann senkte er die Stimme zu einem Flüstern. »Ich habe gesehen, dass sie mir gefolgt sind. Sie sind mindestens zu viert. Ich kann sie nicht alle vier erledigen – zumindest nicht auf einmal.«

»Und deshalb hilfst du mir?«, fragte ich.

Michael zuckte mit den Schultern. Sein Blick traf sich kurz mit meinem. »Hast du eine bessere Alternative?«

»Okay«, sagte ich. »Okay.« Das war zwar nicht, was ich mir erhofft hatte, aber immerhin etwas. Vielleicht würde mir der Untergrund helfen können. »Und, wie lautet der Plan?«, erkundigte ich mich.

Michael warf einen Blick auf die Leute in unserer Nähe. Er hob einen Finger, um mir zu verstehen zu geben, dass ich einen Moment warten sollte. Dann donnerte ein weiteres Flugzeug über uns hinweg. Michael nutzte den Lärm, um zu sprechen.

»Hast du dein Auto hier?«, fragte er über das Getöse der Düsentriebwerke hinweg. Ich nickte. Er erhob sich von seinem Barhocker und griff nach seiner Reisetasche. Das Flugzeug befand sich jetzt genau über uns. »Wir treffen uns dort in zehn Minuten.« Ich nickte abermals. Michael entfernte sich, ohne sich noch einmal umzublicken.

Ich blieb noch fünf Minuten alleine in der Bar sitzen und betrachtete die Urlauber in ihrer Badebekleidung. Sie wirkten glücklich. Ich sah mir jedes Gesicht an und fragte mich, wem ich trauen konnte und wem nicht. Dann bezahlte ich meine Getränke, erhob mich und ging zum Auto.

Ich sah Michael nicht, als ich bei meinem Wagen ankam. Wie ich bereits gelernt hatte, bedeutete das jedoch nicht, dass er nicht da war. Ich gab mir Mühe, mich beiläufig zu verhalten, als ich zur Fahrertür ging, sie öffnete und auf dem Fahrersitz

Platz nahm. Genau in dem Moment ging eine der hinteren Türen auf. Ich blickte gerade noch rechtzeitig nach hinten, um zu sehen, wie Michael auf den Rücksitz sprang. »Heilige Scheiße«, keuchte ich. »Du hast mir vielleicht einen Schreck eingejagt. Wo kommst du denn her?« Michael warf seine Reisetasche auf den Boden, duckte sich auf dem Rücksitz und zog die Tür leise hinter sich zu. »Was machst du denn da?«, fragte ich und drehte mich zu ihm um.

»Schau nach vorn und fahr los«, forderte er mich auf.

Ich stellte keine weiteren Fragen mehr, steckte den Schlüssel ins Zündschloss und ließ den Motor an. »Wohin soll ich fahren?«

»Nach Norden. Richtung Grand Case«, sagte Michael.

Ich legte den Gang ein und fuhr vom Parkplatz. Nach dem, was ein paar Abende zuvor in Grand Case passiert war, hatte ich eigentlich keine Lust, wieder dorthin zurückzukehren, hielt mich aber trotzdem an Michaels Anweisung. Kurz darauf befanden wir uns auf der Hauptstraße und fuhren an der Mullet Bay und dem Cupecoy Beach vorbei.

»Ich komme mir dumm vor, Michael. Verrätst du mir jetzt bitte, was eigentlich los ist?« Ich starrte auf die Straße und warf immer wieder einen Blick in den Rückspiegel. Ein gelber Geländewagen ohne Dach folgte uns mit geringem Abstand.

»Ich habe dir doch gesagt, sie sind hier. Sie suchen nach mir. Du bist nur eine Urlauberin.« Langsam hatte ich das Gefühl, ausgenutzt zu werden. Ich warf abermals einen prüfenden Blick in den Rückspiegel. Der Geländewagen war noch näher gekommen – nahe genug, dass ich den Fahrer sehen konnte.

»Michael«, sagte ich und blickte noch einmal in den Rückspiegel, um mich zu vergewissern, dass ich nicht halluzinierte. »Ich glaube, wir werden verfolgt.«

Ich hörte Michael irgendetwas vor sich hin murmeln. »Wie kommst du darauf, dass wir verfolgt werden?«

»Ich erkenne den Fahrer. Er war in der Bar und hat uns beobachtet.«

»Wie sieht er denn aus?«, wollte Michael wissen.

»Keine Ahnung«, erwiderte ich. »Ganz normal …«

Dann beschrieb Michael ihn. »Braune Haare?«, sagte er. »Kurz und gelockt? Sonnenbrille mit schwarzem Gestell?« Das war zwar keine detaillierte Beschreibung, traf aber zu.

»Ja«, entgegnete ich.

»Scheiße«, brummte Michael. »Wie fühlst du dich?«, fragte er mich.

Was sollte ich darauf antworten? Meine Hände zitterten. »Gut«, sagte ich. Ich hörte, wie Michael sich hinter mir bewegte. Dann hörte ich ein Klicken. »Was machst du da?«, fragte ich.

»Fahr langsamer«, sagte Michael, »und schau, ob sie uns überholen.« Ich warf im Rückspiegel einen kurzen Blick auf ihn. Er hatte eine Hälfte der Sitzlehne nach vorn geklappt, um sich Zugang zum Kofferraum zu verschaffen.

»Was ist, wenn sie uns nicht überholen?«

»Dann halt an und schau, ob sie weiterfahren.«

»Was hast du vor?«, fragte ich noch einmal.

»Ich verstecke mich im Kofferraum«, erwiderte Michael.

»Was ist, falls sie nicht weiterfahren, wenn ich anhalte?«

»Rede dich raus. Vergiss einfach, dass ich hier bin.«

»Und wenn sie den Kofferraum aufmachen?«

»Dann gib Gas und fahr weg.« Im Rückspiegel sah ich, dass Michael die Beine bereits in den Kofferraum geschoben hatte. Ich fuhr langsamer. Der gelbe Geländewagen fuhr ebenfalls langsamer.

»Sie überholen uns nicht«, sagte ich zu Michael. Dann hörte

ich abermals ein Klicken. Ich blickte mich um. Der Rücksitz war leer. Michael befand sich im Kofferraum. Er hatte die Sitzlehne wieder zurückgeklappt. Seine Reisetasche war ebenfalls verschwunden. Es war, als sei er nie da gewesen. Ich fuhr immer langsamer. Der Geländewagen fuhr ebenfalls immer langsamer. Auf dem Beifahrersitz saß ein zweiter Mann, der mir nicht bekannt vorkam. Er hatte glattes braunes Haar und trug keine Brille, sodass ich seine Augen sehen konnte. Er beobachtete mich. Anzuhalten war keine gute Idee. Das spürte ich. Trotzdem tat ich, was Michael mir aufgetragen hatte.

Wir waren gerade erst an der Baie Rouge vorbeigekommen. Ich hielt an einem Kliff mit Aussicht aufs Meer. Als ich den Motor ausschaltete, hörte ich das Tosen der Brandung. Der Geländewagen hielt hinter mir an. Ich hätte Michael gerne gefragt, ob er sich sicher war, dass das eine gute Idee sei, doch dafür war es jetzt zu spät.

Die beiden Männer stiegen hinter mir aus ihrem Geländewagen und kamen auf mein Auto zu. Der Beifahrer ging etwa zwanzig Schritte an meinem Wagen vorbei, dann drehte er sich um und sah mich an. Der Fahrer trat an mein Fenster, beugte sich zu mir herunter und spähte ins Auto. »Alles in Ordnung mit Ihnen, Lady?«, erkundigte er sich, nachdem er sich vergewissert hatte, dass außer mir niemand im Wagen saß. Er trug sein Hemd über der Hose, was allerdings nicht die Pistole verbarg, die er sich in den Hosenbund gesteckt hatte.

»Alles okay«, erwiderte ich und gab mir Mühe zu verhindern, dass meine Stimme zitterte. »Ich wollte Sie nur vorbeifahren lassen. Es sah so aus, als hätten Sie es eilig.«

»Sie sind die Lady aus der Bar«, stellte der Mann mit gespielter Überraschung fest. Ich antwortete nicht. »Wo ist denn Ihr Freund?«, fragte er.

»Dieser Kerl? Nicht mein Typ. Ich stehe nicht auf ungepflegte Typen.« Ich warf einen Blick auf den zweiten Mann, der mit den Händen an den Hüften fünf Meter vor meinem Wagen stand.

»Tatsächlich? Sie beide haben nämlich einen ziemlich vertrauten Eindruck gemacht.« Der Mann legte eine Hand auf die Autotür. »Vielleicht sollten Sie mal aussteigen.«

»Nein«, erwiderte ich. »In Gegenwart von zwei fremden Männern steige ich nicht aus.« Ich schüttelte den Kopf. »Außerdem muss ich jetzt wirklich weiter.« Ich drehte den Zündschlüssel.

»Öffnen Sie Ihren Kofferraum!«, schrie der Mann, als ich den Wagen anließ. Er schob sein Hemd vorne ein Stück hoch, damit ich den Griff seiner Pistole sehen konnte.

»Nein«, sagte ich in dem Wissen, dass Michael es womöglich mit dem Leben bezahlen würde, wenn ich kein Pokerface machte.

»Wir tun Ihnen nichts«, sagte der Mann. »Öffnen Sie einfach den Kofferraum.«

»Nein«, wiederholte ich und legte den Gang ein.

»Gut«, sagte der Mann, zog seine Pistole aus dem Hosenbund und ging hinter meinen Wagen. Ich beobachtete im Rückspiegel, wie er seine Pistole hob und damit auf den Kofferraum zielte. Er stand nur etwa drei Meter hinter dem Wagen. Ich sah nach vorn. Der andere Mann hatte ebenfalls eine Pistole gezogen. Mir blieb nur eine Sekunde, bis der Kofferraum von Kugeln durchsiebt werden würde. Entweder sie oder Michael. Ich legte instinktiv den Rückwärtsgang ein und trat aufs Gaspedal. Es dauerte einen Augenblick, bis die Räder griffen. Ich hörte sie durchdrehen, bevor sich das Auto in Bewegung setzte. Als die Reifen fassten, machte es einen Satz rückwärts. Ich sah in den Rückspiegel. Der Mann hielt seine Pistole vor sich und wurde immer größer, als der Wagen auf ihn zuschoss. Er hatte mich unterschätzt. Er hatte nicht damit gerechnet, dass ich mich zur Wehr setzen würde, weil er nicht wusste, wofür ich kämpfte. Ich hielt das Lenkrad so fest gepackt, dass meine Unterarme zu schmerzen begannen.

Der Mann hinter mir gab einen ungezielten Schuss ab, ehe ich das dumpfe Geräusch vernahm, mit dem sein Körper auf der Heckscheibe aufschlug. Das Glas zersplitterte nicht, aber der Aufprall ließ das ganze Auto erzittern. Ich gab mir Mühe, nicht darüber nachzudenken, wie schwer er möglicherweise verletzt war, und hielt den Blick nach vorn gerichtet. Der andere Mann kam mit seiner Pistole in der rechten Hand auf das Auto zugerannt. Ich warf abermals einen Blick auf den Wahlhebel der Automatik und legte den Vorwärtsgang ein. Dann trat ich ein zweites Mal aufs Gaspedal und hielt mit dem Wagen Kurs auf ihn. Er hob seine Pistole und zielte auf mich. Ich konnte beinahe spüren, wo mich die Kugel getroffen hätte, wenn er auf mich gefeuert hätte. Meine Haut brannte, doch er drückte nicht ab. In letzter Sekunde, unmittelbar bevor ich ihn erfasst hätte, hechtete er aus dem Weg, sodass ich ihn nur streifte. Er prallte von der unteren Ecke der Windschutzscheibe ab und wurde zur Seite geschleudert. Ich lenkte den Wagen wieder auf die Straße und sah ein letztes Mal in den Rückspiegel. Der Fahrer des Geländewagens, den ich rückwärts angefahren hatte, lag auf dem Boden – er bewegte sich, stand aber nicht auf. Der andere Mann lag regungslos wie eine Leiche da.

Ich beschleunigte. Mein Fuß hielt das Gaspedal noch bis zum Anschlag durchgetreten, als ich wieder das Klicken der Rücksitzlehne hörte. Ich hatte fast vergessen, dass Michael sich im Kofferraum versteckt hatte. »Fahr langsamer«, forderte er mich auf, als sein Kopf auftauchte. »Du darfst keine Aufmerksamkeit erregen.« Ich spürte, wie sich alle Muskeln in meinem Körper entspannten, und nahm den Fuß vom Gaspedal, bis wir mit normaler Geschwindigkeit fuhren.

»Wohin genau fahren wir eigentlich?«, fragte ich.

»Zum Grand Case Airport«, sagte Michael. »Ich habe Freunde, die uns in eine Maschine nach Miami schleusen können.« Ich wollte nicht zurück zum Grand Case Airport. Ich wollte nicht das Verdunstungsbecken sehen, in dem wir die Leichen entsorgt hatten. Wenn ich auf diese Weise von der Insel kam, war ich jedoch dazu bereit.

»Okay«, sagte ich und lenkte den Wagen um eine weitere enge Kurve in der Straße. Meine Hände zitterten noch immer.

»Alles in Ordnung mit dir?«, erkundigte sich Michael. Er befand sich nach wie vor zur Hälfte im Kofferraum und zur Hälfte auf dem Rücksitz. Seit dein Vater und ich uns auf die Flucht begeben hatten, hatte ich eine Menge gesehen, doch ich hatte niemals jemandem etwas angetan. Ich beantwortete Michaels Frage nicht. Er hütete sich, sie noch einmal zu stellen.

ACHTES KAPITEL

Das Brummen des Flugzeugtriebwerks vor meinem Fenster war seltsam beruhigend und beinahe laut genug, um die Stimmen in meinem Kopf zu übertönen. »Alles okay?«, hörte ich Michael über den Lärm hinweg fragen. Ich öffnete die Augen. Wir flogen über tief hängende Wolken. Sie waren weich und weiß und wirkten surreal und perfekt. Durch die Lücken zwischen den Wolken konnte ich aufs Meer blicken. In jeder Richtung war meilenweit nichts als blaues Wasser zu sehen.

Ich schaute zu Michael hinüber. Er saß auf der anderen Seite des schmalen Mittelgangs. Wenn ich die Hand ausgestreckt hätte, wäre ich in der Lage gewesen, ihn zu berühren. »Mir geht's gut«, erwiderte ich ohne Überzeugung in der Stimme.

»Du bist wütend auf mich«, stellte Michael fest.

Ich spürte Tränen in meine Augen strömen, war jedoch entschlossen, sie zurückzuhalten. »Du hast mich benutzt«, sagte ich, da ich mir inzwischen sicher war, dass Michael die ganze Zeit geplant gehabt hatte, mich als Tarnung für seine Flucht zu verwenden.

»Sicher«, entgegnete Michael. »Ich habe dich benutzt, um von der Insel zu kommen, und du benutzt mich, damit ich dich zu Leuten bringe, die dir vielleicht helfen können.«

Ich konnte kaum glauben, dass er diese beiden Dinge miteinander verglich. »Ich war ehrlich zu dir. Ich habe dich um Hilfe gebeten. Und ich habe dich nicht gezwungen, jemandem wehzutun.« Ich wandte den Blick ab und starrte die Wand vor mir an, um weder Michael ansehen, noch aus dem Fenster blicken und mich an meine eigene Bedeutungslosigkeit erinnern lassen zu müssen.

Michael lachte. »Ist es etwa das, worum es dir geht? Um diese Schlägertypen, die du mit dem Auto angefahren hast? Als ich mich neulich abends um den Typen gekümmert habe, der mit seiner Pistole auf dich gezielt hat, schien dich das auch nicht zu stören.« Ich wollte darauf nicht antworten. Je mehr wir sprachen, desto wütender wurde ich.

»Lassen wir das Thema«, sagte ich.

»Hör mir zu, Maria«, sagte Michael. Seine Stimme hatte den gleichen Tonfall wie die deines Vaters. Ich hörte die gemeinsame Jugend der beiden aus Michaels Stimme heraus. »Wenn du deinen Sohn wirklich zurückhaben möchtest, musst du bereit sein zu kämpfen. Niemand wird ihn dir einfach so aushändigen. Du kannst nicht erwarten, dass irgendjemand anders die Drecksarbeit für dich erledigt.« Er hatte recht. Ich musste abgebrühter werden.

»Ich bin das einfach nicht gewöhnt«, sagte ich. »Ich habe noch nie jemandem wehgetan.«

»Tja, daran wirst du dich schon noch gewöhnen. Du wirst dich wundern, wie leicht man sich daran gewöhnen kann.«

»Denkst du, sie sind tot?«

»Darüber denke ich gar nicht nach«, erwiderte Michael. Dann herrschte Schweigen. Das einzige Geräusch war der Lärm der Flugzeugtriebwerke. Ich wünschte mir, Michael hätte meine Hand genommen und mir gesagt, dass alles gut werden würde. Ich starrte abermals zum Fenster hinaus. Das Flugzeug war zu klein, als dass Michael und ich uns aus dem Weg hätten gehen können. Dann hörte ich eine Bewegung, blickte hinüber und sah, wie Michael sich nach unten beugte und den Reißverschluss seiner Reisetasche öffnete. »Ich glaube, ich habe da noch was von dir«, sagte er, griff in seine Tasche und holte das Tagebuch deines Vaters hervor. Er hielt sein Versprechen, es mir zurückzugeben.

»Hast du es gelesen?«, fragte ich. Wenn er es gelesen hatte, dachte ich, blieb ihm gar nichts anderes übrig, als mir zu helfen. Wenn er wusste, wie sehr dein Vater dich geliebt hatte, musste auch er dich lieben.

»Ja.«

»Und, was meinst du?«, wollte ich wissen und rechnete mit einem vollständigen Sinneswandel.

»Ich meine, dass du ein kleines Luder bist«, erwiderte er mit einem leicht schiefen Lächeln.

»Wovon sprichst du?«, fragte ich. Als es mir bewusst wurde, spürte ich Wärme in meine Wangen steigen. »Meinst du unsere erste gemeinsame Nacht?«, fragte ich.

Michael grinste mich einfach nur an.

»So war das nicht«, sagte ich zu ihm. »Es war nicht so, wie Joe geschrieben hat. Es war nicht wie in einem kitschigen Liebesroman.« Ich sah zu Michael hinüber. Zum ersten Mal, seit ich ihn kennengelernt hatte, benahm er sich wie der Michael aus den Erzählungen deines Vaters. »Joe muss versucht haben, mich mit dem, was er geschrieben hat, zu beeindrucken. Vielleicht hatte er auch Angst, dass ich beleidigt wäre, wenn er die Wahrheit schreibt.«

»Was ist denn die Wahrheit?«

Ich dachte an das erste Wochenende zurück, das ich mit deinem Vater verbracht hatte, an das Wochenende, an dem du entstanden warst. Ich beschloss, Michael diese eine Sache zu sagen: »Es war wunderschön. Aber es war nicht so, wie Joe geschrieben hat. Es war unbeholfener und zärtlicher. Und unheimlicher. Es war viel unheimlicher. Und spezieller«, fügte ich hinzu und nickte. »Viel spezieller.«

»Tja, vielen Dank, dass du mir das verdorben hast«, erwiderte Michael mit einem Lächeln. Ich spürte, wie ein Teil der Anspannung wich.

»Was ist mit dem Rest, den Joe geschrieben hat?«

»Du möchtest wissen, was ich davon halte?«

»Ja«, sagte ich.

»Ich bin froh, dass Joe niemals aufgehört hat zu kämpfen, dass er einfach etwas anderes gefunden hat, für das er kämpfen konnte. Es hat wehgetan, als er sich aus dem Staub gemacht hat. Ich habe das damals nicht verstanden.«

»Verstehst du es jetzt?«, fragte ich. Ich wollte, dass er das bejahte. Ich wollte es unbedingt.

»Nein«, entgegnete Michael mit einem Kopfschütteln. »Ich verstehe immer noch nicht, warum er sich aus dem Staub gemacht hat. Aber ich bin froh, dass er weitergekämpft hat.« Michael ist so anders als dein Vater war.

Ich blickte nach unten auf meine Hände. »Es dauert ein paar Monate, bis sich die Augen eines Babys entwickeln«, platzte ich heraus. »Bis sie drei Monate alt sind, können sie einen nicht wirklich erkennen – zumindest nicht visuell.« Ich sah Michael mit flehendem Blick an. »Also weiß Christopher nicht, wie ich aussehe. Wenn ich Glück habe, erinnert er sich an meine Stimme, aber er wird nicht wissen, warum er sich daran erinnert.« Ich fing an zu weinen. »In ein paar Monaten wird er ein Jahr alt. Sobald Babys ein Jahr alt sind, fürchten sie sich vor Fremden. Das bedeutet, dass mein Sohn Angst vor mir haben wird, wenn ich ihn wiedersehe.« Dann tat er es. Michael streckte den Arm aus und legte seine Hand auf meine, doch er sagte mir nicht, dass alles gut werden würde. Er sagte kein Wort.

NEUNTES KAPITEL

Während Michael fuhr, betrachtete ich die Postkarten und versuchte, mir einen Reim darauf zu machen, was sie bedeuteten. Ich las diejenige, auf der das Weiße Haus abgebildet war:

Michael, hab keine Angst. Wir können dich beschützen.
Zweifle nicht am Sand,
Zweifle nicht am Herbst,
Zweifle nicht an der Uhr,
Die dort tickt an der Wand.
Am fünften Tag ist in Malcolms Park Freiheit zu finden.

Keine der Postkarten trug eine Unterschrift. Eine schien mysteriöser als die andere. Ich drehte die Karte um, die das Lincoln Memorial zeigte:

Michael, du brauchst nicht allein zu sein.
Fünf sind eine Menge,
Drei sind nicht viel,
Einer ist zu wenig,
Vier sind gerade genug.
Am dritten Tag ist auf Einsteins Schoß Freiheit zu finden.

Wir hatten uns einen Leihwagen genommen, als wir in Miami gelandet waren. Alle Postkarten stammten aus Washington, D.C., deshalb hatten wir uns auf den Weg dorthin gemacht. Wir hatten vor, in Fayetteville in North Carolina zu übernachten, damit uns mehr Zeit blieb, um die rätselhaften Postkarten zu entschlüsseln und uns ein wenig auszuruhen.

Ich fragte Michael, was die Postkarten seiner Meinung nach zu bedeuten hatten. Er entgegnete, dass er keine Ahnung habe. Ich wollte von ihm wissen, wie er sich sicher sein könne, dass es sich nicht um eine Falle handle. »Das bin ich mir nicht«, sagte er. »Man kann sich *nie* sicher sein, dass es sich nicht um eine Falle handelt. Manchmal muss man einfach pokern und das Risiko eingehen.« Er hielt den Blick auf die Straße vor uns gerichtet.

Dann fragte ich ihn, was er über den Untergrund wisse.

»*Wissen* ist ein heikles Wort. Ich habe Gerüchte gehört, weiß allerdings nicht, was davon wahr ist. Wie ich schon sagte, bevor ich diese Postkarten bekommen habe, hielt ich ihn für einen Mythos. Was ich gehört habe, ist, dass es sich bei seinen Mitgliedern um Enttäuschte handelt, um Ungläubige. Da sie nicht glauben, helfen sie anderen, die ebenfalls nicht glauben.«

»Nicht an den Krieg glauben, meinst du?«

»Ja.« Michael nickte. »Na ja, sie glauben an seine Existenz.« Er lächelte. »Aber sie glauben nicht, dass es sich lohnt, ihn zu führen.«

»Hast du schon mal gehört, dass sie mit jemandem Kontakt aufgenommen haben?«

»Nein«, sagte Michael. »Aber ich kenne eine Menge Leute, die im Krieg ums Leben gekommen sind, und ich habe nicht annähernd so viele Leichen gesehen, wenn du weißt, was ich meine.«

»Dann denkst du also, dass einige der Leute, von denen dir gesagt wurde, sie wären getötet worden, womöglich zum Untergrund übergelaufen sind?« Hatte er das auch im Fall deines Vaters gehofft? Hatte ich seine Hoffnung zerstört, indem ich ihm erzählt hatte, was tatsächlich passiert war?

»Nein«, erwiderte Michael. »Ich will damit nur sagen, dass vermutlich alles möglich ist, wenn ich keine Leiche zu Gesicht bekomme.«

Die Fahrt von Miami nach Fayetteville wird vermutlich etwa zwölf Stunden dauern. Hoffentlich werde ich bis dahin zumindest zum Teil herausgefunden haben, was der Text auf den Postkarten bedeutet.

ZEHNTES KAPITEL

Addy holte abermals ihr Telefon hervor. Evan lag neben ihr im Sand und schlief fest. Sie betrachtete sein Gesicht und die Bartstoppeln an seinem Kinn. Ihr gefiel, wie die Stoppeln aussahen, auch mit den kahlen Stellen eines Achtzehnjährigen an seiner Kieferpartie.

Vor ihr glitzerte das Sonnenlicht auf dem ruhigen, scheinbar endlosen Ozean. Addy konnte kaum glauben, wie beschaulich das Meer wirkte. Nach allem, was in den vergangenen zwei Tagen passiert war, rechnete sie beinahe damit, dass es überkochen würde. Addy und Evan hatten den ganzen weiten Weg bis nach Santa Barbara zurückgelegt. Sie waren vor Tagesanbruch aus ihrem Versteck geschlichen und von Los Angeles aus per Anhalter auf der Route 1 gefahren. Evan hatte sich neben dem Highway im Dunkeln versteckt, während sie versucht hatte, eine Mitfahrgelegenheit zu finden. Er hatte sich erst zu erkennen gegeben, nachdem ein Wagen angehalten hatte. Ihr Plan – oder vielmehr Addys Plan – war, so weit zu fahren, wie sie mitgenommen wurden. Auf diese Weise waren sie bis nach Santa Barbara gekommen. Das war vorerst weit genug. Im Augenblick fühlte Addy sich sicher vor dem Feuer und dem Rauch und den bewaffneten Männern.

Addy hatte genug Erfahrung, dass sie ihr Telefon, ihr Geld und ihren Pass vor dem Feuer am Körper getragen hatte. Sie war oft genug gezwungen gewesen, aufzuspringen und wegzurennen, ohne Zeit zu haben, um ihre Sachen zusammenzusuchen, dass sie gelernt hatte, alles stets am Körper zu tragen oder zumindest in Reichweite aufzubewahren. Mit leeren Taschen zu schlafen oder ohne den Tragegurt ihrer Reisetasche zu umklammern, war ein Luxus, den Addy beinahe vergessen hatte. Evan hatte diese Lektion nie gelernt. Er war arglos aufgewachsen, ohne jemals fliehen zu müssen, und frei von Paranoia. Im Gegensatz zu Addy hatte er alles zurückgelassen, als sie aus dem brennenden Haus geflohen waren. Addy betete, dass die Flammen Evans Handy und seinen Pass zerstört hatten, als das Haus niedergebrannt war. Sie hoffte, dass Evan trotz allem das bleiben würde, von dem sie wusste, dass sie es niemals haben würde: die Möglichkeit, in die Welt verschwinden zu können, ohne bis ans Ende seines Lebens vor jedem Fremden Angst haben zu müssen, der in seine Nähe kam. Seine einzige Chance bestand darin, anonym zu bleiben. Wenn sie sein Portemonnaie gefunden hatten, war diese Chance dahin. Dann war er ein Gebrandmarkter, genau wie sie alle.

Während Addy am Strand saß, checkte sie auf ihrem Handy ihre E-Mails. Sie hatte bereits während der Fahrt nach Santa Barbara ein paar Mal nachgesehen. Als Evan herausgefunden hatte, dass Addy noch im Besitz ihres Mobiltelefons war, hatte er seine Begeisterung kaum verbergen können. Er hatte das Telefon gesehen und angenommen, dass Addy einfach Hilfe rufen konnte. Das Telefon, dachte Evan, würde sie retten. Er verstand nicht, dass es nichts nützte, mit einer Welt verbunden zu sein, in die man nicht gehörte – darüber war Addy sich im Klaren. In ihrer Welt tauschte man keine Telefonnummern aus und schrieb sich keine SMS, um sich gegenseitig mitzuteilen, wie der Tag verlaufen war. Das wäre zu gefährlich gewesen. Alles wurde überwacht. Alles war angezapft. Addy wusste, dass ihr Telefon sie nicht retten würde. Es war nur ein Werkzeug. Sie würden sich selbst retten müssen.

Addy blickte auf das Display. Sie hatte immer noch keine neuen Nachrichten, hatte damit allerdings auch nicht gerechnet. Sie war sich fast sicher, dass alle auf dieser Welt, die wussten, wie man sie kontaktieren konnte, bei der Razzia getötet worden waren. Andererseits wusste sie aber auch nicht, wie sie jemanden hätte kontaktieren können, der ihres Wissens noch am Leben war. Trotzdem checkte Addy immer wieder ihre E-Mails und hoffte auf ein Wunder. Da sie keine neuen Nachrichten hatte und Evan noch schlief, nutzte sie die Gelegenheit und versuchte herauszufinden, was am Abend zuvor in Los Angeles passiert war. Wenn Evan wach war, wollte sie nicht recherchieren. Sie war es gewohnt, die Berichterstattung zu überfliegen und nach verschlüsselten Hinweisen auf den Krieg zu suchen, und war gut darin, Fehlinformationen und Verschleierungen zu dekodieren. Wonach Addy Ausschau hielt, war ein weit unter den Überschriften verborgener Bericht über ein Feuer in einem kleinen Haus im Zentrum von Los Angeles, verursacht von einem Kurzschluss, oder über einen außergewöhnlichen Unfall in einem illegalen Drogenlabor. Die Informationen, die sie bislang gefunden hatte, waren stets verborgen gewesen. Sie hatte immer danach stöbern müssen und glaubte nicht, dass es in diesem Fall anders sein würde. Sie rechnete nicht damit, ein Foto von Evan ganz oben auf jeder Nachrichten-Website zu sehen, die sie aufrief.

Addy las. Sämtliche Überschriften drehten sich um ein und dasselbe Thema: VERSTECKE VON TERRORISTEN GESTÜRMT *oder* TÖDLICHE RAZZIA BEI TERRORISTENGRUPPIERUNG. Addys schlimmste Befürchtungen wurden bestätigt. Ihr Haus war nicht das einzige gewesen, das gestürmt worden war. In Los Angeles hatten drei Razzien durch Sondereinsatzkommandos stattgefunden. Die Razzien waren koordiniert gewesen, und mindestens achtundzwanzig Menschen waren dabei ums Leben gekommen. Wie viele Verhaftungen es gegeben hatte, wurde nicht erwähnt. Addy spürte Übelkeit in sich aufsteigen. Das flaue Gefühl in ihrem Magen wurde mit jedem Wort schlimmer. Es waren nicht die Fakten – die drei Razzien, die Tatsache, dass es sich um ein echtes Sondereinsatzkommando gehandelt hatte, die achtundzwanzig Toten –, die Addy am meisten Angst machten. Was ihr am meisten Angst einjagte, war die schlichte Tatsache, dass die Geschichte überall in fetten Großbuchstaben zu lesen stand. Das hätte nicht der Fall sein dürfen. Der Krieg hätte nicht so im Rampenlicht stehen dürfen. Nichts war vertuscht worden. Entweder hatten die Razzien nichts mit dem Krieg zu tun – und Addy wusste, dass das unmöglich war –, oder jemand hielt sich nicht mehr an die Spielregeln. Sie klickte sich von einer Website zur nächsten und scrollte schneller durch die Berichte, als sie die Worte lesen konnte. An der Razzia waren zu viele Polizisten beteiligt gewesen, als dass alle von ihnen dem Krieg angehören konnten. Es hatte sich um echte Polizisten des Los Angeles Police Department gehandelt, das mit dem FBI zusammenarbeitete. Mit dem verdammten FBI. Addy las die Beschreibung der Razzia. Der Wortlaut war auf allen Websites mehr oder weniger derselbe. Offenbar stammten die Zitate aus ein und derselben Quelle. Die Razzien wurden als »koordinierte Angriffe auf die Stützpunkte einer gefährlichen und stetig wachsenden einheimischen Terroristenorganisation« beschrieben. Was die Motive Letzterer betraf, wichen die Berichte voneinander ab. Manche behaupteten, sie seien unklar. Andere mutmaßten, dass es sich bei den Terroristen um Anarchisten handle. Alle führten an, dass die Behörden Grund zu der Annahme hätten, sie würden Anschläge auf amerikanischem Boden planen. Einige Berichte enthielten Fotos von den Toten. Addy kannte viele von ihnen. Sie sah ein Foto von Dutty und eines von Soledad. Wenn sie Zeit gehabt hätte, um traurig zu sein, hätte sie vermutlich einen Moment getrauert.

Addy erkannte noch weitere Personen auf den Fotos. Sie erkannte den gefallenen Helden der Berichte, den Polizisten, den Evan getötet hatte. Sie erkannte ihn, weil sie ihm unmittelbar vor seinem Tod über die Mündung eines Gewehrs hinweg ins Gesicht gestarrt hatte. Er war das einzige Opfer, das die Behörden zu beklagen hatten. Achtundzwanzig Tote gegen einen. Addy fragte sich, ob Unbeteiligte diese Zahlen nicht in Frage stellen würden. Auf jeder Website, auf der sich ein Foto des getöteten Polizisten befand, war auch ein Foto von Evan abgebildet. Dieses Foto war schon ein paar Jahre alt und stammte vermutlich von Evans Führerschein. Sie mussten ihn in dem brennenden Haus auf dem Fußboden gefunden haben. Die Artikel enthielten auch Evans wirklichen, vollständigen Namen und brandmarkten ihn. Er brauchte gar nicht in den Krieg hineingeboren worden zu sein. Jetzt war er ein Terrorist und ein Polizistenmörder. Evan nach Hause zu seinen Eltern zu schicken, in die ruhige und friedliche Kleinstadt, in der er aufgewachsen war, kam nicht mehr infrage. Binnen weniger kurzer Tage war aus dem unschuldigen achtzehnjährigen Jungen der meistgesuchte Mann im ganzen Land geworden.

Addy überlegte, was zu tun war. Sie hätte Evan ganz alleine reinwaschen können, wenn er nach wie vor anonym gewesen wäre, doch das war er nicht mehr. Er war berüchtigt. Sie blickte sich am Strand um. Die Sonne kletterte höher in den Himmel, und die Luft erwärmte sich. Nach und nach kamen andere Leute an den Strand. Addy fühlte sich beobachtet. Sie war sich der Möglichkeit bewusst, dass jemand Evan erkennen würde. Das Foto von ihm war allgegenwärtig. Addy brauchte Hilfe. Sie brauchte dringend Hilfe. Der Untergrund. Addy würde zum Untergrund zurückkehren müssen, falls noch jemand am Leben war. Sie befürchtete, dass der Untergrund vielleicht ebenfalls angegriffen und völlig ausgelöscht worden war, und fragte sich, ob die Razzien womöglich nicht auf Los Angeles beschränkt gewesen waren, aber die Umstände dafür sorgten, dass Los Angeles die Nachrichten dominierte. Sie konnte sich unmöglich sicher sein. Ein neues Spiel hatte begonnen, dessen Regeln sie nicht kannte.

Bevor Addy ihr Telefon ausschaltete, checkte sie ein letztes Mal ihre E-Mails. Diesmal hatte sie eine neue Nachricht. Sie stammte von einer Absenderadresse, die sie nicht kannte. Die E-Mail selbst enthielt keinen Text, sondern nur einen Link zu einer Website mit einer URL-Adresse, die aus einem Kauderwelsch von dreißig Schriftzeichen bestand. Addy zögerte einen Moment und fragte sich, ob es sich womöglich um eine Falle handelte – ob man sie würde ausfindig machen können, wenn sie den Link anklickte. Letzten Endes war sie jedoch zu neugierig, zu wissensdurstig, um das Risiko nicht einzugehen. Eine neue Seite öffnete sich: dunkelgrüne Schrift auf hellgelbem Hintergrund. Addy erkannte die Farben wieder. Es handelte sich um die Farben der Revolution. Auf der gesamten Seite erschienen nur acht Wörter. Offenbar hatte jemand die Nachricht an alle versendet, die den Razzien entkommen waren oder auch nicht. Jemand kannte Addys E-Mail-Adresse. Die Botschaft lautete:

DIE REVOLUTION IST TOT.
LANG LEBE DIE REVOLUTION …

Addy war sich nicht sicher, was die Botschaft zu bedeuten hatte. Vielleicht diente sie nur dazu, alle darüber zu informieren, dass es da draußen noch jemanden gab. Falls sie eine tiefere Bedeutung hatte, verstand Addy diese nicht. Sie brauchte jedoch keine tiefere Bedeutung. Ihr genügte es zu wissen, dass Evan und sie nicht allein waren.

Inzwischen strömten Scharen von Menschen an den Strand. Es war nur eine Frage der Zeit, bis jemand Evan erkennen würde. Addy streckte die Hand aus und rüttelte ihn wach. Er öffnete die Augen.

»Bist du bereit?«, fragte Addy. Sie wartete nicht auf eine Antwort. Ihr war nicht einmal klar, weshalb sie sich überhaupt die Mühe gemacht hatte, die Frage zu stellen. Ob Evan bereit war oder nicht, spielte inzwischen keine Rolle mehr. »Lass uns verschwinden«, sagte sie.

Addy erzählte Evan nicht, was sie herausgefunden hatte. Noch nicht. Sie forderte ihn auf, im Gehen sein Gesicht zu verbergen, ohne ihm zu sagen, warum. Sie hatte Angst davor, wie er reagieren würde. Sie hatte es bereits mit genug Unwägbarkeiten zu tun. Fürs Erste wollte Addy nur, dass sie sich wieder in Bewegung setzten. Die Revolution ist tot. Lang lebe die Revolution. Irgendjemand verschickte noch immer Nachrichten. Addy musste einfach eine Möglichkeit finden, um so lange am Leben zu bleiben und Evan so lange am Leben zu erhalten, bis sie beide gefunden wurden.

»Wohin gehen wir?«, fragte Evan.

»Hast du schon mal vom Untergrund gehört?«, erwiderte Addy.

ELFTES KAPITEL

Wir fahren zum Meridian Hill Park. Auf dem Weg nach Fayetteville bat ich Michael anzuhalten, damit ich einen Stadtführer für Washington, D.C., kaufen konnte. Ich habe darin Wahrzeichen gefunden, die zu fünf von den sechs Hinweisen auf den Postkarten passen. Ich vermute, dass sich die Verweise auf bestimmte Tage auf die jeweiligen Wochentage beziehen. Die Fotos auf den Postkarten sind meiner Ansicht nach nicht von Belang. Was die Gedichte bedeuten, verstehe ich immer noch nicht. Heute ist Freitag. Der fünfte Tag.

Zweifle nicht am Rost,
Zweifle nicht am Sand,
Zweifle nicht an der Uhr,
Die dort tickt an der Wand.
Am fünften Tag ist in Malcolms Park Freiheit zu finden.

Der Meridian Hill Park ist auch unter dem Namen »Malcolm X Park« bekannt. Möglicherweise handelte es sich bei dem Gedicht um eine Anspielung auf eine Uhr oder eine Sonnenuhr. Als ich Michael sagte, was ich mir zusammengereimt hatte, entgegnete er, dass ihm alles ziemlich offensichtlich erscheinen würde. Auch wenn man die Bedeutung des Gedichts nicht herausgefunden habe, seien die anderen Hinweise nicht schwer zu entschlüsseln. Ich wurde noch nervöser, dass wir womöglich in eine Falle tappten. Um mich selbst machte ich mir keine Sorgen. Mir durften sie nichts antun. Ich machte mir Sorgen um Michael und sagte ihm, dass er mich nicht zu begleiten brauche, dass er mich nicht begleiten solle, dass es zu riskant sei. Er sagte, er sei es mir schuldig, bei mir zu bleiben, bis ich den Untergrund gefunden hätte, da ich ihm geholfen hatte, St. Martin zu verlassen. Sobald wir den Untergrund gefunden hätten, würde er in sein eigenes Leben zurückkehren, was auch immer das bedeutete.

Michael fuhr vom Highway ab. Auf der anderen Seite des Flusses sah ich die Monumente. Ich kannte jedes davon beim Namen, da ich die Fotos auf den Postkarten und in meinem Reiseführer studiert hatte. Ich sah das Jefferson Memorial und das Lincoln Memorial. Ich sah das Washington Monument in den wolkenlosen blauen Himmel ragen. Wir überquerten die Brücke in die Stadt und kamen an den Monumenten vorbei. Wir fuhren nach Norden, genau zwischen dem Washington Monument und dem Kapitol hindurch, das wie ein riesiges elfenbeinfarbenes Schloss am Ende einer langen Grasfläche stand. Ich sah zu Michael hinüber. Er trommelte mit den Händen aufs Lenkrad. Hin und wieder löste er den Rücken von der Sitzlehne und beugte sich mit dem Oberkörper nach vorn zum Lenkrad.

»Was machst du da?«, wollte ich wissen.

»Dehnübungen«, erwiderte er.

»Dehnübungen wozu?«, fragte ich.

»Für alle Fälle«, entgegnete er, ohne mich anzusehen. Ich hakte nicht nach.

Wir fuhren durch einen Kreisverkehr, in dessen Mitte sich ein Brunnen befand. Es war ein wunderschöner Frühlingstag. Scharen von Menschen saßen um den Brunnen und tranken Eiskaffee, während sie die Sonne genossen. »Wir brauchen einen Plan«, sagte Michael zu mir, als wir den Kreisverkehr verließen und weiter in nördlicher Richtung einen Hügel hinauffuhren.

»Ich dachte, wir fahren zum Meridian Park?«, sagte ich zu ihm.

»Zum Meridian Park zu fahren, ist kein Plan. Wir brauchen einen Plan, was wir machen, sobald wir im Park ankommen.« Ich starrte ihn verständnislos an, da ich keine Ahnung hatte, wovon er sprach. »Wenn das eine Falle ist – und ich sage nicht, dass es das ist –, dann wurde sie mir gestellt, nicht dir. Du wirst nur dann mit reingezogen, wenn du mir zu nahe bist.« Er hielt inne und überlegte. Ich konnte förmlich sehen, wie sich die Rädchen in seinem Kopf drehten. »Wir machen Folgendes: Ich gehe als Erster in den Park und suche mir eine Stelle, von der ich den ganzen Park überblicken kann, ohne Angst haben zu müssen, dass sich jemand von hinten an mich ranschleicht. Du wartest fünf Minuten und kommst dann nach. Auf diese Weise kannst du nach dem Ausschau halten, wonach du suchst, und ich kann dich im Auge behalten. Sobald du im Park bist, musst du so tun, als würdest du mich nicht kennen. Alles andere ist zu gefährlich.« So tun, als würde ich ihn nicht kennen? Ich kannte ihn nicht. Trotzdem war ich nicht bereit, mich von ihm zu trennen. Mein Herz begann, schneller zu schlagen, als Michael den Wagen anhielt. »Verstanden?«, fragte er und schaltete den Motor aus.

Alles erschien mir völlig verrückt. Es war ein strahlend schöner Tag. Ruhig. Klar. Ich versuchte, mir alles Schlimme ins Gedächtnis zu rufen, was ich jemals erlebt hatte. Ich hatte genug durchgemacht, um zu wissen, dass es keine Rolle spielte, wie schön ein Tag war. »Verstanden«, sagte ich.

Michael stieg aus dem Wagen. Bevor er die Tür schloss, beugte er sich noch einmal hinunter und sah zu mir herüber. »Fünf

Minuten«, sagte er. Ich nickte. Er machte die Tür zu. Ich warf einen Blick auf die Uhr. Es war kurz nach zwei. Ich merkte mir die genaue Zeit, damit ich wusste, wann ich mich auf den Weg machen konnte. Dann sah ich Michael hinterher, als er davonging. Ich gab mir Mühe, mich auf unseren Plan und auf die Hinweise zu konzentrieren. *Zweifle nicht am Rost. Zweifle nicht am Sand. Zweifle nicht an der Uhr, die dort tickt an der Wand.* Ich versuchte, alles andere aus meinem Kopf zu verbannen, doch das war unmöglich. Du warst in meinen Gedanken. Joseph war ebenfalls in meinen Gedanken und jetzt überraschenderweise auch Michael. Einen Moment lang war es mir völlig egal, warum er mir half. Ich war einfach nur froh, nicht mehr allein zu sein. Ich schloss die Augen. Als ich sie wieder öffnete, waren fünf Minuten vergangen.

Ich stieg aus dem Auto, griff aber noch einmal hinein und nahm meinen Rucksack heraus, in dem sich das Tagebuch deines Vaters und das Buch über die Entwicklung von Babys befanden. Die Postkarten vom Untergrund nahm ich ebenfalls mit und steckte sie zwischen die Seiten des Tagebuchs deines Vaters. Dann machte ich mich auf den Weg in Richtung Park. Ich sah die Stufen am Rand des Parks, zwei lange Treppen, die zu einer Grasfläche hinaufführten. Während ich die Stufen erklomm, hielt ich nach möglichen Hinweisen Ausschau. Ich entdeckte nichts, hielt mich aber auch nicht lange auf, da ich dorthin gelangen wollte, wo ich Michael im Blickfeld hatte. Dann konnte ich mich in Ruhe umsehen.

Als ich am oberen Ende der Treppe ankam, konnte ich die gesamte Grasfläche überblicken, die von Bänken umgeben war. Hinter den Bänken standen Bäume, die den Park von der Straße abgrenzten. Ich ließ den Blick über die eine Hälfte der Grasfläche schweifen, auf der sich Menschen tummelten – junge und alte Menschen, Eltern, die mit ihren Kindern spielten. Michael sah ich nicht. Dann blickte ich auf der anderen Seite hinunter. Michael befand sich in der Mitte des Parks und lehnte an einem dicken Baumstamm. Von seiner Warte konnte er fast den ganzen Park überblicken, und falls sich jemand hinter ihm befand, verbarg ihn der Baum. Ich holte vor Erleichterung tief Luft.

Ich begann erneut, nach Hinweisen Ausschau zu halten, und blieb in allen Ecken und Winkeln stehen, um nachzusehen, ob ich etwas entdeckte, das womöglich *irgendetwas* zu bedeuten hatte. Ich suchte jede Bank nach Einschnitzungen oder Markierungen ab. Alle paar Schritte blickte ich auf, um mich zu vergewissern, dass Michael mich nach wie vor im Auge hatte. Er erwiderte meinen Blick nie, schien allerdings verärgert darüber zu sein, dass ich unsere Tarnung aufs Spiel setzte, indem ich ihm so viel Aufmerksamkeit schenkte. Das war mir jedoch egal. Seine Anwesenheit vermittelte mir ein Gefühl von Sicherheit. Mit ihm in meiner Nähe wirkte der Park freundlich und war voller Sonnenschein und Gelächter. Ich konnte mir nicht vorstellen, dass irgendeiner von den Menschen in unserer Umgebung zu unseren Feinden gehörte, nicht in diesem Moment.

Ich drehte eine Runde im Park, ohne etwas zu finden, und fing an zu glauben, dass die Hinweise womöglich komplizierter waren, als es den Anschein hatte. Vielleicht waren wir an den falschen Ort gekommen. Trotzdem war ich noch nicht bereit aufzugeben und begann eine zweite Runde. Eine kühle Brise wehte und ließ die Blätter an den Bäumen rascheln. Ich beschloss, mich auf die nächste Bank zu setzen, um nachzudenken, und warf Michael einen Blick zu. Er hatte sich nicht von der Stelle gerührt.

Aus meiner neuen Perspektive sah ich mich abermals um. Am einen Ende des Parks spielte eine junge Mutter mit ihrem Baby, das vermutlich nicht viel älter als ein Jahr war. Die Mutter saß im Gras, und das Baby saß ein oder zwei Schritte von ihr entfernt. Wegen des Raschelns der Blätter im Wind konnte ich die Mutter nicht hören, aber ich sah, dass sie ihrem Baby etwas vorsang. Hin und wieder rappelte sich das Baby auf und brachte sich in eine stehende Position. Sobald es auf den Füßen stand, wippte es zum Klang der Stimme seiner Mutter. Dann fiel es wieder hin. Jedes Mal, wenn das passierte, klatschte seine Mutter in die Hände, und das Baby blickte zu ihr auf und fing ebenfalls an zu klatschen. Anschließend stand es wieder auf. Der Wind ließ nach, und ich hörte, was die Mutter sang. »Wenn du fröhlich bist und es weißt, dann klatsch in die Hände.« Der kleine Junge fiel erneut um, dieses Mal allerdings nicht nach hinten, sondern zur Seite, und streckte die Hände aus, bevor er mit dem Kopf auf dem Boden aufschlagen konnte. Obwohl er sich abgefangen hatte, begann er zu weinen. Er weinte, weil er erschrocken war. Ich hörte sein Weinen. Die Mutter eilte zu ihm und hob ihn vom Boden auf. Ich wäre am liebsten auch zu ihm geeilt. Stattdessen riss mich ein gedämpftes Geräusch aus meinen Gedanken. Ich blickte auf. Es klang, als hätte jemand meinen Namen gerufen. Ich hatte keine Ahnung, wie lange ich das Kind beobachtet hatte. Fünf Minuten? Zehn?

Michael stand nicht mehr an dem Baum. Ich hob gerade rechtzeitig den Blick, um zu sehen, wie zwei Männer ihn zu Boden rissen. Einer der beiden stand hinter ihm und presste ihm die Hand auf den Mund. Der andere zielte mit irgendetwas auf Michaels Brust. Er betätigte den Abzug, und einen Sekundenbruchteil später krümmte sich Michael. Warum half ihm niemand? Die beiden Männer zerrten Michaels schlaffen Körper weg. Ich blickte mich um. Es war bereits spät. Die meisten Leute waren inzwischen gegangen. Nur noch ein paar Nachzügler waren da, und niemand hatte gesehen, was mit Michael geschehen war – niemand, außer mir.

Ich stand auf und rannte auf Michael zu. »Halt!«, schrie ich, so laut ich konnte. Einer der beiden Männer – derjenige, der die Waffe in der Hand hielt – sah zu mir her. Ich erkannte Panik in seinem Blick und rannte schneller. Ich wusste nicht, was ich tun würde, wenn ich sie einholte, rannte aber trotzdem weiter. Die beiden Männer beeilten sich. Einer hob Michaels Beine an, während ihn der andere unter den Achseln packte. »Michael!«, schrie ich. Der Mann, der Michael an den Beinen trug, schaute abermals in meine Richtung, sah aber nicht mich an. Er blickte an mir vorbei.

Ohne langsamer zu werden, drehte ich den Kopf und schaute mich um. Jemand verfolgte mich. Er trug einen Anzug und eine Sonnenbrille und hatte einen Ohrhörer im Ohr. Er rannte schnell. Ich verstand nicht, weshalb ich verfolgt wurde. Als ich mich ein zweites Mal zu dem Mann umblickte, spürte ich, wie jemand anders die Hand ausstreckte und mich am Arm packte. Der Griff war wie ein Schraubstock, und ich kam mit einem Ruck zum Stehen. Der Mann, der mich gepackt hatte, war genauso angezogen wie sein Partner. Ich warf einen Blick auf die Stelle, wo Michael sich gerade noch befunden hatte, doch er war verschwunden. Sie hatten ihn entführt. Zuerst hatten sie dich mitgenommen und jetzt ihn. Ich fing an zu schreien. Die Leute in unserer Umgebung starrten uns an. Sie hatten zwar nicht gesehen, was mit Michael geschehen war, aber sie sahen mich, wie ich mitten im Park stand und von zwei Männern gekidnappt wurde. Trotzdem kam mir niemand zu Hilfe. Ich schrie abermals. Ein paar Leute starrten mich an. Andere sahen weg, als sich mein flehender Blick mit ihrem traf.

»Kommen Sie bitte mit uns, Ma'am«, sagte einer der beiden

Männer. Ich wehrte mich und versuchte, mich aus seinem Griff loszureißen. Der Mann, der mich festhielt, schlang die Arme um mich, hob mich hoch und trug mich dann aus dem Park hinaus. Ich trat um mich, doch es hatte keinen Sinn. Er war unglaublich kräftig. Sie brachten mich zu einem Auto, das unmittelbar außerhalb des Parks am Straßenrand stand. Es handelte sich um eine große, dunkle Limousine. Der Mann, der die Hände frei hatte, blickte sich kurz um und vergewisserte sich, dass ihn niemand mehr beobachtete. Dann öffnete er den Kofferraum, der groß und leer und mit schwarzer Folie ausgekleidet war. Sie warfen mich hinein und schlugen den Kofferraumdeckel zu.

Dann war es dunkel. Ich schrie und trat um mich, aber es war hoffnungslos. Die beiden wussten, was sie taten. Sie hatten dafür gesorgt, dass sich der Kofferraum von innen nicht öffnen ließ. Ich hörte, wie der Motor angelassen wurde und spürte, wie wir losfuhren und der Wagen wendete. Jedes Mal, wenn der Fahrer bremste, wurde der Kofferraum von den Bremsleuchten in ein unheimliches Rot getaucht. Ich lauschte, ob ich die Männer im Auto hören konnte, aber entweder konnte ich das nicht, oder sie sprachen nicht miteinander. Meine Knie waren gegen meine Brust gepresst. Als der Fahrer das nächste Mal auf die Bremse trat, sah ich auf die Uhr.

Wir fuhren mehr als zwei Stunden. Irgendwann bekam ich Krämpfe in den Beinen. Ich hatte mich in der bequemsten Position zusammengerollt, die ich finden konnte – in einer zum Heck des Wagens gerichteten Embryonalstellung. Obwohl es fast sechs Uhr abends war, als sie den Kofferraumdeckel schließlich öffneten, war ich für einen Moment vom Licht geblendet. Sobald sich meine Augen an die Helligkeit gewöhnt hatten, sah ich die beiden Männer im Anzug über mir stehen. »Sie können jetzt aussteigen«, sagte derjenige, der mich gepackt hatte, mit tiefer, autoritärer Stimme. Ich konnte noch immer seinen Griff an meinem Arm spüren.

Meine Muskeln und meine Gelenke waren steif, doch ich kletterte aus dem Kofferraum. Einer der beiden Männer reichte mir die Hand, und ich nahm sie. Ich setzte die Füße auf den Boden und streckte Arme und Beine, um die Krämpfe loszuwerden. Dann blickte ich mich um. Wir befanden uns in der Nähe eines von Wald umgebenen Gebäudes, das an eine Farm erinnerte. »Wo bin ich?«, fragte ich.

»Kommen Sie mit«, forderte mich einer der beiden auf, anstatt meine Frage zu beantworten. Sie gingen auf das Haus zu.

Ich folgte ihnen. Dann erinnerte ich mich wieder. »Nein«, sagte ich und blieb wie angewurzelt stehen. »Was haben Sie mit Michael gemacht?«

Die beiden Männer sahen erst mich und dann sich gegenseitig an. Derjenige, der mich aufgefordert hatte, ihnen zu folgen, sagte: »Wenn er Sie sehen will, werden wir ihn lassen.«

»Dann geht es ihm also gut?«, erkundigte ich mich. Ich wollte mir meine Erleichterung noch nicht anmerken lassen.

»Er hat nichts zu befürchten«, sagte einer der beiden Männer. »Kommen Sie jetzt bitte mit uns.« Ich folgte ihnen in dem Wissen, dass mir nichts anderes übrigblieb. Die beiden waren schneller und kräftiger als ich, und ich hatte keine Ahnung, wo ich mich befand. Das Innere des Hauses erinnerte eher an ein Bürogebäude als an ein Wohnhaus. Überall liefen Leute umher, die legerer gekleidet waren als meine Entführer – mit Jeans und T-Shirt –, doch sie schienen alle zu arbeiten: Sie standen über Schreibtische gebeugt und starrten auf Dokumente. Ein paar von ihnen sahen mich an, als ich an ihnen vorbeiging, die meisten ignorierten mich jedoch. Die beiden Männer führten mich einen langen Korridor entlang und dann eine schmale Treppe hinunter. Am Fuß der Treppe befand sich ein fensterloser Raum, in dem eine Couch, ein Tisch, ein Fernseher und ein Wasserspender standen. An den Raum grenzte ein winziges, fensterloses Badezimmer. Den einzigen Ausblick aus dem Raum hatte man durch ein kleines, vergittertes Fenster in der Tür. Es handelte sich um eine Zelle. »Treten Sie ein«, forderte mich einer der beiden Männer auf.

»Was soll das?«, fragte ich, obwohl ich bezweifelte, dass ich eine ehrliche Antwort bekommen würde. »Was haben Sie mit mir vor?«

Einer der beiden Männer packte mich am Ellbogen. Er war jetzt behutsamer als im Park, aber ich spürte trotzdem seine Autorität. »Niemand wird Ihnen wehtun«, sagte er. »Wir möchten nur, dass Sie hier warten.«

Ich murmelte einen weiteren Protest, doch bevor ich die Worte ganz herausbekam, hatten sie die Tür geschlossen. Ich griff nach dem Türknauf und versuchte ihn zu drehen, aber die Tür war abgesperrt. Ich schrie und schlug gegen das Türblatt, dessen Gewicht mir jedoch verriet, dass mich niemand hören würde. Als ich durch das winzige Fenster in der Tür spähte, sah ich nur den leeren Treppenaufgang. Vier Stunden später ging das Licht am oberen Ende der Treppe aus.

Am Morgen kam jemand anders zur Tür. Es handelte sich um eine Frau, die allein war und ein Tablett mit Müsli und Saft trug. Als sie die Tür öffnete, musterte ich sie von Kopf bis Fuß und fragte mich, ob ich es mit ihr aufnehmen könnte. Doch selbst wenn ich sie hätte überwältigen können, wohin wäre ich geflüchtet? Außerdem wusste ich nur zu gut, dass diese Leute nicht zu unterschätzen waren.

Sie machte sich nicht die Mühe, die Tür hinter sich zu schließen. Sie stellte das Tablett auf dem Tisch ab und setzte sich neben mich. »Wir dachten, Sie haben vielleicht Hunger, Maria«, sagte sie und schob mir das Tablett hin. Ich aß. Was auch immer mit mir passieren würde, ich dachte mir, dass ich auf jeden Fall bei Kräften sein sollte. Die Frau saß da und sah mir beim Essen zu.

»Was haben Sie mit Michael gemacht?«, fragte ich, als ich fertig war. Ich beschloss, dass ich die Frage einfach so oft wiederholen würde, bis ich eine Antwort bekam.

»Es geht ihm gut«, erwiderte sie. »Er ist hier bei uns.«

»Aber sie haben auf ihn geschossen. Das habe ich gesehen.«

»Das war nur ein Taser«, entgegnete die Frau, »schmerzhaft, aber harmlos für jemanden in Michaels körperlicher Verfassung. Normalerweise benutzen wir keine Elektroschockwaffen, aber es lief gestern nicht so, wie wir erwartet hatten.«

»Niemand hat uns geholfen«, sagte ich, als ich mich daran erinnerte, was geschehen war.

»Es ist erstaunlich, womit man in Washington, D.C., davonkommt, wenn man einen dunklen Anzug und einen Ohrhörer trägt, Maria.«

»Woher kennen Sie meinen Namen?«

»Michael hat uns gesagt, wer Sie sind«, erwiderte sie, »aber wir wussten schon vorher eine Menge über Sie.«

»Wer sind Sie?«

»Wir versuchen, Ihnen zu helfen«, antwortete sie mit einem Lächeln.

»Und was jetzt?«

»Sobald Michael aufwacht, möchte Clara sich mit Ihnen beiden unterhalten.«

»Wer ist Clara? Und warum schläft Michael noch? Sind Sie sicher, dass mit ihm alles in Ordnung ist?«

»Michael geht es gut. Er war gestern Abend lange wach. Wir

haben versucht, ihn dazu zu bewegen, sich mit uns zu unterhalten, aber er hat sich geweigert, uns irgendwas zu sagen, wenn Sie nicht dabei sind. Schließlich haben wir aufgegeben.« Die Frau erhob sich und ging zur Tür. »Ich lasse die Tür offen«, sagte sie. »Aber wir würden es begrüßen, wenn Sie hierbleiben würden, bis wir Sie holen.« Ich nickte. Michael war hier. Ich hatte keinen Grund, das Weite zu suchen. Die Frau ging davon und ließ die Tür wie versprochen offen.

Als die Frau schließlich mit einem anderen Mann zurückkam, um mich abzuholen, führten sie mich die Treppe hinauf ins Erdgeschoss und durch das Labyrinth aus Schreibtischen und Computern. Ich versuchte, einen Mann zu belauschen, der sich am Telefon unterhielt, doch er sprach spanisch. Wir bogen in einen weiteren Korridor. An dessen Ende sah ich einen Raum, in dem eine selbstsicher wirkende Frau mit grauem Haar hinter einem großen Schreibtisch saß.

»Das ist Clara?«, fragte ich die Frau vor mir im Flüsterton, ohne zu wissen, weshalb ich die Stimme senkte.

»Ja«, erwiderte sie.

Als wir den Raum betraten, sah ich Michael auf einem Stuhl sitzen. Er stand auf, als er mich bemerkte, und umarmte mich. Ich erwiderte seine Umarmung und drückte ihn fest an mich. Wir hatten uns bislang nur zweimal berührt, und beim ersten Mal hatte Michael mir ein Messer an die Kehle gepresst, doch jetzt umarmte ich ihn, als würde ich zu Boden fallen, wenn ich ihn losließ. »Alles in Ordnung mit dir, Maria?«, fragte er.

»Alles okay«, erwiderte ich. »Wie geht's dir?«

»Ich lebe noch«, entgegnete Michael.

Ich löste meine Umarmung und trat einen Schritt zurück. »Wer sind diese Leute?«, fragte ich, da ich wusste, dass er mir die Wahrheit sagen würde.

»Sie gehören zum Untergrund«, antwortete Michael. »Sie sind diejenigen, nach denen wir gesucht haben.« Ich blickte mich in dem Raum um und betrachtete die Gesichter des Mannes und der Frau, die mich hierhergebracht hatten. Dann sah ich die Frau hinter dem Schreibtisch an. Ich hatte mir diese Leute anders vorgestellt.

»Bitte setzen Sie sich doch«, sagte die Frau hinter dem Schreibtisch und deutete auf die beiden Stühle, die ihr gegenüberstanden. Ihr Alter war schwer zu schätzen. Sie hatte ihr graues Haar zu einem Pferdeschwanz zurückgebunden, doch die Haut in ihrem Gesicht war glatt. Sie wirkte kräftig. Michael setzte sich wieder hin, und ich nahm auf dem zweiten Stuhl Platz. Die andere Frau schloss die Tür hinter uns, doch sowohl sie als auch ihr Kollege blieben im Zimmer und bezogen an der Tür Stellung. »Ich bin Clara«, sagte die Frau hinter dem Schreibtisch zu mir.

»Ist das Ihr wirklicher Name?«, erkundigte sich Michael, bevor ich die Gelegenheit hatte, etwas zu erwidern.

Clara sah Michael an. »Schön, dass Sie jetzt doch sprechen, Michael. Es ist nicht mein Taufname, falls Sie das meinen. Wir legen uns alle ein Pseudonym zu, wenn wir anfangen, hier zu arbeiten, da wir hoffen, dass das zum Schutz unserer Angehörigen beiträgt, wenn es sich herumspricht.« Sie sah Michael abermals an. »Mein Taufname hat keinerlei Bedeutung mehr.«

Ich blickte an der Frau vorbei zum Fenster, hinaus auf den dichten grünen Wald.

»Haben Sie noch weitere Fragen, die Sie gern loswerden möchten, Michael?«, wollte Clara wissen. Aus dem Klang ihrer Stimme schloss ich, dass sie diese Unterhaltung nicht zum ersten Mal führte.

»Auf wessen Seite standen Sie früher?«, fragte Michael, ohne den Blick von ihr abzuwenden.

»Das spielt keine Rolle«, entgegnete Clara. Sie nahm einen Stift in die Hand und rollte ihn zwischen den Fingern.

»Für mich spielt es schon eine Rolle«, sagte Michael.

»Das sollte es aber nicht. Die Leute hier kommen von beiden Seiten des Krieges. Noch irgendwelche Fragen?«, erkundigte sich Clara und sah Michael an. Als Michael nichts erwiderte, richtete sie den Blick auf mich.

»Was bedeuten die Gedichte?«, fragte ich.

»Welche Gedichte?«, fragte Clara.

»Die auf den Postkarten.«

»Nichts«, sagte Clara. »Sie bedeuten nichts. Wir haben ein System. Wir nehmen bestimmte Leute ins Visier, von denen wir glauben, dass sie unsere Hilfe gebrauchen können. Wenn wir so jemanden identifizieren, egal, auf welcher Seite« – sie sah Michael an – »dann schicken wir ihm Postkarten. Die einzige wichtige Information darauf sind der Ort und der Tag. Wir führen eine Liste mit denjenigen, die womöglich auftauchen werden, und senden Teams aus, die sie aufgabeln. Die Gedichte lenken die Leute ab. Wir können leichter Kontakt mit ihnen aufnehmen, wenn ihre Gedanken woanders sind.«

»Und was ist gestern passiert?«, fragte ich verwirrt.

»Ganz einfach: Als wir Michael eine helfende Hand reichen wollten, hat er versucht zu flüchten. Unsere Teams wissen, dass es in diesem Fall das Sicherste ist, die Zielperson zu überwältigen und hierherzubringen. Wenn es ihnen gelingt abzuhauen, müssen wir uns um unsere eigene Sicherheit Sorgen machen. Geheimhaltung ist das, was uns am Leben hält. Wir dachten, Michael würde weglaufen, um uns auszuliefern. Wir wussten nicht, dass er zu Ihnen laufen wollte.«

»Woher wissen Sie, wen Sie ins Visier nehmen sollen?«, fragte ich.

»Wir haben Spione«, erwiderte Clara. »Wir haben Spione bei den Geheimdiensten beider Seiten, die uns darüber informieren, wer in Schwierigkeiten gerät und wer die Flucht ergreift.«

»Sie haben Spione?«, fragte Michael, als hätte er diese Möglichkeit noch nie in Betracht gezogen.

»Ja«, antwortete Clara. »In diesem Krieg wimmelt es von Spionen. Beide Seiten haben Spione, die in feindlichen Organisationen arbeiten. Es gibt Doppelagenten. Wie in jedem anderen Krieg auch.«

Sie hatten Spione. Sie hätten uns helfen können. Sie hätten uns verstecken können. Sie hätten dich und mich und deinen Vater verstecken können, dann wären wir heute noch zusammen und könnten eine normale Familie sein. »Wenn Sie Spione haben«, sagte ich und starrte Clara an, »warum haben Sie dann Joseph und mir nicht geholfen?«

Clara sah mich ebenfalls an. Ihr Blick war voller Reue. »Das haben wir versucht, Maria. Wir haben versucht, Ihnen zu helfen, aber es war zu gefährlich. Wir konnten nicht mehr tun, als Sie zu warnen, als sie Ihnen auf den Fersen waren. Das haben wir einmal getan. Als Sie in Charleston waren, hat einer unserer Spione Joseph kontaktiert und ihn gewarnt, dass sie kommen, um Sie zu holen. Wir haben Sie trotzdem im Auge behalten und auf eine Gelegenheit gewartet, gefahrlos Kontakt mit Ihnen aufzunehmen, aber Sie standen ständig unter Beobachtung. Und dann war es zu spät.«

Ich spürte, wie mir abermals das Herz brach. Jemand hatte versucht, uns zu helfen. Das machte den Schmerz noch schlimmer.

»Es tut mir leid, Maria«, sagte Clara. Ich nickte, war jedoch nicht in der Lage, ihre Entschuldigung anzunehmen.

»Wenn Sie so sehr an Ihre Sache glauben, warum kämpfen Sie dann nicht dafür?«, wollte Michael wissen.

»Man kann Krieg nicht mit Krieg bekämpfen. Davon bin ich überzeugt. Und was denken Sie, Michael?«, fragte Clara. »Sie sind doch zu uns gekommen, erinnern Sie sich? Wir haben Ihnen bloß gesagt, wie Sie uns finden.«

»Ich denke, dass Sie eine Sekte sind«, erwiderte Michael.

»Wenn es das ist, was Sie denken«, sagte Clara, »warum haben Sie dann aufgehört zu kämpfen?«

Michael schüttelte den Kopf. »Ich habe nicht aufgehört zu kämpfen. Ich führe nur keine Befehle mehr aus.« Denselben Spruch hatte er mir auch schon aufgetischt.

Clara saß einen Moment lang einfach nur da und klopfte mit dem Stift in ihrer Hand auf den Schreibtisch. Sie starrte Michael an, als versuche sie zu beurteilen, ob er ihre Mühe wert war. »Wissen Sie überhaupt, wofür Sie kämpfen, Michael?«

»Ich weiß, warum ich kämpfe«, erwiderte Michael stolz.

»Mag sein«, entgegnete Clara. »Aber der Krieg – haben Sie irgendeine Ahnung, worum es in diesem Krieg geht?«

»Ich habe Gerüchte gehört«, sagte Michael vorsichtig, um nicht in Claras Falle zu tappen.

»Von Sklaven?«, fragte Clara. Michael nickte bestätigend. »Und Ihre Leute sind die Guten, die versuchen, die andere Seite davon abzuhalten, die Welt zu versklaven?« Michael antwortete nicht. »Sie glauben die Sklavengeschichte doch nicht wirklich, Michael, oder? Sie wissen es doch besser.«

»Wie können Sie sich so sicher sein, dass sie nicht stimmt?«, fragte Michael.

»Ich weiß, dass diese Geschichte völliger Schwachsinn ist, weil ich sie von Leuten auf beiden Seiten gehört habe. Und egal, wer sie erzählt, die eigenen Leute sind immer die Helden und die Leute auf der anderen Seite sind immer diejenigen, die versuchen, die Welt zu versklaven.«

»Okay«, sagte Michael zu Clara, »worum geht es dann im Krieg?«

Clara schüttelte den Kopf. »Ich habe keine Ahnung. Deshalb tue ich, was ich tue. Ich weiß nur, dass dieser Krieg vielen Leuten große Macht verleiht – Leuten, die ohne diesen Krieg nichts wären, aber so fast schon Könige sind. Diese Leute, die wirklich Mächtigen, haben kein Interesse daran, den Krieg zu beenden, sondern guten Grund, ihn weiterzuführen.«

»Wollen Sie damit etwa sagen, sie möchten nicht gewinnen?«, fragte Michael.

Clara nickte.

»Das glaube ich nicht«, sagte Michael. Er starrte auf den Fußboden. »Ich kenne zu viele Leute, die ums Leben gekommen sind, um das glauben zu können.«

»Wir können Ihnen helfen, Michael. Wir können Sie rausholen. Für Joseph konnten wir nichts tun, aber Ihnen können wir helfen.«

Michael saß wortlos da. Niemand im Raum sagte etwas. Dann brach Michael das Schweigen. »Ich möchte Ihre Hilfe nicht.«

»Warum sind Sie dann hier?«, wollte Clara wissen.

»Ihretwegen«, sagte Michael und deutete auf mich.

Clara warf mir einen flüchtigen Blick zu. »Sie ist kein Teil von alldem, Michael. Wir können nichts für sie tun.«

»Mein Sohn ...«, begann ich, ohne zu wissen, wie ich den Satz vollenden sollte.

Clara sah mich abermals an und richtete den Blick dann wieder auf Michael. Ich hielt den Atem an.

»Michael?«, flehte ich.

Michael saß zusammengesunken auf seinem Stuhl und rutschte immer tiefer, während Clara versuchte, seine gesamte Welt auseinanderzunehmen. Dann setzte er sich wieder auf. »Ich möchte, dass Sie Maria helfen, ihren Sohn zu finden«, sagte Michael zu Clara. Ich fing wieder an zu atmen.

»So etwas tun wir nicht«, erwiderte Clara. Sie lehnte sich auf ihrem Stuhl zurück und schüttelte den Kopf.

»Sie haben doch Spione«, sprudelte ich heraus. »Sie können herausfinden, wo er ist. Sie können herausfinden, wohin sie ihn gebracht haben.«

»Dafür kann ich die Sicherheit meiner Spione nicht aufs Spiel setzen«, entgegnete Clara. »Wir helfen Leuten, dem Krieg zu entfliehen. Wir sind nicht in der Kidnapping-Branche.«

»Aber mein Sohn wird eines Tages Teil dieses Krieges sein«, sagte ich und beugte mich zu Claras Schreibtisch vor. Ich spürte Panik in mir aufsteigen. Wenn sie mir nicht half, wer dann? »Wenn Sie ihn nicht retten, wird er ein Teil des Krieges werden. Sie können ihn doch schon jetzt vor dem Krieg retten. Sie brauchen nicht zu warten.«

Clara schüttelte den Kopf. »Ihr Sohn ist bereits ein Teil des Krieges, Maria, ob es Ihnen gefällt oder nicht. Wenn er einmal alt genug ist, um selbst Entscheidungen zu treffen, werden wir hoffentlich noch hier sein, um ihm zu helfen. Aber er muss diese Entscheidung selbst treffen.«

»Warum?«, fragte ich. Das Ganze ergab einfach keinen Sinn. Diese Leute schienen ebenso einer Gehirnwäsche unterzogen worden zu sein wie alle anderen auch. Sie waren nicht unschuldig. Du bist es noch. Du kannst noch gerettet werden. Wenn sie das nicht sehen konnten, waren sie blind.

»Weil es so ist«, erwiderte Clara. Mir fiel nichts ein, was ich darauf hätte antworten können.

»Was können Sie uns sagen?«, erkundigte sich Michael und brach das Schweigen. »Haben Sie wenigstens irgendeine Ahnung, wo sich Marias Sohn befindet?«

»Nein«, entgegnete Clara. Sie sah Michael an. »Sind Sie sicher, dass es das ist, was Sie möchten, Michael?«

»Sagen Sie uns, was Sie wissen«, forderte Michael sie auf.

Clara warf mir abermals einen Blick zu. Ich wappnete mich für das, was sie als Nächstes sagen würde. »Wir wissen nicht, wo sich Ihr Sohn befindet, Maria«, erklärte sie. »Wir wissen nicht einmal, wo solche Informationen aufbewahrt werden. Kinder spüren wir nicht auf. Wir konzentrieren uns darauf, Menschen zu retten, die gerettet werden wollen.« Sie nahm ein leeres Blatt Papier zur Hand. »Ich kann nicht mehr tun, als Ihnen das System zu erklären.« Sie fing an, auf das Blatt zu zeichnen: ein großes Rechteck in der Mitte des Papiers, umgeben von einem Kreis kleinerer Rechtecke. »Es handelt sich um ein erschreckend primitives System, bei dem nur Papier verwendet wird«, sagte sie. »Verschiedene Informationen werden an verschiedenen Standorten aufbewahrt.« Sie deutete auf die Rechtecke am Rand des Blattes. »Das System basiert auf Redundanz. Keine Information wird an nur einem Ort aufbewahrt.« Sie schrieb Buchstaben in die Rechtecke. Einige Buchstaben waren in mehreren Rechtecken vorhanden. »Beide Seiten haben Angst, dass eine ihrer Informationszellen überfallen werden könnte, deshalb verteilen sie die Informationen auf mehrere Orte. Und es gibt zentrale Archive, in denen die Hinweise aufbewahrt werden, wo sich die jeweilige Information befindet.« Clara deutete auf das Rechteck in der Mitte des Blattes. »Wenn Sie herausfinden möchten, wo sich Ihr Sohn befindet, müssen Sie zuerst herausfinden, wo diese Information aufbewahrt wird.« Sie tippte auf die Rechtecke am Rand des Blattes, in denen sich die Buchstaben befanden. »Dazu müssen Sie entweder im zentralen Informationsarchiv nachsehen oder sich jemanden suchen, der es bereits weiß. Das zentrale Informationsarchiv ist so gut wie unzugänglich, daher schlage ich vor, Sie versuchen zuerst, jemanden ausfindig zu machen, der weiß, wo diese Information aufbewahrt wird.«

»Und dann?«, fragte ich. »Was tun wir, wenn wir herausgefunden haben, wo sie diese Information aufbewahren?«

»Dann brechen Sie entweder ein und beschaffen sich die Information, oder Sie schmieren jemanden, damit er sie Ihnen beschafft. Dieser Krieg ist nicht so sauber, wie Michael denkt.«

»Das schaffe ich nicht allein«, murmelte ich. »Ich brauche Ihre Hilfe.«

»Tut mir leid, Maria«, sagte Clara. »Ich kann nicht einen meiner Männer für ein Kind riskieren, das sich nicht unmittelbar in Gefahr befindet.«

Ihnen war nicht bewusst, wie wichtig mir mein Anliegen war, da es ihnen unbedeutend erschien. Ihnen war nicht bewusst, dass es mir alles bedeutete. Mir war plötzlich kalt, als sei ich nackt ausgezogen und in eisiges Wasser gestoßen worden.

Clara wandte sich wieder an Michael. »Wenn Sie aus dem Krieg aussteigen möchten, können wir Ihnen helfen.« Dann sah sie mich an. »Wenn Sie den anderen Weg einschlagen wollen, wenn Sie tiefer in den Krieg eintauchen möchten, müssen Sie das alleine tun.«

Michael stand auf. »Bringen Sie uns zurück nach Washington, D.C.«, sagte er.

»Sind Sie sich sicher, dass es das ist, was Sie wollen?«, fragte Clara. »Wir werden Sie nicht noch einmal kontaktieren. Wenn Sie jetzt gehen, sind Sie für immer auf sich allein gestellt.«

Michael brauchte nicht nachzudenken. »Bringen Sie uns zurück nach Washington, D.C.«, wiederholte er. »Sie haben mir hier nichts zu bieten.«

»Tut mir leid, das zu hören«, entgegnete Clara und erhob sich. Ich stand ebenfalls auf. »Viel Glück Ihnen beiden«, sagte sie und streckte mir die Hand hin. Ich schüttelte sie. Ihr Händedruck war fest. Sie reichte Michael ebenfalls die Hand. »Marcus und Dorothy begleiten Sie hinaus«, erklärte Clara, wobei ihre Stimme ein wenig resigniert klang. Sie deutete auf den Mann und die Frau, die neben der Tür standen.

Marcus öffnete die Tür. »Bringen Sie sie mit dem Van zurück«, sagte Clara, als Michael und ich hinausgingen. »Und ziehen Sie ihnen eine Kapuze über.« Marcus nickte. Clara setzte sich wieder an ihren Schreibtisch, nahm ein neues Blatt Papier und begann zu arbeiten, bevor wir den Raum verlassen hatten. Wir waren bereits vergessen. Für sie war die Angelegenheit abgehakt.

Marcus und Dorothy eskortierten uns aus dem Gebäude hinaus. Zwei andere Leute wurden dazu eingeteilt, uns zurückzufahren. Dorothy umarmte mich, bevor wir losfuhren. »Viel Glück«, flüsterte sie mir ins Ohr.

Sie zogen uns Kapuzen aus Segeltuch über den Kopf, bevor sie uns in den Van einsteigen ließen. Da wir uns des Risikos bewusst waren, das wir jetzt für sie darstellten, sträubten wir uns nicht. Ich hatte unzählige Fragen an Michael, doch das musste warten, bis wir wieder allein waren. Nachdem Michael sein Versprechen bereits eingelöst hatte, blieb mir nichts anderes übrig, als zu hoffen, dass er sie mir trotzdem beantworten würde.

ZWÖLFTES KAPITEL

Addy und Evan lagen in der Dunkelheit nebeneinander. Addy glaubte an die Macht der Dunkelheit. Sie verbarg sie. Sie bot ihnen Schutz. Addy wusste nur zu gut, dass man blind war, während alle anderen sehen konnten, wenn man im Licht stand und alles um einen in Dunkelheit getaucht war. Wenn man das Licht ausschaltete, waren zumindest alle übrigen ebenfalls blind.

Evan lag auf dem Rücken und hob in der Finsternis eine Hand. Dann spreizte er die Finger und bewegte seine Hand langsam immer näher zu seinem Gesicht. Er versuchte herauszufinden, wie nahe er sich die Hand vors Gesicht halten musste, damit er sie sehen konnte. Als sie etwa fünfzehn Zentimeter entfernt war, erkannte er einen Schatten. Dieser Schatten wurde erst dann deutlicher, als er mit der Hand beinahe seine Nasenspitze berührte. Evan konnte sich nicht erinnern, jemals eine solche Finsternis erlebt zu haben.

Sie bahnten sich den Weg Richtung Osten. So lautete der Plan. Mehr wusste Evan nicht. Sie waren fast den ganzen Tag per Anhalter unterwegs gewesen, allerdings nie viel weiter als hundert Meilen am Stück bei jemandem mitgefahren. Evan erschien das Ganze altmodisch und albern. Er kam sich vor wie in einem alten Schwarzweiß-Film, in dem sich die Schauspieler ihre weißen T-Shirts in die Jeans gesteckt und Zigarettenschachteln in die hochgekrempelten Ärmel gewickelt hatten. Addy erklärte Evan, dass sie es für die sicherste Art und Weise der Fortbewegung halte und dass Züge, Flugzeuge und Busse nichts anderes als bessere Mausefallen seien. Sobald sie in einer davon säßen, sagte Addy, hätten sie keine Chance mehr zu entkommen. »Was ist denn am Auto eines Fremden anders?«, wollte Evan wissen.

»Wir fahren nur bei Leuten mit, die alleine unterwegs sind«, entgegnete Addy.

»Und was nützt uns das, wenn wir flüchten müssen?«, fragte Evan.

»Wir sind zu zweit, und sie sind allein«, erwiderte Addy. »Außerdem habe ich gesehen, wozu du fähig bist, wenn du in die Enge getrieben wirst.« Evan spürte gleichzeitig Stolz und Ekel in sich aufsteigen, als Addy die Worte sagte, und ihm lief ein Schauder den Rücken hinunter.

Evan war sich nicht sicher, wie weit sie am ersten Tag gekommen waren. Er wusste nur, dass sie sich irgendwo in Arizona befanden, da er die Schilder gesehen hatte, als sie von Kalifornien aus die Grenze überquert hatten. Seitdem war ihm kein Schild mehr aufgefallen, das sie darüber informiert hätte, dass sie Arizona wieder verließen. »Was ist, wenn mich jemand erkennt?«, hatte Evan Addy zwischen ihrer ersten und zweiten Mitfahrgelegenheit gefragt. Addy hatte keine Zeit gehabt, um Evan mehr über den Untergrund zu erzählen oder um ihm ihren Plan zu erklären. Ihr blieb nur Zeit, um ihm zu sagen, dass sie fliehen mussten, weil sie seine Identität herausgefunden hatten, und dass sich sein echter Name und ein Foto von ihm in den Titelgeschichten aller Nachrichten-Websites befanden. Addy wollte ihn zusätzlich anstacheln, damit er zu allem bereit war. Sie wollte herausfinden, wozu er noch imstande war.

»Wenn dich jemand erkennt«, erwiderte Addy auf Evans Frage, »dann wissen wir, dass er zu genau aufgepasst hat.«

Erst als sie in einem alten, ausrangierten Anhänger in der Dunkelheit nebeneinanderlagen, hatten sie einen ruhigen Moment, um sich zu unterhalten. Evan hatte den ganzen Tag über die Frage nachgedacht, die Addy ihm am Morgen gestellt hatte. »Hast du schon mal vom Untergrund gehört?« Sie war nicht näher darauf eingegangen, nachdem Evan verneint hatte. Stattdessen hatte sie das Thema gewechselt. Als er im Lauf des Tages noch einmal nachgehakt hatte, worum es sich beim Untergrund handle und was dieser mit ihm zu tun habe, hatte sie nur gesagt: »Das erzähle ich dir später.« Jetzt war es später.

»Erzählst du mir vom Untergrund?«, fragte Evan Addy, während sie beide ins Nichts starrten.

»Ich glaube, sie können uns helfen«, erwiderte Addy. Evan hörte ihre Stimme, als sei sie losgelöst, als schwebe sie aus der Ferne auf ihn zu.

»Wer sind sie?«, fragte Evan.

»Der Untergrund besteht aus Leuten, die früher im Krieg gekämpft und sich dann verbündet haben, um anderen dabei zu helfen zu entkommen. Niemand weiß, wie lange es den Untergrund schon gibt. Manche Leute behaupten, er wäre fast so alt wie der Krieg selbst.«

Evan war verwirrt. »Wem zu entkommen?«

»Dem Krieg zu entkommen«, entgegnete Addy. »Seit es den Krieg gibt, gibt es Menschen, die nichts mit ihm zu tun haben möchten. Die nicht kämpfen möchten. Manchmal werden sie als Ungläubige bezeichnet. Einige von den Ungläubigen haben versucht zu fliehen, einige wurden getötet, und einige haben sich verbündet, um Gleichgesinnten zu helfen.«

»Und wie helfen sie ihnen bei der Flucht?«

»Sie bringen sie weg. Sie bringen ihnen bei, sich zu verstecken. Sie bringen ihnen bei zu fliehen. Der Untergrund hat auf der ganzen Welt Verbindungen und Netzwerke. Ich glaube, sie können auch uns helfen, Evan. Ich glaube, sie können uns in Sicherheit bringen.«

»Woher weißt du von ihnen? Und wie sollen wir sie finden?«

»Ich habe früher für sie gearbeitet«, sagte Addy. Ihre Stimme klang beinahe so, als beichte sie eine Sünde.

»Du hast für sie gearbeitet, und dann bist du gegangen? Was ist passiert?«, fragte Evan, obwohl er es vermutlich hätte erraten können. Addy schien nicht zu den Menschen zu gehören, die einen Nutzen darin sahen, vor etwas davonzulaufen. Evan verstand das gut. Er selbst sah ebenfalls wenig Sinn darin davonzulaufen.

»Ich hatte einfach keine Lust mehr«, sagte Addy. »Ich hatte keine Lust mehr, anderen beizubringen, wie man sich versteckt. Ich wollte dafür sorgen, dass sich niemand mehr verstecken muss. Es hat keinen Sinn, an etwas nur halb zu glauben, Evan. Wenn es richtig war, anderen dabei zu helfen, dem Krieg zu entfliehen, dann ist es erst recht richtig, dafür zu kämpfen, ihn zu beenden.«

Sie schwiegen eine Weile, während Evan nachdachte. »Dann hast du also den Untergrund verlassen, weil seine Mitglieder deiner Meinung nach zu wenig getan haben. Du hast ihn verlassen, um eine Rebellin zu werden«, sagte Evan ins Leere hinein. Den Begriff »Rebellin« hatte er sich nicht selbst ausgedacht – er hatte Addy und die anderen ihn benutzen hören.

»So könnte man es wahrscheinlich formulieren. Ich war allerdings nicht die Einzige«, sagte Addy. »Mit mir haben eine Menge Leute dem Untergrund den Rücken gekehrt, um gegen den Krieg zu kämpfen. Ein paar von ihnen hast du kennengelernt. Wir dachten, wir wären endlich bereit zurückzuschlagen.«

Evan nahm sich noch einmal Zeit, um nachzudenken. Er inhalierte die Dunkelheit. »Aber du hast doch gesagt, den Untergrund gäbe es fast schon genauso lang wie den Krieg. Warum also ausgerechnet jetzt, nach all den Jahren? Warum wird ausgerechnet jetzt versucht zurückzuschlagen?«

»Das fing nicht von heute auf morgen an. Die Unruhen begannen vor etwa siebzehn Jahren. Irgendetwas hat immer mehr Leute dazu bewogen, aus dem Krieg auszusteigen. Irgendetwas hat sich eingeschlichen.« Addy hielt inne. Sie überlegte, was sie Evan verraten und was sie ihm verschweigen sollte, und wählte ihre Worte sorgsam: »Die Leute, die dem Krieg den Rücken kehrten, liefen zum Untergrund über, doch diese Flut von Neuzugängen war zu viel für den Untergrund. Sie konnten nicht alle verstecken. Leute wurden gefasst, und zwar nicht nur der eine oder der andere. Eine Menge Leute wurden gefasst und getötet. Die Anführer des Krieges glaubten, dass die Sache damit erledigt wäre, aber jedes Mal, wenn sie jemanden schnappten und umbrachten, der nichts anderes getan hatte, als wegzulaufen, wurden alle anderen, die ebenfalls in Betracht gezogen hatten, das Weite zu suchen, noch wütender, und das zu Recht. Es dauerte jedoch Jahre, bis wir das Gefühl hatten, genug Leute zu sein, um zu kämpfen, genug Leute, um etwas zu bewirken. Wir hatten es satt, auf gesichtslose Stimmen zu hören, die uns herumkommandierten und uns befahlen zu töten. Und die Alternative – uns unser Leben lang zu verstecken, uns vor Angst zu ducken – erschien auch nicht viel besser. Wir glaubten, den Krieg beenden zu können.« Sie schüttelte den Kopf. Wie naiv sie gewesen war. »Die Unruhen brodeln seit siebzehn Jahren. Da draußen herrscht Chaos, Evan. Du siehst es wahrscheinlich nicht, obwohl du davon umgeben bist, aber es herrscht Chaos. Wir warten nur auf einen Funken, der das Feuer entfacht.«

Evan bemühte sich, all die Stücke zusammenzusetzen, die Addy ihm präsentierte, doch er konnte nicht viel mehr tun, als zu versuchen, sich einen Reim darauf zu machen, wie er selbst in das Puzzle passte. In den vergangenen Wochen war er von so vielen neuen Informationen überrollt worden, dass er sich nur an das klammern konnte, was ihm am wichtigsten und unentbehrlichsten für sein Überleben erschien. Er hatte nicht die Geduld, um zu spekulieren, was die Unruhen vor siebzehn Jahren ausgelöst hatte, geschweige denn, was in jüngerer Zeit das Feuer entfacht hatte. Stattdessen konzentrierte er sich aufs Praktische. »Und warum sollten wir dann jetzt den Untergrund aufsuchen?«, fragte Evan.

»Du hast ja gesehen, was passiert, wenn wir gegen sie kämpfen«, erwiderte Addy. »Beide Seiten des Krieges arbeiten zusammen und schlagen doppelt hart zurück. Sie haben mehr Leute, mehr Waffen, mehr Macht. Dieses Sondereinsatzkommando war kein Teil des Krieges, Evan. Sie haben alle Regeln gebrochen. Sie haben die Grenzen des Krieges überschritten, um uns zu stoppen. Das Foto von dir hätte niemals in die Medien gelangen sollen. Ich weiß, wie man

Menschen vor dem Krieg versteckt, aber ich weiß nicht, wie man sie vor dem Rest der Welt versteckt. Wir brauchen Hilfe vom Untergrund. Wir brauchen Zeit, um uns neu zu formieren.«

Evan starrte vor sich hin und dachte nach. Er dachte darüber nach, wie es wohl sein würde, wenn er sich für den Rest seines Lebens verstecken musste. Er dachte darüber nach, was für ein Mensch er sein wollte und ob er lieber jemand sein wollte, der flieht, oder lieber jemand, der kämpft. Er dachte darüber nach, warum er überhaupt nach Kalifornien gekommen war. Und er versuchte, nicht an die Schreie der Menschen zu denken, die er im Feuer hatte sterben hören, oder an das Geräusch, mit dem Kugeln in Körper eingeschlagen waren. Er versuchte, nicht an den Freund zu denken, den er verloren hatte. »Wenn wir uns neu formiert haben«, sagte Evan, nachdem er über all das nachgedacht und nicht nachgedacht hatte, »werden wir dann wieder kämpfen?«

Addy wusste nicht, wie sie diese Frage beantworten sollte. Stattdessen rutschte sie in der Dunkelheit ein Stück näher. Sie war Evan schon zuvor nahe gewesen. Evan hörte, wie Addy sich bewegte, und spürte dann, wie sie ihm eine Hand fest auf die Brust legte. Addy schob ihre Hand langsam nach oben zu Evans Hals. Da sie nichts sehen konnte, orientierte sie sich an seinem Körper. Als ihre Hand seinen Hals erreichte, wusste sie trotz der Finsternis, wohin sie zielen musste. Sie beugte sich zu Evan vor, presste ihre Brust gegen seine und küsste ihn fest auf die Lippen. Es war nicht das erste Mal, dass sie sich küssten. Während ihre Lippen aufeinandergepresst waren, wanderte Evans Hand über Addys Körper. Es würde auch nicht das erste Mal sein, dass sie Sex miteinander hatten. Das erste Mal war vor dem Feuer gewesen. Bevor Evan und Addy und die anderen die Informationszelle gestürmt hatten. Als Addy noch nicht gewusst hatte, wie mutig und stark Evan sein konnte. Damals hatte sie ihn für einen tollpatschigen, arglosen Jungen gehalten. Beim ersten Mal hatte sie ihn einfach aus Spaß verführt, weil sie ihn auf eine unschuldige Art und Weise süß fand. Sie hatte ihn verführt, weil es ihr ein Gefühl von Macht vermittelte. Sie hatte es getan, weil nichts dagegen sprach.

Evan war dieses Mal anders. Das spürte sie am ganzen Körper. Er schob eine Hand unter ihren Hosenbund. Dieses Mal war er selbstsicherer. Ihre Lippen trennten sich für einen Moment voneinander, als Addy nach Luft schnappte und sich auf die Unterlippe biss. Sie griff ebenfalls nach unten und tastete in der Dunkelheit nach dem Knopf von Evans Hose. Addy hatte noch immer das Heft in der Hand, aber nicht wie beim ersten Mal. Nichts war so wie beim ersten Mal. Dieses Mal verführte Addy Evan, weil er ihr das Leben gerettet hatte. Dieses Mal verführte Addy ihn, weil er sich so schnell mit seinem Schicksal als Gesuchter abgefunden hatte. Dieses Mal verführte sie ihn, weil seine Kraft und sein Instinkt sie erregten. Dieses Mal verführte sie ihn, weil er nach allem, was geschehen war, noch immer bereit war zu kämpfen. Addy hatte ihn beim ersten Mal gewollt, und sie wollte ihn auch dieses Mal. Sie bemühte sich schon fast ihr ganzes Leben lang, tapfer genug zu sein, um sich das zu nehmen, was sie wollte.

Evan wusste, dass Addy ihn beim ersten Mal ausgenutzt hatte. Er war nervös gewesen, doch er hatte Gründe dafür gehabt, sich nicht zu weigern – Gründe, die weit über die offensichtliche Tatsache hinausgingen, dass er ein achtzehnjähriger Junge war und sie eine wunderschöne zwanzigjährige Frau. Evan hatte Addy beim ersten Mal gewähren lassen, da ihm noch nie in seinem Leben jemand begegnet war, der so lebendig war wie Addy. Unglaublich, wie lebendig sie war.

Addy und Evan waren von Finsternis umgeben. In der Finsternis spürten sie die Haut des anderen und hörten den Atem des anderen. Sie waren auf der Flucht vor der Welt und versteckten sich in einem ausrangierten Anhänger mitten im Nirgendwo. Keiner von beiden hatte sich in seinem Leben jemals so abgekapselt gefühlt, und keiner von beiden hatte sich jemals weniger allein gefühlt.

DREIZEHNTES KAPITEL

Das Licht stach in meinen Augen. Sie nahmen uns unsere Kapuzen ab, während wir noch fuhren. Wenn ich den Hals reckte, konnte ich über dem Kopf des Fahrers die Spitze des Washington Monument erkennen. Wir befanden uns wieder in Washington, D.C. Ich erkannte den Mann, der uns die Kapuzen abnahm: Es handelte sich um denselben Mann, der mich am Tag zuvor in den Kofferraum geworfen hatte.

»Wohin bringen Sie uns?«, fragte ich den Mann.

»Zurück in den Park«, erwiderte er, ohne mich anzusehen, »wo wir Sie gefunden haben. Es sei denn, Sie möchten woanders abgesetzt werden.«

»Sie können uns zurück zu unserem Wagen bringen«, sagte Michael zu dem Mann. »Wir haben in der Nähe der Sixteenth Street geparkt.«

»Sind Sie beide immer noch gemeinsam unterwegs?«, fragte der Mann und sah mich mit seinen stahlgrauen Augen an. »Oder möchten Sie woanders abgesetzt werden, Ma'am?«

Ich warf Michael einen Blick zu, da ich mir nicht sicher war, was ich darauf antworten sollte.

»Bringen Sie uns einfach zu unserem Auto«, sagte Michael. »Wir überlegen uns, was wir dann machen.«

Der Mann mit den grauen Augen sah mich abermals an. Ich nickte, um ihm zu signalisieren, dass ich einverstanden war.

»Wie Sie wünschen«, sagte er. Dann gab er dem Fahrer Anweisungen. Ich betrachtete die Augen des Fahrers im Rückspiegel. Er kam mir nicht bekannt vor. Ich frage mich, wie viele Leute dem Untergrund angehören. Ich habe mich schon immer gefragt, wie viele Menschen im Krieg kämpfen. Inzwischen frage ich mich auch, wie viele Menschen gegen ihn sind. Je tiefer ich selbst eintauche, desto mehr Fragen habe ich und desto weniger Antworten bekomme ich.

Ich blickte zu Michael hinüber und versuchte, ihn dazu zu bewegen, mich anzusehen, da ich hoffte, er würde mir irgendein Zeichen geben, dass wir nach wie vor gemeinsame Sache machten. Fehlanzeige. Er starrte abwechselnd auf den Boden und zur Windschutzscheibe hinaus. Ich hasste ihn dafür, dass er mich nicht ansah, und hätte ihm am liebsten gegen das Schienbein getreten. Ich erinnerte mich an die Warnung, die er auf der Fahrt von Florida hierher ausgesprochen hatte. »Sobald das vorbei ist, sobald wir diese Leute gefunden haben, bin ich weg. Dann musst du deine eigenen Pläne schmieden, und zwar für alles. Selbst wenn man einen Plan hat, läuft es nicht immer so, wie man es sich vorstellt. Ohne Plan geht gar nichts.« Das Problem war, dass Michael mein Plan war. Ich brauchte ihn.

Wir hielten hinter unserem Mietwagen an. Sie wussten, wo er stand. Zuerst rührte sich niemand. Dann drehte sich der Mann mit den grauen Augen ein letztes Mal zu uns um. »Sind Sie sich sicher, dass Sie es so wollen?«, fragte er.

»Ich glaube nicht, dass ich eine Wahl habe«, erwiderte ich.

»Ich habe nicht mit Ihnen gesprochen«, sagte der Mann mit den grauen Augen. Er sah Michael an und gab ihm noch eine Chance, dem Krieg den Rücken zu kehren – eine letzte Chance, dem Hass und der Gewalt und dem Tod für immer zu entfliehen.

Michael starrte in die grauen Augen des Mannes. »Ich bin mir sicher, dass ich aus diesem Van aussteigen möchte.«

»Sie sind der Boss«, erwiderte der Mann mit den grauen Augen. Er gab dem Fahrer ein Zeichen, der daraufhin ausstieg und die Fondtüren des Vans öffnete. Licht und Luft strömten herein. »Es steht Ihnen frei zu gehen«, sagte der Mann mit den grauen Augen zu uns und deutete auf die geöffneten Türen. »Die einzige Regel lautet«, fügte er hinzu, als Michael und ich uns erhoben, »erwähnen Sie uns niemandem gegenüber.« Er richtete den Blick dabei auf Michael. Sie wussten ebenso gut wie ich, dass ich niemanden hatte, dem ich von ihnen hätte erzählen können.

»Ich bin ein Ausgestoßener«, erwiderte Michael mit einem Schulterzucken. »Wer würde schon auf mich hören?« Ich folgte Michael auf die Straße. Der Fahrer reichte mir die Hand, um mir beim Aussteigen zu helfen. Als ich wieder festen Boden unter den Füßen hatte, ließ er meine Hand los und setzte sich ohne ein Wort wieder in den Van.

»Wir behalten Sie im Auge«, sagte der Mann mit den grauen Augen, bevor er die Fondtüren schloss. Ich war mir nicht sicher, ob das als Gefallen oder als Drohung gemeint war. In meinem Kopf drehte sich alles. Der Mann mit den grauen Augen stieg ebenfalls wieder in den Van. Dann fuhren die beiden weg und ließen Michael und mich allein am Straßenrand stehen. Plötzlich dämmerte es mir, wie clever ihr System mit den Postkarten war. Auf diese Weise konnte man sie nur finden, wenn sie nach einem Ausschau hielten.

Michael ging zur Beifahrertür unseres Mietwagens. Bislang war immer er gefahren. Er warf mir die Autoschlüssel zu.

»Was ist los?«, fragte ich verwirrt und beunruhigt.

»Du fährst mich jetzt zum Bahnhof«, sagte er. Ich packte die Schlüssel so fest, dass sie sich in meine Handfläche bohrten.

»Was?«, sagte ich, da ich nicht glauben wollte, dass Michael mich verließ.

»Steig ein«, forderte Michael mich auf.

Ich öffnete das Auto und tat wie geheißen. Michael nahm neben mir Platz. Wir schlossen die Türen und sperrten die Geräusche der Außenwelt aus. Es herrschte Stille. Niemand konnte uns jetzt hören.

»Wohin fährst du?« Ich ging davon aus, dass er mir eine Antwort schuldig war.

Er war offenbar anderer Meinung. »Das brauchst du nicht zu wissen. Setz mich einfach am Bahnhof ab. Den Wagen kannst du behalten. Ich habe ihn sowieso nicht unter meinem echten Namen gemietet. Lass mich wissen, wohin du fährst, dann werde ich versuchen, mit dir in Kontakt zu bleiben.«

»Das ist unfair«, entgegnete ich und stolperte dabei beinahe über meine Worte. »Warum soll ich dir sagen, wohin ich fahre, wenn du mir nicht sagst, wohin du fährst?«

Michael nahm mir den Autoschlüssel aus der Hand, steckte ihn ins Zündschloss und drehte ihn. Der Motor sprang an. »Weil du gar nicht wissen möchtest, wohin ich fahre«, erwiderte er. »Fahr los.« Meine Hände begannen zu zittern. Ich kannte den Weg zum Bahnhof, da ich mir die Stadt bei dem Versuch, die Postkarten zu entschlüsseln, mehr oder weniger eingeprägt hatte.

Wir fuhren ein paar Minuten, ohne ein Wort miteinander zu reden, bis ich schließlich den Mut fasste, wieder zu sprechen. »Ich weiß nicht, wohin ich soll, Michael«, sagte ich, als ich den Wagen wendete und zurück in Richtung Innenstadt fuhr.

»Erzähl nicht ausgerechnet *mir*, dass du nicht weißt, wohin du sollst. Du hast jede Menge Möglichkeiten, wohin du gehen kannst«, entgegnete Michael. »Du hast eine Familie. Du kannst ein normales Leben führen. Geh nach Hause.«

Ich fuhr weiter, da ich Angst hatte, irgendetwas anderes zu tun. Allerdings beschloss ich, nicht zum Bahnhof zu fahren. Der Verkehr lockerte sich auf, und wir fuhren ein paar Minuten am McMillan-Stausee entlang, ehe Michael Verdacht schöpfte.

»Wo sind wir?«, fragte er, als ihm bewusst wurde, dass wir nicht in Richtung Bahnhof fuhren.

»Ich lasse dich nicht so einfach abhauen«, sagte ich und bog in den Parkplatz des Franklin Delano Roosevelt Memorial ein. »Hast du eigentlich eine Ahnung, wie lange ich nach dir gesucht habe?«

»Ja«, entgegnete Michael. »Zwei Monate.«

Ich hielt den Wagen an und starrte Michael an, damit er die Wut in meinem Blick spüren konnte. »Nein, nicht nur zwei Monate. Ich habe fast das ganze Leben meines Sohnes nach dir gesucht, du Mistkerl. Du lässt mich nicht einfach so sitzen.«

»Ich habe keine andere Wahl«, sagte Michael. Er griff nach seiner Reisetasche auf dem Rücksitz und stieg aus dem Auto. Ich sprang ebenfalls ins Freie, bevor er davonlaufen konnte.

»Warum?«, schrie ich.

Er drehte um und kam zu mir zurück, bis sein Gesicht nur wenige Zentimeter von meinem entfernt war. »Weil ich wieder einsteige. Ich verpflichte mich wieder.«

Ich traute meinen Ohren nicht. »Nach alledem?«, schrie ich. »Nachdem Clara dir gesagt hat, dass alles, was dir über diesen Krieg eingetrichtert wurde, Schwachsinn ist, steigst du wieder ein? Warum möchtest du ausgerechnet jetzt in den Krieg zurückkehren?«

Als Michael antwortete, war seine Stimme ein paar Dezibel leiser als meine. »Erstens, nur weil Clara etwas als Schwachsinn bezeichnet, heißt das noch lange nicht, dass es auch Schwachsinn ist. Und zweitens, hast du nicht zugehört, als sie dir gesagt haben, dass sie dir nicht dabei helfen werden, deinen Sohn zu finden?« Was meinte er mit, *hast du nicht zugehört*? Ich hätte ihn am liebsten geohrfeigt. Stattdessen nickte ich. »Warum, zum Teufel, scherst du dich dann einen Dreck um das, was Clara sagt?« Darauf hatte ich keine Antwort. Michael sah mich jetzt an und nahm mich so zur Kenntnis, wie ich es mir gewünscht hatte, als wir noch in dem Van gesessen hatten. Jetzt war ich mir allerdings nicht mehr sicher, ob ich es überhaupt noch wollte. Seine Augen funkelten. »Eine Sache, Maria«, sagte er und hob zur Betonung den Finger. »Sie hat eine Sache gesagt, die von Bedeutung war. Sie hat gesagt, dass du jemanden finden musst, der weiß, wo diese Information aufbewahrt wird.«

»Und?«, fragte ich vollkommen verwirrt. Was hatte das damit zu tun, dass Michael wieder in den Krieg einsteigen wollte?

»Du hast doch Joes Tagebuch gelesen, Maria«, sagte Michael und blickte sich um, um sich zu vergewissern, dass ihn niemand anders hören konnte. »Du weißt, dass ich im Krieg kein Überflieger war. Ich hatte immer nur zwei Stärken: Zum einen bin ich gut darin, Leute zu töten. Zum anderen habe ich Freunde, die das Spiel kennen und womöglich etwas wissen.«

Schließlich dämmerte es mir, was Michael meinte. »Jared? Willst du damit sagen, dass du mir helfen willst, indem du Jared ausfindig machst?« Michael nickte. »Das ist doch krank. Mir ist egal, dass er dein Freund war. Er hat auch behauptet, er wäre Joes Freund, und dann hat er ihn umgebracht. Er ist derjenige, der mir Christopher weggenommen hat!«

Michael packte mich an den Schultern. »Nicht so laut«, befahl er mir. »Ich hatte dich gewarnt, dass du nicht wissen möchtest, wohin ich fahre. Geh nach Hause und lass mich diese Sache regeln. Ich melde mich bei dir, sobald ich etwas weiß.« Einen Moment lang war ich versucht, davonzulaufen und mein

Schicksal jemand anderem zu überlassen. Hätte nur meine Zukunft auf dem Spiel gestanden, hätte ich das womöglich auch getan.

Ich sah Michael an. Er hatte vor, mir zu helfen. Auch wenn sein Plan verrückt war, zumindest hatte er vor, mir zu helfen. Ich war nicht auf mich allein gestellt. »Und warum, glaubst du, sollte er uns unterstützen?«

»Wenn ich wieder in den Krieg einsteige, wird er Kontakt mit mir aufnehmen. Ich weiß nicht, ob er mir irgendwas sagen wird, aber ich bin mir sicher, dass er mich kontaktieren wird.«

»Warum bist du dir da so sicher?«

»Weil er mein Freund ist.« Michaels Tonfall war sanft. Ich sah in seinen Augen, dass er wusste, was ich davon hielt, wenn er Jared als seinen Freund bezeichnete. »Ich erwarte nicht, dass du das verstehst.«

»Aber warum ausgerechnet Jared?«, fragte ich.

»Weil er mein einziger Freund ist, nachdem diese Leute sich geweigert haben, uns zu helfen.«

»Bist du sicher, dass Jared etwas weiß?«

»Ich habe bei ihm noch nie erlebt, dass er nichts weiß.«

VIERZEHNTES KAPITEL

Michael und ich saßen uns an einem kleinen Hoteltisch gegenüber. Wir starrten mindestens fünfzehn Minuten lang auf das Telefon, bevor Michael den Hörer in die Hand nahm, um seinen Anruf zu tätigen. Selbst mir war bewusst, dass sich alles ändern würde, nachdem Michael die Nummer gewählt hatte. Es würde kein Zurück mehr geben. Michael erinnerte sich an den letzten

Code, den sie ihm gegeben hatten. Er sagte, das sei etwas, was Soldaten niemals vergessen würden.

Michael war nicht glücklich gewesen, als ich darauf beharrt hatte, ihm zu helfen. Ich wollte ihm dein Schicksal nicht einfach überlassen und das Feld räumen. Er stellte jedoch eine Reihe von Bedingungen, ehe er einwilligte. Als Erstes sagte er mir, ich müsse zu jeder Zeit im Verborgenen bleiben. Das ergab Sinn. Wenn sie wussten, dass er mich unterstützte, würden sie seine Motive infrage stellen. Ich hatte gesehen, was sie mit Leuten machten, deren Motiven sie nicht mehr trauten.

Als Zweites verlangte Michael von mir, dass ich meine körperliche Fitness verbessern müsse. Ich dürfe ihn nicht aufhalten, erklärte er, und müsse in der Lage sein, mich selbst zu verteidigen. »Was soll ich tun?«, fragte ich. »Krafttraining machen?«

»Kraft ist von Vorteil«, sagte Michael, »spielt aber letzten Endes nur selten eine entscheidende Rolle. Man überlebt, weil man Ausdauer besitzt und mental stark genug ist, um einen klaren Kopf zu bewahren, wenn alles um einen herum im Chaos versinkt. Man kann keinen klaren Kopf bewahren, wenn man nicht weiß, wozu man imstande ist. Außerdem muss man in der Lage sein, das Weite zu suchen. Wenn man die Möglichkeit hat, einem Kampf zu entkommen, ist es fast immer besser davonzulaufen, als zu kämpfen. Man kann nicht alles unter Kontrolle haben, aber ich möchte nicht, dass du stirbst, weil du erschöpft bist.«

Der dritte Punkt auf seiner Liste: »Ab jetzt wird nicht mehr geraucht.«

»Ich rauche ja nicht richtig«, sagte ich ihm. »Ich mache das nur, um meine Nerven zu beruhigen.«

»Tja, ab jetzt ist Schluss damit. Es ist zu teuer. Und es macht dich langsamer.« Ich nickte zustimmend. »Außerdem sorgt es dafür, dass du schlecht riechst.« Ich spürte, wie mir Blut in die Wangen strömte und mich erröten ließ, und fragte mich, warum es ihn interessierte, wie ich roch. Dann sagte er es mir.

»Davonzulaufen besteht zur Hälfte aus Sich-Verstecken, und du kannst dich nicht verstecken, wenn man dich riecht.« Zuerst dachte ich, er würde scherzen. »Wie, denkst du, habe ich dich an jenem Abend auf St. Martin gefunden?« Ich gab ihm keine Antwort, da es mir peinlich war einzugestehen, dass ich wusste, was gleich kommen würde. »Ich habe dich gerochen«, erklärte er. Meine Wangen brannten wie Feuer.

»Okay«, sagte ich. »Wir können dieses Thema jetzt lassen.«

»Gut«, erwiderte er.

»Noch irgendwelche Bedingungen?«, fragte ich.

»Ja, du darfst nicht vergessen, dass ich nicht Joe bin. Ich werde niemals Joe sein.« Ich hätte ihm am liebsten gesagt, er bräuchte mich nicht daran zu erinnern, dass er nicht dein Vater sei, hielt jedoch den Mund. Er ist nicht dein Vater, aber ich sehe etwas in ihm, das ich auch in deinem Vater gesehen habe. Michael tut so, als sei er eine Maschine, aber ich weiß, dass er in Ordnung ist.

»Ist das alles?«, wollte ich wissen.

»Vorerst schon«, entgegnete er.

Er nahm den Hörer des Telefons in die Hand, das zwischen uns auf dem Tisch stand, und wählte. Als er den Code nannte, um durchgestellt zu werden, hörte ich die Angst in seiner Stimme. Das war neu für mich, obwohl wir schon einiges zusammen durchgemacht hatten. Ich wusste, dass er keine Angst davor hatte, zu töten oder zu sterben. Er hatte einfach nur Angst, dass sie ihn vergessen hatten oder dass sie ihm sagen würden, sie bräuchten ihn nicht mehr. Nachdem Michael den Code durchgegeben hatte – drei scheinbar beliebige Namen –, herrschte lange Zeit Stille in der Leitung. Ich stellte mir vor, wie am anderen

Ende fieberhaft nach jemandem gesucht wurde, der den Anruf entgegennehmen konnte, nach jemandem, der sich an Michael erinnerte. Es dauerte zehn Minuten, bis jemand abnahm. Ich beobachtete Michael, während er wartete. Er atmete tief durch und versuchte, seine Anspannung zu kontrollieren. Dann drang eine Männerstimme aus dem Hörer: »Hallo, Michael. Wir haben auf Sie gewartet.« Michael nickte, und seine Atmung beruhigte sich.

Wenige Stunden später saßen wir in einem Zug nach New York. Sie wollten, dass er zu ihnen kommt. Michael sollte dort am nächsten Tag in ihrem Büro erscheinen. Sie hatten ihn noch nie gebeten, zu ihnen zu kommen. Und er hatte noch nie gehört, dass jemand gebeten wurde, zu ihnen zu kommen. Fast sieben Jahre lang hatte Michael alles getan, was sie wollten. Sie hatten ihm einen Auftrag nach dem anderen erteilt, und er hatte immer und immer wieder in ihrem Auftrag getötet. Dann war er zu einem Deserteur geworden, und jetzt wollten sie, dass er zu ihnen kam. Ich fragte ihn, ob er sich sicher sei, dass er sich nicht in Gefahr begab.

»Wann hörst du endlich auf, mir Fragen zu stellen, auf die ich keine Antwort habe?«, entgegnete er, doch die Angst in seiner Stimme war verschwunden. Sie hatten sich an ihn erinnert.

Michael hatte seinen Termin um elf Uhr in dem Gebäude über der Grand Central Station. Er wollte, dass ich in dem Hotel bleibe, in dem wir uns eingemietet hatten, aber ich weigerte mich. Ich hatte das Bedürfnis, in seiner Nähe zu bleiben, als könne ich ihn auf diese Weise irgendwie schützen. In der Grand Central Station gab es etliche Bänke. Da alle um mich herum entweder kamen oder gingen, nahm ich an, dass ich mich einfach auf eine davon setzen konnte, ohne dass mich jemand zur

Kenntnis nahm. Ich entschied mich für eine Bank in der Nähe eines Cafés, da ich keine Ahnung hatte, wie lange es bei Michael dauern würde. Er war am Morgen immer noch nicht nervös gewesen. Ich dagegen schon. Michael hatte sich für den Termin in Schale geworfen und trug ein frisch gebügeltes Hemd, eine schwarze Hose und schwarze Schuhe.

»Ich komme mir vor, als würde ich zu einem Vorstellungsgespräch gehen«, scherzte Michael, als er sich im Spiegel betrachtete und die Manschetten seines Hemds zurechtrückte.

»Hattest du jemals ein Vorstellungsgespräch?«, fragte ich ihn.

»Nein«, erwiderte er. »Und du?« Ich schüttelte den Kopf. Wir waren vielleicht ein Pärchen.

»Merk dir alles«, bat ich ihn. »Merk dir alles, was sie sagen. Merk dir, wie es dort aussieht und wie sich alle verhalten. Wir wissen nicht, was uns vielleicht nützen kann. Ich möchte, dass du mir alles erzählst, wenn du zurückkommst.« Irgendwo in diesem Gebäude gab es womöglich Informationen, die uns zu dir führen konnten. Michael nickte.

Gestern Abend sind wir etwas trinken gegangen. Michael hat mich überredet. Wie hätte ich ihm das verwehren können, nach allem, was er für mich riskiert hat, was er für dich riskiert hat? Wir gingen in eine Bar im East Village, von der Michael wusste, dass ich dort meinen Ausweis nicht würde vorzeigen müssen. Er säuft wie ein Loch und trank den ganzen Abend etwas, das er *Irish Car Bomb* nannte – ein Schuss Whiskey, gemixt mit Baileys, in einem Viertelliter Guinness. Er bestand darauf, dass ich zwei mit ihm trank. Sie schmeckten wie ein Milchshake. Auf meine Frage, ob er nicht fände, dass er zu alt sei, um so zu trinken, antwortete er: »Man ist nur so alt, wie man sich fühlt.« Als ich ihm sagte, in diesem Fall müsse ich hundert Jahre alt sein, erwiderte er einfach nur: »Wir haben genug Zeit, um dich wieder jung zu machen.« Eigentlich sollte er wissen, dass dazu nur du in der Lage bist. Ich hoffe, er hat es so gemeint.

Heute Morgen fuhren wir gemeinsam mit der U-Bahn zur Grand Central Station. Als wir dort ankamen, gingen wir getrennte Wege. Wir sprachen nicht miteinander. Wir sahen uns nicht einmal an, nachdem wir aus der U-Bahn ausgestiegen waren, für den Fall, dass uns jemand beobachtete. Ich ging hierher. Michael ging zu den Aufzügen. Ich spürte ein Stechen im Magen, als ich ihn nicht mehr sehen konnte. Ich hoffe, das Ganze war nicht ein riesiger Fehler. Ich hoffe, Michael weiß, was er tut. Ich hoffe, ich habe den Mann, der unsere letzte Hoffnung ist, nicht soeben in einen Albtraum gehen sehen, aus dem er nicht entfliehen kann.

FÜNFZEHNTES KAPITEL

Ich wartete sechs Stunden gegenüber von dem Café. Die ersten drei Stunden waren in Ordnung. Zunächst beschäftigte ich mich zwei Stunden damit, dieses Tagebuch auf den neuesten Stand zu bringen. Dann brachte ich eine weitere Stunde damit herum, ausgewählte Passagen im Tagebuch deines Vaters noch einmal zu lesen. Viel hatte es mir nicht mehr zu bieten – ich kannte es inzwischen fast auswendig. Nach drei Stunden wurde ich langsam nervös. Ich hatte nicht damit gerechnet, dass das, was Michael machte, oder das, was sie mit Michael machten, so lange dauern würde. Ich war unschlüssig, was ich tun sollte. Ich wusste, in welchem Stockwerk Michael sich befand, und stellte mir vor, wie ich selbst mit dem Aufzug hinauffuhr, durch die Tür stürmte und verlangte zu erfahren, was sie mit ihm gemacht hatten, doch ich war entweder zu feige oder zu schlau, das zu tun. Also wartete ich und trank einen Kaffee nach dem anderen. Ich betrachtete die Gesichter aller Menschen, die an mir vorbeigingen, und fragte mich, wer von ihnen auf dem Weg nach oben zu den Etagen war, in denen der Krieg geplant wurde, und wer zu den Unschuldigen mit normalen Jobs und normalen Familien gehörte. Während ich dasaß, meinen Kaffee schlürfte und die Minuten zählte, konnte ich sie unmöglich voneinander unterscheiden. Ich hätte alles für eine Zigarette gegeben. Seit Michael von mir verlangt hatte, dass ich mit dem Rauchen aufhöre, hatte ich keine mehr angerührt.

Dann, um zehn nach fünf, sah ich Michael aus dem Aufzug kommen. Ich wäre am liebsten aufgesprungen und auf ihn zugelaufen, beherrschte mich jedoch. Stattdessen beobachtete ich ihn, als er zur U-Bahn ging. Er hatte einen dicken braunen Briefumschlag in der Hand und wirkte erschöpft. Sein Gang war langsam und unsicher. Was hatten sie mit ihm gemacht? Ich wollte alles genau wissen, wusste jedoch, dass ich noch warten musste. Ich wartete bereits zehn Monate auf Informationen. Eine weitere Stunde würde ich auch noch verkraften.

Ich folgte Michael, wobei ich dicht genug hinter ihm blieb, um ihn nicht zu verlieren, aber genügend Abstand hielt, um keinen Verdacht zu erregen. Dann beobachtete ich ihn, als er in die U-Bahn stieg. Michael blieb während der Fahrt stehen, hielt sich an einer Stange fest und hatte die Augen die meiste Zeit geschlossen. Sie hatten ihn sechs Stunden lang bei sich behalten. Allem Anschein nach hatten sie irgendetwas mit ihm gemacht. Er sah aus wie der Schatten des Mannes, der das Gebäude betreten hatte.

Als wir wieder bei unserem Hotel ankamen, ließ ich Michael erst in unser Zimmer hinaufgehen und wartete noch eine Weile.

Ich wollte ihm Zeit geben, damit er sich sammeln konnte. Dann ging ich ebenfalls nach oben, öffnete die Zimmertür mit meinem Schlüssel und betrat den Raum.

Michael saß auf einem der beiden Betten. Im Zimmer herrschte völliges Chaos. Aus sämtlichen Schränken waren die Schubladen herausgezogen worden. Unsere Kleidungsstücke und der restliche Inhalt unserer Taschen lagen auf dem Boden verstreut. Michael hob den Kopf und sah mich an, als ich zur Tür hereinkam. »Sie waren hier«, sagte er, als ich mich im Zimmer umblickte. Einen Moment lang glaubte ich, mich übergeben zu müssen.

»Das sehe ich.« Ich bückte mich und fing an, meine Kleidungsstücke aufzusammeln und sie wieder in meine Tasche zu werfen. »Und was machen wir jetzt?«, wollte ich wissen. Ich wunderte mich, warum in Michaels Tonfall keine Dringlichkeit lag.

Er blickte vom Bett auf. »Was meinst du?«, fragte er.

»Sie wissen über mich Bescheid!«, schrie ich. »Sie waren in unserem Zimmer. Sie wissen, dass ich hier war. Wir müssen weg.« Ich nahm Michaels Reisetasche und warf sie ihm zu.

»Sie wissen nicht, dass du es bist«, sagte Michael und schleuderte seine Tasche wieder auf den Boden. »Ich habe ihnen gesagt, dass ich auf St. Martin ein Mädchen kennengelernt habe – eine, die nur auf Geld aus ist und die ich mit einem teuren Hotelzimmer beeindrucken wollte.«

»Und das haben sie dir abgenommen?«

»Ja. Das sieht mir eigentlich ziemlich ähnlich.«

»Wie kannst du dir da sicher sein?«

»Weil sie mich in einen Verhörraum gesperrt haben, während sie dieses Zimmer hier durchsucht haben. Als sie wieder zurückkamen, sagten sie, dass alles, was ich ihnen erzählt hatte, seine Richtigkeit hätte.« Wir hatten Glück gehabt. Ich hatte die Tagebücher und die Postkarten vom Untergrund bei mir gehabt. Wenn ich sie im Hotelzimmer gelassen hätte, wäre Michael vermutlich bereits tot.

»Was ist passiert?« Mich interessierte brennend, ob er irgendetwas Nützliches erfahren hatte, aber ich wollte nicht einfach unverblümt fragen. Noch nicht. Er wirkte zu mitgenommen.

»Als ich ankam, wurde ich sofort in einen großen Raum gebracht. Ich habe kaum etwas zu Gesicht bekommen. Alles sah aus wie in einem stinknormalen Bürogebäude. Es gab einen Empfang mit zwei Rezeptionistinnen. Und es gab Büros und Sekretärinnen. Sie haben mindestens drei ganze Etagen in dem Gebäude, wahrscheinlich sogar noch mehr. Der Raum, in den sie mich brachten, sah aus wie ein Besprechungszimmer mit einem langen Holztisch, aber der Stuhl am Ende des Tisches war am Boden festgeschweißt und hatte Lederriemen an den Armlehnen. Ich habe Stunden in diesem Raum verbracht, an den Stuhl gefesselt.«

»Welche Fragen haben sie dir gestellt?«

»Sie haben mich gefragt, warum ich mich aus dem Staub gemacht habe. Sie haben mich nach meinen Treuepflichten gefragt. Sie wollten wissen, ob ich noch bereit bin zu kämpfen. Sie haben mich gefragt, was ich von Joes Verrat halte.« Michael sah mich an, als er das sagte. Ich zuckte nicht zusammen. Langsam lernte ich, meine Reaktionen zu kontrollieren. »Sie haben mich gefragt, warum ich zurückgekommen bin.«

»Und was hast du ihnen gesagt?«

»Ich habe ihnen gesagt, was sie hören wollten«, erwiderte Michael.

»Konntest du sie überzeugen?«

»Vorerst schon«, sagte Michael. Er war zu geschwächt, um

mir mit seinem Blick die Sicherheit zu vermitteln, die ich mir wünschte. »Ich muss mich ausruhen, Maria. Ich werde ein Bad nehmen. Wir können uns anschließend weiter unterhalten.«

»Okay«, erwiderte ich.

Michael fing an, sein Hemd aufzuknöpfen. Seine Bewegungen waren langsam, als hätte er Schmerzen am ganzen Körper. Als sein Hemd offen war, schob er eine Schulter nach hinten und hob das Hemd behutsam an. Dann sah ich den verfärbten Verband auf seinem Rücken. Ich war mir nicht sicher, ob es sich bei der Verfärbung um Blut oder um etwas anderes handelte. Michael senkte die andere Schulter und zog sein Hemd nach unten. Der Verband mit den dunklen Flecken bedeckte die gesamte obere Hälfte seines Rückens.

»Was haben sie mit dir gemacht?«

»Sieh es dir selbst an«, sagte er und wandte mir den Rücken zu.

Ich ging zu ihm hinüber und ließ die Hand über die Sehnen an seinen Schultern wandern. Dann griff ich nach dem Klebeband, mit dem der Verband befestigt war, und zog es ab. Die Haut zwischen seinen Schultern war angeschwollen, und es hatte sich bereits Schorf gebildet. Es sah aus, als hätten sie ihn gefoltert. »Woher kommt das?«, fragte ich.

»Von einem Brandeisen«, entgegnete er. Ich wich zurück und starrte seinen Rücken an. Aus einiger Entfernung sah ich, dass die Blasen die Form von Buchstaben besaßen. Sie hatten ihm eine Botschaft auf die Haut geschrieben.

»Soll das heißen, sie haben dich verbrannt?«

»Ja.« Es sah schmerzhaft aus.

Ich blies auf die Brandblasen, um sie abzukühlen, und hörte Michael nach Luft schnappen, als mein Atem auf die nackte Haut auf seinem Rücken traf. Dann richtete ich mich wieder auf und las die Worte, die sie ihm in die Haut gebrannt hatten.

»*Eu Loito Porque Eu Me Lembro*«, las ich laut. Die Worte waren in drei Zeilen angeordnet: Oben stand *Eu Loito*, in der Mitte *Porque* und unten *Eu Me Lembro*.

»Ich kämpfe, weil ich mich erinnere«, übersetzte Michael für mich.

»Welche Sprache ist das?«, fragte ich.

»Galizisch«, antwortete er. »Aber frag mich nicht, warum, weil ich es nicht weiß.«

»Dann war das also deine Strafe?«

»Es war keine Strafe«, sagte Michael. Er erhob sich und ging zum Badezimmer. »Es war eine Prüfung.«

»Und was haben sie damit geprüft?«, wollte ich wissen. Ich sträubte mich dagegen zu glauben, dass sich jemand eine derart grausame Prüfung einfallen lassen konnte.

»Meine Loyalität«, erwiderte Michael.

»Hast du bestanden?«, fragte ich.

»Ich bin nicht zusammengezuckt, als ich meine verbrannte Haut roch und sie unter dem heißen Metall zischen hörte.« Michael deutete auf den braunen Umschlag, den ich zuvor in seiner Hand gesehen hatte. Er lag auf der Kommode. »Da drin ist mein erster neuer Auftrag. Den hätten sie mir wahrscheinlich nicht gegeben, wenn ich nicht bestanden hätte.« Ich betrachtete den Umschlag. Michael würde denjenigen töten, dessen Name sich in dem Umschlag befand. »Ich werde ein paar Jobs erledigen müssen, bevor sie mir wieder vertrauen.« Er sah mich an, während er sprach, um sich zu vergewissern, dass ich mir darüber im Klaren war, dass das erst der Anfang des Plans war. Wir hatten noch einen weiten Weg vor uns.

»Die Worte auf deinem Rücken …«, sagte ich. »Woran sollst du dich erinnern?« Ich dachte, dass sie ihm vielleicht endlich die Gründe für den Krieg verraten hatten.

»An das, was mich ursprünglich dazu bewegt hat zu kämpfen«, antwortete Michael. Dann ging er ins Badezimmer und schloss die Tür hinter sich. Ich betrachtete den Umschlag, der auf der Kommode lag. Michael muss gewusst haben, dass ich mir den Inhalt ansehen würde. Weshalb hätte er ihn sonst erwähnt und dort liegen lassen? Als ich hörte, wie er im Badezimmer Wasser in die Wanne laufen ließ, nahm ich den Umschlag, riss ihn auf und leerte den Inhalt auf mein Bett.

Eu loito porque eu me lembro. Ich brauche keine Narben auf dem Rücken, um mich daran zu erinnern, warum ich kämpfe.

SECHZEHNTES KAPITEL

Bei Michaels erster Zielperson handelte es sich um einen fettleibigen Mann. Es war seltsam, die minutiös aufgelisteten Details eines Lebens vor sich zu haben und zu wissen, dass jene Details für das baldige Ende dieses Lebens sorgen würden. Ich erinnerte mich an eine Redewendung, die mein Vater häufig benutzt hatte: »Der Teufel steckt im Detail.« Wenn er nur gewusst hätte ... Für mich hatte es den Anschein, als würde uns alles über das Leben dieses Mannes offenbart werden, damit wir genau wussten, was wir ihm nahmen. Der Umschlag enthielt Dutzende Fotos aus verschiedenen Perspektiven, die den fettleibigen Mann bei unterschiedlichen Tätigkeiten zeigten. Ich konnte mir nicht einmal ansatzweise vorstellen, wie sie an einige der Fotos gekommen waren. Sie wirkten so persönlich, beinahe intim. Ich fand Fotos von seinem Haus auf dem Land. Auf einem der letzten Fotos waren seine drei Dobermänner zu sehen.

Der fettleibige Mann war einen Meter achtzig groß und wog

knapp über hundertachtzig Kilo. Er war siebenundvierzig Jahre alt und Single. Wenn man von seinen Hunden absah, lebte er allein. Was seine körperliche Verfassung anbelangte, wurde er einfach als *nicht in Form* bezeichnet. In der Sektion, in der die besonderen Fähigkeiten der Zielperson aufgelistet waren, stand *Geheimdienst/Strategiemanagement*. Ich überflog die Seite bis zu dem Unterabschnitt mit dem Titel *Kampffertigkeiten* und las die Worte *keine bekannt*. Dann blätterte ich um.

Die Berichte umfassten Seite um Seite über die private und berufliche Vergangenheit der Zielperson. Ich überflog sie nur, da ich wusste, dass Michael bald wieder aus der Badewanne steigen würde. Die Zielperson war der jüngere von zwei Söhnen. Der Vater der beiden war über zwanzig Jahre lang Chef des Geheimdienstes an der Ostküste gewesen. Er kam bei einem Überfall ums Leben, als das Boot, auf dem er sich befand, in die Luft gesprengt wurde. Dabei wurden er und drei seiner Feinde getötet. In der Presse wurde berichtet, das Boot sei aufgrund eines Treibstofflecks und defekter Elektrokabel explodiert. Dem Bericht zufolge, der Michael ausgehändigt worden war, hatte der Vater des fettleibigen Mannes sein Leben geopfert, um entscheidende Informationen für seine Seite zu retten. Nach dem Heldentod des Vaters machten die Söhne im Krieg schnell Karriere. Der ältere der beiden Brüder wurde Soldat und fiel mit neunundzwanzig Jahren im Kampfeinsatz. Zum Zeitpunkt seines Todes hatte er mehr als zwanzig bestätigte Morde auf seinem Konto. Der jüngere Bruder, Michaels Zielperson, ging zum Geheimdienst. Er hatte keinerlei Kampferfahrung, stieg aber aufgrund der Reputation seines Vaters und seines Bruders in den Rängen immer höher auf. Wenngleich der fettleibige Mann selbst keine Kampferfahrung besaß, war es sein Job, »Einzelpersonen oder Familien zur individuellen Vernichtung im kleinen Maßstab« auszuwählen. Er gehörte zu denjenigen, die Zielpersonen aussuchten: Er verfasste die Liste der Toten.

Ich hörte, wie Michael den Stöpsel in der Badewanne zog und das Wasser gurgelnd in den Abfluss floss. Den Großteil des Inhalts des Briefumschlags hatte ich gesichtet. Ich warf einen Blick auf die restlichen Seiten und versuchte, noch möglichst viele Informationen aufzunehmen. Der fettleibige Mann war ein ziemlicher Einsiedler. Mit anderen Menschen hatte er nur bei der Arbeit Kontakt. Seine wahre Identität war erst vor wenigen Monaten nach einem Hinweis entdeckt worden. Er war von jemandem aus seinen eigenen Reihen verraten worden, von jemandem, der Groll gegen ihn hegte. Alle diese Informationen waren binnen weniger Monate zusammengetragen worden. Ich blätterte zur letzten Seite aus dem Umschlag um. Sie war mit *Persönliche Verbindungen* betitelt und umfasste nur einen einzigen Eintrag, ungefähr in der Mitte. Eine Jahreszahl war aufgeführt, die neunzehn Jahre zurücklag. Ich las den Satz, der auf die Jahreszahl folgte, und spürte, wie mein Herz für einen Moment stehen blieb. Dann ging die Badezimmertür auf. Ich zuckte zusammen und blickte zu Michael auf. Er trat aus dem Badezimmer, ein Handtuch um die Hüften geschlungen. »Jetzt fühle ich mich besser«, sagte er und warf einen Blick auf den Inhalt des Briefumschlags vor mir. Dann ging er zu seiner Reisetasche und nahm eine Haarbürste und ein Deodorant heraus. Dabei hatte ich freie Sicht auf seinen Rücken. Er hatte den Verband nicht wieder angelegt, um die Brandblasen und den Schorf im oberen Bereich seines Rückens belüften zu können. »Und, was hast du erfahren?« Er rieb sich Deodorant unter die Achseln und ging mit seiner Haarbürste zurück ins Badezimmer. »Wen soll ich für sie töten?«, erkundigte er sich.

Ich setzte an, den Namen des fettleibigen Mannes zu nennen,

doch Michael fiel mir ins Wort, noch bevor ich die erste Silbe ausgesprochen hatte. »Nein«, herrschte er mich an. Das Wort klang scharf und schneidend. Ich warf einen Blick auf Michaels Spiegelbild. Er schüttelte den Kopf. »Wir benutzen nie ihren Namen. Zielpersonen bekommen keinen Namen.«

Ich zögerte und zog in Erwägung, ihn nach dem Grund zu fragen, doch ich kannte ihn bereits: Es lag nicht daran, dass Zielpersonen keinen Namen verdient hatten; es lag daran, dass es die Sache schwieriger machte, wenn man ihnen einen Namen gab. »Wie soll ich ihn dann nennen?«

»Such dir ein markantes Merkmal aus.«

Ich sah Michaels Spiegelbild, als er sich im Badezimmer die Haare bürstete. »Er ist fettleibig«, sagte ich und hörte die Nervosität in meiner Stimme.

Michael lachte. »Dann nennen wir ihn den ›fetten Mann‹. Erzähl mir mehr über ihn.«

»Er wohnt in einem Ort namens New Paltz nördlich von hier.«

»Ich kenne den Ort. Ich war dort früher öfter wandern«, sagte Michael. Als er damit fertig war, sich die Haare zu bürsten, holte er einen Rasierer und Rasierschaum hervor. »Erzähl weiter.«

»Er lebt allein«, fuhr ich fort, »aber er hat Wachhunde.« Ich verstummte, da ich nicht wusste, was ich noch sagen sollte. Michael rasierte sich mit langen Strichen vom unteren Ende seines Halses nach oben. Er sah mich im Spiegel an und wartete darauf, dass ich fortfuhr. »Er hat selber nie gekämpft. Er arbeitet beim Geheimdienst.«

»Was macht er dort?«, fragte Michael. Seine Stimme klang ruhig. Mittlerweile war die Hälfte seines Gesichts glatt rasiert.

»Er entscheidet, wen sie töten. Er analysiert ihre Informationen und sucht die Leute aus, die sie ins Visier nehmen.« Ich sah

Michael im Spiegel nicken – entweder, weil ihm jetzt klar war, weshalb sie diesen Mann tot sehen wollten, oder weil er jetzt wusste, dass er keine Skrupel haben würde, ihn zu töten. Vielleicht auch beides.

»Noch irgendwas?«, fragte er, während er mit dem Rasierer den letzten Rest Rasierschaum aus seinem Gesicht entfernte.

»Ja«, entgegnete ich mit schwacher Stimme.

»Was denn?«

Die letzte Seite. »Er ist derjenige, der damals entschieden hat, dass deine Mutter und dein Vater getötet werden sollen.« Ich betrachtete Michaels Gesicht im Spiegel. Ich wollte ihn nicht noch verletzter sehen, als er es ohnehin schon war, doch sein Gesichtsausdruck veränderte sich nicht.

»Sie haben mir irgend so ein Zeug gegeben, das ich mir auf die Brandblasen auf meinem Rücken schmieren soll«, sagte er und beendete die schmerzhafte Stille. »Ich komme da nicht hin.«

»Ich helfe dir«, erwiderte ich.

»Anschließend müssen wir eine andere Bleibe für dich suchen.« Er sagte diese Worte so beiläufig, dass es einen Moment dauerte, bis sie zu mir durchdrangen. Auch wenn ich sie letzten Endes verstand, verwirrten sie mich. Ich dachte, er wollte mich hinauswerfen, weil ich irgendetwas Falsches gesagt hatte.

»Was?«, murmelte ich. »Warum?«

»Du kannst hier nicht bleiben«, antwortete Michael. »Sie waren hier und haben unsere Sachen durchwühlt. Sie waren hier, und sie werden wieder kommen. Dieses Mal hatten wir Glück, dass du nicht da warst. Wenn sie dich finden, ist alles vorbei.« Michael kam zu mir und setzte sich mit dem Rücken zu mir aufs Bett. Er reichte mir eine Tube mit irgendeiner antibakteriellen Salbe. Ich drückte mir etwas Salbe auf die Finger und rieb damit behutsam die geschwollene Haut auf Michaels Rücken ein. Ich spürte, wie sich seine Muskeln anspannten und dann wieder entspannten, als ich sie berührte. »Ich bleibe hier«, sagte Michael. »Aufzubrechen würde Verdacht erregen. Wir müssen eine billige Unterkunft für dich suchen, die wir bar bezahlen können. Wir dürfen keinen belastenden Papierkram hinterlassen.« Mir war es egal, wo ich untergebracht war. Ich hatte in den vergangenen sieben Monaten fast ausschließlich in heruntergekommenen Stundenmotels gewohnt. Mit einem Mangel an Komfort konnte ich umgehen. Trotzdem hatte ich keine Lust darauf, wieder allein zu sein. Das sagte ich Michael allerdings nicht.

»Warum wohnst du nicht bei mir?«, fragte ich. »Du kannst doch dieses Hotelzimmer behalten und bei mir wohnen. Wenn sie kommen und dich suchen, kannst du ja sagen, dass du unterwegs warst.«

»Mal sehen«, entgegnete Michael. Ich blieb mit dem Fingernagel an einer seiner Brandblasen hängen. Sein Rücken spannte sich an, aber er zuckte nicht zusammen. »Lass uns erst mal eine Unterkunft für dich suchen. Dann erledige ich den ersten Job. Anschließend sehen wir weiter.«

»Okay.« Ich musste mich mit dem zufriedengeben, was ich bekam. »Darf ich dich mal was fragen?« Michael nickte. »Weißt du, warum sie dich ausgerechnet diese Person töten lassen? Ausgerechnet jetzt?«

»Sie möchten mich wieder ausbilden«, sagte Michael. »Es ist, als wäre ich wieder achtzehn. Als ersten Auftrag bekommt man einen echten Widerling, jemanden, der es eindeutig verdient hat zu sterben. Wenn sie dem Ganzen eine persönliche Note geben können« – Michael hielt inne –, »umso besser. Die erste Person, die ich jemals getötet habe, war ein fünfundsechzigjähriger Mann. Bevor ich den Job erledigt habe, haben sie mir ein Video von dem Typen gezeigt, in dem er ein unbewaffnetes neunzehnjähriges Mädchen mit einer Brechstange erschlägt. Mehr wusste ich nicht über ihn.« Ich verteilte den Rest der Salbe auf Michaels Rücken. Er erhob sich und ging zu seiner Reisetasche, um sich etwas zum Anziehen zu holen. »Also habe ich den alten Mistkerl umgebracht. Hoffentlich gibt es kein Video davon, was ich mit dem alten Mann gemacht habe, mit dem sie ihre Soldaten motivieren.«

Michael zog sich an. Wir fanden eine Unterkunft für mich, ein kleines Apartment in Alphabet City, das die Eigentümer mehr oder weniger wie ein Hotelzimmer vermieten, ohne eine Konzession zu besitzen. Sie stellten keine Fragen. Wir bezahlten vier Nächte im Voraus und sagten ihnen, dass ich vermutlich länger bleiben würde. Michael ging zurück in sein Hotelzimmer. Er hat mir versprochen, am Morgen vorbeizukommen, um nach mir zu sehen. Ich kann nicht schlafen. Meine Gedanken kehren immer wieder zu den Fotos von dem fettleibigen Mann zurück. Er wirkt harmlos. Wenn er nicht so übergewichtig wäre, würde er aussehen wie zigtausende andere Menschen, die einem auf der Straße begegnen. Eines der Fotos war durch ein Schaufenster geschossen worden. Der fettleibige Mann befand sich in dem Geschäft und sprach mit einer Frau hinter der Theke. Er lächelte und griff in die Hosentasche, um Geld herauszuholen. Da ich spürte, dass ich nicht würde einschlafen können, holte ich das Buch über die Entwicklung von Babys hervor. Seit ich Michael gefunden habe, bist du wieder einen Monat älter geworden und inzwischen über neun Monate alt. Vermutlich kannst du schon aufstehen. Ich sollte jetzt schlafen. Hoffentlich wirst du mir im Traum erscheinen und nicht der fettleibige Mann.

SIEBZEHNTES KAPITEL

Ich drängte darauf, dass Michael seinen Plan ganz mit mir durchging. »Das ist ja süß. Du machst dir Sorgen um mich«, sagte er, als ich nicht lockerließ.

»Ich mache mir Sorgen, dass du die Sache nicht ernst genug nimmst.«

»Deshalb brauchst du dir keine Sorgen zu machen.«

»Geh einfach den Plan noch mal durch.«

»Ich erledige die Sache am Abend«, sagte er. »Unseren Informationen zufolge lässt er zwei von seinen Wachhunden nachts draußen und behält einen im Haus. Ich nehme für die Hunde im Freien etwas Hackfleisch mit, das ich benutze, um ihnen ein Betäubungsmittel zu verabreichen. Und ich nehme ein Seil mit, damit ich sie festbinden kann, nachdem ich sie betäubt habe.«

»Warum musst du die Hunde festbinden, wenn du sie bereits betäubt hast?«, fragte ich.

»Ich gebe ihnen das Betäubungsmittel und binde sie fest, sobald sie bewusstlos sind, damit ich mich auf dem Rückweg nicht um sie kümmern muss, falls die Wirkung des Mittels bis dahin nachgelassen hat. Bei dem Hund im Haus wird es ein bisschen schwieriger werden, aber ich denke, ich kann ihn mir schnappen und in ein Zimmer sperren.«

»Das klingt nach einer Menge Arbeit für ein paar Hunde.«

»Ich töte keine verdammten Hunde«, sagte Michael. Sein Gesichtsausdruck verriet, dass er nicht mit sich diskutieren ließ.

»Meinst du nicht, dass der fettleibige Mann dich hören wird, wenn du den dritten Hund aus dem Weg schaffst?«

»Doch, aber dieser Hund bleibt im Erdgeschoss, und meine Zielperson befindet sich im ersten Stock. Der fette Mann kann also nicht die Flucht ergreifen, ohne mir in die Arme zu laufen. Er ist stark übergewichtig und besitzt keine Kampferfahrung. Vielleicht wird er zu einer Waffe greifen, mit der er nicht zielen kann. In diesem Fall wird er Löcher in die Luft schießen. Wenn ich erst mal die Hunde aus dem Weg geschafft habe, macht mir der fette Mann keine Angst mehr.«

»Wie willst du ihn töten?«, erkundigte ich mich. Allein die Frage verursachte mir ein flaues Gefühl im Magen, bis ich mir ins Gedächtnis rief, womit der fettleibige Mann seinen Lebensunterhalt verdiente.

»Mit einem Messer«, erwiderte Michael.

»Ist das nicht eine ziemlich schmutzige Angelegenheit?«

Michael lachte. »Du klingst wie Joe.« Die Worte waren nicht beleidigend gemeint. Sie waren voller Nostalgie. »Na ja, jeder bevorzugt für solche Dinge andere Methoden. Joe war ein Würger. Er hat Leute erwürgt, weil das eine saubere Sache ist. Er hat Leute erwürgt, weil er schmutzige Angelegenheiten nicht mochte. Messer sind blutig, aber wenn man mit ihnen umzugehen versteht, kann man kurzen Prozess machen und seinem Opfer Schmerz und Angst ersparen. Man muss immer Kompromisse eingehen, und ich konnte immer mit der Sauerei leben.«

»Warum benutzt du nicht eine Pistole?«

»Wir verwenden keine Pistolen, wenn es eine andere Möglichkeit gibt. Schusswaffen sind schwer zu verbergen und leicht zurückzuverfolgen. Wenn du möchtest, dass ich bei ihnen wieder gut angeschrieben bin, kommt eine Pistole nicht infrage.«

»Okay«, sagte ich. »Rufst du mich an, wenn du den Job erledigt hast?« Michael schüttelte den Kopf. »Woher soll ich dann wissen, ob mit dir alles in Ordnung ist?«

»Siehst du, ich wusste doch, dass du dir Sorgen um mich machst«, erwiderte Michael lächelnd. »Du musst ein bisschen

Vertrauen haben, Maria. Sie werden diesen Auftrag überwachen, um zu sehen, wie ich mich anstelle. Ich kann nicht das Risiko eingehen, dich zu kontaktieren. Du bleibst hier. Sobald keine Gefahr mehr besteht, komme ich zurück.«

»Wenn du wartest, bis keine Gefahr mehr besteht, wirst du nie zurückkommen«, sagte ich nur halb im Scherz.

Michael reagierte mit einem halbherzigen Schmunzeln. »Ich habe was für dich«, sagte er zu mir, um das Thema zu wechseln, und griff in die Hosentasche.

»Gib mir bloß nichts. Ich verlange sowieso schon zu viel von dir. Ich möchte dir nicht noch mehr schulden, als ich es schon tue.« Michael zog ein Foto von der Größe eines Portemonnaies aus der Hosentasche und reichte es mir. Es handelte sich um eines von Josephs alten Klassenfotos. Obwohl das Foto am Rand etwas abgewetzt war und ich es noch nie zuvor gesehen hatte, erkannte ich Joes Augen sofort. »Wow. Wie alt ist er auf diesem Bild?«

»Dreizehn«, sagte Michael. »Das war drei Jahre bevor ich ihn kennenlernte. Ich habe es aus der Kommode seiner Mutter geklaut, als ich das allererste Mal bei ihm zu Hause eingeladen war.« Ich lächelte, da ich wusste, dass Michael das Foto viel mehr verdient hatte als Joes Mutter. »Es mag seltsam klingen, aber als Jugendlicher habe ich immer so getan, als wären Joe und ich seit unserer frühen Kindheit Freunde. Ich habe so getan, als hätte uns nicht nur der Krieg zusammengebracht.«

Ich hielt das Foto in der Hand. »Warum gibst du mir das?«

»Weil ich weiß, dass du keine Fotos hast.«

»Von Joseph?«, fragte ich.

»Von Christopher«, entgegnete Michael. »Ich habe mir gedacht, du siehst vielleicht ein bisschen was von Christopher in dem Foto von Joe.«

Ich spürte einen Kloß im Hals. Ich konnte dich tatsächlich sehen. Das Foto zu betrachten war, als würde ich in eine Zeitmaschine blicken und dich in zwölf Jahren sehen. »Hast du noch andere Fotos von Joseph?«, erkundigte ich mich. Michael schüttelte den Kopf. »Dann kann ich das nicht behalten«, sagte ich, obwohl ich es gerne behalten hätte. »Es bedeutet dir zu viel.«

»Du kannst mir das Foto zurückgeben, wenn du deinen Sohn findest und es nicht mehr brauchst.«

»Das werde ich«, versprach ich ihm. »Danke«, fügte ich hinzu und hoffte, dass Michael bewusst war, für wie viel ich ihm dankte. Ich bewahre das Foto in diesem Tagebuch auf und sehe es mir häufig an. Ich kann es kaum erwarten, es Michael zurückzugeben.

ACHTZEHNTES KAPITEL

Ich vermied es, auf die Uhr des Küchenherds zu schauen, bis es ein paar Minuten nach acht war und Michael vermutlich gerade durch den Wald zur Rückseite des Hauses des fettleibigen Mannes schlich. Es ist heiß – heißer, als es in New York im April sein sollte. Das Apartment besitzt keine Klimaanlage. Ich habe einen Ventilator besorgt, damit die Luft umgewälzt wird. Das hilft ein wenig. Die Luft wird zwar nicht abgekühlt, aber es fühlt sich gut an, wenn sie über meine Haut streicht. Es ist zu heiß, um die Fenster zu schließen. Von draußen höre ich den unablässigen Lärm des Verkehrs. Hupen ertönen. Leute schreien aus Autofenstern. Inmitten des Gehupes und der Motorengeräusche höre ich Gespräche auf dem Bürgersteig. Ich bin allein, sitze da und versuche ruhig zu bleiben.

Ich habe mir Michaels Plan eingeprägt, damit ich auf die Uhr sehen kann und weiß, was er in diesem bestimmten Moment gerade macht. Der Weg durch den Wald hinter dem Haus des fettleibigen Mannes ist gefährlicher, als es den Anschein hat. Der fette Mann wohnt am Rand einer riesigen, von Felsen durchzogenen Waldfläche. Einige der Felsen ragen einen Meter hoch empor, und auf der anderen Seite befindet sich nichts als gähnende Leere. Michael trägt eine kleine Taschenlampe bei sich, um sich in der Dunkelheit besser zurechtzufinden, hat sich aber trotzdem den Hin- und Rückweg zwischen den Felsen hindurch eingeprägt, falls er überstürzt die Flucht ergreifen muss.

Ich sah zu, wie eine weitere Stunde auf der Uhr verstrich. Michael müsste sich jetzt dem Zaun hinter dem Haus des fettleibigen Mannes nähern. Er wird seine Taschenlampe rechtzeitig ausschalten, damit ihn die Hunde nicht sehen. Er wird im Wald Halt machen, das Betäubungsmittel ins Hackfleisch packen und sich dann den Weg zum Haus bahnen, indem er sich an den beleuchteten Fenstern des fettleibigen Mannes orientiert. Ohne Taschenlampe wird Michael sich in der Dunkelheit von Baum zu Baum vorantasten und den Hunden lauschen müssen, um sich sicher sein zu können, dass er die richtige Richtung eingeschlagen hat. Die Hunde werden ihn riechen, bevor er sie sehen kann, und in die Dunkelheit bellen. Das Bellen müsste Michael helfen, da er seinem Klang folgen kann. Er muss sich allerdings beeilen und wieder im Wald verschwinden, nachdem er das Fleisch über den Zaun geworfen hat, bevor das Gebell Verdacht erregt.

Mir schießen all die Dinge durch den Kopf, die schiefgehen könnten. Ich habe das Gefühl, keine Kontrolle über meine Gedanken zu haben, und mache mir Sorgen um Michael – deinetwegen, unseretwegen und auch seinetwegen. Ich stelle mir immer wieder vor, wie er in der Dunkelheit stolpert und in einen Abgrund stürzt, und sehe noch lächerlichere Szenarien vor meinem inneren Auge, in denen er von einem Bären oder einem Berglöwen gefressen wird. Außerdem zerbreche ich mir den Kopf über praktische Fragen, wie zum Beispiel, ob jeder Hund eine ausreichende Menge Betäubungsmittel frisst. Wenn einer der beiden zu viel erwischt, wird Michael es nicht mit zwei schlafenden Hunden, sondern mit einem toten und einem sehr wütenden Hund zu tun haben.

Vermutlich wird es etwa eine Dreiviertelstunde dauern, bis das Betäubungsmittel wirkt. Laut Plan hat Michael sich im Wald hingesetzt und gewartet, bis von den Hunden nichts mehr zu hören war. Inzwischen ist es zehn Uhr. Er müsste jetzt auf dem Weg zum Haus sein. Oben auf dem Zaun befindet sich Stacheldraht, deshalb hat Michael vor, mit einem Seitenschneider ein Loch in den Zaun zu schneiden. Anschließend wird er durch die Öffnung kriechen. Er hat zwei Seilstücke bei sich, um die Hunde an verschiedenen Stellen des Zauns festbinden zu können.

Nachdem Michael sich um die beiden Hunde im Freien gekümmert hat, muss er durch eines der Kellerfenster ins Haus einbrechen. Er wird die Telefonleitung und die Stromversorgung kappen. Michael hat behauptet, dass ihm seine Taschenlampe in der Dunkelheit einen Vorteil gegenüber dem fettleibigen Mann verschaffen wird, obwohl sich dieser in seinem eigenen Haus befindet. Außerdem muss sich Michael um den Hund im Haus kümmern. Er hat eine Kapuze mitgebracht, an der unten eine Kordel befestigt ist. Sie ähnelt den Kapuzen, die Clara Michael und mir hatte aufsetzen lassen, bevor wir in dem Van nach Washington, D.C., zurückgebracht wurden. Michael hat vor, dem dritten Hund die Kapuze überzustreifen und ihn in ein Zimmer im Erdgeschoss zu sperren.

Die Nachtluft hat abgekühlt, aber es ist immer noch heiß. Ich habe den Ventilator ins Fenster gestellt, damit kühlere Luft von draußen in das Apartment gelangt. Vermutlich bindet Michael gerade die Hunde fest. Die ganze Sache sollte höchstens noch ein bis eineinhalb Stunden dauern. Das Leben des fettleibigen Mannes hat siebenundvierzig Jahre angedauert und steht kurz davor, durch dreieinhalbstündige Arbeit beendet zu werden, während ich hier herumsitze. Michael ist der einzige Mensch auf der Welt, der weiß, wo ich mich aufhalte, und er wandert zwei Stunden von hier entfernt durch die Dunkelheit. Ich frage mich, wie viele Aufträge er erledigen muss, bis Jared ihn kontaktiert. Zwei? Zehn? Bei jedem Auftrag wird ein weiterer Mensch sterben, weil ich Michael überredet habe, mir zu helfen.

Was ist das? Jemand klopft an meine Tür. Wie ist das möglich? Eigentlich sollte niemand wissen, dass ich hier bin.

NEUNZEHNTES KAPITEL

Ich legte das Tagebuch beiseite. Das letzte Mal, als ich ein unerwartetes Klopfen an der Tür gehört hatte, waren Fremde in mein Haus gekommen, hatten deinen Vater getötet und dich mir weggenommen. Ich würde nicht zulassen, dass so etwas Schreckliches noch einmal geschah. Ich hörte auf zu schreiben und suchte mit meinem Blick das Apartment ab, um abzuschätzen, wie schnell ich die Flucht ergreifen konnte. Ich hatte mir nicht die Mühe gemacht, viel aus meiner Tasche auszupacken. Sie stand im anderen Zimmer auf dem Bett. Ich warf einen Blick auf den Ventilator, der auf dem Fensterbrett summte. Unmittelbar vor dem Fenster befand sich die Feuertreppe. Ich stand auf und bewegte mich schnell, ohne ein Geräusch zu verursachen. Mit vier schnellen Schritten gelangte ich ins Schlafzimmer. Ich setzte den Fuß auf die unterste Sprosse der Leiter, die zu dem Hochbett hinaufführte, holte meine Reisetasche herunter und warf das Tagebuch hinein. Alles, was sich nicht in der Tasche befand, würde ich einfach zurücklassen. In dem Moment, in dem ich meine Reisetasche vom Bett zog, hörte ich ein weiteres Klopfen. Dieses Mal war es lauter. Ich spürte, wie die Hitze und das Adrenalin Schweiß auf meine Haut trieben, und blickte mich schnell im Schlafzimmer um, ob es noch irgendeinen anderen Weg nach draußen gab. Das Schlafzimmerfenster war von außen mit senkrechten Streben gesichert. Selbst wenn es mir gelungen wäre, mich durch die Streben zu zwängen, hätte ich dabei riskiert, vier Etagen in die Tiefe zu stürzen.

Ich beeilte mich und ging wieder in die Küche. Ich musste das Fenster nach oben schieben, damit ich den Ventilator entfernen und zur Feuertreppe gelangen konnte. Es handelte sich um ein altes, quietschendes Fenster, das nicht weiter als drei Meter von der Eingangstür des Apartments entfernt war. Ich legte die Handfläche unten an den Fensterrahmen und wollte gerade drücken, als ein drittes, lauteres und energischeres Klopfen ertönte. Wer auch immer vor der Tür stand, war keine drei Meter von mir entfernt und verlor langsam die Geduld. Als ich das Fenster nach oben schob, kreischte es wie Fingernägel auf einer Schultafel. Das Hämmern an der Tür wurde noch lauter und intensiver. Das Türblatt bebte. Ich packte den Ventilator und räumte ihn aus dem Weg, dann warf ich meine Reisetasche auf die Feuertreppe und schwang ein Bein über das Fensterbrett. Ich blickte nach unten. Ich konnte drei Etagen hinunterklettern und dann springen. Unter mir herrschte reges Stadtleben. Überall leuchteten Lichter. Michael hatte ich völlig vergessen. Den fettleibigen Mann ebenfalls. Wenn jemand herausfand, wer ich war, würde all das ohnehin keine Rolle mehr spielen. Als ich gerade das andere Bein übers Fensterbrett schwingen wollte, hörte ich eine Stimme durch die Tür rufen.

»Maria!«, rief die Stimme. »Ich weiß, dass Sie da drin sind. Sie brauchen keine Angst zu haben.« Es handelte sich um eine Frauenstimme, die mir irgendwie bekannt vorkam. Die Frau klopfte abermals. Dann schrie sie: »Es ist sicherer zu bleiben als wegzulaufen, Maria!« Ich hielt inne. Die Stimme erschreckte mich nicht. Ich saß rittlings auf dem Fensterbrett und überlegte, was ich tun sollte. Ich versuchte mir vorzustellen, was dein Vater getan hätte, doch dein Vater war nicht da. Michael war ebenfalls nicht da. Ich war auf mich allein gestellt.

»Ich komme gleich!«, rief ich in Richtung Tür und kletterte wieder in das Apartment. Meine Reisetasche ließ ich auf der Feuertreppe, falls ich doch die Flucht ergreifen musste. Dann ging ich zur Eingangstür. Ich nahm die Türkette nicht aus der Verankerung, öffnete die Tür den fünf Zentimeter breiten Spalt, den die Kette zuließ, und spähte nach draußen.

Eine Frau stand vor der Tür. Sie war größer als ich, allerdings nicht viel. Bekleidet war sie mit einer Cargohose und einem schwarzen Trägerhemd. An ihrer Cargohose war eine Auswölbung zu erkennen, bei der ich mir sicher war, dass sie von einer Waffe stammte. Ich erkannte die Frau. Es war noch nicht lange her, dass sie mir Frühstück gebracht hatte, als ich Hunger hatte. »Dorothy?« Die Frau nickte. Was hatte sie vor meiner Tür zu suchen? Noch vor einer Woche hatte ich geglaubt, ich würde sie nie wiedersehen. »Sind Sie allein?«, fragte ich sie.

»Ich bin die Einzige, die vor Ihrer Tür steht«, erwiderte sie.

»Okay.« Ich schloss die Tür, hakte die Kette aus und öffnete die Tür wieder.

Dorothy trat ein und fing an, wortlos das Apartment zu

durchsuchen, ohne vorher um Erlaubnis zu fragen. Trotz der Hitze schloss sie im Vorbeigehen das Schlafzimmerfenster. Anschließend kam sie zurück in die Küche und blickte zu dem Fenster hinaus, vor dem sich die Feuertreppe befand. Sie nahm meine Reisetasche und reichte sie mir. »Die brauchen Sie wahrscheinlich noch«, sagte sie. Dann machte sie das Küchenfenster ebenfalls zu. Mit geschlossenen Fenstern heizte sich das Apartment auf wie ein Gewächshaus, und die Geräusche der Stadt wurden zu wenig mehr als einem Hintergrundrauschen reduziert.

Dorothys Bewegungen machten mich nervös. Sie bemerkte den Blick, mit dem ich sie beobachtete. »Man kann gar nicht zu vorsichtig sein«, sagte sie.

»Bin ich in Gefahr?«, fragte ich.

»Nicht dass ich wüsste«, erwiderte sie. Ich zweifelte nicht an ihrer Einschätzung – schließlich war es ihr Job, Leute zu verstecken.

»Was machen Sie hier?«

»Dazu kommen wir noch«, entgegnete sie und sah mich an. »Wie geht es Ihnen?«, fragte sie. Ich glaube, sie wollte mich davon abhalten, weitere Fragen zu stellen, doch das gelang ihr nicht.

»Woher wussten Sie, dass ich hier bin?« Ich erinnerte mich, wie unschuldig Dorothy gewirkt hatte, als ich sie zum ersten Mal gesehen hatte. Jetzt wirkte sie nicht mehr so unschuldig.

»Wir sind Ihnen beiden gefolgt. Das ist Standardprozedere, wenn uns jemand verlässt, ohne unsere Hilfe in Anspruch zu nehmen. Wir müssen uns vergewissern, dass wir nicht verraten werden.«

»Dann sind Sie uns die ganze Zeit gefolgt?«

»Nicht ich«, sagte Dorothy, »aber jemand anders.« Ich spürte, wie mir ein Schauer den Rücken hinunterlief. Wir hatten versucht, vorsichtig zu sein. Doch egal, wie vorsichtig wir gewesen waren, es hatte nicht genügt.

»Warum sind Sie hier?«, fragte ich Dorothy erneut. Ich hatte nicht damit gerechnet, sie jemals wieder zu Gesicht zu bekommen. Ich hatte nicht damit gerechnet, irgendjemanden von ihnen wieder zu Gesicht zu bekommen. Nachdem sie gesagt hatten, sie könnten mir nicht helfen, hatte ich geglaubt, das sei es gewesen.

Dorothy blickte zu den Fenstern des Apartments hinaus und in die Fenster der angrenzenden Gebäude. Zufrieden mit dem, was sie sah, setzte sie sich an den Küchentisch. »Wir brauchen Ihre Hilfe.«

»Meine Hilfe?«, fragte ich. Ich war zu verwirrt, um gekränkt zu sein.

»Wir möchten, dass Sie uns dabei helfen, jemanden zu verstecken.« Bevor ich die Gelegenheit hatte zu antworten, fuhr sie fort. »Er ist neunzehn Jahre alt. Er ist genauso alt wie Sie, Maria. Er möchte kein Killer werden, deshalb sind wir in Kontakt mit ihm getreten.« Ich überlegte, was ich sagen könnte, suchte nach einer Möglichkeit zu widersprechen. »Wir brauchen eine Durchgangsstation«, erklärte sie. »Für mindestens sechs Tage.«

»Warum ausgerechnet ich?«

»Niemand weiß, wo Sie sich aufhalten. Sie sind vom Radar verschwunden. Außerdem dachten wir, Sie hätten angesichts Ihrer Situation vielleicht Verständnis. Dieser Jugendliche ist mehr oder weniger Christopher in achtzehn Jahren. Würden Sie sich nicht auch wünschen, dass ihm jemand hilft?«

Ich warf einen Blick auf die Uhr des Küchenherds. Sie zeigte dreiundzwanzig Uhr dreißig. Wenn alles nach Plan lief, war der fette Mann inzwischen tot. »Rauchen Sie?«, fragte ich Dorothy.

»Nein«, erwiderte sie.

»Ich habe keine Zigarette mehr geraucht, seit Sie uns in D.C. aufgespürt haben. Das war eine von Michaels Bedingungen, bevor er sich bereit erklärt hat, mir zu helfen. Ich habe aber trotzdem immer eine Schachtel bei mir.« Dorothys Gesichtszüge entspannten sich. Sie erinnerte mich jetzt wieder mehr an die Frau, die mir eine Woche zuvor Frühstück gebracht hatte. »Bevor mein Sohn entführt wurde, habe ich nie geraucht.«

»Wenn Ihnen nach einer Zigarette ist, werde ich Sie nicht daran hindern«, sagte Dorothy.

Ich schüttelte den Kopf. »Ich hebe sie mir auf.«

»Für wann?«, wollte Dorothy wissen.

»Das weiß ich nicht«, antwortete ich ehrlich. Die heiße, stickige Luft in der Wohnung war unerträglich. »Was bedeutet es, Ihnen dabei zu helfen, jemanden zu verstecken? Was müsste ich tun?«

»Der Jugendliche braucht eine Unterkunft. Wir müssen ihm irgendeine sichere Bleibe in der Stadt suchen, damit wir einen Plan für ihn schmieden können. Jemanden reinzuwaschen ist nicht einfach. Wir haben gerade erst Kontakt mit dem Jugendlichen aufgenommen. Das braucht Zeit. Wir wussten, dass Sie hier sind, deshalb hat es sich angeboten. Sie brauchen nicht mehr zu tun, als ihn hier wohnen zu lassen.«

»Das ist alles?«, fragte ich.

»Das ist alles. Sobald wir bereit sind, ihn zu seiner nächsten Station zu bringen, holen wir ihn ab.«

»Woher soll ich wissen, dass ich ihm trauen kann? Woher soll ich wissen, dass ich Ihnen trauen kann? Sie haben sich schließlich geweigert, mir zu helfen.«

»Das können Sie nicht wissen. Aber ich kann Ihnen eines sagen: Wenn Sie uns dabei helfen, werden wir Ihnen in Zukunft womöglich auch helfen können.« Diese letzte Bemerkung ließ mich innehalten und beinahe alles andere vergessen, was sie davor gesagt hatte.

»Soll das heißen, dass Sie mir helfen, meinen Sohn zu finden, wenn ich mich bereit erkläre?«

Dorothy schüttelte den Kopf. »Ich kann nichts versprechen, aber ich habe einen gewissen Einfluss auf Clara.«

Ich warf einen Blick auf die Uhr, während ich darüber nachdachte. Hoffentlich befand sich Michael bereits auf dem Rückweg. »Auf wessen Seite steht der Jugendliche?«, fragte ich.

»Spielt das eine Rolle für Sie?«, wollte Dorothy wissen.

»Für Michael wird es eine Rolle spielen«, entgegnete ich. Dorothy wirkte enttäuscht, doch das war mir egal. Schließlich setzte sie nicht ihr Leben für mich aufs Spiel. »Und wenn es für Michael eine Rolle spielt, dann spielt es für mich ebenfalls eine Rolle.« Ich dachte an das Foto von deinem Vater, das Michael mir gegeben hatte.

»Er ist auf Michaels Seite aufgewachsen, aber er wird sich hoffentlich nie wieder über verschiedene Seiten Gedanken machen müssen.« Dorothy beobachtete mich beim Nachdenken. »Er heißt Joe. Sie würden ihm das Leben retten.«

Auf meinem Gewissen lastete bereits der Tod des fettleibigen Mannes, obwohl ich nicht einmal sicher wusste, ob er tatsächlich schon tot war. Meine Mission, dich zu finden, würde noch weitere Leichen hinterlassen. Mir gefiel die Vorstellung, jemandem das Leben zu retten, um die karmische Waage wieder ins Gleichgewicht zu bringen. Doch wie würde Michael darüber denken? »Falls ich einwillige, wie machen wir das? Wie finde ich den Jugendlichen?«, fragte ich.

»Übermorgen«, sagte Dorothy. »Treffen Sie sich um zwölf Uhr mittags im Tompkins Square Park mit mir. Wissen Sie, wo der liegt? Es ist nicht weit von hier.«

»Das finde ich schon raus«, sagte ich und willigte ein, ohne mir dessen bewusst zu sein.

»Ich bringe Joe mit«, fügte Dorothy hinzu.

Ich atmete tief ein – so, wie man einatmet, bevor man in tiefes Wasser springt. Dann warf ich abermals einen Blick auf die Uhr. Es war inzwischen fast Mitternacht. »Okay«, sagte ich. Ich war nicht naiv. Ich war mir der Risiken bewusst, doch alles birgt Risiken. Ich musste einfach hoffen, dass es sich lohnen würde, sie einzugehen. »Aber vergessen Sie nicht, dass Sie mir was schuldig sind.«

Dorothy schenkte mir ein aufrichtiges Lächeln. »Ich wusste gleich, dass Sie ein guter Mensch sind, als ich Sie kennengelernt habe. Ich wusste, dass wir auf Sie zählen können.«

In ihrer Stimme lag eine Begeisterung, die ich nicht teilte. »Ich hatte mit so was nicht gerechnet«, sagte ich zu Dorothy, als sie sich vom Tisch erhob.

»Womit hatten Sie denn gerechnet?«

»Keine Ahnung«, entgegnete ich. »Ich möchte einfach nur meinen Sohn finden.«

»Die Dinge passieren nur selten so, wie wir es erwarten, aber sie passieren trotzdem«, sagte Dorothy, bevor sie sich umdrehte und zur Tür ging.

»Dorothy?« Ich stoppte sie, ehe sie das Apartment verließ, und sie drehte sich zu mir um. »Wenn das vorbei ist und ich meinen Sohn gefunden habe, werden Sie dann noch mal versuchen, Michael dazu zu überreden, aus dem Krieg auszusteigen?«

»Das ist bereits in Planung.« Dorothy öffnete die Tür gerade weit genug, um nach draußen schlüpfen zu können. »Bis Dienstagmittag um zwölf«, sagte sie, und im nächsten Moment war sie verschwunden. Alles geschieht so schnell. Nachdem Dorothy gegangen war, hakte ich die Türkette wieder ein. Michael müsste in weniger als zwei Stunden wieder in seinem Hotel ankommen. Worauf habe ich mich eingelassen?

ZWANZIGSTES KAPITEL

Ich rannte durch die dunklen Straßen, so schnell mich meine Beine trugen. Es war vier Uhr morgens. In der Stadt war es fast still. Ich war mir nicht sicher, ob ich noch immer verfolgt wurde, und hinterfragte jede Bewegung, die ich um mich herum wahrnahm, sowie die Beweggründe aller Menschen, die zu dieser Uhrzeit unterwegs waren. Meine eigenen Beweggründe kannte ich. Ich musste wissen, ob mit Michael alles in Ordnung war. Ich hatte bis drei Uhr gewartet, bis ich das erste Mal angerufen hatte. Ich wollte nur seine Stimme hören. Er hätte bereits seit Stunden wieder im Hotel sein sollen, nahm aber nicht ab. Ich rief immer und immer wieder an. Keine Antwort. Dann beschloss ich, dass ich lange genug gewartet hatte.

Ich war noch nie in meinem Leben so schnell gerannt. Ich spürte, wie Blut zu den Muskeln in meinen Beinen gepumpt wurde – zu den neuen Muskeln, die ich mir in letzter Zeit antrainiert hatte. Ich spürte die zusätzliche Luft in meiner Lunge. Ich brauchte keine zwanzig Minuten, um zu Michaels Hotel zu gelangen. Obwohl ich niemanden sah, der mir folgte, war ich mir darüber im Klaren, wie wenig das zu bedeuten hatte. Mir war bewusst, dass das, was ich tat, gefährlich war, aber ich sah mich trotzdem gezwungen, es zu tun. Ich hätte es nicht ertragen, noch einen Menschen zu verlieren, der mir am Herzen lag. In der Hotellobby war alles ruhig. Der Mann, der an der Rezeption saß, blickte zu mir auf, als ich zur Tür hereinkam. Ich senkte den Kopf und ging weiter, als würde ich hierhergehören, und er vergrub den Kopf wieder in seiner Zeitung, ohne etwas zu mir zu sagen. Ich wusste, wo sich Michaels Zimmer befand, und nahm die Treppe, die mir sicherer und unauffälliger erschien. Ich eilte die Stufen hinauf, wobei ich alle paar Schritte eine Stufe übersprang, bis ich schließlich vor der Tür mit der Nummer drei stand. Das Türblatt war massiv und besaß keinen Spion, sodass ich unmöglich wissen konnte, was auf der anderen Seite lauerte. Ich legte die Hand auf die Türklinke und drückte die Tür einen Spaltbreit auf. Der Flur war leer. Ich sah die Tür zu Michaels Zimmer. Sie sah genauso aus wie alle anderen Türen auf dem langen Flur – geschlossen und still. Ich schlüpfte in den Flur. Dabei trat ich so vorsichtig wie möglich auf, um kein Geräusch zu verursachen. Als ich bei Michaels Zimmer ankam, klopfte ich an der Tür. Zunächst leise. Jedes Klopfen wurde mit Stille beantwortet. Er musste da sein. Ich klopfte lauter. Michael musste in seinem Zimmer sein. Ich sagte seinen Namen in die Tür, dann legte ich die Hand auf den Türknauf und versuchte ihn zu drehen, um herauszufinden, ob sich die Tür öffnen ließ. »Michael, bist du da drin?«, fragte ich. Die Worte kamen mir gleichzeitig zu leise und zu laut vor. »Michael?«, schrie ich beinahe. Die Grenze war erreicht. Ich durfte nicht riskieren, die Leute in den anderen Zimmern zu wecken.

Dann hörte ich ein Geräusch. Es kam nicht aus dem Zimmer, sondern vom hinteren Ende des Flurs. Inzwischen war es fast fünf Uhr morgens. Mein erster Instinkt war, die Flucht zu ergreifen. Das war es, was mir beigebracht worden war. Ich befand mich an einem Ort, an dem ich mich nicht hätte befinden dürfen, und stand kurz davor, erwischt zu werden. Ich versuchte, Ruhe zu bewahren, nahm die Hand vom Türknauf und drehte mich um, bereit, loszulaufen und das Weite zu suchen, wenn es sein musste. Ich hörte Schritte, die sich mir von hinten näherten. Sie waren laut und klangen seltsam, als würde derjenige, der sich hinter mir befand, beim Gehen einen Fuß hinter sich herziehen. Ich schaffte ungefähr den halben Weg von der Tür zur Treppe, bis mich eine Stimme stoppte.

»Maria?«, fragte die Stimme und fand dabei irgendwie die Balance zwischen leise und laut, die mir versagt geblieben war. »Was zum Teufel hast du hier zu suchen?«

Ich drehte mich um. Michael stand im Flur. Er hatte seinen Schlüssel in der Hand und trug eine Reisetasche über der Schulter. Ich sah dunkelrote Flecken auf seinen Händen. Er entlastete sein rechtes Bein. »Ich konnte einfach nicht mehr länger warten. Ich habe mir Sorgen gemacht«, erwiderte ich.

»Du solltest nicht hier sein.«

»Ich weiß.«

»Komm mit rein.« Er schob den Schlüssel ins Türschloss, und ich betrat sein Zimmer. Durchs Fenster sah ich, dass es draußen noch immer dunkel war, doch die Dämmerung würde bald einsetzen. Das konnte ich zwar nicht sehen, aber ich spürte es. Michael folgte mir stark humpelnd ins Zimmer.

»Was ist passiert?«, fragte ich. »Du wolltest doch schon vor drei Stunden zurück sein.«

»Es ist nicht alles exakt nach Plan gelaufen«, entgegnete er.

»Was ist mit deinem Bein passiert?«

»Du solltest nicht hier sein«, sagte Michael abermals. »Was ist, wenn sie kommen, um mich zu kontrollieren? Was dann?«

Ich hatte keine Antworten auf seine Fragen. »Wir müssen dich erst mal sauber machen, und dann musst du mir erzählen, was passiert ist«, sagte ich stattdessen.

»Warum musst du wissen, was passiert ist?«

»Weil die Details wichtig sind«, entgegnete ich. Ich warf einen

Blick auf Michaels verletztes Bein. Er hatte sich die zerrissene Hose mit Klebeband am Bein befestigt.

»Warum sind die Details wichtig?«

»Weil ich dazulernen muss. Joe hat versucht, mich vor schlechten Dingen zu schützen, und als er und Christopher mich brauchten, war ich nutzlos. Du musst mir etwas beibringen, damit ich dir helfen kann, dich zu schützen. Ich muss alles wissen.«

»Okay«, entgegnete Michael, »aber nicht hier. Im Bad ist ein Verbandskasten. Hol ihn. Wir gehen aufs Dach.«

Der Verbandskasten stand auf einer Ablage im Badezimmer. Er war nagelneu. Vielleicht war Michael doch besser vorbereitet, als ich es ihm zutraute. Ich trat wieder aus dem Badezimmer. »Gehen wir«, sagte ich. »Du kannst dich auf dem Weg nach oben auf mich stützen.« Wir fuhren mit dem Aufzug in die oberste Etage, dann gingen wir noch eine Treppe zum Dach hinauf. An der Tür, die aufs Dach führte, hing ein Schild mit der Aufschrift *Kein Zutritt*, doch Michael versicherte mir, dass sie nicht verschlossen sei. Ich drückte sie auf. Wir waren allein, acht Stockwerke über dem Zentrum von Manhattan. Die Stadt war still, der Himmel dunkelviolett.

Wir suchten uns eine Stelle, wo Michael sich hinsetzen konnte. Ich kniete mich vor ihn und fing an, sein Bein von dem Klebeband zu befreien. Seine Hose war blutverkrustet. »Es kann losgehen«, sagte ich zu ihm. Ich öffnete den Verbandskasten und nahm das Wundbenzin heraus, um seine Wunden zu säubern. »Erzähl mir, was passiert ist.«

»Ich habe meinen Wagen ungefähr eine Meile vom Haus der Zielperson entfernt im Wald geparkt«, begann Michael mit einem Nicken, »damit ihn niemand im Vorbeifahren sieht. Dann habe ich meine Taschenlampe genommen und mich auf den Weg durch den Wald gemacht. Im Wald war es stockdunkel. Die

Taschenlampe hat mir gerade genug Licht gespendet, damit ich den Ästen ausweichen konnte. Ich habe ihren Strahl auf den Boden vor mir gerichtet, um sicherzugehen, dass ich nicht in eine Felsspalte stürze. Hin und wieder habe ich Geräusche gehört, raschelnde Blätter oder brechende Zweige, aber mir war klar, dass es sich nicht um Geräusche handelte, die von Menschen verursacht wurden. Trotzdem hatte ich mein Messer in der rechten Hand, falls mich in der Dunkelheit irgendetwas angreifen sollte.

Als das Klimpern der Hundehalsbänder schließlich alle anderen Geräusche übertönte, kniete ich mich hin und öffnete meinen Rucksack. Ich nahm das Hackfleisch und das Betäubungsmittel heraus und formte zwei große Fleischbälle voller K.-o.-Tropfen. Dann schaltete ich die Taschenlampe aus und folgte den Geräuschen der Hunde. Alles lief genau nach Plan. Als ich mich näherte, spielten die Hunde völlig verrückt und bellten und sprangen am Zaun hoch. Ich wusste, dass mir nur ein paar Sekunden bleiben würden, bis der fettleibige Mann bemerkte, dass sie keine Eichhörnchen anbellen, also rannte ich zum Zaun und warf einen der Fleischbälle mit Betäubungsmittel hinüber. Beide Hunde stürzten sich darauf, doch nachdem der eine ihn sich geschnappt hatte, kam der andere wieder in meine Richtung gelaufen. Als er das tat, warf ich den zweiten Fleischball in seiner Nähe über den Zaun. Dann huschte ich zurück in den Wald, um zu warten, bis das Beruhigungsmittel wirkt. Ich entfernte mich gut hundert Meter und lauschte. Zunächst klang alles noch genauso wie zuvor. Ich hörte in der Dunkelheit immer noch die Halsbänder der Hunde, stellte allerdings fest, dass ihre Bewegungen langsamer wurden. Ich nahm den Seitenschneider und das Seil aus meinem Rucksack und wartete. Als ich mir sicher war, dass die Hunde bewusstlos waren, ging ich zurück zum Zaun.

Im hinteren Teil des Hauses war nicht viel Licht, aber es genügte mir, um die Hunde sehen zu können. Sie waren besinnungslos, lagen etwa drei Meter voneinander entfernt und atmeten tief und schwer. Ich nahm den Seitenschneider und schnitt ein Loch in den Zaun, gerade groß genug, um hindurchzukriechen, ohne mit den Klamotten hängen zu bleiben. Dann war ich drin. So weit, so gut.«

Ich hatte das Klebeband inzwischen vollständig von Michaels Bein entfernt. Am stärksten blutete er im Bereich seines Knies. Ich hob die Überreste seines Hosenbeins an, um die Wunden sehen zu können. Der Himmel war noch immer so dunkel, dass ich sie nicht richtig erkennen konnte. Allerdings wurde es langsam heller. Die Stadt erwachte – das hörte ich. Uns lief die Zeit davon, aber ich wollte den Rest von Michaels Geschichte hören. Als ich Wundbenzin auf sein Bein tupfte, rechnete ich damit, dass er zusammenzucken würde, sobald es in die Wunden gelangte, doch das tat er nicht.

»Also steige ich über den ersten Hund und stupse ihn mit der Fußspitze an, um mich zu vergewissern, dass er tatsächlich bewusstlos ist. Der Hund rührt sich nicht, deshalb gehe ich davon aus, dass ich in Sicherheit bin. Ich hebe den Hund hoch und trage ihn von dem Loch weg, das ich in den Zaun geschnitten habe. Ich lege ihn wieder auf den Boden und binde ein Ende des Seils an seinem Halsband fest, das andere am Zaun. Dann gehe ich zurück, um den zweiten Hund zu holen und mit ihm dasselbe zu machen. Der zweite gibt ein paar Laute von sich, als ich ihn anstupse – so eine Art tiefes Knurren –, aber abgesehen davon rührt auch er sich nicht. Ich trage ihn ebenfalls zum Zaun, allerdings auf die andere Seite von dem Loch, weit weg von dem ersten Hund. Ich habe die Körperwärme der Hunde gespürt, als ich sie trug. Und ich habe ihren Herzschlag gespürt. Betäubt wirkten sie so harmlos. Ich habe keine Ahnung, wie man einem Hund beibringt, so bösartig zu sein.

Dann gehe ich zum Haus. Ich nehme eine kleine Brechstange aus meinem Rucksack und steuere auf das Kellerfenster zu, über das wir gesprochen haben, das mit dem morschen Holzrahmen. Ich fange an, das Holz mit der Brechstange zu bearbeiten. Es war sogar noch morscher, als wir anhand der Fotos vermutet hatten. Den Fensterrahmen zu bearbeiten, fühlte sich an, als würde ich in weicher Erde ein Loch graben. Es dauerte nur etwa zehn Minuten, bis ich genug von dem morschen Holz entfernt hatte, um den ganzen Fensterrahmen mit bloßen Händen herausziehen zu können. Also nehme ich ihn raus und schlüpfe leise in den Keller, damit der dritte Hund nicht Alarm schlägt. Ich schalte die Taschenlampe wieder an und hole die Kapuze für den Hund aus meinem Rucksack. Dann gehe ich zum Verteilerkasten und suche die Kabel für die Stromversorgung und den Telefonanschluss. Der Strom ist das Wichtigste, aber ich denke mir, sicher ist sicher, und kappe die Telefonleitung ebenfalls.

Dann stecke ich mein Messer in den Gürtel und mache mich auf den Weg zur Treppe. Ich halte die Taschenlampe in der einen Hand und die Kapuze in der anderen, und mir kommt zum ersten Mal der Gedanke, dass wir die Sache nicht ausreichend durchdacht haben. Ich hatte die Muskeln der beiden Hunde im Freien gespürt. Ich würde es niemals schaffen, dem dritten Hund die Kapuze überzustülpen. Bei jedem Job gibt es solche Momente, in denen man plötzlich das Gefühl hat, der Sache nicht gewachsen zu sein – selbst bei den einfachen Jobs. Für einen Rückzieher war es allerdings zu spät. Also gehe ich die Treppe hinauf, lege das Ohr an die Kellertür und lausche, ob ich den Hund hören kann. Fehlanzeige. Ich höre überhaupt kein Geräusch. Dann schalte ich die Taschenlampe aus und verstaue sie wieder in meinem

Rucksack, damit ich die Kapuze mit beiden Händen halten kann und trotzdem schnell an mein Messer komme, wenn es nötig ist.

Ich drücke die Tür langsam auf und blicke mich um. Die Kellertür führt in die Küche. Von dort sehe ich nach rechts ins Wohnzimmer und nach links ins Esszimmer. Beide Zimmer wirken leer. Ich nehme an, dass der Hund oben ist. Dann ertönt unmittelbar vor mir ein tiefes Grollen. Es klingt wie ein Lastwagen. Also richte ich den Blick zum ersten Mal geradeaus in die Küche und stelle fest, dass der verdammte Köter genau vor mir steht. Ich sehe seine Augen in der Dunkelheit funkeln. Das Knurren ist so tief, dass ich es beinahe in den Bodendielen spüren kann. Der Hund war nicht mehr als anderthalb Meter von meinem Gesicht entfernt. Ich erstarrte. Ich hielt die Kapuze in den Händen, hatte aber keinen blassen Schimmer, wie ich sie dem Hund über den Kopf ziehen sollte. Sein Knurren wurde immer lauter, und mittlerweile fletschte er auch die Zähne. Dann sprang er direkt auf mein Gesicht zu. Ich wich ungefähr dreißig Zentimeter zur Seite aus und hob beide Hände, um zu verhindern, dass mir der Hund das Gesicht wegreißt. Der Hund prallte mit der Brust gegen meine Hände, und ich stieß ihn mit aller Kraft weg.«

Ich blickte zu Michael auf. Inzwischen genoss er es, seine Geschichte zu erzählen. Michael hatte schon seit langem niemanden mehr gehabt, dem er seine Geschichten erzählen konnte. Er fuhr fort und tat so, als hätte er nicht bemerkt, dass ich ihn ansah.

»Das Glück ist auf meiner Seite. Ich stoße den Hund durch die offene Kellertür. Er fliegt durch die Luft und die Treppe hinunter. Noch bevor ich ihn unten auf dem Boden aufschlagen höre, husche ich in die Küche und mache die Tür hinter mir zu. Der Hund fällt sämtliche Stufen bis zum Fuß der Treppe hinunter, aber das stört ihn nicht im Geringsten. Im nächsten Moment ist das Mistvieh schon wieder die Treppe hinaufgelaufen und kratzt an der Kellertür, als würde es versuchen, sich durch die Tür zu buddeln. Also schnappe ich mir einen Stuhl und stemme ihn unter die Türklinke, um sicherzugehen, dass der Hund gefangen ist. Er bellt jetzt wie verrückt, sodass ich weiß, dass meine Tarnung aufgeflogen ist.«

»Warst du nervös?«, wollte ich wissen, da ich mich fragte, wie es sich wohl anfühlte, sich in einer solchen Grenzsituation zu befinden.

»Das Sicherste ist immer, Leute zu überrumpeln, aber nervös war ich nicht. Vor dem fetten Mann hatte ich keine Angst. Ich wusste, dass ich es mit ihm aufnehmen konnte. Also rannte ich die Treppe hinauf, so schnell ich konnte. Mir war klar, je früher ich bei seinem Zimmer bin, desto weniger Zeit bleibt ihm, um sich zu beruhigen. Während ich die Treppe hinaufrenne, ziehe ich die Taschenlampe aus meinem Rucksack, sodass ich die Kapuze, die ich dem Hund überstülpen wollte, und die Taschenlampe in derselben Hand halte. Ich sehe jetzt die Tür zum Zimmer meiner Zielperson. Da sie zu ist, weiß ich, dass er sich noch im Zimmer befindet, und muss davon ausgehen, dass er mit einer Pistole auf die Tür zielt.«

Michael ertappte mich dabei, dass ich ihn ansah. Er erwiderte meinen Blick, um herauszufinden, wie ich auf den Rest seiner Geschichte reagieren würde.

»Also renne ich los und ducke mich dabei so tief wie möglich, falls der fette Mann wahllos durch die Tür schießt. Als ich bei der Tür ankomme, bleibe ich nicht stehen. Ich strecke die Hand aus, packe den Türknauf und öffne die Tür, ohne mich ganz aufzurichten. Sobald die Tür auf ist, hechte ich in sein Zimmer, um mit einem Satz so weit wie möglich von der Tür wegzukommen. Während ich über den Boden rolle, höre ich den ersten Schuss.

Die Kugel schlägt etwa dreißig Zentimeter neben der Tür in die Wand. Dann ertönt ein zweiter Schuss. Er geht nicht einmal in meine Nähe, sondern schlägt über der Tür ein. Trotz der Dunkelheit sehe ich Holz splittern. Ich ziehe die Taschenlampe aus meiner linken Hand. Meine Zielperson kapiert schließlich, dass ich mich nicht bei der Tür befinde, und dreht sich zu mir. Als er das tut, leuchte ich ihm mit der Taschenlampe direkt in die Augen und blende ihn.«

Michael hielt inne. Er muss meinen Gesichtsausdruck gesehen haben. »Soll ich weitererzählen?«, fragte er. »Ich muss nicht. Keine Ahnung, was du aus dem Rest der Geschichte lernen kannst.«

»Erzähl weiter. Ich möchte alles hören«, sagte ich. Vielleicht gab es nichts mehr zu lernen, aber ich wollte wissen, was meinetwegen geschehen war.

»Okay«, sagte Michael. Die Stadt unter uns war inzwischen zum Leben erwacht. Michael musste beim Sprechen den Lärm der Taxis und Müllfahrzeuge auf der Straße übertönen. »Der fette Mann zuckt zusammen, als ihn der Strahl meiner Taschenlampe trifft, und ich stürze mich auf ihn. Alles dauert nur eine Sekunde. In dieser Sekunde ziehe ich ihm die Kapuze über den Kopf. Er lässt seine Pistole fallen, und ich schubse ihn. Eigentlich wollte ich ihn nur von der Pistole wegstoßen, aber er stolpert rückwärts und fällt zu Boden. Er greift sich an den Kopf und versucht, sich die Kapuze herunterzureißen. Ich warte. Wenn er den Menschen sehen will, der ihn gleich töten wird, tue ich ihm den Gefallen. Aber ich gehe ganz nah zu ihm hin. Als er die Kapuze runterbekommt, bin ich zur Stelle. Ich sehe die Angst in seinen Augen. Ich rechne jedes Mal damit, dass sie etwas sagen, wie ›bitte‹ oder so, aber das tut fast keiner. Dann ramme ich ihm das Messer in den Hals, direkt unterhalb des Kiefers. Ich ziehe das Messer über seine Kehle, sodass ein Schnitt von einer Seite seines Halses zur anderen entsteht. Blut quillt heraus, und ich mache einen Schritt zurück. Er hat kein Wort gesagt. Ich habe gewartet, bis ich mir sicher war, dass er tot ist. Es hat nicht lange gedauert. Dann bin ich gegangen.«

Ich konnte nicht glauben, dass das die ganze Geschichte war. »Und woher hast du die Verletzung am Bein?«

»Auf dem Weg nach draußen beschloss ich, wieder durch das Loch im Zaun zu klettern, da ich von dort den Weg kannte. Einer der Hunde, die ich betäubt hatte, war aufgewacht und musste wohl das Seil durchgekaut haben. Als ich durch das Loch im Zaun nach draußen kletterte, packte mich der Hund von hinten am Bein. Die Kiefer des Mistviehs waren wie ein Schraubstock.«

»Was hast du dann gemacht?«

»Na ja, er war noch ziemlich benebelt, also habe ich ihm mit dem anderen Fuß ins Gesicht getreten und mich durch den Zaun gezwängt. Anscheinend war er noch zu betäubt, um durch das Loch zu springen. Dann ging ich zurück zum Auto, aber ich kam wegen der neuen Löcher in meinem Bein nur langsam voran. Als ich beim Auto anlangte, war mir klar, dass ich mich ein bisschen zurechtmachen muss, bevor ich durch die Hotellobby marschiere, darum habe ich mir die Hose mit Klebeband über den Wunden befestigt.«

»Und deshalb bist du erst so spät gekommen?«

»Ja.« Michael stieß ein kurzes Lachen aus. »Du wirkst enttäuscht.«

»Ich dachte, es würde noch mehr dahinterstecken«, gab ich zu.

»Ich bin kein Anfänger, Maria. Ich bin gut darin, Menschen zu töten. Manchmal sind diese Jobs eben nicht besonders schwierig.«

Ich weiß nicht, was ich erwartet hatte. »Ich sollte nach Hause gehen«, sagte ich zu Michael. Ich hatte seine Wunden so gut es ging gesäubert. Dann fiel mir Dorothy ein. Ich musste Michael noch von dem Versprechen erzählen, das ich gegeben hatte, während er weg war. Ich ging über das halbe Dach. Ich wollte es ihm nicht sagen – noch nicht –, wusste jedoch, dass keine Zeit war, um noch länger damit zu warten. »Diese Frau vom Untergrund hat mich ausfindig gemacht«, sagte ich und drehte mich zu Michael um.

»Wer? Clara?« Ich hörte die Überraschung in Michaels Stimme.

»Nein. Die jüngere. Dorothy. Sie sind uns gefolgt.« Michael senkte den Blick und versuchte, diese Information zu verarbeiten. »Ich habe ihr versprochen, dass ich ihnen helfe, jemanden zu verstecken«, sagte ich.

»Du hast was?«, fragte Michael und klang noch überraschter. »Ich dachte, wir wären auf derselben Wellenlänge, Maria. Ich dachte, wir hätten einen Plan.«

»Das sind wir«, entgegnete ich. »Den haben wir.« Ich schüttelte den Kopf und überlegte, was ich noch sagen konnte. »Einer von den Jugendlichen, denen sie helfen möchten, braucht für ein paar Tage eine Bleibe. Sie haben mich um Hilfe gebeten, und ich habe eingewilligt. Die Sache ist nicht der Rede wert.«

Michael wandte den Blick ab. »Ich muss ein bisschen schlafen. Lass uns später darüber reden. Ich komme nachher zu dir.«

»Okay«, sagte ich. »Schaffst du es allein zu deinem Zimmer?«

»Ich denke schon«, antwortete Michael.

Ich hätte gerne noch etwas zu ihm gesagt, *danke* oder *tut mir leid*, fand aber weder für das eine noch für das andere den Mut. »Dann sehen wir uns also später?«, sagte ich stattdessen.

»Geh nach Hause«, erwiderte Michael und starrte an mir vorbei auf die Stadt. Also ging ich.

EINUNDZWANZIGSTES KAPITEL

»Und, erzählst du mir von deiner Entscheidung, die Heldin zu spielen?«, wollte Michael wissen. Inzwischen war es später Nachmittag. Als Michael an die Tür klopfte, lag ich immer noch wach. Ich hatte versucht zu schlafen, doch es war mir nicht gelungen. Michael hatte eine Alkoholfahne, als er das Apartment betrat.

»Ich versuche nicht, die Heldin zu spielen«, sagte ich zu ihm. Ich möchte mich einfach nur korrekt verhalten, dachte ich. »Es ist für höchstens sechs Tage«, versicherte ich ihm. »Wir müssen überhaupt nichts tun.« Ich gab Michael dasselbe Versprechen, das Dorothy mir gegeben hatte, obwohl ich kein Recht dazu hatte, und erzählte ihm, dass Dorothy mir in Aussicht gestellt hatte, dass sie versuchen werde, uns zu helfen, wenn wir ihnen halfen.

»Und das glaubst du?«, fragte Michael.

»Ich weiß nicht. Ich denke, es ist einen Versuch wert.« Michaels Bein schien noch nicht besser zu sein. Er hinkte merklich. Ich fühlte mich schuldig und hatte das Bedürfnis, ihm etwas zu geben. »Der Jugendliche steht auf deiner Seite«, erklärte ich. Michael gab keine Antwort. Er nickte nur. »Ich hätte nicht eingewilligt, wenn er nicht auf deiner Seite stünde«, versicherte ich ihm.

»Bist du dir darüber im Klaren, dass das die Anderen womöglich direkt zu uns führen wird?«, wollte Michael wissen.

»Ehrlich gesagt, Michael, weiß ich nicht mal mehr, wer *die Anderen* überhaupt sind«, erwiderte ich mit einem Lachen.

»Hoffentlich erinnert dich niemand daran«, sagte Michael und ließ die Worte eine Weile wirken. Er klang nicht wütend, sondern enttäuscht. In diesem Augenblick wäre mir Wut lieber gewesen. »Wann holen wir diesen Jugendlichen ab?«

»Du musst mir nicht helfen.«

Michael sah mir in die Augen. Die Wirkung des Alkohols hatte sich inzwischen gelegt. »Ich muss nichts von alledem tun«, erinnerte er mich.

»Morgen Mittag um zwölf.«

»Okay«, sagte er. »Ich bin vor zehn da. Wir brauchen Zeit, um uns vorzubereiten.« Dann erhob er sich von der Couch. »Übrigens, sie haben mir meinen nächsten Auftrag gegeben«, sagte er zu mir. »In Philadelphia. Ich habe zwei Wochen Zeit.«

»Das reicht nicht. Dein Bein …«

»Es muss reichen«, fiel er mir ins Wort. »Wenn du möchtest, dass sie mir wieder vertrauen, darf ich nicht schon nach meinem ersten Job um eine Verschnaufpause bitten.« Er hinkte zur Tür. Ich wollte nicht, dass er ging – nicht einfach so. Das Einzige, was ich noch weniger wollte, war, ihn zu bitten, bei mir zu bleiben. Deshalb sagte ich gar nichts, und er ging zur Tür hinaus und ließ mich allein.

In dieser Nacht fand ich endlich Schlaf. Ich schlief weder tief noch ruhig, aber immerhin schlief ich. Am Morgen stand ich früh auf, um zu trainieren. Ich machte Liegestütze, Sit-ups und Beugestütze an einem der Küchenstühle. Alles wird immer einfacher. Ich spüre, wie sich die Muskeln in meinem Körper verändern. Man sieht es mir wahrscheinlich nicht an, aber ich werde kräftiger. Ich ging laufen. Eigentlich wollte ich nur vierzig Minuten laufen, doch ich hatte noch überschüssige Energie zu verbrennen, darum machte ich weiter und lief letztendlich über eine Stunde. Beim Laufen dachte ich an deinen Vater. Er ging fünf oder sechs Mal in der Woche morgens lange laufen. Manchmal war er zwei Stunden am Stück unterwegs. Ich fragte ihn oft, woran er denken würde, wenn er lief. Er sagte mir, er würde die meiste Zeit an gar nichts denken, sondern nur einen Fuß vor den anderen setzen. »Und die übrige Zeit?«, fragte ich ihn.

»Ich denke an dich«, sagte er und lächelte mich an. »Und an Christopher und daran, was für ein Glück ich habe.«

»Was geht dir durch den Kopf, wenn du an uns denkst?«, bohrte ich nach, weil ich Details hören wollte.

»Ich stelle mir vor, dass wir drei irgendwo in einer kleinen Stadt in einem kleinen Haus wohnen. Ich stelle mir vor, dass ich zu Christophers Little-League-Baseballspielen gehe. Ich stelle mir vor, dass ich mit ihm angeln gehe. Ich stelle mir vor, dass wir beide gemeinsam alt werden und zusehen, wie aus Christopher ein Mann wird. Ich stelle mir vor, dass ich einen Bierbauch bekomme und sonntagnachmittags lange Nickerchen auf der Couch mache. Ich stelle mir vor, wie schön du aussehen wirst, wenn dein Haar grau wird. Ich stelle mir vor, dass ich Christophers erste Freundin kennenlerne. Wahrscheinlich wird sie dir sehr ähnlich sein. Ich stelle mir vor, wie es sein wird, wenn er sich zum ersten Mal verliebt.«

»Ich finde es gut, dass du immer so lange laufen gehst«, sagte ich dann, und er küsste mich.

Sie haben mir so viel genommen.

ZWEIUNDZWANZIGSTES KAPITEL

Michael klopfte fast Punkt zehn Uhr an meine Tür. Er klopfte einmal und wartete. Deshalb wusste ich, dass er es war. Er war zu stolz, um zweimal zu klopfen. Ich hakte die Türkette aus und öffnete die Tür gerade weit genug, damit Michael hindurchschlüpfen konnte. »Woher wusstest du, dass ich es bin?«, fragte er.

»Ich habe dich am Klopfen erkannt.«

Michael ging an mir vorbei in das Apartment, ohne etwas darauf zu erwidern. Nachdem ich die Tür wieder geschlossen hatte, begann er, Fragen zu stellen. Er wollte wissen, was ich über den Jugendlichen erfahren hatte: wie er aussah, weshalb er auf der Flucht war, wohin er als Nächstes gehen würde.

Er wollte wissen, wo im Park wir uns mit ihm treffen sollten. Michaels Fragen führten mir vor Augen, wie wenig ich wusste. Ich sagte so oft *Das weiß ich nicht*, dass die Worte ihre Bedeutung verloren. »Was sollen all die Fragen?«, sagte ich. Dorothy hatte alles so einfach erscheinen lassen.

»Der Jugendliche ist auf der Flucht, richtig?« Ich nickte. »Das bedeutet, jemand verfolgt ihn.« Michael ging zum Fenster und sah hinaus. »Und noch eine Sache: Wenn dich das nächste Mal jemand bittet, dass du dich irgendwo mit ihm triffst, dann wählst du den Ort aus. Lass ihn dir niemals von jemand anderem vorschreiben. Jetzt müssen wir früher in den Park gehen, damit wir ihn auskundschaften können. Wir müssen eine Menge in Erfahrung bringen. Wir müssen uns ein Bild von den Sichtverhältnissen machen. Wir müssen uns über unsere Fluchtwege im Klaren sein. Wenn mich irgendjemand dabei sieht, wie ich diesem Jugendlichen helfe, können wir uns Jared abschminken.«

Daran hatte ich noch nicht einmal gedacht. »Ich kann das auch allein machen«, sagte ich abermals. Dieses Mal, nach der Flut von Fragen, die ich nicht beantworten konnte, machte ich mir Sorgen, dass Michael mir womöglich zustimmen würde.

»Das glaubst du doch selbst nicht«, entgegnete Michael. »Und wenn du es selbst nicht glaubst, dann stimmt es auch nicht.« Sein Blick war kalt.

»Was kann ich tun, um die Situation zu verbessern?«, fragte ich Michael. Ich wollte, dass alles wieder so wurde, wie es gewesen war. Er ignorierte meine Frage.

Michael bestand darauf, dass wir den Park zweimal umrundeten, bevor wir ihn betraten. Zunächst drehten wir einen ganzen Häuserblock entfernt eine Runde und gingen durch die Straßen, die jene Straßen umgaben, welche unmittelbar an den Park angrenzten. Michael erklärte, wir müssten für den Fall, dass wir die Flucht ergreifen mussten, wissen, wohin wir flohen. Wir müssten Unwägbarkeiten ausschließen. Als Nächstes gingen wir die Straßen ab, die den Park unmittelbar umgaben. Michael blickte immer wieder an den Gebäuden hinauf und versuchte einzuschätzen, welche Teile des Parks von deren Fenstern aus einzusehen waren und welche von den Bäumen verdeckt wurden. »Wenn sie versuchen, uns ins Freie zu locken, musst du alleine gehen und sie zu mir bringen. Wir dürfen nicht riskieren, dass ich gesehen werde.«

Der Park war voller junger Menschen jeder Körpergröße, Statur und Hautfarbe. Ich hörte Kinder auf dem Spielplatz herumtoben. In dem Park wäre niemand aufgefallen, hätte niemand fehl am Platz gewirkt, ganz egal, wie er aussah. Vielleicht war das der Grund, weshalb Dorothy diesen Ort ausgewählt hatte. Nachdem wir den Park betreten hatten, bestand Michael darauf, dass wir sämtliche Stellen ausfindig machten, die Tarnung boten – sowohl für den Fall, dass wir fliehen und uns verstecken mussten, als auch für den Fall, dass sie jemand nutzen sollte, um uns aus dem Hinterhalt anzugreifen. Anschließend suchten wir auf Michaels Drängen hin nach potentiellen Engstellen, nach Fluchtwegen, die ins Nichts führten. Als wir damit fertig waren, war es fast zwölf Uhr. Wir begaben uns an die Stelle, die Michael als Warteplatz für uns auserkoren hatte, einen schattigen Fleck unter einem Baum auf dem grasbewachsenen Hügel in der Mitte des Parks.

»Und jetzt?«, fragte ich.

»Jetzt warten wir auf sie«, erwiderte Michael. »Wir tun ihnen einen Gefallen. Sie sollen kommen und uns suchen.«

Also warteten wir und studierten die Gesichter der Leute, die vorbeikamen. Es war kurz vor Mittag. Michael hatte mich so nervös gemacht, dass ich mit einem plötzlichen Chaos im Park rechnete, sobald die Uhr zwölf schlug. Nichts passierte. Zwölf Uhr verstrich. »Wie lange willst du warten?«, fragte Michael. Ich hatte mir darüber keine Gedanken gemacht, da ich es nicht für nötig befunden hatte. Dann sah ich sie. Dorothy trug wieder dieselbe weite Cargohose. Anstelle des schwarzen Trägerhemds hatte sie diesmal ein weißes an. Ich sah, wie sich beim Gehen die Muskeln in ihren Armen bewegten. Sie waren mir bislang noch gar nicht aufgefallen. Ich hatte mir irrtümlich eingeredet, sie sei nett und harmlos. Das war sie nicht. Sie war eine Kämpferin wie Michael. Die beiden hatten sich nur für unterschiedliche Schlachten entschieden.

»Das sind sie«, sagte ich zu Michael. Er erkannte Dorothy wieder. Sie wurde von einem jungen Schwarzen begleitet. Nach allem, was ich durchgemacht hatte, wirkten Leute in meinem Alter immer jünger auf mich. Dieser Jugendliche sah jedoch nicht jung aus. Er hatte ebenfalls eine Menge durchgemacht. Der Krieg macht es niemandem leicht.

Dorothy gab sich alle Mühe, den Park im Gehen beiläufig abzusuchen, sah uns aber nicht. Die beiden gingen an uns vorbei. Der Jugendliche hielt sich dicht neben ihr und starrte wie benommen vor sich hin. Er war groß und schlaksig, wirkte jedoch athletisch. »Sollen wir zu ihnen gehen?«, fragte ich Michael.

»Sie sind zu gut sichtbar. Das ist zu riskant für mich. Du musst alleine gehen und sie holen.«

Ich stand auf und klopfte mich ab. »Okay«, sagte ich und blickte mich kurz um, bevor ich zu dem Weg ging. Ich musste mich beeilen, um Dorothy und den Jugendlichen einzuholen. »Dorothy«, sagte ich im Flüsterton, als ich nur noch wenige Schritte hinter ihnen war.

Sie drehte sich zu mir um, als ich sie ansprach. Joseph ebenfalls. Ich blickte ihn zuerst an. Aus der Nähe wirkte er muskulöser. Er sah müde aus und hatte Tränensäcke. Dann fielen mir seine Augen auf. Sie waren smaragdgrün, wie ich es noch bei niemand anderem gesehen hatte. Ich musterte Dorothy. Sie wirkte nervös. »Maria«, sagte sie mit einem Seufzen. »Ich hatte fast schon gedacht, Sie tauchen nicht mehr auf.«

»Wir sind unter den Bäumen«, sagte ich zu ihr. »Michael war der Meinung, dass es dort sicherer ist.« Joe sagte kein Wort. Er musterte mich nur genauso intensiv, wie ich ihn gemustert hatte. Dann folgten mir die beiden zu der Stelle, an der Michael wartete.

»Wie sind Sie beide hierhergekommen?«, fragte Dorothy. »Ich habe nach Ihnen Ausschau gehalten.«

»Wir waren schon früher hier«, erwiderte Michael. »Wir hielten es für sicherer, wenn uns niemand sieht. Ich wollte nicht wieder einen Elektroschock bekommen.« In dem Moment dämmerte es mir, warum Michael auf die gründliche Vorbereitung bestanden hatte. Er wollte einen Teil der Kontrolle zurückerlangen, die er in dem Park in Washington, D.C., verloren hatte. Sie mochten uns beschatten können, doch Michael wollte sich nicht noch einmal von ihnen überrumpeln lassen. Der Park. Mitten am Tag. Ich hatte die Parallelen nicht gesehen. Michael schon.

Dorothy sah Michael an. Sie wusste, mit wem sie es zu tun hatte. Deshalb wirkte sie nervös. Deshalb hatte sie geglaubt, ich würde nicht auftauchen. »Sie brauchen sich keine Sorgen zu machen«, sagte sie. »Dieses Mal bin ich allein. Bei Jobs wie diesem, bei denen wir mit Leuten zusammenarbeiten, von denen wir glauben, dass wir ihnen vertrauen können, schicken wir immer nur eine Person.« Dorothy war allein. Sie war unglaublich mutig. Ich fragte mich, weshalb sie nicht die Flucht ergriff wie die Leute, denen sie half. Sie sah mich an. »Maria«, sagte sie, »das ist Joe.« Joe streckte mir die Hand hin, und ich schüttelte sie. Er hatte einen festen Händedruck.

Michael unterbrach die Vorstellerei. »Wie sieht der Plan aus, Dorothy?«

»Er sieht genauso aus, wie ich Maria gesagt habe. Joe braucht für ein paar Tage eine Unterkunft, während wir seine nächste Zwischenstation vorbereiten. Wir holen ihn wieder ab, wenn wir fertig sind.«

Michael schüttelte den Kopf. »Wir haben genug von Ihren Überraschungen. Wir müssen wissen, wann er wieder geht. Wir müssen die Regelungen für die Übergabe jetzt treffen.« Ich hatte nicht damit gerechnet, widersprach aber nicht. Trotzdem war es ein seltsames Gefühl, dazustehen und zuzuhören, wie Dorothy und Michael in Joes Gegenwart über dessen Zukunft verhandelten.

»Gut«, sagte Dorothy. »Wie wär's mit Sonntagabend, zehn Uhr? Wir könnten uns wieder hier treffen.«

Michael schüttelte erneut den Kopf. »Maria entscheidet, wo wir uns treffen.«

Alle sahen mich an. Mir war klar, dass Michael mich auf die Probe stellte. Ich war nicht vorbereitet, musste aber irgendetwas sagen. Ich ging in Gedanken die verschiedenen Routen durch, die ich in den letzten Tagen gelaufen war. »Auf dem Fußweg unterhalb des Franklin Delano Roosevelt Drive«, sagte ich, »zwischen der Brooklyn und der Manhattan Bridge.«

»Okay. Das lässt sich machen«, erwiderte Dorothy. Sie drehte sich zu Joe. »Pass auf dich auf«, sagte sie, zog ihn an sich und umarmte ihn. »Wir sehen uns in drei Tagen.« Joe nickte nur. Ich konnte nicht beurteilen, ob er so still war, weil er nichts zu sagen hatte, oder er ob zu gerührt war, um sprechen zu können.

Als Michael, Joe und ich gingen, rief mir Dorothy hinterher: »Danke, Maria. Ich weiß, dass das nicht Ihr Krieg ist.«

Ich drehte mich kurz zu ihr um. »Denken Sie an Ihr Versprechen«, sagte ich.

Sie nickte. Dann ging sie in die andere Richtung davon.

Ich konnte den Jugendlichen nicht Joe nennen. Der Name schmerzte zu sehr. Auf dem Rückweg zu meinem Apartment fragte ich ihn, ob ich ihn irgendwie anders ansprechen dürfe, mit einem Spitznamen oder einem zweiten Vornamen.

»Alle nennen mich Joe«, sagte er. »Mein zweiter Vorname ist Reginald, aber den hasse ich.«

»Wie wär's mit Reggie? Hasst du das auch?«, erkundigte ich mich. Ich wartete nicht auf eine Antwort. »Darf ich dich Reggie nennen?«

Er schien nicht begeistert zu sein, entgegnete aber trotzdem: »Wenn es sein muss.« Michael nahm die Namensänderung sofort an. Offenbar fiel es auch ihm schwer, den Jugendlichen Joe zu nennen.

Bevor Michael mich mit Reggie allein ließ, schlug er vor, dass wir ein paar Grundregeln für Reggie aufstellen sollten. Reggie war damit einverstanden. »Regel Nummer eins«, sagte Michael. Mir wäre lieber gewesen, wenn er die Regeln nicht nummeriert hätte, doch ich hielt den Mund. »Das Apartment wird nicht ohne einen von uns beiden verlassen. Regel Nummer zwei: Nutz deine Situation hier nicht aus. Hör auf alles, was Maria dir sagt. Regel Nummer drei«, sagte Michael, da es immer drei Regeln zu geben schien, »du verlierst niemandem gegenüber auch nur ein Wort darüber, wer Maria ist oder wer ich bin oder was wir für dich tun. Nicht jetzt und auch nicht in Zukunft.«

»Das ist okay«, erwiderte Reggie.

»Befolge die Regeln. Falls du auch nur eine davon brichst, kannst du von Glück reden, wenn ich dich nur auf die Straße setze.«

»Verstanden. Ich bin nicht hier, um Spielchen zu spielen. Ich möchte mich bei euch nur für eure Hilfe bedanken.«

»Bedank dich nicht bei mir«, sagte Michael. »Ich hatte damit nichts zu tun. Bedank dich bei ihr.« Michael deutete auf mich, und Reggie sah in meine Richtung. Dieses Mal hielt ich seinem Blick etwas länger stand. Als ich wegschaute, wandte sich Reggie wieder Michael zu.

»Trotzdem danke«, sagte Reggie zu Michael.

Bevor Michael ging, trat er zu mir. Reggie hatte sich in das andere Zimmer zurückgezogen. »Bist du sicher, dass das okay für dich ist?«, fragte er mich im Flüsterton.

»Ja«, entgegnete ich, ohne zu zögern.

»Ist es in Ordnung für dich, mit ihm allein zu sein?«

»Ich habe keine Angst vor ihm«, versicherte ich Michael.

»Vielleicht solltest du die aber haben«, erwiderte er.

»Warum traust du ihm nicht?«

Michael warf einen Blick in das andere Zimmer. Ich sah

Reggie auf der Couch sitzen. »Weil er es zulässt, dass andere ihr Leben für ihn aufs Spiel setzen. Ich verstehe nicht, wie man so etwas tun kann.«

Ich spürte, wie ich errötete. »Vielleicht ist er einfach…« Ich suchte in Gedanken nach dem richtigen Wort. »Verzweifelt«, vollendete ich meinen Satz. Bevor Michael ging, umarmte ich ihn unbeholfen. Ich umklammerte ihn, während er schlaff dastand und meinen Rücken kaum berührte.

DREIUNDZWANZIGSTES KAPITEL

»Was ist denn los?«, fragte Reggie, nachdem Michael gegangen war. Was er eigentlich meinte, war: *Warum ist dieser Typ so ein Arschloch?*

»Das Ganze macht ihn nervös«, erwiderte ich.

»Seid ihr beiden zusammen?«

»Nein«, entgegnete ich. »Er ist nur ein Freund von einem Freund«, fügte ich hinzu und fragte mich in diesem Moment, ob Michael nicht mehr als das war. Reggie nickte.

Reggie saß auf dem Sofa, das ich an die Wand gegenüber vom Bett geschoben hatte. Ich setzte mich auf der anderen Seite des Zimmers auf den Boden. »Darf ich dich fragen, warum du vor dem Krieg davonläufst?« Ich hatte gewartet, bis Michael gegangen war, ehe ich diese Frage stellte. Ich wollte wissen, was Reggie von all den anderen unterschied, die nicht davonliefen. Warum dein Vater davongelaufen war, wusste ich. Er lief davon, um dich zu beschützen. Dein Vater hatte Zweifel, was den Krieg betraf, aber wenn es dich nicht gäbe, wäre er niemals davongelaufen. Das weiß ich. Ich starrte Reggie an. Inwiefern war er anders? Warum lief er davon, während Michael sich weigerte?

Er erhob sich von der Couch und setzte sich ebenfalls auf den Fußboden, sodass wir uns auf derselben Höhe gegenübersaßen. »Hast du schon mal was von Verzehntung gehört?«, fragte mich Reggie.

»Im Zusammenhang mit Religion?«, fragte ich zurück. Ich war mir nicht sicher, ob ich seine Frage verstanden hatte. Er sah mich forschend an. »Wie in der Bibel, wo es heißt, dass man einen bestimmten Teil von allem, was man besitzt, der Kirche geben muss?«

»Das wusste ich nicht.«

»Wovon sprechen wir dann?«

»Bei uns gibt es auch Verzehntung. Dorothy und ihre Leute haben mir davon erzählt. Es gibt viele, die ein Teil des Krieges sind, aber nie kämpfen. Sie haben ganz normale Jobs. Diese Leute müssen alle ein Viertel ihrer Einkünfte für den Krieg spenden. Anstatt mit Blut, bezahlen sie für den Krieg mit Geld.« Aus irgendeinem Grund hatte ich mir nie Gedanken darüber gemacht, woher all das Geld zur Finanzierung des Krieges stammte und was getan wurde, um solche Summen zu kontrollieren. Ich dachte an die Büroräume über der Grand Central Station, die Michael aufgesucht hatte, und fragte mich, wie viel diese wohl kosteten.

»Wie viele solche Leute gibt es denn?«, fragte ich. »Wie viele Leute führen ein normales Leben und spenden Geld?«

Reggie zuckte mit den Schultern. »Ich habe keine Ahnung«, sagte er. »Irgendjemand weiß es aber bestimmt. Irgendjemand sammelt ja das ganze Geld.«

»Und deshalb bist du davongelaufen?«, fragte ich verwirrt.

Reggie schüttelte den Kopf. »Nein. Ich wusste nichts von Verzehntung, bevor Dorothy und ihre Leute mir davon erzählt haben. Ich versuche nur dahinterzukommen.«

»Warum bist du dann davongelaufen?«, hakte ich noch einmal nach.

»Sie wollten, dass ich eine Frau töte.«

Dein Vater hatte Frauen getötet. Michael ebenfalls. »Hattest du davor schon Männer getötet?«, wollte ich wissen.

Reggie nickte mit ernster Miene. »Zwei«, antwortete er. »Beim ersten sagten sie mir, er hätte die Ermordung meines Vaters geplant, sodass es sich gar nicht wie töten angefühlt hat. Es hat mir fast schon Spaß gemacht. Danach kam der zweite Mann. Anschließend wollten sie von mir, dass ich eine Frau töte.«

»Und dann du bist abgehauen?« Ich dachte, die Geschichte wäre vorbei.

Reggie saß mit dem Rücken an die Wand gelehnt da und hatte die Knie angezogen. Seine Handgelenke ruhten auf seinen Knien, und seine Hände hingen schlaff herab. Das Fenster stand offen. Von draußen drang Verkehrslärm an unser Ohr. Eine Brise wehte zum Fenster herein. »Nein«, erwiderte er. »Ich habe ihnen gesagt, dass ich das nicht tun kann. Anscheinend dachten sie, ich bräuchte einfach noch ein bisschen mehr Training, deshalb haben sie mich in das Haus der Frau mitgenommen und mich zuschauen lassen, als sie sie töteten.«

»Und dann bist du weggelaufen?«

Er nickte. »Sie hatte zwei Kinder. Sie haben sie getötet, weil sie irgendeine Art von Ingenieurin war, die irgendeine Netzhauterkennungsmethode entwickelt hat.«

»Dann bist du also davongelaufen, weil du es für falsch hältst, Frauen zu töten?« Ich wollte das wirklich verstehen.

»Nein. Ich bin abgehauen, weil ich wusste, dass ich den Job nicht auf die Reihe kriege.«

Ich sah ihn an und schüttelte den Kopf. Er war kein Feigling. Ein Feigling wäre nicht mutig genug gewesen, um davonzulaufen. Ein Feigling hätte diese Frau getötet. »Dann glaubst du also immer noch an den Krieg?«, fragte ich Reggie.

»Die Leute vom Untergrund versuchen, mich davon abzubringen. Sie haben mir von Verzehntung erzählt und von anderen Dingen, aber es fällt mir schwer«, erwiderte er.

»Warum fällt es dir so schwer?«, fragte ich verärgert. Ich hatte das Gefühl, mich mit deinem Vater zu unterhalten.

Reggie zuckte mit den Schultern, ohne etwas zu sagen. Als draußen eine Autohupe ertönte, zuckte er zusammen und warf einen Blick auf das offene Fenster.

»Du hast meine Fragen beantwortet«, sagte ich zu Reggie, nachdem ein paar Minuten lang Schweigen geherrscht hatte. »Möchtest du irgendwas über mich wissen?« Ich erwartete, dass er irgendwelche Fragen hatte.

»Nein«, entgegnete er zu meiner Überraschung. Ich wusste nicht, wie viel Dorothy Reggie über mich erzählt hatte, doch ich hatte damit gerechnet, dass er zumindest ein paar Fragen haben würde. »Ich weiß bereits alles über dich. Das tun wir alle.« Im Zimmer kehrte Stille ein. Selbst der Lärm von draußen schien zu verstummen.

»Wie meinst du das?«

»Ich meine die jüngeren Leute im Krieg. Wir kennen alle deine Geschichte.« Einen Moment lang saß ich einfach nur da und ließ das, was Reggie gesagt hatte, auf mich wirken. Er muss meinen Gesichtsausdruck gelesen haben. »Ich habe gehört, dass inzwischen sogar bei den Initiationsveranstaltungen über dich gesprochen wird.«

»Was?« Darauf war ich nicht vorbereitet gewesen.

»Sie sprechen über dich und Joe und euren Sohn. Sie erzählen den Jugendlichen, wie Joe gestorben ist – dass er von seinem besten Freund getötet wurde. Und sie erzählen ihnen, dass dein Sohn an die andere Seite übergeben wurde. Das soll den Jugendlichen Angst einjagen. Ihr seid eine Legende.« Meine Kehle wurde trocken, während Reggie sprach, und meine Zunge schwoll in meinem Mund an. Ich rutschte hin und her. Reggie leckte sich nervös die Lippen. »Alles in Ordnung mit dir?«, erkundigte er sich.

Ich bat Reggie, mir ein Glas Wasser zu bringen, obwohl ich nur mit Mühe sprechen konnte. Er ging in die Küche und füllte ein Glas unter dem Wasserhahn. Ich trank es in der Hoffnung aus, dass es meinen Körper und mein Gehirn wieder funktionieren lassen würde.

Reggie setzte sich erneut auf den Fußboden. »Ich wollte dich nicht aus der Fassung bringen.«

»Nein«, erwiderte ich und schüttelte den Kopf. »Es ist gut, das zu wissen. Ich muss solche Dinge wissen.«

»Falls es ein Trost ist«, sagte Reggie, »eine Menge Leute sind der Meinung, dass es falsch war, was sie dir und Joe angetan haben. Sie sagen es zwar nicht laut, aber sie denken es. Ich finde es schrecklich, was sie getan haben.«

»Danke«, sagte ich. »Tut gut, das zu hören.« Inzwischen war ich wieder in der Lage zu sprechen, aber ich fühlte mich noch immer benommen. Vermutlich stand ich unter Schock. »Sprechen sie jemals darüber, wohin sie meinen Sohn gebracht haben?«, fragte ich.

Er schüttelte den Kopf. »Nein, sie sagen nur, dass er jetzt einer von den Anderen ist.«

Ich wäre gern aufgestanden, doch meine Beine waren zu schwer. Ich fühlte mich benutzt – zuerst gedemütigt und jetzt auch noch benutzt. Es genügt nicht, dass sie deinen Vater getötet haben. Es genügt nicht, dass sie dich mir weggenommen haben, um dich zu einem Mörder zu machen. Jetzt erzählen sie auch noch ihren Kindern von uns und stellen uns als Verbrecher dar.

Ich sitze am Küchentisch. Reggie schläft im Zimmer nebenan. Ich glaube, es ist eine Weile her, seit er das letzte Mal in einem Bett geschlafen hat. Ich höre ihn in sein Kissen atmen, während ich das hier schreibe, und bin froh, dass ich beschlossen habe, ihm zu helfen – zu versuchen, ihm zu helfen. Hoffentlich kommt Michael auch noch zur Vernunft. Für manches auf dieser Welt lohnt es sich zu kämpfen, Christopher. Vergiss das nie. Ganz egal, wie trostlos alles erscheinen mag, es gibt immer etwas, wofür es sich zu kämpfen lohnt. Sobald man sich dazu entschieden hat zu kämpfen, gibt es kein Zurück mehr.

VIERUNDZWANZIGSTES KAPITEL

Michael tauchte an diesem ersten Abend mit einem Kasten Bier und genug chinesischem Essen auf, um eine ganze Familie zu ernähren. Er rief nicht vorher an, sondern tauchte einfach auf. Es war gut, dass er so viel zu essen mitbrachte, da Reggie beinahe die Hälfte davon verschlang. Weiß Gott, wovon Reggie sich auf der Straße ernährt hatte.

Draußen war es bereits dunkel. Durchs Fenster sah ich den schwarzen Himmel über uns. Als Michael auftauchte, fühlte sich das unheimlich an, als sei letzten Endes ein Erwachsener eingetroffen. Er hatte einen der inzwischen vertrauten braunen Umschläge unter dem rechten Arm – die Details zu seinem nächsten Job. Mir gegenüber erwähnte er allerdings nichts davon.

Michael setzte sich an die Küchenanrichte. Reggie und ich nahmen am Tisch Platz. Reggie war Experte, was das Essen mit Stäbchen betraf. Ich fragte ihn, wo er das gelernt hatte. »Im *Happy Wonton* in Prospect Hights«, erwiderte er. »Mom hat immer gesagt, es wäre gesünder als McDonald's.« Michael aß mit einer Gabel direkt aus der Verpackung. Wir redeten nicht viel. Jeder von uns trank ein paar Biere.

»Ist dir Verzehntung ein Begriff?«, fragte ich Michael, als ich mit dem Essen fertig war. Reggie und er stopften sich noch immer Essen in den Mund.

Michael ließ sich Zeit damit, das Essen, das er im Mund hatte, zu kauen und hinunterzuschlucken. »Wie meinst du das?«

»Ich meine, ob dir Verzehntung ein Begriff ist.« Ich hielt das nicht für eine Fangfrage.

»Ja«, erwiderte er und nahm einen Schluck von seinem Bier. »Was ist damit?«

»Warum hat mir niemand davon erzählt?«

Michael starrte mich wütend an, als würde er mich nicht kennen. »Was dachtest du denn, wie diese Sache funktioniert?«, entgegnete er. »Irgendjemand muss doch mein Hotelzimmer und dein Apartment und den Leihwagen bezahlen, mit dem wir hierhergekommen sind. Nichts davon gibt's umsonst.«

»Es klingt nur nach einer Menge Geld«, sagte ich. Michael schien kurz davor zu sein zu explodieren. Ich überlegte, wie ich fortfahren konnte, ohne auf eine Landmine zu treten. »Hast du schon mal jemanden getötet, der verzehntet hat?«, fragte ich, um mich näher an meine wirkliche Frage heranzutasten.

Michael sah mich über eine Gabel voll gebratenem Reis hinweg an. Einen Moment lang glaubte ich, er würde aufstehen und gehen. Er tat es nicht. »Du denkst, bei diesem Krieg würde es nur ums Geld gehen«, sagte er stattdessen zu mir. Er hatte herausgefunden, worauf ich hinauswollte, bevor ich herausgefunden hatte, wie ich dorthin gelangen konnte.

»Hältst du das nicht für möglich?«, fragte ich. Wollte er die Wahrheit denn nicht erfahren?

»Alles ist möglich. Manche Dinge sind allerdings verdammt unwahrscheinlich.« Er erhob sich und ging zum Kühlschrank, um sich noch ein Bier zu holen. »Du möchtest unbedingt, dass die Sache ganz simpel ist, nicht wahr?«

»Manchmal sind die einfachen Antworten die richtigen Antworten.«

Michael drehte sich zu mir um. Seine Augen waren dunkel und unergründlich wie der Himmel vor dem Fenster hinter ihm. Reggie saß mit gesenktem Kopf am Tisch und gab sich Mühe, sich aus der Sache herauszuhalten. »Warum kannst du es nicht einfach lassen, Maria?«, sagte Michael. Es war ein Befehl, keine Frage.

»Wenn du unbedingt möchtest, dass ich es lasse«, erwiderte ich, »dann lasse ich es.«

»Ja, das möchte ich.«

Reggie meldete sich zu Wort und versuchte, Frieden zu stiften, indem er das Thema wechselte. »Wie viele Menschen hast du eigentlich schon getötet?«, fragte er Michael.

»Darüber führe ich nicht Buch«, entgegnete Michael und starrte mich weiterhin wütend an, während er der Frage auswich.

Reggie gab sich damit nicht zufrieden. »Komm schon«, sagte er. »So was vergisst man doch nicht. Jeder behauptet, es nicht mehr zu wissen, und dabei wissen es alle ganz genau.« Ich beobachtete Michael in der Hoffnung, dass er nicht explodieren würde. Irgendetwas stimmte nicht. Ich machte mir Sorgen, dass Reggie das Bier für sich sprechen ließ.

»Warum willst du das wissen?«, fragte Michael. Ich bekam langsam Platzangst. Das Apartment erschien mir plötzlich sehr klein. Ich hatte den Eindruck, als würden die Wände zentimeterweise zusammenrücken. »Willst du mich etwa nach meinen Zahlen beurteilen? Wäre es besser, wenn ich mit einer hohen oder mit einer niedrigen Zahl aufwarten könnte?« Michael versuchte nicht, die Verachtung in seinem Tonfall zu verbergen. Seiner Ansicht nach hatte Reggie das Recht verloren, diese Frage zu stellen, weil er davongelaufen war.

»Es hätte mich einfach interessiert«, entgegnete Reggie, der von Michaels Zurechtweisung sichtlich geschockt war.

»Ich führe wirklich nicht Buch«, wiederholte Michael. Sein Blick war hart wie Stahl. Selbst ich fing an, ihm zu glauben.

»Warum nicht?«, fragte Reggie. Mein Blick wanderte zwischen den beiden hin und her. Ich fragte mich, wie sie wohl gewesen wären, wenn es den Krieg nicht gegeben hätte. Was hätten sie gemacht? Wären sie gute Menschen gewesen? Wären sie glücklich gewesen? Wären sie zumindest glücklicher gewesen? Dann dachte ich an die Menschen in meinem früheren Leben. Wie wären sie gewesen, wenn sie dem Krieg angehört hätten? Wären sie ebenfalls Killer gewesen? Wären sie weniger glücklich gewesen? Glücklicher? Ich dachte an meinen Vater. Was hätte er getan, wenn er ein Teil des Krieges gewesen wäre? Ich nahm mir noch ein Bier und trank es in einem Zug halb aus. Ich wollte aufhören nachzugrübeln.

»Ich führe nicht Buch, weil mein Schwanz groß genug ist, dass ich so was nicht nötig habe«, sagte Michael. Seine Stimme klang flach und emotionslos. Er starrte Reggie an, während er sprach. Reggie hielt Michaels Blick stand. Keiner von beiden wollte als Erster wegsehen. Nichts von alledem spielte eine Rolle. Selbst wenn Michael nicht Buch führte, hatte er trotzdem eine Zahl vorzuweisen. Sie existierte, und er konnte nichts tun, um diese Zahl zu reduzieren. Solange er mir half, würde sich die Zahl nur vergrößern. Hatte ich ebenfalls eine Zahl vorzuweisen? Waren die Menschen, die Michael tötete, um mir zu helfen, auch ein Teil meiner Zahl? Ich trank das Bier aus, das ich in der Hand hielt.

Ich wollte die Anspannung lösen, wusste jedoch nicht, was ich zu Michael sagen könnte, das ihn nicht noch mehr verärgern würde. Stattdessen fragte ich Reggie, wohin ihn Dorothy als Nächstes schicken wollte.

»Das weiß ich nicht«, erwiderte Reggie. »Sie sagen es mir nicht. Sie behaupten, es wäre sicherer für mich und die Leute, die mir helfen, wenn ich es nicht weiß.« Seine Stimme klang zittrig. »Ich werde es erst erfahren, wenn ich dort bin.«

»Und was dann?«, fragte ich.

»Keine Ahnung«, antwortete Reggie. »Ich weiß nur, dass ich nicht wieder nach Hause kann.«

»Dieses Gefühl kenne ich«, sagte ich zu ihm. Ich dachte an mein Zuhause, an das Haus, in dem ich aufgewachsen war. Inzwischen war es nur noch ein Traum, der in meiner Erinnerung langsam verblasste. Ich hielt die Augen geöffnet, da ich nicht sehen wollte, was ich sehen würde, wenn ich sie schloss.

»Vertrau dem Ältesten im Raum«, klinkte Michael sich ein. Aus seiner Stimme war zum ersten Mal an diesem Abend keine Verärgerung herauszuhören. »Nach Hause zu gehen, wird überschätzt.« Inzwischen klang er nur noch traurig. »Es ist dort ohnehin nicht mehr so, wie man es in Erinnerung hat.«

Bevor Michael an diesem Abend ging, sagte er zu mir, dass er nach Philadelphia fahren würde. »Was? Warum?«, stammelte ich als Antwort darauf.

»Wir haben nur zwei Wochen, um den nächsten Job zu erledigen. Ich muss hinfahren und ein paar Erkundungen anstellen.«

»Wann kommst du wieder zurück?«

»Sobald ich genug weiß, um zurückkommen zu können.«

»Ich sollte dich begleiten«, sagte ich.

Er bedachte mich mit einem kalten Blick. »Sieht so aus, als hättest du hier was zu erledigen. Ich lasse dich und deinen neuen Freund allein.« War er etwa eifersüchtig? War das der Grund, weshalb er sich so merkwürdig verhielt?

»Wie kann ich dich kontaktieren, wenn es sein muss?«

»Du kannst mich nicht kontaktieren, also muss es auch nicht sein.«

Ich wusste nicht, was ich noch sagen sollte. »Sei vorsichtig«, murmelte ich.

Michael nickte und ging zur Tür hinaus.

FÜNFUNDZWANZIGSTES KAPITEL

Nachdem Michael aufgebrochen war, blieben Reggie und ich den ganzen nächsten Tag in meinem Apartment. »Schade, dass du keinen Fernseher hast«, sagte Reggie. Er saß auf der Couch und starrte zum Fenster hinaus. Es war noch immer drückend heiß. Ich fragte mich, wann die Hitze endlich aufhören würde.

»Wäre schön, wenn wir irgendwas hätten, mit dem wir uns die Zeit vertreiben könnten«, stimmte ich ihm zu.

»Spielst du Karten?«, fragte Reggie.

Ich hatte als Kind eigentlich nie Karten gespielt, war jedoch genauso begierig darauf wie Reggie, irgendwie die Zeit totzuschlagen. »Ich kenne nicht viele Spiele«, erwiderte ich, »aber wenn du Karten hast, spiele ich mit dir.« Reggie ging zu seinem Rucksack. Er hatte noch weniger Sachen bei sich als ich. Er griff tief in den Rucksack und holte einen Stapel roter Spielkarten heraus.

»Also, was kannst du spielen?«, fragte er. Ich zuckte mit den Schultern. Schach konnte ich spielen. Backgammon ebenfalls. Über Kartenspiele wusste ich zu wenig, um zu wissen, was ich wusste. »Hearts?«, erkundigte sich Reggie. Ich schüttelte den Kopf. »Rommé 500?«

»Tut mir leid«, sagte ich. Ich spürte, was Reggie durchmachte, seine Angst. Ich kannte das Bedürfnis, auf andere Gedanken zu kommen. Ich hätte ihm gerne dabei geholfen.

Reggie nannte noch zwei oder drei andere Spiele. Ich schüttelte jedes Mal den Kopf. »Krieg und Frieden?«

»Ist das dein Ernst?«, fragte ich, doch ich wusste, wie man Krieg und Frieden spielt. Ich erinnerte mich, das als Kind gespielt zu haben. Reggie teilte mir die eine Hälfte der Karten aus und sich selbst die andere. Dann zählte er bis drei, und in dem Moment, als er *drei* sagte, drehten wir beide die oberste Karte unseres Stapels um. Reggie deckte einen Buben auf. Ich deckte eine Königin auf und steckte beide Karten in meinen Stapel. Dann zählte er wieder bis drei. Dieses Mal deckte ich eine Drei auf und Reggie ein Ass. Er nahm die Karten. Beim fünften oder sechsten Umdrehen deckten wir beide gleichwertige Karten auf.

»Krieg«, sagte Reggie genüsslich. Also legten wir beide eine weitere Karte mit der Bildseite nach unten auf den Tisch, ein weiteres Opfer in einem Krieg, auf dessen Ausgang wir keinen Einfluss hatten. Ich verlor den ersten Krieg. Wir spielten eine Runde nach der anderen, bis es draußen anfing, dunkel zu werden. Wir mussten beide ziemliche Verluste hinnehmen.

Ich fand den braunen Umschlag erst am zweiten Tag, nachdem Michael aufgebrochen war. Er lag auf der Küchenanrichte neben dem Mikrowellenofen. Zunächst fragte ich mich, ob es sich um einen Irrtum handelte. Ich fragte mich, ob Michael ihn versehentlich dort hatte liegen lassen und blind in Philadelphia umherwanderte. Ich wusste es jedoch besser. Er hatte ihn absichtlich hiergelassen, weil er wollte, dass ich den Inhalt las. Daran bestand für mich kein Zweifel. Michael hatte den Umschlag bereits geöffnet. An der Oberkante befand sich ein gezackter Riss, wo Michael ihn mit dem Finger aufgemacht hatte. Ich griff in den Umschlag und holte den Inhalt heraus, wobei ich darauf achtete, dass Reggie mich nicht beobachtete.

Auf den ersten Blick unterschied sich der Inhalt des Umschlags nicht von den Informationen über den fettleibigen Mann. Als ich ihn durchstöberte, fand ich mehrere Fotos, die verschiedene Aspekte des Lebens unserer Zielperson zeigten. Es handelte sich um einen Weißen. Er war gut aussehend und wirkte sportlich. Eines der Fotos zeigte ihn beim Joggen. Auf einem anderen war er beim Boxen zu sehen. Auf der Rückseite jedes Fotos waren ein Datum und ein Ort vermerkt. Einige Fotos waren in Chicago und Los Angeles gemacht worden. Die neuesten stammten aus Philadelphia. Die Philadelphia-Fotos waren allesamt in den letzten drei Monaten aufgenommen worden. Auf einigen davon stand unsere Zielperson in einem Klassenzimmer voller Teenager. Ich nahm an, dass er bei Initiationsveranstaltungen für den Krieg unterrichtete, wie es auch dein Vater getan hatte, was sich jedoch als Trugschluss erwies.

Ich verbrachte fast den ganzen Tag damit, das Material zu sichten. Reggie ließ ich keinen Blick darauf werfen. Er bat mich darum, da er nach einer Beschäftigung suchte. Ich erinnerte ihn daran, dass er aus dem Krieg ausgestiegen sei und sich solche

Dinge nicht mehr ansehen müsse. »Du aber schon?«, fragte er mit mehr als einer Spur Sarkasmus.

»Ja, ich schon«, erwiderte ich ohne einen Anflug von Sarkasmus oder Ironie in der Stimme.

Unsere Zielperson ist einen Meter dreiundneunzig groß und wiegt etwa hundert Kilo. Als er noch in Chicago gelebt hatte, war er Amateurboxer gewesen. Ich fragte mich, ob Michael den Umschlag hatte liegen lassen, damit ich wusste, worauf ich mich eingelassen hatte. Ich las weiter. Unsere Zielperson war Highschool-Mathematiklehrer und unterrichtete seit sieben Jahren an innerstädtischen Highschools in Chicago, Los Angeles und zuletzt in Philadelphia. Für seinen Unterricht war er mehrfach ausgezeichnet worden. Die Fotos, auf denen er mit einem Haufen Teenager zu sehen war, zeigten ihn nicht bei der Einweisung von Jugendlichen in den Krieg. Sie zeigten ihn dabei, wie er armen Schülern Mathematik einpaukte. Ich nahm zwei Fotos von ihm im Klassenzimmer heraus und sah sie mir noch einmal an. Das erste war in Chicago aufgenommen worden. Jeder Schüler auf dem Foto blickte unsere Zielperson gebannt an. Das zweite war erst vor ein paar Wochen in Philadelphia entstanden. Auf dem zweiten Foto wurde ihm nicht weniger Aufmerksamkeit zuteil. Auf den ersten Blick sah er wie ein guter Mensch aus. Du darfst niemals unachtsam sein, Christopher. Selbst die besten von ihnen sind Killer.

Ich blätterte um. Ganz oben auf der nächsten Seite standen die Worte *Einunddreißig bestätigte Morde*. Ich las weiter. Auf den nächsten dreizehn Seiten wurden achtundzwanzig dieser einunddreißig Morde beschrieben. Ich zählte beim Lesen mit. Sechs hatte er in Chicago verübt. Acht in Los Angeles. Zwei in Philadelphia, in den zweieinhalb Jahren, seit er dort lebte. Es hatte den Anschein, als würden sie seine Arbeit vor Ort zurückschrauben. Die anderen Mordaufträge hatte unsere Zielperson immer im Sommer auf Reisen ausgeführt. Wo auch immer der Mann unterwegs gewesen war, hatte er eine Blutspur hinterlassen.

Ich stellte fest, dass ich noch über drei Morde lesen musste.

Auf der nächsten Seite begann ein neuer Abschnitt mit der Überschrift *Frühere Versuche*, die seltsam und unheilvoll klang. Der erste Versuch hatte in Chicago stattgefunden. Der Erste, der geschickt worden war, um unsere Zielperson zu töten, hatte mehr als zwei Dutzend Morde auf dem Konto und verfügte über die nötige Ausbildung und Erfahrung. Er hatte versucht, unsere Zielperson eines Abends auf dem Nachhauseweg aus dem Hinterhalt anzugreifen. Was sich genau zugetragen hatte, war nicht bekannt. Das Einzige, was mit Bestimmtheit gesagt werden konnte, war, dass die Leiche des Auftragskillers zwei Tage später mit zertrümmertem Schädel in einer Gasse in einer Mülltonne entdeckt worden war. Die Mordwaffe war nie gefunden worden, doch die Größe und Form der Verletzungen deuteten darauf hin, dass es sich dabei um einen gewöhnlichen Ziegelstein gehandelt hatte. Unsere Zielperson hatte einen professionellen Killer mit einem Gegenstand getötet, der in Reichweite auf dem Boden gelegen hatte.

Kurz nach dem ersten Tötungsversuch war unsere Zielperson nach Los Angeles umgesiedelt worden. Dort nahm der Mann wieder seine Tätigkeit als Lehrer auf. Es dauerte über ein Jahr, bis sie ihn ausfindig machten und einen weiteren Profikiller schickten, um ihn zu liquidieren. Der Plan war mehr oder weniger der gleiche. Das Ergebnis ebenfalls. Die Leiche des Killers wurde vier Tage später in einem leer stehenden Gebäude gefunden. Er war seinen Kopfverletzungen erlegen, hatte jedoch zuvor Elektroschocks verabreicht bekommen. Unsere Zielperson hatte ihn gefoltert, bevor sie ihn tötete.

Unser Mann hatte Los Angeles daraufhin nicht sofort verlassen. Stattdessen war er in der Hoffnung, in der Stadt untertauchen zu können, in ein anderes Viertel gezogen. Der dritte Tötungsversuch erwies sich als totales Debakel. Er fand nur drei Monate nach dem zweiten Versuch statt. Selbst ich erkannte, dass er schlecht geplant gewesen war. Sie setzten einen achtzehnjährigen Jugendlichen auf ihn an, der noch nie zuvor einen Job im Alleingang erledigt hatte. Es handelte sich bei ihm um den jüngeren Bruder von einem der ersten Opfer unserer Zielperson in Chicago. Der Tod des Jugendlichen war schnell und sauber. Es gab keine Anzeichen für Gegenwehr. Der Mord an ihm wirkte wie ein Nachtrag.

Nach dem dritten Versuch zog unsere Zielperson nach Philadelphia. Das war vor über zwei Jahren. Erst vor Kurzem wurde der Mann zweifelsfrei identifiziert. Dieses Mal schickten sie Michael, um ihn aus dem Weg zu räumen. Ich konnte nicht wissen, ob das daran lag, dass Michael Erfahrung damit hatte, angegriffen zu werden und andere anzugreifen, oder ob ihn seine Schwächen entbehrlich machten. Vermutlich beides. Ich fragte mich, wo sich Michael gerade befand und ob er in Sicherheit war. Und ich fragte mich, wann er wieder zurückkommen würde. Ich machte mir Sorgen, dass er womöglich überhaupt nicht mehr zurückkommen würde.

Am frühen Abend steckte ich die Unterlagen wieder in den Umschlag. Ich hatte ihnen sämtliche Informationen entnommen, die ihnen zu entnehmen waren. Anschließend verstaute ich den Umschlag in einer Küchenschublade. »Bist du endlich fertig?«, fragte mich Reggie. Er lehnte am Türrahmen der Küchentür. Anscheinend hatte er darauf gewartet, dass ich fertig wurde.

»Vorerst«, erwiderte ich. Wir bestellten eine Pizza und setzten uns gemeinsam an den Küchentisch, während wir darauf warteten, dass sie geliefert wurde.

»Ich habe nachgedacht«, sagte Reggie. »Ich habe mir überlegt, dass ich vielleicht doch nicht aussteigen sollte. Vielleicht sollte ich bleiben und dir und Michael helfen, deinen Sohn zu finden.«

»Du hast nur einen Lagerkoller, weil du hier eingesperrt bist«, scherzte ich.

»Ich meine es ernst«, sagte Reggie. »Wegzulaufen kommt mir manchmal so feige vor, wo es so viel gibt, was ich tun könnte.«

»Dorothy hat mir versprochen, dass sie mir dabei helfen werden, meinen Sohn zu finden, wenn ich dir dabei helfe, das Weite zu suchen. Falls du also etwas für mich tun möchtest, dann hau ab. Danach kannst du den Helden spielen, so lange du willst.«

»Also gut«, lenkte Reggie ein, »aber ich werde mich eines Tages für das revanchieren, was du für mich tust.«

»Bleib am Leben. Mach dich aus dem Staub. Falls du dich eines Tages dafür entscheidest zu kämpfen, dann stell sicher, dass es deine Entscheidung ist und nicht die von jemand anderem. Einen größeren Gefallen brauchst du mir nicht zu tun.«

Als ich am Abend im Bett lag, dachte ich über unsere nächste Zielperson nach und machte mir Sorgen um Michael. Trotz Reggies Anwesenheit empfand ich ohne Michael in meiner Nähe eine Leere. Vielleicht lag das daran, dass wir in dem Apartment gefangen waren. Noch zwei Tage, sagte ich mir. Drei, wenn man den Sonntag mitzählte.

Am Freitagmorgen fragte mich Reggie, ob ich ihn nach Brooklyn begleiten würde. Er wollte noch einmal seine ehemalige Wohngegend sehen und wusste, er würde dazu keine Gelegenheit mehr haben, sobald Michael wieder zurückkam. »Nein«, sagte ich zu ihm. »Das ist zu gefährlich.«

»Nichts, was ich tue, ist ungefährlich«, schoss Reggie zurück. »Nichts, was ich in Zukunft tun werde, wird ungefährlich sein. Du musst mich nicht begleiten, aber ich drehe durch, wenn ich noch einen Tag hier drin rumhocke.«

»Du wirst gesehen werden. Von Leuten, die du kennst.«

»Mir wird schon nichts passieren. Niemand wird dort nach mir Ausschau halten. Für so blöd halten sie mich bestimmt nicht.«

Ich dachte darüber nach und konnte es kaum fassen, dass ich in Erwägung zog, Reggie etwas derartig Leichtsinniges und Gefährliches aufgrund der Logik machen zu lassen, dass es zu leichtsinnig war, um besonders gefährlich zu sein. »Okay«, willigte ich schließlich ein. Ich brachte es nicht übers Herz, ihn davon abzuhalten. Reggie und ich waren uns zu ähnlich. Ich hätte damals fast alles dafür getan, noch einmal nach Hause zurückkehren zu können, bevor ich mit deinem Vater für immer davonlief, selbst wenn es nur für ein paar Minuten gewesen wäre. Diese Gelegenheit hatte mir allerdings niemand gegeben. Niemand hatte es auch nur versucht. Ich überlegte, was Michael zu mir gesagt hätte. Er hätte vermutlich gesagt, dass Mitgefühl in diesem Spiel eine gefährliche Emotion ist. Das spielte jedoch keine Rolle, da Michael nicht hier war, um uns aufzuhalten. Aber es hätte eine Rolle spielen sollen. Ich hätte dafür sorgen sollen, dass es eine Rolle spielt. Ich musste noch eine Menge lernen.

»Danke«, sagte Reggie und blickte zu mir herab, nachdem er sich erhoben hatte. »Das werde ich nicht vergessen.«

»Ich hoffentlich schon«, entgegnete ich.

Ich ließ Reggie warten, während ich noch einmal laufen ging, bevor wir aufbrachen. Beim Laufen spürte ich die Blicke Fremder und fragte mich, wer von ihnen nach Reggie Ausschau hielt. Ich schaute in ihre Gesichter und versuchte, sie zu lesen. Für mich sahen alle gleich aus. Ich hatte das Bedürfnis, einfach weiterzulaufen, stundenlang zu laufen und den ganzen Tag herumzubringen, um nicht zurückkehren und das tun zu müssen, von dem ich mir sicher war, dass es sich als großer Fehler erweisen würde.

Wir fuhren mit der U-Bahn nach Brooklyn. Es war eine kurze Fahrt. Mein Herz begann heftig zu klopfen, als wir ausstiegen und die Treppe in den Sonnenschein hinaufgingen. Auf dem Weg nach oben hörte ich die Stimmen der Leute auf der Straße. Wir würden uns nirgendwo verstecken können. Als wir oben ankamen, blickte ich die lange Straße hinunter. Menschen saßen auf Eingangstreppen. Kinder spielten auf dem mit Kreide bemalten Asphalt. An der Straßenecke standen zwei alte Männer und unterhielten sich. Alles wirkte erschreckend normal. »Das ist ein Fehler«, sagte ich zu Reggie.

»Hör auf, dir Sorgen zu machen«, erwiderte er. »Ich kenne diese Gegend. Falls irgendwas nicht stimmt, merke ich es. Vertrau mir.« Ich hätte ihm gerne vertraut.

Reggie führte mich durch Seitenstraßen zu einer Pizzeria, von der er wusste, dass wir dort etwas zum Mittagessen bekommen würden. »Ich weiß zwar nicht, wohin ich als Nächstes gehe, aber ich weiß, dass es dort keine solche Pizza geben wird«, sagte er und lächelte wie ein Kind in einem Süßwarenladen.

Wir nahmen im hinteren Teil der Pizzeria Platz. Ich setzte mich mit dem Gesicht zum Eingang und bat Reggie, der Tür den Rücken zuzukehren. Trotzdem erkannten ihn einige Leute. Sie kamen von hinten auf ihn zu, um ihn zu begrüßen, und legten ihm den Arm um die Schultern, bevor er sie überhaupt zur Kenntnis genommen hatte. Jedes Mal, wenn ihn jemand berührte, schoss mir ein Bild durch den Kopf, wie die Hand der jeweiligen Person Reggie würgte. Was würde ich in diesem Fall tun? Weglaufen? Reggie erwiderte jede Umarmung.

»Wir sollten wieder nach Hause fahren«, sagte ich, nachdem Reggie sein zweites Stück Pizza gegessen hatte.

»Ich bin zu Hause«, sagte Reggie lächelnd. In diesem Moment wurde mir bewusst, dass der Fehler, den ich gemacht hatte, nicht darin bestand, das Risiko eingegangen zu sein, dass Reggie und ich angegriffen wurden, wenngleich das durchaus möglich war. Mein Fehler bestand darin, dass ich Reggie ein Stückchen Heimat hatte schmecken lassen, was ihn von seinem Entschluss abbringen konnte. Plötzlich war mir klar, weshalb mich dein Vater nicht ein letztes Mal hatte nach Hause gehen lassen. Wenn man versucht wegzulaufen, sind Erinnerungen wie Treibsand: Sie können einen für immer verschlucken. »Lass mich noch einen letzten Blick auf die Basketballplätze werfen, bevor wir gehen.« Ich willigte ein. Der Schaden schien ohnehin schon angerichtet zu sein.

Das Geräusch, mit dem der Basketball auf dem Asphalt aufprallte, klang wie eine Trommel oder ein aufgeregter Herzschlag. Ich hörte es schon aus zwei Häuserblocks Entfernung. »Wir schauen nur zu«, erinnerte ich Reggie. Er ignorierte mich. Die jungen Männer, die Basketball spielten, erkannten ihn sofort, als wir um die Ecke bogen. Drei von ihnen spielten mit nacktem Oberkörper. Die anderen drei trugen T-Shirts, die schweißnass waren und ihnen an der Haut klebten. »Joe!«, rief einer von ihnen. Reggie hob die Hand und winkte – so viel dazu, dass er anonym bleiben wollte. »Wo warst du denn?«, rief der junge Mann. »Wir brauchen dich. Little C kann ums Verrecken nicht werfen.« Er deutete auf einen seiner Mannschaftskollegen, der ihm daraufhin den Mittelfinger zeigte.

»Ich kann nicht lange bleiben«, rief Reggie zurück. Ich fragte mich, ob ich die Einzige war, die die Traurigkeit in seiner Stimme hörte.

»Nur ein Wurf«, sagte der junge Mann. »Zeig Little C, wie man das macht.«

Reggie warf mir einen Blick zu. »Ein Wurf«, sagte er und rannte zu den Basketballplätzen, bevor ich widersprechen konnte. Ich stand wie gelähmt da und sah ihm hinterher. Ich war mir bei jedem seiner Schritte sicher, dass es sein letzter sein würde. Ich war mir sicher, dass ich jeden Moment Schüsse oder das Geräusch nahender Füße auf dem Asphalt hören würde. Ich erinnerte mich, wie es in dem Park in D.C. gewesen war, als Michael entführt worden war und ich dagestanden hatte, ohne ihm helfen zu können. Reggie betrat den Platz, und jemand warf ihm den Ball zu. Er fing ihn und ließ ihn einmal zwischen den Beinen aufhüpfen, dann sprang er mit ausgestrecktem Arm hoch. Am höchsten Punkt seines Sprungs entließ er den Ball aus den Fingerspitzen. Er befand sich genau zwischen der Mittel- und der Dreipunktelinie. Fünf der Männer auf dem Platz riefen fast gleichzeitig »Oh!«, als der Ball im Korb landete. Zwei Männer klatschten einander ab. Little C betrachtete den Korb und fragte sich, warum ihm fehlte, was andere besaßen. Reggies Lächeln wurde noch breiter. Ein paar Sekunden lang dachte ich, dass sich der Ausflug vielleicht doch gelohnt hatte.

»Können wir jetzt gehen?«, fragte ich.

»Ja«, erwiderte er. »Jetzt können wir gehen.«

Nachdem Reggie und ich zu Abend gegessen hatten, klingelte in meinem Apartment das Telefon. Ich brauchte einen Moment, um zu begreifen, worum es sich bei dem Geräusch handelte. Zuerst dachte ich, es sei irgendein Alarm. Als ich schließlich abhob, hörte ich Michaels Stimme. »Ich wollte mich mal erkundigen, ob bei euch alles in Ordnung ist.«

»Bei uns ist alles okay«, sagte ich. »Und bei dir?«

»Mir geht's gut«, antwortete er. Ein paar Sekunden lang schwiegen wir beide.

»Ich habe den Umschlag gefunden«, sagte ich, um das unangenehme Schweigen zu brechen.

»Und, was denkst du?«

»Ich möchte, dass du vorsichtig bist. Ich glaube, unsere Zielperson ist gefährlich.«

»Gefährlich ist relativ«, erwiderte Michael.

»Wann kommst du zurück, Michael?«

»Wann soll ich denn zurückkommen?«

»Bald. Jetzt. Gestern.«

Michael gestattete sich ein Lachen, dessen Klang dafür sorgte, dass ich mich besser fühlte, als ich mich seit Tagen gefühlt hatte. Ich warf Reggie einen Blick zu. Er blickte nachdenklich drein. Dieser Blick gefiel mir nicht. »Ich müsste mit meinen Nachforschungen bald fertig sein«, erklärte Michael.

»Wir brauchen dich hier«, sagte ich ins Telefon.

»Tatsächlich?«, fragte Michael.

»Ja.«

»Gut«, sagte er und legte dann auf.

Ich wachte mitten in der Nacht auf. Das war für mich nichts Ungewöhnliches mehr. Normalerweise gab es dafür keinen bestimmten Grund, nur Albträume und schlechte Erinnerungen, die meinen Schlaf störten. An diesem Abend jedoch gab es einen Grund. Ich hörte Geräusche von der Tür kommen. Es hörte sich an, als würde jemand versuchen, sich Zutritt zum Apartment zu verschaffen.

Die Lichter waren alle ausgeschaltet. Draußen bedeckten dunkle Wolken den Himmel. Im Apartment war es finster. Ich drehte mich um und versuchte, durch die Dunkelheit zu spähen. Reggie hatte in den letzten Nächten auf der anderen Seite des Zimmers auf dem Fußboden geschlafen. Ich suchte nach ihm und fragte mich, ob er dasselbe wie ich gehört hatte. Sein Schlafsack lag noch in der Zimmerecke, war jedoch leer. Meine Gedanken rasten. War es möglich, dass sie hereingekommen waren und ihn mitgenommen hatten, während ich geschlafen hatte?

Ich schlüpfte aus dem Bett und achtete darauf, möglichst leise aufzutreten. Dann hörte ich wieder ein Klappern an der Tür. Ich betrat die Küche. In der Dunkelheit stand jemand. Die Gestalt drehte sich zu mir um. »Maria«, sagte sie.

»Was machst du da, Reggie?«, fragte ich. Ich streckte die Hand aus und schaltete das Licht an.

Reggie hatte sich seinen Rucksack über die Schulter geschlungen. Die Türkette befand sich noch in ihrer Verankerung. Reggie hatte blind an ihr herumhantiert. Das war das Geräusch, das ich gehört hatte. »Ich gehe nach Hause«, sagte er. »Ich bin noch nicht bereit auszusteigen.«

Meine Gedanken huschten sofort zu Dorothys Versprechen. *Wenn Sie uns dabei helfen, werden wir Ihnen in Zukunft womöglich auch helfen können.* »Du kannst nicht nach Hause gehen«, sagte ich zu Reggie.

»Das kann ich schon. Du hast mich doch gesehen. Wir waren heute dort. Ich gehöre da hin.«

Ich schüttelte den Kopf. »Das ist nicht dein Zuhause, Reggie. Das ist eine Fiktion. Das waren nur zwei Stunden. Was ist mit der restlichen Zeit? Nichts hat sich verändert.« Michael hätte mir davon abgeraten, Reggie zurück nach Brooklyn gehen zu lassen. Er hätte recht gehabt. Er hätte aus den falschen Gründen recht gehabt, doch welchen Unterschied machte das schon? »Sie versuchen, dich zu jemandem zu machen, der du nicht bist.«

»Ich bin mir nicht sicher, ob das stimmt. Vielleicht bin ich tatsächlich derjenige, zu dem sie mich machen wollen. Vielleicht liegt mir das tatsächlich im Blut.«

Ich ging einen Schritt auf ihn zu. »Nein. Das tut es nicht. Du bist nicht wirklich so.« Ich dachte an deinen Vater und an dich und Michael. »Das weißt du. Ich weiß, dass du es weißt.« Plötzlich ging es nicht mehr um Dorothys Versprechen. Es ging darum, diesem verlorenen, verängstigten Jugendlichen dabei zu helfen davonzukommen. Wenn ich ihn retten konnte, konnte ich vielleicht auch dich retten.

Reggies smaragdgrüne Augen funkelten im Licht und waren von einem dünnen Tränenfilm bedeckt. »Ich möchte mich von meiner Mutter verabschieden«, flehte Reggie. »Ich habe mich nie von ihr verabschiedet.«

»Das musst du nicht«, versicherte ich ihm. »Sie ist deine Mutter. Sie wird das verstehen.«

»Was verstehen?«, fragte Reggie.

»Sie wird verstehen, dass du sie verlassen musstest, um dich in Sicherheit zu bringen. Sie wird verstehen, dass du ohne sie sicherer bist, dass du ohne sie besser dran bist. Wenn sie das nicht versteht, dann weiß sie nicht, was es heißt, Mutter zu sein.«

»Und du weißt das? Wie lange warst du denn Mutter – einen Monat?« Reggie starrte mich an.

Seine Worte taten weh. Ihm war bewusst, dass er mich verletzt hatte, und er setzte an, sich zu entschuldigen, doch ich fiel ihm ins Wort, ehe er die Gelegenheit dazu hatte. Ich wollte sein Mitgefühl nicht. Ich wollte, dass er verstand. »Zweifelst du wirklich daran, dass ich weiß, was es heißt, Mutter zu sein? Ich habe zugesehen, wie sie mein Baby mitgenommen haben, und seitdem ist keine Minute vergangen, in der ich seine Schreie nicht gehört habe. Ich würde ohne zu zögern mein Leben opfern, wenn ich damit mein Baby retten könnte. Und wenn ich deine Mutter wäre, würde ich wollen, dass du wegläufst und nie mehr zurückblickst.«

»Bist du dir da sicher?«

Ich trat einen weiteren Schritt auf Reggie zu, streckte die Hand aus und nahm eine von seinen Händen. »Es ist das Einzige auf dieser Welt, dessen ich mir sicher bin.« Ich wollte ihn überzeugen. Ich wollte, dass er verstand. Zuerst er, dann Michael. Anschließend konnte ich weitermachen und meine Suche nach dir fortsetzen. »Du läufst nicht vor deiner Mutter davon«, versicherte ich ihm. »Du läufst *für* sie davon – für sie und für alle echten Freunde, die du hast.«

SECHSUNDZWANZIGSTES KAPITEL

Michael war immer noch nicht zurückgekommen. Seit seinem Telefonanruf hatte ich nichts mehr von ihm gehört. Am Morgen der Übergabe trainierte ich nicht. Michael hatte mir beigebracht, dass man an dem Tag, an dem man einen Job erledigt, nicht trainiert. Man spart sich seine gesamte Energie auf – alles, was man hat –, falls man sie noch braucht. Ich nahm an, dass ich doppelt bereit sein musste, wenn Michael nicht auftauchen sollte. Es war der erste Tag seit Wochen, an dem ich nicht trainierte. Mich nicht abreagieren zu können machte mich zappelig. Mein Körper flehte mich an, Energie zu verbrennen. Stattdessen saß ich mit Reggie untätig in meinem Apartment herum. Reggie war in noch schlechterer Verfassung. Ich hatte zumindest am Tag zuvor das Apartment verlassen und war laufen gegangen. Reggie anzusehen war, als würde man eine gespannte Feder betrachten.

Die Luft war abgekühlt. Irgendwann im Lauf des Nachmittags hatte die Hitze nachgelassen. Trotzdem war es nicht kalt, nur kühler. Ich ließ die Fenster offen. Von draußen war die Stadt zu hören. Ich beobachtete Reggie und versuchte zu entscheiden, ob er es genoss, die Stadt ein letztes Mal zu hören, oder ob ihre Geräusche schmerzhaft für ihn waren. Er ließ sich weder das eine noch das andere anmerken.

Mitten am Nachmittag klopfte es an der Tür. Ein einzelnes Klopfen und dann Stille. »Was zum Teufel war das?«, fragte Reggie. Er sah mich an und wurde mit jeder Sekunde nervöser.

»Das ist Michael.« Ich war so froh, ihn klopfen zu hören, dass ich fast vergaß, wie seltsam er sich vor seiner Abreise benommen hatte und wie enttäuscht er von mir gewesen zu sein schien. Ich rannte beinahe zur Tür und hakte die Kette aus, um Michael hereinzulassen. Ich hätte ihn am liebsten umarmt, bremste mich jedoch, als mir wieder einfiel, wie abweisend er sich mir gegenüber verhalten hatte, bevor er gefahren war. Michael blieb einen Moment in der Türöffnung stehen. Irgendwie kam er mir größer vor, als ich ihn in Erinnerung hatte. In einer Hand trug er eine große braune Papiertüte.

»Hey, ihr beiden«, sagte Michael, als er das Apartment betrat. Er warf einen Blick auf Reggie. »Habe ich was verpasst?«

»Beinahe«, antwortete ich in Anspielung auf die Tatsache, dass er nur wenige Stunden vor unserem vereinbarten Treffen mit Dorothy endlich wieder aufgetaucht war. »Aber ich nehme an, du hast ein paar Stunden übrig.«

»*Beinahe* ist ein Wort für Leute, die zu viel Zeit haben«, entgegnete Michael. Er ging zum Küchenschrank, um sich ein Glas zu holen. Sein Hinken hatte sich nicht verbessert. Er füllte sein Glas mit Wasser und trank es mit zwei großen Schlucken leer. Dann drehte er sich wieder zu uns um und sah Reggie an. »Bist du bereit?«, fragte er.

»Kann man so sagen«, erwiderte Reggie ausdruckslos. Ich überlegte, ob ich Michael erzählen sollte, dass Reggie kalte Füße bekommen hatte.

»Ich habe was für dich«, sagte Michael zu Reggie, griff in die braune Papiertüte und holte eine kleine silberfarbene Pistole heraus. Ich hatte gesehen, wie Michael die beiden Männer in St. Martin getötet hatte. Ich hatte seinen Bericht gehört, wie er den fettleibigen Mann getötet hatte. Aber eine Pistole war etwas Neues. Reggie starrte auf das Stück Metall in Michaels Hand. »Weißt du, wie man so was benutzt?«, fragte Michael Reggie. Ich erinnerte mich an den Crashkurs zur Benutzung einer Pistole, den dein Vater mir gegeben hatte. *Du musst sie nur auf das richten, was dir Angst macht, und abdrücken.*

»Ich denke schon«, entgegnete Reggie. Er fragte nicht nach, warum er eine Waffe brauchte. »Gibt es irgendwas Besonderes, das ich wissen muss?«

Michael zeigte Reggie die Pistole. »Diese hier hat keine Sicherung«, erklärte Michael. »Sie besitzt eine Hahn- und Abzugsspannung, sodass du nur den Abzug betätigen musst, um sie abzufeuern. Sei also vorsichtig, wenn sie geladen ist. Momentan ist sie geladen. Du hast zwölf Kugeln. Dann musst du nachladen. Zwölf Schuss sind schneller weg, als man denkt. Vergiss das nicht.«

»Okay. Noch was?«, wollte Reggie wissen.

»Ja«, sagte Michael. »Es ist eine kleine Pistole. Kleine Pistolen sind aus größerer Entfernung nicht besonders zielgenau. Achte darauf, dass du nah dran bist, wenn du sie benutzt.« Michael reichte Reggie die Pistole. Reggie hob sie hoch, um ein Gefühl für ihr Gewicht in der Hand zu bekommen.

»Warum hast du ihm eine Pistole besorgt?«, fragte ich. Mir gefiel nicht, dass Michael nach fünf Tagen hier einfach hereingeschneit kam und so tat, als wäre er nie weg gewesen.

»Weil er sie vielleicht brauchen wird«, sagte Michael, ohne mich anzusehen. »Weil ich weiß, wie es ist, da draußen zu sein, ohne von jemandem beschützt zu werden.«

»Er hat Leute, die ihn beschützen«, sagte ich zu Michael. Ich wollte nicht glauben, dass Reggie eine Pistole brauchen würde. Ich wollte glauben, dass er in ein normales Leben entfliehen und bis ans Ende seiner Tage glücklich sein würde.

»Hast du immer eine bei dir?«, fragte Reggie Michael.

Michael schüttelte den Kopf. »Ich bin noch ein Teil des Krieges. Uns wurde beigebracht, keine Pistolen zu benutzen, wenn es nicht unbedingt nötig ist. Mein Messer hat mich bis heute am Leben gehalten.«

»Aber für mich ist die Pistole okay?«, wollte Reggie wissen.

»Es sei denn, du siehst das anders«, sagte Michael und gab Reggie eine letzte Gelegenheit, einen Rückzieher zu machen, bevor wir uns wieder mit Dorothy trafen. Reggie steckte die Pistole in seine Tasche. Ein langes Schweigen füllte den Raum.

»Und, erzählst du mir, wie es in Philadelphia gelaufen ist?«, fragte ich Michael, um das Schweigen zu brechen.

»Vielleicht«, erwiderte Michael. »Nachdem er tot ist. Falls du es dann noch wissen willst.«

»Was zum Teufel soll das denn heißen?«, schrie ich beinahe. »Natürlich will ich es wissen.«

»Das kann warten«, sagte Michael zu mir, nachdem er Reggie einen flüchtigen Blick zugeworfen hatte.

»Nein«, widersprach ich. »Das kann es nicht. Mir ist egal, ob

Reggie es hört. Verdammt, vielleicht sollte er es sogar hören. Sieh mal, ich weiß, ich hätte dich fragen sollen, bevor ich eingewilligt habe, Dorothy zu helfen, aber du musst das jetzt lassen. Es ist nun mal passiert. Wir müssen weitermachen.«

»Ich bin nicht sauer auf dich, weil du zugestimmt hast, ohne mich vorher zu fragen. Du kannst selbst Entscheidungen treffen. Ich bin nicht dein Babysitter.«

»Warum bist du dann sauer auf mich?«

»Ich bin sauer auf dich, weil du eine schlechte Entscheidung getroffen hast, ohne wirklich darüber nachzudenken«, sagte Michael und deutete auf Reggie. »Du warst fahrlässig. Du darfst nicht so fahrlässig sein. Du hast alles aufs Spiel gesetzt, wofür wir arbeiten. Du hast dich in Gefahr gebracht, und du hast mich in Gefahr gebracht. Verdammt, du hast sogar deinen Sohn in Gefahr gebracht.«

»Willst du mir jetzt etwa einen Vortrag über Fahrlässigkeit halten? Vergiss nicht, dass ich viel mehr über dich weiß, als du über mich weißt.« Vielleicht war es nicht fair, das zu sagen, auf all die Geschichten anzuspielen, die mir dein Vater über Michael erzählt hatte, bevor Michael überhaupt wusste, dass ich existiere.

Michael schüttelte den Kopf. »Ich mag leichtsinnig sein, aber ich bin nicht fahrlässig.«

»Findest du, dass da ein Unterschied besteht?«

Michael senkte die Stimme. »Bist du tatsächlich so naiv, dass du den Unterschied nicht erkennst? Fahrlässigkeit bedeutet, etwas zu tun, ohne vorher über die Risiken und die Folgen nachzudenken. Leichtsinn heißt, die Risiken und die Folgen zu kennen, aber trotzdem zu pokern. Leichtsinn ist eine bewusste Entscheidung. Ich kann mich dafür entscheiden, manchmal leichtsinnig zu sein. Ich kann mich dafür entscheiden, Risiken einzugehen.

Aber es ist immer meine Entscheidung. Fahrlässig bin ich nie. Mein Leichtsinn ist nie ein Fehler.«

»Und warum entscheidest du dich dafür?«, fragte ich.

»Um mir zu beweisen, dass ich dazu in der Lage bin«, sagte Michael. »Um mir zu beweisen, dass ich mich unter Kontrolle habe. Wenn ich nicht bereit wäre, manchmal leichtsinnig zu sein, hätte ich dich in dem Moment fallen lassen, als wir St. Martin verlassen haben.«

Ich spürte, wie mir ein Schauer den Rücken hinunterlief, als Michael das sagte, doch ich wusste, dass es eine Lüge war. »Das ist der größte Mist, den ich je gehört habe.«

»Denkst du nicht, dass zwischen Leichtsinn und Fahrlässigkeit ein Unterschied besteht?«

»Darum geht es nicht. Ich glaube einfach nicht, dass du deshalb sauer auf mich bist. Ich glaube, du bist sauer auf mich, weil du Angst hast, dass ich dich verlasse. Du hast Angst, dass ich einen neuen Beweggrund gefunden habe und dass wir nicht mehr im selben Team sind.« Ich sah Reggie an. Obwohl ich diejenige war, die redete, hatte er den Blick auf Michael gerichtet. »Du denkst, dass Joe dich meinetwegen verlassen hat und dass ich dich wegen Reggie verlassen werde. Niemand sagt dir etwas, und deshalb kommst du dir dumm und ausgenutzt vor.« An der Art und Weise, wie er mich ansah, erkannte ich, dass ich recht hatte. Sein Blick gab mir Kraft. »Ich hätte das schon früher erkennen sollen, aber ich war es nicht gewohnt, dich verängstigt zu sehen. Unterbrich mich, wenn ich falsch liege.«

Michael sagte kein Wort. Er starrte mir einfach nur in die Augen. Ich wusste schon die ganze Zeit, weshalb ich Michael brauchte. Mir wurde aber erst jetzt bewusst, weshalb er mich ebenfalls brauchte.

»Also gut. Lass uns mal ein paar Dinge klarstellen. Erstens,

Joe hat nicht dich verlassen. Er hat dem Krieg den Rücken gekehrt, weil er ihn beschissen fand. Er hat es dir nicht gesagt, weil er dich schützen wollte. Schlicht und einfach. Zweitens, ich werde dich nicht verlassen, bis wir meinen Sohn gefunden haben, und selbst dann ist es auch deine Entscheidung. Ich nutze dich nicht aus. Traurigerweise bist du mein bester Freund. Also vermassle das nicht, denn ich bin mir ziemlich sicher, dass ich deine einzige Freundin bin.« Ich gestattete Michael einen Moment, damit er etwas sagen konnte, wenngleich ich nicht damit rechnete. Das war nicht seine Art. Ich sah zu Reggie hinüber. Er saß schweigend da und nahm alles in sich auf. Diese Männer – körperlich so stark, aber emotional so zerbrechlich.

»Okay, Michael, wir haben noch etwa vier Stunden, bevor wir uns mit Dorothy treffen und Reggie weiterschicken. Sagst du uns jetzt, was wir tun müssen, oder nicht?«

»Wenn du mit deinem Vortrag fertig bist« – Michael täuschte Gleichgültigkeit vor« –, kann ich vermutlich dabei helfen, einen Plan zu schmieden.« Ich hörte den Klang des alten Michael in seine Stimme zurückkehren. Niemand ist ohne Furcht, Christopher. Es hilft, wenn man die Ängste seiner Freunde genauso gut versteht wie die Ängste seiner Feinde.

SIEBENUNDZWANZIGSTES KAPITEL

Als wir das Apartment verließen, fühlte ich mich nackt, da ich wusste, dass ich als Einzige nicht bewaffnet war. Die Sonne versank hinter den Gebäuden, als wir drei die Stelle auskundschafteten, an der in wenigen Stunden die Übergabe stattfinden sollte.

Der Himmel hatte eine bernsteingelbe Färbung. »Und, wo soll die Sache über die Bühne gehen?«, fragte Michael.

»Zwischen den Brücken«, sagte ich. Ich konnte es kaum erwarten, das Ganze hinter mich zu bringen und zu neuen Taten zu schreiten, und spürte, dass Michael und Reggie genauso empfanden. Trotzdem wusste ich, was Michael dachte, als er die Umgebung in Augenschein nahm. Einige Parkbänke waren im Boden verankert und zum Wasser hin ausgerichtet. Der Highway über uns wurde von einer Reihe riesiger Betonpfeiler gestützt. Von oben war das Rauschen des Verkehrs zu hören. Die Pfeiler boten noch den besten Schutz. Verstecken konnte man sich nirgends.

»Hier sind wir leichte Beute«, stellte Michael fest.

»Zumindest sitzen wir nicht in der Falle«, sagte Reggie zu meiner Verteidigung und deutete auf die Brooklyn Bridge. »Es gibt drei Fluchtwege: nach Norden, nach Süden und nach Westen. Maria hat recht. Falls irgendjemand hinter uns her ist, sehen wir ihn kommen. Wenn wir nach Westen laufen, tauchen wir im Getümmel von Lower Manhattan unter. Wenn wir nach Norden oder nach Süden laufen, können wir irgendwann nach Manhattan abbiegen, oder wir können auf die Brooklyn Bridge oder die Manhattan Bridge klettern und Brooklyn ansteuern.«

Wir näherten uns noch ein Stück und gingen unter der Manhattan Bridge. Einen Moment lang verschmolzen der Verkehrslärm auf der Brücke und der Verkehrslärm vom Franklin Delano Roosevelt Drive miteinander. Die Dämmerung hatte bereits eingesetzt, aber es befanden sich noch immer Jogger und Radfahrer auf dem Weg. Wir blieben stehen und warteten, während uns auf dem Weg Leute passierten: Jogger, Kinder auf Fahrrädern, alte asiatische Männer, die riesige schwarze, mit undefinierbaren Dingen beladene Karren schoben – Straßenverkäufer auf dem Rückweg vom South Street Seaport.

»Wie viel Zeit haben wir noch?«, fragte mich Michael.

Ich warf einen Blick auf die Uhr. »Etwas mehr als eine Stunde«, antwortete ich.

»Dann lasst uns von dem Weg hier verschwinden«, sagte Michael. »Wir lassen sie warten. Wir kommen zu ihnen. Sie sollen das Risiko eingehen, hier auf dem Präsentierteller rumzustehen.« Wir entfernten uns. Ich blickte im Gehen noch einmal zurück. Die Radfahrer und die Jogger wurden langsam weniger. Im Schatten des Highways setzte die Dunkelheit früher ein. Die Brückenbeleuchtung war bereits eingeschaltet. Sie erleuchtete den Himmel und wurde vom unruhigen schwarzen Wasser unter den Brücken reflektiert. Als ich mich umblickte, sah ich, dass einer der Straßenverkäufer, ein kleiner orientalischer Mann, regungslos dastand und uns beobachtete. Er hatte zuvor einen riesigen Straßenverkäuferwagen aus Stahl geschoben. Die nach oben gezogenen Metalllamellen verdeckten die Fenster des Wagens. Als der Mann bemerkte, dass ich ihn ansah, senkte er den Kopf, stemmte sich gegen seinen Wagen und schob. Der Wagen setzte sich in Bewegung.

Wir gingen in eine nahe gelegene Bar, um die Zeit totzuschlagen, bis es losging, bestellten Softdrinks und taten so, als wären wir völlig sorglos. Falls die Übergabe wie geplant funktionierte, sollte die ganze Angelegenheit nur fünf oder höchstens zehn Minuten dauern. Ich weiß nicht, wie lange das blutige Massaker, zu dem es schließlich kam, tatsächlich dauerte. Es fühlte sich an wie eine Ewigkeit. Während wir in der Bar gesessen hatten, war es dunkel und still geworden. Das einzige Geräusch war das Dröhnen des Verkehrs, der über uns hinwegrauschte. Nachdem wir die Bar verlassen hatten, blickte ich den Fußweg entlang, der unter den beiden Brücken hindurchführte. Zuerst sah ich niemanden. Dann fiel mir eine Gestalt auf, die allein auf einer der zum Wasser hin ausgerichteten Bänke saß.

»Ist sie das?«, fragte ich Michael und deutete auf die Bank. Die Gestalt bewegte sich nicht.

»Es gibt nur eine Möglichkeit, um das rauszufinden«, entgegnete er. Wir überquerten die Straße in Richtung Fußweg. Auf dem Fluss trieb ein Boot vorbei und schickte für einen kurzen Moment den Lichtkegel einer Blinkleuchte über die Gestalt auf der Bank. Ich betrachtete sie: Es handelte sich um eine Frau, der das Haar auf die Schultern herabhing. Schatten huschten über sie hinweg wie Rauch von einem Feuer.

»Ich glaube, das ist sie«, sagte ich zu Michael. Ein einzelner Radfahrer fuhr an uns vorbei, an dessen Lenker ein kleines weißes Licht blinkte. Die Brücken glichen jetzt zwei riesigen Leuchtfeuern, die in verschiedene Richtungen strahlten, aber beide von uns weg. Michael ging zu dem Geländer am schwarzen Wasser und drehte sich um, sodass er sich die Frau auf der Bank genau ansehen konnte. Wir waren jetzt nur noch fünfzehn Meter von ihr entfernt. Sie hatte sich noch immer nicht bewegt. Ich trat dicht an Michael heran, damit ich sie ebenfalls sehen konnte. Reggie blieb ein Stück hinter uns.

»Dorothy?«, flüsterte ich in die Dunkelheit, in der Hoffnung, dass sie mich hören konnte und den Kopf drehen würde, damit wir ihr Gesicht sehen konnten. Ich war mir sicher, dass alles in Ordnung sein würde, sobald wir ihr Gesicht sahen.

Sie drehte sich in unsere Richtung, doch es war nicht alles in Ordnung. Das Licht von den Brücken wurde von den Tränen auf Dorothys Wangen reflektiert. Ich folgte ihren Tränen hinunter zu ihrem Mund. Dann sah ich das Klebeband, das diesen bedeckte. Als ich plötzlich das Geräusch von Rädern auf Beton hörte, blickte ich für den Bruchteil einer Sekunde auf und sah einen stählernen Handwagen, der auf uns zukam und immer schneller wurde. Ich drehte mich wieder zu Dorothy und warf einen

Blick hinunter auf ihre Hände. Sie waren gefesselt und in ihren Schoß gebunden, als würde sie beten. Ihre Füße waren ebenfalls gefesselt und an einem Bein der Bank festgebunden. Ich erinnerte mich, dass sie uns erzählt hatte, sie würde allein arbeiten, da sie es mit Leuten zu tun habe, denen sie vertraue. Ich erinnerte mich, wie gefährlich das in meinen Ohren geklungen hatte. Auch wenn sie uns vertrauen konnte, gab es so viele andere, denen sie nicht vertrauen konnte.

Trotz des dröhnenden Verkehrslärms auf dem Highway über uns und des Geräuschs des Handwagens, der auf uns zurollte, vernahm ich ein gedämpftes Geräusch aus Dorothys Richtung. Sie versuchte, uns etwas zuzurufen. Sie versuchte, uns mitzuteilen, dass wir die Flucht ergreifen sollten. Michael rannte los – allerdings nicht von Dorothy weg, sondern auf sie zu. Er hatte etwa die Hälfte der Strecke zwischen ihr und uns zurückgelegt, als ich sah, wie Dorothys Kopf ruckartig nach vorn gerissen wurde. Dann kippte er wieder zurück. Für den Bruchteil einer Sekunde erkannte ich das Loch in ihrer Stirn, wo die Kugel ausgetreten war. Schließlich kam ihr Kopf zur Ruhe und hing schlaff auf ihre Brust herab wie der Kopf einer Marionette ohne Puppenspieler.

Mir schossen alle meine Begegnungen mit Dorothy durch den Kopf: das Frühstück in dem Stützpunkt außerhalb von Washington, D.C., ihr spätabendlicher Besuch in meinem Apartment, das Treffen im Park. Ihr Tod erschien mir zu schnell, als hätte sie mehr Dramatik verdient. Wir verdienen alle mehr Dramatik, aber nur wenige von uns bekommen sie. *Reggie,* dachte ich plötzlich. *Was geschieht jetzt mit Reggie?* Ich drehte mich zu ihm um. »Hau ab!«, schrie ich ihm so laut ich konnte zu. Von seiner Warte konnte er nicht alles sehen, was geschah. Vielleicht hatte er den Schuss gehört. Vielleicht sah er die Angst in meinem Gesicht. Was auch immer es war, er drehte sich um und rannte los. Er war bereits an dem ersten Betonpfeiler vorbeigelaufen, als ich mich wieder Michael und Dorothy zuwandte.

Als der zweite Schuss fiel, war Michael fast bei Dorothy angelangt. Aus irgendeinem Grund hatte ich den ersten Schuss nicht gehört. Ich hatte nicht darauf geachtet. Nicht darauf. Jetzt lauschte ich. Ich fuhr gerade noch rechtzeitig herum, um Wasser spritzen zu sehen, wo die Kugel in den East River einschlug, nachdem sie an Michael vorbeigesaust war. Michael hatte den Schuss ebenfalls gehört und sich auf den Boden geworfen. Ich weiß nicht, ob ihm bewusst war, wie knapp ihn die Kugel verfehlt hatte. Ich warf einen Blick auf den Handwagen, aus dem hinten zwei Männer kletterten. Sie hatten Schusswaffen in der Hand. Nachdem sie ausgestiegen waren, trat der kleine Orientale hinter dem Wagen hervor. Im matten, schattigen Licht sah ich Schweiß auf seiner Stirn glänzen. Er atmete schwer, nachdem er den wuchtigen Handwagen geschoben hatte. Auch er hatte jetzt eine Pistole in der Hand. Welche Regel in Bezug auf Schusswaffen Michael und dein Vater auch immer hatten, diese Männer hielten sich nicht daran.

Der erste Mann hielt seine Pistole mit ausgestrecktem Arm vor sich. Er war bereit zu feuern. Er brauchte nur noch ein Ziel. Der Mann hinter ihm war mit einem Gewehr mit Zielfernrohr bewaffnet. Vermutlich war er derjenige, der Dorothy erschossen hatte. Die Männer bewegten sich schnell, nachdem sie das Überraschungsmoment verloren hatten. Der vordere der beiden zielte mit seiner Pistole auf Michael und drückte ab. Ich hörte das Krachen und sah hinüber. Michael lag auf dem Boden. Er war ungefähr einen Meter von der Bank entfernt, an die Dorothys Leiche gefesselt war. Er kroch auf die Bank zu, um hinter ihr in Deckung zu gehen. Die Kugel verfehlte ihn, doch ich sah Betonstaub aufwirbeln, als sie höchstens einen halben Meter neben seinen Beinen in den Boden einschlug. Eine weitere Kugel kam angesaust, der Michael nicht ausweichen konnte. Sie traf ihn an der rechten Wade. Ich sah, wie sein Bein zuckte und Blut aus der Wunde zu sickern begann.

Ich stand verwirrt und verängstigt da. Die Bank und vielleicht sogar Dorothys Leiche würden Michael etwas Deckung bieten, doch die bewaffneten Männer waren keine zehn Meter von ihm entfernt. Es war nur eine Frage von wenigen Sekunden, bis sie bei ihm sein würden und ihn aus nächster Nähe erschießen konnten. Michael saß in der Falle. Er konnte nirgendwohin flüchten. Und ich konnte nichts tun, um ihm zu helfen. Das Einzige, was ihn jetzt noch retten konnte, war eine Schusswaffe. Michael erreichte Dorothys Leiche. Seine Hände wanderten an ihren Beinen hinauf zu ihren Hosentaschen. Ich erinnerte mich an die Auswölbung in ihrer Hosentasche an dem Abend, als sie mich in New York aufgesucht hatte. Bestand vielleicht die Chance, dass sie im Besitz einer Pistole war? Dass sie keine Zeit gehabt hatten, sie abzutasten, als sie sie gefesselt hatten? Vielleicht waren sie nur zu faul gewesen. Meiner Meinung nach war das Michaels einzige Hoffnung. Ich überlegte, was ich tun konnte, um die bewaffneten Männer abzulenken, damit Michael Zeit gewann, aber es war nutzlos. Ich war nutzlos.

Ich drehte den Kopf und blickte nach Süden. Eigentlich hätte ich Reggie noch weglaufen sehen müssen, doch ich sah nichts. Dann drehte ich den Kopf schnell wieder zu Michael zurück. Die beiden Männer waren inzwischen noch näher bei ihm. Mein Blick streifte den Betonpfeiler, der mir am nächsten war. Ich sah ihn hinter dem Pfeiler stehen. Reggie war nicht davongelaufen. Er hatte uns nicht im Stich gelassen, sondern stand mit dem Rücken an den Pfeiler gepresst da und versuchte, seine Atmung unter Kontrolle zu bringen. Er hielt seine Pistole in der Hand. Obwohl es inzwischen ziemlich dunkel war, konnte ich nach wie vor die leuchtende Farbe seiner Augen erkennen, die mich fragend ansahen.

»Reggie, jetzt!«, rief ich, ohne mir die Mühe zu machen, selbst in Deckung zu gehen. Er nickte mir zu, trat hinter dem Stützpfeiler hervor und zielte mit seiner Pistole auf die Männer, die Michael umzingelten. Dann drückte er ab. Ein Schuss. Und noch einer. Reggie verfehlte sie mit beiden Schüssen, doch er lenkte ihre Aufmerksamkeit auf sich. Ich erinnerte mich, dass Michael gesagt hatte, die kleine Pistole sei aus größerer Entfernung nicht zielgenau. Wir waren den Männern nicht nah genug. Reggie betätigte immer wieder den Abzug. Er schoss, holte Luft, zielte, und dann schoss er erneut.

Zwischen zwei Schüssen hörte ich einen der fremden Männer schreien: »Das ist er!« Sie schrien laut genug, dass ich sie trotz des Lärms des Verkehrs und der Kugeln hören konnte. Inzwischen hatten sie sich gebückt und entfernten sich voneinander, um zu verhindern, dass sie für Reggie ein zu großes Ziel abgaben. Ich sah Staub aufwirbeln, als die Kugeln neben ihnen im Boden einschlugen. »Schnappen wir ihn uns!«, rief der Mann mit dem Gewehr. Sie waren wegen Reggie gekommen. Reggie feuerte weiter, doch keiner seiner Schüsse traf etwas anderes als den Boden.

»Schnappt ihr ihn euch«, sagte der Orientale. »Ich erledige den hier und komme nach.« Er deutete auf Michael. Ich sah, dass Michael noch immer Dorothys Taschen durchwühlte. Er hatte etwas gefunden, aber ich konnte nicht erkennen, worum es sich handelte.

Der Mann mit der Pistole zielte auf Reggie. Seine Pistole war größer als die von Reggie und vermutlich zielgenauer. Dann drückte er ab. Über Reggies Kopf bröckelte Beton aus dem Pfeiler und fiel zu Boden. Reggie rührte sich nicht von der Stelle. Er zielte erneut, allerdings nicht auf die Männer, die auf ihn zukamen. Reggie zielte auf den Mann, der es auf Michael abgesehen hatte und inzwischen nur noch fünf Schritte von der Bank entfernt war. Er hatte sich bislang noch nicht die Mühe gemacht abzudrücken. Das war auch nicht nötig, da er einfach zu Michael gehen und ihn hinrichten konnte. Reggie atmete tief ein und hielt die Luft an. Dann drückte er erneut ab. Dieses Mal traf er sein Ziel. Es war kein perfekter Schuss. Der Orientale fiel nicht einmal zu Boden, aber Reggie hatte ihn irgendwo oberhalb der Taille getroffen. Der Mann stöhnte auf und taumelte kurz, hielt sich aber auf den Beinen. Die anderen beiden Männer kamen Reggie immer näher. Reggie drehte sich um und zielte auf sie. Er betätigte abermals den Abzug. Eine weitere Kugel sauste an ihren Köpfen vorbei. Dann duckte sich Reggie hinter den Pfeiler, als die beiden Männer das Feuer erwiderten. Ich stand ohne Deckung da, inmitten des Wahnsinns, und fühlte mich wie eine Zuschauerin beim schrecklichsten Spiel der Welt. Niemand sah mich auch nur an. Es war, als würde ich nicht existieren.

Ich blickte zu Michael hinüber. Der Mann, den Reggie angeschossen hatte, schien das Gleichgewicht wiederzufinden. Ich sah, wie ein Lichtblitz von einem Gegenstand in Michaels Hand reflektiert wurde. Er hatte sein Messer gezückt. Michael schob Dorothys leblose Beine beiseite und rollte sich unter die Bank. Jetzt war er nur noch zwei Schritte von seinem Möchtegern-Vollstrecker entfernt. Der Orientale bemerkte Michael erst, als dieser aufstand, doch dann war es zu spät. Der Mann versuchte sich umzudrehen, um einen letzten Schuss auf Michael abzufeuern, doch dieser war ihm bereits zu nahe. Michael verlagerte sein gesamtes Gewicht auf sein unverletztes Bein, das ohne Bissverletzungen und Schusswunde. Er streckte die linke Hand aus und packte den Mann in der Nähe des Halses an der Schulter. Michael hielt das, was er in Dorothys Hosentasche gefunden hatte, in der linken Hand, was ihn jedoch nicht davon abhielt, den Mann an der Schulter festzuhalten. Dann fuhr Michaels rechte Hand nach oben zum Kinn des kleinen Mannes. Das Messer drang unter dem Kiefer des Orientalen ein und schoss nach oben, wobei es sämtliche Haut, Knochen und Sehnen durchtrennte, die ihm im Weg waren. Michaels Messer war alles andere als klein, trotzdem sah ich jetzt nur noch den Griff unter dem Kiefer des Mannes herausragen. Die Klinge hatte ihr Ziel gefunden. Der Orientale zuckte kurz zusammen, zeigte aber keine Gegenwehr.

Bei Michael ging alles so schnell, dass ich Reggie und die anderen beiden Männer für einen Moment ganz vergessen hatte. Dann hörte ich ein schnalzendes Geräusch in der Nähe meiner Füße. Ich blickte nach unten und sah, dass nur einen Meter von mir entfernt eine Kugel in den Boden eingeschlagen war. Ich blickte wieder auf. Ich stand noch immer ganz frei da und hatte mir nicht die Mühe gemacht, mich zu ducken oder zu verstecken, während die Männer um mich herum aufeinander geschossen hatten. Der Kugelhagel hatte inzwischen nachgelassen. Reggie war hinter dem Betonpfeiler in Deckung gegangen und wirbelte alle paar Sekunden herum, um wie wild auf einen der anderen Männer zu feuern. Da er sich nicht die Zeit nahm zu zielen, verfehlten seine Schüsse unweigerlich ihr Ziel. Die beiden Männer hatten sich hingekauert, nutzten jede Deckung, die sich ihnen bot, und versteckten sich vor Reggie Kugeln. Und sie feuerten ebenfalls. Ihre Schüsse waren zielgenauer, doch Reggie bewegte sich so schnell, dass sie Probleme mit dem Timing hatten.

Ich fühlte mich hilflos. Obwohl ich nur etwa fünf Meter von

Reggie entfernt war, fiel mir nichts ein, was ich hätte tun können, das nicht selbstmörderisch gewesen wäre. Reggie tauchte hinter dem Pfeiler auf und feuerte erneut. Er versuchte, die Männer in Schach zu halten, würde sie sich aber nicht ewig vom Leib halten können, da er nur zwölf Kugeln hatte. Er konnte von Glück reden, wenn noch drei davon übrig waren. Ich hoffte, dass er den Überblick behalten hatte. Dann hörte ich meinen Namen.

»Maria.« Die Stimme kam aus der Dunkelheit. Ich drehte den Kopf und sah Michael über der Leiche des Orientalen knien. Er legte etwas auf den Boden und stieß es mit aller Kraft in meine Richtung. Der Gegenstand schlitterte mit einem kratzenden Geräusch über den Asphalt und blieb etwa anderthalb Meter vor mir liegen. Ich trat einen Schritt nach vorn und blickte hinunter. In der Dunkelheit konnte ich die Umrisse des Gegenstands nur mit Mühe erkennen: eine Pistole. Ich bückte mich und hob sie auf. Mir fiel ein, wie verängstigt ich gewesen war, als ich das einzige andere Mal in meinem Leben eine Pistole in der Hand gehabt hatte. Dieses Mal hatte ich keine Angst.

Ich betrachtete die Pistole in meiner Hand. Sie unterschied sich kaum von der Pistole, die Michael Reggie gegeben hatte. Sie war nur größer. Ich erinnerte mich, was Michael zu Reggie gesagt hatte: *Diese hier hat keine Sicherung. Sie besitzt eine Hahn- und Abzugsspannung, sodass du nur den Abzug betätigen musst, um sie abzufeuern.* Ich drehte mich um und zielte mit der Pistole auf denjenigen der beiden Männer, der mir näher war, auf den mit dem Gewehr. Er kauerte auf dem Boden und gab sich alle Mühe, hinter einer orangefarbenen Pylone in Deckung zu gehen. Ich fing an, den Abzug zu betätigen. Bevor ich ihn vollständig durchgedrückt hatte, hörte ich ein Klicken. Ich weiß nicht, warum ich es hörte. Vielleicht lag es daran, dass es sich so stark von allen anderen Geräuschen an diesem Abend unterschied. Es war leise und dumpf. Ich sah Reggie an. Er hielt noch immer seine Pistole in der Hand, aber auf seinem Gesicht zeichnete sich jetzt Panik ab. Ihm war die Munition ausgegangen. »Schnapp ihn dir!«, schrie der Mann, der auf dem Boden lag. Beide sprangen gleichzeitig auf und rannten auf Reggie zu. Der Mann mit dem Gewehr musste keine anderthalb Meter zurücklegen, um zu Reggie zu gelangen.

Ich richtete abermals meine Pistole auf ihn, die ich mit beiden Händen hielt. Ich musste jetzt ein bewegliches Ziel treffen, doch der Mann befand sich in meiner unmittelbaren Nähe. Ich zielte auf seine breiteste Stelle, wartete, bis er sich etwa anderthalb Meter vor mir befand, und drückte ab. Die Pistole zuckte in meinen Händen. Wenn ich nicht so nervös gewesen wäre und die Pistole verzweifelt mit beiden Händen umklammert hätte, wäre sie vermutlich aus meinem Griff gesprungen. Aber ich hielt sie fest und spürte ihre Hitze. Ich war mir nicht sicher, wo ich den Mann getroffen hatte, aber er fiel zu Boden und wand sich. Ich ging zu ihm und sah zu ihm hinunter. Er blickte geschockt zu mir auf, als begreife er nicht, woher ich gekommen war. Sein Schockzustand dauerte allerdings nur kurz an. Sobald er sich wieder gefasst hatte, griff er nach seinem Gewehr. Wenn er eine Pistole gehabt hätte, wäre er womöglich in der Lage gewesen, sich schnell genug zu bewegen, um mich zu überraschen, doch das Gewehr war zu unhandlich. Ich zielte abermals. Ich fühlte mich stark. Ich hatte das Gefühl, endlich alles unter Kontrolle zu haben. Ich wusste nicht, wo ich ihn mit meinem ersten Schuss getroffen hatte, doch beim zweiten Mal schoss ich ihm in den Kopf. Sein Kopf wurde nach hinten gerissen, und sein Körper hörte auf, sich zu bewegen. Er war tot. Ich hatte ihn getötet.

Ich holte Luft und erinnere mich daran, dass wir uns noch um den letzten der drei Männer kümmern mussten. Ich blickte mich um. Reggie rannte jetzt und sprintete den Fußweg entlang in die Dunkelheit. Der letzte der drei Männer verfolgte ihn. Bei jeder Gelegenheit, die sich bot, ging Reggie in Deckung, um den Kugeln auszuweichen. Sein Verfolger hielt seine Pistole in der rechten Hand. Alle paar Schritte streckte er den Arm aus und schoss, doch er konnte im Laufen nicht richtig zielen. Ich hob meine Pistole wieder an und richtete sie auf den Rücken des Mannes. Dann drückte ich einmal ab, verfehlte jedoch mein Ziel. Er und Reggie entfernten sich immer weiter. Ich lief ihnen hinterher. Wir waren zu einer seltsamen Kette der Gewalt geworden. Ich betätigte noch zweimal den Abzug und versuchte, Reggies Verfolger zu treffen, doch es hatte keinen Sinn. Sie liefen zu schnell. Es war zu dunkel. Ich war zu nervös. Die Kugeln verschwanden einfach in der Nacht.

Das Letzte, was ich von Reggie sah, war, dass er kehrtmachte und den Hügel zur Brooklyn Bridge hinaufrannte. Der letzte der drei Männer verfolgte ihn, doch Reggie war schneller. Der Abstand zwischen den beiden schien sich zu vergrößern. Falls es Reggie gelang, die Brooklyn Bridge zu überqueren, wäre er in seiner Gegend. Falls er es bis nach Brooklyn schaffte, glaubte ich, dass er zumindest in dieser Nacht in Sicherheit wäre. Was danach sein würde, wer wusste das schon? Dorothy war Reggies Fahrschein aus diesem Chaos gewesen, doch jetzt war sie tot.

Ich hörte schließlich auf zu laufen, stützte die Hände auf die Knie und versuchte, wieder zu Atem zu kommen. Dann hörte ich die Sirenen. Ich riss mich zusammen und rannte zurück zu Michael. Ihm konnte ich noch helfen. Reggie war verschwunden.

Michael saß auf dem Boden, als ich wieder bei ihm ankam. Er hatte die Beine vor sich ausgestreckt und lehnte mit dem Rücken an dem Zaun, der den Fußweg vom Fluss trennte. Unter seinem linken Bein sammelte sich eine Blutlache. Ich warf einen kurzen Blick auf das Gemetzel um uns herum. Die Leiche des Mannes, den ich erschossen hatte, lag mit dem Gesicht nach unten auf dem Asphalt. Die Leiche des Mannes, den Michael erstochen hatte, saß zusammengesunken auf dem Fußweg, das Hemd mit seinem eigenen Blut getränkt. Und dann war da noch Dorothy, die nach wie vor mit schlaff nach vorne hängendem Kopf auf der Bank saß. Die Sirenen wurden lauter. »Wir müssen hier weg«, sagte ich zu Michael.

»Wo ist Reggie?«, wollte er wissen.

»Ich konnte nicht mit ihnen mithalten. Er war zu schnell. Er ist in Richtung Brücke gelaufen.«

»Und der Typ hat ihn verfolgt?«

»Er hat ihn noch verfolgt, aber ich glaube, Reggie war schneller.«

Michael nickte. »Okay, setzen wir uns in Bewegung.« Er blickte zu mir auf. Zum ersten Mal, seit ich mich erinnern konnte, versuchte er nicht, seine Schmerzen zu verbergen. »Du musst mir helfen aufzustehen«, sagte er. Ich trat neben ihn, ging in die Hocke und legte mir einen seiner Arme über die Schultern. »Du hast doch trainiert, oder?«, fragte er. Ich stand auf und zog ihn mit mir hoch.

»Du kannst dich unterwegs auf mich stützen«, sagte ich. Wir gingen gemeinsam in nördlicher Richtung los. Vor uns lag ein Park voller Bäume und Schatten, der uns Deckung bieten würde. Von dort war es nicht mehr weit bis zu meinem Apartment. »Denkst du, diese Sirenen gelten uns?«, fragte ich Michael, der neben mir humpelte.

»Vielleicht«, erwiderte er. »Vielleicht auch nicht. Wir sind vermutlich nicht der einzige Grund für Sirenen, den es in dieser Stadt gibt.« Ich sorgte dafür, dass wir in Bewegung blieben. Wir erreichten den dunklen Park und gingen weiter. Kurz vor Mitternacht kamen wir schließlich bei meinem Apartment an, das mir still und leer vorkam. Michael hatte nicht mehr die Kraft, um in sein Hotel zurückzukehren. Wir konnten von Glück reden, dass er es überhaupt so weit geschafft hatte. Bevor wir uns schlafen legten, forderte ich ihn auf, seine Hose auszuziehen, damit ich einen Blick auf seine Verletzungen werfen konnte. Die Wunden an seinem Knie, die von dem Hundebiss stammten, waren noch nicht verheilt. Sie waren noch immer offen und sonderten scheußlichen Eiter ab. »Dein Hundebiss hat sich entzündet«, teilte ich ihm mit.

»Darüber mache ich mir im Moment keine allzu großen Sorgen«, sagte er und schnitt eine Grimasse. Ich suchte weiter unten an seinem Bein nach der Schussverletzung und fand sowohl die Eintritts- als auch die Austrittswunde. Das war gut, da es bedeutete, dass sich keine Kugel mehr in Michaels Bein befand. Nachdem Michael am ersten Abend in New York mit Verbrennungen am Rücken zurückgekommen war, hatte ich eine Hausapotheke gekauft. Ich stapelte den Inhalt auf der Couch, neben der wir auf dem Fußboden saßen. Michael warf einen prüfenden Blick darauf, nahm jedoch nichts davon in die Hand. Ich hatte die Sachen besorgt, falls er irgendwann bei mir bleiben sollte und medizinisch versorgt werden musste. Allerdings war ich immer davon ausgegangen, dass ich mich um alte Wunden kümmern würde, nicht um neue. »Du hast an der Uni aber nicht Medizin studiert, oder?«, fragte er.

»Nein«, entgegnete ich. »Nichts so Praktisches.« Ich nahm ein paar Wattetupfer und Wundbenzin zur Hand und dachte darüber nach, wie viel Zeit ich bereits damit verbracht hatte, Michaels Wunden zu säubern. Ich tupfte Wundbenzin auf die Schussverletzungen. Das Brennen des Wundbenzins ließ Michael nicht einmal zusammenzucken. Dieses Mal hatte ich damit auch nicht gerechnet. Dann nahm ich zwei Stücke Verbandsmull und presste sie gegen sein Bein. »Würdest du die bitte mal festhalten, während ich dich verbinde?«, fragte ich. Michael sagte nichts, griff jedoch nach unten und legte jeweils eine Hand auf die beiden weißen Stücke Mull, die nicht lange weiß bleiben würden. Als ich mit dem Verbinden seiner Wade fertig war, nahm er die Hände weg und lehnte sich zurück, bis er flach auf dem Fußboden lag. Seine Brust hob und senkte sich, als er tief und bewusst ein- und ausatmete. Ich fragte Michael nicht, ob er Schmerzen hätte. Ich spürte seine Schmerzen schon beim Hinsehen.

Ich warf einen Blick auf die Uhr. Es war beinahe ein Uhr nachts. »Wir müssen von hier weg, Michael. Nach dem, was passiert ist, können wir nicht hierbleiben. Sie wussten von Dorothy und Reggie. Wir müssen nach Philadelphia fahren.«

»Ich weiß«, sagte Michael. »Wir brechen morgen Abend auf.«

»Meinst du, dass wir dort sicher sind?«

»Wir werden dort *sicherer* sein«, sagte Michael mit zusammengebissenen Zähnen. »Den Plan, den ich für den Job hatte, kann ich jetzt allerdings vergessen.« Er blickte an sich hinunter auf seine neuen Verletzungen. »Mit diesem Bein kann ich ihn nicht durchziehen.« Mittlerweile sickerte bereits Blut durch den Verband an Michaels Bein. Irgendwann würde die Blutung jedoch aufhören. Ich beneidete Michael beinahe um seine Wunden, beneidete ihn um seine verbrannte Haut und das Fleisch, das ihm aus dem Körper gerissen worden war. Er hatte wenigstens Beweise für seine Schmerzen.

»Schon okay. Diesmal kann ich dir helfen.« *Ich habe einen Menschen erschossen,* dachte ich. *Ich bin doch nicht nutzlos.*

Michael schüttelte den Kopf. »Wenn du unbedingt willst.« Mehr sagte er nicht. Mehr brauchte er nicht zu sagen. Seit einiger Zeit entwich meine Schuldlosigkeit aus mir – vielleicht seit dem Tag, an dem ich deinen Vater kennengelernt hatte – wie ein Parfum, das aus seiner Flasche verdunstet. Das hatte so kommen müssen. Dessen bin ich mir bewusst. Ich bereue es nicht. Als ich den Mann erschoss, nahm ich die Parfumflasche und zertrümmerte sie. Jetzt war der Gestank überall.

ACHTUNDZWANZIGSTES KAPITEL

Evan und Addy blieben in Bewegung. Sie waren nach wie vor auf der Flucht. Sie versteckten sich immer noch. Sie fanden weitere Momente allein in der Dunkelheit. Evan hatte noch mehr Fragen an Addy. Manchmal hatte Addy Antworten darauf.

»Woher weißt du, wohin wir müssen?«, fragte Evan Addy. »Woher weißt du, wo wir die Leute finden, die uns helfen sollen?«

»Als ich beim Untergrund war«, erwiderte Addy, »habe ich auf einem Stützpunkt in Florida gearbeitet. Ich versuche, uns dorthin zu bringen. Ich kenne dort Leute. Wir müssen eben hoffen, dass dort keine Razzia durchgeführt wurde wie in den Häusern in Los Angeles.«

»Gibt es irgendwelche Neuigkeiten?«, erkundigte sich Evan. Addy sah häufig auf ihrem Telefon nach. Evan beobachtete sie jedes Mal dabei. Und jedes Mal spürte er, wie sich sein Magen verkrampfte.

Addy schüttelte den Kopf. »Nur weitere mysteriöse Botschaften, dass die Revolution noch am Leben ist, aber der Untergrund war sowieso nie ein Teil der Revolution. Dafür waren seine Mitglieder zu ängstlich. Wir müssen hoffen, dass sie das gerettet hat.«

»Sonst nichts?«, fragte Evan.

»Nichts über irgendwelche Razzien in Florida«, erwiderte Addy.

Sie wich Evans Frage bewusst aus, versäumte es bewusst, ihm von der Flut von Berichten über die landesweite Fahndung nach dem achtzehnjährigen einheimischen Terroristen aus Maine zu erzählen. Sie versäumte es bewusst, Evan von den Interviews mit Menschen zu erzählen, die ihn als Kind gekannt hatten. Evans ehemalige Nachbarn sagten, er sei im Großen und Ganzen ein netter Junge gewesen. Er sei ein guter Sportler und allseits beliebt gewesen, doch bei ihm und seinem besten Freund – seinem allgegenwärtigen, mysteriöserweise namenlosen besten Freund – habe es sich um Eigenbrötler gehandelt. Addy versäumte es außerdem, Evan von dem Mann zu erzählen, der überall in den Nachrichten auftauchte und behauptete, er habe Evan irgendwo in New Mexico gesehen. Der behauptete, er habe Evan und eine junge Frau im Auto mitgenommen. Der Mann sagte, ihm sei nicht bewusst gewesen, wer Evan war, bis er später am selben Tag ein Foto von ihm in den Nachrichten gesehen habe. Addy behielt alle diese Informationen für sich. Sie waren eine Last, die sie Evan zuliebe allein zu tragen bereit war.

»Selbst wenn wir die Leute finden, für die du früher gearbeitet hast, woher willst du wissen, dass sie uns helfen werden?«, fragte Evan. »Ich gehöre ja nicht mal dem Krieg an.«

»Weil Reggie niemanden im Stich lässt«, erwiderte Addy und wollte es dabei belassen.

Doch Evan gab sich damit nicht zufrieden. »Wer ist Reggie?«, fragte er.

»Er hat das Kommando über die Gruppe, für die ich gearbeitet habe. Er ist seit Ewigkeiten beim Untergrund, seit sie ihn vor fast zwanzig Jahren aus dem Krieg geholt haben, zu der Zeit, als das Chaos begonnen hat. Reggie hat immer die Ruhe bewahrt. Er hat während des ganzen Wahnsinns eine Menge Leute gerettet. Anscheinend hat er das Gefühl, dass er das der Welt aus irgendeinem Grund schuldig ist.«

»Aber woher weißt du, dass du ihm vertrauen kannst?«

»Weil er derjenige ist, der mich rekrutiert hat«, sagte Addy. »Er ist derjenige, der mich aus dem Krieg geholt hat. Er ist derjenige, der mich überhaupt erst gelehrt hat, den Krieg zu hassen.«

»Und warum hat er dich rausgeholt? Ich meine, warum dich?« Evan hatte darüber seit einer Weile nachgedacht und sich vorgestellt, dass Addy eine wichtige Rolle gespielt hatte, bevor sie aus dem Krieg ausgestiegen war. »Wer warst du, als du noch ein Teil des Krieges warst?«

»Ich war ein Niemand«, antwortete Addy.

»Das glaube ich dir nicht.«

»Glaub's mir«, entgegnete Addy und warf ihm einen Blick zu, um ihn auf eine Enttäuschung vorzubereiten. »Ich war beim Geheimdienst. Ich habe einem Team angehört, das für die Sichtung von Krankenhausaufzeichnungen und Geburtsanzeigen zuständig war und Abstammungslinien rekonstruiert hat, damit wir Leute identifizieren konnten, die der anderen Seite angehören. Ich war die Jüngste in unserem Team, was zur Folge hatte, dass ich viel Zeit damit verbracht habe, für andere Kaffee zu holen.«

»Das verstehe ich nicht«, sagte Evan. »Wenn du ein Niemand warst, dem beigebracht werden musste, den Krieg zu hassen, warum hat sich dieser Reggie dann die Mühe gemacht, dich zu rekrutieren?«

»Dieselbe Frage habe ich ihm auch gestellt. Er sagte mir, er hätte Spione in der Einsatzabteilung beim Geheimdienst. Das sind die Leute, die entscheiden, ob du Soldat wirst oder Planer oder Lehrer oder ein Niemand. Einer von Reggies Spionen hat mein Profil gesehen.«

»Was stand darin?« Evan sah Addy an. Er hatte keine Ahnung, was er erwarten sollte. Er hatte keine Ahnung, was er über sie erfahren würde.

»Reggie zufolge deutete meine Bewertung darauf hin, dass mich meine Begabungen und meine Veranlagung zu einer ausgezeichneten Soldatin gemacht hätten. Er hat gesagt, dass meine Bewertungen in den entsprechenden Bereichen ganz weit oben in den Ranglisten rangieren würden. Das wäre einer der Gründe gewesen, warum er mich rekrutiert hätte.«

Evan verstand immer noch nicht. »Er hat dich für den Untergrund rekrutiert, weil deine Testergebnisse gezeigt haben, dass du gut darin gewesen wärst, Menschen zu töten?«

Addy zuckte mit den Schultern. »Reggie zufolge sind für das Retten von Menschen und für das Töten von Menschen im Grunde genommen dieselben Fähigkeiten erforderlich. Der einzige Unterschied ist die Perspektive.«

»Wenn du einen so guten Killer abgegeben hättest, warum haben sie dich dann nicht gleich zu einer Soldatin gemacht? Gibt es denn nicht eine ganze Menge Soldatinnen?«

»Ja, es gibt Unmengen von Soldatinnen, aber meine Tests haben noch etwas anderes ausgesagt. Meine Ergebnisse deuteten darauf hin, dass ich über eine sogenannte ›Neigung zur Unabhängigkeit‹ verfüge.«

»Eine Neigung zur Unabhängigkeit?«, wiederholte Evan und spürte den hohlen, sterilen Klang der Worte, als er sie aussprach.

»Ja«, erwiderte Addy. »Und anscheinend ist das nicht gerade besonders hoch angesehen, wenn es darum geht, Achtzehnjährigen Waffen auszuhändigen und sie loszuschicken, damit sie töten.«

»Aber für Reggie war das in Ordnung?«

Addy nickte. »Für Reggie war das nicht nur in Ordnung. Er sagte mir, dass das genauso ein Grund für meine Rekrutierung gewesen wäre wie meine Testergebnisse. Er wusste Unabhängigkeit zu schätzen. Mir kam es immer so vor, als würde er nach einem bestimmten Typ Mensch suchen, von dem er wusste, dass er existiert, den er aber nicht finden konnte. Ich glaube, er hat große Hoffnungen in mich gesetzt. Und ich bin mir ziemlich sicher, dass ich ihn enttäuscht habe.«

»Weil dich dein Unabhängigkeitsbedürfnis, das ihn dazu bewogen hat, dich zu rekrutieren, zu einer Rebellin gemacht hat?«

»Weil ich es satthatte, dazusitzen und unwichtige Dinge zu erledigen, während überall um mich herum wichtige Dinge passieren.«

Evan wusste, wie Addy empfand. Er wusste, wie es war, sich für Größeres bestimmt zu fühlen. »Haben sie Soldaten schon immer so selektiert? Haben sie schon immer versucht, eigenständig denkende Leute auszusortieren?«, fragte Evan.

»Ich weiß nicht«, erwiderte Addy. »Ich weiß nicht, ob sie schon immer selektiert haben oder ob sie wegen irgendwas, das passiert ist oder das jemand getan hat, damit angefangen haben«, fügte sie hinzu, ohne näher darauf einzugehen.

Evan dachte eine Weile darüber nach. »Das spricht nicht gerade für die Soldaten, oder? Ich meine, es bedeutet, dass es sich bei den auserwählten Soldaten im Grunde genommen um menschliche Drohnen mit einer Vorliebe für Gewalt handelt.«

Addy zuckte mit den Schultern. Sie wusste es besser. Sie hatte in den zwei Jahren, in denen sie für den Untergrund gearbeitet hatte, viele ehemalige Soldaten kennengelernt. »Entweder das«, sagte sie zu Evan, »oder die Tests sind ein Haufen Müll.« Für Evan bestand kein Zweifel daran, an welche der beiden Optionen Addy glaubte. »Ich versuche, psychologischen Tests bei Sechzehnjährigen nicht allzu viel Gewicht beizumessen. Selbst wenn sie zu dem Zeitpunkt korrekte Ergebnisse liefern, Menschen verändern sich.«

»Aber Reggie hat an die Tests geglaubt?«

»Er dachte, sie wären besser als nichts. Reggie hat nach Leuten gesucht, die keine Angst davor hatten, gegen die Regeln zu verstoßen. Auf diese Weise hat er mich gefunden. Deshalb können wir ihm vertrauen.«

NEUNUNDZWANZIGSTES KAPITEL

Die Stadt flog an den Fenstern des Taxis vorüber, als wir nach Chinatown fuhren. Ich sah zu, wie die Gebäude verschwommen vorbeirauschten. Wir verließen New York. Ich fragte mich, ob ich jemals zurückkommen würde. Michael legte seine Hand auf meine wie an dem Tag, als wir St. Martin mit dem Flugzeug verlassen hatten. Es fühlte sich gut an, von einem anderen Menschen berührt zu werden, von Michael berührt zu werden. Ich blickte in Richtung Brooklyn Bridge und dachte wieder an Reggie. Michael und ich hatten den ganzen Tag damit verbracht, in meinem Apartment zu sitzen und auf ein Klopfen an der Tür zu warten, und Angst davor gehabt, in den wenigen Stunden bis zu unserer Abreise noch entdeckt zu werden. Ein paar Mal hatte ich jedoch auf ein Klopfen gehofft. Ich hatte gehofft, Reggie würde auftauchen, damit ich wusste, dass es ihm gut ging. Vielleicht werde ich eines Tages ein Klopfen an meiner Tür hören, und es wird Reggie sein. Vielleicht hat Reggie es bis nach Brooklyn geschafft, und Brooklyn hat ihn beschützt. Vielleicht ist Reggie vor den Kugeln in der Pistole des letzten der drei Männer davongelaufen. Vielleicht, vielleicht, vielleicht.

Reggie hatte Michael das Leben gerettet. Er hätte sich aus dem Staub machen können, als er sah, was sie mit Dorothy gemacht hatten. Ich habe ihm gesagt, dass er abhauen soll, aber er hat es nicht getan. Ich frage mich, ob ich Reggie damit das Leben gerettet habe. Das hängt natürlich davon ab, ob Reggie noch am

Leben ist oder nicht. Falls er tot ist, hat es nichts gebracht, dass ich den Mann getötet habe. »Ich muss dir was zeigen, wenn wir im Bus sitzen«, sagte Michael, während sich das Taxi durch den Verkehr schlängelte.

»Was denn?«, fragte ich.

»Das wirst du schon sehen«, sagte er.

Der Taxifahrer setzte uns in der Canal Street ab. Wir gingen einen halben Häuserblock bis zu einer Bushaltestelle in der Nähe der Auffahrt zur Manhattan Bridge, gegenüber von einem chinesischen Krankenhaus. Andere Leute, überwiegend Asiaten, standen bereits mit ihrem Gepäck auf dem Bürgersteig und warteten auf den Bus. Bei den Chinatown-Bussen handelte es sich um günstige Busse, die an der Ostküste auf und ab von einem chinesischen Stadtviertel zum nächsten fuhren und in Washington, D.C., Philadelphia, New York und Boston hielten. Wir überquerten die Straße und stellten uns am Ende der Warteschlange an.

Der Bus fuhr um Mitternacht los. Wir würden im Schutz der Dunkelheit reisen. Nach allem, was passiert war, war ich mir nicht mehr sicher, ob ich daran glaubte, dass Dunkelheit tatsächlich half. Als der Bus kam, war es fünf Minuten vor zwölf. Zu diesem Zeitpunkt befanden wir uns ungefähr in der Mitte der Warteschlange. Dann stiegen wir in den Bus und bezahlten beim Fahrer für unsere Tickets. Michael und ich bahnten uns den Weg zur letzten Sitzreihe. »Ich mag es nicht, wenn jemand hinter mir sitzt«, erklärte Michael. Als ich meine Tasche in der Gepäckablage über unseren Köpfen verstauen wollte, legte Michael die Hand auf meine Tasche. »Hast du noch das Ding, das du gestern Abend gefunden hast?«, fragte er. Ich wusste, dass er die Pistole meinte. Ich nickte. »Ist es in der Tasche?«, erkundigte er sich. Ich nickte abermals. »Dann lassen wir die Tasche auf dem Schoß.«

Der Bus war nur zu einem Drittel besetzt. Keiner der anderen Fahrgäste saß in unserer Nähe. Jeder versuchte, Abstand zu allen anderen zu halten. Ich spürte die Vibrationen unter meinen Füßen, als der Motor angelassen wurde. Der Fahrer schaltete die Innenbeleuchtung aus, damit es dunkel war und die Leute schlafen konnten. Dann fädelte er mit dem Bus in den Verkehr ein, und wir waren unterwegs. Wir fuhren nach Westen. Ich betrachtete die Stadt so lange es ging durchs Fenster, bis zu dem Moment, als der Bus in den Tunnel nach New Jersey einbog. Wir fuhren nun unter Wasser, und New York war verschwunden.

Der Himmel über New Jersey war dunkel. Nur in unregelmäßigen Abständen flackerten Lichtblitze über uns auf, wenn wir an Straßenlaternen oder hell erleuchteten Gebäuden vorbeifuhren. Michael drehte sich zu mir. »Ich dachte mir, du möchtest das hier sehen«, sagte er, als er in seine Reisetasche griff. Er holte eine Postkarte hervor und reichte sie mir. Ich drehte sie um und wartete auf den nächsten Lichtblitz, um besser sehen zu können. Als er kam, erkannte ich, dass es sich um eine weitere Postkarte aus Washington, D.C., handelte, die ich noch nicht gesehen hatte. Auf ihr war das Jefferson Memorial abgebildet, umgeben von Kirschblüten. »Die habe ich in Dorothys Tasche gefunden«, sagte Michael.

»War es das, wonach du gesucht hast?«, fragte ich.

»Nein, sie war eher ein Trostpreis. Aber ich habe sie für dich aufgehoben.« Ich drehte die Postkarte um. Selbst in der Dunkelheit konnte ich erkennen, dass etwas darauf geschrieben stand, doch ich konnte die Worte nicht entziffern. Ich streckte die Hand nach oben aus, um meine Leselampe anzuschalten, doch Michael hinderte mich daran. »Wir dürfen keine Aufmerksamkeit erregen«, sagte er. Also wartete ich auf einen weiteren Lichtblitz. Während ich wartete, versuchte ich mir vorzustellen, was auf der Postkarte zu lesen stehen mochte. Meine Phantasie wäre beinahe in den Möglichkeiten ertrunken. Die Worte waren da, unmittelbar vor mir, doch ich konnte sie nicht lesen. Ein weiterer Lichtblitz flackerte auf. Ich sah nur die ersten paar Worte. Die Postkarte war an mich adressiert.

Liebe Maria, lautete der Anfang. Ich war so geschockt, als ich meinen Namen las, dass ich nicht weiterlesen konnte, bevor das Licht wieder verschwand. Ich hielt die Postkarte näher ans Gesicht, in der Hoffnung, sie auch in der Dunkelheit lesen zu können, doch die Worte waren im Schatten verborgen. *Liebe Maria.* Ich fragte mich, ob Dorothy die Karte selbst geschrieben hatte. Der Bus raste die Schnellstraße entlang. Wir kamen an einer Erdölraffinerie vorbei, die wie ein Wachfeuer leuchtete. Ich würde genug Zeit haben, um die ganze Karte zu lesen. Ich senkte den Blick und wartete auf das Licht. Als es kam, las ich:

Liebe Maria,
Jedes Bild ist ein Bild von einem Bild
Von einem Bild von einem Bild von einer Szene.
Jede Erinnerung ist eine Erinnerung an eine Erinnerung
An eine Erinnerung an eine Erinnerung an einen Traum.
Am sechsten Tag kannst du deine Belohnung unter einem Fels in dem Bach im Park finden.

Diesmal brauchte ich nicht lange, um das Rätsel zu lösen. Ich wusste sofort, was es zu bedeuten hatte. Mir war bewusst, dass ich das Gedicht ignorieren und mich auf die Worte konzentrieren musste, die darauf folgten. Der sechste Tag war Samstag. Eine Belohnung bekam ich, weil ich Reggie geholfen hatte: Dorothys Versprechen, dass sie mich bei meiner Suche nach dir unterstützen würde. »Unter einem Fels in dem Bach im Park« musste sich auf den Rock Creek Park beziehen. Ich spürte plötzlich, wie mir ein Schauer über den Rücken lief, und drehte mich zu Michael. »Glaubst du, sie werden mir noch helfen, nach allem, was passiert ist?«, fragte ich ihn, während ich die Postkarte vorsichtig zwischen den Fingern hielt.

»Das will ich doch hoffen«, erwiderte er.

»Aber Dorothy ist tot, und wir wissen nicht, was aus Reggie geworden ist.«

»Leute sterben«, sagte Michael mit einem Achselzucken. »Das ist keine Entschuldigung, um sich vor einem Versprechen zu drücken.«

Ich blickte zum Fenster hinaus. Wir hatten die Stadt bereits weit hinter uns gelassen. Ich sah nur noch leere Felder und Bäume in der Nacht an uns vorbeirauschen. »Du hast ihnen doch von vornherein nicht vertraut«, sagte ich zu Michael.

»Ja, aber du hast ihnen vertraut«, entgegnete er. »Ich sehe keinen Vorteil darin, wenn du jetzt damit aufhörst.« Der Mond hing tief über den Bäumen. »Manchmal muss man einfach an das glauben, was einem dabei hilft, durch den Tag zu kommen. Die Wahrheit bringt nichts, wenn sie keinen Nutzen hat.« Er nahm ein T-Shirt aus seiner Reisetasche und ballte es zusammen, um es als Kopfkissen zu benutzen. Dann platzierte er es auf meiner Schulter und legte den Kopf darauf.

Ich möchte nicht schlafen. Ich möchte, dass die Zeit schneller vergeht. Ich würde sie am liebsten eigenhändig beschleunigen. Michael ist binnen Minuten eingeschlafen. Es ist zu dunkel, um zu lesen, und gerade hell genug, um zu schreiben. Stattdessen starre ich zum Fenster hinaus und frage mich, wo du gerade bist. Ich frage mich, ob mich irgendetwas in dir vermisst.

DREISSIGSTES KAPITEL

»Wie war er denn?«, fragte Addy Evan schließlich in einem der Momente, in denen sie allein waren und völlige Stille herrschte. Sie hatte die Frage so lange zurückgehalten, seit so vielen Meilen, weil sie Angst davor hatte, wie Evan darauf reagieren würde. Sie hatte Angst davor, dass ihn ihr Interesse für seinen alten Freund eifersüchtig machen könnte. Sie hatte Angst davor, was sie Evan würde offenbaren müssen, sobald sie über ihn zu sprechen begannen. Doch selbst Addys Geduld hatte ihre Grenzen. Sie konnte einfach nicht mehr länger warten.

»Wer? Christopher?«, fragte Evan, als sei es möglich, dass Addy sich nach irgendjemand anderem erkundigt hatte. Nach wem hätte sie sich sonst erkundigen sollen? Schließlich war Christopher derjenige gewesen, der sie beide zusammengebracht hatte. Vor der Nacht des Feuers war Christopher alles gewesen, was sie verband.

»Ja, Christopher«, entgegnete Addy und versuchte dabei, so unbekümmert wie möglich zu klingen, versuchte so zu tun, als wäre ihr Interesse nur beiläufig. »Als Kind, meine ich. Wie war er da?«

Addy hätte keine Bedenken davor zu haben brauchen, Evan nach Christopher zu fragen. Evan hatte sich in den vergangenen zwei Wochen ebenfalls Fragen über Christopher gestellt. Die Fragen in seinem Kopf hatten sich verdoppelt, nachdem Addy ihm gesagt hatte, dass Christopher tot sei. Wie war Christopher als Kind gewesen? Evan dachte darüber nach, wie anders seine Antwort ausgefallen wäre, wenn ihm jemand diese Frage zwei Monate zuvor gestellt hätte. Es war seltsam, dass so viel von dem, was in den vergangenen Wochen passiert war – all die Dinge, die nichts mit seiner und Christophers gemeinsamer Kindheit zu tun haben sollten –, in engem Zusammenhang mit ihrer gemeinsamen Kindheit zu stehen schien. »Er war still«, sagte Evan, »und ernsthaft. Die Leute glaubten, er würde sich so stark von allen anderen unterscheiden, weil er ein Einzelgänger war und weil es ihm scheißegal war, was andere über ihn dachten oder redeten. Er unterschied sich aber gar nicht so von allen übrigen. Er war wie viele andere Kinder, mit denen wir aufgewachsen sind, nur …« Evan holte Luft und suchte nach dem richtigen Wort. »Fokussierter«, war das Beste, was ihm einfiel.

Addy sah Evan forschend an und flehte ihn mit Blicken an fortzufahren. Evan kam ihrer Bitte nach. »Es ist schwer zu beschreiben, wie jemand, mit dem man aufgewachsen ist, war, während man mit ihm aufgewachsen ist. Er war mein bester Freund, seit wir ungefähr drei Jahre alt waren. Das ist so, als würde ich dich fragen, wie du als Kind warst. Man ist, wie man ist. Was gibt es da zu erklären?«

»Aber Christopher muss anders als andere Kinder gewesen sein«, sagte Addy, ohne sich die Mühe zu machen zu erklären, warum sie sich so sicher war, dass er anders gewesen sein musste.

»Schon möglich«, erwiderte Evan mit einem Achselzucken. »Am Anfang, als wir noch sehr jung waren, war er genau wie alle anderen. Vielleicht war er ein bisschen stiller. Oh, und er hatte immer Albträume«, erinnerte sich Evan. »Er hatte scheußliche Albträume. Ich erinnere mich noch an das erste Mal, als er bei uns übernachtet hat. Seine Eltern haben meine Eltern vor seinen nächtlichen Angstzuständen gewarnt – so nannten sie es –, trotzdem hatten wir keine Ahnung, wie schlimm es wirklich war. Beim ersten Mal blieb meine Mutter bis zum Morgen mit ihm auf. Chris und ich schliefen in meinem Zimmer in Schlafsäcken auf dem Fußboden. Jedes Mal, wenn Chris schrie, wachte ich auf und sah meine Mutter, die auf meinem Bett saß und sich über Chris beugte. Sie strich ihm mit der Hand über die Stirn und flüsterte ihm zu, dass alles in Ordnung wäre. Chris wusste, dass das nicht stimmte. Meine Mutter war abergläubisch, deshalb wagte sie es nicht, ihn aufzuwecken. Stattdessen saß sie einfach neben ihm und versuchte, ihn zu beruhigen. Es gab Ruhepausen, Momente, in denen das Schreien aufhörte, aber es fing immer wieder an. Nach dieser Nacht ließen meine Eltern Chris jahrelang nicht mehr bei mir übernachten. Meine Mutter hatte einfach nicht den Mut dazu. Erst als Chris mir versprach, dass seine Albträume aufgehört hätten, durfte er wieder bei mir übernachten.«

»Worum ging es in den Albträumen?«, erkundigte sich Addy, die in jedem Wort nach einer Bedeutung suchte.

»Das weiß ich nicht. Ich glaube auch nicht, dass Chris es wusste. Ich glaube nicht, dass er sich daran erinnerte, wenn er aufwachte.«

»Und was hat er geschrien? Hast du was davon verstanden?«

Evan schüttelte den Kopf. »Er hat einfach nur schreckliche, schrille Schreie ausgestoßen. Ein paar Mal hörte ich ihn immer und immer wieder das Wort ›nein‹ schreien. Manchmal schrie er auch nach seiner Mutter oder nach seinem Vater, aber er sagte nie etwas, das einen Sinn ergab.«

»Wie alt war er, als die Albträume aufhörten?«

Evan hatte langsam das Gefühl, verhört zu werden, doch das hielt ihn nicht davon ab, weiter zu erzählen. Sein Wunsch nach Antworten war beinahe genauso stark wie der von Addy. Er glaubte, dass sie womöglich gemeinsam in der Lage wären, sie zu finden. »Keine Ahnung. Wir müssen in der fünften Klasse gewesen sein, als er wieder bei mir übernachtete. Wie alt ist man da – zehn, elf?«

»Weißt du, warum die Albträume aufhörten?«

»Das ist schwer zu sagen«, erwiderte Evan. »Seine Eltern haben ihm keine Medikamente gegeben oder so. Aber wenn ich jetzt darüber nachdenke, hat sich zu dieser Zeit noch etwas anderes verändert. Ich habe die beiden Dinge eigentlich nie in Verbindung gebracht. Genau zu dieser Zeit hat Chris mich überredet, dass ich mit ihm zusammen Karateunterricht nehme. Er war bald völlig besessen davon – es war seine erste Leidenschaft. Außerdem hat er sich eine

Reckstange gewünscht, die sein Vater bei ihnen zu Hause im Türrahmen der Waschküche montiert hat. Wenn ich ihn besucht habe, verbrachten wir die Hälfte der Zeit damit, Klimmzüge zu machen. Die meisten unserer Klassenkameraden schafften nur vier Klimmzüge. Manche schafften nicht mal einen. Chris hingegen schaffte schon um die zwanzig, als wir gerade mal zwölf waren.«

»Und wie viele hast du geschafft?«, fragte Addy, die sich nicht vorstellen konnte, dass Evan seinem besten Freund weit nachgestanden hatte.

»Dreiundzwanzig«, entgegnete Evan mit einem stolzen Grinsen. Addy wunderte sich nicht, dass er sich an die genaue Zahl erinnern konnte. Sie hätte sich ebenfalls daran erinnert, wenn es um sie gegangen wäre. »Chris hatte mit fünfundzwanzig den Schulrekord inne.«

»Du hast gesagt, dass sich nach und nach etwas verändert hätte. Was hat sich denn noch verändert?«, fragte Addy. Sie wollte alles erfahren. »Es muss doch mehr gewesen sein als nur die Karatestunden, zu denen er dich überredet hat, und eure Klimmzüge.«

»Es gab noch mehr«, sagte Evan. Er überlegte, wie er erklären sollte, was er als Teenager einfach gewusst hatte: dass mit Christopher irgendetwas geschehen war. Es war, als sei in Christophers Kopf ein Schalter umgelegt worden. »Es war mehr als das. Er zog sich zu dieser Zeit auch immer mehr zurück. Ich glaube, für eine Weile war ich der einzige Mensch, mit dem er wirklich gesprochen hat. Und das änderte sich erst, als wir auf der Highschool waren und er mich bat, dass ich ihm Dates mit Freundinnen meiner damaligen Freundin verschaffe. Diese Dates waren allerdings ein Desaster«, sagte Evan lachend.

»Inwiefern hat er sich zurückgezogen?«, fragte Addy und konzentrierte sich auf Details, die ihr wichtig erschienen.

»Er wurde noch stiller. Wenn man mit ihm zusammen war, war

er im einen Moment völlig konzentriert, und im nächsten wirkte er total abwesend. Aber wenn er konzentriert war, dann so, wie ich es bei noch niemand anderem erlebt habe.«

»Worauf hat er sich denn konzentriert, wenn er konzentriert war?«

»Er wollte, dass wir im Wald Überlebenstraining machen, als würden wir uns auf das Ende der Welt vorbereiten. Wir liefen, kletterten auf Felsen, durchquerten Flüsse. Er beschaffte alle Waffen, die er bekommen konnte, und die nahmen wir dann auch in den Wald mit. Wir warfen aus sechs, sieben Metern Entfernung mit Messern auf Bäume. Dann besorgte er noch andere Sachen. Äxte. Pfeil und Bogen – wo wir aufwuchsen, gingen viele mit Pfeil und Bogen auf die Jagd. Ich habe keine Ahnung, woher er das Zeug hatte. Ich habe ihn nie gefragt, weil ich es gar nicht wissen wollte. Irgendwann hat er dann ein paar Pistolen besorgt, mit denen wir trainiert haben, Blechdosen von umgestürzten Baumstämmen zu schießen.«

»Habt ihr jemals auch auf was anderes geschossen?«

»Nein. Ich wollte auf Eichhörnchen und Rehe schießen, aber Chris war dagegen. Stattdessen warf einer von uns kleine Felsbrocken oder Tennisbälle so hoch wie möglich in die Luft, und der andere versuchte, sie im Flug zu treffen. Chris schoss fast nie daneben.«

»Und wie fandest du das alles?«, erkundigte sich Addy.

»Ich fand es super«, erwiderte Evan. »Es hat verdammt viel Spaß gemacht. Welcher vierzehnjährige Junge würde so was nicht gern machen? Mann, das würde mir heute noch Spaß machen.«

»Aber für Chris war es kein Spaß?«, vermutete Addy.

Evan zuckte mit den Schultern. »Chris verstand unter Spaß etwas anderes als alle anderen. Wenn wir uns nicht im Wald herumtrieben, verbrachte Chris jede freie Minute damit, verrückte Bücher über Außerirdische und Geheimbünde und Verschwörungstheorien zu lesen. Wahrscheinlich hätte ich ihn auch für einen Spinner gehalten, wenn ich ihn nicht gekannt hätte. Nach zwei Jahren hörten wir mit Karate auf, weil in unserer Stadt ein Taekwondo-Studio eröffnet hat. Chris hat mich überredet, Taekwondo mit ihm zu lernen. Als ich ihn fragte, warum er umsatteln wollte, sagte er, dass er der Ansicht wäre, wir würden in unseren Karatestunden nicht schnell genug dazulernen. Schnell genug wofür? Ich hatte keine Ahnung. Ich meine, niemand in unserem Kurs lernte auch nur halb so schnell wie Chris. Ich zweifelte allerdings nicht an ihm. Ich tat, was Chris wollte, weil er das Einzige in meinem Leben war, das die Welt groß erscheinen ließ. Aber manches tat er, weil …« Evan verstummte mitten im Satz, starrte auf den Boden und überlegte zum ersten Mal, seit er sich erinnern konnte, was seinen besten Freund angetrieben hatte. Er fragte sich, wie viel Christopher schon gewusst haben mochte, als sie damals zusammen im Wald gespielt hatten. Er fragte sich, wie viel ihm Christopher vorenthalten hatte.

»Weil?«, hakte Addy nach.

Evan hob den Kopf. »Weil Chris mit elf plötzlich paranoid wurde. Es war, als wären seine Albträume seinem Schlaf entkommen und hätten ihn verfolgt, wenn er wach war.«

»Aber du hast ihn nie gefragt, wovon seine Paranoia ausgelöst wurde?«

»Manchmal habe ich ihn deshalb gehänselt, und er hat gelacht. Aber ich habe nie nachgebohrt, weil er mein Freund war. Wenn er es mir hätte erzählen wollen, dann hätte er es mir schon erzählt. Ich glaube, einer der Gründe, warum er vor mir nicht davongelaufen ist wie vor allen anderen, war der, dass ich bereit war, seine Spinnereien zu akzeptieren, ohne Fragen zu stellen.«

»Hat sich seine Paranoia jemals wieder gelegt?«, fragte Addy.

»Nein«, antwortete Evan und schüttelte nachdrücklich den Kopf. »Sie wurde nur noch schlimmer. Nach zwei Jahren Taekwondo wollte er, dass wir damit aufhören und in den übernächsten Ort fahren, um Boxunterricht zu nehmen. Es war wieder genau dasselbe.

Chris war der Meinung, er würde beim Taekwondo nicht schnell genug dazulernen. Er war bei allem der Meinung, er würde nicht schnell genug dazulernen. Ich habe versucht, ihm dabei zu helfen, alles ein bisschen lockerer zu sehen. Deshalb habe ich ihm die Dates verschafft – einige von den Mädels an unserer Highschool standen auf seine grüblerische Art, als wäre er eine Figur aus einer Teenager-Romanze oder so –, aber aus den Dates hat sich nie irgendwas entwickelt. Die Mädchen fanden sein Gegrübel cool. Auf das, was noch dazugehörte, waren sie allerdings nicht vorbereitet.«

»Er war bestimmt einsam.«

»Vermutlich war er einsam, aber ich glaube, er war zu sehr in allem anderen gefangen, um überhaupt zu bemerken, wie einsam er war.«

»Sein Glück, dass er dich hatte«, stellte Addy fest.

»Vielleicht hätte ich mehr für ihn tun sollen.« Evans Herz pochte in seiner Brust. Ihn überkamen Schuldgefühle, dass er sich nicht stärker bemüht hatte, seinen Freund zu verstehen. »Aber was hätte ich tun sollen? Ganz egal, wie alt ich war, Chris schien immer älter zu sein als ich. Er war bereits erwachsen, als wir beide zwölf waren. Als wir dann siebzehn waren, kam es mir vor, als wäre er doppelt so alt wie ich.«

»Hast du dich jemals gefragt, ob er verrückt ist?«, wollte Addy wissen.

»Nein«, entgegnete Evan. »Ich war mir immer sicher, dass er der normalste Mensch ist, den ich kenne. Wenn mich damals jemand gefragt hätte, ob er verrückt ist oder der Rest der Welt, hätte ich jederzeit und ohne zu überlegen gesagt, dass der Rest der Welt verrückt ist.« Evan dachte über das nach, was in den vergangenen zwei Wochen geschehen war. »Ich hätte nie vermutet, wie verrückt.«

»Hielten ihn andere Leute für verrückt?«

»Das weiß ich nicht«, antwortete Evan mit einem Achselzucken. »Mir war es immer scheißegal, was andere über ihn dachten.«

»Und was denkst du jetzt? Nachdem du die Geschichte über Christophers wirkliche Eltern kennst? Nachdem du vom Krieg weißt? Nachdem du alles weißt?«

Evan schüttelte den Kopf. »Ich weiß nicht alles«, protestierte er. »Ich weiß jetzt nur, dass ich damals nicht wusste, dass Chris allen Grund hatte, paranoid zu sein. Und jetzt ist er tot.«

Es kehrte Schweigen zwischen den beiden ein. Addy ließ es gären. »Er ist nicht tot, Evan«, platzte Addy plötzlich heraus. Sie hatte ihr Geheimnis zu lange für sich behalten.

»Was?« Evan sah Addy verwirrt an. »Du hast doch gesagt …«

»Ich habe gesagt, er ist nicht mehr da. Das war die Wahrheit. Ich habe nie gesagt, dass er tot ist.«

»Was zum Teufel soll das heißen?«

»Er kam in der Nacht, bevor unser Stützpunkt überfallen wurde, zu mir, um mir zu sagen, dass er geht. Er sagte mir allerdings nicht, wohin. Außerdem er hat mich gebeten, dass ich versuche, dich dazu zu überreden, nach Hause zurückzukehren. Er hat gesagt, dass er wüsste, du würdest versuchen, ihm zu folgen, wenn er dir selbst sagen würde, dass er geht. Und das wollte er deinetwegen nicht.«

»Dann hat er uns also einfach im Stich gelassen?«

»Ich glaube nicht, dass er wusste, was passieren würde, aber, ja, er hat uns im Stich gelassen«, sagte Addy. Sie klang genauso niedergeschlagen wie Evan. »Ich habe versucht, eine Erklärung von ihm zu bekommen.«

»Ich kann nicht glauben, dass er sich nicht verabschiedet hat. Ich kann nicht glauben, dass er uns einfach so im Stich gelassen hat. Da muss mehr dahinterstecken. Was ist aus ihm geworden?«

Jedes Mal, wenn Addy einen Blick auf ihr Telefon warf, hoffte sie, irgendwelche Neuigkeiten über Christopher zu sehen, die jedoch nie kamen. Obwohl er vor der Razzia aufgebrochen war, fragte sie sich, ob er noch am Leben war. »Das weiß ich nicht«, sagte Addy, »und es spielt sowieso keine Rolle. Wir beide müssen trotzdem weiter. Wir müssen nach Florida und Hilfe finden.« Addy hatte schließlich die Worte ausgesprochen, die sie in den vergangenen fünf Tagen immer und immer wieder zu sich selbst gesagt hatte.

»Es spielt schon eine Rolle«, sagte Evan zu Addy. In seinem Tonfall lag eine Spur Verärgerung, nachdem sie ihn so lange im Dunkeln gelassen hatte. »Und das weißt du ganz genau.«

Es spielte eine Rolle – für Evan, für Addy und für den Aufstand. Addy wusste, dass es eine Rolle spielte, doch sie versuchte seit der Nacht, als Christopher ihr gesagt hatte, dass er weglaufen werde, sich selbst vom Gegenteil zu überzeugen.

EINUNDDREISSIGSTES KAPITEL

Ich brauchte fast zwei volle Tage, um mich mit meiner Rolle in unserem Plan anzufreunden. Am Ende unseres zweiten Tages in einem Hotel in Philadelphia sagte mir Michael, dass er etwas für mich habe. Ich erinnerte mich an das Foto, das er mir geschenkt hatte, und an die Pistole, die er Reggie gegeben hatte, und fragte mich, welche Art von Geschenk er dieses Mal für mich hatte und was es bedeuten würde. Er überreichte mir eine nicht eingewickelte weiße Papierschachtel. Ich öffnete sie. Sie enthielt ein schwarzes Messer in einer Scheide.

»Wofür ist das?«, fragte ich und zog das Messer aus der Scheide. Es war dünn, aber solide, besaß einen schwarzen Griff und eine schwarze Klinge. Die Klinge war symmetrisch, auf beiden Seiten geschärft und lief vorne spitz zu.

»Zum Selbstschutz«, sagte Michael. »Das ist ein Stiefelmesser, aber du kannst es fast überall verstecken. Du brauchst nicht viel Übung, um es zu benutzen. Du ziehst es heraus und stichst zu oder schneidest. Ganz einfach.«

»Aber ich habe doch schon die Pistole«, erinnerte ich ihn.

»Schon okay«, entgegnete Michael. »Behalt die Pistole. Trag sie bei dir. Aber Pistolen sind laut und aus nächster Nähe schwierig zu benutzen.« Mir gefiel der Klang dieser Worte nicht: *aus nächster Nähe.* »Hoffentlich wirst du es nicht brauchen«, fuhr Michael fort. »Aber du solltest eins haben.«

»Okay«, sagte ich. Reggie hat er eine Pistole gegeben, mir aber nur ein Messer.

»Ich würde die Scheide im Hosenbund verstecken und den Griff unter deinem T-Shirt herausstehen lassen. So ist es verborgen, aber du kommst trotzdem schnell dran.« Ich nickte. Michael kannte sich mit Messern aus. Ich hatte genug gesehen, um das zu wissen.

»Und, denkst du, du bist bereit?«, fragte mich Michael.

»Ja«, antwortete ich. Ich schob das Messer vorsichtig zurück in seine Scheide und zog es zur Übung wieder heraus. Ich war noch nicht bereit gewesen. Am Morgen hatte mir Michael die Akte unserer Zielperson gegeben. Er sagte, dass ich mir den Tag Zeit nehmen solle, um sie durchzusehen, da er wisse, dass ich noch nicht bereit sei. Er dachte, das Profil unserer Zielperson noch einmal zu lesen, würde mir dabei helfen, meine Unsicherheit zu überwinden. Mir war bewusst, dass es heuchlerisch von mir war, andere die Schmutzarbeit für mich erledigen zu lassen und dann plötzlich ein schlechtes Gewissen zu bekommen, wenn ich sie selbst erledigen musste. Ich schämte mich. Nach dem, was ich in New York unter dem Highway getan hatte, glaubte ich, ich sei bereit. Ich war es nicht. Wenn etwas geplant war, war es eine andere Sache. Es war ein weiterer Schritt. Ich ging mit der Akte in eine öffentliche Bibliothek, um sie zu studieren, und fand einen fast leeren Bereich ganz hinten im Lesesaal am Ende eines langen Tisches. Um Privatsphäre zu gewährleisten, war der Tisch in Arbeitsplätze mit hohen Holzwänden auf beiden Seiten unterteilt. Ich setzte mich und legte den braunen Umschlag vor mich auf den Tisch. Dann las ich die Akte immer und immer wieder. Ich las über die Menschen, die unsere Zielperson getötet hatte, über die Menschen, die der Mann gefoltert hatte. Ich las auch über die Kinder, die er unterrichtete. Ich wollte sichergehen, dass ich der Welt etwas Gutes tat, wenn ich meinen Teil des Plans ausführte, und nicht nur etwas Gutes für dich und mich. Es gelang mir nicht. Unsere Zielperson vereinte zu viele Widersprüche in sich, als dass man sich in irgendeiner Hinsicht sicher sein konnte.

Nachdem ich ein paar Stunden in der Akte gelesen hatte, ohne den Zaubertrank gefunden zu haben, der dafür sorgen würde, dass ich mich mit meiner Rolle bei der Hinrichtung unserer Zielperson abfand, stand ich auf. Ich musste mich irgendwie auf Kurs bringen. Mir war schwindelig. Ich nahm die Unterlagen und steckte sie wieder in den Umschlag, den ich mir unter den Arm klemmte. Ich brauchte eine Pause, deshalb verließ ich den Lesesaal und ging zur Eingangstür. Etwas frische Luft würde mir vermutlich guttun, dachte ich. Bevor ich bei der Tür ankam, fiel mir jedoch ein Computerraum zu meiner Rechten auf. Von zehn Computern waren nur sieben besetzt. Ich beschloss, dass die frische Luft warten konnte. Ich musste vorher noch etwas nachprüfen.

Ich nahm an einem der Computer Platz und rief die Website einer New Yorker Tageszeitung auf. Ich wusste, welchen Teil ich lesen wollte. Diese Zeitung hatte ich jeden Tag gelesen, als ich mich in New York aufgehalten und nach einem Weg zurück in den Krieg gesucht hatte. Ich hatte nach Morden Ausschau gehalten und versucht zu beurteilen, welche mit dem Krieg in Verbindung standen und welche willkürlich waren. Es gelang mir jedoch nie. Vermutlich konnten das nur Eingeweihte beurteilen.

Dieses Mal war ich jedoch eingeweiht. Ich klickte auf den Link zum Lokalteil mit Berichten über Straftaten. Der Artikel war bereits ein paar Tage alt, aber ich fand andere, aktuelle Artikel, die auf den ursprünglichen Bericht Bezug nahmen. In dem ursprünglichen Artikel ging es um eine nächtliche Schießerei, die unterhalb des Franklin Delano Roosevelt Drive stattgefunden hatte, am East River, unmittelbar nördlich vom South Street Seaport. Darin war von einem missglückten Raubüberfall die Rede. Dem Bericht zufolge hatten ein weißer Mann und eine weiße Frau einen iranischen Straßenverkäufer überfallen, der gerade dabei gewesen war, seinen Imbiss-Handwagen zurück zu seinem Lagerort zu schieben, weil sie davon ausgegangen seien, dass er nach einem langen Arbeitstag eine größere Menge Bargeld bei sich haben würde. Von den Tätern hieß es, sie seien mit einem großen Messer bewaffnet gewesen. Als sie sich dem Straßenverkäufer genähert hatten, habe dieser eine Pistole gezogen, um sich zu verteidigen. Während des darauf folgenden Durcheinanders waren Schüsse abgefeuert worden. Die Schüsse hatten Autofahrer gemeldet, die auf dem Highway unterwegs gewesen waren. Das Geschehen hatte ein tragisches Ende genommen, als beide Angreifer erschossen wurden und der Straßenverkäufer erstochen wurde. Alle drei Beteiligten starben noch vor dem Eintreffen der Polizei und der Notarztwagen am Tatort. Der Bericht nannte einen Namen für Dorothy, den ich noch nie gehört hatte. Vermutlich handelte es sich um ihren Taufnamen. Ich fragte mich, ob ihre Eltern gewusst hatten, wo sie sich aufhielt, oder ob sie es erst herausgefunden hatten, als sie das Foto ihrer toten Tochter in der Zeitung gesehen hatten.

Ich suchte eine Weile auf der Website und hielt nach anderen Vorkommnissen Ausschau, wie zum Beispiel nach einer weiteren Schießerei. Ich sah in der Brooklyn-Sektion nach. Ohne Ergebnis. In der Zeitung fanden sich keinerlei Hinweise auf irgendwelche anderen Morde oder Schießereien in den vergangenen drei Tagen. Das bedeutete entweder, dass Reggie davongekommen war, oder dass es ihnen gelungen war, seine Ermordung völlig zu vertuschen. Ich klickte zurück zu dem Artikel über den Straßenverkäufer und scrollte nach unten. Am Ende der Seite befanden sich Fotos von den drei Toten. Links waren Fotos von Dorothy und von dem Mann zu sehen, den ich erschossen hatte. Rechts war der Orientale abgebildet. In der letzen Aufnahme von Dorothy schwebte ihr Gesicht neben den Gesichtern der Männer, vor denen sie Reggie hatte schützen wollen. Den Versuch hatte sie mit dem Leben bezahlt. Das war nicht fair. Dorothy war besser als sie. Sie hatte etwas Besseres verdient.

Ich ging zurück in den Lesesaal und legte den Umschlag wieder auf den Tisch. Frische Luft brauchte ich nicht mehr. Dieses Bedürfnis war von einem inneren Feuer verschlungen worden. Ich blätterte zu den Seiten, auf denen die einunddreißig bestätigten Morde unserer Zielperson beschrieben waren. Den Rest übersprang ich. Die Widersprüche ignorierte ich. Unser Mann war einer von den Anderen. Er war ein schlechter Mensch. Auf wessen Seite er stand, spielte eigentlich gar keine Rolle. Sie alle waren schlechte Menschen. Dorothy dagegen war ein guter Mensch gewesen.

Der Plan ist einfach. Ich werde unsere Zielperson ansprechen, mich als Schülerin ausgeben und Interesse vortäuschen, im kommenden Jahr der Leichtathletikmannschaft beizutreten. Bei all den Schulverweisen, Schulausschlüssen, Schulwechseln und Schulversäumnissen kamen und gingen genug Schüler, dass sich unsere Zielperson nicht wundern sollte, wenn sie einer Schülerin begegnete, die sie noch nie zuvor gesehen hatte. Ich muss nur als Highschool-Schülerin durchgehen, und das dürfte kein Problem darstellen. Wenn ich mich im Spiegel betrachte, sehe ich meine Müdigkeit und meine Sorgen, aber ich bin trotzdem erst achtzehn Jahre alt und trotzdem bloß einen Meter siebenundfünfzig groß. Nur meine Augen beunruhigen mich. Meine Augen sehen älter aus, als ich es bin. Ich zähle darauf, die Falten an meinen Augen und meine Tränensäcke mit Make-up verbergen zu können. Ich werde unsere Zielperson in der Schule ansprechen, nachdem sie Leichtathletik unterrichtet hat, und sie nach der Leichtathletikmannschaft fragen. Das Ziel ist, den Mann in ein bestimmtes Klassenzimmer zu locken, damit wir »reden« können. Michael wird draußen an einer Stelle warten, von der er freie Sicht auf die Fenster des Klassenzimmers hat. Sobald er mich mit unserer Zielperson das Klassenzimmer betreten sieht, weiß er, dass alles nach Plan läuft. Das ist dann sein Einsatzzeichen, um in Aktion zu treten. Falls ich das Gefühl habe, dass irgendetwas nicht stimmt, soll ich das Klassenzimmer nicht betreten. Falls ich das Gefühl habe, dass irgendetwas faul ist, soll ich das Weite suchen. Nachdem Michael den Raum betreten hat, brauche ich nichts anderes zu tun, als zu gehen und die Tür hinter mir abzuschließen. Die Schlüssel für die Klassenzimmertüren sperren nur von außen – vermutlich deshalb, damit sich Schüler nicht darin einschließen können. Was auch immer der beabsichtigte Zweck war, es sorgt für die perfekte Falle. Ich brauche nicht mehr zu tun, als den Köder zu spielen.

»Hast du den Schlüssel zur Tür?«, fragte Michael.

Ich hielt ihn in der Hand. »Ich habe einen Zweitschlüssel aus dem Schrank des Hausmeisters geklaut.«

»Und traust du es dir zu, dich zu vergewissern, dass unsere Zielperson unbewaffnet ist?«, wollte Michael wissen.

»Darum kümmere ich mich schon«, erwiderte ich. Ich sah die Skepsis in seinem Gesicht. »Ich werde das Klassenzimmer nicht betreten, wenn ich mir nicht sicher bin«, beteuerte ich. »Wenn du mich das Zimmer betreten siehst, kannst du loslegen. Ich werde nichts tun, was dich in größere Gefahr als erwartet bringt. Vertrau mir.«

»Okay«, sagte Michael. »Ich vertraue dir.«

ZWEIUNDDREISSIGSTES KAPITEL

Ich beugte mich näher zum Spiegel und fing an, mein Make-up aufzutragen. Zuerst übte ich mich in Zurückhaltung und trug nur eine Grundierung auf, um die Fältchen zu verbergen, die sich an meinen Augen gebildet hatten. Nachdem ich damit fertig war, fügte ich Farbe hinzu. Zurückhaltung war jetzt nicht mehr wichtig. Ich wollte aussehen wie eine Sechzehnjährige, deshalb benutzte ich einen Lidschatten, der zu meinem Kleid passte, und einen schwarzen Eyeliner, mit dem ich meine Augen umrandete. Ich ließ mir Zeit und genoss es, mich wieder wie ein Mädchen zu fühlen. Dann spitzte ich die Lippen und trug dunkelroten Lippenstift auf. Michael hatte mir Geld gegeben, mit dem ich mir in einem Einkaufszentrum in der Nähe unseres Hotels Bekleidung gekauft hatte. Ich hatte einen blauen Rock und ein weit sitzendes weißes Oberteil gekauft, bei dem sich der Halsausschnitt vorne schnüren ließ. Das Oberteil war weiter ausgeschnitten und der Rock kürzer, als ich es gewohnt war. Trotzdem würde ich im Vergleich zu den meisten anderen Mädchen an der Schule konservativ aussehen. Ich zog mein Outfit an und betrachtete mich im Spiegel. Noch nie in meinem Leben war ich so gut in Form gewesen. Ich sah, wie sich die Muskeln an meinen Schultern durch meine Bluse abzeichneten. Ich sah die Vertiefungen in meinen Wadenmuskeln. Ich starrte die Frau im Spiegel an. Meine Augen sahen grau aus. Dein Vater hat mir immer gesagt, wie sehr ihm meine tiefen blauen Augen gefallen würden. Ich war für ihn schön gewesen, aber er ist nicht mehr da, damit ich schön für ihn sein kann. Stattdessen muss ich stark für dich sein.

Ich trat aus dem Badezimmer, weil ich wollte, dass Michael mich sah, bevor ich ging. Ich wollte mich vergewissern, dass er genau wusste, wie ich aussah, damit er keinen Zweifel daran haben würde, dass ich diejenige war, die das Klassenzimmer betrat, und nicht jemand anders. Als ich aus dem Badezimmer kam, saß er auf dem Fußboden und machte Dehnübungen. Er hatte die Beine gespreizt und den Oberkörper zwischen den Beinen bis zum Boden nach vorne gebeugt. Erst als er die Badezimmertür hinter mir mit einem Klicken ins Schloss fallen hörte, blickte er auf und starrte mich scheinbar minutenlang an. Ich fühlte mich nackter, als wäre ich tatsächlich nackt gewesen, und spürte, wie mir Röte in die Wangen stieg.

»Wie sehe ich aus?«, fragte ich.

»Wie ein minderjähriges Mädchen«, erwiderte er.

»Ich nehme an, das ist gut?«

Ich wartete auf eine Antwort, die nicht kam. »Halb sechs?«, fragte Michael stattdessen, um die vereinbarte Zeit zu bestätigen.

»Halb sechs«, wiederholte ich.

»Heb mal deine Bluse hoch«, sagte Michael aus heiterem Himmel.

»Was?«, entgegnete ich, und die Röte in meinen Wangen verstärkte sich.

Michael sah mich an, als wäre ich eine Idiotin. »Heb mal deine Bluse an«, wiederholte er. »Nur ein Stück.« Schließlich wurde mir klar, worauf er hinauswollte. Ich hob meine Bluse ein paar Zentimeter über den Bund meines Rocks. Als ich das tat, konnte Michael den Griff des Messers, das er mir gegeben hatte, aus meinem Rock herausragen sehen. Er nickte zustimmend. »Und die Pistole?«

»Die ist in meiner Handtasche«, sagte ich.

»Gut.«

Ich wusste nicht, was ich sonst noch sagen sollte, da ich die Gewohnheiten vor der Durchführung eines Mordauftrags nicht kannte, deshalb drehte ich mich einfach um und ging aus dem Zimmer.

»Maria?«, sagte Michael, als ich mich von ihm entfernte.

»Ja?« Ich drehte mich nicht um.

»Pass auf dich auf«, sagte Michael. »Wenn irgendwas passiert, wenn dir irgendwas komisch vorkommt – *irgendwas* –, dann hau ab.«

Ich brachte es nicht fertig, mich umzudrehen und ihn anzusehen. Ich hätte es gerne getan, war jedoch nicht dazu imstande. »Das klingt gar nicht nach dir, Michael«, stellte ich fest. »Du warst noch nie der Typ, der einfach abhaut.«

»Das bedeutet nicht, dass du es nicht tun kannst«, sagte Michael. Seine Stimme klang tief und sonor. Ich konnte ihren Bass in meinen Gelenken spüren. »Wir sind nicht gleich. In meinem Leben hat es immer mehr von dem gegeben, für das es sich zu kämpfen lohnt, als von dem, für das es sich zu leben lohnt.«

Unsere Zielperson war unerschütterlich pünktlich. Ich vermutete, dass der Mann sich das wegen des Krieges zur Angewohnheit gemacht hatte. Wir kannten seinen Tagesrhythmus. Michael hatte ihn studiert, während ich mit Reggie in New York geblieben war. Wir wussten beinahe auf die Minute genau, wo er sich gerade aufhielt. Das Timing war wichtig. Ich musste ihn nach dem Leichtathletiktraining ansprechen, aber bevor er die Gelegenheit hatte, in sein Klassenzimmer zurückzukehren, um sich umzuziehen. Er trug Turnschuhe, kurze Socken, Shorts und die Sorte von T-Shirts, die beim Sport Schweiß vom Körper wegtransportieren sollen. Das war ein Outfit, das einem wenige Möglichkeiten bot, um eine Waffe zu verstecken, und ich musste nichts weiter tun, als ihn unbewaffnet in das betreffende Klassenzimmer zu locken.

Das Klassenzimmer, in das ich unsere Zielperson lotsen sollte, hatten wir aus verschiedenen Gründen ausgewählt. Allem voran deshalb, weil es sich auf dem Weg befand, auf dem der Mann vom Sportplatz zu seinem Klassenzimmer ging. Außerdem lag es ein Stück von dem am stärksten frequentierten Teil der Schule entfernt. Am frühen Abend würde so gut wie niemand an diesem Klassenzimmer vorbeigehen. Michael zufolge war unsere Zielperson oft die einzige Person, die nach siebzehn Uhr durch diesen Korridor ging. Und drittens handelte es sich um das Klassenzimmer, dessen Tür von der Straße aus, wo Michael warten würde, am besten zu sehen war. Michael würde uns sofort sehen, wenn wir es betraten. Dann würde er in Aktion treten.

Ich schlich mich in die Schule und wartete in dem Korridor in der Nähe des Klassenzimmers. Dabei lehnte ich mich an eine Reihe von Kleiderspinden und versuchte, die Rolle des ganz normalen Teenagers zu spielen. In meinem Outfit fühlte ich mich immer wohler. Andere Schüler bedachten mich nicht mit argwöhnischen Blicken, als ich den Korridor entlangging. Sie sahen nicht, wer ich wirklich war: eine Witwe, eine Mutter, eine Killerin. Ich holte tief Luft und versuchte, mich auf meine Aufgabe zu konzentrieren. Ich warf einen Blick auf den Saum meines Rocks. Er endete zwei oder drei Zentimeter über meinen Knien. Ich griff an den Bund und zog ihn noch einen guten Zentimeter hoch, sodass der Rock ein Stück an meinen Beinen nach oben wanderte. Dabei achtete ich darauf, dass mein Messer nicht herausfiel. Ich warf einen Blick auf meine Uhr. Die Zielperson musste jeden Moment vorbeikommen.

Ich hörte die Schritte des Mannes im Korridor, bevor ich ihn sah. Dass es sich um ihn handelte, erkannte ich an der Entschlossenheit seiner Schritte. Ich hielt die Luft an und versuchte, die Schläge meines Herzens zu zählen, um meine Herzfrequenz zu messen. Es schlug zu schnell, als dass ich hätte mitzählen können. Noch konnte ich einen Rückzieher machen. Falls sich irgendetwas verkehrt anfühlte, konnte ich den ganzen Plan abbrechen, doch viel Zeit blieb dafür nicht mehr. Ich holte noch einmal tief Luft. Woher sollte ich wissen, ob sich irgendetwas verkehrt anfühlte? Alles in meinem Leben fühlte sich verkehrt an. Richtig existierte nicht mehr; es gab nur noch Abstufungen von verkehrt.

Ich hörte nur die Schritte einer Person. Er war allein. Ich hatte befürchtet, dass er womöglich mit einem seiner Schüler den Korridor entlangkommen würde. Ich schob diese Angst beiseite und trat von den Kleiderspinden weg, als ich die Schritte um die Ecke und auf mich zukommen hörte. Ich stellte mich aufrecht hin, legte eine Hand auf meine Handtasche und umschloss das Gelenk dieser Hand mit meiner anderen. Dann machte ich ein leichtes Hohlkreuz – ich wollte seine Aufmerksamkeit erregen.

Ich sah unsere Zielperson um die Ecke kommen. Vermutlich hatte Michael draußen bereits Stellung bezogen, starrte durch die Fenster des Klassenzimmers und wartete darauf, dass wir es betraten. »Mr. Ford«, rief ich unserer Zielperson zu. Ich benutzte den Namen, den er sich als Lehrer in dieser Stadt gegeben hatte, wenngleich ich wusste, dass es nicht sein echter Name war. Als er meine Stimme hörte, sah er mich zum ersten Mal an. Bis dahin war er mit gesenktem Kopf gegangen. Er hatte offenbar nicht damit gerechnet, jemandem zu begegnen – zumindest nicht zu dieser Zeit. Er wusste, wie auch ich, dass dieser Korridor zu dieser Tageszeit normalerweise leer war. »Kann ich Ihnen helfen?«, fragte er. Er musterte mich und versuchte, mich in seiner Erinnerung zu finden.

»Ich wollte mit Ihnen über die Leichtathletikmannschaft sprechen«, sagte ich. Ich versuchte, mich so genau an mein Skript zu halten, wie unsere Zielperson es zuließ.

»Sind Sie Schülerin hier?«, fragte unsere Zielperson. Ich trat einen Schritt auf den Mann zu und hoffte, dass er dasselbe tun würde. Mir war klar, dass es mir nicht gelingen würde, ihn nur durch Reden dazu zu bewegen, mir in das Klassenzimmer zu folgen. Ich musste ihn irgendwie ködern. Er kam nicht näher zu mir her, aber er entfernte sich auch nicht.

»Ich bin neu hier«, sagte ich und blickte ihm in die Augen, um zu sehen, ob sie mir irgendetwas verrieten. Alles, was ich erkannte, war Verwirrung. »Ich habe gesehen, dass Sie andere Schüler trainieren«, erklärte ich und trat einen weiteren kleinen Schritt auf ihn zu. Wir waren uns jetzt sehr nahe – so nahe, dass wir uns berührt hätten, wenn er sich von mir weggedreht hätte. War er tatsächlich so charakterfest, dass er nicht einmal in Betracht ziehen würde, was ich ihm anbot? Ich hatte seine Akte gelesen. Ich konnte nicht glauben, dass dem so war.

»Was möchten Sie denn wissen?«, fragte er. Aus seiner Stimme war kein Zaudern herauszuhören.

Ich hatte mir über diesen Teil der Unterhaltung Gedanken

gemacht und überlegt, was ich sagen könnte, doch alles, was mir eingefallen war, klang wie eine Zeile aus einem schlechten Kitschroman. Nichts davon klang echt, aber es musste echt klingen. Wir waren uns so nahe, dass ich seinen Atem an meinem Hals spürte. Er war verschwitzt, und ich konnte ihn riechen. Es war kein angenehmer Geruch, wobei ich womöglich anders empfunden hätte, wenn es sich um jemand anderen in einer anderen Situation gehandelt hätte. Da mir nichts einfiel, was ich sagen konnte, das nicht lächerlich geklungen hätte, streckte ich einfach die Arme aus und strich über den Bund seiner Shorts. Dann griff ich noch weiter hinunter und legte ihm die hohle Hand in den Schritt. Das war dreist, doch ich hatte keine Zeit, um die Sache langsam anzugehen. Als ich meine Hand bewegte, spürte ich sofort ein Zucken und ein Schwellen. Die instinktive Reaktion unserer Zielperson auf meine Hand in ihrem Schritt machte mir Mut fortzufahren. Diese Reaktion war allerdings nicht der einzige Grund, weshalb ich mich für diese Methode entschieden hatte. Da er für sein Leichtathletiktraining gekleidet war, gab es nur eine Stelle, an der er eine Waffe hätte verstecken können. Sein Trikot saß so eng, dass sich seine Oberkörpermuskulatur darunter abzeichnete. Hätte sich darunter eine Waffe befunden, wäre sie mir nicht verborgen geblieben. Seine Socken waren zu kurz, als dass er darin irgendetwas wirklich Gefährliches hätte verstecken können. Damit blieben seine Shorts: der Hosenbund und der Schritt. Ich spürte alles. Er war unbewaffnet. Ich ließ meine Hand einen Moment dort ruhen. Dann blickte ich zu ihm auf. Sein Gesichtsausdruck überraschte mich. Ich erkannte darin noch immer Verwirrung, allerdings war die Verwirrung jetzt mit Verärgerung gemischt. Ich machte in der Hoffnung weiter, dass er einfach nur wütend auf sich selbst war, da er wusste, dass er nicht würde widerstehen können, dass er diese Grenze ebenso überschreiten würde wie schon so viele andere Grenzen in seinem Leben.

»Möchten Sie in dem Klassenzimmer da drüber reden?«, fragte ich und deutete auf die Tür hinter ihm. Er blickte über seine Schulter auf die geschlossene Tür. Dann drehte er den Kopf zurück und sah mich an. Meine Hand ruhte noch immer in seinem Schritt. Das Blut war nicht zurückgewichen. Im Gegenteil, die Schwellung hatte sich noch verstärkt.

»Okay«, sagte er mit einer Stimme, die nur halbwegs überzeugend klang. Er machte mich langsam nervös, doch ich beschloss, dass es zu spät war, um einen Rückzieher zu machen. Ich hatte bereits zu viel aufs Spiel gesetzt, deshalb ging ich auf das Klassenzimmer zu. Da ich dem Mann nicht den Rücken zukehren wollte, nahm ich meine Hand aus seinem Schritt, legte sie ihm unten auf den Rücken und bugsierte ihn zur Tür, wobei ich darauf achtete, dass er neben mir ging und nicht hinter mir. Ich redete mir ein, dass ich nur die Tür zu öffnen und das Zimmer zu betreten brauchte, und Michael würde kommen. So lautete der Plan.

Ich machte die Tür auf, die sich nach außen in den Korridor öffnete. Wir betraten gemeinsam das Klassenzimmer. Ich hörte, wie unsere Zielperson die Tür hinter uns schloss, und warf einen Blick zum Fenster hinaus, um nachzusehen, ob ich Michael entdeckte. Fehlanzeige. Ich konnte nur hoffen, dass er sich in Bewegung gesetzt hatte, bevor ich die Gelegenheit hatte, ihn zu sehen, und bereits unterwegs war. Ich drehte mich wieder zu unserer Zielperson um und überlegte, wie weit ich diese Farce noch treiben musste, bis Michael eintraf.

Ich spürte ein Stechen im Gesicht, bevor ich irgendetwas sah oder hörte. Erst als ich bereits taumelte und halb zu Boden gestürzt war, wurde mir bewusst, was geschehen war. Seine Handfläche war scheinbar aus dem Nichts gekommen und auf meiner Wange gelandet. Meine Handtasche, in der sich meine Pistole und der Türschlüssel befanden, flog von meiner Schulter und schlitterte auf dem Fußboden von mir weg. Ich zog in Erwägung, der Handtasche hinterherzukriechen, hatte jedoch Angst, dass er mich erneut schlagen würde. Ich spürte noch immer ein Kribbeln auf der Wange, und mein Kiefer begann zu schmerzen, als ich mich zu ihm herumrollte. Er stand über mir, sein Gesicht vor Wut gerötet. Ich sah, wie sich seine Brust hob und senkte, während er schwer atmete. Er bemühte sich, seine Wut unter Kontrolle zu bringen. Als er einen Schritt auf mich zu machte, zuckte ich reflexartig zusammen.

»Wer sind Sie?«, schrie er mich an.

»Ich bin eine neue Schülerin«, sagte ich und erstickte beinahe an den Worten.

»Schwachsinn«, erwiderte er auf meine Lüge. »Ich kenne Sie von irgendwoher. Wer sind Sie?«

Ich kämpfte mich auf die Füße, indem ich den Tisch neben mir packte und mich daran hochzog. Der Mann ging um mich herum und stellte sich zwischen mich und meine Handtasche, da ihm bewusst war, dass ich darin womöglich eine Waffe hatte. Langsam richtete ich mich auf. Er hatte mich hart getroffen. Ich war noch nie zuvor so hart geschlagen worden. Ich sah noch immer verschwommen. Mein Kopf pochte. Wo blieb Michael?

»Werden Sie mich noch mal schlagen?«, fragte ich. Ich fühlte mich klein und schwach. Er schwitzte. Ich bemerkte, dass seine Stirn glänzte. Langsam konnte ich wieder klar sehen.

»Wenn Sie mir sagen, wer Sie sind, wenn Sie mir die Wahrheit sagen und mir die Antwort gefällt, dann werde ich Sie nicht mehr schlagen.«

»Das sind eine Menge ›Wenns‹«, sagte ich, ohne besserwisserisch klingen zu wollen.

Er hob abermals die Hand und kam einen Schritt auf mich zu. Dieses Mal hatte er die Hand allerdings nicht geöffnet – sie war zur Faust geballt. Falls er mich genauso hart schlagen würde, wie er mich geohrfeigt hatte, würde ich womöglich nie wieder zu mir kommen. Als er auf mich zutrat, erinnerte ich mich plötzlich. Ich griff mit der linken Hand nach unten, hob meine Bluse an und zog mein Messer aus der Scheide. Der Mann kam so schnell auf mich zu, dass er beinahe in die Klinge gelaufen wäre. Er blieb wie angewurzelt stehen, und ich hob das Messer, sodass sich die Klinge nur Zentimeter vor seinem Gesicht befand.

»Dazu haben Sie nicht den Mumm«, sagte er und taxierte mich.

»Den brauche ich nicht«, entgegnete ich. »Wenn Sie mich genug einschüchtern, brauche ich dafür keinen Mumm, nur Angst.« Er kam trotzdem einen weiteren Schritt auf mich zu. Ich fuhr mit dem Messer über sein Gesicht und fügte ihm an der Stelle eine Schnittwunde zu, die mir am nächsten war: an seiner Nase. Ich hatte nicht gezielt. Ich hatte keine Zeit gehabt, mit dem Messer zu üben, abgesehen davon, dass ich es ein paar Mal schnell aus seinem Versteck an meiner Taille gezogen hatte. Er hob die Hände und griff sich an die Nase. Dann hielt er seine Finger vors Gesicht und starrte sein Blut an.

»Wer sind Sie?«, fragte er erneut. »Ich weiß, dass Sie keine von den Anderen sind. Wenn Sie das wären, hätte ich Sie bereits getötet.« Ich glaubte ihm. Was noch von meiner Unschuld übrig war, hatte mir das Leben gerettet. »Warum kommen Sie mir bekannt vor?«

»Woher wissen Sie, dass ich keine von den Anderen bin?«, fragte ich, um Zeit zu gewinnen.

»Weil ich die Anderen riechen kann«, sagte er. Sein Gesichtsausdruck wurde kalt und verächtlich. Er sprach über Michael. Er sprach über deinen Vater.

Ich wusste, warum ich ihm bekannt vorkam. »Unterrichten Sie bei Initiationsveranstaltungen für den Krieg?« Er nickte. »Dann haben Sie ein Foto von mir gesehen.« Ich beobachtete ihn und wartete auf die Erkenntnis in seinem Blick. Bis zu diesem Moment hatte ich nicht gewusst, dass beide Seiten ihren Leuten von uns berichteten.

»Sind Sie diejenige mit dem Baby?« So nannte er dich: *das Baby.* Sie wussten alle Bescheid. Sie sprachen alle über uns. »Was wollen Sie von mir? Ich habe nichts mit Ihrem Kind zu tun.«

Er lag falsch. Er lag völlig falsch. »Sie wissen über meinen Sohn Bescheid«, sagte ich. Ich fühlte mich mutig und spürte berechtigte Wut in mir aufsteigen. »Und Sie kämpfen in diesem Krieg und unternehmen trotzdem nichts dagegen. Das bedeutet, dass Sie sehr wohl etwas mit meinem Kind zu tun haben.« Ich warf einen Blick auf meine Handtasche auf dem Fußboden. Da er sich zwischen mich und die Handtasche gestellt hatte, war der Weg zur Tür frei. Ich hätte versuchen können zu fliehen, konnte es aber nicht riskieren, meine Handtasche zurückzulassen. Die Zielperson war still und versuchte, die Situation zu durchdenken. In der Stille hörte ich auf dem Korridor die Schritte von jemandem, der beim Gehen hinkte. Michael bewegte sich langsam voran, aber er kam. Meine Pistole befand sich in der Handtasche. Ich hatte Michael versprochen, ihm nur dann ein Signal zu geben, dass er kommen solle, wenn unsere Zielperson unbewaffnet war. Das Letzte, was ich wollte, war, den Mann mit meiner eigenen Pistole zu bewaffnen.

Ich ging im Kreis um unsere Zielperson und hielt dabei die Spitze meines Messers auf das Gesicht des Mannes gerichtet. In seinem Blick war keine Angst zu erkennen, sondern Durchtriebenheit. Er war dabei zu planen, was er als Nächstes tun würde. Ich näherte mich meiner Handtasche mit kleinen Schritten. Sein Blick huschte für den Bruchteil einer Sekunde zu der Tasche. Er durchschaute mein Vorhaben sofort, reagierte schnell und stürzte nach vorn. Ich stach abermals auf ihn ein, rammte ihm mein Messer einen guten halben Zentimeter tief in die Brust und zog es dann wieder heraus. Ich taumelte einen Moment rückwärts, griff nach unten und packte die Handtasche. Der Mann senkte den Blick auf die Wunde an seiner Brust. Dann sah er wieder zu mir auf. Ich erkannte, dass er inzwischen nicht mehr zögerte, mir wehzutun. Ich war jetzt seine Feindin. Und ich hatte gelesen, was er mit seinen Feinden machte.

Michael musste sich inzwischen genau vor der Tür befinden. Ich rannte auf sie zu, da ich wusste, dass mir keine Zeit blieb, um in die Handtasche zu greifen und meine Pistole herauszuholen. Unsere Zielperson war dicht hinter mir. Der Mann lief mir zwei Schritte hinterher, dann blieb er stehen. Als ich nach der Tür greifen wollte, war diese bereits offen. Michael hatte sie aufgemacht. Er stand da und hatte sein Messer gezückt.

»Was soll der Scheiß?«, fuhr mich der Mann an, als hätte ich einen Vertrauensbruch begangen. Dann sagte er zu Michael: »Sie können sie nicht benutzen, um mich in die Falle zu locken. Sie können nicht eine Unbeteiligte als Köder benutzen. Das verstößt gegen die Regeln.«

Michael sah unsere Zielperson an. Der Mann blutete bereits aus zwei Wunden. Er stand unmittelbar neben mir und blickte zu mir herab. Michaels Blick wanderte zu meiner Wange, wo mich unsere Zielperson geschlagen hatte. Er muss dort irgendetwas gesehen haben, einen Bluterguss oder einen geröteten Handabdruck. »Ich bin kein großer Fan von Regeln«, sagte Michael.

Seine Stimme war leise, aber laut genug, dass die Zielperson ihn hören konnte. Es war nicht Michaels Absicht, witzig zu sein. Er machte nur eine Feststellung. Die Regeln hatten seinen besten Freund getötet. Die Regeln hinderten ihn daran, ein neues Leben zu beginnen. Michael war kein Fan von Regeln.

»Du kannst jetzt gehen, Maria«, sagte Michael, ohne den Blick von unserer Zielperson zu nehmen. »Mach die Tür hinter dir zu.«

Ich trat durch die Tür und schloss sie hinter mir. Dann stemmte ich mich mit dem Rücken gegen sie und durchwühlte meine Handtasche nach dem Schlüssel. Meine Hände zitterten. Aus dem Klassenzimmer drang Lärm an mein Ohr, das Kreischen von Tischbeinen auf dem Fußboden. Dann ertönte ein lautes Krachen. Als ich mich kurz umdrehte und durch das kleine rechteckige Fenster in der Tür blickte, sah ich unsere Zielperson auf mich zukommen. Michael war dem Mann auf den Fersen, doch dieser war schneller. Ich hatte keine Zeit, um weiter nach dem Schlüssel zu suchen. Stattdessen drehte ich mich wieder um und stemmte mich mit aller Kraft und Willensstärke mit dem Rücken gegen die Tür. Ich griff nach unten und packte den Türknauf mit beiden Händen, um zu verhindern, dass er von innen gedreht werden konnte. Einen Sekundenbruchteil später spürte ich, wie sich der Türknauf in meinen Händen bewegte. Sämtliche Muskeln in meinem Körper, all die Muskeln, die ich in den vergangenen Monaten trainiert hatte, spannten sich an, als ich versuchte, den Türknauf festzuhalten. Er drehte sich trotzdem. Ich konnte nicht mehr tun, als die Drehung zu bremsen, als er mir durch die Finger rutschte. Dann spürte ich, wie von innen gegen die Tür gedrückt wurde. Ich rammte die Füße in den Boden und stemmte mich so fest ich konnte gegen die Tür. Unsere Zielperson und mich trennten weniger als fünf Zentimeter billiges Holz.

Ich drückte mit aller Kraft gegen die Tür – mit mehr Kraft, als ich jemals zuvor besessen hatte.

Unsere Zielperson versuchte, dem sicheren Tod zu entkommen, und ich benutzte meine neuen Muskeln, um das zu verhindern. Ich wollte nicht darüber nachdenken, was passieren würde, wenn es dem Mann gelang, das Klassenzimmer zu verlassen. Ich hörte nicht, als Michael ihn erstach. Ich erinnerte mich an das Geräusch in jener Nacht auf St. Martin, als ich das Eindringen des Messers aus wesentlich größerer Entfernung gehört hatte, doch dieses Mal hörte ich es nicht. Ich war zu erschöpft. Die Tür war zu dick. Alles, was ich hörte, war das Aufstöhnen des Mannes, als die Klinge in seinen Körper eindrang. Der Druck gegen die Tür ließ nach. Er drückte noch immer gegen sie, doch nicht mehr so fest wie zuvor. Schließlich vernahm ich einen schrilleren, wimmernden Laut, der an das Geräusch eines Hundes erinnerte, der von seinem Herrchen bestraft wurde. Dann hörte der Druck gegen die Tür ganz auf. Die Muskeln in meinen Beinen gaben nach, und ich sank zu Boden.

Michael war in der Lage, die Tür weit genug aufzudrücken, um hindurchschlüpfen zu können. Als sich die Tür ein Stück öffnete, lief ein Rinnsal Blut in den Korridor. »Hast du nicht gesagt, du hättest den Schlüssel?«, sagte Michael zu mir, während ich völlig erschöpft auf dem Fußboden saß.

»Ich konnte ihn nicht mehr rechtzeitig rausholen«, erwiderte ich.

Er blickte zu mir herab und konnte sich nur mit Mühe ein Lachen verkneifen. »Egal«, sagte er. »Der Job ist erledigt. Wir müssen hier raus.« Ich war nicht in der Lage aufzustehen. Ich war mit meinen Kräften am Ende. Michael bückte sich, packte mich unter einer Achsel und hob mich hoch. Dabei ignorierte er die Schmerzen in seinem Bein. »Gut gemacht«, sagte er, als er sich einen meiner Arme über die Schulter legte, um mich beim Gehen zu stützen.

Ich warf keinen Blick mehr zurück auf die Tür, auf das Blut oder auf die Leiche. »Warum hat es so lange gedauert, bis du hier warst?«, wollte ich von Michael wissen.

Er antwortete nicht, während wir gemeinsam davonhumpelten.

DREIUNDDREISSIGSTES KAPITEL

Am Abend wollte Michael ausgehen und feiern. Ich war nicht der Ansicht, dass wir irgendetwas zu feiern hatten. »Man muss feiern«, erklärte mir Michael ohne große Freude in der Stimme. Das erinnerte mich an den Michael, den dein Vater in seinem Tagebuch beschrieben hatte. Es hatte den Anschein, als würde Michael ebenfalls versuchen, sich an diesen Michael zu erinnern.

»Das ist doch lächerlich«, sagte ich zu Michael, als wir zu Fuß in Richtung South Street gingen. »Wir sollten uns lieber verstecken.«

»Du klingst wie Joe«, entgegnete Michael.

Ich weigerte mich, beleidigt zu sein. »Joe war schlau.«

Michael blieb stehen und drehte sich zu mir, sodass wir uns auf dem Bürgersteig gegenüberstanden. »Das war er«, stimmte er mir zu. »Joe war immer disziplinierter als ich, aber du siehst ja, was ihm das genützt hat.« Er hielt lange genug inne, bis ihm die Stille bestätigte, dass ich keine Antwort hatte. »Nur ein paar Drinks«, versprach er. »Es ist wichtig.« Ich verstand nicht, weshalb es wichtig war, aber wenn es Michael wichtig war, dann war es mir ebenfalls wichtig.

Michael entschied sich für die dunkelste und schäbigste Bar, die wir finden konnten. Er ließ mich den Platz aussuchen, deshalb setzten wir uns an den Tisch, der am weitesten von der Eingangstür entfernt war. Die Jukebox dröhnte so laut, dass wir außer uns niemand anderen in der Bar hören konnten. Michael ging zur Theke und bestellte unsere erste Runde. Er kam mit vier Gläsern in den Händen zurück: mit zwei Halblitergläsern, halbvoll mit Guinness, und mit zwei Schnapsgläsern mit einem Gemisch aus Baileys und Irish Whiskey. Er stellte die Gläser auf den Tisch – ein Halbliterglas und ein Schnapsglas für mich und das Gleiche für sich. Dann setzte er sich auf die mit Graffiti übersäte Bank und nahm sein Halbliterglas in die Hand. Er hob es an und hielt es halb über den Tisch. »Auf einen gelungenen Job«, sagte er mit dem Enthusiasmus von jemandem, der eine Grabrede hält.

Ich hob ebenfalls mein Halbliterglas, stieß mit ihm an und brachte den einzigen Toast aus, der mir einfiel. »Auf dass wir nie alleine trinken müssen«, sagte ich.

Michael lächelte. Er stellte das Halbliterglas wieder auf den Tisch, nahm das Schnapsglas in die Hand, kippte den Inhalt in das Halbliterglas und trank es in einem Zug aus.

»Ich kann immer noch nicht glauben, was ich hier mache«, sagte ich, bevor ich es ihm gleichtat. Den Geschmack des Getränks nahm ich sofort wahr; die Wirkung des Alkohols ließ nicht viel länger auf sich warten. Michael stand auf und holte weitere Drinks.

»Wie fühlt es sich an?«, wollte er von mir wissen.

»Wie fühlt sich was an?«, fragte ich, da ich annahm, dass er nicht die Wirkung des Alkohols meinte.

»Dein erster Job«, sagte er.

Ich senkte den Blick auf das Getränk in meiner Hand und ließ die zähe Flüssigkeit im Glas kreisen. »Das war nicht mein Job«, sagte ich zu Michael, ohne zu ihm aufzublicken. »Ich wollte nur sichergehen, dass dir nichts passiert«, fügte ich in dem Wissen hinzu, dass ich mich selbst ebenso zu überzeugen versuchte wie ihn.

»Wie auch immer du am besten damit leben kannst«, entgegnete Michael lachend.

»Wie schaffst du es?«, fragte ich und spielte ihm den Ball wieder zu.

»Wie ich damit leben kann?« Michael lachte abermals, dieses Mal klang es allerdings echter.

Die Bar füllte sich langsam, doch die Musik war noch immer laut genug, um unser Gespräch zu übertönen. Trotzdem senkte ich die Stimme. »Wie kannst du Menschen töten und dann weitermachen, als wäre nichts geschehen?«

Michael nippte an seinem Scotch und zuckte mit den Schultern. »Ich bin ein Kind der Paranoia«, sagte er. »Das ist es, was wir tun.«

Ich schüttelte den Kopf. Das entsprach nicht der Wahrheit. »Joe hat es zu schaffen gemacht«, sagte ich. »Ihm hat es schon zu schaffen gemacht, bevor wir uns kennengelernt haben.«

»Macht es das besser?«

»Ja. Das tut es.«

Michael trank das Glas in seiner Hand aus. »Du hast recht, Maria. Joe hat es zu schaffen gemacht. Schon ganz am Anfang, wenn Rache den meisten Leuten genügt, hat Joe sich damit nicht zufriedengegeben. Deshalb hat er den ganzen Scheiß von wegen gut und böse geglaubt, den sie uns aufgetischt haben. Ihm blieb nichts anderes übrig, sonst wäre er daran zerbrochen. Er musste glauben, dass alles, was er tat, anständig war.« Meine Gedanken wanderten zurück zu dem Jugendlichen, den dein Vater auf einem Feld in Ohio getötet hatte, und zu dessen letzten Worten: *Ich bin nicht wie du. Ich bin anständig.* Dann schoss ihm dein Vater in den Kopf. »Aber wenn du auf diese Art und Weise damit zurechtkommen willst, wirst du mit Zweifeln zu kämpfen haben.« Michaels Stimme fing für einen Moment an zu beben. »Dafür habe ich Joe geliebt. Ich habe ihn geliebt, weil er gut sein wollte.«

»Was ist mit den Leuten, die den ganzen Mist von wegen gut und böse nicht glauben?«

»Manchen gibt das Gefühl von Macht einen Kick. Es gefällt ihnen, das Spiel zu spielen, ob sie daran glauben oder nicht.«

»Jared?«, riet ich. Michael antwortete nicht. »Aber was ist mit dir? Wie kommst du damit zurecht?«

Michael zuckte mit den Schultern. »Ich habe nie geglaubt, dass ich eine andere Wahl hätte. Das ist das Leben, in das ich hineingeboren wurde. Das ist es, was ich tun muss.«

»Ist das alles?«

Michael ließ den Blick über die Gesichter der anderen Gäste in der Bar schweifen. Ich verkrampfte mich und machte mich darauf gefasst zu reagieren, falls er irgendetwas entdeckte. Dann kam sein Blick wieder auf mir zu ruhen. »Ich sage mir, dass jeder, den ich töte, dasselbe Spiel spielt wie ich.« Dann fügte er hinzu, als sei es ihm nachträglich eingefallen: »Und ich hoffe, dass es einen guten Grund für all das gibt. Ich hoffe, dass ich zu den Guten gehöre.« Ich konnte nicht umhin, mir zu denken, dass er deinem Vater ähnlicher war, als er zugeben wollte.

»Du hättest ja abhauen können, wie Reggie es getan hat.«

Michael schüttelte den Kopf. »Du weißt doch, dass das nicht meine Art ist.«

»Du schienst dir ziemlich sicher zu sein, dass es gute Gründe für den Krieg gibt, als wir mit Clara gesprochen haben.«

»Nein. Ich habe nie behauptet, dass es einen guten Grund gibt. Nur, dass es einen Grund gibt.«

»Was ist, wenn du den Grund findest und sich rausstellt, dass du zu den Bösen gehörst?«

Michael zuckte mit den Schultern. »Dann wurde ich dazu geboren, ein böser Mensch zu sein.« Nach einer Pause sagte er: »Erzähl mir was über dich.«

»Wie meinst du das?«

»Erzähl mir was darüber, wie dein Leben vor all dem war.«

Ich dachte einen Moment lang ernsthaft darüber nach, dann schüttelte ich den Kopf. »Nein.«

»Ich möchte einfach ein besseres Gefühl dafür bekommen, wer du wirklich bist.«

Das Einzige, woran ich denken konnte, war, dass ich heute mitgeholfen hatte, einen Menschen zu töten. »Wer ich jetzt bin und wer ich damals war, hat nichts miteinander zu tun. Wenn ich dir Geschichten darüber erzählen würde, wie ich als kleines Mädchen war, könnte ich dir genauso gut Geschichten erzählen, die ich in Büchern gelesen habe.« Michael sah mich an und wartete. Ich hatte nichts mehr zu sagen. Vielleicht wird irgendwann der Zeitpunkt kommen, dass ich dir Geschichten erzählen kann, aber zuerst muss ich einen Teil des Mädchens zurückgewinnen, das ich einmal war.

Michael hatte recht gehabt, was das Trinken anbelangte. Die Erinnerungen an den Nachmittag begannen bereits zu verblassen. Bald war nur noch die Erinnerung an das Blut der Zielperson übrig, das durch den Spalt in der Tür geronnen war, als Michael aus dem Klassenzimmer schlüpfte, und an die Erleichterung, die ich gespürt hatte, als der Druck unserer Zielperson gegen die Tür nachließ. Diese Erinnerungen würden nicht verschwinden, ganz egal, wie viel ich trank.

»Und du?«, fragte Michael, nachdem wir eine Zeit lang geschwiegen hatten. Ich wusste nicht, worauf er hinauswollte. Er sah meine Verwirrung und schuf Klarheit. »Wie hast du vor, damit zurechtzukommen?«

Auf diese Frage war ich nicht vorbereitet. Sie traf mich wie ein Schlag in die Magengrube. Meine Augen füllten sich mit Tränen. Dafür machte ich zum Teil den Alkohol verantwortlich. »Ich tue das alles für Christopher.« Ich biss die Zähne zusammen und versuchte, meine Gefühle unter Kontrolle zu bringen. »Und es ist mir egal, wenn mich das zu einem bösen Menschen macht.« Ich nahm eine Serviette, die auf dem Tisch lag, und wischte mir damit die Tränen aus den Augen.

»Du hast dich heute gut geschlagen«, sagte Michael, um mich aufzumuntern.

»Ich habe mich schwach gefühlt«, erwiderte ich.

»Du hast sein Gesicht ziemlich zugerichtet, bevor ich dort aufgetaucht bin. Das hat auf mich nicht schwach gewirkt.« Michael beugte sich zu mir vor und stützte die Ellbogen auf den Tisch. »Hör mal, es wird immer jemanden geben, der stärker ist als du. Ganz egal, ob man kaum größer als eins fünfzig ist wie du oder ob man Jared heißt. Was dich betrifft, wirst du den meisten Männern immer körperlich unterlegen sein. Es ist nicht deine Aufgabe, stärker zu werden als sie, weil das nicht geht. Deine Aufgabe ist es, so stark zu werden, wie du kannst. Deine Aufgabe ist es, morgen stärker zu sein, als du es gestern warst. Und dich daran zu erinnern, dass alles, was du tust, eine Übung für das ist, was du als Nächstes tun wirst. Mehr nicht. Er hat dir fest ins Gesicht geschlagen. Ich habe den Abdruck seiner Hand gesehen. Aber du bist wieder aufgestanden. Noch vor zwei Monaten wärst du niemals wieder vom Boden hochgekommen. Und du hast die Tür zugehalten, als unsere Zielperson dagegengedrückt hat.«

»Mit Mühe und Not«, sagte ich, doch die aufmunternden Worte nützten etwas. Ich fühlte mich bereits stärker.

»Türen sind entweder offen oder geschlossen, Maria.«

Aus der Jukebox ertönte ein langsamer Song. Michael ließ den Blick abermals durch die Bar schweifen. Dieses Mal verkrampfte ich mich nicht. Dazu war ich zu müde. »Möchtest du tanzen?«, fragte er und starrte auf die leere Fläche in der Mitte der Bar.

»Hier?«, fragte ich. »Da sehen uns doch die Leute.«

Michael zuckte mit den Schultern. Es war ihm egal. Ich stellte mir vor, wie es wäre. Michael würde aufstehen, meine Hand nehmen, mich von der Bank hochziehen und zu der leeren Fläche vor der Jukebox führen. Er würde mir die Arme um die Taille legen, und ich würde nach oben greifen und ihm die Hände auf die Schultern legen. Ich würde mit den Fingern über die erhabene Haut auf seinem Rücken streichen, wo die Buchstaben für immer eingebrannt worden waren. Ich würde den Kopf auf seine Brust legen, und wir würden die Füße kaum bewegen, sondern uns einfach hin und her wiegen. Dann würde ich die Augen schließen und mir vorstellen, ich würde mit deinem Vater tanzen. Ich fragte mich, mit wem Michael in seiner Phantasie tanzen würde. Doch das war irrelevant. Wir hatten niemanden, mit dem wir hätten tanzen können, außer uns beiden.

Der Song war zu Ende, bevor ich antworten konnte. Ich blickte zu Michael auf und sagte ihm, dass ich der Meinung sei, wir sollten gehen. Er war einverstanden. Als wir wieder in unserem Hotelzimmer ankamen, legte Michael sich in sein Bett und ich mich in meines. Wir schliefen beide. Ich bin mir nicht sicher, ob ich ohne Alkohol in dieser Nacht überhaupt geschlafen hätte. Bevor wir einschliefen, sagte mir Michael, er würde am nächsten Tag telefonieren, um zu erfahren, wie sein nächster Auftrag lautete. Er fragte mich, ob ich mithören wolle. Ich sagte Ja.

VIERUNDDREISSIGSTES KAPITEL

Evan und Addy wären womöglich nicht mehr aus dem Gemischtwarenladen in Louisiana herausgekommen, wenn Addy nicht so schnell auf das Geschrei reagiert hätte. Sie standen kurz davor, geschnappt zu werden … oder Schlimmeres. Der Gemischtwarenladen war klein und wenig frequentiert – genau die Art von Geschäft, in der Evan und Addy sich bislang mit Vorräten eingedeckt hatten. Nur dass dieses Mal eine der Kundinnen Evan von den Fotos in den Nachrichten wiedererkannte. Es handelte sich um eine siebzigjährige Frau, die wie jeden Tag Besorgungen in dem Geschäft machte. Sie kaufte immer nur Lebensmittel für einen Tag, da sie nichts verderben lassen wollte. Sie sah Evan und schrie. Das war der erste Schrei. Die kleine alte Dame hatte nicht damit gerechnet, dass eines von den Monstern, die sie im Fernsehen sah, tatsächlich aus ihrem Fernsehgerät ins wirkliche Leben kriechen würde, doch hier war Evan und kam in einem der Gänge auf sie zu. Er trug eine Packung Billig-Cornflakes und einen Liter Milch und sah die alte Dame nicht an, als er in den Gang einbog. Er betrachtete das Preisschild auf der Cornflakes-Packung, rechnete im Kopf und überlegte, ob Addy sie wohl zu teuer finden würde. Addy stand bereits an der Kasse und wartete darauf, dass Evan mit dem Rest ihres provisorischen Frühstücks auftauchte. Sie hatte ihn noch einmal losgeschickt und Billig-Cornflakes holen lassen, nachdem er zuvor zu einem teuren Markenprodukt gegriffen hatte.

Die alte Dame sah Evan um die Ecke biegen und auf sie zukommen, erkannte ihn aber nicht sofort. Sie konnte ihn nicht genau sehen, solange er den Kopf gesenkt hielt und auf die Cornflakes-Packung starrte. Was ihr als Erstes auffiel, war sein dunkles, strähniges Haar, und sie verzog den Mund, noch bevor sie einen Blick auf sein Gesicht erhaschte. Sie hasste es, dass junge Leute es versäumten, sich die Haare zu kämmen. Ihrer Meinung nach zeugte das von einem Mangel an Respekt vor dem Rest der Welt. Dann hob Evan den Kopf. Als sie sein Gesicht erblickte, erkannte sie ihn sofort. Sie hatte sein Gesicht Dutzende Male gesehen. Sie brauchte ein paar Sekunden, um sich zu entscheiden, ob er echt war oder nur ein Produkt ihrer Phantasie. Der Bann wurde gebrochen, als Evan »Entschuldigung« sagte und sich im Suppengang an der harmlos wirkenden alten Dame vorbeischob. Als sie ihn sprechen hörte, wusste sie, dass er echt war. Imaginäre Monster sprachen nicht. Nur die echten besaßen Stimmen.

Bevor die kleine alte Dame schrie, nahm sie eine Suppen-Konservendose aus dem Regal und warf sie Evan hinterher. Er war ihr nahe genug, dass es ihr gelang, ihn mit ihrem kraftlosen Wurf hinten am Oberschenkel zu treffen. Evan drehte sich um. Als er das tat, nahm sie eine weitere Dose aus dem Regal. »Was zum Teufel soll das?«, fuhr Evan sie an, als ihm bewusst wurde, dass sie die erste Dose absichtlich auf ihn geworfen hatte und im Begriff war, eine zweite hinterherzuschicken. Er verstand nicht, was vor sich ging. Er zählte eins und eins nicht zusammen. Die alte Dame war sich sicher, dass der Terrorist sie angreifen würde. Vor ihrem inneren Auge sah sie, wie sie zu Boden geworfen und von seinen scharfen Terroristenzähnen und -klauen in Stücke gerissen wurde. Sie schrie.

»Das ist er!«, schrie sie, als hätte sie ihren Atem zehn Jahre lang für diesen Moment aufgespart. Seit ihrer Kindheit hatte sie nicht mehr so laut geschrien.

»Was zum Teufel soll das?«, wiederholte Evan. Er war völlig verwirrt darüber, dass die alte Dame ihn anschrie.

»Der Terrorist!«, schrie die kleine alte Dame. Dieses Mal brauchte sie jedes in ihrer Lunge verbliebene Luftmolekül auf. Bis zu diesem Moment, als Addy die Bezeichnung hörte, war sie sich der Macht des Stigmas, mit dem Evan gebrandmarkt worden war, nicht bewusst gewesen. In der Welt, aus der Addy kam, besaß diese Bezeichnung kein Gewicht. Terror gehörte zum Leben. In dieser Welt dagegen nicht, wie ihr plötzlich bewusst wurde. Die kleine alte Dame tat, was jeder von ihnen getan hätte, wenn er mit einem Terroristen oder einem Werwolf oder einem Zombie konfrontiert gewesen wäre. Sie erfüllte nur ihre Bürgerpflicht. Als kein Laut mehr aus dem Mund der kleinen alten Dame drang, krümmte sie sich und schnappte nach Luft.

Nachdem Addy sich der Macht des Wortes bewusst geworden war, trat sie sofort in Aktion. Sie wusste, dass sie nicht viel Zeit hatte, und sprang über die Ladentheke auf den korpulenten Mann zu, der an der Kasse stand. Sie handelte, bevor er die Gelegenheit hatte zu begreifen, was die alte Dame ausgesprochen hatte. Addy stützte sich mit einer Hand auf der Theke ab und schwang die Beine darüber wie eine Turnerin, die sich über einen Sprungtisch katapultiert. Der Mann hinter der Ladentheke sah Addy nicht auf sich zukommen. Er war zu sehr damit beschäftigt, die alte Dame und den Jugendlichen im Suppengang zu beobachten. Im ersten Moment dachte er, der Jugendliche habe womöglich versucht, der verrückten alten Schachtel ihre Handtasche zu klauen. Dann drehte sich der Jugendliche zu ihm um. Vielleicht lag es daran, dass das Wort bereits in der Luft hing, doch in diesem Augenblick erkannte der Mann hinter der Ladentheke Evans Gesicht ebenfalls. In den vergangenen drei Tagen hatte er Evans Gesicht öfter gesehen als sein eigenes. Der Terrorist befand sich in seinem Laden. Dem Mann hinter der Ladentheke wurde bewusst, dass er endlich eine Chance bekam, zum Helden zu werden. Er griff unter die Ladentheke und packte seine Pumpgun, die er dort aufbewahrte, um die Meth-Süchtigen zu verjagen, die glaubten, in seinem Laden leichte Beute machen zu können. Dann ertönte ein weiterer Schrei.

Evans Blick schweifte über die Gänge zu dem Geräusch des zweiten Schreis. Ausgestoßen hatte ihn eine jüngere Frau, die vermutlich Ende zwanzig oder Anfang dreißig war. Sie hatte einen kleinen Jungen bei sich, der höchstens drei Jahre alt sein konnte. Das Kind hatte dunkle Haut und gelocktes schwarzes Haar. Die Frau schrie und stürmte auf Evan los. Von selbst hätte sie ihn ebenfalls nicht erkannt. Wie bei dem Mann hinter der Ladentheke war es das Wort »Terrorist« gewesen, das wie ein Geruch in der Luft hing, das dafür sorgte, dass sie sich an Evans Gesicht erinnerte, und es ihr ermöglichte, den mentalen Sprung von dem, was sie in den Nachrichten gesehen hatte, zur Realität zu machen. Niemand zweifelte auch nur einen Augenblick daran, dass Evan ein böser Mensch war. Er verkörperte alles, was in ihrem Leben jemals schiefgelaufen war. Allein seine Existenz war unfair.

Der Mann hinter der Ladentheke wollte seine Pumpgun an der Schulter anlegen, doch aus irgendeinem Grund ließ sich der Lauf nicht weiter als bis auf Höhe seiner Taille anheben. Ihm war nicht bewusst, dass Addy bereits neben ihm stand. Er wusste nur, dass die Pumpgun nicht dorthin gerichtet war, wohin er wollte, ganz egal, wie er die Arme bewegte. Er versuchte noch einmal, sie anzuheben, doch sie blieb auf den Boden gerichtet. Dann sah er die Hand, die den Lauf festhielt. Sein Blick wanderte über die Hand und einen Arm hinauf zum Gesicht der Frau, die neben ihm stand. Er zerrte an seinem Gewehr und versuchte, es dem Griff der Frau zu entreißen. Anstatt den Lauf festzuhalten, ließ Addy ihn ein paar Zentimeter durch ihre Finger rutschen. Da der Mann nach wie vor zog, rutschte das Gewehr nach oben zu seinem Gesicht. Einen Sekundenbruchteil später packte Addy wieder fest zu und schob den Lauf in dieselbe Richtung, in die der Mann hinter der Ladentheke zog, bis der Gewehrkolben gegen seine Nase krachte und die Schmerzen ihm die Sicht raubten. Dann entriss Addy ihm die Schrotflinte.

»Evan!«, schrie Addy. Evan drehte sich in die Richtung, aus der Addys Stimme kam. Die zweite Frau von der anderen Seite des Gemischtwarenladens kam auf ihn zugerannt und ließ ihr Kind allein und verängstigt in der Ecke stehen. Addy warf Evan die Flinte zu. Sie wusste, dass er damit umgehen konnte, dass er als Teenager zusammen mit Christopher im Wald mit Schrotflinten Schießen geübt hatte. Evan fing das Gewehr mit einer Hand auf. Dann drehte er sich zu der Frau, die auf ihn zugerannt kam und dabei jenen fürchterlichen, durchdringenden Schrei ausstieß. Evan zielte mit dem Gewehr auf ihre Brust. Als sie das Gewehr sah, versuchte sie abzubremsen. Ihre Füße schlitterten über den Boden, bis sie ein kurzes Stück vor Evan zum Stehen kam. Der Anblick des auf sie gerichteten Gewehrs hatte die Frau in die Realität zurückgeholt. Evan drückte den Abzug gerade weit genug, dass er dessen Widerstand auf der Haut seines Fingers spüren konnte. Hätte er ihn auch nur ein kleines Stück weiter abgewinkelt, hätte er der Frau ein Loch in die Brust geschossen.

»Beruhigen Sie sich!«, hörte Evan Addy schreien, als sie zurück über die Ladentheke sprang. Die Panik legte sich. Sie hatte nur ein paar Sekunden angedauert. Der Aufruhr und das Geschrei hörten ebenfalls auf. Wie aus einem Traum hörte Evan wieder trällernde Countrymusik aus den Lautsprechern des Geschäfts tönen.

»Gehen Sie zurück zu Ihrem Kind«, flüsterte Evan der Frau zu, die vor ihm stand. Die Wut in ihrem Gesicht war Angst gewichen. Sie entfernte sich von Evan, ging zurück zu ihrem inzwischen weinenden Kind. Evan richtete den Blick wieder auf die alte Frau, die alles ausgelöst hatte. Sie stützte sich an einem der Regale ab, da sie plötzlich zu schwach war, um sich selbst auf den Beinen zu halten.

»Hat noch jemand eine Waffe?«, schrie Addy. Ihre Frage wurde mit einem nicht ganz überzeugenden Schweigen beantwortet. »Wenn jemand eine Waffe hat und es mir nicht sagt«, schrie sie, »dann sollte er bedenken, dass sie nicht so groß ist wie unsere!« Sie warf einen Blick auf die Pumpgun in Evans Händen.

Obwohl Addy diejenige war, die schrie, blieben alle Augen auf Evan gerichtet. Er war nicht nur derjenige, der das Gewehr in den Händen hielt, sondern auch der lebendig gewordene Albtraum aus dem Fernsehen. »Ich möchte, dass alle ihre Handys rausholen!«, schrie Addy, ohne die Lautstärke ihrer Stimme zu senken, obwohl inzwischen Stille eingekehrt war und nur drei Leute sie hören mussten. »Ich möchte, dass Sie mir Ihre Handys geben.« Alle Anwesenden taten, was von ihnen verlangt wurde. Sie händigten Addy ihre Mobiltelefone aus, die diese entgegennahm und in ihrem Rucksack verstaute. Dann ging Addy zurück zur Ladentheke und riss das Kabel des Festnetztelefons aus der Buchse.

»Machen Sie bloß keinen Mist!«, schrie Addy, dann wandte sie sich an die Frau mit Kind. »Sie da, ist das Ihr Wagen?« Sie deutete auf das einzige Auto auf dem Parkplatz mit Kindersitz auf der Rückbank. Die Frau nickte. »Geben Sie mir Ihre Schlüssel«, forderte Addy sie auf. Evan trug seinen Teil bei, indem er das Gewehr wieder auf die Frau richtete, während Addy ihre Forderungen stellte. Die Frau fischte einen Schlüsselbund aus ihrer Handtasche und reichte ihn Addy, die daraufhin zurück zu Evan ging. »Lass uns von hier verschwinden«, flüsterte sie ihm zu. Sie war nicht in der Stimmung, ihrer beider Glück herauszufordern.

»Moment noch«, erwiderte Evan. Er schwang das Gewehr herum und richtete es auf den Mann hinter der Ladentheke. Der Mann fasste sich mit beiden Händen ins Gesicht, um das Blut zu stoppen, das ihm aus der Nase strömte und bereits anfing zu gerinnen. »Machen Sie die Kasse auf«, befahl Evan dem Mann, der dieser Aufforderung nachkam. »Geben Sie ihr das Geld«, fügte Evan hinzu und deutete auf Addy.

In der Kasse befanden sich dreiundachtzig Dollar.

Bevor sie losfuhren, zerrte Addy den Kindersitz aus dem Wagen und ließ ihn vor dem Laden auf dem Bürgersteig stehen.

Evan hinterließ Gummispuren von den Autoreifen auf dem Asphalt, als sie davonrasten.

FÜNFUNDDREISSIGSTES KAPITEL

Michael spulte den Code ab: Er nannte drei scheinbar beliebige Namen und wurde jedes Mal weiterverbunden. Nach dem dritten Namen hob ein Mann ab. »Hallo, Michael«, sagte er. Seine Stimme klang tief und sonor, wie die Stimme eines Radiomoderators. Ich hörte sie durch den zusätzlichen Hörer, den wir uns an der Rezeption für ein »Konferenzgespräch« geholt hatten. Bevor Michael mich mithören ließ, musste ich ihm versprechen, dass ich keinen Laut von mir geben würde. Ich rechnete nicht damit, dass ich Schwierigkeiten haben würde, dieses Versprechen zu halten.

»Hallo, Allen«, sagte Michael. Ich erinnerte mich daran, was mir dein Vater gesagt hatte. Allen war keine Name, sondern ein Dienstgrad. Soweit ich wusste, wurden Allens nur solchen Soldaten zugeteilt, die entweder als problematisch galten oder als besonders vielversprechend. Ich hatte wenig Zweifel daran, dass auf Michael beides zutraf.

»Gute Arbeit bei dem Job in Philadelphia«, sagte Allen. Sie

wussten es bereits. Vermutlich war es inzwischen in den Nachrichten. Ich versuchte mir vorzustellen, wie sie die Sache vertuschen würden. Selbstmord? Ein verärgerter Schüler? »Sind Sie noch in Philadelphia?«, fragte die Stimme.

»Ja«, entgegnete Michael.

»Okay, Sie müssen sofort nach diesem Telefongespräch aufbrechen.« Mein Herz fing an zu rasen. Michael wirkte ruhig.

»Warum?«, fragte Michael.

»Kein Grund zur Sorge, aber das Netzwerk der Anderen läuft auf Hochtouren.«

»Sie wissen nichts, oder?«

»Nichts, was gefährlich wäre.«

»Okay«, sagte Michael. »Wo soll ich hin? Wo ist der nächste Job? Ich kann sofort abreisen.«

»Ich glaube nicht, dass das eine gute Idee ist. Sie müssen nur aus Philadelphia weg.« Michael und ich sahen uns an. Wir hatten beide denselben Gedanken: dass sie uns auf die Schliche gekommen waren, dass sie aus irgendeinem Grund wussten, dass ich Michael dabei geholfen hatte, den Lehrer zu töten, und dass er mir dabei half, dich zu finden.

»Stimmt irgendwas nicht?«, erkundigte sich Michael. Seine Stimme klang ruhig.

»Nein«, sagte die Stimme am anderen Ende der Leitung. »Ganz im Gegenteil – deshalb kann es mit dem nächsten Job etwas dauern.«

An Michaels Gesichtsausdruck erkannte ich, dass das nicht normal war. »Ich bin ziemlich mies, was Rätsel anbelangt, Allen«, sagte er.

»Ich stelle Sie zu jemandem durch, der es Ihnen erklären kann«, sagte die Stimme. »Er wird Sie zu Ihrem nächsten Job briefen.«

Am anderen Ende der Leitung wurde es still. »Okay«, sagte Michael. Dann hörten wir ein Klicken, als das Gespräch durchgestellt wurde. Mein Magen krampfte sich zusammen. Ich sah Michael Hilfe suchend an. Er erwiderte meinen Blick und zuckte mit den Schultern.

Aus dem Telefon ertönte eine neue Stimme. »Michael?« Ich erkannte die Stimme sofort. Ich erkannte sie in meinen Knochen. Meine Gelenke wurden taub. Michael erkannte die Stimme ebenfalls. Das verriet mir sein Gesichtsausdruck.

»Jared?«, fragte Michael. Ich kämpfte gegen das Bedürfnis an, ins Telefon zu schreien. Am liebsten hätte ich ihn angebrüllt: *Was hast du mit meinem Sohn gemacht, du Mistkerl?* Michael, der meine Reaktion spürte, griff nach unten, um den Stecker meines Hörers herauszuziehen. Als er das tat, packte ich ihn am Handgelenk. Er sah mich an. Ich schüttelte den Kopf und legte den Zeigefinger an die Lippen, um ihm zu signalisieren, dass ich still sein würde. Ich wollte mithören. Ich wollte jedes Wort mithören. Sosehr ich Jared hasste, er war derjenige, nach dem wir suchten, derjenige, der womöglich in der Lage war, mich zu dir zu führen.

»Schön, deine Stimme zu hören, Michael«, sagte Jared. »Es ist schon viel zu lange her.« Er benutzte seine freundliche Stimme. Ich hatte seine freundliche Stimme bereits gehört. Seine wütende ebenfalls. Und seine herzlose. »Bist du froh, von mir zu hören?«

Michael lächelte, bevor er antwortete, als könne Jared ihn über das Telefon sehen. »Natürlich bin ich froh, von dir zu hören. Dich zu finden, war einer der Hauptgründe, warum ich zurückgekommen bin.«

»Gut«, sagte Jared. »Ich war mir nämlich nicht sicher.« Der Satz hing schwer in der Luft, beladen mit zahllosen unausgesprochenen Worten und Gedanken.

»Was soll das alles, Jared?«, fragte Michael schließlich, um das Schweigen zu brechen.

»Du weißt, dass ich befördert wurde, oder, Michael?«, fragte Jared. Ich wusste, dass Michael es wusste, doch er wusste es nur, weil er das Tagebuch deines Vaters gelesen hatte.

»Ich war ein bisschen ab vom Schuss«, log Michael. »Aber es überrascht mich nicht.«

»Ich bin jetzt für eine Menge Leute verantwortlich«, sagte Jared. »Ich treffe jetzt für eine Menge Leute Entscheidungen.« Er war noch einmal befördert worden. Ich fragte mich, ob es ihm wohl genutzt hatte, dass er deinen Vater getötet hatte.

»Das ist toll, Jared«, sagte Michael. »Aber was hat das mit mir zu tun?«

Jareds Stimme wurde heller. Er klang beinahe aufgeregt. »Du gehörst zu meinem Team«, erklärte er. »Ich habe deine Arbeit verfolgt, seit du wieder dabei bist. Ich hatte mir Sorgen gemacht, dass du dich verändert haben könntest, aber das hast du nicht, deshalb habe ich darum gebeten, dass du in mein Team versetzt wirst.« Ich hatte das Bedürfnis, Michael daran zu erinnern, was Jared über ihn gesagt hatte – dass Michael ein Versager sei, der nur ein einziges Talent besäße, und zwar zu töten. Ich hätte Michael gerne gesagt, dass er Jared nicht vertrauen konnte. Aber ich hielt mein Wort und schwieg.

»Heißt das, dass wir zusammenarbeiten werden?«, fragte Michael.

»Noch nicht«, sagte Jared. »Vorher habe ich noch einen Job für dich. Es ist ein wichtiger Job. Ich habe ihn selbst ausgesucht. Erledige ihn, und du brauchst dir keine Sorgen mehr darüber zu machen, dass jemand an dir zweifeln könnte.«

»Sehr gut. Wie sieht der Job aus?«

»Es handelt sich um einen internationalen Job«, erklärte

Jared. »In Istanbul. Ein Team-Job. Du arbeitest mit einem Einheimischen zusammen.«

»Ein Team-Job?«, fragte Michael und sah mich über das Telefon hinweg an. »Du weißt doch, dass das nicht mein Stil ist, Jared.« Mir war sofort klar, was das bedeutete. Wenn Michael mit jemand anderem zusammenarbeiten musste, war für mich kein Platz.

»Wir müssen uns alle anpassen, Michael«, sagte Jared. »Du musst das für mich tun. Zu viele Leute sind noch immer der Ansicht, dass du eine tickende Zeitbombe bist. Ein Team-Job war das Einzige, was mir eingefallen ist, wie du dieses Image loswerden kannst.«

»Gibt es denn keine andere Möglichkeit?«, fragte Michael. Er wartete nicht auf Jareds Antwort. »Warum schickst du jemanden von hier in die Türkei, damit er dort einen Job erledigt? Warum lässt du ihn nicht einfach von einem Einheimischen erledigen?«

»Du bist ein instinktiver Killer, Michael. Ich möchte, dass dein Partner etwas von dir lernt.«

»Er ist ein Jugendlicher, nicht wahr?«, fragte Michael nach einer Pause.

»Das ist sein erster Job«, erwiderte Jared. Es handelte sich um einen Initiations-Job. Michael musste dieses Mal nicht nur töten. Er musste dem Jugendlichen beibringen, wie man tötet.

»Wann reise ich ab?«, fragte Michael ohne Begeisterung.

»Internationale Jobs erfordern einige Vorbereitung«, entgegnete Jared. »Du brichst in vier Tagen in New York auf. In der Türkei musst du dich anschließend ein paar Tage lang bedeckt halten, bevor du zurückkommst. Alles in allem sollte die Sache ungefähr drei Wochen dauern.«

»Und sehe ich dich, wenn ich fertig bin?«, fragte Michael. Ich spürte, wie mir ein Schauer den Rücken hinunterlief.

»Ja«, sagte Jared in düsterem Tonfall. »Ich nehme an, es gibt eine Menge, worüber wir uns unterhalten müssen.« Ich hasste ihn. Ich hätte ihn am liebsten tot gesehen. Ich wünschte, er wäre derjenige gewesen, den ich erschossen hatte. Ich wünschte, er wäre derjenige gewesen, den ich in das Klassenzimmer und den Tod gelockt hatte.

»Ja, das stimmt«, erwiderte Michael.

»Verschwinde aus Philadelphia und halte dich ein paar Tage lang bedeckt«, sagte Jared. »In drei Tagen suchst du dir dann ein Hotel in New York. Wir kontaktieren dich, nachdem du eingecheckt hast.«

»Verstanden«, entgegnete Michael.

»Fühlt sich fast so an wie in alten Zeiten, nicht wahr, Michael?«, sagte Jared. Er lächelte, als er das sagte. Ich spürte sein Lächeln durchs Telefon.

»Genau wie in alten Zeiten«, erwiderte Michael, ohne Jareds Freude zu teilen. »Wir sehen uns in drei Wochen.«

»Ganz genau, mein Freund«, sagte Jared. Dann legte er auf.

SECHSUNDDREISSIGSTES KAPITEL

Wir verbrachten hier am Jersey Shore zwei Tage miteinander, bevor Michael nach Istanbul aufbrach. Er wollte mir das alte Revier von ihm und deinem Vater zeigen und die Stelle, an der er deinem Vater das Leben gerettet hatte. In allen Geschichten von Michael spürte ich die gewichtige Abwesenheit einer dritten Person. Michael erzählte sie, als hätte Jared niemals existiert. Nach zwei Tagen machte Michael sich dann auf den Weg nach New York. Ich bin mir immer noch nicht im Klaren darüber, was ich tun soll.

An den ersten beiden Tagen nach Michaels Abreise ging ich mindestens acht Mal in ein Internetcafé, um meine E-Mails zu checken. Michael und ich hatten beide einen neuen E-Mail-Account eingerichtet. Wir waren die einzigen Menschen auf der Welt, die diese E-Mail-Adressen kannten. Jedes Mal, wenn ich mich einloggte, fand ich meinen Posteingang leer vor. Das sollte allerdings auch so sein. Wir hatten vereinbart, die E-Mail-Adressen nur im Notfall zu benutzen und wenn Michael mir mitteilen wollte, dass er wieder nach Hause kam. Deshalb rechnete ich erst nach drei Wochen mit einer Nachricht von ihm. Bei meinem ersten Besuch des Internetcafés loggte ich mich auch in meinen alten E-Mail-Account ein – in denjenigen, den ich benutzt hatte, bevor ich deinem Vater begegnet war. Ich hatte mich seit über anderthalb Jahren nicht mehr eingeloggt und tat es jetzt aus reiner Neugier. Ich hatte über zehntausend neue E-Mails und eine Nachricht, dass mein Posteingang voll sei. Einen Moment lang zog ich in Erwägung, die Namen der Leute, die mir E-Mails geschickt hatten, und die Betreffzeilen zu überfliegen, ich entschied mich jedoch dagegen. Nichts, was ich dort sah, würde mir weiterhelfen. Ich loggte mich wieder aus und habe mich seitdem nicht wieder in diesen Account eingeloggt.

Ich bin noch immer am Jersey Shore. Nach Michaels Abreise beschloss ich, hierzubleiben. Deinem Vater hat es hier so gut gefallen. Wenn ich hier bin, habe ich das Gefühl, ihm näher zu sein. Ich bin schon ein paar Mal zur Südspitze der Insel gegangen und habe hinaus aufs Meer geschaut. Dein Vater hat in diesen Gewässern um sein Leben gekämpft und getötet, um zu überleben. Früher habe ich das nicht verstanden. Jetzt, wenn ich hinaus auf das dunkle, aufgewühlte Meer blicke, kann ich nur hoffen, dass ich genauso stark sein werde, wie dein Vater es war. Ich lausche dem Krachen der Brandung und stelle mir vor, dass er mir über das Tosen des Ozeans hinweg zuflüstert. Das Problem ist, dass ich nicht verstehe, was er mir sagen möchte.

Ich kann nicht ständig in meinem Posteingang nach einer E-Mail Ausschau halten, von der ich weiß, dass ich sie nicht bekommen werde. Ich kann nicht hier herumsitzen und darauf warten, dass mir Geister etwas zuflüstern. Ich muss selbst herausfinden, was Sache ist. Michael kommt erst in drei Wochen zurück. Ich kann es mir nicht leisten, diese Zeit zu verschwenden.

Ich habe mein Trainingsprogramm ausgeweitet und jogge jetzt am Strand. Es ist anders, als auf Asphalt zu laufen, weil dabei andere Muskeln beansprucht werden. Ich gehe lange im Meer schwimmen. Ich mache Liegestütze, Sit-ups, Klimmzüge – alles, was mir einfällt, um kräftiger zu werden. Michael hatte recht: Meine Aufgabe ist es, morgen kräftiger zu sein, als ich es gestern war. Ich spüre, dass ich kräftiger werde. Trotzdem weiß ich, dass ich noch mehr tun kann.

Ich bekomme Jareds Stimme einfach nicht aus dem Kopf. Mir war immer klar, dass ich sie wieder hören würde, falls wir so weit kommen sollten. Aus irgendeinem Grund hatte ich jedoch erwartet, dass sie anders klingen würde. Ich hatte geglaubt, die Tatsache, dass Jared deinen Vater getötet hat, würde ihn verändern. Er klang allerdings noch genauso. Er klang noch immer wie jemand, der überhaupt keine Zweifel hat. Ich hasse ihn dafür, wie er klingt, beinahe genauso, wie ich ihn dafür hasse, was er getan hat. Trotzdem wünschte ich, ich könnte ebenfalls so klingen. Frei von Zweifel zu sein, bedeutet, dass einen niemand aufhalten kann.

Schließlich wurde mir bewusst, was ich tun muss. Michael ist inzwischen seit über einer Woche weg. Ich packte abermals meine Reisetasche, verstaute mein gesamtes Leben in ihr. Ich habe mehrere Sätze Wechselwäsche, das Tagebuch deines Vaters, dieses Tagebuch und mein Buch über die Entwicklung von Babys. Ich habe die ungeöffnete Schachtel Zigaretten, die ich mit mir herumtrage, seit Michael von mir verlangt hat, dass ich mit dem Rauchen aufhöre. Ich habe mein Messer und meine Pistole. Zu guter Letzt habe ich noch die Postkarte, die Michael in Dorothys Hosentasche gefunden hat. Bevor ich aufbrach, ging ich noch einmal zur Südspitze der Insel, um mir von deinem Vater etwas zuflüstern zu lassen. Ich verstand immer noch nicht, was er sagte. Dann verabschiedete ich mich.

Liebe Maria,
Jedes Bild ist ein Bild von einem Bild
Von einem Bild von einem Bild von einer Szene.
Jede Erinnerung ist eine Erinnerung an eine Erinnerung
An eine Erinnerung an eine Erinnerung an einen Traum.
Am sechsten Tag kannst du deine Belohnung unter einem
Fels in dem Bach im Park finden.

Während der Zugfahrt nach Washington, D.C., las ich die Postkarte immer und immer wieder. Michael hatte eine ganze Reihe Postkarten erhalten. Ich hatte nur eine Postkarte. Nur eine einzige. Nichtsdestotrotz, Dorothy hatte mir ein Versprechen gegeben. Ich zweifelte nicht daran, dass sie es gehalten hätte, wenn sie noch am Leben gewesen wäre. Doch das war sie nicht. Ich hatte nicht die Absicht, in den Rock Creek Park zu gehen. Ich hatte nicht vor, hineinzumarschieren, herumzustehen und darauf zu warten, dass jemand zu mir kommt – jemand, der womöglich gar nicht da war. In letzter Zeit hatte ich genug herumgestanden und gewartet. Ich erinnere mich noch an jenen ersten Abend, als ich mit Michael Kontakt aufnahm. Ich erinnere mich, wie ich in der Dunkelheit dastand und mich nicht einmal dann von der Stelle rührte, als jemand eine Pistole auf mich richtete. Ich erinnere mich, dass ich darauf wartete, dass Michael zu mir kommt. Selbst im Angesicht des Todes habe ich einfach nur dagestanden und gewartet. In Zukunft wird das anders werden. Du hast Besseres verdient. Zum Glück habe ich mir den Text von Michaels Postkarten mehr oder weniger eingeprägt, als ich auf der Fahrt von Florida nach Washington, D.C., versuchte, sie zu entschlüsseln. Ich weiß, wo sie morgen sein werden und übermorgen und an dem Tag danach. Ich werde nicht darauf warten, dass sie zu mir kommen. Ich werde zu ihnen gehen.

SIEBENUNDDREISSIGSTES KAPITEL

Es ist Dienstagabend. Ich wohne in einem Hotel in Crystal City in Arlington, Virginia. Es ist billiger als alles, was ich in Washington, D.C., finden konnte. Nach Georgetown ist es nur ein kurzer Fußmarsch über die Brücke. Von dort kann ich nach Foggy Bottom gehen und überallhin mit der U-Bahn fahren. Die Einstein-Statue ist auch nur ein kurzes Stück zu Fuß von der Brücke entfernt. Ich habe den Vormittag dort verbracht und sie genau unter die Lupe genommen. Es hat ein paar Stunden gedauert, die Umgebung zu durchkämmen. Die Statue steht in einem Ulmen- und Stechpalmenwäldchen südlich der Akademie der Wissenschaften und ist auf drei Seiten von Bäumen umgeben. Auf der vierten Seite befindet sich die Constitution Avenue. Die Statue zeigt Einstein auf einer Treppe sitzend mit einem Blatt Papier voller mathematischer Formeln auf dem Schoß. Wenn man die Statue berührt, spürt man, dass der Stein abgenutzt ist, nachdem jahrelang Kinder auf Einsteins Schoß gesessen haben. Auf dem Boden, bei den Füßen der Statue, befindet sich eine Karte mit Planeten und Sternen. Der Legende zufolge antwortet die Statue, wenn man sich vor sie stellt und ihr etwas zuflüstert. Ich wagte es nicht, das auszuprobieren.

Am Nachmittag kam ich wieder in Virginia an. Ich wollte Munition für meine Pistole kaufen, denn was nützt einem eine Pistole, wenn man nicht genug Kugeln hat?

In meinem Hotel gibt es einen Computerraum. Nachdem ich anderthalb Stunden im Fitnessraum des Hotels verbracht hatte, betrat ich ihn und loggte mich an einem der Computer ein, um nachzusehen, ob ich eine E-Mail von Michael bekommen hatte. Mein Posteingang war leer. Ich zog in Erwägung, Michael eine kurze Nachricht zu senden, um mich zu erkundigen, ob bei ihm alles in Ordnung war und nach Plan lief, und um ihm zu sagen, dass ich ihn vermisse, überlegte es mir jedoch anders. Ich fragte mich, ob Michael dasselbe tat, ob auch er jeden Tag seine E-Mails checkte, um nachzusehen, ob ich ihm geschrieben hatte. Ich fragte mich, ob er jedes Mal enttäuscht war, wenn er sein Postfach öffnete und erkannte, dass ich ihm nicht geschrieben hatte.

Ich stand früh auf. Ich wusste nicht, wann Claras Männer eintreffen würden, wollte aber unbedingt vor ihnen bei der Statue sein. Allerdings konnte ich mir nicht vorstellen, dass sie sich allzu früh dort blicken lassen würden. Da sie vermutlich nicht auffallen wollten, würden sie es vermeiden, die Ersten zu sein, die dort erschienen. Ich erinnerte mich an den Malcolm X Park, wo sie aus dem Nichts aufgetaucht waren. Zuerst diejenigen, die sich Michael geschnappt hatten, dann diejenigen, die mich gepackt hatten. Wenn ich zuerst vor Ort war, würde ich sie womöglich kommen sehen. Ich musste mir sicher sein, dass sie es waren. Ich musste einfach alles richtig machen. Musste Fehler vermeiden. Ich hatte nur eine Chance. Wenn ich diese Chance vermasselte, würde die Sache sehr schnell sehr gefährlich werden.

Ich packte meinen Rucksack. Die Pistole verstaute ich im Außenfach, wo ich sie leicht erreichen konnte. Das Messer steckte ich mir in den Hosenbund, wie Michael es mir beigebracht hatte. Es hatte mir bereits einmal das Leben gerettet. Inzwischen fühlte ich mich wohl, wenn ich den Druck des Messers am Oberschenkel spürte. Neben einem Apfel und zwei Müsliriegeln, die ich mir am Tag zuvor gekauft hatte, verstaute ich noch zwei Flaschen Wasser in meinem Rucksack. Außerdem packte ich die alte, ungeöffnete Schachtel Zigaretten ein, die zu einer Art Talisman für mich geworden war. Als Letztes verstaute ich noch die Tagebücher. Das musste genügen.

Die Sonne war noch nicht aufgegangen, als ich das Hotel verließ, doch der Himmel nahm bereits einen helleren blauen Farbton an. Irgendwo war die Sonne, und ihr Licht holte mich ein. Ich ging durch Crystal City zu der Brücke nach Georgetown und beschloss, den ganzen Weg zu Fuß zurückzulegen. Ich wollte meine Muskeln lockern. Während ich dahinmarschierte, wurde der Himmel immer heller. Als ich über die Brücke ging, stieg vom Potomac River Nebel auf. Einen Moment lang hatte ich das Gefühl, durch den Nebel in eine andere Welt zu wandern. Nachdem ich die Brücke überquert hatte, bog ich nach rechts in Richtung Foggy Bottom ab.

Ich steuerte nicht direkt auf die Statue oder auf die Bäume

dahinter zu, zwischen denen ich zum Beobachten Stellung beziehen wollte. Mir war bewusst, dass das verkehrt gewesen wäre. Das hatte ich inzwischen gelernt. Stattdessen drehte ich einige Runden in der Umgebung. Während ich meine Kreise zog, hielt ich Ausschau, ob mir irgendetwas verdächtig vorkam. Als ich mit der ersten Runde fertig war und mich davon überzeugt hatte, dass keine Gefahr drohte, drehte ich eine weitere Runde mit kleinerem Radius. Ich kontrollierte alles, was ich schon am Tag zuvor kontrolliert hatte. Keine Fehler. Anschließend zog ich vier weitere, konzentrische Kreise, bis ich mich in unmittelbarer Nähe der Statue befand. Als ich fertig war, war die Dämmerung dem Morgen gewichen, und die Sonne hing tief am Himmel. Auf der anderen Straßenseite sah ich Menschen am Fluss entlanggehen, doch bislang war noch niemand gekommen, um die Einstein-Statue zu besichtigen. Ich ging einmal an der Statue vorbei und ließ die Hand über Einsteins Schoß gleiten, wobei ich die Spuren all der glücklichen Kinder spürte. Vielleicht kann ich eines Tages mit dir hierherkommen. Vielleicht kann ich dich eines Tages auf Einsteins Schoß setzen, damit du ihm etwas zuflüstern kannst und er dir antwortet.

Ich hielt mich nicht lange bei der Statue auf, da ich mich in mein Versteck begeben musste, bevor die ersten Besucher auftauchten. Ich musste in der Lage sein, alle zu sehen, die kamen und gingen, ohne von ihnen gesehen zu werden. Als Michael und ich im Malcolm X Park gekidnappt worden waren, hatte ich den Fehler gemacht, dass ich den Kopf gesenkt gehalten und nach etwas gesucht hatte, das nicht existierte. Das war der Sinn und Zweck der Rätsel: Sie sollten einen ablenken, damit sie einen unbemerkt überwachen konnten. Ich hatte nach Hinweisen Ausschau gehalten, und Michael hatte nach mir Ausschau gehalten. Keiner von uns beiden hatte auf das geachtet, worauf wir hätten achten sollen. Diesen Fehler würde ich nicht noch einmal machen.

Ich schlüpfte zwischen die Bäume. Ich wusste genau, wohin ich wollte: zu einer winzigen Lichtung zwischen drei Bäumen. Die Bäume verbargen mich nicht vollständig, boten jedoch ausreichend Tarnung, damit mich Claras Männer nicht richtig zu Gesicht bekommen würden. Aus der Ferne wirkte ich vermutlich wie eine ganz normale Studentin, die das Wetter genoss und sich mit einem Buch entspannte. Sie hätten mich schon genauer unter die Lupe nehmen müssen, um festzustellen, dass ich keine Studentin war, dass ich nicht das Wetter genoss und dass ich mich nicht entspannte. Das würde ich jedoch nicht zulassen.

Ich ließ mich auf der kleinen Anhöhe nieder. Von dort oben hatte ich freie Sicht auf die Statue und ihre unmittelbare Umgebung und konnte alle Leute kommen und gehen sehen. Mir würde niemand entgehen, der Ausschau nach Hinweisen zu unlösbaren Rätseln hielt. Noch wichtiger war, dass ich diejenigen sehen würde, die diese Leute beobachten.

Es dauerte noch eine Stunde, bis die Statue ihre ersten Besucher hatte, zwei leicht übergewichtige Erwachsene mit ihren zwei Kindern, einem Jungen und einem Mädchen. Das Mädchen war die Ältere der beiden und trug eine Brille. Sie rannte auf die Statue zu und las die Gleichungen, die in Einsteins Schoß gemeißelt waren. Der Junge blieb vor der Karte des Nachthimmels auf dem Boden stehen, hüpfte von einem Stern zum nächsten und durchquerte ganze Universen mit großen Sprüngen. Der Vater machte Fotos. Etwa fünfzehn Minuten später gingen sie weiter. Nach dieser Familie kam eine halbe Stunde lang niemand. Ich sah auf die Uhr. Es war zehn. Falls Claras Männer kamen, würden sie bald auftauchen. Auch wenn sie nicht die ersten Besucher sein wollten, würden sie nicht so spät erscheinen, dass sie

Gefahr liefen, einen Bekehrten zu verpassen. Eine weitere Familie kam und ging wieder. Ich aß einen meiner Müsliriegel und trank etwas Wasser. Nachdem die zweite Familie gegangen war, kamen in regelmäßigeren Abständen Besucher. Ich vermerkte jeden auf den Seiten dieses Tagebuchs. Um elf Uhr waren insgesamt siebenundzwanzig Leute gekommen und wieder gegangen. Niemand war sehr lange geblieben. Der Tag wurde immer klarer und heißer. Ich hatte keine Nachzügler gesehen und niemanden, der jemand anderen beobachtet hatte.

Um zwölf Uhr mittags waren fünfundvierzig Leute gekommen und wieder gegangen. Zwanzig nach zwölf tauchte eine weitere Gruppe auf. Dem Anschein nach handelte es sich um zwei Familien, ein junges Pärchen und eine Einzelperson. Ich betrachtete das Gesicht des einzelnen Mannes und glaubte, ihn von irgendwoher zu kennen, konnte ihn jedoch nicht einordnen. Ich versuchte, mir die Gesichter der Leute ins Gedächtnis zu rufen, die sich in dem Stützpunkt befunden hatten, zu dem ich nach meiner Entführung gebracht worden war, doch daher kannte ich den einzelnen Mann nicht. Dann fiel es mir plötzlich ein: Er war bereits hier gewesen. Er war mit einer früheren Gruppe gekommen, ungefähr um elf Uhr. Ich beobachtete ihn. Er stand da und starrte die Statue ein paar Minuten lang an. Dann ging er weiter. Beim ersten Mal hatte er genau das Gleiche getan. Ich studierte das Gesicht des Mannes. Eine gute halbe Stunde später sah ich ihn abermals. Er war nicht der Einzige. Ich kam zu dem Ergebnis, dass insgesamt drei Personen wiederholt bei der Statue auftauchten und wieder verschwanden, ohne mit irgendjemandem zu sprechen.

Mir war klar, dass noch eine vierte Person zu ihnen gehören musste. Sie waren zu viert gewesen, als sie Michael und mich gekidnappt hatten, zwei Pärchen. Es ergab einen Sinn, dass sie so arbeiteten: das klassische Zweiersystem. Ich beobachtete weiter, da ich mir nicht sicher war, wann und wie ich in Aktion treten sollte. Solange ich den Vierten noch nicht identifiziert hatte, konnte ich nichts tun. Vorher aktiv zu werden, wäre zu riskant gewesen.

Kurz vor drei Uhr nachmittags tauchte der erste Mann erneut auf. Insgesamt hatten bis dahin über achtzig Leute die Statue besichtigt. Dieser Mann war bereits mindestens fünf Mal gekommen. Irgendetwas entging mir. Ich erhob mich und entfernte mich von den Bäumen, die mir Tarnung gaben. Um herauszufinden, was mir entging, blieb mir nichts anderes übrig, als mich näher zu der Statue zu begeben. Ich beobachtete, wie der Mann auf die Statue zuging. Ich näherte mich ihm vorsichtig, um seinen Gesichtsausdruck erkennen zu können, um alles sehen zu können, was er sah. Er blieb zwei oder drei Minuten vor der Statue stehen, blickte sie jedoch kaum an. Stattdessen starrte er auf seine Füße. Er bewegte den rechten Fuß über die Karte, die in den Steinboden gemeißelt war, als würde er mit dem Zeh ein Bild malen. Dann hob er den Kopf und sah mich direkt an. Ich erstarrte, weil ich dachte, ich hätte die Sache vermasselt. Dann wurde mir allerdings bewusst, dass er doch nicht mich ansah. Er richtete den Blick auf irgendetwas hinter mir. Ich hatte das Bedürfnis, mich umzudrehen, um herauszufinden, was er ansah, beherrschte mich jedoch. Sie wären auf mich aufmerksam geworden und … Und was? Hätten das Weite gesucht? Das wollte ich nicht riskieren. Stattdessen entfernte ich mich wieder und steuerte auf eine andere Gruppe von Bäumen zu. Als ich glaubte, weit genug entfernt zu sein, drehte ich mich um und blickte zurück. Oben auf dem Hügel stand jemand. Ich beobachtete, wie der Mann auf dem Hügel dem Mann bei der Statue zunickte. Dann verschwanden beide gleichzeitig.

Ich bezog an anderer Stelle Position. Ich hatte mich so sehr auf das konzentriert, was vor mir geschah, dass mir der Mann, der hinter mir stand, völlig entgangen war. Deshalb versteckte ich mich hinter einem anderen Baum, von dem ich sowohl die Statue als auch die Hügelkuppe sehen konnte. Zwanzig Minuten später tauchte ein anderer der Mehrfachbesucher bei der Statue auf. Es handelte sich um seinen sechsten Besuch. Ich richtete den Blick zur Hügelkuppe. Der Mann dort erschien fast genau zur selben Zeit. Das Muster wiederholte sich, als der Mann in der Nähe der Statue ein paar Mal scheinbar beliebig mit der Fußspitze auf den Boden tippte, bevor er wieder verschwand. Es handelte sich dabei um Signale. Alles war fast auf die Minute genau koordiniert. Eigentlich hätte ich damit rechnen sollen. Diese Leute waren keine Amateure. Sie hätten nicht überlebt, wenn sie welche gewesen wären. Ich konnte nicht wissen, was die Signale zu bedeuten hatten, hatte aber nicht vor zu warten, bis ich herausfand, dass es dabei um mich ging.

Ich wartete, bis der Mann auf dem Hügel wieder verschwand. Dann verließ ich mein Versteck zwischen den Bäumen und ging rasch auf den Hügel hinauf. Dort suchte ich mir keine fünf Meter von der Stelle entfernt, an der ich den vierten Mann hatte auftauchen sehen, ein neues Versteck. Ich öffnete den Reißverschluss der Außentasche meines Rucksacks.

Acht Minuten, nachdem ich in meinem neuen Versteck Stellung bezogen hatte, erschien der vierte Mann abermals und blieb fünf Minuten lang auf der Hügelkuppe stehen. Ich beobachtete, wie er in Richtung Statue nickte. Anschließend drehte er sich um und ging wieder weg. Dieses Mal war er allerdings nicht allein: Ich folgte ihm. Dabei trug ich meinen Rucksack seitlich und hatte die Hand in seiner Außentasche. Ich ließ größte Vorsicht walten, da mir bewusst war, dass ich jemandem folgte, der schon sein ganzes Leben lang Paranoia hatte und unter Verfolgungswahn litt. Ich glaubte allerdings nicht, er wäre jemals auf die Idee gekommen, dass es sich bei der Person, die ihm folgte, um mich handelte.

Ich verringerte den Abstand zwischen uns mit jedem Schritt. Der Mann war größer als ich, mindestens einen Meter achtundsiebzig, sodass ich für jeden seiner Schritte fast zwei machen musste, um ihn einzuholen. Ich wollte wissen, wohin er ging, ehe ich mich zu erkennen gab. Er lief zu der Straße hinter der Akademie der Wissenschaften und bog dann nach links in Richtung 23. Straße. Im Gehen sah er immer wieder auf die Uhr. Alles war koordiniert. Ich fragte mich, wie viel Zeit er hatte, bevor er zurück auf seinem Posten auf dem Hügel sein musste. Auf der Straße war nicht viel los, doch wir waren nicht allein. Die Fremden gaben mir Deckung, da ich mich zwischen ihnen verstecken konnte, doch sie waren gleichzeitig potentielle Zeugen, vor denen ich mich in Acht nehmen musste, wenn ich meine Pistole zückte.

Ich war nur wenige Schritte hinter dem Mann, als wir uns der 23. Straße näherten. Er hatte sich bislang noch nicht umgedreht, hatte sich nicht umgesehen oder zumindest einen Blick hinter sich geworfen. Das machte mich nervös. Als ich bemerkte, dass er in seine Tasche griff, krampfte sich mein Magen zusammen, und ich umklammerte den Griff meiner Pistole fester. Ich beobachtete seine Hand. Er holte Autoschlüssel aus seiner Tasche hervor. Offenbar ging er zurück zu seinem Wagen. Das war ein glücklicher Umstand – glücklich für mich, nicht für ihn.

Ich schloss bis auf einen oder zwei Schritte zu ihm auf. Er blickte sich noch immer nicht um. Dafür war er zu sehr in Eile. Aus irgendeinem Grund hatte er sich nicht genug Zeit genommen, um zum Auto zu gehen und anschließend wieder auf den

Hügel zurückzukehren, ohne sich abhetzen zu müssen. Was auch immer der Grund dafür war, er achtete weniger auf seine Umgebung, als er es hätte tun sollen. Niemand ist perfekt. Er ging hinten um den Wagen herum zur Fahrertür. Ich war unmittelbar hinter ihm und bewegte mich lautlos.

In dem Moment, als er die Autotür öffnete, sah ich zwei andere Leute auf der Straße. Mich hatten sie mitten in einem Park voller Menschen gekidnappt, und niemand hatte reagiert. Ich musste das Risiko eingehen und darauf hoffen, dass die zwei Leute auf der Straße keine Helden waren. Nur wenige Menschen sind Helden. Es ist schwierig, ein Held zu sein, und das liegt nicht daran, dass Menschen nicht mutig sind, denn das sind viele. Sie waren einfach nicht darauf vorbereitet, Helden zu sein. Es mangelte ihnen an den dafür nötigen Instinkten und an Reaktionsschnelligkeit. Der Mann drehte sich zum Auto, beugte sich hinunter und legte die Hand auf den Türgriff. Inzwischen war ich nur noch gut einen Meter von ihm entfernt. Als er sich umdrehte, nahm er mich zum ersten Mal zur Kenntnis.

Ihm war sofort bewusst, dass irgendetwas nicht stimmte. Er war sich nur noch nicht darüber im Klaren, worum es sich dabei handelte. In seiner Welt konnte so viel schiefgehen. Ich hätte irgendjemand auf seiner langen Liste potentieller Feinde sein können. Vermutlich war er sich nicht einmal sicher, ob ich überhaupt auf dieser Liste stand. »Kann ich Ihnen helfen?«, fragte er leise. Ich hörte die Angst in seiner Stimme. Ich war es nicht gewohnt, dass andere Angst vor mir hatten. Mit einer schnellen, einstudierten Bewegung zog ich meine Pistole aus der Außentasche meines Rucksacks und warf mir diesen wieder über die Schulter. Der Mann blickte hinunter auf die Pistole und erstarrte.

»Schließen Sie die Türen auf«, befahl ich. Der Mann beugte

sich mit dem Schlüssel zum Türschloss hinunter. Jede seiner Bewegungen machte mich nervös. »Mit dem Knopf an Ihrem Schlüsselanhänger«, sagte ich. »Machen Sie sie damit auf.« Ich hielt die Pistole tief, um sie vor dem Rest der Welt zu verbergen. Mir blieb nicht viel Zeit. Die anderen bei der Statue würden in weniger als zehn Minuten bemerken, dass etwas nicht stimmte.

Der Mann drückte zweimal auf den Knopf an seinem Autoschlüssel. Ich hörte, wie sich die Türen entriegelten. Dann öffnete ich die Fondtür, wobei ich die Pistole nach wie vor auf den Mann gerichtet hielt. »Wenn Sie den Wagen wollen, können Sie ihn haben«, sagte er. Seine Stimme klang jetzt ruhiger. Noch hatte ich ihn nicht erschossen. Die meisten Leute auf der Liste mit seinen Feinden hätten ihn inzwischen getötet.

»Steigen Sie ein«, befahl ich. »Setzen Sie sich auf den Fahrersitz.« Er nickte. Er bewegte sich langsam, um zu verhindern, dass ich erschrak und ihm in den Rücken schoss. Als er sich auf dem Fahrersitz niederließ, kletterte ich direkt hinter ihm auf die Rückbank, wobei ich jede seiner Bewegungen simultan kopierte. Ich bin sicher, dass er das spürte, auch wenn er es nicht sehen konnte.

»Und jetzt?«, fragte er, als er auf dem Fahrersitz saß.

»Schließen Sie die Tür und lassen Sie den Motor an«, befahl ich. Ich fühlte mich stark. Er streckte den Arm aus und zog die Fahrertür zu. Ich beobachtete dabei seine Hand, um mich zu vergewissern, dass er nicht versuchte, irgendetwas aus der Türtasche zu holen. Als seine Tür zu war, schloss ich meine ebenfalls. Er steckte den Schlüssel ins Zündschloss und ließ den Wagen an. Auf dem Beifahrersitz stand ein aufgeklappter Laptop. Allem Anschein nach war er zu seinem Wagen zurückgekehrt, um auf seinem Computer irgendetwas nachzusehen oder um irgendwelche Daten einzugeben. Das war das Einzige, was einen Sinn ergab. Der Untergrund verwendete Technologien, vor denen die beiden Kriegsparteien zurückschreckten, um immer einen Schritt voraus zu sein.

»Und jetzt?«, fragte der Mann erneut. Er hatte bislang weder gejammert noch mich angefleht. Er hatte reagiert, wie nur jemand reagieren würde, der mit so etwas gerechnet hatte. Trotzdem sah ich im Rückspiegel Schweißperlen auf seiner Stirn.

»Schalten Sie die Klimaanlage ein«, erwiderte ich, »und fahren Sie los.«

»Wohin?«

»Zuerst weg von hier und dann zu Clara.«

Er sah mich im Rückspiegel an. Zum ersten Mal, seit er mich zur Kenntnis genommen hatte, wirkte er verängstigt. Er bewegte sich nicht. Ich hob die Pistole und presste sie ihm in den Nacken. »Fahren Sie los«, sagte ich. »Und zwar sofort. Und machen Sie bloß keinen Unsinn.« Er griff mit der rechten Hand nach unten und legte den Gang ein. Ich schielte auf meine Uhr. Der nächste Besuch der Statue würde in vier Minuten stattfinden. »Fahren Sie nach Norden.«

Er steuerte aus der Parklücke und fuhr die 23. Straße entlang. Ich warf einen Blick hinter uns, um nachzusehen, ob jemand auf uns aufmerksam geworden war. Alles wirkte normal. Als ich einen plötzlichen Adrenalinstoß spürte, wäre mir beinahe ein Lächeln über die Lippen gehuscht. Ich nahm meine Pistole vom Nacken des Mannes und lehnte mich zurück, hielt sie aber weiterhin auf seinen Hinterkopf gerichtet. Ich stellte sicher, dass er sehen konnte, wohin ich mit meiner Pistole zielte, wenn er einen Blick in den Rückspiegel warf.

Wir fuhren die 23. Straße hinauf. Ich beobachtete die Fahrbahn vor uns. Es herrschte normaler Verkehr, mit dem wir mitschwammen. Ich wollte den Abstand zwischen uns und der

Einstein-Statue möglichst schnell vergrößern. Ich wollte sichergehen, dass sie uns nicht mehr finden würden, wenn sie versuchten, uns zu folgen. »Biegen Sie bei der nächsten Gelegenheit links ab«, sagte ich. »Fahren Sie nach Virginia.«

Der Mann folgte meiner Aufforderung. Als er abbog, warf er mir im Rückspiegel einen Blick zu. »Wer sind Sie?«, fragte er. Was er mich eigentlich fragte, war: *Warum richten Sie eine Pistole auf mich?* In seiner Welt war das ein und dieselbe Frage.

»Ich heiße Maria«, entgegnete ich. »Sie haben sicher schon von mir gehört. Jeder von Ihnen hat schon von mir gehört.« Ich sah ihm im Rückspiegel in die Augen, während ich sprach. »Sie haben meinen Sohn gekidnappt und seinen Vater getötet. Ich habe Clara vor ein paar Monaten kennengelernt und sie um Hilfe gebeten. Sie hat sie mir verweigert. Dann hat mir jemand anderer versprochen, dass Ihre Leute mir helfen würden. Diese Person ist inzwischen tot. Ich bin hier, um sicherzustellen, dass Clara das Versprechen dieser Person einlöst.«

»Dorothy«, sagte der Mann.

Ich hörte die Traurigkeit in seiner Stimme und nickte. »Wenn wir in Virginia sind, bringen Sie mich zu Clara.« Er antwortete nicht, sondern fuhr einfach weiter.

Ein paar Minuten später überquerten wir die Grenze nach Virginia. Ich fühlte mich sicherer. Als ich diese Fahrt das letzte Mal gemacht hatte, war ich zwei Stunden lang in einem Kofferraum eingesperrt gewesen. Ich warf dem Fahrer im Rückspiegel einen Blick zu. »Ich nehme jetzt den Arm runter«, sagte ich. »Mag sein, dass Sie die Pistole nicht sehen, aber glauben Sie mir, dass Sie nichts zu versuchen brauchen. Fahren Sie einfach weiter. Ich brauche nicht mal eine Sekunde, um den Abzug zu betätigen.«

»Ich kann Sie nicht dort hinbringen, wohin Sie wollen«, sagte der Fahrer. Unsere Blicke trafen sich im Rückspiegel.

»Was soll das heißen, *Sie können mich nicht dort hinbringen*? Sie müssen. Sie haben keine andere Wahl.« Ich sah noch immer Angst in seinen Augen, doch mit einem Mal wurde mir klar, dass er nicht vor mir Angst hatte. Er hatte Angst vor Clara.

»Wir dürfen niemanden in den Stützpunkt bringen, es sei denn, Clara hat ihn zur Rekrutierung ins Visier genommen.«

»Aber ich war bereits dort«, sagte ich zu ihm. Ich sah die Überraschung in seinem Gesichtsausdruck.

»Nicht so«, erwiderte er mit einem Kopfschütteln.

»Nein. Beim letzten Mal, als ich bei Clara zu Besuch war, haben mich zwei von Ihren Freunden in einen Kofferraum geworfen.«

»Ich kann Sie nicht hinbringen«, wiederholte er.

Ich hob die Pistole wieder an, beugte mich vor und presste ihm die Mündung in den Nacken, damit er das Metall spüren konnte. »Ihr wisst einfach nicht, wann Schluss sein muss. Sind Sie tatsächlich gewillt, für diese Sache zu sterben?« Ich konnte nicht fassen, wie stur er war. Er antwortete nicht, da er wusste, dass mir seine Antwort nicht gefallen würde. »Ich dachte, Sie hätten dem Krieg den Rücken gekehrt, um diesem Wahnsinn ein Ende zu setzen?«

Er hob den Kopf und starrte mich im Rückspiegel an. Sein Blick war kalt und hart. »Ich habe dem Krieg den Rücken gekehrt, weil ich es satthatte zu töten.«

Wir fuhren fünf Minuten schweigend dahin. Ich hatte keine Ahnung, wohin wir unterwegs waren. Vermutlich entfernten wir uns mit jeder Minute weiter von Clara. »Haben Sie ein Mobiltelefon im Wagen?«, fragte ich den Fahrer. Ich wusste, dass Michael und dein Vater keine Mobiltelefone bei sich trugen, aber sie hatten auch keine Laptops dabei.

»Ja«, antwortete der Fahrer.

»Dann rufen Sie Clara an.«

»Ich habe ihre Nummer nicht.«

»Dann rufen Sie im Stützpunkt an. Rufen Sie irgendjemanden an. Wenn jemand abnimmt, fragen Sie nach Clara. Sagen Sie, dass sich Maria mit ihr über Dorothy unterhalten will. Und tun Sie es jetzt sofort.«

»Das Handy liegt im Handschuhfach«, sagte der Fahrer.

»Sie können es rausholen. Aber machen Sie langsam.« Er streckte den rechten Arm aus und öffnete das Handschuhfach. Ich konnte hineinschauen. Ich konnte das Telefon sehen. Und ich konnte den Taser sehen. »Fassen Sie nichts anderes an als das Telefon«, warnte ich ihn.

»Mache ich nicht.« Ich glaubte ihm, da er nach einem Ausweg suchte. Er nahm das Telefon in die Hand und wählte, wobei er die Straße nur kurz aus den Augen ließ. Dann hielt er sich das Telefon ans Ohr.

»Schalten Sie den Lautsprecher an«, befahl ich. Der Fahrer drückte eine Taste, und das Geräusch des Freizeichens füllte den Wagen.

»Hallo?«, sagte eine Männerstimme nach dem dritten Freizeichen.

»Robert?«, fragte der Fahrer.

»Roman«, erwiderte der Mann am anderen Ende der Leitung. Der Fahrer hieß Roman. Zumindest nannte er sich so. »Wo sind Sie? Uns wurde gesagt, Sie wären verschwunden. Wir dachten schon, Ihnen wäre etwas zugestoßen.«

»Ich muss mit Clara sprechen«, erklärte Roman. Seine Stimme bebte leicht, als er seine Bitte äußerte.

»Was ist los? Warum klingen Sie, als würden Sie unter Wasser telefonieren?«

»Ich habe Sie auf Lautsprecher gestellt«, entgegnete Roman.

»Ich muss mit Clara sprechen. Können Sie sie irgendwie ans Telefon holen?« Roman sah mich im Rückspiegel an. Ich nickte. »Sagen Sie ihr, dass sich Maria mit ihr über Dorothy unterhalten möchte.« Stille. Es hörte sich an, als hätte Robert das Telefon stumm geschaltet. Der Name Dorothy sagte ihnen allen etwas.

Ich hörte, wie Robert die Stummschaltung des Telefons wieder aufhob. »Geben Sie mir fünf Minuten«, sagte er. »Haben Sie fünf Minuten Zeit, Roman?« Roman sah mich abermals an. Ich nickte erneut.

»Ja«, antwortete Roman. Das Telefon am anderen Ende der Leitung wurde wieder stumm geschaltet. Zwei Minuten später ertönte eine andere Stimme aus dem Telefon – eine Stimme, die ich erkannte.

»Alles in Ordnung mit Ihnen, Roman?« Claras Stimme klang forsch und autoritär.

»Ihm geht es gut«, antwortete ich für ihn. »Noch. Ich muss Sie sehen, Clara.«

»Spreche ich mit Maria?«, fragte Clara. Ich wünschte, sie hätte meine Stimme erkannt, so wie ich ihre erkannt hatte. Sie erkannte sie nicht. Unser Treffen hatte ihr weniger bedeutet als mir.

»Ja.« Ich schluckte und fuhr fort: »Ich habe Roman freundlich gebeten, mich zu Ihnen zu bringen, aber er hat sich geweigert. Ich möchte nicht unfreundlich werden müssen. Gestatten Sie es ihm, mich zu Ihnen zu bringen?«

Es dauerte einen Moment, bis Clara antwortete. »Bringen Sie sie her«, sagte sie schließlich. »Wann werden Sie hier sein, Roman?«

»In zweieinhalb Stunden«, erwiderte Roman und trat aufs Gas. Er konnte es kaum erwarten, wieder auszusteigen.

»Okay«, sagte Clara. »Dann sehe ich Sie beide bald.«

Für den Rest der Fahrt sprachen Roman und ich nicht mehr miteinander. Ich nahm Dorothys Postkarte aus meinem Rucksack, faltete sie in der Mitte und verstaute sie in der Hosentasche. Dann legte ich die Hand in den Schoß, ohne die Pistole loszulassen.

Sie warteten bereits auf uns, als Roman auf dem Gelände des Stützpunkts anhielt. Mindestens ein Dutzend von ihnen standen mit gezogener Pistole vor dem Gebäude. Vier davon waren Frauen, der Rest Männer. Clara war nicht unter ihnen. Einer der Männer gab Roman per Handzeichen zu verstehen, dass er die Fenster herunterlassen solle. Roman folgte der Aufforderung. Alle vier Seitenfenster glitten nach unten und ließen den Geruch von Waldluft in den Wagen. Sie roch satt und lebendig.

»Steigen Sie aus!«, schrie der Mann. »Falls Sie Waffen haben, dann halten Sie sie vor den Körper, damit wir sie sehen können!«

Ich tat, wie mir befohlen wurde – nicht weil ich Angst vor ihnen hatte, sondern weil ich wusste, dass sie das alles nur verlangten, weil sie Angst vor mir hatten. Roman rührte sich nicht von der Stelle. Ich öffnete die Autotür und hielt beide Hände ausgestreckt vor mir. In einer befand sich meine Pistole. Die andere war leer. Alle ihre zwölf Pistolen waren auf mich gerichtet. »Legen Sie Ihre Pistole auf den Boden!«, schrie der Anführer. Ich bückte mich und legte meine Pistole auf die unbefestigte Zufahrt.

»Die hätte ich gern zurück, wenn ich gehe«, sagte ich, als ich mich mit den Händen über dem Kopf wieder aufrichtete. Eine der Frauen kam auf mich zugelaufen und schnappte sich meine Pistole.

Dann trat der Anführer auf mich zu. »Ist das Ihre einzige Waffe?«, fragte er. Inzwischen war er mir nahe genug, um nicht mehr schreien zu müssen. Ich nickte. Er warf Roman, der im

Auto sitzen geblieben war, einen Blick zu, um sich das von ihm bestätigen zu lassen. Roman nickte ebenfalls. Der Anführer drehte mich um und forderte mich auf, die Hände auf den Wagen zu legen. Er gab einer der anderen Frauen ein Zeichen, die daraufhin zu uns kam und mich von Kopf bis Fuß filzte. Sie ertastete das Messer, das unter meinem T-Shirt verborgen war. Ich hatte mich so daran gewöhnt, dass ich es völlig vergessen hatte.

»Daran hatte ich nicht mehr gedacht«, sagte ich. Die Frau nahm mir das Messer ab. »Das hätte ich auch gern wieder, wenn ich gehe«, sagte ich zu dem Anführer. Er bedachte mich mit einem verärgerten Blick und steckte seine Pistole in das Halfter an seinem Gürtel. Als er das tat, ließen auch die anderen ihre Waffen sinken. »Ich möchte nur mit Clara sprechen«, erklärte ich.

»Sie haben eine merkwürdige Art und Weise, darum zu bitten«, sagte er.

»Sie machen es mir auch nicht gerade leicht«, erwiderte ich.

Vier von ihnen eskortierten mich in das Gebäude. Zwei gingen vor mir, zwei hinter mir. Sie führten mich denselben Korridor entlang, durch den ich vor nur wenigen, aber unglaublich langen Wochen geführt worden war. Dieses Mal wirkte er kleiner. Wir kamen an der Treppe vorbei, die nach unten zu dem Raum führte, in dem ich die Nacht verbracht hatte. Im Treppenhaus war es dunkel. Sie schoben mich vorwärts auf Claras Zimmer zu. Als ich das letzte Mal hierhergekommen war, hatte ich so große Hoffnungen gehabt und war so enttäuscht gewesen, als ich wieder gegangen war. Dieses Mal kam ich nicht mit den gleichen Erwartungen. Inzwischen wusste ich, dass niemand anderer Antworten auf meine Fragen finden würde, doch sie hatten mir ein Versprechen gegeben, und ich hatte mir vorgenommen, von ihnen zu verlangen, dass sie es einlösten.

Claras Tür am Ende des Korridors stand offen. Ich sah sie hinter ihrem Schreibtisch sitzen. Ich wurde durch die Tür geführt. Clara blickte nicht von ihren Unterlagen auf, bis ich im Zimmer stand. Als sie aufblickte, sah sie meine Begleiter an. »Sie können uns allein lassen«, sagte Clara, und sie verließen den Raum. Clara wirkte müde. Ich hörte, wie hinter mir die Tür geschlossen wurde. Schließlich sah Clara mich an. »Sie können sich setzen, wenn Sie möchten«, sagte sie. Ich ging um den Stuhl herum, auf dem Michael gesessen hatte, als ich das letzte Mal hier gewesen war. »Das hätte ich nicht von Ihnen erwartet, Maria«, sagte Clara, als ich mich auf dem Stuhl niederließ.

»Sie haben keine Ahnung, wer ich bin«, erwiderte ich. »Woher wollen Sie wissen, was Sie erwarten sollen?« Die Blätter an den Bäumen vor dem Fenster bewegten sich nicht. »Das mit Dorothy tut mir leid«, sagte ich. Clara betrachtete ihre Hände. »Wissen Sie, was aus Reggie geworden ist?«, fragte ich.

Clara blickte zu mir auf. »Wer ist Reggie?«

Für einen Augenblick zog ich die Möglichkeit in Betracht, dass Dorothy auf eigene Faust gehandelt hatte und Clara nichts von Reggie wusste. Doch dann erinnerte ich mich wieder. »Joseph«, sagte ich. »Der Junge, dem Dorothy bei der Flucht geholfen hat. Ich habe ihn Reggie genannt.«

»Er ist in Sicherheit«, entgegnete Clara. »Wir haben ihn drei Tage nach der Schießerei gefunden. Er war unverletzt. Wir haben ihn an einen sicheren Ort gebracht.« Reggie war in Sicherheit. Ich hatte ihn gerettet. Ich hatte ein Leben ausgelöscht, dafür aber ein anderes gerettet. Ich hatte das Gleichgewicht gehalten. »Warum sind Sie hier?«, wollte Clara wissen. »Sie sind doch nicht nur gekommen, um sich nach dem Jungen zu erkundigen, oder?«

In meiner Hosentasche befand sich die gefaltete Postkarte, die sie mir nicht weggenommen hatten, als ich gefilzt worden war. Ich faltete sie auseinander und legte sie auf Claras Schreibtisch. »Dorothy hatte mir versprochen, dass ich bei der Suche nach meinem Sohn mit ihrer – oder mit Ihrer – Hilfe rechnen könnte, wenn ich ihr dabei helfe, Reggie zu verstecken.« Clara nahm die Postkarte in die Hand und las sie langsam. Ich sagte das Gedicht in Gedanken auf, während ich Clara beim Lesen beobachtete. *Jedes Bild ist ein Bild von einem Bild von einem Bild von einem Bild von einer Szene. Jede Erinnerung ist eine Erinnerung an eine Erinnerung an eine Erinnerung an eine Erinnerung an einen Traum.*

»Dorothy hatte großes Geschick, was Gedichte anbelangt«, stellte Clara fest, nachdem sie mit dem Lesen fertig war. »Ich weiß nicht, was wir ohne sie machen sollen.«

»Die hat Michael an Dorothys Leiche gefunden, nachdem sie erschossen worden war«, sagte ich und deutete auf die Postkarte. »Ich habe nie wieder eine bekommen.« Es folgte ein Moment unbehaglicher Stille. »Wir haben versucht, sie zu retten«, fügte ich hinzu.

»Ich weiß«, entgegnete Clara. »Joseph hat uns erzählt, was passiert ist.« Sie stieß einen müden, erschöpften Seufzer aus. »Wo ist Michael jetzt?«

»Er ist in der Türkei«, erwiderte ich.

»Gehen Sie beide inzwischen getrennte Wege?«

»Nein, das tun wir nicht. Er erledigt einen Job in der Türkei, und anschließend treffen wir uns wieder.«

»Dann kämpft er also wieder?«, fragte Clara. Sie klang enttäuscht.

»Er hatte nie damit aufgehört«, sagte ich.

Clara stieß ein freudloses, wenig schmeichelhaftes Lachen aus. Dachte sie etwa, ihre Sache sei die einzig ehrenvolle Sache? »Was wollen Sie von mir?«, fragte Clara und warf die Postkarte wieder auf den Tisch.

»Ich will, dass Sie das Versprechen einlösen, das Dorothy mir gegeben hat.«

»Ich habe Ihnen doch schon erklärt, dass das nicht geht. Ich weiß nicht, wo sich Ihr Sohn befindet. Ich weiß nicht, wo sie solche Informationen aufbewahren. Und ich kann es mir nicht leisten, meine Mittelsmänner Dokumente durchforsten zu lassen, um ein Kind aufzuspüren, das erst in siebzehn Jahren ein Teil des Krieges sein wird.«

»Dorothy hat es mir versprochen.«

»Ich habe Dorothy nie gebeten, dieses Versprechen zu geben.« Ich spürte Übelkeit in mir aufsteigen. »Vielleicht wollte sie nach ihrer Rückkehr versuchen, mich dazu zu überreden, dass ich Ihnen helfe. Vielleicht wollte sie selbst versuchen, Ihnen zu helfen. Dorothy war sehr eigenständig, und Ihre Geschichte ...« Sie hielt inne. »Viele Frauen können sich in das hineinversetzen, was Ihnen passiert ist.«

»Aber Sie können es nicht?« Meine Stimme klang jetzt wütend.

»Ich kann mir Mitgefühl nicht leisten. Sie haben keine Ahnung, wie gefährlich es wäre, wenn ich meine Leute nach Informationen suchen lassen würde, die möglicherweise gar nicht an ihrem Arbeitsplatz aufbewahrt werden. Wenn einer von ihnen geschnappt werden würde, könnte das alles zerstören, wofür ich gearbeitet habe.«

»Und was wäre, wenn ich herausfinden würde, wo diese Information aufbewahrt wird? Was wäre, wenn Michael und ich Ihnen so viel liefern würden?«

Clara schwieg einen Moment lang und überlegte. Dann schüttelte sie den Kopf. »Ich könnte es mir trotzdem nicht leisten, einen Mittelsmann in derart heiklen Informationen herumstöbern zu lassen. Alle meine eingeweihten Mittelsmänner sind enorm wichtig. Jeder Einzelne von ihnen rettet Dutzende Leben. Ich darf sie nicht unnötig in Gefahr bringen.«

Unnötig. Ich starrte einen Moment lang die Decke an und versuchte nachzudenken. »Was wäre, wenn wir sie nicht bitten würden, in den Dokumenten herumzustöbern? Was wäre, wenn wir sie nur bitten würden, uns dabei zu helfen hineinzugelangen, damit wir uns die Information selbst beschaffen können?«

»Sie würden niemals in eines dieser Gebäude gelangen und lebend wieder herauskommen«, sagte Clara. »Auch nicht mit unserer Hilfe.«

»Ich habe Sie nicht um Ihre Vorhersage gebeten.« Ich drückte die Postkarte auf dem Tisch flach und schob sie Clara wieder hin. »Die können Sie haben«, sagte ich. »Das ist vermutlich das Letzte, was Dorothy geschrieben hat.«

Clara streckte die Hand nach der Postkarte aus und berührte sie. »Was wäre, wenn ich okay sagen würde? Wie soll die Sache Ihrer Meinung nach laufen?«

»Sie geben mir eine Telefonnummer oder eine E-Mail-Adresse. Ich melde mich bei Ihnen, sobald wir herausgefunden haben, wo sie die Information aufbewahren. Dann sagen Sie mir, was Sie tun können, um uns zu helfen. Ich stelle keine großen Ansprüche.«

»Wie wollen Sie herausfinden, wo die Information aufbewahrt wird?«, fragte Clara.

»Das ist nicht Ihr Problem.«

Clara nahm die Postkarte in die Hand und las sie noch einmal. »Okay«, sagte sie, als sie fertig war. »Ich gebe Ihnen eine E-Mail-Adresse, aber keine Telefonnummer.«

»Danke«, sagte ich. Mir wurde warm ums Herz, da ich bereits

für das kleinste Entgegenkommen dankbar war. Es war besser als nichts.

»Danken Sie nicht mir«, erwiderte Clara und wedelte mit der Postkarte in ihrer Hand. »Danken Sie Dorothy.«

»Noch eine Sache«, sagte ich, bevor ich mich von meinem Stuhl erhob.

Clara sah zu mir auf, ohne ihre Verärgerung zu verbergen. »Was denn?«

»Michael kommt erst in anderthalb Wochen zurück. Bis dahin möchte ich hierbleiben«, sagte ich.

»Warum?« Clara klang ehrlich überrascht.

»Ich möchte, dass mir jemand beibringt, wie man sich verteidigt, wie man kämpft.«

»In einer Woche?«

»So viel, wie man jemandem in einer Woche beibringen kann«, antwortete ich.

Clara lachte. »Wir müssen Sie von sämtlichen vertraulichen Informationen fernhalten«, sagte sie. »Wir müssen Sie nachts einsperren. Sie werden ständig beaufsichtigt. Keine Fotoapparate. Keine Waffen, es sei denn, Sie trainieren gerade. Keine Schreibutensilien. Ihre Sachen bekommen Sie zurück, wenn Sie gehen.«

»Vertrauen Sie mir nicht?«, fragte ich.

Clara lachte erneut. »Sie haben einen meiner Männer entführt, und Sie arbeiten mit jemandem zusammen, der uns für eine Sekte hält. Ich kann es mir nicht leisten, Ihnen zu vertrauen.«

Ich trainierte sieben Tage lang: zwei mit meiner Pistole, zwei mit meinem Messer, drei mit meinen Händen. Alles, was mir beigebracht wurde, war auf meine Unzulänglichkeiten zugeschnitten, nicht auf meine Stärken. »Die einzige Stärke, die von Bedeutung ist«, wurde mir gesagt, »ist ein Mangel an Schwächen.

Alles andere ist nur Show.« Alle, die mit mir trainierten, alle, die ich kennenlernte, drücken uns die Daumen, Christopher. Sie alle drücken dir die Daumen. Nach meinem siebentägigen Training brach ich auf und kehrte zurück nach Washington, D.C., da ich nicht wusste, wohin ich sonst hätte gehen sollen.

ACHTUNDDREISSIGSTES KAPITEL

»Warum ist er dir so wichtig?«, wollte Evan von Addy wissen, nachdem er ihr ein oder zwei Tage zuvor alles erzählt hatte, was er über Christopher wusste. Sie waren mit den dreiundachtzig Dollar, die sie aus der Kasse des Gemischtwarenladens in Louisiana gestohlen hatten, Richtung Norden gefahren. Addy war schlau genug, um zu wissen, dass sie sich nicht in einer geraden Linie fortbewegen durften, nachdem sie entdeckt worden waren. Das hätte ihr niemand beizubringen brauchen – es war ihr beigebracht worden, doch die Lektion war überflüssig gewesen. Ihr letztendliches Ziel hatte sich trotzdem nicht geändert. Der Umweg sorgte nur dafür, dass sie ein oder zwei Tage länger unterwegs sein würden. Sie ließen sich irgendwo neben der Straße im Wald für die Nacht nieder, nachdem sie sich darauf geeinigt hatten, ihr Geld für ein Abendessen zu verprassen anstatt für ein Hotelzimmer.

Addy machte sich nicht die Mühe, so zu tun, als könne Evan nach irgendjemand anderem fragen als nach Christopher, und schüttelte den Kopf. »Ich bin nicht die Einzige, Evan. Christopher ist uns allen wichtig.«

»Okay«, erwiderte Evan, »aber warum? Bislang hat mir niemand verraten, warum er so wichtig ist.«

»Eigentlich geht es gar nicht um ihn«, sagte Addy und bemühte sich, nicht über ihre eigenen Worte zu stolpern. Sie hatte es noch nie zuvor erklären müssen. Alle, die gegen den Krieg kämpften, und alle, die im Krieg kämpften, wussten bereits, weshalb Christopher so wichtig war. Sie wussten es nicht nur – sie fühlten es. »Es geht darum, was er repräsentiert. Was sie alle repräsentieren.«

»Wer sind ›sie alle‹?«, fragte Evan.

»Christopher und seine Eltern: Christopher, Joseph und Maria«, erklärte Addy. »Seine leiblichen Eltern. Die Eltern die du kennst, das Pärchen, bei dem Christopher aufgewachsen ist, das sind nicht seine leiblichen Eltern. Das wusstest du doch, oder?«

»Ja«, entgegnete Evan. »Christopher hat mir erzählt, was er herausgefunden hat. Er hat mir erzählt, was seinem Vater zugestoßen ist: dass sein Vater von seinem besten Freund getötet wurde, weil er nicht bereit war, Christopher an die andere Seite zu übergeben. Was aus seiner Mutter geworden ist, wusste Chris allerdings nicht.« Evan hielt inne. »Weißt du, was aus seiner Mutter geworden ist?«

Addy nickte. »Ich wusste nicht, dass niemand Christopher erzählt hat, was mit ihr passiert ist.« Sie fragte sich, ob sie etwas zu ihm hätte sagen sollen. »Sie haben sie ebenfalls getötet. Es hat nur etwas länger gedauert. Sie haben beide zu Märtyrern gemacht.«

»Du bezeichnest sie als Märtyrer, aber ich weiß trotzdem noch nicht, warum alle sie für so wichtig halten.«

»Das liegt nur daran, dass du nicht mit dem Krieg aufgewachsen bist. Du verstehst nicht, wie das ist. Als du sechzehn wurdest, hat dir niemand gesagt, dass du für den Rest deines Lebens Befehle von Fremden ausführen musst und Angst vor jedem Menschen haben wirst, der dir auf der Straße begegnet. Es geht allerdings nicht nur um das, was uns beigebracht wurde. Wir hatten bereits gelernt, Angst zu haben, bevor uns gesagt wurde, warum wir Angst haben müssen. Ich kann mich an keine Zeit in meinem Leben erinnern, in der ich mich nicht gefürchtet habe.«

»So ähnlich wie Christopher«, stellte Evan fest.

»So ähnlich«, stimmte Addy zu. »Vielleicht lag Christopher das im Blut. Vielleicht haben wir alle Paranoia in unseren Adern.«

»Wie eine Krankheit«, fügte Evan hinzu.

»Ja«, stimmte Addy zu. Sie selbst hatte das noch nie so gesehen. »Du musst versuchen zu verstehen, wie das war, Evan. Du musst versuchen, dich in mich hineinzuversetzen. Ich bin in ständiger Angst aufgewachsen, ohne zu wissen, wovor ich Angst hatte. Dann, als ich fast noch ein Kind war, kommen ein paar Fremde mit einer PowerPoint-Präsentation aus der Hölle an, die mir klarmachen soll, dass ich nicht annähernd genug Angst habe. Sie sagen mir nicht nur, dass ich mehr Angst haben soll, sondern auch, dass ich wütender werden muss. Sie sagen mir, dass es Monster tatsächlich gibt und dass ich den Rest meines Lebens – wie lang oder wie kurz das auch immer sein mag – gegen Monster kämpfen muss, ohne zu wissen, wer diese Monster sind. Und die einzigen Menschen, die mir sagen können, wer zu den Monstern gehört und wer zu meinen Freunden, sind ebenfalls Fremde. Allerdings muss ich diesen Fremden vertrauen.« Addy sprach mit jedem Wort schneller, bis sie innehalten musste, um nach Luft zu schnappen. »Also muss ich meinen Teil beitragen und diese Monster bekämpfen, aber ich kann nicht einfach losgehen und das tun, weil ich darauf angewiesen bin, dass mir irgendeine gesichtslose Stimme sagt, wie und wann. Und selbst dann verrät mir die gesichtslose Stimme nur die Namen von ein paar Monstern und nicht von allen. Ich erfahre nicht die Namen aller Monster, weil sie die nicht mal selber kennen. Und die Angst ist bei Weitem nicht das Schlimmste«, fuhr Addy fort. »Mag sein, dass sie für manche Leute das Schlimmste ist, aber für mich war sie es nicht. Ich konnte mit der Paranoia leben, aber nachdem sie mir das alles erzählt hatten, gaben sie mir einen beschissenen Schreibtischjob. Manche Leute haben vor den Monstern Angst. Andere kommen einfach nicht mit dieser Machtlosigkeit zurecht.« Addy spürte, wie sich ihre Augen mit Tränen füllten, doch sie kämpfte dagegen an. Sie hasste es zu weinen.

Evan unterbrach sie nicht. Er sagte kein Wort und machte keine Bewegung, da er Angst hatte, schon die geringste Ablenkung könnte Addy verstummen lassen.

»Ich hörte bereits Getuschel über Christopher, bevor ich etwas vom Krieg wusste«, fuhr sie fort. »Ich erinnere mich noch daran, dass sich meine Mutter mit ihrer Schwester über ihn unterhielt. Die beiden sprachen im Flüsterton über ›den Jungen‹. Lange Zeit glaubte ich, sie würden über einen Bruder von mir sprechen, der gestorben war. So viele Menschen in meiner Umgebung waren einen geheimen, in Stillschweigen gehüllten Tod gestorben, dass ich mir durchaus vorstellen konnte, einen Bruder gehabt zu haben, den ich nie kennengelernt hatte. Aber ich hätte es besser wissen müssen, denn wenn meine Mutter und meine Tante im Flüsterton von ›dem Jungen‹ sprachen, wirkten sie immer aufgeregt und klangen ganz anders, als wenn sie sich über meinen toten Onkel oder meinen toten Vater unterhielten.

Als ich sechzehn wurde, machte meine Mutter eine zweistündige Autofahrt mit mir und setzte mich in der Garage des Hauses eines Mädchens ab, das ich noch nie gesehen hatte, und irgendein Typ im Anzug erzählte mir zum ersten Mal etwas vom Krieg. Der Anzugträger erwähnte Christopher nicht, obwohl seine Geschichte ein paar Jahre lang bei allen Initiationsveranstaltungen erzählt wurde. Sie sollte Leute einschüchtern und sie dazu bewegen, zweimal nachzudenken, bevor sie die Regeln brechen. Ich habe gehört, dass sie sogar Fotos von Christophers totem Vater gezeigt haben. Doch anstatt den Leuten vor Augen zu führen, was passiert, wenn man die Regeln bricht, hat es ihnen die Augen dafür geöffnet, wie herzlos und grausam dieser Krieg ist. Keine der beiden Kriegsparteien erschien in einem guten Licht – die einzigen sympathischen Figuren in der ganzen Geschichte waren der Leichnam, die Mutter und das Baby. Christophers Geschichte hat die Leute also inspiriert, anstatt sie einzuschüchtern. Wir haben aus ihr gelernt, dass manche mutig genug sind, um nicht mehr blind zu gehorchen. Wir haben aus ihr gelernt, dass manche mutig genug sind, um sich zu widersetzen. Wir haben aus ihr gelernt, dass wir rebellieren können, dass wir ebenfalls mutig sein können, dass wir versuchen können, ein Teil der normalen Welt zu werden. Wir haben aus ihr gelernt, dass wir uns erheben können und dass wir im Fall unseres Scheiterns genau dort landen, wo wir vermutlich sowieso gelandet wären, wenn wir im Krieg gekämpft hätten. Niemand entkommt dem Krieg lebendig. Sie haben versucht, mit Christophers Vater ein Exempel zu statuieren, und wir haben ihn zum Märtyrer gemacht. Dann hat Maria getan, was sie getan hat. Anschließend schaltete die Kriegsmaschinerie auf Schadensbegrenzung um. Sie hörten auf, Christophers Geschichte zu lehren. Sie versuchten, sie unter den Teppich zu kehren, aber es war zu spät. Die Geschichte hatte sich bereits zu weit verbreitet. Als meine Initiation stattfand, war Christophers Geschichte schon seit über zehn Jahren nicht mehr offiziell gelehrt worden.«

»Und wie hast du dann von ihm erfahren?«, fragte Evan.

»Er war allgegenwärtig. Nach den Initiationsveranstaltungen versuchten sie, die neu Initiierten daran zu hindern, Kontakt zueinander aufzunehmen. Sie wollten uns formen, aber wir machten uns trotzdem gegenseitig ausfindig, durch Internet-Gruppen und Ketten-E-Mails. Zuerst glaubte ich, alle in den Internet-Gruppen und den Ketten-E-Mails wären Jugendliche wie ich, aber irgendwann erfuhr ich, dass auch Erwachsene unter ihnen waren. Letztendlich ging es immer um ›den Jungen‹. Ich erfuhr, dass er Christopher hieß. Ich erfuhr, dass er nicht mein toter Bruder war, wie ich geglaubt hatte. Er war viel mehr als das. Bei vielem von dem, was gesagt wurde, handelte es sich nur um Gerüchte, doch wenn man genau aufpasste, konnte man sich die Wahrheit zusammenreimen. Verstehst du jetzt?«, fragte Addy.

»Ich denke schon«, antwortete Evan, aber Denken genügte Addy nicht mehr. Sie wollte, dass Evan genauso empfand wie sie.

»Es geht nicht nur um Christopher«, sagte Addy. »Es geht um das, was seine Eltern für ihn getan haben. Es geht darum, was sie für uns alle darstellen. Wir sind alle verängstigt und machtlos. Wir sind isoliert vom Rest der Welt. Und dann hören wir die Geschichte von einem Mann, der sich in ein unschuldiges Mädchen verliebt, das nichts mit dem Krieg zu tun hat, und der den Mut besitzt, vor dem Krieg davonzulaufen, um sein ungeborenes Kind vor diesem erbärmlichen Leben zu bewahren, obwohl er weiß, dass er es wahrscheinlich nicht schaffen wird. Das Mädchen liebt ihn, obwohl er dem Krieg angehört und sie nicht. Und das unschuldige Mädchen besitzt den Mut, mit ihm davonzulaufen. Als sie kommen, um ihren Mann zu töten und ihr Baby mitzunehmen, findet das unschuldige Mädchen den Mut, gegen den Krieg zu kämpfen, obwohl sie einfach das Weite suchen könnte. Sie taucht in den Krieg ein, um ihren Sohn zu retten, um das zu tun, was Christophers Vater nicht gelungen ist. Auch wenn sie dem Krieg nicht angehört, besitzt sie den Mut, um gegen die Leute zu kämpfen, gegen die sich der Rest von uns nicht zu kämpfen traut – koste es, was es wolle.« Addy verlor ihren Kampf gegen die Tränen, die ihr jetzt die Wangen hinunterliefen, als sie sich daran erinnerte, wie es sich angefühlt hatte, zum ersten Mal in ihrem Leben Hoffnung zu haben. »Die Leute ließen sich davon inspirieren, Evan. Schon bevor ich die Geschichte erfuhr, hatten sich Leute von Maria und Joseph inspirieren lassen. Immer mehr liefen vor dem Krieg davon. Wie ich dir schon gesagt habe, beschlossen so viele Leute, vor dem Krieg davonzulaufen, nachdem sie Christophers Geschichte gehört hatten, dass der Untergrund gar nicht mehr Schritt halten konnte. Als einige von ihnen getötet wurden, war nicht mehr von Davonlaufen die Rede, sondern von Kämpfen. Du kannst nur so lange laufen, bis du in eine Ecke gelaufen bist. Dann musst du dich umdrehen und kämpfen, auch wenn du den Kampf wahrscheinlich verlieren wirst.«

»Also haben sie angefangen, gegen den Krieg zu rebellieren?«

»Nein«, sagte Addy. »Lange Zeit wurde nur geredet. Alle warteten ab.«

»Worauf haben sie denn gewartet?«

Addy wischte sich die Tränen von den Wangen. »Auf irgendetwas Echtes oder irgendjemand Echten, um das oder den sie sich scharen konnten.«

»Christopher?«, fragte Evan.

Addy nickte. »Den Leuten war es wichtig zu wissen, dass er am Leben ist und dass er nicht in den Krieg eingetreten ist. Sie brauchten etwas, woran sie glauben konnten.«

»Dann ist er also so eine Art Held für euch alle?«, fragte Evan.

»Nein«, entgegnete Addy bestimmt. »Ich glaube nicht an Helden. Ich habe aufgehört, an sie zu glauben, als ich aufgehört habe, an Feen zu glauben.«

»Was ist er dann?«

»Christopher ist ein Symbol. Er ist ein lebendiges Symbol für all das, was seine Eltern für ihn getan haben, und für den Mut, den sie dazu aufbringen mussten. Solange Christopher am Leben ist und nicht dem Krieg angehört, ist er der lebendige Beweis dafür, dass seine Eltern den Krieg – auf ihre Weise – besiegt haben, der lebendige Beweis dafür, dass der Krieg bezwungen werden kann.« Die Tränen versiegten. Addy war fertig.

»Und was passiert jetzt, nachdem Christopher davongelaufen ist?«, fragte Evan.

»Darüber will ich lieber nicht nachdenken«, erwiderte Addy.

NEUNUNDDREISSIGSTES KAPITEL

Vergangene Nacht habe ich kaum geschlafen.

Gestern hatte ich zum ersten Mal, seit ich meinen E-Mail-Account eingerichtet habe, eine Nachricht in meinem Posteingang. Sie war von Michael. Zu meiner Enttäuschung war sie kurz und wenig aussagekräftig. Sie lautete nur: *Wo bist Du? Ich komme nach Hause.* Mir kam es falsch vor, nach so langer Zeit eine so kurze Nachricht zu senden. Ich befand mich noch immer in Washington, D. C., da ich es für überflüssig hielt aufzubrechen, nachdem ich ohnehin keine Ahnung hatte, wohin sie Michael nach seiner Rückkehr schicken würden. Ich klickte auf den Antwort-Button. *Ich bin in Washington, D. C. Wo bist Du? Geht's Dir gut? Wann kommst Du zurück? Ist alles okay?* Ich zog in Erwägung zu tippen: *Hast Du mit Jared gesprochen?*, entschied mich jedoch dagegen. Michael würde es mir bald sagen. Ich musste geduldig sein. Nachdem ich auf »Senden« geklickt hatte, blieb ich noch zwei Stunden am Computer sitzen und wartete auf eine Antwort. Ich sah auf die Uhr. In Istanbul war es zwei Uhr nachts, doch ich wusste nicht, ob Michael sich überhaupt noch dort befand. Es war ebenso gut möglich, dass sie ihn nach Asien oder nach Kalifornien oder zurück nach New York geschickt hatten. Wo auch immer er war, ich konnte nicht ewig im Computerraum des Hotels sitzen bleiben, deshalb ging ich auf mein Zimmer.

Heute Morgen stand ich um sechs Uhr auf und ging zurück in den Computerraum. Ich hatte eine weitere E-Mail erhalten. Michael hatte geantwortet. *Woher wusstest du von D. C.? Wo können wir uns morgen treffen?* Ich las die Nachricht mehrmals durch und versuchte zu entschlüsseln, was sie zu bedeuten hatte. Bedeutete sie, dass sich auch Michael bereits in Washington, D.C., befand? Ich konnte nicht mehr tun, als auf die zweite Frage zu antworten. Ich überlegte lange und versuchte, mir ein Wahrzeichen einfallen zu lassen, das der Untergrund noch nicht vereinnahmt hatte. Ich dachte an Michaels andere Regeln. Leichtsinnig, ja, aber niemals fahrlässig. Ich hatte das Gefühl, Michael beweisen zu müssen, dass ich nicht alles vergessen hatte, was er mir beigebracht hatte. Ich musste mir einen Ort einfallen lassen, an dem wir nur schwer zu überwachen sein würden und der für den Fall, dass man uns angreifen sollte, über genügend Fluchtwege verfügte. Ich fing mindestens acht Mal an zu tippen, doch mir fiel jedes Mal irgendein Grund ein, meine Idee wieder zu verwerfen und alles zu löschen, was ich geschrieben hatte. Dann schrieb ich: *Auf den Stufen vor dem Amphitheater beim Arlington National Cemetery. Weißt Du, wie man dort hinkommt? Um welche Uhrzeit möchtest Du Dich mit mir treffen?* Bevor ich auf »Senden« klickte, fügte ich noch hinzu: *Hast Du Neuigkeiten für mich?*

Dieses Mal bekam ich bereits nach vierzig Minuten eine Antwort. Ich hatte mich noch nicht von meinem Stuhl erhoben. Seine Antwort lautete: *Ich finde schon hin. Zwischen zwölf und fünfzehn Uhr.* Ich verfluchte Michael abermals dafür, dass er so kurz angebunden und so vage war. Dann joggte ich fünfzehn Meilen, um etwas Energie zu verbrennen. Hoffentlich werde ich heute Nacht schlafen können.

VIERZIGSTES KAPITEL

Michael ist zurück. Er hat mit Jared gesprochen. Die beiden treffen sich.

Ich kam zwei Stunden vor meiner Verabredung mit Michael beim Arlington National Cemetery an, da ich nicht die Geduld gehabt hatte, in meinem Hotelzimmer herumzusitzen und zu warten. Ich schlug die Zeit tot, indem ich auf dem Friedhof spazieren ging und die schier endlosen Reihen von Grabsteinen durchkämmte. Wenn man den Friedhof am Morgen besuchen würde, könnte man leicht den Eindruck gewinnen, als seien hier mehr Menschen beerdigt worden, als jemals gelebt haben. Die meiste Zeit sah ich keine anderen Friedhofsbesucher. Ich vermied Blickkontakt mit den wenigen Menschen, die mir begegneten, und sie taten es mir bereitwillig gleich. Das hielt mich jedoch nicht davon ab, mir zu wünschen, dass sich um jedes Grab Trauernde geschart hätten. Ich verließ den Weg, um die Inschrift auf einem der Grabsteine zu lesen. Oben auf dem Grabstein war ein Kreuz eingemeißelt. Darunter befand sich ein Name, und unter dem Namen ein Dienstgrad. Für diejenigen, die selbst darin gekämpft hatten, stand unter dem Dienstgrad der Name eines Krieges zu lesen. Darunter waren das Geburtsdatum und das Sterbedatum des Soldaten in den Stein gemeißelt. Unter dem Datum, an dem er gefallen war, befand sich Gras. Unter dem Gras befand sich Erde. Die Namen unterschieden sich. Die Daten unterschieden sich. Selbst die Kriege unterschieden sich. Das Gras und die Erde waren jedoch immer gleich. *Wo sind die Besucher?*, dachte ich, als ich die Inschrift auf einem anderen Grabstein las, in den oben ein Davidstern gemeißelt war. Ich wusste, wo die Besucher waren. Sie waren damit beschäftigt zu leben.

Nachdem ich zwei Stunden lang umhergewandert war, steuerte ich auf die Treppe vor dem Amphitheater zu. Ich folgte abermals dem Prozedere, das ich von Michael gelernt hatte. Ich umkreiste das Amphitheater, hielt Ausschau nach Versteckmöglichkeiten und Fluchtwegen und kontrollierte, ob mir irgendetwas verdächtig vorkam. Als ich fertig war, suchte ich mir einen Platz auf den Stufen, von dem ich gute Sicht auf meine Umgebung hatte, und wartete. Es half nichts – Michael schlich sich trotzdem unbemerkt an mich heran. Im einen Augenblick saß ich alleine da, im nächsten hockte Michael neben mir. Er tat das absichtlich. »Warum wolltest du, dass wir uns hier treffen?«, fragte mich Michael, bevor mir überhaupt bewusst war, dass er aufgetaucht war. »Friedhöfe sind mir nicht geheuer.«

»Ich dachte, dieser Ort wäre gut geeignet. Wir haben ausgezeichnete Fluchtwege und freie Sicht in alle Richtungen.«

Michael lächelte mich an. »Ja«, sagte er, »aber ganz geheuer ist mir das trotzdem nicht.«

Ich lächelte ebenfalls, ohne mich dazu zwingen zu müssen. »Schön, dass du wieder da bist, Michael. Wie ist dein Job gelaufen?«

»Er ist erledigt«, entgegnete Michael, ohne Einzelheiten zu nennen.

»Wie war dein Partner?«, erkundigte ich mich.

Michael zuckte unbehaglich mit den Schultern. »Er ist noch ein Kind.«

»Hat er den Job erledigt?«, fragte ich. Mir war klar, dass dieses *Kind* etwa im selben Alter war wie ich – und wie Michael und dein Vater, als sie gelernt hatten zu töten.

Michael schüttelte den Kopf.

»Aber du hast doch gesagt, der Job wäre erledigt?«, platzte ich heraus, bevor mir klar wurde, was Michael mir damit hatte sagen wollen. Er hatte den Job selbst erledigt. Das sah ich in seinen Augen. »Werden sie das denn nicht merken?«, fragte ich.

Michael lachte. »Wer soll es ihnen denn sagen? Ich erzähle es niemandem, und der Junge wird ganz bestimmt nicht weiterplappern, dass er den ersten Job, den sie ihm gegeben haben, nicht erledigt hat.«

»Hatte er Angst?«

»Nein. Er war hoch motiviert.«

»Warum hat er den Job dann nicht erledigt?«

Michael blickte über die von Reihen weißer Grabsteine durchzogenen Felder und kniff die Augen gegen die grelle Sonne zusammen. Von hier aus sahen alle Grabsteine gleich aus. »Weil ich ihn nicht gelassen habe.«

»Warum nicht?«

»Weil er nicht verstanden hat, wie es ihn verändert hätte«, war alles, was Michael darauf erwiderte. »Wenn ich dir etwas erzähle, was du hören möchtest, können wir dann von hier verschwinden?« Mein Herz fing an zu rasen. Michael wartete meine Antwort nicht ab. »Ich treffe mich morgen Abend mit Jared. Er hat mich kontaktiert, nachdem der Job in Istanbul erledigt war.«

Meine Haut kribbelte. »Wo?«, fragte ich.

»In einer Bar in Georgetown«, erwiderte Michael. Ein Bild schoss mir durch den Kopf, das ich zwar noch nie gesehen, mir aber schon hunderte Male vorgestellt hatte. In diesem Bild saßen sich dein Vater und Jared an einem Tisch in einer dunklen Bar gegenüber und redeten ein letztes Mal als Freunde miteinander. Ich fragte mich, ob Jared dieselbe Bar ausgesucht hatte, um sich mit Michael zu treffen und ob er und Michael womöglich sogar in derselben Nische sitzen würden. »Deshalb habe ich dich gefragt, woher du wusstest, dass du nach Washington, D.C. kommen sollst.«

»Ich wusste es nicht«, sagte ich. »Ich war bereits da.« Ich machte mir nicht die Mühe, Michael zu erklären, weshalb. Wir mussten uns über wichtigere Dinge unterhalten. »Lass uns zur National Mall gehen«, schlug ich vor. »Wir können uns unterwegs unterhalten.«

»Na endlich«, sagte Michael. Er erhob sich und wischte sich den Staub von seiner Jeans.

Wir gingen über die Brücke, überquerten den Potomac River und marschierten in Richtung Washington. Michael hinkte noch immer, doch sein Hinken war inzwischen weniger stark ausgeprägt. An seinem Gang erkannte ich, dass sein Bein noch nicht geheilt war. Er hatte nur gelernt, sein Hinken besser zu verbergen. Ich quetschte Michael im Gehen aus. Er erzählte mir, was er konnte, doch das war nicht viel. Michael hatte um das Treffen gebeten. Jared hatte den Zeitpunkt und den Ort ausgewählt. Michael hatte sich darauf eingelassen und damit seine eigene Regel gebrochen.

Als ich für ein paar Minuten aufhörte, Michael auszufragen, musterte er mich von Kopf bis Fuß. »Du siehst gut aus«, sagte er. Dabei handelte es sich nicht um Schmeichelei. Der Michael, den ich kannte, schmeichelte niemandem. Es war eine Feststellung. Ich war der Meinung, dass ich kräftiger wirkte.

»Ich komme mit, wenn du dich mit Jared triffst«, sagte ich zu ihm.

»Das geht nicht«, erwiderte Michael. »Er würde dich erkennen. Ich habe dich auf St. Martin auch erkannt, obwohl ich dich nur auf Fotos gesehen hatte. Man erinnert sich an die Gesichter der Leute, die einem das Leben versauen.«

»Ich werde dafür sorgen, dass er mich nicht zu Gesicht bekommt«, entgegnete ich. »Ich muss dabei sein.« Ich weiß nicht, weshalb dieses Bedürfnis so stark ist. Ich vertraue Michael, aber ich weiß nicht, wie er auf ein Wiedersehen mit Jared reagieren wird. Es ist möglich, dass er auf ihn zugehen und ihn umarmen wird, und es ist möglich, dass er auf ihn zugehen und ihm ein Messer in den Hals rammen wird. Nichts würde mich überraschen. Ich möchte sichergehen, dass Michael sich daran erinnert, was wir erreichen wollen. Wir haben ein Ziel.

»Ich werde dir alles erzählen, was er gesagt hat«, versicherte mir Michael.

»Was wirst du denn zu ihm sagen?«, fragte ich. Er hätte mich zumindest damit beruhigen können, dass er einen Plan hatte. Es waren so viele Variablen im Spiel. Wie würde Michael Jared dazu bringen, dass er ihm verriet, was wir wissen mussten? Wusste Jared überhaupt etwas, das uns helfen konnte? Wir hatten alle Hoffnung in diesen einen Plan gesetzt, in diesen einen schrecklichen Menschen.

»Keine Ahnung«, sagte Michael. »Darüber habe ich mir noch keine Gedanken gemacht.« Er log mich an. Ich wusste nicht, warum er mich anlog und worin genau seine Lüge bestand, doch ich spürte, dass er log. Wir setzten alles auf ein Gespräch, und Michael wollte mir nicht einmal verraten, was er zu sagen beabsichtigte. In diesem Moment wurde mir bewusst, dass Michael den Plan, Jared zu benutzen, nicht deshalb vorgeschlagen hatte, weil er ihn für einen brillanten Plan hielt, sondern deshalb, weil ihm nichts anderes eingefallen war. Für den Großteil seines Lebens war Jared um Hilfe zu bitten das Einzige gewesen, was für Michael funktioniert hatte. Ich musste sicherstellen, dass wir die Sache nicht vermasselten.

»Also gut«, sagte ich und erklärte mich bereit, Michael allein gehen zu lassen. Wenn er mich anlügen konnte, konnte ich ihn ebenfalls anlügen. Nichts würde mich von dieser Bar fernhalten.

Da Michael keine Unterkunft hatte, übernachtete er bei mir.

Es gefiel mir, ihn beim Schlafen wieder in meiner Nähe zu haben. Es gefiel mir, ihn im Schlaf atmen zu hören.

EINUNDVIERZIGSTES KAPITEL

Michael sagte mir, wo er mit Jared verabredet war. Und er sagte mir, wann. Mehr brauchte ich nicht zu wissen.

Ich verließ mein Hotelzimmer früh am Morgen. Als Michael mich fragte, wohin ich gehen würde, sagte ich ihm, dass ich einfach zu aufgeregt sei, um den ganzen Tag still zu sitzen. Das war keine Lüge. Es war nur nicht die ganze Wahrheit. »Bist du sauer auf mich, weil ich dich nicht dabeihaben will?«, fragte mich Michael, als ich zur Tür hinausging. Das Ganze kam mir beinahe vor wie ein Streit zwischen Verliebten.

»Nein«, sagte ich. »Ich muss ein paar Dinge erledigen, das ist alles.«

»Was für Dinge?«, wollte er wissen.

»Mach dir um mich keine Sorgen«, erwiderte ich. »Ich beschäftige mich schon.« Ich ging zur Tür hinaus.

»Willst du mir nicht viel Glück wünschen?«, fragte Michael.

Ich hielt die Tür einen Moment lang auf, drehte mich aber nicht zu Michael um. »Nein«, sagte ich. »Ich hoffe, das ist nicht nötig.«

Ich nahm meinen Rucksack und meine restlichen vierhundert Dollar in bar mit. Die Hotelrechnung konnte jetzt Michael bezahlen. Ich ging zu Fuß nach Georgetown. Ich kannte ein Hotel in der Nähe der Bar, in der Michael und Jared verabredet waren, in dem man für weniger als zweihundert Dollar pro Nacht ein Zimmer bekam. Das hatte ich recherchiert, als ich in D.C. angekommen war. Einchecken konnte man erst ab dreizehn Uhr. Als ich dort auftauchte, war es erst zehn Uhr vormittags, was jedoch keine Rolle spielte, da ich ohnehin nicht vorhatte, tatsächlich einzuchecken.

An der Rezeption saß ein pickelgesichtiger Teenager, der vermutlich Student an einem der örtlichen Colleges war. War er älter als ich? Ich konnte es nicht beurteilen. »Hör mal«, sagte ich zu ihm, nachdem ich zur Rezeption gegangen war. »Ich brauche ein Zimmer für tagsüber – nur für tagsüber. Um sieben Uhr abends bin ich wieder weg. Ich gebe dir hundert Dollar in bar, wenn du mir jetzt ein Zimmer besorgen kannst.« Der Junge machte zunächst ein verdutztes Gesicht. »Niemand braucht zu erfahren, dass ich das Zimmer jemals betreten habe. Dir bleibt immer noch Zeit, um das Zimmer mit einem Spätankömmling zu belegen. Das sind hundert Dollar, die du in die eigene Tasche stecken kannst.«

Der Junge beäugte nervös die fünf Zwanziger in meiner Hand. Dann blickte er sich um, ob ihn jemand beobachtete. »Bist du allein?«, erkundigte er sich in einem zur Anzüglichkeit der Frage passenden Tonfall. Ich hatte kein Recht, beleidigt zu sein, und nickte. Er drückte ein paar Tasten auf dem Computer, der vor ihm stand, dann streckte er den Arm aus und schnappte sich die Geldscheine in meiner Hand. »Hier ist die Schlüsselkarte«, flüsterte er. »Das Zimmer ist im ersten Stock.« Seine Aufregung konnte die Angst in seiner Stimme kaum verbergen. »Was mache ich, wenn jemand Fragen stellt?«, wollte er wissen.

»Stell dich dumm«, erwiderte ich. Ich nahm an, dass er das hinbekommen würde.

»Okay«, sagte er und schenkte mir ein verschwörerisches Lächeln, das ich nicht erwiderte. Ich ging die Treppe in den ersten Stock hinauf und suchte das Zimmer. Es war klein, würde jedoch seinen Zweck erfüllen. Ich brauchte keinen Luxus. Ich warf einen Blick ins Badezimmer. Über dem Waschbecken hing ein großer Spiegel an der Wand. Gegenüber befand sich eine kleine Badewanne mit Dusche. Ich legte meinen Rucksack auf die Ablage neben dem Waschbecken, öffnete den Reißverschluss, sah hinein und überlegte, ob ich irgendetwas zurücklassen sollte. Ich betrachtete die Pistole, das Messer, die ungeöffnete Schachtel Zigaretten und mein Bargeld und beschloss, alles mitzunehmen, als ich mich daran erinnerte, dass Jared aus demselben Holz geschnitzt war wie ich. Wenn ich ihm begegnete, wollte ich gewappnet sein.

Ich ging die Treppe wieder hinunter und durch eine Seitentür nach draußen, da ich dem Pokerface des Jungen an der Rezeption nicht traute. Nachdem ich auf der Straße war, hielt ich den Kopf so viel wie möglich gesenkt. Als ich mit deinem Vater geflohen war, hatte ich jeden argwöhnisch beäugt. Jetzt war ich nur vor einer Person auf der Hut. Wenn Jared mich zufällig gesehen hätte, wäre womöglich alles vermasselt gewesen. Nachdem ich ein paar Häuserblocks weit gegangen war, winkte ich ein Taxi herbei. Ich hatte nicht mehr viel Geld, doch mir fehlte die Zeit, um den ganzen Weg bis Old Town Alexandria zu Fuß zu gehen.

Ich bat den Taxifahrer, mich zurück über den Fluss zu Crown Wigs zu bringen, einem kleinen Fachgeschäft, das über sechshundert Perückenmodelle im Angebot hatte und von sich behauptete, auf medizinisch bedingten Haarausfall spezialisiert zu sein. Dort wurden Perücken nicht als Sexspielzeug oder Halloween-Verkleidungen verkauft, sondern an Leute, die nicht so aussehen wollten, als trügen sie eine Perücke. Ich betrat das Geschäft und verließ es erst über eine Stunde später. Mein Perückenmodell hieß Camilla. Es bestand aus glattem blondem Echthaar, und der Pony verdeckte genug von meinem Gesicht, um es zu verbergen. Die Perücke kostete mehr als das Hotelzimmer, doch ich war noch nicht fertig mit Geldausgeben. Auf dem Weg zur U-Bahn, mit der ich zurück zum Hotel fuhr, kaufte ich mir neue Bekleidung: eine schwarze Hose, die weit genug war, dass ich mich darin bewegen konnte, und einen dünnen grauen Pullover, der oben eng anlag, aber unten weit genug geschnitten war, um sämtliche Gegenstände zu verbergen, die ich an meiner Taille verstecken wollte. Ich wollte mich nicht modisch kleiden, sondern praktisch. Dass ich mir über diesen Aspekt jemals würde Gedanken machen müssen, hätte ich mir früher nie vorstellen können.

Es war Nachmittag, als ich wieder im Hotel ankam. Ich betrat es auf demselben Weg, auf dem ich es verlassen hatte: durch die Seitentür. Ich ging die Treppe hinauf, schob meine Schlüsselkarte in den Kartenleser an der Tür, und zu meiner Erleichterung leuchtete das kleine grüne Lämpchen auf, und die Türklinke gab nach. Nachdem ich das Zimmer betreten hatte, breitete ich meine neuen Kleidungsstücke auf dem Bett aus. Dann holte ich die Perücke hervor und ging ins Badezimmer, um sie vor dem Spiegel anzuprobieren. Sie passte nur mit Mühe über mein widerspenstiges Haar. Ich versuchte, mein Haar nach hinten zu ziehen, schaffte es aber trotzdem nicht, dass die Perücke natürlich aussah. Ich öffnete die Schubladen des Toilettentischs unter dem Waschbecken, fand darin allerdings nur eine Duschhaube und Miniatur-Nähzeug. Deshalb ging ich wieder ins Zimmer zu meinem Rucksack und nahm das Messer heraus, von dem ich wusste, wie scharf es war. Ich zog es aus der Scheide und ging damit zurück ins Bad. Dort betrachtete ich mich im Spiegel, packte ein dickes Büschel Haare, hob das Messer an und schnitt. Wenn ich die Klinge mit einer sägenden Bewegung über mein

Haar führte, schnitt sie dieses beinahe schmerzfrei durch, und ich hatte ein Büschel davon in der Hand. Bei jedem Schnitt mit dem Messer spürte ich ein leichtes Ziehen an meiner Kopfhaut, das aufhörte, sobald die Haare durchtrennt waren. Strähne um Strähne meines dunklen Haars fiel zu Boden.

Ich probierte die Perücke noch drei Mal an, während ich mir die Haare schnitt. Jedes Mal wurde mir bewusst, dass sie noch echter aussehen würde, wenn ich noch mehr von meinem eigenen Haar abschnitt. Als ich schließlich fertig war, maß meine längste Locke an der Stirn nur noch fünf Zentimeter oder höchstens zehn, wenn ich sie glatt zog. Am Hinterkopf war mein Haar noch kürzer. Dort war es schwieriger gewesen, das Messer zu kontrollieren. Ich setzte mir die Perücke für eine letzte Probe auf. Dann hob ich den Kopf an und betrachtete mich im Spiegel. Ich zerzauste das blonde Haar der Perücke, sodass es Schatten auf mein Gesicht warf. Maria war verschwunden. Trotzdem war ich noch nicht ganz zu Camilla geworden. Ich musste noch Make-up auftragen und Kleidungsstücke anziehen, unter denen sich eine Pistole und ein Messer verstecken ließen.

Camilla verließ das Hotelzimmer um halb sieben – noch früher, als ich dem Jugendlichen an der Rezeption versprochen hatte. Die Schlüsselkarte ließ ich auf dem Fernseher liegen. Ich betrachtete mich ein letztes Mal in dem großen Badezimmerspiegel. Nur ein paar Menschen auf der Welt hätten mich in meiner Verkleidung erkannt. Dein Vater hätte mich erkannt. Meine Mutter womöglich auch, falls sie mich überhaupt noch erkannt hätte. Mein Vater vielleicht ebenfalls. Ich kannte nicht die ganze Liste, wusste aber, dass sie kurz war. Die Pistole ließ ich letztendlich doch im Rucksack. Ich hatte versucht, sie unter meinem Pullover zu verbergen, indem ich sie mir in den Hosenbund steckte, wie ich es bei Männern gesehen hatte, doch das war zu auffällig.

Das Messer befand sich jedoch in mittlerweile gewohnter Position an meinen Oberschenkel gepresst.

Ich kam vor sieben Uhr bei der Bar an. Draußen war es noch nicht dunkel, in der Bar dagegen schon. Sie verströmte förmlich Dunkelheit. Ich sah mich um. Zwei Männer hockten am Tresen, und eine kleinere Gruppe saß in der Nische, die der Eingangstür am nächsten war. Sämtliche Sitznischen befanden sich an der rechten Wand, gegenüber vom Tresen. Bis auf die erste waren sie alle leer, einschließlich der hintersten, von der ich wusste, dass Jared sie aussuchen würde. Es kam mir vor, als sei ich schon einmal in der Bar gewesen. Ich ging zur Jukebox und blätterte fünf Seiten mit Alben durch. Frank Sinatra. Otis Redding. Es bestand kein Zweifel daran, dass Jared und dein Vater sich hier getroffen hatten. Dann ging ich zum Tresen und bestellte ein Sodawasser mit Limone. Als mich der Barkeeper fragte, ob das alles sei, erwiderte ich: »Vorerst schon. Ich bin später hier mit jemandem verabredet.«

Der Barkeeper gab mir mein Getränk. Ich nippte daran und ging auf die hinterste Sitznische zu. Ich durfte nicht allzu viel Zeit verschwenden. Jared würde vielleicht vorzeitig auftauchen. Möglicherweise tat er dasselbe wie Michael, wenn er sich mit jemandem traf, zog Kreise und beobachtete und machte sich in Gedanken Notizen. Ich blieb vor der Sitznische stehen und betrachtete den dunklen Holztisch und die mit schwarzem Leder bezogenen Bänke. Dein Vater hatte in dieser Sitznische gesessen. Sie hatten versucht, sämtliche Erinnerungen an ihn aus der Welt zu schaffen, doch ich wusste es besser. Er hatte genau hier gesessen, vor weniger als einem Jahr, und sich mit seinem Mörder unterhalten. In weniger als einer Stunde würde derselbe Mann wieder hier sitzen, in derselben Nische, und sich mit Michael unterhalten.

Ich setzte mich auf einen Barhocker am Ende des Tresens, wo ich so tun konnte, als würde ich fernsehen. Von dem Hocker konnte ich Michael und Jared beobachten, ohne dass es aussah, als würde ich sie beobachten. Ich nahm an, dass ich sie womöglich sogar hören konnte, wenn ich mich konzentrierte und alle anderen Geräusche ausblendete. Zumindest glaubte ich, ein paar Worte aufschnappen zu können. Ich drehte mich zur Eingangstür und bestellte ein Glas Rotwein. Ich hatte nicht vor, den Wein zu trinken, sondern wollte nur hin und wieder ein bisschen davon verschütten, damit der Barkeeper glaubte, ich würde trinken. Ich warf einen Blick zu der leeren Sitzecke hinüber, auf die ich von meinem Hocker aus freie Sicht hatte. Ich sah beide Bänke. Ich versuchte, mich auf meinen Gehörsinn zu konzentrieren und alles außer der Stille aus der Sitznische auszublenden. Das Problem war, dass sich das eigene Schweigen nur schwer vom Schweigen von jemand anderem unterscheiden lässt.

Ich war bei meinem zweiten Glas Wein, als Jared zur Tür hereinkam. In der Nähe meiner Füße hatte sich bereits eine kleine Pfütze mit roter Flüssigkeit angesammelt. Ich erkannte Jared sofort, als er die Bar betrat, und spürte ein Beben durch meinen Körper laufen. Es fühlte sich an wie ein freier Fall ohne Fallschirm. Ich erkannte ihn bereits, bevor ich sein Gesicht sah – als er noch nicht mehr als eine Silhouette war, die sich gegen das Licht von draußen abzeichnete. Ich erkannte ihn an seiner Statur, an seinem Gang, an seiner Haltung. Er schloss die Tür hinter sich und tauchte in die Dunkelheit ein. Ich richtete den Blick auf sein Gesicht, das sich nicht verändert hatte. Wie war das möglich? Es hätte älter oder schwächer wirken müssen. Ich hob mein Glas hoch, als er auf die hinterste Sitznische zuging, um mein Gesicht zusätzlich zu verbergen. Er ging dicht an mir vorbei. Ich erinnerte mich an den glühenden Hass, mit dem er dich damals angestarrt hatte. Vermutlich starrte ich ihn jetzt genauso an.

Für einen kurzen Moment streifte mich Jareds Blick. Ich war eine Fremde für ihn, worüber ich einerseits erleichtert war, andererseits wütend. Wie konnte er es wagen, mich zu vergessen? Dann fiel mir wieder ein, dass ich verkleidet war. Jared nahm mit dem Gesicht zur Eingangstür in der hintersten Sitznische Platz. Ein paar Sekunden später ging die Kellnerin zu ihm. Sie schien ihn zu kennen. Die beiden unterhielten sich in normaler Lautstärke, und ich konnte sie deutlich hören. Ich verstand fast jedes Wort. Geflüster war jetzt mein einziger Feind.

Ich sah auf die Uhr. Es war zehn vor acht. Michael hatte nicht vor, das Hotel vor acht Uhr zu verlassen. Ich saß zwanzig Minuten am Tresen und beobachtete Jared, wie er seinen Manhattan allein in kleinen Schlucken trank. Sein Gesichtsausdruck verriet nichts – keine Nervosität, keine Verärgerung, keine Reue, keine Freude. Sein Gesicht war eine Maske, die er für niemanden trug und die nur ich sah. Dann kam Michael zur Tür herein.

Draußen war es bereits dunkler, als Michael die Bar betrat. Umrahmt von der grauen Nachtluft, erkannte ich ihn zunächst nicht. Als Erstes erkannte ich sein Hinken, das inzwischen so unmerklich war, dass die meisten Leute es gar nicht wahrgenommen oder für eine Eigenheit seines Gangs gehalten hätten. Michael trat ein paar Schritte in die Bar hinein und sah sich um. Sein Blick wanderte über sämtliche Sitznischen, bis er bei der hintersten anlangte und Jared bemerkte. Sein Mund formte sich zu einem Lächeln. Ich hatte Michael so selten lächeln sehen, dass es beinahe beunruhigend war. Er ging auf das Ende des Tresens zu. Ich senkte den Kopf, ließ meinen blonden Pony über mein Gesicht fallen und starrte in mein halb leeres Glas Wein. Michael sah nicht in meine Richtung.

Als Michael nur noch ein paar Schritte von der hintersten Sitznische entfernt war, stand Jared auf und streckte ihm die Hand entgegen. Michael schob sie weg und umarmte Jared. »Schön, dich zu sehen, Michael«, sagte Jared, nachdem sich die beiden Männer aus ihrer Umarmung gelöst hatten.

»Ich freue mich auch, dich zu sehen«, erwiderte Michael. Ich nahm eine Spur Traurigkeit in seiner Stimme wahr. »Es ist lange her.«

»Setz dich«, forderte Jared ihn auf und deutete auf die leere Sitzbank auf der anderen Seite des Tisches. »Wir haben uns eine Menge zu erzählen.« Michael wandte sich um und ließ den Blick kurz durch die Bar schweifen. Mit zwei Kopfdrehungen suchte er den ganzen Raum ab. Sein Blick streifte mich, als ich mich wegdrehte und so tat, als würde ich fernsehen. Dann setzte er sich hin. Jared winkte der Kellnerin. Mein Kopf begann zu pochen. Die ganze Bar um mich pulsierte.

Als die Kellnerin zur Sitznische der beiden kam, bestellte Jared einen weiteren Manhattan. Ich rechnete fast damit, dass Michael einen Irish Car Bomb bestellen würde, doch er verlangte stattdessen nach einem normalen Bier in der Flasche. Die Bar war inzwischen etwa zu einem Drittel gefüllt, doch wenn ich meine gesamte Energie konzentrierte, konnte ich Michael und Jared trotzdem miteinander reden hören. Ich versuchte, nichts anderes zu tun, als ihnen zuzuhören. Meine Sicht verschwamm, und meine Umgebung löste sich auf.

»Wie geht's dir?«, wollte Michael von Jared wissen, als würde er gewöhnlichen Smalltalk betreiben.

»Gut«, erwiderte Jared, und auf seinen Lippen zeichnete sich ein Lächeln ab. »Mir geht's gut.«

»Dann bist du jetzt also ein großer, wichtiger Mann, hm?«, fragte Michael.

Jared lachte. »Das ist alles relativ, nehme ich an.«

Michael erwiderte Jareds Lachen, parodierte es beinahe. »Soll das heißen, dass du nur im Vergleich zu mir ein großer, wichtiger Mann bist?«

»Ja«, entgegnete Jared, wobei der Sarkasmus kaum aus seiner Stimme herauszuhören war. »Genau das wollte ich damit sagen.« Das Lachen erstarb langsam. »Du weißt, dass das nicht stimmt, Michael. Du hast ebenfalls ziemlich gute Arbeit geleistet. Selbst als du auf St. Martin warst, hat dich keiner aus den Augen gelassen. Du musst wissen, wie froh wir alle sind, dich wiederzuhaben.« Jared hielt Michael sein Martini-Glas hin. Michael stieß mit dem Rand seiner Bierflasche mit ihm an. »Und jetzt sag mir, dass es sich gut anfühlt, zurück zu sein«, sagte Jared. Es klang beinahe wie ein Befehl.

»Du weißt, dass ich das gern tue«, erwiderte Michael. »Ich habe nur eine Weile gebraucht, um meine Gedanken zu ordnen, nachdem …« Michael verstummte und starrte sein Bier an.

»Nach dem, was mit Joe passiert ist«, führte Jared seinen Satz nach einer bedeutungsschwangeren Pause für ihn zu Ende.

»Ja«, erwiderte Michael. Er starrte Jared mit einem kalten, harten Blick an. So viel zum Smalltalk. Ich hasste es, mit ansehen zu müssen, wenn Michael freundlich zu Jared war, wollte aber auch nicht, dass er die Sache vermasselte. *Wir sind auf ihn angewiesen*, dachte ich und versuchte, Michael über die Musik aus der Jukebox hinweg Signale zu senden.

Jared stützte die Ellbogen auf den Tisch, beugte sich zu Michael vor und sprach weiter, dieses Mal allerdings leiser. Er flüsterte zwar nicht, sprach jedoch so leise, dass ich ihn nicht mehr verstand. Ich sah Michael nicken, ohne zu wissen, weshalb er nickte, musste es aber unbedingt wissen. Dann antwortete Michael Jared, doch ich verstand auch ihn nicht. Das wichtigste Ereignis in meinem Leben fand unmittelbar neben mir statt, und ich war auf weniger als eine Zuschauerin reduziert worden. Ich blickte mich in der Bar um, ob ich mich irgendwo anders positionieren könnte, wo ich in der Lage wäre, ihnen wieder zuzuhören. Die Sitznische neben ihnen war noch frei. Ich hätte dorthin umziehen können. Ich hätte dem Barkeeper sagen können, dass mein Freund bald kommen würde, und wenige Zentimeter von Michael entfernt Platz nehmen und lauschen können, doch wenn ich das getan hätte, hätten sie aufgehört, sich zu unterhalten. Daran bestand für mich kein Zweifel. Ich warf einen Blick auf ihre Sitznische und riskierte dabei, sie fast direkt anzusehen. Hinter der Sitznische befand sich ein dicker schwarzer Samtvorhang, der die Bar von den Toilettentüren trennte. Ich war mir sicher, dass ich sie würde verstehen können, wenn ich mich hinter den Vorhang stellte. Sie unterhielten sich weiter, und mir entging jedes unverzichtbare Wort, das sie sagten. Ich beschloss, einen Versuch zu wagen, erhob mich, strich meine Hosenbeine glatt und drehte mich um. Dann ging ich so beiläufig wie möglich die vier oder fünf Schritte vorbei an ihrer Sitznische zu den Toiletten und schlüpfte hinter den Vorhang. Sobald ich mich hinter dem Vorhang befand, öffnete und schloss ich eine der beiden Toilettentüren, damit es so klang, als wäre ich hineingegangen. Anstatt hineinzugehen, wich ich jedoch in den Vorhang zurück und schmiegte mich beinahe an die Lehne der Bank, auf der Jared saß. Nur ein paar Millimeter Samt trennten mich von dem Mann, der deinen Vater getötet hat. Ich hatte mein Messer im Hosenbund stecken und eine Pistole in meiner Handtasche. Rache wäre ein Leichtes gewesen.

Dann hörte ich wieder Michaels Stimme. »Du denkst also, du hättest ihm einen Gefallen getan?«, fragte Michael. Ich war mir nicht sicher, ob er skeptisch oder verwirrt klang. Ich hielt die Luft an und lauschte durch den schwarzen Vorhang.

»Nein«, erwiderte Jared. Seine Stimme war ein paar Dezibel leiser als die von Michael. »Du drehst mir das Wort im Mund um. Ich habe nur gesagt, dass es so womöglich besser für ihn war, wenn er vorhatte abzuhauen.« Jared sprach noch leiser weiter, aber ich verstand ihn trotzdem. »Ich hasse, was ich mit Joe gemacht habe, aber ich bin froh, dass ich derjenige war, der es getan hat, und nicht irgendein Dreckskerl, der versucht, sich einen Namen zu machen. Joe hätte es sowieso nie geschafft.«

Michael sagte darauf nichts. Ich hätte am liebsten um den Vorhang gespäht, um seinen Gesichtsausdruck zu sehen. Stattdessen blieb ich völlig regungslos stehen. Ein, zwei Minuten vergingen, dann hörte ich wieder Jareds Stimme. »Du hast dich irgendwie verändert, Michael«, sagte er. »Du wirkst älter. Reifer.« Auf Michaels Seite des Tisches herrschte erneut unbehagliches Schweigen. »Können wir jetzt das Thema wechseln?«, fragte Jared schließlich. »Wir sollten eigentlich feiern. Ich habe nichts dagegen, über Joe zu reden, aber lass uns über angenehme Dinge sprechen. Joe würde es nicht gefallen, wenn wir streiten, Michael.«

»Auf Joe«, sagte Michael nach kurzem Zögern.

»Auf Joe«, echote Jared. Ich hörte Glas gegen Glas klirren, dann herrschte wieder unbehagliches Schweigen. Jeder stille Moment schien eine Ewigkeit anzudauern. »Hör zu, Michael«, sagte Jared. »Der heutige Abend geht auf meine Rechnung. Ich hoffe, du bist noch für ein oder zwei Runden zu haben.«

Ich hörte abermals Michaels Lachen, tief und bellend. »So sehr habe ich mich auch nicht verändert, Jared. Zu einem Freibier sage ich immer noch nicht Nein.«

»Gut zu hören«, entgegnete Jared. »Bestell uns noch eine Runde. Ich geh mal für kleine Jungs.«

Ich brauchte eine Sekunde, um zu begreifen, was Jared meinte. Viel mehr Zeit als eine Sekunde blieb mir auch nicht. Beide Toilettentüren befanden sich genau hinter mir. Ich hatte höchstens anderthalb Quadratmeter Platz und keine Zeit, um mich auf eine der Toilettentüren zu stürzen, sie zu öffnen und hineinzuschlüpfen, bevor Jared mich sah. Er hätte die Tür zugehen sehen und gewusst, dass jemand hinter dem Vorhang gestanden und ihn belauscht hatte. Ich wäre in der Toilette gefangen gewesen und hatte deshalb nur eine Option. Als Jared den Vorhang beiseiteschob, um hindurchzugehen, wich ich in die Falten des Stoffs zurück und zog so viel von dem schwarzen Samt um mich, wie ich konnte, ohne dass es zu auffällig gewirkt hätte. In der Bar war es ohnehin dunkel, und als ich mich in den Vorhang hüllte, wurde ich von der Dunkelheit fast völlig verschluckt. Ich hatte das Gefühl, darin zu schwimmen. Ich verfluchte mein neuerdings blondes Haar, da ich wusste, dass es mich womöglich verraten würde, griff nach unten und umschloss den Griff meines Messers. Die Pistole konnte ich hier drin nicht benutzen: Sie wäre zu laut gewesen, und wir waren einander zu nahe. Claras Leute hatten mir jedoch beigebracht, mit dem Messer umzugehen. Zwei Bewegungen: Zuerst schlitzt man seinem Opfer den Hals auf, um zu verhindern, dass es schreit, dann führt man mit einer Aufwärtsbewegung einen sauberen Stich unter den Rippen hindurch in die Lunge aus. Durch den Schlitz im Stoff konnte ich vor mir fast nichts erkennen, doch ich sah Jared, als er durch die Öffnung im Vorhang trat. Er wirkte nervös. Michael machte ihn nervös. Ich hielt den Atem an und machte keine Bewegung. Jared blickte nicht auf. Mein Herz schlug so intensiv in meiner Brust, dass ich befürchtete, Jared könnte es hören. Er schien in Zeitlupe zu gehen. Wenn er den Kopf gehoben und in meine Richtung geblickt hätte, wäre ich bereit gewesen, ihm die Kehle durchzuschneiden. Wenn es er oder ich geheißen hätte, wäre ich nicht diejenige gewesen. Ich umklammerte den Griff meines Messers fester. Als Jared die Hand nach dem Knauf der Toilettentür ausstreckte, zog ich die Klinge des Messers fünf Zentimeter aus der Scheide. Jared machte die Toilettentür auf und zögerte. Dann ging er hinein und schloss die Tür hinter sich, und ich hörte, wie Wasser aus dem Hahn zu laufen begann.

Ich atmete geräuschlos aus. Ich musste weg. Mir blieb keine Zeit, um zu überlegen, was ich tun sollte, deshalb trat ich aus den Falten des Vorhangs und ging zurück in Richtung Bar. Ich wagte es nicht, mich zu Michael umzudrehen, sondern marschierte geradewegs zum Tresen, bezahlte meine Rechnung und ging zur Tür hinaus.

Ich spürte, wie sich die Muskeln in meiner Brust entspannten, als ich ins Freie trat und die kühle Nachtluft einatmete. Mir war bewusst, dass ich den Rest ihrer Unterhaltung verpassen würde. Mir war bewusst, dass ich alles verpassen würde, was sie noch über Joe, über dich und darüber, wer womöglich wusste, wo du warst, sagen würden. Doch damit musste ich leben. Ich musste Michael vertrauen. Ich hatte keine andere Wahl. Beinahe hätte ich alles vermasselt. Ich überquerte die Straße. Michael zu vertrauen bedeutete nicht, dass ich Jared ebenfalls vertrauen musste. Das wäre mir einen Schritt zu weit gegangen. Ich hatte mit eigenen Augen gesehen, wozu Jared imstande war. Auf der anderen Straßenseite entdeckte ich zwischen den Gebäuden eine kleine Gasse. Ich tauchte in die Dunkelheit ein und wartete, dass Jared und Michael herauskamen.

Ich wusste nicht, wie lange ich würde warten müssen. Ich nahm an, dass es eine Weile dauern würde, dass die beiden mindestens noch zwei oder drei Runden trinken, auf weitere Dinge anstoßen würden, an die ich nicht glaubte, und darüber reden würden, wie rechtens es gewesen sei, mein Leben zu ruinieren. Deshalb war ich überrascht, als ich Michael nur eine halbe Stunde später mit Jared im Schlepptau aus der Bar kommen sah. Als sie ins Freie traten, wich ich in die Schatten zurück. Jared blickte sich prüfend auf der inzwischen leeren Straße um. Zum zweiten Mal an diesem Abend übersah er mich, während ich mich vor seinen Augen versteckte. Michael machte sich nicht die Mühe, sich umzublicken. Er kam zur Tür heraus und marschierte sofort los. Er ging hinunter ich Richtung Fluss. Jared schloss mit ein paar schnellen Schritten zu ihm auf, dann gingen die beiden nebeneinander. Sie unterhielten sich noch immer und beugten sich dabei zueinander wie zwei Diebe, die sich verschworen hatten. Ich wartete, bis sie bei der nächsten Querstraße angelangt waren, bevor ich aus der Dunkelheit trat. Dann folgte ich ihnen. Ich ging auf der anderen Straßenseite, damit sie keinen Verdacht schöpften, stellte jedoch sicher, dass ich sie ständig im Auge hatte.

Sie gingen weiterhin bergab in Richtung Fluss. Als ich mir sicher war, dass sie mich nicht sehen konnten, lief ich auf die andere Straßenseite. Ich wusste, dass sich dort ein Park befand, der um diese Uhrzeit leer sein würde. Mir war nicht klar, warum sie dorthin gingen. Es war dort gefährlich. Der Park wäre der perfekte Ort für Jared, um Michael anzugreifen. Das würde ich allerdings nicht noch einmal zulassen. Ich holte die Pistole aus meinem Rucksack und legte den Finger auf den Abzug. Ich folgte den beiden und gab mir Mühe, dabei kein Geräusch zu verursachen. Als es dunkler wurde, verringerte ich den Abstand zwischen uns, damit ich Jareds Hände beobachten konnte, während er ging. Zu seinem Glück machte er keine verdächtigen Bewegungen. Seine erste verdächtige Bewegung wäre seine letzte gewesen.

Ich tauchte im Gehen in die Schatten ein und wieder aus ihnen auf und war Michael und Jared jetzt so nahe, dass ich sie hätte sprechen hören können, wenn sie nicht geschwiegen hätten. Der Park vor uns war menschenleer, frei von Zeugen. Jared, Michael und ich waren allein. Beim Betreten des Parks hörte ich Jareds Stimme. Als er zu sprechen begann, huschte ich hinter einen Baum und machte keine Bewegung mehr. Ich war keine fünf Meter von den beiden entfernt und versuchte, mich hinter Jared zu positionieren, damit er sich hätte umdrehen müssen, um mich zu sehen.

»Wir konnten da drin nicht reden – nicht über das«, sagte Jared zu Michael, wobei seine Stimme kaum lauter als ein Flüstern war.

»Das kapier ich nicht«, erwiderte Michael. »Wir können dasitzen und übers Töten reden, können über den Krieg reden, aber darüber können wir nicht reden?«

»Du verstehst das nicht.« Ich erkannte Jareds herablassenden Tonfall. So hatte er auch mit deinem Vater gesprochen, bevor er ihn tötete. Ich umschloss meine Pistole fester. »Glaubst du etwa, ich habe diese Bar zufällig ausgesucht? Man kennt mich dort. Sie wissen, was ich tue. Sie gehören auch dazu.«

»Dann hast du also Angst, dass sie deine Motive infrage stellen könnten, wenn sie dich über das reden hören? Dass sie deine Loyalität infrage stellen könnten?«, wollte Michael wissen.

»Nein, du Idiot«, sagte Jared. »Ich habe Angst, dass sie deine infrage stellen. In diesem Spiel gibt es Leute, die noch nicht bereit sind, deine Rückkehr zu akzeptieren. Ich arbeite daran, aber es ist nicht ganz einfach. Und ehrlich gesagt, hilft dir diese Unterhaltung nicht gerade weiter.«

»Stellst du jetzt etwa meine Loyalität infrage?«, wollte Michael von Jared wissen.

»Sieh mal, Michael, ich konnte unmöglich wissen, wie du auf die ganze Sache mit Joe reagieren würdest, und jetzt fragst du mich, wo sein Kind ist?« Mir schoss etwas durch den Kopf, das Jared an dem Abend gesagt hatte, als er dich mir wegnahm – was er dir antun würde, sobald du erwachsen wärst. *Ich werde den kleinen Scheißkerl eigenhändig umbringen.* Er hatte diese Worte ernst gemeint. Ich weiß, dass er sie ernst gemeint hatte.

»Sag mir einfach, wo Joes Kind ist«, verlangte Michael. Ich wäre am liebsten durch die Dunkelheit auf ihn zugerannt und hätte ihn geküsst.

»Warum?«, fragte Jared.

Michael zögerte nicht. »Weil er das Einzige ist, was wir noch von Joe haben. Erzähl mir nicht, dass dir das nichts bedeutet. Ich weiß, dass du kein Monster bist.«

Jared hob die Hände in die Luft. Ich hielt meine Pistole vor mich, bis ich sehen konnte, dass seine Hände leer waren. »Aber er ist jetzt einer von den Anderen«, sagte Jared. »Er gehört zur anderen Seite.«

»Ich weiß nicht mal, was das bedeutet«, erwiderte Michael. »Wenn du mir sagt, was zum Teufel das bedeutet, dann gehe ich jetzt auf der Stelle nach Hause und werde in Zukunft töten, ohne noch ein einziges Wort darüber zu verlieren.«

»Joe hat geglaubt«, sagte Jared in die Dunkelheit. »Deshalb ist er abgehauen.«

»Ich glaube auch«, entgegnete Michael kopfschüttelnd. »Vertrau mir, ich glaube. Das ist ein Teil des Problems: Ich glaube, ohne zu verstehen, woran ich glaube.« Dann herrschte Schweigen. Das einzige Geräusch um uns herum war das Rauschen des Flusses. Das dunkle Wasser schob sich an uns vorbei und schimmerte im Mondlicht. Ich hielt mich so still wie möglich, da ich nur halb von dem Baum verdeckt dastand. Drei oder vier Minuten sprach niemand ein Wort.

»Ich weiß nicht, wo er ist«, sagte Jared schließlich und brach das Schweigen.

»Erzähl mir keinen Scheiß.« Jetzt hatte Michael die gesamte Kontrolle über das Gespräch.

»Ich kann es mir nicht leisten, noch einen Freund zu verlieren, Michael«, sagte Jared. »Ich möchte dir nicht das Werkzeug geben, damit du etwas tun kannst, was du anschließend bereuen wirst.«

»Glaubst du etwa, ich bereue nicht sowieso alles, was ich getan habe, seit ich achtzehn bin?«

»Sag so was nicht«, erwiderte Jared.

»Verrat mir einfach, wo das Kind ist. Gesteh mir diese eine Sache zu, und wenn ich fertig bin, werde ich den guten Soldaten spielen, bis mich jemand in einem Loch im Boden verscharrt. Ich werde die Leichen so hoch aufstapeln, dass du nicht mehr über sie drüberschauen kannst.«

Jared schüttelte den Kopf. »Ich weiß wirklich nicht, wo er ist.«

»Wer weiß es dann?«, fragte Michael, fast noch bevor Jared zu Ende gesprochen hatte. »Ich kenne dich, Jared. Ich weiß, wie das Spiel läuft. Ich weiß, dass wir niemanden an die andere Seite übergeben, ohne ihn im Auge zu behalten.«

Jared lachte. »Ich sage ihnen immer wieder, dass du nicht so dumm bist, wie sie meinen«, sagte er und holte tief Luft. »Auch wenn du letzten Endes nicht bereuen solltest, was auch immer du vorhast, ich bin mir ziemlich sicher, dass ich es bereuen werde.« Jared griff an den Gürtel seiner Jeans. Ich hob meine Pistole und zielte auf seinen Hinterkopf. Wir waren uns so nahe. Ich legte den Finger fester um den Abzug. Jared zog ein Stück Papier aus der Hosentasche, das aussah wie eine Visitenkarte. Ich hielt die Pistole wieder lockerer. »Hast du einen Stift?«, fragte Jared. Michael zögerte nicht und reichte Jared etwas, als sei er auf die Frage vorbereitet gewesen. »Ich weiß nicht, was du mit dieser Information anfangen wirst. Und ich will es auch gar nicht wissen. Wenn irgendwas schiefgeht, rette ich meine Haut und verkaufe dich als Verräter.«

»In Ordnung«, erwiderte Michael.

»In New York gibt es in Tribeca ein Gebäude. Es ist keines von unseren Gebäuden, sondern eines der Anderen. Ich verrate dir nicht, wo wir unsere Informationen archivieren.« Jared schrieb etwas auf die Rückseite der Visitenkarte. »Wenn du wissen möchtest, wo Joes Kind ist, dann hol dir die Info von den Anderen.« Er reichte Michael die Karte.

Michael betrachtete sie. »Ist das alles, was du tun kannst?«, fragte er.

»Das ist alles, was ich tun werde«, erwiderte Jared, »und mehr, als ich tun sollte.«

»Und jetzt?«, fragte Michael mit der Visitenkarte in der Hand.

»Ich habe einen weiteren Auftrag für dich. Ruf morgen an, wenn du nüchtern bist, dann nenne ich dir die Details.«

»Bist du jetzt derjenige, der mir Aufträge erteilt?«, wollte Michael wissen.

»Ja«, erwiderte Jared. »Bis sie dich nicht mehr als Spezialfall betrachten.«

»Wann wird das sein?«, fragte Michael.

»Bei diesem Tempo?« Jared lachte. Ich hörte die Verärgerung in seinem Lachen. Er bremste sich gerade noch, Michaels Frage zu beantworten. »Ich wünschte, ich könnte dich davon abhalten …«, sagte er stattdessen.

»Das kannst du nicht«, fiel ihm Michael ins Wort. Er hielt die

Visitenkarte in seiner Hand hoch. Ich sah, wie das weiße Papier das Mondlicht reflektierte. Mein ganzes Leben befand sich auf diesem Stück Papier. »Danke, Jared«, sagte Michael. »Das habe ich gebraucht.« Er hatte erhalten, wofür wir gekommen waren. Jetzt brauchten wir Jared nicht mehr.

»Mit zunehmendem Alter werde ich weich«, sagte Jared. »Geh jetzt nach Hause.«

Michael machte sich nicht die Mühe, sich zu verabschieden. Während Jared sprach, wandte Michael sich von ihm ab und ging am Fluss entlang zu der Brücke nach Virginia. Ich wartete in der Dunkelheit und beobachtete Jared. Mir war klar, dass er sich nicht zu schade dafür gewesen wäre, seinem Freund in den Rücken zu schießen. Jared stand regungslos da. Er sah Michael hinterher, bis dessen Silhouette in der Dunkelheit verschwand.

»Scheiße«, hörte ich Jared im Flüsterton sagen. »Was hast du da gerade gemacht, Jared?«, fragte er sich selbst. Dann drehte er sich um und setzte sich in Bewegung. Er hatte noch keine zehn Schritte gemacht, bevor ich mich entschied, was ich tun würde. Michael war weg. Ich folgte Jared. Selbst nach allem, was ich gehört hatte, lauteten die einzigen Worte, die mir immer wieder durch den Kopf gingen: *Ich werde den kleinen Scheißkerl eigenhändig umbringen.*

Ich hatte meine Pistole nach wie vor in der Hand und hielt sie auf Höhe meiner Taille. Der Weg, den Jared entlangging, war menschenleer. Ich machte mir nicht mehr die Mühe, mich zu verstecken, sondern ging schneller, um den Abstand zwischen uns zu verringern. Jared hatte sein Tempo inzwischen ebenfalls gesteigert. Ich glaube nicht, dass er mich gesehen hatte, aber er muss irgendetwas hinter sich vermutet haben. Ich musste mein Tempo verdoppeln. Bald verringerte ich den Abstand zwischen uns auf weniger als drei Meter. Claras Leute hatten mir nicht nur den Umgang mit dem Messer, sondern auch den Umgang mit der Pistole beigebracht. Lektion Nummer eins lautete, dass man niemals eine Pistole auf jemanden richten sollte, wenn man nicht bereit war, ihn zu erschießen.

Inzwischen wusste er, dass ich ihm folgte – daran bestand kein Zweifel. Ich behielt seine Hand im Auge, damit ich sehen würde, wenn er nach einer Waffe griff. Wenn er das tat, würde ich schneller handeln müssen, als mir lieb war. Ich befürchtete, dass Eile womöglich zu Fehlern führen würde. Mir blieb nichts anderes übrig, als mich auf mein Training zu verlassen. Durch die Bäume fielen Streifen des Mondlichts. Jared marschierte schnell zwischen Hell und Dunkel dahin. Ich wollte zu ihm aufschließen, bevor er den Park verließ, bevor er irgendwohin gelangen konnte, wo möglicherweise jemand versuchen würde, ihm zu helfen. Ich machte lange, gleichmäßige Schritte und schaffte es, den Abstand so weit zu verringern, bis ich ihn beinahe berühren konnte.

»Jared«, sagte ich laut genug, dass er mich hören musste. Ich fragte mich, ob er meine Stimme erkennen würde. Als er stehen blieb und sich zu mir umdrehte, hob ich meine Pistole und zielte auf seinen Kopf. Ich stand dem Mann, der mir dich weggenommen und deinen Vater getötet hatte, von Angesicht zu Angesicht gegenüber. Ich wollte sichergehen, dass er mein Gesicht für einen Moment gut im Mondlicht zu sehen bekam. Während dieses Moments bereute ich die Perücke und das Make-up. Ich wollte, dass Jared wusste, wer ich bin.

Dann betätigte ich den Abzug.

Bevor die Pistole feuerte, traf mich etwas von hinten, als würde ich von einem Zug gerammt. Die Pistole rutschte mir aus der Hand und fiel zu Boden. Dann hörte ich jemanden schreien: »Lauf, Jared!« Ich war verwirrt und versuchte, mir zusammenzureimen, was vor sich ging, da ich kaum etwas sehen konnte. Jared musste Leute gehabt haben, die ihn beschützten. Offenbar hatte er Michael doch nicht getraut. Vielleicht handelte es sich um einen von den Schlägertypen, die ihm dabei geholfen hatten, dich mir wegzunehmen. Ich versuchte, mir in Erinnerung zu rufen, was ich von Claras Leuten über Nahkampf gelernt hatte, und wirbelte herum, um mich zu orientieren. Bevor ich mich zurechtfand, sprang jemand auf mich und presste mich mit den Knien auf den Boden. Es gelang mir, einen Arm unter den Beinen herauszuziehen, die mich zu Boden drückten, und ich schlug nach oben auf meinen Angreifer ein. Meine Faust traf auf eine Nase. Ich hörte ein knirschendes Geräusch und spürte einen Schwall Blut auf meiner Hand. »Lauf!«, rief der Mann erneut, doch dieses Mal wurde seine Stimme von seinem Blut gedämpft. »Ich kümmere mich um sie.« Ich wusste nicht, was das bedeutete, wollte es aber auch nicht herausfinden.

Dann hörte ich, wie sich in der Dunkelheit Schritte von mir entfernten. Jared suchte das Weite. Zu meiner Rechten sah ich meine Pistole im Mondlicht schimmern. Der Körper hob sich für einen Moment von mir, und ich rollte mich so schnell wie möglich zur Seite, um mir die Pistole zu schnappen. Als ich ihren Griff in der Hand spürte, landete jedoch ein Fuß auf ihr und presste mein Handgelenk auf den Boden. Ich erinnerte mich an mein weniger als eine Woche zurückliegendes Training und rollte mich abermals zur Seite, um dem Angreifer in den Unterleib zu treten.

»Scheiße«, sagte die Stimme. »Ich glaube, du hast mir die Nase gebrochen.« Ich erstarrte, da ich die Stimme jetzt erkannte. Zuvor hatte ich sie nicht erkannt, weil ich Michael noch nie hatte schreien hören. Ich hielt den Fuß einen Augenblick über mir in der Luft und versuchte, mich zu entscheiden, ob ich ihm trotzdem in den Schritt treten sollte. Ich tat es nicht. »Was zum Teufel machst du hier?«, wollte Michael von mir wissen. Ich sah, wie er sich an die Nase griff und versuchte, die Blutung zu verringern, indem er seine Nasenflügel mit den Fingern zusammendrückte. Ich zögerte, da ich hin und her gerissen war, ob ich seine Frage beantworten oder selbst tausend Fragen stellen sollte, von denen die dringendste lautete: *Warum hast du mich daran gehindert?* Michael wartete meine Antwort nicht ab. »Wir müssen von hier verschwinden, falls er zurückkommt.« Er blickte sich um und suchte nach dem besten Fluchtweg.

Michael reichte mir die Hand, um mir aufzuhelfen. Sobald ich wieder auf den Beinen war, rannten wir gemeinsam los. Ich wusste, welchen Weg wir nehmen konnten, da ich hier bereits joggen gewesen war: den Chesapeake-and-Ohio-Treidelpfad. Er verlief meilenweit durch den Wald und würde nachts menschenleer sein. Wir liefen die erste Meile, dann blieben wir stehen. Die Lichter der Stadt hinter uns waren bereits verschwunden. Michael atmete schwer. Er war nicht mehr in Form, da ihn sein verletztes Bein beim Trainieren beeinträchtigte. Ich ließ ihn Atem schöpfen. Er musste durch den Mund Luft einsaugen, da seine Nase mit Blut verstopft war. Er keuchte beim Atmen.

Während Michael sich erholte, setzte ich meine Perücke ab und verstaute sie in meinem Rucksack. Es war mir peinlich, mich damit vor ihm zu zeigen. Dann tastete ich nach dem Make-up um meine Augen und auf meinen Wangen und verschmierte es mit den Fingerspitzen im Gesicht. Mir war klar, dass ich es nicht entfernen konnte, aber ich konnte es zumindest verändern. Ich konnte es entstellen – diese Macht besaß ich. Ich wollte nicht hübsch aussehen.

Nachdem Michael wieder zu Atem gekommen war, sagte er mir, dass er mich in der Bar sofort gesehen habe, als er zur Tür hereingekommen sei. Er habe mich trotz meiner Verkleidung erkannt. Er würde mich immer erkennen. Und er habe gewusst, dass ich hinter dem Vorhang gestanden hätte und wie nahe Jared daran gewesen sei, mich zu entdecken.

»Ich wollte ihn erschießen«, sagte ich zu Michael.

»Ich weiß, aber wir brauchen ihn noch. Wir brauchen seine Hilfe, um in das Gebäude zu gelangen.«

»Wir brauchen seine Hilfe nicht. Ich bringe uns schon rein«, versicherte ich Michael. Er sah mich mit einer Mischung aus Verwirrung und Zweifel an. »Ich erkläre es dir später.« Ich fragte mich, ob Michael Jared auch dann gerettet hätte, wenn er von meiner Abmachung mit Clara gewusst hätte, verdrängte den Gedanken jedoch wieder. Es gab so viel anderes, worum wir uns kümmern mussten.

Ich machte mir Sorgen, dass Jared mich womöglich erkannt hatte. »Niemals«, beruhigte mich Michael. »So wie du heute Abend ausgesehen hast …«

»Wie habe ich denn ausgesehen?«, fragte ich und rechnete mit einer Bemerkung zu meiner Verkleidung oder dem Make-up, das in meinem Gesicht verschmiert war.

»Du siehst aus wie eine Kämpferin. Das letzte Mal, als Jared dich gesehen hat, hast du nicht so ausgesehen.«

Trotz allem waren wir uns einig, dass wir eine neue Unterkunft brauchten, bevor Michael Jared anrief, um sich seinen nächsten Auftrag geben zu lassen. Wir waren zu nahe am Ziel, um noch irgendwelche Risiken einzugehen.

Auf dem Rückweg in die Stadt fragte ich Michael, was er zu sagen gedachte, wenn Jared ihn nach der Frau fragen würde, die ihn angegriffen hatte. »Dass du eine von den Anderen warst«, erwiderte Michael, »und dass ich mich um die Sache gekümmert habe.« Nachdem Michael mit Jared gesprochen hatte, war es meine Aufgabe, die Informationen, die wir von ihm bekommen hatten, an Clara zu übermitteln.

ZWEIUNDVIERZIGSTES KAPITEL

Addy und Evan übernachteten in Georgia, etwa zwei Stunden außerhalb von Atlanta. Sie hätten auch einfach weiterfahren können. Von ihrem Zwischenhalt bis zu ihrem Ziel in Florida hätten sie nur noch zehn Stunden gebraucht. Verglichen mit dem, was sie hinter sich hatten, wären es einfache zehn Stunden gewesen. Addy wollte jedoch noch eine Nacht warten, da Sonntag war. Sie sagte, sie wolle nicht an einem Sonntag beim Stützpunkt ankommen, weil sie sich Sorgen mache, dass dann zu wenige Leute anwesend sein würden. Sie erklärte Evan, sie wolle sichergehen, dass sie viele bekannte Gesichter sehen würde, wenn sie mit ihm dort eintraf. Evan zweifelte an nichts von dem, was Addy sagte, doch er wusste, dass sie andere Gründe hatte, weshalb sie einen Zwischenstopp einlegen und noch einen Tag warten wollte. Sie hatte Angst, das erkannte er. Sie konnte ihre Angst vor den meisten Menschen verbergen, aber nicht mehr vor ihm. Er sah sie ihr an. In den vergangenen zwei Wochen war Evan immer wieder von Addys völliger Furchtlosigkeit beeindruckt gewesen: Feuer machte ihr keine Angst; Schusswaffen machten ihr keine Angst; von der ganzen Welt verfolgt zu werden, machte ihr keine Angst. Jetzt jedoch war sie beunruhigt.

Evan konnte sich einen der Gründe zusammenreimen, weshalb Addy Angst hatte. Er nahm an, dass sie befürchtete, ihre alten Freunde würden sie nicht wieder bei sich aufnehmen. Vermutlich befürchtete sie, dass sie sie nicht mehr akzeptieren würden, nachdem sie ihnen den Rücken gekehrt hatte, und dass sie und Evan nirgendwo unterkommen würden. Vermutlich befürchtete sie, dass sie und Evan letzten Endes auf der falschen Seite einer niedergebrannten Brücke landen würden, nachdem sie ihn zuvor durchs ganze Land gezerrt hatte. Evan hätte ihr gerne gesagt, dass ihm das egal war. Dass es ihm egal war, wenn sich Leute, die er nie kennengelernt hatte, weigerten, ihn bei sich aufzunehmen. Wozu war der Untergrund überhaupt gut? Evan hatte den Eindruck, dass seine Mitglieder auch nicht mehr tun konnten, als ihnen dabei zu helfen, davonzulaufen und sich zu verstecken, und darin schienen Addy und er selbst ziemlich gut zu sein. Er sagte jedoch nichts von alledem zu Addy. Von ihren alten Freunden wieder mit offenen Armen empfangen zu werden, schien ihr wichtig zu sein. Evan wollte das nicht ruinieren. Stattdessen versuchte er sich einzuprägen, was er zu ihr sagen würde, falls die Sache schiefging – dass sie allein besser dran seien, dass ihre alten Freunde sie nicht verdient hätten, dass sie ohnehin zu stark und zu tapfer für sie sei. In vielerlei Hinsicht war Evan auf deren Weigerung besser vorbereitet als auf deren Einverständnis.

Evan konnte sich allerdings nur diesen einen Grund zusammenreimen, weshalb Addy Angst hatte. Ihm war nicht bewusst, dass Addys Angst vor Ablehnung nicht annähernd so groß war wie ihre Angst, dass ihre alten Freunde einfach verschwunden sein könnten. Was war, wenn sie ebenfalls ausgeräuchert und zur Strecke gebracht worden waren? Was war, wenn sie und die anderen Rebellen zu schnell zu viel gewollt hatten und dabei alles zerstört hatten, den Untergrund eingeschlossen? Addy konnte damit leben, gemieden zu werden. Darauf war sie vorbereitet. Für diese Möglichkeit hatte sie sich bereits gewappnet, bevor sie damals davongelaufen war, um sich den Rebellen anzuschließen. Addy hatte nie Angst vor einem Außenseiterdasein gehabt. Ganz im Gegenteil: Fast alle Entscheidungen, die sie im Lauf ihres Lebens getroffen hatte, hatten sie in diese Richtung getrieben. Doch nach dem, was in Los

Angeles passiert war, hatte Addy das Bedürfnis zu erfahren, dass sich ihre alten Freunde noch immer alle Mühe gaben, auch wenn sie sich wünschte, dass sie aufhören würden davonzulaufen und beginnen würden zu kämpfen. Diese Anstrengung – jede Anstrengung – machte Addy zumindest ein wenig Hoffnung, dass sich die Welt noch verändern ließ. Mehr als alles andere wollte sie die Hoffnung spüren, die ihr Christopher einst gegeben hatte. So viel ihr Evan auch geben konnte, das konnte er ihr nicht geben.

»Warum, glaubst du, hat Christopher uns im Stich gelassen?«, fragte Addy Evan, während sie gemeinsam warteten, dass die Zeit verging.

Evan zuckte mit den Schultern. Er fühlte sich nicht von Christopher im Stich gelassen. Evans Ansicht nach hatte Christopher nur dem Krieg den Rücken gekehrt und diesem absurden Kampf gegen den Krieg. Dafür konnte er ihm keinen Vorwurf machen. »Das ist nicht sein Kampf. Vielleicht habt ihr zu viel von ihm erwartet. Vielleicht hat er sich ausgenutzt gefühlt.«

Addy schüttelte den Kopf. »Er wusste, dass er nicht ausgenutzt wird. Wir haben ihm am Anfang die Chance gegeben davonzulaufen. Wir haben ihm die Chance gegeben, das Weite zu suchen. Er hat gesagt, dass er kämpfen möchte.«

»Ja, aber woher sollte er wissen, was es bedeutet zu kämpfen? Als Kind hat er nichts von alledem gewusst. Das weiß ich. Ich war da.« Evan klang weniger überzeugt, als es ihm recht war. »Er war paranoid, aber er hätte es mir gesagt, wenn er von alledem gewusst hätte, oder etwa nicht?«

»Als Kind wusste Christopher nichts davon«, versicherte ihm Addy. »Aber wir haben ihm alles erzählt, nachdem wir ihn ausfindig gemacht hatten.«

»Aber wie? Wie kann man jemandem all das erzählen, sodass es einen Sinn ergibt?«

»Seine Eltern haben Tagebuch geführt.« Addy sprach diese Worte, als lege sie ein Geständnis ab. »Seine Mutter hat sie in einen Banksafe gelegt, in der Hoffnung, dass Christopher sie niemals brauchen würde. Vor ihrem Tod veranlasste sie, dass Christopher den Schlüssel zu dem Banksafe an seinem sechzehnten Geburtstag zugesandt bekommt.«

»Dann weiß er also vom Krieg, seit er sechzehn ist?«, fragte Evan. Er versuchte noch immer, sämtliche Puzzlestücke zusammenzusetzen.

Addy schüttelte den Kopf. »Nein. Er ignorierte den Brief, den seine Mutter ihm geschickt hatte. Er legte den Schlüssel zu dem Banksafe in eine Schublade und tat so, als hätte er ihn nie bekommen. Zu diesem Zeitpunkt war Christopher bereits so paranoid, dass er mehr Angst vor der Wahrheit hatte als vor der Paranoia.«

»Wie lautete denn die Wahrheit?«

»Die Wahrheit lautete, dass Christopher die ganze Zeit, während ihr beiden zusammen aufgewachsen seid, verfolgt wurde. Die Wahrheit lautete, dass er guten Grund hatte, Angst zu haben. Seit er elf war, waren ihm Leute gefolgt. Seine Mutter hatte vor ihrem Tod alles getan, was in ihrer Macht stand, um ihn zu verstecken, doch es hat nichts geholfen. Er war zu wichtig geworden, um auf Dauer versteckt bleiben zu können. Deshalb wurde er paranoid.«

»Und wann habt ihr ihm schließlich von alledem erzählt?«

»Als wir ihn fanden, stellten wir sicher, dass er die Tagebücher seiner Eltern liest, und erzählten ihm alles. Auch dann gaben wir ihm noch die Chance, das Weite zu suchen, das schwöre ich. Er hat mir gesagt, dass er nicht davonlaufen möchte.«

»Wann habt ihr ihm vom Krieg erzählt?«, fragte Evan erneut. Er wollte unbedingt hören, dass ihm Christopher niemals etwas verheimlicht hatte. Er wollte unbedingt hören, dass sein Freund immer aufrichtig gewesen war.

»Sobald wir konnten.«

»Wann war das?«, drängte Evan.

»Wir machten ihn kurz nach seinem achtzehnten Geburtstag ausfindig.« Addy hielt einen Moment inne, als schäme sie sich fortzufahren. »Wir fanden ihn kurz nachdem die Leute, die ihm gefolgt waren, zum ersten Mal versucht hatten, ihn zu töten.«

Die Männer im Wald, dachte Evan. »Das war erst vor vier Wochen«, stellte er fest. »Christopher wurde vor vier Wochen achtzehn. Kann man es ihm verdenken, dass er abgehauen ist? Wie hätte er deiner Meinung nach in vier Wochen zu einem Kriegshelden werden sollen?«

»Irgendjemand muss der Anführer sein«, erwiderte Addy. »Er war der Einzige, der alle zusammenführen konnte. Das war ihm bewusst.«

»Würde sich denn irgendjemand erinnern, wer er war, wenn er für eure Sache sterben würde? Würde das irgendjemanden interessieren? Oder wäre sein Tod nur ein weiteres Symbol?«

Addys Tonfall wurde weicher. »Würde sich irgendjemand erinnern, wer ich war, wenn ich sterben sollte? Falls du sterben solltest, würde sich irgendjemand an dich erinnern? Christopher hat zumindest die Möglichkeit, zu einem Symbol zu werden.«

Evan hielt inne. Er war mit Addy nicht einer Meinung, wollte sie aber auch nicht verletzen. Sie durfte ihre Symbole haben, solange er seinen Freund behalten durfte. Ihm war bewusst, dass ihnen genug Kriege bevorstanden, auch wenn sie sich nicht gegenseitig bekriegten. Evan spürte Addys Bedürfnis nach etwas, von dem er wusste, dass er es ihr nicht geben konnte, und ging zu ihr. Er nahm eine verirrte Locke ihres dunkelroten Haars und steckte sie ihr hinters Ohr. Dann küsste er sie. Evan zögerte nicht mehr. Seine Angst vor Addy war irgendwo unterwegs verschwunden, vor Hunderten von Meilen.

Addy spürte Evans Barthaar über ihr Gesicht streichen, als er seine Lippen auf ihre legte. Sie erwiderte seinen Kuss, umschloss mit der Hand seinen Nacken und zog ihn näher zu sich. Während sie sich küssten, knöpfte sie mit der anderen Hand ihre Bluse auf. Addy und Evan sprachen in dieser Nacht kein Wort mehr miteinander. Keiner von beiden hatte das Bedürfnis nach weiteren Worten. Sie wussten beide, dass sie ab dem morgigen Tag entweder nicht mehr allein oder für immer gemeinsam allein sein würden. Insgeheim war sich keiner von beiden sicher, worauf er hoffte.

DREIUNDVIERZIGSTES KAPITEL

Es ist Tage her, dass ich dir zum letzten Mal geschrieben habe, Christopher. Das tut mir leid. Inzwischen überstürzen sich die Ereignisse. Alles scheint entweder zu schnell oder zu langsam zu gehen. Ich hatte keine Zeit zum Schreiben. Ich hatte kaum Zeit, um an etwas anderes zu denken als an unseren Plan. Michael und ich brechen morgen in die Informationszelle ein. Dort befinden sich auch die Informationen über dich. Wir befinden uns bereits in Tribeca, nicht weit von dem fraglichen Gebäude entfernt. Deine Akte wird in der zweiten Etage aufbewahrt. Sie enthält die Namen und die Adresse der Personen, bei denen du aufwächst. Ich glaube, wir sind bereit. Ich hoffe, wir sind bereit.

Clara hat ihr Wort gehalten. Ich habe ihr sämtliche Informationen geschickt, die Michael von Jared bekommen hat, in der Hoffnung, dass sie ausreichen würden. Und ich habe Clara mitgeteilt, wo sie die Informationen über dich aufbewahren. Dann habe ich geschrieben: *Gemäß unserer Abmachung sind jetzt Sie an der Reihe.* Sie hat drei Stunden später geantwortet. Michael und ich hatten uns in einem schäbigen Hotel im Nordosten von D.C. verkrochen, als sie antwortete. Das Hotel war billig und vermittelte mir ein Gefühl von Sicherheit. Es ist schon erstaunlich, was mir inzwischen Sicherheit vermittelt. Ich las ihre Antwort ein paar Stunden, nachdem sie sie geschrieben hatte, in einem Copyshop ganz in der Nähe. Meine Finger zitterten auf der Tastatur. *Wir haben einen Maulwurf in einer Informationszelle in Tribeca. Ich möchte mich zuerst noch versichern, dass wir von ein und demselben Ort sprechen, weiß allerdings nur von einer Zelle in dieser Gegend. Ich werde mich innerhalb von vierundzwanzig Stunden wieder melden, nach Möglichkeit mit Details.*

Zwölf Stunden später schrieb Clara noch einmal. Michael und ich hatten uns ein Internetcafé gesucht, das rund um die Uhr geöffnet hatte, und ich hatte dort fast die ganzen zwölf Stunden gesessen, immer wieder auf »Aktualisieren« geklickt und auf Claras Antwort gewartet. Jared teilte Michael mit, dass er seinen nächsten Auftrag in Cleveland zu erledigen hatte. Michael blieben vier Tage, um sich auszuruhen, anschließend musste er sich in seinem sicheren Haus einfinden. Sie ließen Michael wieder in einem sicheren Haus wohnen. Gestern hätte er dort einchecken sollen. Er hat es nicht getan. Ich nehme nicht an, dass sie ihm noch eine weitere Chance geben werden. Vielleicht gelingt es mir ja, Michael davon zu überzeugen, für Clara zu arbeiten, wenn wir fertig sind.

In der zweiten E-Mail, die ich von Clara erhielt, hieß es: *Ich kann bestätigen, dass sie nur eine Informationszelle in Tribeca haben.* Sie bestätigte die Adresse. Allein das genügte mir. Zu wissen, dass sich der Schlüssel, mit dem ich dich finden konnte, an einem tatsächlich existierenden Ort befand, war genug. Ich hätte das Gebäude auch alleine gestürmt. Ich glaube nicht, dass mich irgendjemand davon hätte abhalten können. Das Problem war, dass ich auch wieder herauskommen musste. Nach der Adresse schrieb Clara: *Ich werde ein Treffen zwischen Ihnen und dem Maulwurf organisieren. Seien Sie vorsichtig. Ich möchte nicht, dass er zu Schaden kommt oder dass seine Tarnung auffliegt. Er kann Ihnen mit Informationen helfen, aber dann sind Sie auf sich allein gestellt. Fahren Sie nach New York und checken Sie in zwei Tagen wieder Ihre E-Mails.*

Wir nahmen einen Zug nach New York. Michael benutzte seine Bankkarte und hob so viel Geld ab wie möglich, ohne sofort Verdacht zu erregen. Das Geld würde uns ein oder zwei Wochen reichen. Er gab mir das meiste davon und erklärte, er habe noch seine Kreditkarten, die er benutzen könne. Ich widersprach nicht und nahm das Geld. Wir waren im selben Team. Es war nicht seine Absicht, sich galant oder großzügig zu zeigen. Er dachte praktisch.

Wir kamen einen Tag, nachdem ich Claras zweite E-Mail erhalten hatte, in New York an. Am liebsten wäre ich sofort zu dem Gebäude in Tribeca gegangen. Ich wollte es sehen, wollte es auskundschaften. Ich glaubte, wenn ich den fraglichen Informationen näher wäre, wenn ich der Wahrheit näher wäre, wäre ich auch dir näher. Michael ließ mich aber nicht gehen. »Lass uns erst mit dem Maulwurf sprechen«, sagte er. »Es gibt dort nichts zu sehen, was wir uns nicht auch anschauen können, nachdem wir wissen, womit wir es zu tun haben.« Ich erinnerte mich an seinen Vortrag über Fahrlässigkeit im Gegensatz zu Leichtsinn. Bevor Michael mir den Vortrag gehalten hatte, war ich davon ausgegangen, dass Fahrlässigkeit dasselbe sei wie Sorglosigkeit. Ich hatte mich getäuscht. Fahrlässig zu sein, bedeutet, nicht unter Kontrolle zu haben, wie sehr man sich sorgt.

Wir waren noch keine vierundzwanzig Stunden in New York,

als ich die dritte und letzte E-Mail von Clara bekam. Sie war kurz und bündig: *Morgen (Sonntag) um zwölf Uhr mittags. Brighton Beach. Der Pavillon an der Strandpromenade, Ecke Second Street, bei den Schachbrettern. Er hört auf den Namen Palti. Das ist meine letzte E-Mail. Ich schließe diesen Account. Viel Glück, Maria. Wir drücken Ihnen die Daumen.* Das war alles. Meine einzige Verbindung zum Untergrund war gekappt. Zumindest hatte ich dieses Mal etwas bekommen, bevor die Brücken eingerissen wurden.

Michael und ich beschlossen, mit der U-Bahn von Tribeca nach Coney Island zu fahren. Von dort war es nur ein kurzer Fußmarsch zum Brighton Beach. Es war ein kühler, nebliger Vormittag, der sich mehr nach Herbst als nach Sommer anfühlte. Die Luft war dick und voller Feuchtigkeit, die einem unter die Kleidung kroch, wenn man sie nicht dicht am Körper hielt. Die Bahnfahrt nach Coney Island dauerte lange, über eine Stunde. Sobald wir Manhattan verlassen hatten und uns in Brooklyn befanden, tauchte die U-Bahn an die Erdoberfläche, und wir fuhren die restliche Strecke auf erhöhten Gleisen durch die angrenzenden Stadtviertel. Michael und ich redeten nicht viel miteinander, sondern lauschten den Geräuschen der U-Bahn, die durch die Stadt rumpelte. Die meiste Zeit war unser Waggon leer. Alle paar Haltestellen stieg jemand ein oder aus, aber nur wir beide fuhren die gesamte Strecke. Coney Island war Endhaltestelle.

Der Nebel hing tief über den Straßen der Stadt, als wir über sie hinwegrasten. Ich sah die endlosen Reihen von Gebäuden, die sich in die Ferne erstreckten, bis sie im Nebel verschwanden. Das letzte Mal war ich zusammen mit Reggie in Brooklyn gewesen. Reggie ging es gut. Während ich über die nebelverhangenen Gebäude voller Menschen blickte, fragte ich mich, weshalb ich jemals daran gezweifelt hatte, dass er überleben würde. Er hatte all das, um sich zu verstecken, all das, mit dem er verschmelzen konnte, um unterzutauchen. Für dich ist all das auch da, Christopher. Es ist für uns da. Wir können uns in Sicherheit bringen, das weiß ich. Der U-Bahn-Waggon fuhr mit einem Ruck wieder an.

Unsere Fahrt war einen Häuserblock vom Meer entfernt zu Ende. Wir stiegen aus und gingen zur Strandpromenade. Vom Wasser her wehte ein kalter Wind. Der Strand war breit und flach. Ich sah das von Wellen aufgewühlte Meer. Der Himmel war grau. Ich blickte nach rechts: Ein regungsloses Riesenrad, dessen Kabinen im Wind schaukelten, beherrschte die Skyline. Bis auf vereinzelte Spaziergänger, die am Wasser entlangschlenderten, war der Strand menschenleer. Selbst sie trugen lange Hosen und Jacken. »Hier entlang«, sagte Michael und deutete die Strandpromenade hinunter, weg von dem leeren Riesenrad.

Unsere Schritte hallten auf den Holzbohlen der Strandpromenade nach. Ich bildete mir ein, dass jedes Echo allen in unserer Umgebung verriet, dass wir nicht hierhergehörten. Auf der Strandpromenade begegneten uns jedoch nur wenige Menschen, die sich ihren Kragen bis übers Kinn hochgestellt hatten und dem Wind trotzten. Alle, die uns begegneten, waren alt und wirkten abgehärtet, als hätten sie irgendetwas überlebt. Manche von ihnen beäugten uns argwöhnisch, andere gingen an uns vorbei, ohne uns eines zweiten Blickes zu würdigen. Ich hatte gelernt, mehr Angst vor denen zu haben, die uns nicht beachteten, als vor denjenigen, die uns ansahen. Paranoia ist dein Freund. Das hat mir dein Vater beigebracht.

Wir brauchten nur ungefähr eine Viertelstunde zu gehen, bis wir den Pavillon an der Second Street erblickten. Er ragte vor uns auf den Strand hinaus. Unter dem Pavillon sah ich mehrere ältere Männer auf Schachbretter starren, die sich auf den

Tischen an der Strandpromenade befanden. Die meisten Tische waren leer. Drei waren besetzt. An den beiden Tischen, die sich am nächsten an der Strandpromenade befanden und am weitesten vom Meer entfernt waren, saßen sich Männer gegenüber. Bei ihnen handelte es sich ausschließlich um alte Männer mit weißem Haar und tiefen Falten im Gesicht. Sie beugten sich über die Schachbretter und grübelten über ihren nächsten Spielzug nach.

Als wir uns näherten, sah ich die winzigen Schachfiguren, die wie kleine schwarze und weiße Spielzeugsoldaten zwischen ihnen standen. Weiter von der Strandpromenade entfernt und näher am Meer saß ein einzelner Mann mit dem Rücken zu uns dem Wasser zugewandt an einem der Tische. Wir traten unter das Dach des Pavillons und gingen auf ihn zu. Wäre er nicht allein gewesen, hätte er sich nicht von all den anderen alten, gebeugten Männern unterschieden, denen Michael im Vorbeigehen zunickte. Michael gefiel es nicht, an ihnen vorbeizugehen und möglichen Angreifern den Rücken zuzukehren. Er traute den alten Männern nicht. Er traute niemandem. »Wir müssen verrückt sein«, flüsterte er mir zu, während wir uns dem Mann näherten, der alleine am Ende des Pavillons saß.

Als wir auf den einzelnen Mann zugingen, stand er ruckartig auf, ohne sich vorher zu uns umzudrehen. Einen Moment lang glaubte ich, dass Michael recht hatte: Die ganze Sache war eine Falle. Mein Herz raste, und ich griff mit der rechten Hand nach unten zu meinem Messer. Das war inzwischen ein Reflex. Kämpfen und Fliehen schlossen sich nicht mehr gegenseitig aus. Glücklicherweise drehte sich der einzelne Mann einfach um, nachdem er aufgestanden war, und ging auf die andere Seite des Tisches. Er blickte kurz zu uns auf, dann setzte er sich, scheinbar ohne unsere Anwesenheit zur Kenntnis zu nehmen, wieder hin, dieses Mal jedoch uns zugewandt mit dem Rücken zum Meer. Er fing sofort wieder an, die Schachfiguren zu betrachten. Er spielte beide Seiten des Spiels, zuerst schwarz, dann weiß. Michael und ich verlangsamten unsere Schritte. Ich warf einen Blick über die Schulter. Die vier alten Männer waren noch immer in ihre Spiele vertieft. Der einzelne Mann hatte dunkles, gelocktes Haar. Seine Augenbrauen waren buschig und zerzaust. Er wäre als Sohn eines jeden der anderen vier Männer an den Tischen durchgegangen. Michael und ich traten an ihn heran. Wir kamen zu früh: Es war noch nicht einmal halb zwölf. Der Mann schaute nicht zu uns auf. Michael warf mir einen Blick zu. »Palti?«, fragte ich.

Der Mann starrte weiterhin die Figuren auf dem Schachbrett an, ohne mir zu antworten. Ich betrachtete das Spielfeld. Wenn jemand, der nichts über Schach wusste, einen Blick auf das Brett geworfen hätte, hätte er niemals erraten können, wo die Figuren zu Beginn der Partie gestanden hatten. Jede Seite hatte etwa ein Drittel ihrer Figuren verloren. Soweit ich es beurteilen konnte, schien die Partie ausgeglichen zu sein. Nach minutenlanger Stille streckte der Mann die Hand aus und schob einen der verbliebenen weißen Bauern weiter in schwarzes Territorium vor. »Sie sind Maria«, sagte er und blickte zu mir auf, nachdem er seinen Spielzug gemacht hatte. »Sie sind früh dran.« Er klang nicht begeistert, mich zu sehen.

»Tut uns leid«, sagte ich. »Wenn Sie möchten, kommen wir später noch mal.«

»Nein«, erwiderte der Mann, »wir können es genauso gut hinter uns bringen.« Er warf abermals einen Blick auf das Schachbrett, als versuche er, sich die Position aller Figuren einzuprägen, falls der Wind sie fortwehen sollte. »Wir können uns an einen der leeren Tische setzen.« Ich hörte die Wellen hinter uns an den

Strand schlagen. »Ich wusste nicht, dass Sie zu zweit kommen würden«, sagte der Mann und setzte sich auf die Bank an dem leeren Tisch neben seinem.

»Das ist Michael«, sagte ich. »Er arbeitet mit mir zusammen. Ich hoffe, es ist in Ordnung, dass er hier ist.«

Palti musterte Michael von Kopf bis Fuß. »Schon gut. Ich hatte mir bereits Sorgen gemacht, dass Sie diese verrückte Sache allein durchziehen wollen. Gehören Sie zu Claras Leuten?«, fragte Palti Michael.

Michael schüttelte den Kopf. »Nein.«

»Michael war mit dem Vater des Jungen befreundet«, erklärte ich Palti und füllte die Lücken, die Michael offen gelassen hatte, »des Jungen, nach dem wir suchen. Ich dachte, Clara hätte Ihnen von ihm erzählt.«

»Clara sagt mir nicht viel«, entgegnete Palti. Er nahm eine einzelne Zigarette aus seiner Jackentasche und zündete sie an. »Ich glaube, sie vertraut mir nicht.« Er lächelte ein humorloses Lächeln. »Zigarette?«, fragte er und zog eine weitere einzelne Zigarette aus der Jacke.

»Nein, danke«, erwiderte ich. Michael schüttelte den Kopf. Palti verstaute die Zigarette wieder in seiner Tasche. »Was hat Ihnen Clara denn gesagt?«, erkundigte ich mich.

»Sie hat mir gesagt, wer Sie sind. Sie brauchte nicht ins Detail zu gehen. Ich wusste bereits alles über Sie – über die legendäre Maria.« Die Art und Weise, wie er das sagte, löste bei mir Unbehagen aus, doch ich versuchte, mir nichts anmerken zu lassen. »Sie wollte wissen, ob wir Informationen über Ihren Sohn hätten. Ich habe ihr gesagt, dass wir welche haben.« Mein Herz schlug schneller. »Sie hat mich gefragt, ob ich Ihnen dabei helfen könnte, in das Gebäude zu gelangen, und ob ich Ihnen sagen könnte, wo die Informationen aufbewahrt werden.« Er schnippte die Asche seiner Zigarette auf die Holzbohlen unter unseren Füßen. »Und ich habe nein gesagt. Ich habe ihr gesagt, dass ich kein Interesse daran habe, Ihr Leben aufs Spiel zu setzen, weil Sie bereits genug durchgemacht haben.« Dann verstummte er, als wäre alles gesagt.

»Was hat Sie dazu bewogen, Ihre Meinung zu ändern?«, fragte ich, um ihn dazu zu bringen fortzufahren. Ich hoffte, dass die Geschichte nicht wirklich hier endete.

»Clara meinte, dass ich Sie nicht unterschätzen soll und dass sie selbst diesen Fehler gemacht hätte.« Ich hörte, wie Michael ein Lachen unterdrückte. »Clara hat mir allerdings nie verraten, was Sie genau wollen.«

»Ich will herausfinden, wo sich mein Sohn befindet, damit ich ihn aufspüren und retten kann«, sagte ich. Ich hatte geübt, mich so knapp wie möglich zu fassen.

»Ihn wovor retten?«, fragte Palti.

»Vor dem Krieg«, antwortete ich schnell.

Palti lachte. »Das hatte ich befürchtet«, erwiderte er, ohne ins Detail zu gehen. »Ich kann Ihnen sagen, wo die Informationen über Ihren Sohn aufbewahrt werden. Ich kann Ihnen helfen, ins Gebäude zu gelangen. Ich kann den Alarm an der Hintertür deaktivieren. Ich kann Ihnen einen Schlüssel für die Tür besorgen und Ihnen den Zeitplan der Wachleute sagen. Aber ich kann nicht da sein, wenn Sie hineingehen. Ich gebe Ihnen die Info. Ich gebe Ihnen den Schlüssel, und dann vergessen Sie, dass ich existiere.«

»Warum?«, fragte Michael. Er klang eher neugierig als streitlustig.

»Clara hat mir strikte Anweisungen gegeben.« Palti rammte seinen Zigarettenstummel in den leeren Steintisch zwischen uns.

»Und warum hören Sie auf Claras Anweisungen?«, wollte Michael wissen.

»Ich habe den Krieg abgeschrieben«, entgegnete Palti, ohne sich von Michaels Frage angegriffen zu fühlen. »Aber Anweisungen habe ich nicht abgeschrieben. Ich bin kein Anarchist.«

»Nur ein Spion«, sagte Michael.

Palti lächelte erneut und zeigte dabei seine schiefen Zähne. »Nur ein Spion«, wiederholte er.

»Okay«, sagte ich zu Palti, um das Wortgefecht zu unterbrechen. »Was können Sie uns sagen?«

Palti wandte den Blick von Michael ab und sah wieder mich an. »Das Gebäude hat fünf Etagen«, erklärte er. »Jede davon wird gesondert bewacht. Das Erdgeschoss dient vorwiegend als Lager. Es ist voll mit Büromaterial, Computern und Mobiliar. Dort befindet sich nichts, was von Interesse wäre. Das ist absichtlich so ausgelegt. Falls jemand zufällig das Gebäude betritt, sieht er nichts, was einen Wert hat. In der ersten Etage werden Fremdinformationen aufbewahrt«, sagte Palti.

»Was bedeutet das?«, fragte Michael.

»Das sind die Informationen, die wir über die andere Seite gesammelt haben«, erklärte Palti. »Informationen von Spionen, Informationen, die wir gestohlen haben, Informationen, die uns nach Verhandlungen gegeben wurden, Informationen, die wir durch eigene Recherche gewonnen haben – es ist alles auf Papier da, zumindest das, was in unserem Gebäude gelagert wird. Wir bewahren nur Dokumente in Papierform auf. Nichts wird elektronisch gespeichert. Ganz egal, wie gut unser Sicherheitssystem ist, sobald man etwas in Netzwerke stellt, fordert man fast schon heraus, gehackt zu werden.« Ich konnte beinahe spüren, wie sich Michaels Muskeln anspannten, während Palti sprach. Unter den Informationen in der ersten Etage befanden sich womöglich auch diejenigen, die für den Tod von Michaels Angehörigen verantwortlich waren – auf Papier, ausdruckslos und gleichgültig.

»Wie sieht es mit Duplikaten aus?«, fragte Michael aus heiterem Himmel.

»Die werden in anderen Gebäuden aufbewahrt«, sagte Palti. »Ich habe keine Ahnung, wo. Keine einzige Information wird ausschließlich in einem Gebäude aufbewahrt. Alles wird vervielfältigt und verteilt. Ich weiß nicht, wo sich die anderen Gebäude befinden. Ich kenne nur dieses eine.«

»Und wie lange arbeiten Sie schon in diesem einen?«, erkundigte ich mich.

»Seit vierundzwanzig Jahren«, erwiderte Palti. Er konnte nicht älter als Mitte vierzig sein und musste dort angefangen haben, als er ungefähr so alt gewesen war wie ich.

»Das ist eine lange Zeit«, sagte ich, ohne zu überlegen.

»Danke, dass Sie mich daran erinnern«, entgegnete Palti mit einem weiteren matten Lächeln. Er holte noch eine Zigarette aus seiner Jackentasche und zündete sie an. »Auf jeden Fall«, fuhr er fort, »in der zweiten Etage und in der Hälfte der dritten Etage befinden sich Eigeninformationen.« Palti sah Michael an. »Informationen über unsere Seite, die wir im Lauf der Jahre aktualisiert und ergänzt haben. Wenn jemand von unseren Leuten Kinder bekommt oder heiratet oder befördert wird und seine Akte uns zugeteilt wird, kommt sie entweder in die zweite oder in die dritte Etage. Die Akten werden mehr oder weniger in alphabetischer Reihenfolge aufbewahrt.«

»Was meinen Sie mit ›mehr oder weniger‹?«, fragte ich.

»Na ja, manchmal ändern Leute ihren Namen«, entgegnete Palti. »Wir ordnen sie nicht neu zu, wenn sie das tun. Jede Person bekommt eine zehnstellige Nummer zugeteilt, wenn ihre Akte angelegt wird. Diese Nummer ändert sich nie.«

»Kennen die Leute ihre eigene Nummer?«, erkundigte sich Michael. Ich wusste, dass er versuchte herauszufinden, ob seine

Seite es genauso machte – ob er eine Nummer hatte und ob dein Vater eine Nummer gehabt hatte.

»Nein«, erwiderte Palti. »Wir kennen unsere eigene Nummer nicht. Unsere Akten – meine Akte und die Akten der Leute, mit denen ich arbeite – werden an anderen Orten aufbewahrt. Anhand der Akten, die wir haben, könnten wir unsere Nummer wahrscheinlich ziemlich genau schätzen, aber wir kennen sie nicht.«

»Und wer kennt sie?«, fragte Michael.

»Die Nummern werden in einer der drei zentralen Einheiten zugeteilt. Dort befinden sich die Codes, die man braucht, um herauszufinden, in welcher Informationszelle eine bestimme Information aufbewahrt wird. Ohne diese zentralen Einheiten wäre das Ganze wie eine Bibliothek ohne Katalog, wie das Internet ohne Suchmaschinen. Aber wir kommen vom Thema ab.«

»Dann finde ich meinen Sohn also unter ›W‹?«, fragte ich Palti und nannte den ersten Buchstaben des Nachnamens deines Vaters.

Palti schüttelte den Kopf. »Nein«, sagte er. »Das ist nicht der Name Ihres Sohnes. Zumindest nicht im System. Seine Akte wurde angelegt, als er an seine jetzigen Eltern übergeben wurde.«

»Wo befindet sich dann die Information?«, fragte ich. »Wie lautet sein Name?«

Palti nannte mir den Namen, den sie dir gegeben hatten. Ich werde diesen Namen niemals benutzen und hoffe, dass du ihn vergessen wirst. Manche Dinge solltest du besser nicht wissen.

»Seine Akte befindet sich in der zweiten Etage?«, fragte ich.

»Ja«, antwortete Palti. »Sie befindet sich in der zweiten Etage.« Ich hatte genug gehört und war bereit, darüber zu sprechen, wie wir in das Gebäude gelangen würden. Michael hatte jedoch weitere Fragen.

»Was befindet sich in der vierten Etage?«, erkundigte er sich.

Palti sah Michael an, als hätte er auf diese Frage gewartet. »In der vierten Etage«, sagte Palti, »und in einem immer größeren Teil der dritten Etage befinden sich die historischen Informationen. Dort sind die Informationen chronologisch geordnet, nicht alphabetisch wie überall sonst im Gebäude.«

»Was meinen Sie mit ›historischen Informationen‹?«, fragte Michael atemlos.

»Das sind die Informationen, die wir über den Krieg gesammelt haben. Sie reichen Jahrhunderte zurück – zumindest der Teil, der bei uns aufbewahrt wird. Die neueren Informationen werden in der dritten Etage aufbewahrt, die älteren befinden sich in der vierten Etage.«

»Waren Sie schon mal dort oben?«, fragte Michael. Er starrte Palti jetzt an. »Waren Sie schon mal in der vierten Etage? Haben Sie sich die Akten angesehen?«

»Ich gehe nicht oft in die historische Sektion«, sagte Palti. »Wir sollen nicht rumschnüffeln, wo wir nicht gebraucht werden. Sie bezeichnen mich als Historiker. Das ist meine Berufsbezeichnung, so wie Leute wie Sie als Soldaten bezeichnet werden. Aber ich bin nur ein Registraturangestellter und gebe nicht vor, etwas anderes zu sein.«

»Sie sagten, Sie gehen nicht oft dorthin. Das heißt, dass Sie manchmal hingehen. Was haben Sie gesehen?« Michaels plötzliches Interesse überraschte mich. Vermutlich hatte er niemals damit gerechnet, dass er irgendwann einem seltsamen kleinen Mann gegenübersitzen würde, der in der Lage war, etwas zu tun, das er selbst nie würde tun können. Der in der Lage war, einen Blick hinter den Vorhang zu werfen.

»Nichts«, erwiderte Palti mit einem Kopfschütteln. Michael ließ die Schultern hängen. Palti fuhr fort: »Ich gehe manchmal in die historische Sektion, wenn aktuelle Dokumente zu historischen werden und archiviert werden müssen. Sie können sich gar nicht vorstellen, wie oft ich schon aufgefordert wurde, eine Akte mit Fremdinformationen zu holen. Mir wird nie gesagt, warum. Dann, ein paar Wochen später, tragen sie mir auf, sie in der historischen Sektion abzulegen. Ich versehe sie mit einem Datum und ordne sie ein. Als ich angefangen habe, befand sich unsere historische Sektion nur in der vierten Etage. Sie wächst mit jedem Tag.«

»Und wie kommen wir rein?«, fragte ich in der Hoffnung, dass Michael jetzt bereit war, das Thema zu wechseln.

Palti griff in seine andere Jackentasche, die sich gegenüber von der befand, aus der er seine Zigaretten gefischt hatte, holte einen großen Schlüssel mit eckigem Kopf hervor und legte ihn vor sich auf den Tisch.

»Das ist er?«, fragte Michael.

Palti nickte. »Das ist eine Kopie des Schlüssels für die Hintertür. Ich werde die Außenalarmanlage deaktivieren. Ich kann es so aussehen lassen, als würde es sich um einen Systemfehler handeln. Sie müssen trotzdem vermeiden, die Alarmanlagen im Innenbereich auszulösen. Ich kann Ihnen sagen, wie Sie in die zweite Etage kommen, ohne sie auszulösen. Dann wären da noch die Wachleute, die im Schichtdienst arbeiten. Zwischen den Schichten gibt es Lücken. Bislang hat noch nie jemand versucht, in unsere Zelle einzubrechen, deshalb sind die Wachleute nicht besonders gewissenhaft, aber das heißt nicht, dass es einfach werden wird.«

»Sie sagen, dass noch nie jemand versucht hätte, in Ihre Zelle einzubrechen. Wie sieht es mit anderen Zellen aus?«, fragte ich.

»Vor etwa zwölf Jahren gab es mal einen Zwischenfall in einem Gebäude in San Diego. Fünf Männer haben einen Einbruchsversuch unternommen. Das Gebäude wurde niedergebrannt und völlig zerstört.«

»Haben die Einbrecher es niedergebrannt?«

»Nein«, sagte Palti. »Wir haben es niedergebrannt. Die Informationen waren kompromittiert. Wir konnten ihnen in diesem Zustand nicht mehr vertrauen. Allerdings verfügten wir über genug Duplikate, um sämtliche verlorenen Informationen wiederherzustellen, und über die Möglichkeiten, um Informationen nach Bedarf zu verändern.«

»Was ist aus den fünf Männern geworden?«, erkundigte ich mich.

»Sie hielten sich noch in dem Gebäude auf, als wir es in Brand steckten«, erwiderte Palti. »Ich habe selbst die Akten von zwei von ihnen aktualisiert. Ganz egal, was ich für Sie tue«, sagte Palti und sah mich direkt an, »die Wahrscheinlichkeit, dass Sie ohne Blutvergießen und mit den Informationen, die Sie haben möchten, wieder aus dem Gebäude herauskommen, ist gleich null. Irgendjemandes Blut wird vergossen werden. Wenn Sie Glück haben, können Sie entscheiden, wessen Blut.«

»Warum besorgen Sie dann nicht einfach die Informationen und geben sie uns?«, wollte Michael wissen.

»Wenn Sie die Informationen verwerten möchten«, erwiderte Palti, »müssen Sie sie stehlen, anderenfalls werden sie draufkommen, dass es einen Spion gibt. Wann haben Sie vor einzubrechen?«

»So bald wie möglich«, entgegnete ich, da ich keine Minute mehr verschwenden wollte.

Palti sagte uns, dass er zwei Tage Zeit brauche, um herauszufinden, wie sich die Außenalarmanlage am besten deaktivieren ließ. Außerdem riet er uns, den Einbruchsversuch nachts zu unternehmen. Das sei einfacher: Die Straßen seien menschenleer.

Es würden weniger Wachleute anwesend sein, und sie würden müde sein. Dann skizzierte Palti den Zeitplan des Wachpersonals und wies auf die Lücken hin. Ich studierte das Blatt Papier. Michael studierte Paltis Gesicht.

Nachdem uns Palti alles gesagt hatte, was er über die Rundgänge der Wachleute wusste, stellte ihm Michael eine letzte Frage: »Warum sollten wir Ihnen vertrauen?«

»Ich bin ein Lügner, ein Dieb und ein Verräter«, erwiderte Palti, »aber ich habe schon einigen Leuten geholfen. Die Entscheidung liegt bei Ihnen.«

Wir saßen noch zwei Stunden mit Palti im kalten Wind am grauen Meer und gingen die Details des Gebäudes und die Beschreibungen der Angestellten durch, die nachts dort arbeiten würden. Wir mussten ihm vertrauen. Wir hatten keine andere Wahl. Seit unserem Treffen mit Palti haben Michael und ich fast jeden wachen Moment damit zugebracht, den Plan noch einmal durchzugehen und das Gebäude auszukundschaften. Morgen Abend werden wir in Aktion treten. Wir haben unsere Rollen einstudiert und sie geprobt, wie Tänzer für eine Premiere proben. Es wird funktionieren, Christopher. Das muss es. Nur ein paar Häuserblocks von dem Ort entfernt, an dem ich mich gerade befinde, steht eine Akte mit einem Blatt Papier, das mich zu dir führen wird. Nicht einmal Stahltüren und Feuerwände könnten mich jetzt noch aufhalten.

VIERUNDVIERZIGSTES KAPITEL

Ich starre zum Fenster eines Zuges hinaus, der nach Westen fährt. Ich komme dich holen, Christopher. Ich bin inzwischen allein, aber ich komme.

Du musst erfahren, was in jener Nacht passiert ist. Du musst erfahren, was Michael für dich getan hat. Wir warteten bis kurz nach ein Uhr nachts, bevor wir uns auf den Weg zu der Informationszelle machten. Wir wussten, dass unser Plan, falls er erfolgreich sein sollte, mehrere Stunden in Anspruch nehmen konnte. Palti hatte uns gesagt, dass die Nachtschicht um zehn Uhr beginnt. Wenn wir das Gebäude betreten würden, hätten die Wachleute bereits seit fast vier Stunden Dienst. Sie würden müde und gelangweilt sein. Michael hatte daran zunächst gezweifelt. Diese Leute bewachten die wichtigste Waffe, die beide Kriegsparteien besaßen: Informationen.

Palti fragte Michael aus. »Sie sind ein Soldat, richtig?« Michael nickte. »Wissen Sie, weshalb Sie ausgewählt wurden, um Soldat zu werden?« Michael zuckte mit den Schultern. Er war nicht gewillt, diesem Spion zu verraten, dass er glaubte, er war ausgewählt worden, weil jemand etwas Besonderes in ihm gesehen hatte. »Sie wurden ausgewählt, weil sie wussten, dass sie Sie drillen können. Sie wurden dazu geboren, Befehle auszuführen. Selbst wenn Sie andere Leute anführen, führen Sie sie an, damit sie die Befehle anderer ausführen. Das ist bei allen Soldaten der Grund, weshalb sie ausgewählt werden. Wir, die wir in den Informationszellen arbeiten, wurden nicht ausgewählt, um Soldaten zu werden. Wir wurden ausgewählt, um bessere Wachleute und Registraturangestellte zu werden – auch wenn sie uns Sicherheitsbedienstete und Historiker nennen. Die meisten von uns arbeiten seit über zehn Jahren in dieser Einrichtung, und es ist nie irgendwas passiert. Können Sie sich vorstellen, wie es ist, einen Job zu haben, bei dem zehn Jahre lang nichts passiert? Falls Sie Erfolg haben sollten, dann liegt es daran, dass meine Kollegen Sie für ein Gespenst halten, und jeder weiß, dass es keine Gespenster gibt.«

Die Straße hinter der Informationszelle war schmal und dunkel und erinnerte eher an eine Gasse. Die Gebäude in der schmalen, dunklen Straße hatten hohe Außenwände mit großen Türen, die sich schlossen wie riesige Zugbrücken. Bei ihnen handelte es sich um die Hintereingänge zu den Gebäuden, die vorwiegend für Lieferungen benutzt wurden. Um ein Uhr nachts herrschte auf der Straße ebenso wenig Bewegung wie in einem Gemälde. Trotzdem versteckten Michael und ich uns in den Schatten in der Nähe der Gebäude. Wir hatten mehr als eine Nacht damit zugebracht, diese Straße auszukundschaften, und hatten dort nie auch nur eine Menschenseele gesehen. Die Straße hatte nichts zu bieten: keine Bars, keine Restaurants, keine Musik, keine Prostituierten, keine Drogendealer. Nur verschlossene Türen.

Es war zwanzig Minuten nach eins, als wir bei dem Gebäude ankamen. Ich hatte den Schlüssel in der Hosentasche und meinen Rucksack auf dem Rücken. Im Rucksack befanden sich meine Pistole, Wechselbekleidung, die Perücke, eine Rolle Klebeband, Zeichenkohle, die wir in einem Kunstladen gekauft hatten, eine kleine Werkzeugbox aus dem Baumarkt und mein Glücksbringer, die ungeöffnete Schachtel Zigaretten. Mein Messer hatte ich mir mit Klettband außen am Oberschenkel befestigt. Für diesen Job brauchte ich es nicht zu verstecken: Gesehen zu werden, bedeutete, geschnappt zu werden. Und geschnappt zu werden, bedeutete zu kämpfen. Michael hatte zwei Messer und zwei Pistolen bei sich. Ich fragte ihn, wozu er zwei Pistolen brauche. »Eine, um zu zielen«, erklärte er, »und eine, um mir selbst Deckung zu geben.«

Als wir vor der Hintertür des Gebäudes standen, holte ich die Zeichenkohle aus dem Rucksack. Michael nickte. Ich rieb mir eine dicke Schicht Zeichenkohle auf die Hände. Michael beugte sich zu mir, und ich berührte mit meinen geschwärzten Fingern sein Gesicht. Ich rieb ihm Wangen, Stirn und Kinn mit der Zeichenkohle ein. Graue Streifen verliefen über sein blasses Gesicht. Ich versuchte nicht, sein gesamtes Gesicht zu schwärzen, sondern nur verschiedene Bereiche, damit er besser mit den Schatten verschmelzen würde. Als ich fertig war, gab ich Michael die Zeichenkohle, und er tat das Gleiche bei mir. Ich schloss die Augen, als er mit den Fingern über meine Wangen, meinen Nasenrücken hinunter und um meine Augen herum strich. Anschließend nahm ich den Schlüssel aus der Hosentasche, und wir traten näher an das Gebäude heran. Palti zufolge arbeiteten nachts um diese Zeit nur sechs Personen im Gebäude. Michael und ich hatten in der vorangegangenen Nacht das Kommen und Gehen überwacht, um das nachzuprüfen. Alles, was uns Palti über das Gebäude gesagt hatte, hatte sich bestätigt. Zu den sechs Angestellten gehörten fünf Wachleute, die jeweils in einem Stockwerk patrouillierten, sowie ein Historiker. Laut Vorschrift musste für den Notfall immer ein Historiker vor Ort sein. Als ich Palti gefragt hatte, wie oft es mitten in der Nacht Notfälle gäbe, hatte er gegrinst und gesagt: »Da wären Sie überrascht.« Tagsüber waren zwischen vier und acht Historiker anwesend. Auf jeder Etage waren jeweils einer oder zwei von ihnen stationiert, und jeder Historiker musste in dem Archiv auf der Etage bleiben, der er an diesem Tag zugeteilt worden war. Tagsüber hatten sie mit ihren Schlüsselkarten keinen Zugang zu den Archiven auf anderen

Etagen. Die Wachleute hatten mit ihren Schlüsselkarten nie Zugang zu den Archiven, und sie taten jahrein, jahraus nichts anderes, als in den Gängen und Korridoren zu patrouillieren, welche die Archive miteinander verbanden. Nachts, wenn nur ein Historiker Dienst hatte, hatte dieser überall Zutritt. Seine Schüsselkarte öffnete sämtliche Türen.

Die Hintertür war groß und massiv. Sie besaß keinen Türgriff, da sie darauf ausgelegt war, von innen geöffnet zu werden. Sie war wie die Wände schwarz gestrichen und deshalb nicht leicht zu finden. Der Nachtwächter im Erdgeschoss war im vorderen Bereich des Gebäudes stationiert. Normalerweise blieb er dort auch, da er keinen Grund hatte, in den Gängen zu patrouillieren: Im Erdgeschoss befand sich nichts, was von Wert war. Außerdem wäre die Alarmanlage ausgelöst worden, wenn jemand auf der Rückseite des Gebäudes eingebrochen wäre – die Alarmanlage, die Palti angeblich für uns deaktiviert hatte. Nachdem ich mich durch die Dunkelheit getastet hatte, fand ich das Schlüsselloch. Ich nahm den Schlüssel aus der Hosentasche, brachte ihn auf eine Höhe mit dem Schlüsselloch und schob ihn hinein. Auf etwa halbem Weg blieb er stecken. Ich verfluchte Palti. Er hatte uns bereits jetzt im Stich gelassen. Michael starrte mich wütend an. Sein Gesichtsausdruck verriet mir, dass er Palti von Anfang an nicht vertraut hatte. Doch es handelte sich um ein altes Türschloss. Als ich an dem Schlüssel rüttelte, bewegte er sich und rutschte ganz in das Schloss hinein.

Palti hatte uns also doch den richtigen Schlüssel gegeben. Damit unser Plan funktionierte, waren wir allerdings darauf angewiesen, dass er auch die Alarmanlage deaktiviert hatte. Ich drehte das Handgelenk, und der Schlüssel drehte sich ebenfalls. »Vorsichtig«, flüsterte Michael. Da die Tür keinen Griff besaß, musste ich den Schlüssel im Schloss zu mir herziehen, um sie zu öffnen. Ich hielt den Atem an und wartete auf das fiese Heulen eines Alarms. Palti hatte uns versichert, dass wir ihn hören würden, wenn er ertönte. »Die ganze Nachbarschaft würde ihn hören«, hatte er gesagt. Es handelte sich um eine handelsübliche Alarmanlage, die für Landstreicher und gewöhnliche Diebe angebracht worden war. Die raffinierteren Alarmanlagen befanden sich weiter innen im Gebäude. Die Tür quietschte leicht, als ich sie aufzog, und dann … Stille. Palti mochte ein Lügner, ein Dieb und ein Verräter sein, aber er hatte uns Zugang verschafft.

Wir betraten das Gebäude. Im hinteren Bereich brannte keine Beleuchtung. Das einzige Licht war ein grauer Schimmer, das aus dem vorderen Teil des Gebäudes zu uns drang, wo der Wachmann stationiert war. Palti hatte uns von jeder der fünf Etagen des Gebäudes einen Plan gezeichnet. Michael und ich hatten die Pläne studiert und sie uns eingeprägt, damit wir uns mühelos durch die Dunkelheit bewegen konnten. Anschließend hatten wir die Pläne vernichtet. Das Erdgeschoss war wenig mehr als ein langer, verwinkelter Korridor. An verschiedenen Stellen führten auf beiden Seiten des Korridors Türen in große Lagerräume. Diese Türen waren nicht verschlossen, was allerdings auch nicht erforderlich war. Falls Diebe so weit gekommen wären, hätten die Lagerräume ihnen gezeigt, dass es hier außer alten Büromöbeln nichts zu stehlen gab. Unmittelbar vor uns, auf der linken Seite des Korridors, befand sich der Lastenaufzug. Palti zufolge wurde er nie benutzt. Er war sich nicht einmal sicher gewesen, ob er überhaupt funktionierte. Außerdem verfügte der Aufzug über ein Schloss, für das niemand einen Schlüssel besaß. Michael machte die Hintertür vorsichtig zu, worauf es im Korridor noch dunkler wurde. Wir standen schweigend da und warteten darauf, dass sich unsere Augen an die Lichtverhältnisse gewöhnten.

Sobald wir gut genug sehen konnten, gingen wir lautlos den

Korridor entlang. Er führte von der Rückseite des Gebäudes bis zur Vorderseite, auf halbem Weg befand sich jedoch eine Tür, die das Gebäude in zwei Hälften teilte. Wir befanden uns in der hinteren Hälfte, der Wachmann in der vorderen. Trotzdem waren wir uns darüber im Klaren, dass wir kein Risiko eingehen durften. Neben der Tür, die den Korridor in zwei Hälften teilte, befand sich die Tür zum Treppenhaus. Der Personenaufzug lag auf der anderen Seite der Tür, in der Hälfte des Gebäudes, in der sich der Wachmann aufhielt. Die Treppe befand sich auf unserer Seite. Das war nicht weiter schlimm, da wir ohnehin nicht vorhatten, den Aufzug zu benutzen. Wir mussten nur darauf achten, keine Geräusche zu verursachen, die der Wachmann womöglich durch den Korridor gehört hätte, und falls wir doch welche verursachten, mussten wir bereit sein, die Sache schnell zu regeln. Als wir bei der Tür zum Treppenhaus ankamen, nahm ich meine Pistole aus dem Rucksack und hielt sie auf Schulterhöhe, wie es mir beigebracht worden war, suchte die Dunkelheit nach möglichen Gefahren ab und war bereit zu zielen und abzudrücken. Michael ging vor der Tür zum Treppenhaus in die Knie und untersuchte das Schloss. Ich griff abermals in meinen Rucksack, holte die winzige Werkzeugbox heraus und reichte sie ihm. Nachdem Palti Michael das Schloss beschrieben hatte, war er sich sicher gewesen, dass er es würde knacken können. Ich hatte nie daran gezweifelt, dass das Öffnen von Schlössern zu seinen Talenten gehörte. Das Schloss zu knacken, war jedoch nur eine der Hürden. Die Tür war zusätzlich mit einem Alarm gesichert, der ausgelöst wurde, sobald man sie öffnete. Von dieser Seite der Tür konnte Michael den Alarm nicht deaktivieren. Hier kamen die Aufzüge ins Spiel.

Die Aufzüge in dem Gebäude waren alt und Palti zufolge schrecklich langsam. Die Angestellten vertrauten ihnen nicht,

nicht einmal tagsüber. Mitten in der Nacht wollte erst recht niemand in einem der klapprigen Aufzüge stecken bleiben. Außerdem dauerte es bis zu fünf Minuten, auf den Aufzug zu warten und mit ihm in die nächste Etage zu fahren, während man über die Treppe in dreißig Sekunden dorthin gelangte. Die Wachleute hatten stündliche Schichtwechsel: Zu jeder vollen Stunde tauschten sie die Etage. Das sollte dafür sorgen, dass sie frisch und wachsam blieben und sich niemand langweilte oder es sich zu bequem machte. Außerdem war es eine Vorsichtsmaßnahme gegen langsames Einnicken. Zu jeder vollen Stunde ging der Wachmann in der vierten Etage nach unten, um seinen Kollegen in der dritten Etage abzulösen, der wiederum seinen Kollegen in der zweiten Etage ablöste, und so weiter, bis der Wachmann im Erdgeschoss abgelöst und ganz nach oben zu dem Wachmann im vierten Stockwerk geschickt wurde. Die Wachleute durften nicht die Treppe benutzen, da der Alarm im Treppenhaus die ganze Zeit aktiviert bleiben musste, sondern hatten die Vorschrift, mit dem Aufzug zu fahren. Der Wachmann, der vom Erdgeschoss in die vierte Etage wechselte, hielt sich fast immer daran. Alle anderen wogen das Risiko, wegen des vermeintlich unbedeutenden Verstoßes, die Treppe benutzt zu haben, in Schwierigkeiten zu geraten, gegen das Warten auf einen alten, langsamen Aufzug ab, dem sie ohnehin nicht trauten. Deshalb verstießen sie häufig gegen die Regeln und benutzten die Treppe. Palti hatte sehr viele Nachtschichten gearbeitet und alle das tun sehen. Sie schalteten die Alarmanlage aus, gingen eine Treppe hinunter, verließen das Treppenhaus und schalteten die Alarmanlage wieder ein. Bei dem Treppenhausalarm handelte es sich um ein einfaches System, das von sämtlichen Türen ausgelöst wurde, die von den einzelnen Geschossen ins Treppenhaus führten. Sobald die Alarmanlage deaktiviert war, konnte man jede beliebige Tür öffnen, ohne Angst haben zu müssen, dass der Alarm ausgelöst wurde. Unser Plan lautete also, Geräuschen aus dem Treppenhaus zu lauschen. Den Regelbrechern zu lauschen. Wir würden nur dann Türen öffnen, während sich jemand im Treppenhaus befand, und auch nur dann, wenn wir wussten, dass derjenige weit von uns entfernt war.

»Fünf Wachleute? Das klingt nicht so, als wäre das ausreichend«, hatte Michael zu Palti gesagt, als wir unseren Plan noch einmal durchgegangen waren. Michael glaubte, alle fünf Wachleute eigenhändig ausschalten zu können. Er hatte es bereits mit bis zu drei professionellen Killern aufgenommen, und so wie Palti die Wachleute beschrieben hatte, handelte es sich bei ihnen um wenig mehr als Lochkartenstanzer.

»Fünf bewaffnete Sicherheitsbedienstete bewachen ein Gebäude, von dessen Existenz angeblich niemand weiß, ein Gebäude, in das in den mehr als zwanzig Jahren, seit es benutzt wird, kein einziges Mal eingebrochen wurde.« Palti hatte zu Michael aufgeblickt. »Ja, nachts sind dort nur fünf Wachleute anwesend. Aber jeder von diesen fünf hat eine Pistole und trägt, was noch viel gefährlicher ist, eine kleine gelbe Box mit einem roten Knopf bei sich. Über dem Knopf befindet sich eine durchsichtige Plastikabdeckung, die hochgeklappt werden muss, damit man den Knopf drücken kann. Aber wenn jemand diesen Knopf drückt …« Palti hatte den Kopf geschüttelt. »Dann bricht die Hölle über das Gebäude herein. Wenn einer diesen Knopf drückt, bleiben Ihnen zehn, höchstens fünfzehn Minuten, bis das Gebäude umzingelt ist.«

Michael kniete in der Dunkelheit und nahm zwei kleine Metallwerkzeuge aus seiner Werkzeugbox, die beinahe aussahen wie Zahnarztinstrumente. Ich stand mit gezückter Pistole neben ihm, lauschte auf Geräusche und hielt nach Bewegungen Ausschau. Während ich Wache schob, würde niemand diesen Knopf drücken.

Michael steckte die Enden beider Werkzeuge in das Schloss der Treppenhaustür und verdrehte sie. Dann presste er das Ohr gegen die Tür. Er bewegte die Werkzeuge gefühlte zwei bis drei Minuten hin und her und tauschte dann eines von ihnen gegen ein anderes aus seiner Werkzeugbox aus. Anschließend hantierte er weitere ein bis zwei Minuten mit den Werkzeugen, bis er plötzlich innehielt. Ich hatte nichts gehört. Michael blickte lächelnd zu mir auf. »Ich hab's«, flüsterte er und hielt die Werkzeuge in Position. »Allerdings ist es ein Automatikschloss. Sobald ich die Dinger rausnehme, schließt es wieder.«

»Mach die Tür nicht auf«, flüsterte ich zurück, »solange wir uns nicht sicher sind, dass der Alarm deaktiviert ist.« Michael nickte. Noch brauchten wir uns keine Sorgen zu machen, dass der Wachmann aus der ersten Etage die Treppe herunterkommen könnte. Der Wachmann in der vierten Etage würde sich als Erster in Bewegung setzen. Ohne seine Werkzeuge aus dem Schloss zu nehmen, legte Michael abermals das Ohr an die Tür und lauschte. Ich sah auf die Uhr: Es war zwei Minuten vor zwei Uhr. Unser Timing war beinahe perfekt.

Wir warteten wie versteinert. Michael verharrte mit dem Ohr an der Tür und den Werkzeugen im Schloss. Ich stand neben ihm, gab mir Mühe, mich nicht von der Stille ablenken zu lassen, und versuchte sicherzustellen, dass wir nicht entdeckt wurden. Im Idealfall würde Michael den Wachmann aus der vierten Etage hören, wenn dieser die Treppe herunterkam. Falls er ihn nicht hören sollte, mussten wir uns mit dem Wachmann begnügen, der von der dritten in die zweite Etage wechselte. Wir wollten beim ersten Versuch ohnehin nur in den ersten Stock gelangen. Das war unser Plan.

Ich hielt in der Dunkelheit nach möglichen Gefahren Ausschau, konnte jedoch nicht umhin, gleichzeitig Michaels Gesichtsausdruck zu beobachten. Eine Minute nach zwei Uhr leuchteten seine Augen auf, dann schloss er sie fest. »Was ist los?«, fragte ich.

»Psst«, zischte er, ohne die Hände vom Türschloss zu nehmen. »Ich weiß nicht. Ich bin mir nicht sicher, ob ich was gehört habe.«

»Wir müssen uns sicher sein«, flüsterte ich.

»Ich weiß«, entgegnete Michael. Er presste das Ohr fester gegen die Tür und schloss die Augen, um alle anderen Sinne auszublenden. Dann bewegten sich seine Hände. »Das sind sie«, flüsterte er mit gehetzter, atemloser Stimme. »Sie sind auf der Treppe.«

»Bist du sicher?«, fragte ich.

Er nickte. »Zieh an der Tür«, forderte er mich auf. »Schnell.« Ich streckte die Hand aus, packte den metallenen Türgriff, zog an ihm und lauschte. Zuerst war kein Geräusch zu hören, kein Alarm, nichts. Dann hörte ich wie aus dem Nichts Schritte. Ich konnte nicht beurteilen, wie weit die Schritte entfernt waren, war mir allerdings sicher, dass sie die Treppe herunterkamen und sich uns unweigerlich näherten. »Gehen wir«, sagte Michael.

Ich betrat das Treppenhaus. Durch die Spalten um die Türen drang kein Licht ins Treppenhaus. Im Inneren war es stockdunkel. Michael folgte mir und zog die Tür so behutsam wie möglich hinter uns zu. Sobald die Tür geschlossen war, sah ich das erste Flackern von Licht. Es handelte sich um ein einmaliges Aufleuchten, das an einen lautlosen Blitz am Horizont erinnerte. Dann war es wieder dunkel. Einen Augenblick später flackerte erneut Licht auf. Michael sah es ebenfalls. Wir blickten das dunkle Treppenhaus hinauf. Die Treppen zwischen den Etagen führten immer abwechselnd in die eine oder andere Richtung nach oben, sodass sich die Treppe, die vom ersten ins zweite Geschoss ging, unmittelbar über unseren Köpfen befand. Dort, wo die Treppen die Richtung änderten, gab es jeweils einen kleinen Treppenabsatz, vom dem eine Tür in die jeweilige Etage führte. Wir blickten nach oben, von wo wir noch immer Schritte auf den Stufen hörten. Die Person, die auf der Treppe nach unten ging, hatte eine Taschenlampe bei sich und schwenkte sie im Gehen hin und her, sodass Lichtblitze entstanden, welche die Schatten im Treppenhaus tanzen ließen. Die Schritte wurden lauter. »Er muss noch mindestens zwei Etagen über uns sein«, flüsterte ich Michael zu. Er nickte. In der Dunkelheit konnte ich die Bewegung seines Kopfes nur mit Mühe ausmachen. Unser Plan war ein kompliziert getimter Tanz. Damit er funktionierte, mussten wir lautlos ans obere Ende der ersten Treppe in die Nähe der Tür zum ersten Obergeschoss gelangen, bevor der Wachmann aus dem zweiten Obergeschoss im ersten Obergeschoss ankam.

Wir stiegen in der Dunkelheit nebeneinander, so schnell wir konnten und ohne ein Geräusch zu verursachen, die Stufen hinauf. Ich konnte das Gewicht von Michaels verletztem Bein beinahe spüren, als wir uns den Weg nach oben bahnten. Da er nicht lautlos humpeln konnte, weigerte er sich zu humpeln, biss die Zähne zusammen und ignorierte die Schmerzen. Ich ging voraus. Als wir am oberen Ende der ersten Treppe ankamen, blieben wir drei oder vier Stufen unterhalb des Treppenabsatzes der ersten Etage stehen, und pressten uns wie einstudiert mit dem Rücken gegen die Wand des Treppenhauses. Ich blickte zu Michael hinunter, der zwei Stufen unter mir stand, und konnte seine Silhouette verschwommen in der Dunkelheit ausmachen. Er hatte eines seiner beiden Messer in der Hand. Ich hielt meine

Pistole vor mir. Wir wollten nicht gesehen werden, waren jedoch bereit, falls wir doch entdeckt werden sollten.

Bei den Schritten, die wir gehört hatten, hatte es sich um die Schritte des Wachmanns gehandelt, der vom dritten Obergeschoss ins zweite gegangen war. Nachdem wir stehen geblieben waren, hörten wir, wie die Tür zur zweiten Etage geöffnet wurde. Als sie aufging, flutete Licht das Treppenhaus. Ich blickte abermals zu Michael hinunter. Im Licht wirkte es beinahe lächerlich, wie er mit dem Rücken zu Wand dastand und sich frei sichtbar versteckte wie ein kleiner Junge, der das Prinzip des Versteckspiels noch nicht begriffen hatte. Im Licht standen wir wie auf dem Präsentierteller. Unsere einzige Chance war, dass bei Licht niemand in unsere Richtung sah und bei Dunkelheit niemand auf uns aufmerksam wurde. Michael hatte an diesem Teil des Plans Zweifel geäußert, als wir ihn mit Palti ausgearbeitet hatten. »Dann sollen wir also einfach dastehen und hoffen, dass niemand zu uns herschaut?«, hatte er gefragt. Palti hatte genickt, abermals die Anordnung des Treppenhauses beschrieben und erklärt, dass niemand einen Grund haben würde, in unsere Richtung zu blicken. »Sie brauchen nicht zu hoffen, dass niemand in Ihre Richtung schaut«, hatte Palti gesagt. »Niemand wird in Ihre Richtung schauen. Niemand wird in Ihre Richtung schauen, weil niemand will, dass Sie da sind. In Ihre Richtung zu schauen, würde bedeuten, Sie dort zu vermuten.« Die Tür zur zweiten Etage ging wieder zu und schluckte das Licht. Dann ging sie erneut auf, damit der abgelöste Wachmann aus der zweiten Etage nach unten in die erste gehen konnte. Wir hörten seine Schritte und sahen den Lichtkegel seiner Taschenlampe auf den Treppenabsatz des ersten Obergeschosses über uns treffen. Der Wachmann pfiff vor sich hin. Ich erkannte die Melodie. Es handelte sich um einen Song, den mein Vater immer auf der Jukebox in meinem Lieblingsrestaurant gespielt hatte, als ich noch ein Kind war. Ich umklammerte den Griff meiner Pistole mit beiden Händen und versuchte, konzentriert zu bleiben.

Der Wachmann erreichte den Treppenabsatz der ersten Etage. Er war uns so nahe, dass ich nur die Hand hätte auszustrecken brauchen, um ihn zu berühren. Wie Palti vorhergesagt hatte, drehte er sich nicht zu uns um und leuchtete nicht mit der Taschenlampe in unsere Richtung. Dann streckte der Wachmann die Hand aus und zog die Tür zum ersten Obergeschoss auf. Einmal mehr flutete Licht das Treppenhaus und strahlte Michael und mich dieses Mal direkt an. Wenn sich der Wachmann umgedreht hätte, wäre alles vorbei gewesen. Stattdessen trat er jedoch durch die Tür zur ersten Etage und ließ sie hinter sich ins Schloss fallen.

»Jetzt«, flüsterte ich Michael zu. Wir mussten uns beeilen, da wir aus dem Weg sein mussten, bevor der Wachmann aus der ersten Etage ins Erdgeschoss hinunterging. Wir liefen so schnell und so leise wir konnten die Stufen zum Treppenabsatz der ersten Etage hinauf und erklommen dann noch drei oder vier Stufen der nächsten Treppe. Wenn der Wachmann die Treppe nahm, hatte er nicht mehr Grund, den Blick zu uns nach oben zu richten, als der andere Wachmann Grund gehabt hatte, den Blick nach unten zu richten. Außerdem konnten wir uns sicher sein, dass der Alarm deaktiviert war, solange er sich im Treppenhaus aufhielt. Wir konnten ihn beobachten, wenn er ins Erdgeschoss hinunterging, und wenn er durch die Tür zum Erdgeschoss trat, konnten wir durch die Tür im ersten Obergeschoss schlüpfen, bevor er Zeit hatte, die Alarmanlage wieder einzuschalten. Anschließend konnten wir unser kleines Ballett beenden, zumindest für eine Stunde, und uns an die Arbeit machen.

Nach nur ein oder zwei Minuten sah ich die Tür aufgehen

und den letzten Wachmann das Treppenhaus betreten. Wir hatten zwar bereits die Schritte von dreien der fünf Sicherheitsbediensteten gehört, doch dieser Wachmann war der erste, den ich auch zu Gesicht bekam. Es handelte sich um eine Frau. Sie war nicht besonders groß, aber auch nicht klein. Ihre Schultern waren im Vergleich zu ihrer Taille breit. Sie ließ die Tür hinter sich zufallen, ohne zu uns aufzublicken, und blieb einen Moment in der Dunkelheit stehen, ehe sie ihre Taschenlampe anschaltete. Dann ging sie die Treppe zum Erdgeschoss hinunter, dem Lichtkegel ihrer Taschenlampe hinterher.

Michael und ich warteten abermals, ohne ein Wort miteinander zu sprechen, was auch nicht nötig war. Bislang hatte der Plan perfekt funktioniert. Er hatte genauso funktioniert, wie Palti, Michael und ich ihn entworfen hatten, und genauso, wie Michael und ich ihn durchgespielt hatten. Wir hatten allerdings noch einige Unbekannte vor uns. Wir mussten durch die Tür in der ersten Etage gehen, ohne vorher zu wissen, wo sich der Wachmann, der dort patrouillierte, gerade befand. Deshalb mussten wir darauf vorbereitet sein, ihn notfalls zu überwältigen. Eine andere Möglichkeit gab es nicht. Wir hatten lange überlegt. Glaub mir, Christopher, wir hatten lange überlegt, doch Gewaltanwendung war einfach unumgänglich. Nachdem wir uns um den Wachmann gekümmert hatten, würden wir uns auf die Suche nach dem Historiker machen müssen. Er war der Einzige, der uns Zugang zu dem Archiv verschaffen konnte, in dem die Informationen über dich aufbewahrt wurden. Der Historiker war im wahrsten Sinne des Wortes im Besitz des Schlüssels.

Die Sicherheitsbedienstete blieb in der Mitte der Treppe zum Erdgeschoss stehen und drehte sich zu uns um. Hatte sie etwas gehört? Sie schwenkte den Lichtstrahl ihrer Taschenlampe im leeren Treppenhaus hin und her. Ich brachte meine Pistole in

Position. Da wir auf der nächsten Treppe standen, konnte sie uns von ihrer Warte aus nicht sehen, falls sie jedoch wieder nach oben ging, mussten wir irgendetwas unternehmen. Ich lauschte ihren Schritten. Michael kam ein Stück näher zu mir. Ich streckte die Hand nach hinten aus, legte sie ihm auf die Brust und hielt ihn zurück. Der Lichtkegel schwenkte wieder von uns weg, und die Sicherheitsbedienstete setzte wie geplant ihren Weg die Treppe hinunter fort.

Michael entspannte sich, und wir warteten auf das Geräusch der Tür. Wir kannten das Prozedere: Die Sicherheitsbedienstete würde ihren Kollegen im Erdgeschoss ablösen, der dann mit dem Aufzug in die vierte Etage fahren würde. In einer Stunde würde das ganze Spiel wieder von Neuem beginnen. Palti hatte uns erklärt, wie wir die Treppenhaus-Alarmanlage deaktivieren konnten, sobald wir im ersten Obergeschoss angelangt waren. Damit hatten wir eine Stunde Zeit – eine Stunde, bis die Wachleute abermals die Plätze tauschen würden, eine Stunde, bevor sie bemerken würden, dass irgendetwas nicht stimmte. Wir hatten eine Stunde Zeit, um den Historiker ausfindig zu machen, ihm seine Schlüsselkarte abzunehmen und deine Akte zu finden. Das Ganze würde bald vorbei sein, wie auch immer es ausgehen mochte. Die Sicherheitsbedienstete drückte die Tür im Erdgeschoss auf, durch die Michael und ich nur ein paar Minuten zuvor ins Treppenhaus gelangt waren. Wir sahen den Lichtkegel, der durch die geöffnete Tür fiel und dann wieder von Dunkelheit abgelöst wurde. Uns blieben nur ein oder zwei Minuten, bis die Alarmanlage wieder aktiviert sein würde. Michael ging die Treppe hinunter und zog die Tür zur ersten Etage auf, wobei er sein Messer wie ein Jäger vor sich hielt. Ich folgte ihm und hielt meine Pistole vor mir. Wir gingen beinahe gleichzeitig durch die Tür, wobei wir uns größte Mühe gaben, kein Geräusch zu verursachen. Der Wachmann konnte fast überall sein. Falls er uns sah, mussten wir bei ihm sein, bevor er seinen Alarmknopf drücken oder zu seiner Pistole greifen konnte. Nachdem wir durch die Tür getreten waren, drehte ich mich nach rechts und Michael nach links, wie wir es einstudiert hatten. Wir blickten uns im Korridor um. Das Überraschungsmoment würde uns nur ein paar Sekunden verschaffen.

Der Korridor war leer. Entweder befand sich der Wachmann um die Ecke beim Aufzug, oder er war auf der Toilette. So oder so hatten wir einen Moment Zeit, um uns für unseren Überfall auf ihn in Stellung zu bringen. Das war auf jeden Fall ein Vorteil, auch wenn wir nur eine kurze Vorbereitungszeit hatten. Vielleicht würden wir ihn nicht töten müssen. Wir bahnten uns den Weg durch den Korridor zum Aufzug und kommunizierten dabei lautlos mit Blicken und Handzeichen. Falls sich der Wachmann in dieser Richtung aufhielt, würden wir ihn überrumpeln. Falls er sich in der anderen Richtung aufhielt, würden wir ihm eine Falle stellen. Wir waren auf beide Möglichkeiten vorbereitet und hatten keine Angst. Palti zufolge waren die Wachleute faul. Außerhalb dieser Mauern hatten sie Familien, um die sie sich sorgen mussten, ein Leben, um das sie sich sorgen mussten. Ich frage mich, wie viele Menschen in diesem Krieg so sind wie Michael oder Jared oder dein Vater und wie viele so sind wie diese Wachleute.

Wir bahnten uns den Weg zu der Ecke am Ende des Korridors. Um die Ecke herum befanden sich die Aufzugsnische und das Archiv der ersten Etage. Ich spürte kurzzeitig Nervosität in mir aufsteigen, als mir bewusst wurde, dass sich der Historiker womöglich auf dieser Etage aufhielt und gleich hinter dieser Ecke war. Wir blieben stehen, bevor wir um die Ecke bogen, und lauschten. Stille. Dann hörte ich etwas, das raschelnde Geräusch einer Bewegung. Es kam jedoch nicht von hinter der Ecke, sondern von hinten. Ich streckte die Hand aus und tippte Michael auf die Schulter. »Er ist auf der Toilette«, flüsterte ich ihm zu. »Sollen wir um die Ecke gehen und auf ihn warten?«

»Nein«, erwiderte Michael. »Schnappen wir ihn uns, wenn er rauskommt. Dann ist er wehrloser.« Ich folgte ihm, als er an der Treppenhaustür vorbei zurück zur Toilette lief. Als wir näher kamen, signalisierte mir Michael, dass ich mich auf die andere Seite der Toilettentür stellen sollte. Ich nickte und bezog Position. Nun würden wir warten, bis der Wachmann aus der Toilette kam, und ihn dann überwältigen. Ich kannte meine Aufgabe: Ich würde die Toilettentür blockieren, damit er keinen Fluchtweg hatte.

Wir standen eine gefühlte Ewigkeit da. Meine innere Uhr erinnerte mich immer wieder daran, dass wir insgesamt nur eine Stunde Zeit hatten. Ich hätte gern einen Blick auf die Uhr geworfen, um nachzusehen, wie viel Zeit schon verstrichen war, wagte es aber nicht, dafür einen Teil meiner Konzentration zu opfern. Dann hörten wir das Geräusch eines laufenden Wasserhahns. Der Wachmann wusch sich die Hände. Mein Körper spannte sich an. Die Tür ging auf. Da sich die Scharniere auf meiner Seite befanden, versperrte mir die Tür den Blick auf den Wachmann, als er hinaus auf den Korridor trat. Ich hörte ein Geräusch, das wie ein Keuchen oder Stöhnen klang. Dann schwang die Tür wieder zu, und ich konnte etwas sehen. Michael hatte den Mann gepackt und zerrte ihn aus der Türöffnung. Als die Tür zufiel, befand sich der Wachmann bereits vor Michael auf den Knien. Michael hielt ihm sein Messer unters Kinn. Der Wachmann streckte die Arme aus – flehend und um Michael zu zeigen, dass er weder eine Waffe noch den Alarmauslöser in der Hand hielt. Niemand sagte auch nur ein Wort. Das war auch nicht nötig, da alle wussten, was Sache war.

Als die Tür ins Schloss fiel, blickte Michael für den Bruchteil einer Sekunde zu mir auf. Der Wachmann machte keine Bewegung. Er war zu sehr damit beschäftigt, das Messer in Michaels Hand anzustarren. »Wo ist der Historiker?«, fragte Michael. Irgendwie gelang es ihm, im Flüsterton zu schreien.

»Was?«, entgegnete der Wachmann und schaute kurz in meine Richtung, als hoffe er, ich hätte eine Antwort parat, die seine Angst und Verwirrung verscheuchen würde. Ich sah, wie sich seine Brust hob und senkte.

»Der Gürtel«, erinnerte ich Michael. »Vergiss den Gürtel nicht.«

Michael nickte und wandte sich wieder dem Wachmann zu. »Geben Sie uns Ihren Gürtel«, befahl er. »Und zwar sofort!« Die Minuten verstrichen zu schnell.

Der Wachmann griff nach unten und öffnete seinen Gürtel, an dem sowohl sein Pistolenhalfter als auch der rote Alarmknopf befestigt waren. Der Auslöser sah genauso aus, wie Palti ihn uns beschrieben hatte: eine gelbe, funkfähige Box mit einem kleinen roten Knopf unter einer durchsichtigen Plastikabdeckung. Ich betrachtete den Knopf und dachte an Paltis Warnung. »Geben Sie ihn mir«, forderte ich den Wachmann auf. Ich streckte eine Hand nach dem Gürtel aus, während ich mit der Pistole, die ich in der anderen hielt, auf seine Stirn zielte. Ich wollte, dass er sah, wohin ich zielte. Falls er nach dem Knopf tasten sollte, würde ich abdrücken. Er reichte mir den Gürtel.

»Okay«, sagte Michael. »Also, wo ist der Historiker? In welcher Etage hält er sich auf?«

»Das weiß ich nicht«, entgegnete der Wachmann. Aus seinem Gesicht war jegliches Blut gewichen.

»Ich glaube nicht, dass Sie hier irgendwelche Spielchen spielen möchten«, sagte Michael zu ihm und drückte ihm das Messer fester ans Gesicht. »Sie beantworten uns ein paar Fragen, dann verspreche ich Ihnen, dass Sie in einem Stück nach Hause gehen können. Befindet sich der Historiker auf dieser Etage?«

»Nein«, entgegnete der Wachmann hastig und schaffte es dabei, über die eine Silbe zu stolpern. »Er ist nicht hier.«

»Wo ist er dann?«, fragte ich, senkte meine Pistole und sah dem Wachmann in die Augen.

»Er war im vierten Stock, als ich dort oben war, aber das ist Stunden her. Gut möglich, dass er inzwischen woanders ist. Ich weiß es wirklich nicht.« Die Worte klangen wie eine Entschuldigung, als sie unkontrolliert aus dem Mund des Wachmanns sprudelten.

»Wechselt er normalerweise die Etage?«, wollte Michael wissen.

Der Wachmann dachte kurz über die Frage nach. Dann schüttelte er den Kopf. »Nein, er nicht. Er bleibt in der Regel auf einer Etage und wechselt nur, wenn er den Befehl dazu bekommt.«

»In der vierten Etage?«, fragte Michael, um sich zu vergewissern. Der Wachmann nickte. »Gib mir das Klebeband«, sagte Michael zu mir. Ich griff in meinen Rucksack, um es herauszuholen.

»Was machen Sie da?«

»Sie sicher verwahren«, erwiderte Michael.

»Legen Sie die Hände auf den Rücken«, befahl ich ihm. Michael hatte mir gezeigt, wie man jemandem mit Klebeband Hände und Füße so fesselte, dass es ihm beinahe unmöglich war, sich in weniger als ein paar Stunden zu befreien. Ich umwickelte die Handgelenke des Wachmanns hinter seinem Rücken mit Klebeband, das ich verflocht, damit es in verschiedene Richtungen Zug aufnehmen konnte. Anschließend fesselte ich ihm die Beine. Er sagte kein Wort und starrte nur Michaels Messer an.

Zu guter Letzt zog ich die Hände des Mannes nach unten und fesselte sie hinter seinem Rücken an seine Füße.

»Was haben Sie mit mir vor?«, fragte der Wachmann, als ich fertig war.

»Wir sperren Sie in die Toilette«, sagte Michael, »und Sie werden nicht versuchen, sie wieder zu verlassen, bevor jemand kommt und Sie holt.« Ich denke nicht, dass er uns glaubte. Vermutlich nahm er an, dass wir ihn töten würden. Der Krieg ließ keine Überlebenden zurück, und der Wachmann wusste nicht, dass wir kein Teil seines Krieges waren.

»Ihr Mund«, sagte ich zu dem Wachmann.

»Hm?« Er sah mich an, als hätte er vergessen, dass ich da war.

»Machen Sie den Mund zu«, befahl ich ihm. Ohne weitere Fragen zu stellen, schloss er den Mund, und ich wickelte ihm zweimal Klebeband um den Kopf, sodass es seine geschlossenen Lippen bedeckte.

»Fertig?«, erkundigte sich Michael, als ich das letzte Stück Klebeband durchschnitt.

»Fertig«, erwiderte ich. Ich betrachtete mein Werk. Der Wachmann konnte nur noch seine Augen bewegen, die zwischen Michael und mir hin und her huschten. Michael griff nach unten, packte den Mann am Kragen und zerrte ihn in die Toilette, in die am weitesten von der Tür entfernte Kabine. Als er wieder aus der Toilette herauskam, steckte er sein Messer in die Scheide. »Wir müssen den Treppenhausalarm deaktivieren«, sagte er.

»Und dann in die vierte Etage«, sagte ich.

»Und dann in die vierte Etage«, echote Michael. Wir gingen zum Schaltkasten neben der Tür zum Treppenhaus. Michael holte sein Messer hervor und hebelte den Deckel auf. Zu einem früheren Zeitpunkt wäre es schwierig gewesen, die Alarmanlage zu deaktivieren. Als sie ursprünglich installiert worden war, war der Schaltkasten mehrfach abgesichert gewesen, sodass schon der kleinste Fehler den Alarm ausgelöst hätte. Es hätte Stunden gedauert, die Alarmanlage zu deaktivieren, wenn diese Sicherungen noch vorhanden gewesen wären. Zu unserem Glück hatten die Wachleute mehr als nur Stunden gehabt – sie hatten Tage, Wochen, Jahre gehabt. Sie hatten die schwierige Arbeit bereits für uns erledigt und die Alarmanlage manipuliert, damit sie sie leicht deaktivieren konnten, bevor sie das Treppenhaus betraten. Dazu hatten sie eine Reihe von Schaltern angebracht, die sich auf jeder Etage ein- und ausschalten ließen. Palti hatte uns erklärt, wie wir uns ihre Vorarbeit zunutze machen konnten, um die ganze Vorrichtung problemlos auseinanderzunehmen. Michael warf einen Blick in den Schaltkasten. Ich sah ihm dabei über die Schulter und erkannte oben zwei Kabel, die miteinander verbunden waren. Michael griff vorsichtig hinein, um keinen anderen Teil des Schaltkastens zu berühren, packte die Kabel und drehte das Verbindungsstück im Gegenuhrzeigersinn. Es löste sich nach nur drei Umdrehungen, und Michael zog die Kabel auseinander. Alles war still. Wir würden uns keine Sorgen mehr wegen der alarmgesicherten Türen zu machen brauchen. Michael, der noch immer die voneinander getrennten Kabel in den Händen hielt, sah mich an und lächelte. »Bist du bereit?«, fragte er.

»Gehen wir«, sagte ich und schob mich an ihm vorbei. Vor der Tür blieb ich einen Moment stehen und holte tief Luft, dann zog ich sie auf. Sie ließ sich ohne Widerstand öffnen. Im Treppenhaus blieb es still: Die Alarmanlage war außer Betrieb. Michael folgte mir ins Treppenhaus. Wir blieben kurz stehen und warteten, bis sich unsere Augen an die Dunkelheit gewöhnt hatten. Dann machten wir uns gleichzeitig auf den Weg die Treppe hinauf.

Wir liefen an der Tür zur zweiten Etage vorbei. Ich spürte,

dass sie mich anzog wie ein Magnet. Die Antwort auf alles, was in meinem Leben eine Rolle spielte, befand sich auf dieser Etage, doch wir gelangten dort nicht hin, ohne vorher den Schlüssel zu besorgen. Wir liefen weiter. Wir eilten an der Tür zur dritten Etage vorbei und weiter nach oben. Ich kalkulierte, dass uns bis zum nächsten Schichtwechsel nur noch etwa vierzig Minuten blieben. In diesen vierzig Minuten mussten wir in die vierte Etage gelangen, den Wachmann unschädlich machen, den Schlüssel des Historikers beschaffen, wieder hinunter in die zweite Etage laufen, den Wachmann in der zweiten Etage unschädlich machen, die Informationen finden und uns aus dem Staub machen. Viel Zeit war das nicht. Es würde knapp werden. Ich senkte den Kopf und rannte schneller, nahm immer zwei Stufen auf einmal und ließ Michael mit seinem lahmen Bein hinter mir.

Als ich bei der Tür zur vierten Etage angelangte, wartete ich, bis Michael mich wieder einholte. Ich zählte im Kopf: *eine Sekunde, zwei Sekunden, drei Sekunden.* Obwohl er nach nur drei Sekunden neben mir stand, fühlten sie sich an wie verschwendete Zeit. Ich warf Michael einen kurzen Blick zu, um mich zu vergewissern, dass er bereit und nicht zu sehr außer Atem war. Er nickte mir zu, bevor wir genauso durch die Tür stürmten, wie wir es schon beim letzten Mal getan hatten. *Alles, was man tut, ist eine Übung für das, was man als Nächstes tun wird.* Wie beim letzten Mal war der Korridor vor uns leer. Dieses Mal brauchten wir nicht zu spekulieren, wo sich der Wachmann aufhielt, da wir jemanden am anderen Ende des Korridors lachen hörten, um die Ecke, vor dem Archiv. Wir gingen auf das Lachen zu, hielten unsere Waffen vor uns und gaben uns Mühe, kein Geräusch zu verursachen. Um über einen Plan nachzudenken, hatten wir keine Zeit. Wir wussten, was wir zu tun hatten:

uns schneller bewegen als der Wachmann. Nicht zögern. Nicht zweifeln. Einfach gehen.

Wir bogen gleichzeitig um die Ecke. Genau in diesem Moment sah ich den Wachmann, der keinen Verdacht geschöpft hatte. Er kehrte uns den Rücken zu, hatte den Blick aufs Archiv gerichtet und verstieß gegen die Vorschriften, indem er mit seinem Handy telefonierte. Wir machten uns keine Gedanken darüber, wohin er blickte. Michael bewegte sich trotz seines verletzten Beins instinktiv. Ihm war bewusst, dass sich der Wachmann in einer schlechten Position befand, und er war bei ihm, ehe dieser eine Chance hatte, sich umzudrehen. Michael war mir zwei Schritte voraus. Als ich bei dem Wachmann ankam, hatte Michael bereits dessen linkes Handgelenk gepackt und verdreht. Wenn der Wachmann schlau gewesen wäre, wenn er besser ausgebildet worden wäre, hätte er mit seiner freien Hand nach seiner Pistole gegriffen. Stattdessen wirbelte er herum und versuchte, Michael einen Fausthieb zu verpassen. Als der Wachmann ausholte, packte Michael dessen rechtes Handgelenk und hielt den Mann jetzt an beiden Handgelenken fest. Er war drauf und dran, ihn mit einem Fußtritt oder mit dem Knie zu Boden schicken, doch das war nicht nötig. Stattdessen ging ich zu dem Mann und hielt ihm die Mündung meiner Pistole an die Schläfe. »Keine Bewegung«, sagte ich in einem Tonfall, von dem ich hoffte, dass er ihn zur Ruhe ermahnen würde. Der Wachmann drehte die Augen zu mir, ohne den Kopf zu bewegen.

Michael nahm dem Mann zuerst sein Mobiltelefon ab, legte auf und warf es quer durch den Raum. Dann löste er dessen Gürtel und nahm ihm gleichzeitig die Pistole und den Alarmauslöser ab. Anschließend trat Michael einen Schritt zurück und ließ den Gürtel des Wachmanns hinter sich zu Boden fallen. Ich wich ebenfalls zurück, um zwei Schritte Sicherheitsabstand zu dem Wachmann zu halten. Eine Kugel in den Kopf würde aus zwei Schritten Entfernung genauso wirksam sein wie aus unmittelbarer Nähe. Der Wachmann rührte sich jedoch nicht von der Stelle, um sein Leben nicht aufs Spiel zu setzen.

»Was wollen Sie?«, fragte der Wachmann Michael.

»Ihn«, erwiderte Michael und deutete auf das Archiv. Ich hatte noch nicht einmal einen Blick darauf geworfen. Die obere Hälfte der Wand, die den Korridor vom Archiv trennte, bestand aus Glas. Wir konnten ins Archiv blicken und sahen Regal um Regal voller gebundener Dokumente, die auf Dutzenden, wenn nicht sogar Hunderten von Aktenschränken standen. Hinter dem Glas, keine drei Meter von uns entfernt, stand ein kleiner Mann mit grauem Haar und einer kleinen, runden Brille. Er rührte sich nicht von der Stelle und starrte uns mit geschocktem und verängstigtem Gesichtsausdruck an. Da Historiker nicht bewaffnet waren, brauchten wir uns nicht an ihn heranzuschleichen. Einen Alarmauslöser trugen sie ebenfalls nicht bei sich. Er hatte keine Möglichkeit, Alarm zu schlagen. Die einzigen Gefahren, die von dem Historiker ausgingen, waren Sturköpfigkeit und Loyalität.

»Den Historiker?«, fragte der Wachmann entgeistert. Michael nickte. »Ich habe keinen Schlüssel fürs Archiv. Er ist der Einzige, der einen hat.«

»Mag er Sie?«, fragte Michael den Wachmann. Sein Tonfall erschreckte sogar mich.

Die Verwirrung des Wachmanns nahm zu und wurde von seiner Angst genährt wie Feuer von Sauerstoff. »Wir reden nicht miteinander. Ich … weiß es nicht«, stammelte der Wachmann. Michael überlegte kurz, welche Karte er als Nächstes ausspielen sollte, dann zückte er seine Pistole und richtete sie auf den Wachmann. Jetzt zielten wir beide mit einer Pistole auf ihn.

»Auf die Knie!«, befahl Michael dem Wachmann. Ich spürte

meinen Magen revoltieren, da ich mir nicht sicher war, wie weit Michael dieses Spiel noch treiben wollte. Der Wachmann zögerte kurz, dann kniete er sich hin. »Drehen Sie sich zur Scheibe«, forderte Michael ihn auf. Der Wachmann drehte sich zur Scheibe, zu dem noch immer erstarrten Historiker. »Dieser Scheißkerl schreibt Namen auf Akten und sortiert sie unter den Lebenden oder den Toten ein. Er studiert die Geschichte, aber bekommt kein Blut zu sehen«, murmelte Michael gerade laut genug, dass ihn der Wachmann verstehen konnte. Ich erkannte an dessen Gesichtsausdruck, dass er die Bedeutung der Worte begriff. Das war Michaels Absicht gewesen. Dass der Wachmann Angst hatte, genügte uns allerdings nicht – er musste seine Angst weitergeben. Letzten Endes war der Wachmann unwichtig, ein Mittel zum Zweck. Wir mussten zu dem Historiker gelangen.

Michael drehte sich um und sah den Historiker durch die Glasscheibe direkt an. Seine Pistole hielt er neben sich, auf die Schläfe des Wachmanns gerichtet. »Kommen Sie raus!«, rief Michael dem Historiker zu. »Kommen Sie raus, dann passiert niemandem etwas.« Die Hände des Historikers zitterten. Er wirkte alt und gebrechlich. Ich fragte mich, ob er und Palti Freunde waren. Sie hatten bestimmt zusammengearbeitet. Der Historiker blickte zu dem Wachmann hinunter, während Michael sprach, und ließ keine Zweifel darüber aufkommen, dass er Michael durch die Glasscheibe hören konnte und begriff, was vor sich ging.

Der Historiker gab keine Antwort. Er stand fast völlig regungslos da. Sein Blick wanderte von dem Wachmann zu mir und wieder zurück zu Michael. Die auf Michaels Wangen verschmierte Zeichenkohle ließ ihn bedrohlich und mehr als nur ein wenig verrückt wirken. Der Historiker schüttelte langsam den Kopf. Michael rief noch einmal: »Wenn Sie rauskommen, werden wir Ihnen nichts tun, aber wenn nicht, töten wir ihn!« Michael presste dem Wachmann die Mündung seiner Pistole gegen die Stirn. »Bitten Sie ihn um Hilfe«, flüsterte Michael dem Wachmann zu.

Der Wachmann starrte durch die Scheibe. »Bitte, Seymour«, sagte er so laut er konnte.

»Kommen Sie schon, Seymour«, echote Michael. »Lassen Sie diesen Mann nicht grundlos sterben.«

Seymour trat näher an die Scheibe heran, legte eine Hand auf das Glas und starrte auf den Wachmann hinunter. »Was passiert, wenn ich rauskomme?«, fragte er. Seine Worte waren durch die Glasscheibe nur mit Mühe zu verstehen.

»Wir möchten nur Ihren Schlüssel«, sagte ich und trat nach vorn, zwischen den Wachmann und die Glasscheibe. »Wir brauchen ihn. Wir möchten niemanden verletzen.« Noch während ich die Worte aussprach, wurde mir bewusst, dass sie ein Fehler waren. Ich brauchte Michaels gequälten Gesichtsausdruck, als hätte ihm jemand einen Schlag in die Magengrube verpasst, nicht zu sehen, um zu wissen, dass sie ein Fehler waren. Wir waren darauf angewiesen, dass der Historiker Angst vor uns hatte. Wenn er keine Angst hatte, würde er die Tür nicht öffnen. Meine Bemerkung, dass wir niemanden verletzen wollten, nahm ihm seine Angst.

»Jetzt müssen wir ihm wieder Angst einjagen«, flüsterte Michael mir zu. Unsere Uhr lief. Ich trat zurück, sodass die zweieinhalb Zentimeter dicke, schusssichere Glasscheibe das Einzige war, was den Historiker von Michael trennte, der seine Pistole noch immer auf den zitternden Wachmann richtete. »Sie haben zehn Sekunden, um die Tür aufzumachen!«, rief Michael. Dann fing er an zu zählen. »Zehn. Neun.« Ich beobachtete den Historiker. Michael hatte recht gehabt: Er hatte keine Angst mehr. »Acht. Sieben.« Er glaubte nicht, dass wir Ernst machen würden. »Sechs. Fünf.«

»Bitte!«, rief ich dem Historiker zu, während Michael die Sekunden herunterzählte, doch er blickte nicht zu mir auf. Stattdessen starrte er auf seine Hände. »Vier. Drei.« Es war vorbei. Ich hatte dem Leben des Wachmanns ein ebenso sicheres Ende gesetzt, als hätte ich ihn selbst erschossen. »Zwei. Eins.« Als Michael *eins* sagte, blickte der Historiker auf, um zu sehen, was geschah, als verfolge er das Ende eines Zaubertricks. Das Wort schien in der Luft zu hängen. Einen Moment lang war kein anderes Geräusch zu hören. Ich sah zu Michael hinüber. »Scheiße«, sagte er im Flüsterton und schüttelte den Kopf. Dann nahm er die Pistole und steckte sie wieder in den Hosenbund. Der Wachmann beobachtete Michael und atmete aus. Er blieb auf dem Fußboden knien, glaubte aber offenbar, dass es vorbei sei, dass er verschont werde. Einen Augenblick lang glaubte ich ebenfalls, dass es vorbei sei. Doch wir lagen beide falsch. Michael war nur bewusst geworden, dass die Pistole zu laut sein würde. Er konnte es nicht riskieren, sie abzufeuern. Möglicherweise hätte jemand in einer anderen Etage den Schuss gehört. Eine leisere Methode war nötig. Michael zückte sein Messer und trat hinter den Wachmann, bevor dieser eine Chance hatte, sich umzudrehen, bevor er eine Chance hatte, sich darüber klar zu werden, dass sein Leben auf diese Weise enden würde. Dann schlitzte Michael ihm die Kehle von Ohr zu Ohr auf. Ich hörte ein gurgelndes Geräusch, das dem eines gerade frei gemachten Abflusses nicht unähnlich war. Das war der einzige Laut, den der Wachmann von sich gab, bevor er mit kaum mehr als einem Zucken zu Boden fiel. Unter seinem Hals bildete sich fast sofort eine Blutlache auf dem Holzfußboden.

Ich wandte den Blick von der Leiche des Wachmanns ab

und sah durch die Glasscheibe zu dem Historiker. Er war einen Schritt nach vorn getreten, stand mit beiden Handflächen gegen die Scheibe gepresst da und berührte mit dem Gesicht beinahe das Glas. Er starrte schockiert auf die Leiche des Wachmanns hinab. Ich sah, wie sich seine Lippen bewegten. »Warum?«, fragte er zu leise, als dass wir es hätten hören können. Mir war klar, dass er keine Antwort erwartete. Er war der Historiker. Er war derjenige, der auf alles eine Antwort hätte haben sollen.

Michael trat näher an die Scheibe und beugte sich vor, bis sein Gesicht nur wenige Zentimeter von dem des Historikers entfernt war. »Wir haben den Wachmann in der ersten Etage gefesselt und in die Toilette gesperrt. Wenn Sie nicht sofort rauskommen, schleifen wir ihn hier hoch und lassen Sie dabei zusehen, wie wir ihn ebenfalls töten. Im Erdgeschoss ist eine Sicherheitsbedienstete. Wenn nötig, holen wir sie auch noch. Wie viele Menschen wollen Sie heute Nacht töten, Seymour?«

Seymour starrte Michael durch die Scheibe an, als würde er ein gefährliches Tier im Zoo anstarren. »Ich?«, fragte er.

»Wie viele, Seymour?«, schrie Michael und warf seine Bedenken wegen des Lärms über Bord. Als sich der Historiker nicht von der Stelle rührte, drehte sich Michael zu mir um. »Behalt ihn im Auge«, sagte er laut genug, dass Seymour ihn hören konnte. »Ich hole den Nächsten.« Dann machte sich Michael auf den Weg zur Treppe.

»Halt!«, rief Seymour, als Michael sich entfernte. Michael blieb stehen. »Wenn ich Ihnen den Schlüssel gebe, wird niemand mehr sterben?«, wollte Seymour wissen. Ich hätte ihm am liebsten zugerufen: »Nein!«, doch ich hatte in dieser Nacht schon einmal das Falsche gesagt.

»Genau das hatte ich gesagt, Seymour«, antwortete Michael im Gehen.

»Okay«, erwiderte Seymour. »Ich komme raus.« Er ging zu der Glastür, drückte einen Knopf und öffnete sie. Ich warf Michael einen Blick zu. Er starrte durch die geöffnete Tür auf die Dokumente und Bücher voller Informationen, voller Details, voller Geheimnisse über den Krieg. Er wirkte beinahe verzückt. Seymour trat durch die Tür des Archivs.

»Wo ist der Schlüssel?«, fragte ich, nachdem ich zu ihm gegangen war.

»Den trage ich um den Hals«, erwiderte Seymour. Ich streckte die Hand aus und griff nach dem Schlüsselband, das er um den Hals trug. An seinem Ende hing eine elektronische Schlüsselkarte. Ich holte mein Messer hervor und schnitt Seymour das Schlüsselband vom Hals, um es ihm nicht über den Kopf ziehen zu müssen. Dann hielt ich die Schlüsselkarte in der Hand.

Ich trat einen Schritt von dem Historiker zurück und ließ meinen Rucksack von der Schulter rutschen. »Was machst du da?«, fragte Michael.

»Ich hole das Klebeband raus«, erklärte ich, »damit wir ihn wie geplant fesseln können.«

Michael schüttelte den Kopf. »Dafür ist keine Zeit. Wir sind sowieso schon spät dran. Außerdem kann er uns zeigen, wo wir nachsehen müssen, wenn wir ihn mitnehmen. Er kann dir suchen helfen. Ohne ihn würde es zu lange dauern.« Michael hatte recht. Uns blieben höchstens noch fünfundzwanzig Minuten, und wir mussten noch den Wachmann in der zweiten Etage außer Gefecht setzen und deine Akte finden. Ich blickte durch die Glasscheibe auf die schier unendliche Menge von Akten. Wir würden uns niemals rechtzeitig aus dem Staub machen können, wenn wir deine Akte selbst suchen mussten.

»Du hast recht«, sagte ich und zog mir die Träger meines Rucksacks wieder über die Schultern. Dann richtete ich meine

Pistole auf Seymour. »Keine Mätzchen«, warnte ich ihn. »Wir gehen runter …«

»… in die zweite Etage«, vollendete Seymour meinen Satz.

»Woher wussten Sie das?«, fragte ich. Ich spürte, dass Michael hinter mir ungeduldig wurde.

»Ich erkenne Sie«, sagte der kleine Mann ohne Stolz in seinem Tonfall. »Ich weiß, warum Sie hier sind.«

Zum ersten Mal, seit ich mich erinnern konnte, war ich froh darüber, erkannt zu werden. »Sie wissen also, wo sich die Akte meines Sohnes befindet?«, fragte ich.

»Ja«, erwiderte er.

»Dann bringen Sie mich hin«, befahl ich ihm.

»Sind Sie sicher, dass es das ist, was Sie wollen?«, fragte der Historiker. »Sind Sie sicher, dass es so das Beste für ihn ist?« Für wen hielt er sich, dass er glaubte, beurteilen zu können, was das Beste für dich ist? Er war ein Niemand, ein Registraturangestellter. Ich bin deine Mutter.

»Gehen wir«, sagte ich und deutete mit der Pistole in Richtung Treppe. Seymour setzte sich in Bewegung. Ich ging hinter ihm, und Michael folgte mir. Ich zielte mit meiner Pistole auf Seymours Nacken. Wir betraten das dunkle Treppenhaus. »Sehen Sie genug, um runtergehen zu können?«, fragte ich Seymour, wobei ich so leise sprach wie möglich.

»Ich denke schon«, entgegnete er. Wir begannen unseren Weg nach unten durch die Dunkelheit und beteten, dass wir alleine waren. Seymour ging langsam und testete jeden Schritt, bevor er ihn machte.

»Schluss mit der Scheiße«, flüsterte Michael mir ins Ohr. Ich konnte die Umrisse seines Gesichts mit Mühe erkennen. »Ich gehe voraus und kümmere mich um den Wachmann, bis ihr kommt. Gib mir die Schlüsselkarte. Wenn ich mit dem Wachmann fertig bin, fange ich an, die Akten durchzusehen. Wir brauchen jede Minute.«

»Okay«, erwiderte ich und reichte Michael die Schlüsselkarte.

Michael schob sich an Seymour vorbei, der langsam und vorsichtig weiterging. Michaels Silhouette verschwand um die Ecke, als er am Eingang zur dritten Etage vorbeieilte. Ich hielt meine Pistole weiterhin auf den alten Mann gerichtet. Kurz nachdem Michael um die Ecke gebogen war, erhellte sich das Treppenhaus für einen Augenblick, als er die Tür zur zweiten Etage öffnete und hindurchging. In diesem Augenblick sah ich uns – den gebrechlichen Mann vor mir, mich, die ich eine Pistole auf ihn richtete – und niemand anderen. Als die Tür wieder zuging, verschluckte uns die Dunkelheit aufs Neue.

Ein Mal rutschte der alte Mann beinahe aus. Ich musste die Hand ausstrecken und ihn am Arm packen, um ihn zu stützen, aber schließlich schafften wir es. Ich befahl Seymour, die Tür zur zweiten Etage zu öffnen. Er zögerte, dann drückte er sie auf. Auf der anderen Seite war es still. Wir betraten den menschenleeren Korridor. Keine Spur von Michael oder dem Wachmann. »Gehen Sie weiter«, forderte ich Seymour auf und drückte mit der Mündung meiner Pistole gegen seine Schulter. Der alte Mann bog in den Korridor ein und ging in Richtung Archiv.

Als wir um die Ecke bogen, sah ich noch immer niemanden. Die Tür zum Archiv stand offen. Jemand hatte Bücher auf den Boden gelegt, die als Türstopper dienten. Seymour blieb kurz stehen, als er die Bücher sah, als wäre er auf eine weitere Leiche gestoßen. Ich schob ihn vorwärts.

Nach ein paar weiteren Schritten konnte ich ins Archiv schauen. Und ich sah Michael. Offenbar hatte er den Wachmann bereits außer Gefecht gesetzt, ohne dabei eine Spur zu hinterlassen. Hinter der Glasscheibe zog Michael Dokument um Dokument aus den Regalen und durchwühlte die Aktenschränke. Er warf nur flüchtige Blicke auf die Dokumente, las die Namen, die ganz oben standen, und schleuderte sie dann hinter sich in die Luft. Auf dem Fußboden häufte sich Papier wie Schnee an.

»Was machen Sie da?«, schrie Seymour und eilte in Michaels Richtung. So schnell hatte er sich bislang noch gar nicht bewegt. »Das können Sie nicht tun!«, rief Seymour im Laufen.

Michael machte sich nicht einmal die Mühe, in Seymours Richtung zu blicken, bis der alte Mann nur noch einen knappen Meter von ihm entfernt war. Dann zückte er sein Messer, als hätte er es im Ärmel versteckt gehabt und nur auf eine Gelegenheit gewartet, um diesen Trick zum Besten zu geben. Der Historiker blieb stehen, die Nase nur einen Zentimeter von der Spitze von Michaels Messer entfernt.

»Ich kann tun, was ich will«, sagte Michael zu dem kleinen alten Mann. »Wenn man das Spiel nicht mitspielt, gibt es keine Regeln.« Er sagte dem Historiker nicht, was er wirklich tat. Das hatten wir im Vorfeld so vereinbart. Es gehörte zu unserem Plan. Wir mussten für Ablenkung sorgen. Wir mussten sicherstellen, dass sie nicht wussten, wegen welcher Information wir eigentlich gekommen waren. Falls ihnen bewusst wurde, dass wir nach dir suchten, würden sie dich an einen anderen Ort bringen, bevor ich eine Chance hätte, dich zurückzuholen. Deshalb hatten wir beschlossen, nichts aus dem Gebäude mitzunehmen. Wir würden jedes Stück Papier dalassen. Ich würde mir deine Adresse einprägen. Und wir würden im Archiv Chaos und Verwüstung anrichten, damit sie niemals dahinterkommen würden, worauf wir es abgesehen hatten und was nur Müll auf dem Fußboden war.

Der Historiker betrachtete die Dokumente, die zu seinen Füßen verstreut herumlagen. Er hatte nicht geweint, als Michael den Wachmann in der vierten Etage getötet hatte, doch jetzt hatte ich den Eindruck, dass er jeden Moment in Tränen ausbrechen würde. »Wo ist die Akte meines Sohnes?«, fragte ich ihn.

Er sah zu mir, dann drehte er sich wieder um und starrte Michael ein letztes Mal wütend an. »Hier entlang«, sagte er und gab mir ein Zeichen, ihm zu folgen. Wir gingen an zahlreichen Regalen mit Akten vorbei. Ich zählte acht Reihen, bevor Seymour stehen blieb. Dann bog er ab und ging einen der kleinen Gänge zwischen den Regalen ein Stück weit hinunter. Ich folgte ihm, wobei ich nach wie vor meine Pistole auf ihn gerichtet hielt. Wir befanden uns in der Mitte der Etage, inmitten von Dokumenten, inmitten von Geheimnissen. In jedem Regal stapelten sich Akten, von denen jede irgendjemandes Geschichte enthielt. »Da ist sie«, sagte Seymour und deutete auf einen der Aktenschränke auf dem Boden.

»Holen Sie sie heraus«, befahl ich ihm. Ich gab mir Mühe, vor ihm zu verbergen, dass meine Hand zitterte. Er bückte sich und zog an dem kleinen Griff der obersten Schublade des Aktenschranks. Die Schublade öffnete sich langsam, aber lautlos. Darin befanden sich Dutzende Hängemappen, die auf der Vorderseite allesamt mit einem getippten Etikett versehen waren. Der Historiker durchstöberte sie mit geübten Handgriffen. Sein Blick überflog das Etikett jeder Akte, bevor er zur nächsten weiterblätterte. Dann hielt er inne, als er eine grüne Mappe in den Fingern hatte, die nur zwei oder drei Blätter enthielt.

»Ah, hier ist sie«, sagte er und klang dabei beinahe erfreut, als habe er vergessen, dass eine Pistole auf ihn gerichtet war. Er nahm die Akte aus dem Schrank.

»Geben Sie sie mir«, befahl ich ihm. Mein Herz klopfte so stark, dass ich es wie ein Metronom in meinem Kopf hören konnte. Seymour reichte mir die Akte. Ich schlug sie auf. Sie bestand aus nur drei Seiten. Auf der ersten Seite befanden sich ein Foto von deinem Vater und eine Liste seiner charakteristischen Merkmale: seine Körpergröße, sein geschätztes Gewicht, seine Augenfarbe und seine Haarfarbe. Auf der nächsten Seite sah ich ein Foto von mir mit der gleichen Liste darunter. Auf der dritten Seite befand sich ein Foto von dir, das aufgenommen worden war, nachdem sie dich mir weggenommen hatten. Du warst größer auf diesem Foto. Du warst gewachsen. Unter dem Foto von dir war der Name abgedruckt, den sie dir gegeben hatten, und dein echtes Geburtsdatum – Jared muss genau gewusst haben, wann du auf die Welt gekommen bist. Unter deinem Geburtsdatum stand in Großbuchstaben: *ADOPTIERTER KRIEGSWAISE*. Darunter befand sich ein weiteres Datum, das ungefähr drei Wochen nach dem Tag lag, an dem sie dich mir weggenommen hatten. Es musste drei Wochen gedauert haben, bis sie ein neues Zuhause für dich gefunden hatten. Unter dem Datum standen die Namen eines Mannes und einer Frau, die mit den Bezeichnungen *Vater* und *Mutter* versehen waren. Ich versuchte, meine Atmung zu kontrollieren. Ich versuchte, mich daran zu erinnern, wo ich mich befand. Unter den Namen war eine Adresse abgedruckt. Du warst in Kalifornien, in einer Stadt namens Mendocino. Ich starrte die Adresse an und redete mir immer und immer wieder ein, dass ich sie nicht vergessen würde, solange ich atme. Ich gab dem Historiker die Mappe zurück. »Hängen Sie sie wieder in den Schrank«, sagte ich. Er sah mich an, als sei ich verrückt. »Räumen Sie sie auf«, befahl ich ihm.

Er nahm die Mappe, beugte sich über den Aktenschrank und ordnete sie wieder ein.

»Gehen wir«, forderte ich den alten Mann auf und gab ihm zu verstehen, dass er vor mir zurück zu Michael gehen solle. Er sah mich verwirrt an, als glaube er tatsächlich, wir würden ihn wieder gehen lassen, nachdem er uns die Information gegeben hatte, nach der ich gesucht hatte. »Los!«, befahl ich dem Mann, der nach Belieben jeden Tag einen Blick auf das Foto von dir und auf deine Adresse hatte werfen können. Er hatte alles gehabt, was ich mir wünschte. Er hatte es seit Monaten gehabt.

Michael leistete ganze Arbeit, was das Archiv betraf. Ich watete bald knöcheltief in einem Meer aus Papier. Er war noch immer damit beschäftigt, Akten auf den Boden zu werfen, als wir ihn fanden. Sein Gesichtsausdruck verriet eine beinahe manische Genugtuung, als habe ihm selten etwas so große Freude bereitet, wie dieses Chaos anzurichten. Michael warf einen weiteren Stapel Akten in die Luft und ließ ihre Seiten um sich herum zu Boden regnen; dann bemerkte er, dass wir uns ihm näherten. »Hast du sie?«, fragte er.

»Ja«, entgegnete ich.

»Gut«, sagte Michael. Ich trat einen Schritt auf ihn zu, weg von Seymour. Den Historiker zu töten, war kein Teil unseres Plans gewesen, doch wir wussten beide, dass es sich jetzt nicht mehr vermeiden ließ. Er wusste zu viel. Er wusste, weshalb wir hier waren. Er hätte alles ruinieren können. Ich habe kein schlechtes Gewissen. Seymour war nicht unschuldig. Wer trägt schwerere Schuld: derjenige, der den Abzug betätigt, oder derjenige, der ihm sagt, worauf er zielen soll?

Seymour war sich ebenfalls darüber im Klaren. »Sie haben es mir versprochen«, sagte er, und seine Stimme bebte, als er vor uns zurückwich.

»Tut mir leid, Seymour«, sagte ich, als er schneller rückwärtsging.

»Sie… haben gesagt, dass niemand anderer zu Schaden kommt«, stammelte Seymour.

Michael zuckte mit den Schultern. »Haben Sie denn gar nichts aus all diesen Dokumenten gelernt, Seymour? Es werden immer mehr Menschen zu Schaden kommen.« Seymour drehte sich um und lief los. Er muss gewusst haben, dass es kein Entkommen gab, ergriff aber trotzdem die Flucht und nutzte jegliches Leben, das noch in ihm steckte, um davonzulaufen. Michael hechtete ihm mit gezücktem Messer hinterher. Seymour rannte zwischen den mit Akten gefüllten Regalen hindurch, doch Michael schloss schnell zu ihm auf. Als Seymour spürte, dass Michael ihm auf den Fersen war, bog er in einen der kleineren Gänge ein, streckte die Hand aus und riss eines der Regale hinter sich um, das mit einem Krachen in das Regal gegenüber kippte. Beide stürzten um, und die Akten darin flogen in die Luft, wobei sich ihre Seiten lösten und zu Boden segelten. Seymour lief mit einer Energie weiter, die nur daher stammen konnte, dass er dem Tod zu entkommen versuchte. Michael steckte sein Messer weg und zog seine Pistole. Wir hatten keine Zeit für eine Verfolgungsjagd. Seymour gelangte am Ende der Regalreihe an und bog in einen anderen Gang ein. Michael wich dem Durcheinander aus und hatte plötzlich freie Sicht durch die Regale. Ihm blieb kaum Zeit, um zu zielen, ehe er abdrückte. So schnell Seymour auch gerannt war, es war nicht schnell genug gewesen. Er stürzte zusammengerollt zu Boden. Michael war der Weg zu Seymour versperrt, aber ich hatte keine Hindernisse vor mir. Als ich bei ihm ankam, hörte ich ihn stöhnen. Michael hatte auf Seymours Brust gezielt, da es ihm wichtiger gewesen war, ihn aufzuhalten, als ihn zu töten. Er lebte noch. Ich richtete meine Pistole auf seinen Kopf und drückte ab. Ein weiterer Schuss war nicht nötig.

Wir hatten bekommen, was wir wollten. Jetzt kam es nur noch darauf an, das Gebäude zu verlassen, bevor die beiden verbliebenen Wachleute bemerkten, dass niemand auftauchen würde, um sie abzulösen. Zumindest hätte das alles sein sollen. Ich warf einen Blick auf die Uhr. Bis zum Schichtwechsel der Wachleute blieben uns noch fünf Minuten. Danach hatten wir höchstens noch einmal fünf Minuten, bis den Wachleuten bewusst werden würde, dass etwas nicht stimmte.

»Gehen wir!«, rief ich Michael quer durch den Raum zu. Ich stand neben Seymours Leiche. »Wir sind fertig. Wir haben nicht mehr viel Zeit.« Michael stand auf einem Berg Papier. Jahre von Geheimnissen lagen zu seinen Füßen verstreut.

Ich hatte damit gerechnet, dass Michael begeistert sein würde. Wir hatten es geschafft. Die Monate, die wir gemeinsam damit verbracht hatten, zu fliehen, zu planen und zu kämpfen, hatten sich letzten Endes ausgezahlt. Seine Verletzungen und seine Narben waren nicht umsonst gewesen. Doch Michael machte ein trauriges Gesicht, und sein Blick war abwesend. »Geh du schon mal los«, sagte er zu mir. »Ich komme nach.«

Wir hatten einen Plan. Das gehörte nicht dazu. »Was soll das heißen? Wir müssen weg!«, schrie ich ihn an.

Ich warf einen Blick auf seine Hand, in der er Seymours Schlüsselkarte hielt. »Ich muss nach oben«, sagte er, »in die vierte Etage. Ich habe den Schlüssel. Ich kann die Antworten finden.«

Ich hätte wissen müssen, dass ich Michael die Schlüsselkarte nicht hätte geben dürfen. Mir hätte bewusst sein müssen, dass er sich nicht würde beherrschen können, wenn er all den Geheimnissen so nahe war. »Dafür ist keine Zeit!«, schrie ich ihn an.

»Wir treffen uns im Hotel«, entgegnete er, ohne sich auf eine Diskussion einzulassen. Bevor ich noch etwas sagen konnte, drehte er sich um und rannte aus dem Archiv hinaus in Richtung Treppenhaus. Ich versuchte ihm zu folgen, doch er bewegte sich trotz seines verletzten Beins schnell. Ich musste ein paar umgestürzten Regalen ausweichen und wäre auf den am

Boden verstreuten Seiten beinahe ausgerutscht. Als ich um die Ecke bog, sah ich gerade noch die Tür zum dunklen Treppenhaus zufallen.

Ich hatte keine Zeit, um Michael zu folgen. Ich hatte, wofür ich gekommen war, wofür ich so viel geopfert hatte. Michael war jetzt auf sich allein gestellt. Ich konnte nur hoffen, dass er es schaffen würde, das Gebäude unversehrt zu verlassen. Ich holte tief Luft, zog die Tür zum Treppenhaus auf und trat in die Dunkelheit. Auf den Stufen über mir hörte ich Schritte, Michaels Schritte. Je weiter er sich entfernte, desto leiser wurden sie. Ich lief die Treppe hinunter, so schnell ich konnte, weg von Michael und in Richtung Ausgang. In Kürze würde ich im Freien sein, würde unter dem Nachthimmel stehen und frische Luft atmen. Ich erreichte den Treppenabsatz zwischen der ersten Etage und dem Erdgeschoss und bog um die Ecke. Ich hatte es fast geschafft.

Ich sah das Licht, bevor ich ein Geräusch hörte. Es handelte sich um einen kurzen Lichtblitz, um wenig mehr als einen Funken in der Finsternis. Doch selbst dieser winzige Funke ließ Farben vor meinen Augen tanzen. War auch ein Knallen ertönt? Dem musste so gewesen sein, auch wenn ich es nicht zur Kenntnis genommen hatte. Vermutlich hatte das Licht meine Sinneswahrnehmung beeinträchtigt. Nach dem zweiten Lichtblitz hörte ich allerdings ein Knallen. Für den Bruchteil einer Sekunde waren die Stufen um mich erleuchtet. Ich konnte in die Schatten sehen. Noch war ich allein im Treppenhaus. Michael war dagegen nicht mehr allein. Die Schüsse stammten aus verschiedenen Pistolen. Ich hörte einen weiteren Schuss, der im Treppenhaus nachhallte wie ein Feuerwerk in der Ferne, und blieb stehen. Ich war die letzte Treppe halb nach unten gelaufen, doch jetzt verharrte ich und wartete auf den nächsten Schuss.

Alles war still. Ich blickte die Treppe hinunter und erkannte die Umrisse der Tür zum Erdgeschoss. Ohne Michael wäre ich niemals so weit gekommen. Was war, wenn ihn einer der Schüsse getroffen hatte? Ich konnte ihn nicht einfach im Stich lassen. Ich drehte mich um und lief die Treppe wieder hinauf.

Als ich an der Tür zur ersten Etage vorbeikam, fragte ich mich, ob sich der Wachmann wohl noch immer gefesselt auf der Toilette befand. Ich bog um die Ecke und lief weiter, vorbei an der Tür zur zweiten Etage, wobei ich an das völlige Chaos dachte, das wir hinterlassen hatten. Als ich mich dem Treppenabsatz vor der Tür zur dritten Etage näherte, kniff ich die Augen zusammen und machte die Umrisse einer Gestalt aus, die zusammengesunken in einer dunklen Ecke saß. Sie bewegte sich nicht. Ich näherte mich dem Treppenabsatz noch zwei Stufen. Bei meinem zweiten Schritt stieß ich mit dem Fuß gegen etwas, das auf der Treppe lag. Ich bückte mich. Es handelte sich um eine lange Taschenlampe aus Metall. Ich hielt sie einen Moment in der Hand, da ich mir nicht sicher war, was ich damit tun sollte, dann lauschte ich, um sicherzugehen, dass sich außer mir niemand im Treppenhaus aufhielt. Es war still. Ich richtete die Taschenlampe auf den Boden und schaltete sie ein. Ihr Lichtkegel durchschnitt die Dunkelheit. Dann hob ich die Taschenlampe zum Treppenabsatz und hatte Angst vor dem, was ich dort sehen würde. Noch bevor ich die Umrisse der Gestalt in der Ecke erkannte, wurde das Licht der Taschenlampe von einem Augenpaar reflektiert. Es handelte sich um eine Leiche, aber es war nicht Michaels Leiche, sondern die eines großen, leicht übergewichtigen Mannes. Er war mit einer Uniform bekleidet, sein Kopf hing schlaff an seinem Hals, und sein Unterkiefer ruhte auf seiner Brust. Ich richtete die Taschenlampe auf seine Hände. In einer davon hielt er nach wie vor eine Pistole.

Ich trat auf den Treppenabsatz der dritten Etage und leuchtete mit der Taschenlampe die Treppe zur vierten Etage hinauf. Die Treppe war leer, wechselte jedoch auf halbem Weg ihre Farbe. Ich sprang die Stufen hinauf, wobei ich immer wieder welche ausließ, bis ich bei dem Blut angelangte. Dann lief ich ganz am Rand der Treppe weiter, um nicht in Michaels Blut auszurutschen.

Als ich am oberen Ende der Treppe ankam, stieß ich die Tür auf. In dem fluoreszierenden Licht nahm das Blut auf dem Fußboden einen kräftigen Rotton an und leuchtete beinahe. Ich ließ die Taschenlampe fallen und folgte der Blutspur ins Archiv. Vor der Glastür lag die Schlüsselkarte auf dem Boden. Sie war blutverschmiert. Ich hob sie auf, entriegelte mit ihr die Tür und stürmte ins Archiv. »Michael!«, schrie ich in dem Wissen, dass uns nur wenige Minuten blieben, um die Treppe wieder hinunterzulaufen. Die einzige Antwort war das Rascheln von Papier. Ich folgte dem Geräusch durch das Labyrinth von Regalen. »Michael!«, schrie ich erneut. Er antwortete noch immer nicht. Ich rannte dem Geräusch hinterher bis ans Ende des Ganges. Dort fand ich Michael. Er saß auf dem Fußboden, umgeben von weißem Papier, das zur Hälfte von seinem Blut verfärbt war. Ich beobachtete, wie er scheinbar wahllos eine weitere Seite in die Hand nahm und sie betrachtete. »Michael«, sagte ich abermals, dieses Mal jedoch leiser.

Er blickte mit feuchten Augen zu mir auf. »Warum bist du hier?«, fragte er. »Du hättest mir nicht folgen sollen. Ich habe dir doch gesagt, du sollst gehen.«

»Ich habe die Schüsse gehört«, entgegnete ich. »Ich konnte dich doch nicht einfach im Stich lassen.» Ich suchte nach einer Schussverletzung an Michaels Körper, entdeckte jedoch nichts. Dann sah ich Blut hinten durch sein Hemd sickern. Ihm war in den Rücken geschossen worden. »Wir müssen hier raus«, befahl ich ihm. »Wir müssen dich ins Krankenhaus bringen. Noch bleiben uns mindestens fünf Minuten.«

Michael schüttelte den Kopf. Uns blieben keine fünf Minuten mehr. »Er hat den Knopf gedrückt.« Zuerst verstand ich nicht, was Michael damit meinte. »Der Wachmann im dritten Stock«, erklärte er. »Er muss uns gehört haben, als wir mit dem Historiker die Treppe runtergegangen sind. Er hat auf mich gewartet, als ich wieder raufgekommen bin. Kurz bevor ich ihn erschossen habe, hat er den Knopf gedrückt.«

Sie waren bereits auf dem Weg. Palti hatte uns gewarnt: *Wenn jemand diesen Knopf drückt, bricht die Hölle über das Gebäude herein.* »Dann müssen wir sofort verschwinden, bevor sie kommen.« Ich trat einen Schritt vor, packte Michael am Arm und zog ihn auf die Füße. Es fühlte sich an, als würde ich totes Gewicht heben.

»Ich werde es nicht schaffen. Selbst wenn ich rauskomme, werden sie mich finden.« Er senkte den Blick auf das Blut, das alles um ihn herum bedeckte. »Ich kann mich nicht mehr verstecken.« Er blickte zu mir auf, und sein Blick glühte. »Los, Maria. Lauf.«

Ich zögerte nicht. Michael hatte recht. Ich konnte ihn nicht retten. Dafür war es zu spät. Aber wenn ich mich beeilte, konnte ich dich retten. Also rannte ich los. Ich rannte aus dem Archiv und auf das Treppenhaus zu. Ich rechnete mit Dunkelheit, als ich das Treppenhaus betrat, doch es war voller Licht, das an den Wänden tanzte. Dann hörte ich Schritte, viele Schritte. Noch waren sie ganz unten, aber ich konnte sie hören. Die Hölle brach bereits herein.

Ich stieß die Tür zur vierten Etage wieder auf, rannte hinein und auf demselben Weg zu Michael zurück. »Sie sind bereits hier!«, schrie ich. »Sie sind im Treppenhaus!«

Dieses Mal antwortete mir Michael. »Sind sie schon in der Nähe?«, schrie er mit einer Energie, von der ich nicht geglaubt hatte, dass sie noch in ihm steckte.

»Noch nicht«, schrie ich zurück, »aber sie kommen!«

Einen Augenblick später stand Michael vor mir. Er war bleich im Gesicht, wirkte jedoch nicht mehr schwach. »Wir müssen dich hier rausschaffen«, sagte er und schlurfte an mir vorbei in Richtung Aufzug. Kurz darauf feuerte er zwei Schüsse auf die Knöpfe des Aufzugs ab.

»Wird sie das daran hindern, mit dem Aufzug nach oben zu fahren?«, fragte ich Michael in der Hoffnung, dass er wusste, was er tat.

»Wahrscheinlich nicht«, erwiderte er, »aber einen Versuch ist es wert.« Als wir an dem Personenaufzug vorbei und um die Ecke auf das Treppenhaus zugingen, fiel uns der Lastenaufzug ins Auge, den niemand benutzte. Neben ihm befand sich ein Knopf. Michael drückte ihn, um zu sehen, ob sich etwas tat. Fehlanzeige. Er trat gegen die Aufzugstür. Dann versuchte er, die Aufzugstür mit den Fingern aufzuhebeln. »Wenn wir die Tür aufbekommen, kannst du vielleicht an dem Drahtseil hinunterklettern«, sagte er. Ich stand neben der Tür zum Treppenhaus. Als ich das Ohr ans Türblatt legte, hörte ich sie die Treppe heraufkommen. »Scheiße!«, sagte Michael und trat noch einmal gegen die Tür des Lastenaufzugs. Sie ließ sich nicht öffnen, nicht ohne Stemmeisen.

»Lass gut sein, Michael«, sagte ich. »Die Tür geht nicht auf. Wir müssen Ruhe bewahren.« Mein Herz raste, während ich die Worte sagte. Schweiß trat aus meinen Poren. Wir bezogen Stellung vor der Treppenhaustür, zückten unsere Pistolen und warteten auf die Sintflut. Einen Moment lang herrschte völlige Stille. Ich sah Michael an. Mir war bewusst, dass wir nicht viel

Zeit hatten, aber ich musste einfach fragen. »Hast du irgendwas gefunden?«

Michael wusste sofort, was ich meinte. Er schüttelte den Kopf. »Es war zu viel Information. Ich bin nicht schlau daraus geworden.«

»Warum war es dir plötzlich so wichtig?«

Michael zuckte mit den Schultern. Er sah mich nicht an, als er sprach. »Ich bin ein Kämpfer, Maria. Ich brauche etwas, wofür ich kämpfen kann. Und das« – Michael schwenkte die Hand zwischen uns hin und her – »war fast vorbei.« Dann wurde unser Gespräch vom Schrillen einer Glocke am anderen Ende des Korridors unterbrochen. Michael und ich hörten es beide. Wir blickten einander an und waren kurzzeitig verwirrt. »Der Aufzug«, sagte Michael.

Ich wirbelte gerade rechtzeitig herum, um zwei von den Anderen im Korridor auf uns zurennen zu sehen. Ich hob meine Pistole, die ich mit beiden Händen hielt, und blickte über Kimme und Korn, wie Claras Leute es mir beigebracht hatten. Ich zielte, korrigierte ein wenig, um das Tempo des ersten Mannes zu berücksichtigen, und feuerte. Dann richtete ich die Pistole ohne zu zögern auf den zweiten Mann, zielte und feuerte erneut. Beide Männer stürzten beinahe gleichzeitig zu Boden.

»Sieht so aus, als würde der Aufzug noch funktionieren«, stellte Michael fest, ohne meine Schüsse zu kommentieren. »Das bedeutet, dass bald mehr von ihnen kommen werden.« Ich legte abermals das Ohr an die Tür zum Treppenhaus. Sie bewegten sich langsam voran. Entweder wussten sie nicht, dass wir nur zu zweit waren, oder sie wussten nicht, auf welcher Etage wir uns befanden. »Wo sind sie?«, fragte Michael.

»Noch mindestens zwei Etagen weiter unten«, erwiderte ich.

»Das Dach«, sagte Michael. »Die Treppe geht noch weiter.

Vielleicht kannst du aufs Dach gelangen und von dort fliehen.« Das war zumindest eine Idee – die einzige, die überhaupt eine Aussicht auf Erfolg hatte.

»Einen Versuch ist es wert«, sagte ich. »Aber wir müssen sofort los.«

»Nein, wir haben noch ein paar Sekunden«, erwiderte Michael schwer atmend. Ich verstand nicht, weshalb wir noch warten sollten, vertraute ihm jedoch. »Hast du noch deine Schachtel Zigaretten?«, fragte er.

»Meine Glücksbringer-Zigaretten?«

»Ja«, sagte Michael. »Gib mir eine.«

»Wozu?«, fragte ich, da ich glaubte, dass es etwas an Michaels Plan gab, das ich nicht verstand. Ich hätte es eigentlich besser wissen müssen. Michael war noch nie ein großer Planer gewesen.

»Ich werde sie rauchen«, sagte er. Ich griff in meinen Rucksack, holte die ungeöffnete Schachtel hervor, zog eine Zigarette heraus und reichte sie ihm. Dann holte ich ein Feuerzeug hervor und zündete sie ihm an. Inzwischen hörte ich durch die Tür Schritte. Sie kamen näher. »Gib mir deine Pistole auch noch«, sagte Michael und zog an der Zigarette.

»Wozu?«, fragte ich noch einmal.

»Weil ich eine Menge Kugeln brauchen werde«, entgegnete er.

»Wenn wir jetzt gehen, kannst du mit mir kommen. Wir können es beide schaffen.« Mir war klar, dass das eine Lüge war, doch ich fühlte mich genötigt, es trotzdem zu sagen.

Michael lächelte gequält mit der Zigarette zwischen den Lippen. »Tu mir einen Gefallen, Maria«, sagte er. Ich betrachtete die Falten in seinem Gesicht. Er wirkte müde. »Wenn du Christopher findest, erzähl ihm von mir«, bat er. Dann sah er mich ein letztes Mal an. »Tu, wozu ich nie in der Lage war. Sorg dafür, dass mein Leben etwas bedeutet.« Ich nickte. Meine Kehle war so trocken, dass ich kein Wort herausbrachte.

»Sind sie schon am Fuß der Treppe zu unserer Etage? Sie müssen ganz nah sein, damit das Licht sie blendet, wenn auch nur für eine Sekunde.« Deshalb hatten wir gewartet. Mir war klar gewesen, dass Michael einen Grund dafür gehabt hatte. Ich legte das Ohr an die Tür. Sie waren ganz nah. Ich nickte Michael zu, um ihn wissen zu lassen, dass es fast so weit war. Als ich nickte, läutete erneut die Glocke des Aufzugs. Sie waren überall.

»Wenn wir durch die Tür stürmen, läufst du nach oben«, sagte Michael. »Blick dich nicht um.« Ich hörte Schritte vom Aufzug auf uns zukommen. Es hätte noch so viel zu sagen gegeben, doch dafür war keine Zeit mehr. Da ich nicht wusste, was ich sagen sollte, beugte ich mich vor und küsste Michael auf die Wange. Er starrte auf seine Hände. Dann griff er nach der Türklinke. Sein Blick war eisern. Er hatte keine Angst, da er Angst nicht kannte. Michael stieß die Tür zum Treppenhaus auf und trat hindurch. Ich folgte ihm. Er drehte sich zu der Treppe, die nach unten führte, eine Pistole in jeder Hand, eine weitere in seinem Gürtel. Noch bevor ich durch die Tür gegangen war, fing er bereits an zu schießen und ließ einen Kugelhagel auf das Treppenhaus niedergehen. Ich blickte mich nicht um. Ich rannte. Ich rannte die Treppe hinauf, während hinter mir Schüsse widerhallten. Zunächst nur die von Michael, doch bevor ich das obere Ende der Treppe erreichte, stimmte in den Rhythmus seiner Pistolen ein ganzes Orchester von Schüssen ein. Ich kam bei der Tür am oberen Ende der Treppe an, warf mich mit meinem gesamten Gewicht dagegen und stürmte hindurch.

Es fühlte sich an, als sei ich in kaltes Wasser gesprungen. Die Luft im Freien war kühl und still. Auf dem Dach war es heller, hell genug, um ohne Taschenlampe sehen zu können. Ich wusste nicht, wie viel Zeit ich hatte, deshalb rannte ich zum Rand des Daches an der Vorderseite des Gebäudes. Von dort führte kein Weg nach unten – keine Feuerleiter, keine Möglichkeit, um zu springen. Die Straße unter mir war breit und von Gehwegen gesäumt. Als ich den Rand des Daches erreichte, warf ich einen Blick nach unten. Vier Männer in schwarzen Uniformen bewachten die Eingangstür. Ich wusste, dass die Rückseite des Gebäudes nicht viel besser war, was Fluchtwege anbelangte. Die Straße dort war schmaler, aber trotzdem zu breit, als dass ich hätte springen können. Ich warf einen Blick auf die Seiten des Gebäudes. Das Gebäude zu meiner Rechten war höher als das, auf dem ich stand. Es ragte über mir empor wie eine Mauer. Das Gebäude zu meiner Linken war dagegen um ein ganzes Geschoss niedriger als das, auf dem ich mich befand. Meine einzige Chance bestand darin, vom Dach und über die Lücke zwischen den beiden Gebäuden zu springen, wie ich es schon in so vielen Spielfilmen gesehen hatte. Ich lief zum Rand und sah hinüber. Der Abstand zwischen den Gebäuden betrug etwa zweieinhalb Meter. Noch vor einem Jahr wäre die Lücke zu groß gewesen. Ich hätte weder die Kraft noch den Mut besessen, um hinüberzuspringen.

Ich ging ein paar Schritte zurück, um Anlauf zu nehmen. Ich konnte kaum glauben, dass Michael sie noch immer aufhielt. Offenbar wussten sie nicht, wo ich mich befand. Offenbar suchten sie nicht nach mir. Ich dehnte meine Wadenmuskeln und machte mich bereit, um anzulaufen.

»Halt!«, rief eine Stimme hinter mir. Die Stimme gehörte einer Frau. Sie klang, als sei sie bewaffnet. Ich verspürte das Bedürfnis, zu meiner Pistole zu greifen, mich umzudrehen und zu feuern, als würde ich mich duellieren. Dann fiel mir ein, dass ich meine Pistole Michael gegeben hatte. Ich drehte mich langsam um.

Im Mondlicht sah ich das Gesicht der Frau. Es handelte sich um die Sicherheitsbedienstete aus dem Erdgeschoss, das erkannte ich an ihrer Uniform. Sie gehörte nicht zu den professionellen Killern, die auf den Alarm des toten Wachmanns reagiert hatten. Ich zog in Erwägung, wegzulaufen und zu hoffen, dass sie nicht den Mut besitzen würde, den Abzug zu betätigen. Wir sahen uns in die Augen. Ihre Pistole war direkt auf mich gerichtet. Mir war nicht klar, ob sie wusste, wie man schießt, aber sie wusste zweifellos, wie man zielt. Dann senkte sie ihre Pistole und trat einen Schritt auf mich zu. »Ich kenne Sie«, sagte sie mit spürbarer Überraschung in der Stimme. »Sie sind die Frau mit dem Baby.« *Die Frau mit dem Baby* – die Worte hallten in meinem Kopf nach. »Was machen Sie hier?«, fragte sie.

Ich versuchte, mich zu beruhigen. »Ich bin auf der Suche nach meinem Sohn«, sagte ich in der Hoffnung, dass sie selbst Kinder hatte. »Sie bewahren hier die Information auf, wo er sich befindet.«

Ich sah das Unbehagen in ihrem Blick. Ich spürte ihre Zweifel. »Was werden Sie tun, wenn Sie ihn finden?«, fragte sie, wie mich schon so viele Leute gefragt hatten.

»Ich werde ihn retten«, erwiderte ich.

»Wovor?« Sie kam noch einen Schritt näher und hob ihre Pistole wieder, bis sie auf meine Brust gerichtet war.

»Vor dem hier«, erwiderte ich. Wir hörten den Tumult im Inneren des Gebäudes, als die herbestellten Killer in der vierten Etage die Leiche des Wachmanns fanden. »Bitte lassen Sie mich gehen. Niemand braucht zu erfahren, dass Sie mich haben gehen lassen. Niemand braucht zu wissen, dass ich hier war.« Sie war mir inzwischen nahe genug, dass ich das Mitleid in ihrem Blick sehen konnte. Ich hatte vier Arbeitskollegen von ihr getötet oder zumindest mitgeholfen, sie zu töten, doch sie war eine Frau und vielleicht sogar selbst Mutter. Sie wusste, dass es in diesem Leben Dinge gab, die Mitleid mehr verdient hatten als der Tod.

Sie senkte ihre Pistole. »Gehen Sie«, sagte sie und flüsterte die Worte in die Nacht. Ich gab ihr keine Gelegenheit, es sich noch einmal anders zu überlegen. Ich drehte mich um und rannte zur Seite des Daches. Als ich am Rand ankam, sprang ich.

FÜNFUNDVIERZIGSTES KAPITEL

Am frühen Nachmittag bogen Addy und Evan schließlich vom Highway zu den Sümpfen ab. Sie waren im Morgengrauen in Atlanta losgefahren und noch immer mit dem Auto unterwegs, das sie der schreienden Frau mit Kind in Louisiana abgenommen hatten, wobei sie die Louisiana-Nummernschilder gegen Georgia-Kennzeichen ausgetauscht hatten. Die Fahrt hatte die meiste Zeit durch freies, flaches Land geführt, das mit Werbetafeln, Einkaufszentren und Golfplätzen übersät gewesen war. Erst auf dem letzten Stück der Strecke, Meilen von den Hauptstraßen entfernt, waren sie von dichten Wäldern eingehüllt und von Sumpfland umgeben. Hier, verborgen in den unzugänglichen Sümpfen zwischen den wuchernden Vorstadtgebieten von Florida, hofften sie, Addys alte Freunde zu finden. Reggies Stützpunkt befand sich irgendwo in diesen Sümpfen. Addy hatte diese Fahrt schon Hunderte Male gemacht. Oft hatte sie dabei, wie jetzt mit Evan, jemanden zum ersten Mal mitgebracht, um ihn mit seinem neuen Leben bekannt zu machen. Für diejenigen, die Addy ins Sumpfland mitnahm, war nichts mehr wie früher. Sie ließen ihr altes Leben zurück, ihre Angehörigen, ihre Freunde, ihre Bestimmung und setzten all ihre Hoffnung in Reggie und sie. Addy konnte sie sich nicht erinnern, jemals so nervös gewesen zu sein, wie sie es jetzt war. Nicht einmal beim ersten Mal, als sie die Fahrt unternommen hatte, hatte sie mit einer solchen Nervosität zu kämpfen gehabt. Damals war sie zu naiv gewesen, um Angst zu haben. Ihre Naivität hatte sie jedoch längst verloren.

Im Sumpfland war es heiß und schwül, noch heißer und schwüler, als es auf der offenen Straße gewesen war. Addy kurbelte ihr Fenster herunter und bat Evan, dasselbe zu tun. Dann schaltete sie die Klimaanlage des Wagens aus. Sie wollte in der Lage sein, alles zu hören. Sie hoffte, über den Sumpf hinweg Stimmen zu hören, wenn sie sich dem Stützpunkt näherten. Bei heruntergekurbelten Fenstern und ausgeschalteter Klimaanlage spürte Evan, wie ihm Schweißtropfen die Stirn hinunterliefen. Durch das geöffnete Fenster flog eine Mücke in den Wagen. Evan hörte sie an seinem Ohr vorbeisummen, bevor sie auf seinem Nacken landete. Er spürte den Mückenstich, bevor er mit der flachen Hand zuschlug und das Insekt auf seiner Haut zerquetschte. Dann zog er die Hand zurück. Die zerquetschte Mücke klebte an seiner Handfläche, umgeben von einem Ring aus Blut.

Die Hitze, die Moskitos und die Stille sorgten dafür, dass es Evan so vorkam, als seien sie bereits Dutzende Meilen gefahren, seit sie von der letzten asphaltierten Straße abgebogen waren. Bei der Geschwindigkeit, mit der Addy fuhr, wusste er jedoch, dass ihm seine Wahrnehmung einen Streich spielte. Sie konnten von Glück reden, wenn sie schon eine Meile zurückgelegt hatten. Hohes Tempo kam nicht mehr infrage. Addy steuerte den Wagen über einen schmalen, gewundenen Streifen festen Untergrunds, der sich über den angrenzenden Sumpf erhob und nicht viel breiter als das Auto war. Eine falsche Lenkbewegung hätte sie in den zähen Schlamm rutschen lassen, aus dem sie niemals wieder herausgekommen wären. In dem Sumpf, der sie umgab, wuchsen Bäume, deren Wurzeln in das schmutzige Wasser abtauchten. Evan blickte zum Fenster hinaus und suchte die Wasseroberfläche nach Bewegungen ab, sah aber nichts außer Libellen und Moskitos. Geräusche hörte er auch keine. Es gab nichts zu hören. Er fragte sich, wie lange es noch dauern würde, bis ihn das nervös machen würde. »Wie weit ist es noch?«, fragte er.

»Wir haben ungefähr die Hälfte«, entgegnete Addy, ohne ihn anzusehen. Er bemerkte die Anspannung in ihrer Stimme.

»Bist du sicher, dass das nicht gefährlich ist?«, fragte Evan.

Addy ignorierte die Frage und fuhr weiter. Komm schon, Evan, dachte sie. Du solltest doch wissen, dass du mir diese Frage nicht zu stellen brauchst.

Ein paar Minuten später stellte Evan fest, dass der Streifen festen Untergrunds unter ihrem Wagen breiter wurde. Sie näherten sich einer Art Insel im Sumpf. Nach dem Labyrinth, durch das sie soeben gefahren waren, fragte Evan sich, wie jemals jemand diesen Ort gefunden hatte. Er beschloss jedoch, Addy nicht mit weiteren Fragen auf die Nerven zu fallen.

George sah das Auto von Addy und Evan langsam aus dem Sumpf auftauchen, bevor Sam es entdeckte. Durch Georges Fernglas sah man besser als durch das Zielfernrohr von Sams Gewehr. Als er das Auto entdeckte, stieß er Sam an der Schulter an und deutete auf den ramponierten Wagen. Sam zielte sofort auf ihn und richtete den Sucher ihres Gewehrs auf das geöffnete Fenster der Fahrertür. George und sie saßen bereits seit acht Stunden auf dem Baum, ohne auch nur irgendetwas von Bedeutung gesehen zu haben. Das überraschte sie nicht. Diese Schicht war bereits ihre dritte zur Überwachung des Stützpunkts innerhalb einer Woche, und während der ersten beiden Schichten hatten sie auch nichts Unerwartetes entdeckt. Niemand hatte etwas entdeckt. Seit der Nacht der Razzien war alles ruhig. Während ihrer Schichten saßen Sam und George einfach nur in dem Hochsitz, der auf einen der Bäume in der Nähe des Stützpunkts genagelt worden war, und warteten lautlos.

George und Sam beobachteten, wie der Wagen anhielt. Zwei Leute stiegen aus. George musterte die beiden. Mit seinem Fernglas konnte er schneller von einem zum anderen wechseln als Sam mit dem Zielfernrohr ihres Gewehrs. George und Sam waren ausgebildet worden. Sie kannten ihre Rollen. Georges Aufgabe bestand darin zu beobachten. Sam hatte nur die Aufgabe zu zielen, bis sie das Kommando bekam.

»Sie sind zu zweit«, flüsterte George Sam zu. »Ein Mann und eine Frau. Sie sehen jung aus. Der Mann ist ungefähr eins achtzig und hat kurzes dunkles Haar. Die Frau ist wahrscheinlich zwischen eins dreiundsiebzig und eins fünfundsiebzig und hat langes rotes Haar.« Sam hielt ihr Gewehr auf das rote Haar der Frau gerichtet, dem man vor dem dichten grünbraunen Hintergrund des Sumpfes am besten folgen konnte. Durch das Zielfernrohr des Gewehrs ließ sich das Gesicht der Frau nicht genau erkennen. »Sie scheinen nicht zu ahnen, dass sie beobachtet werden«, fügte George hinzu.

Evan spürte, dass irgendetwas nicht stimmte, bevor er überhaupt begriff, was er sah. Bei dem Haufen von schwarzem, verkohltem Holz hatte es sich früher einmal um ein Gebäude gehandelt. Das wurde ihm jetzt bewusst. Das Fundament des Gebäudes nahm den größten Teil des festen Untergrunds der Insel im Sumpf ein. Von seinem Sitz im Wagen hatte es für Evan so ausgesehen, als sei das Fundament das Einzige, was von dem Gebäude noch übrig war. Ein paar Teile der Wände standen noch, aber selbst die wirkten, als würden sie jeden Moment zu einem Haufen Asche zusammenstürzen, da sie völlig verkohlt waren und unnatürliche Risse hatten, durch die Licht fiel. Bevor er etwas sagen konnte, stieg Addy aus.

Evan stieg ebenfalls aus und lief Addy hinterher. »Meinst du nicht, dass das gefährlich ist?«, rief er Addy zu, doch sie ignorierte ihn abermals und ging schnell auf die Überreste des Gebäudes zu. Sie joggte beinahe. Evan rannte hinter ihr her. Im Laufen sah er, dass das Gebäude viel größer gewesen sein musste, als er zunächst geglaubt hatte. Irgendwie war es demjenigen, der es erbaut hatte, gelungen, es trotz des umliegenden Sumpfes in die Tiefe zu bauen. Als sie bei dem Fundament des Gebäudes ankamen, sah Evan in die Grube hinunter. Bevor das Gebäude niedergebrannt war, war ein ganzes Geschoss unter der Erde begraben worden. Der größte Teil des Erdgeschosses war in das Untergeschoss gestürzt und hatte alles mit geborstenem, verbranntem Holz bedeckt. Als Evan in die Grube blickte, sah er halb verbrannte Schreibtische und versengte Stahl-Aktenschränke, deren leere Schubladen offen standen. »Mein Gott«, sagte er. »Wie groß war das Gebäude denn?«

»Mehr als dreißig von uns haben hier gearbeitet«, entgegnete Addy und kickte ein verkohltes Holzstück über das Fundament in die Grube.

George und Sam behielten ihre Zielpersonen im Visier und folgten dem Pärchen vom Auto zu den Überresten des Gebäudes. Ihre Anweisungen hätten nicht klarer sein können. Sie waren nicht da, um nur zu beobachten und Notizen zu machen. Sie hatten eine Mission. Zu dieser Mission gehörte, jeden Verdächtigen zu erschießen, der sich dem Stützpunkt näherte. Die Leichen sollten sie anschließend im Sumpf entsorgen. Ohne das Auge vom Zielfernrohr ihres Gewehrs zu nehmen, streckte Sam die Finger, um sie zu lockern und den Abzug zweimal in schneller Abfolge betätigen zu können. Je schneller sie vom ersten Ziel zum zweiten wechseln konnte, desto einfacher war es. Je weniger Zeit der zweiten Person blieb, um wegzulaufen, desto besser. »Gib mir das Kommando«, flüsterte sie George zu und legte den Zeigefinger wieder auf den Abzug.

»Was, denkst du, ist passiert?«, fragte Evan, der seine Neugier nicht mehr unterdrücken konnte. Er glaubte, es zu wissen. Er glaubte, es selbst erlebt zu haben. Es sah ganz danach aus, als hätten diejenigen, die hier gewesen waren, dieselbe Strategie verfolgt wie die Leute, die sie in Los Angeles überfallen hatten. Er warf einen Blick auf die Trümmer. Wer auch immer den Stützpunkt niedergebrannt hatte, hatte offenbar auch die Leichen entsorgt. Evan sah keinen Hinweis auf Leben in der Grube, nichts als alte Möbel und bröckelnde Wände.

»Da drüben«, sagte Addy und deutete auf die hintere Ecke des Gebäudes, »war Reggies Büro. Es hatte keine Fenster. Reggie hat immer gesagt, dass er sie nicht kommen sehen möchte, wenn sie ihn schließlich holen. Es muss ein Massaker gewesen sein.«

George streckte die Hand aus und legte sie Sam vorsichtig auf die Schulter. Sie verkrampfte sich. Es war lange her, dass sie das letzte Mal jemanden getötet hatte, doch sie war bereit zu schießen, erneut zu zielen und nochmals zu schießen. Töten verlernte man nicht. »Warte«, flüsterte George ihr zu. Er starrte das Pärchen noch immer gebannt durch sein Fernglas an. »Schieß nicht«, sagte er. »Schieß nicht«, wiederholte er, diesmal lauter.

Zum ersten Mal, seit das Auto angehalten hatte, nahm Sam das Auge vom Zielfernrohr ihres Gewehrs. »Komm schon, George«, flüsterte sie. »Was ist denn los?«

George packte den Lauf von Sams Gewehr und zog daran, sodass er irgendwohin zeigte, nur nicht auf die Zielpersonen. Sam warf George einen Blick zu, als frage sie sich, ob er verrückt geworden sei. George drückte ihr sein Fernglas in die Hand. »Ich glaube, das ist sie«, sagte er, wobei er seine Aufregung kaum unterdrücken konnte.

»Wer, die Rothaarige?«, fragte Sam.

»Vergiss die Haare. Sieh dir ihr Gesicht an. Das ist Addy«, sagte George.

Sam nahm Georges Fernglas, richtete es auf die rothaarige Frau und drehte an dem Einstellrad, um schärfer sehen zu können. Als Sam Addy das letzte Mal gesehen hatte, war ihr Haar braun gewesen. Sam und George wussten nicht, dass Addy sich das Haar gefärbt hatte, als sie sich der Revolution angeschlossen hatte. Doch das spielte keine Rolle: Addys Gesicht hatte sich nicht verändert. Sam wartete einen Moment, bis Addy sich in ihre Richtung drehte. Dann sah sie ihr Gesicht. »Sie ist es«, sagte Sam zu George und machte sich nicht mehr die Mühe zu flüstern. »Das ist Addy.«

Sie standen auf. »Addy!«, rief George so laut er konnte, als gäbe es nichts auf der Welt, vor dem man hätte Angst haben müssen. Er sprang in die Luft. »Addy!«, rief er noch einmal und schwenkte wild die Arme.

Addy hörte die Stimme, die von den Bäumen über den Sumpf an ihr Ohr drang. Obwohl es eigentlich unmöglich war, klang es, als würde jemand ihren Namen rufen. Wenn sie sich nicht so betäubt gefühlt hätte, nachdem sie die verbrannte Ruine des Stützpunkts angestarrt hatte, wäre sie so geistesgegenwärtig gewesen, Angst zu haben. Sie hätte Evan gepackt und wäre losgerannt, zurück zum Auto. Stattdessen hob sie den Kopf, blickte in die Richtung, aus der die Stimme gekommen war, und suchte die Bäume ab. Als sie sich umdrehte, rechnete sie beinahe damit, dass eine Kugel das Letzte sein würde, was sie zu Gesicht bekam. Doch anstelle einer Kugel sah sie in der Ferne eine Gestalt in Tarnbekleidung, die zwischen den Ästen eines Baumes zu stehen schien, auf und ab sprang und die Arme über dem Kopf schwenkte.

»Addy!«, rief George erneut.

Noch bevor Addy sich sicher war, dass sie nicht den Verstand verlor, rannte sie zum Rand der Insel, zum Rand des festen Untergrunds, und auf die Person zu, die ihren Namen gerufen hatte. Auf dem Baum befand sich noch eine zweite Person. Die beiden kletterten herunter. Die erste Person sprang, als sie sich noch etwa einen Meter über dem Sumpf befand, und landete mit einem Platschen im schmutzigen Wasser. Die zweite folgte kurz nach der ersten. Dann wateten die beiden Gestalten durchs Wasser, wobei sie die Knie so hoch wie möglich anhoben, um schneller voranzukommen. »Sam«, sagte Addy, als sie am Rand der Insel stand. Sie hatte eigentlich rufen wollen, brachte jedoch nur ein Flüstern heraus. »George«, sagte sie lauter, aber immer noch nicht laut genug, als dass die beiden sie über ihr eigenes Platschen hinweg hätten hören können. »Sam!«, rief sie schließlich laut genug, um sich Gehör zu verschaffen.

George hatte Sam im Wasser überholt und erreichte als Erster trockenen Boden. Er zog seine Stiefel aus dem Schlamm, packte Addy in einer wilden Umarmung und hob sie hoch. Als Sam bei den beiden ankam, tauchte sie in die Umarmung ein wie in Wasser, schlang die Arme um Addy und George und zog sie noch näher aneinander.

»Wir dachten, du wärst tot«, sagte George zu Addy, nachdem die drei sich schließlich aus ihrer Umarmung gelöst hatten. Addy antwortete darauf mit Tränen. Dieses Mal machte es ihr nichts aus zu weinen. Addy schlang die Arme abermals um George und presste ihn an sich wie ein verängstigtes Kind seinen Teddybären. In Addys Kopf türmten sich Fragen, unzählige Fragen. Wie waren die beiden entkommen, als der Stützpunkt überfallen wurde? Wer hatte noch fliehen können? War mit Reggie alles in Ordnung? Doch Addy beschloss, dass diese Fragen noch einen Moment warten konnten, zumindest bis sie wieder in der Lage war zu atmen.

SECHSUNDVIERZIGSTES KAPITEL

Ich habe keine Angst vor den Anderen – nicht mehr –, aber ich habe Angst. Ich habe so viel verpasst. Du bist jetzt alt genug, um deinen Namen zu verstehen, doch der Name, den du kennst, ist nicht der Name, den ich dir gegeben habe. Ich habe mir etwas vorgemacht, habe mir eingeredet, dass sich irgendetwas tief in dir an mich erinnern wird. Du bist alles für mich, und ich bedeute dir nichts. Ich kann dir nur eines versprechen, Christopher: Ganz egal, was passiert, ich werde dich immer lieben.

Ich habe noch zwei Tage in diesem Zug vor mir, zwei Tage, um mir zu überlegen, was ich zu dir sagen werde, wenn wir uns wiedersehen. Manchmal hole ich das Foto von deinem Vater heraus, das Michael mir gegeben hat, und starre es an. Irgendwann werde ich dir von deinem Vater erzählen. Eines Tages werde ich dir von Michael erzählen und von dem Opfer, das er für dich gebracht hat, ohne irgendeine Gegenleistung zu verlangen. Eines Tages werde ich dir erzählen, wer du wirklich bist. Im Moment bete ich einfach, dass du mich akzeptieren wirst.

SIEBENUNDVIERZIGSTES KAPITEL

Heute habe ich dich gesehen. Du bist schon so groß, eher ein kleiner Junge als ein Baby. Trotzdem habe ich dich sofort erkannt. Ich habe deinen Vater in dir erkannt. Die Ähnlichkeit ist nicht zu übersehen.

Du krabbelst schon richtig schnell. Und du stehst auf und machst Schritte, wenn du dich irgendwo festhalten kannst. Bis jetzt hast du noch nicht losgelassen, bist noch nicht ohne Hilfe gegangen. Vielleicht kann ich bei dir sein, wenn es so weit ist. Vielleicht kann ich bei dir sein und dich anfeuern, wenn du deine ersten mutigen Schritte machst.

Du wirkst glücklich. Du lachst die ganze Zeit. Gesund wirkst du ebenfalls. Eigentlich hätte ich nichts anderes erwarten sollen. Ich hätte wissen sollen, dass die Leute, die sich um dich kümmern, ihre Aufgabe gut machen würden. Dass sie dich großziehen würden wie ein ganz normales Kind. Dass sie versuchen würden, dich vor den unausweichlichen Schrecken deiner Zukunft zu schützen, bis du sechzehn bist. Und dass sie dann zur Seite treten würden, wenn Fremde dir beibringen zu hassen, wie sie es auch deinem Vater und Michael und Dorothy und Reggie und Palti und dem Jugendlichen, den dein Vater in Ohio getötet hat, und den Wachleuten in der Informationszelle und dem Lehrer in Philadelphia beigebracht haben. Wenn du sechzehn wirst, werden sie dich Tests machen lassen und entscheiden, ob du ein Killer wirst oder nur ein weiteres Rädchen im Getriebe. Ich weiß nicht, was schlimmer ist. Wie hat Michael es formuliert? *Wenn man ein Teil des Messers ist, kann man ebenso gut die Klinge sein.* So oder so wirst du dein Leben lang über die Schulter blicken und hoffen müssen, dass dich die Person hinter dir nicht verfolgt. Wenn die Frau, die sich um dich kümmert, dich ansieht, erkenne ich Liebe in ihrem Blick. Sie tut ihr Bestes. Aber ihr Bestes ist nicht genug für dich.

Sie haben sich wirklich Mühe gegeben, dich in dieser kleinen Ecke der Welt zu verstecken. Ich saß im Auto, als ich Mendocino in der Ferne auftauchen sah. Die Straße ragte über die felsige Küstenlinie hinaus und bot mir freie Sicht nach Norden. Die Ortschaft Mendocino bestand nur aus einigen Dutzend Häusern, zwischen denen ein paar Geschäfte und Hotels verstreut waren. Auf diese kleine Ortschaft zuzufahren, die von hohem, gelblichem Gras umgeben war, fühlte sich merkwürdig an, als würde man auf eine Prärie-Ortschaft aus einem Laura-Ingalls-Wilder-Roman zufahren, die auf eine abrupt in den Pazifischen Ozean abfallende Steilküste verpflanzt worden war. Als ich die Ortschaft sah, glaubte ich einen Moment lang, dass es sich bei der ganzen Sache um eine raffinierte Falle oder einen grausamen Scherz handeln müsse. Falls sie mich loswerden wollten, wäre das der perfekte Ort dafür gewesen. Ich umklammerte das Lenkrad fester und fuhr weiter. Du warst hier. Ich konnte es spüren.

Ich erreichte die Ortschaft am späten Nachmittag, als das Meer die Sonne bereits verschluckte. Mein Auto parkte ich an der Tankstelle am Ortsrand. Deine Adresse war in einem besonderen Teil meines Gehirns eingebrannt, in dem ich nur Dinge aufbewahrte, die mit dir zu tun hatten: der Anblick deines Gesichts, als ich dich zum ersten Mal gesehen hatte; wie sich dein Griff angefühlt hatte, wenn du meinen Finger umschlossen hieltest; der Klang deines Weinens, als sie dich mir weggenommen hatten.

Dich in einer so kleinen Ortschaft zu finden, war nicht schwierig. Ich entdeckte dich bereits nach einer Dreiviertelstunde. Du befandest dich in dem kleinen eingezäunten Vorgarten eines Hauses in der Nähe der Landzunge und spieltest auf einer Decke, die jemand für dich im Gras ausgebreitet hatte. Vor dir lagen ein paar Bücher und Spielzeug. In dem Garten befand sich auch eine Frau. Sie hatte krauses blondes Haar und braune Augen und war deutlich älter als ich. Sie hängte Wäsche aus einem Korb auf eine Leine. Die meisten Bekleidungsstücke gehörten dir, winzig kleine Strampelanzüge mit aufgedruckten Zeichentrick-Walen und -Eulen. Ich stand auf der schmalen unbefestigten Straße, tat so, als wäre ich unterwegs zur Landspitze, um mir den Sonnenuntergang anzusehen, und musste mich zwingen weiterzugehen. Ich kann dir gar nicht sagen, wie schwierig es war, gegen das Bedürfnis anzukämpfen, sofort zu dir zu laufen, dich in die Arme zu nehmen und mit dir wegzurennen. Die Frau war allein – ich hätte es schaffen können. Es zu schaffen, war jedoch nicht das Einzige, worauf es ankam. Ich konnte dich nicht einfach schnappen und mitnehmen. Ich habe eine ganze Liste von Dingen, die ich in Erfahrung bringen möchte, bevor ich dich mitnehme: was du am liebsten isst, womit du am liebsten spielst, zu welchen Zeiten du schläfst, welche Lieder du am liebsten magst. Ich befahl mir selbst, mir drei Tage Zeit zu lassen. Du hast in deinem Leben bereits genug schlimme Erfahrungen gemacht. Wenn ich dich zu mir zurückhole, möchte ich alles tun, was ich kann, um das Trauma zu lindern, erneut aus einer Familie gerissen zu werden. Ich ging an dir vorbei zum Meer. Du sahst nicht einmal zu mir auf. Du warst zu sehr mit einer Spielzeugtrommel beschäftigt.

Am Abend suchte ich mir einen Platz, an dem ich mich hinsetzen und dein Haus beobachten konnte, ohne entdeckt zu werden. Ich konnte in die erleuchteten Fenster sehen. Ich saß in der Dunkelheit und beobachtete dich beim Spielen, bis sie dich ins Bett brachten. Ich wünschte, ich wäre dir nahe genug gewesen, um dich lachen zu hören. Wenn du lachst, wackelt dein rundes Köpfchen auf deinem rundlichen Oberkörper, während du deine kleinen dicken Beinchen vor dir ausstreckst. Ich hätte dort bis an mein Lebensende sitzen bleiben und dich betrachten können, wenn mir jemand hätte versprechen können, dass sich nie etwas ändern würde und du für immer in Sicherheit und glücklich wärst. Das kann mir jedoch niemand versprechen. Du wirst älter werden. Deshalb muss ich dich retten.

Kurz nach sechs Uhr morgens, unmittelbar nachdem du aufgewacht bist, hast du ein Fläschchen bekommen. Meinem Buch zufolge wird es Zeit, dich von dem Muttermilchersatz zu entwöhnen, aber ich werde damit noch warten. Drei Stunden später hast du Haferbrei gegessen. Um halb eins gab es Mittagessen und um halb fünf Apfelmus als Zwischenmahlzeit. Von all den Sachen, die du bekommen hast, scheint Apfelmus eindeutig dein Favorit zu sein. Du hast geschrien, als sie es dir wegnehmen wollten, bevor du auch den letzten Rest davon gegessen hattest. Um sechs Uhr gab es dein Abendessen, Makkaroni mit Käse und zerkleinertem Brokkoli. Bevor du ins Bett gegangen bist, bekamst du noch ein Fläschchen. Um halb acht hast du schließlich geschlafen. Ich schreibe mir alles auf.

Im Lauf des Tages hast du zweimal geschlafen – beide Male für etwa anderthalb Stunden. Zuerst um zehn Uhr vormittags, dann noch einmal um drei Uhr nachmittags. Du hast eine Menge Windeln gebraucht. Ich muss Windeln kaufen.

Wenn sie dir Musik vorspielen, klatschst du in die Hände. Du lächelst. Dein Lächeln ist so süß, dass es mir beinahe das Herz gebrochen hätte. Ihretwegen habe ich dieses Lächeln beinahe ein Jahr lang verpasst.

Auf dem Rückweg zu meinem Hotel kam ich an einem beleuchteten Geschäft mit einer Schaufensterpuppe vorbei. Es handelte sich um eine Schaufensterpuppe ohne Kopf. Sie trug ein kurzes schwarzes Cocktailkleid. Ich weiß nicht, wie lange ich es anstarrte. Es war wunderschön. Ich versuchte mir vorzustellen, in welchem Leben jemand ein solches Kleid tragen würde. Ich selbst hätte es nur als Verkleidung getragen.

Noch zwei Tage, Christopher. Noch zwei Tage.

Ich lasse mir gerade ein Bad ein. Das Wasser ist heiß. Das ganze Badezimmer ist beschlagen. Ich möchte das Wasser so heiß haben, dass es wehtut, wenn ich hineinsteige. Ich möchte es so heiß haben, dass es ein paar Minuten dauert, bis ich mich wohl darin fühle. Ich wünsche mir beinahe, dass ich mich daran verbrenne.

Ich glaube, du hast mir heute gewunken. Leider bin ich mir nicht ganz sicher, da du allem zuwinkst. Morgen komme ich dich holen. Ich werde dich während deines Vormittagschlafs holen. Der Ehemann müsste zu dieser Zeit in der Arbeit sein. Da ich für meinen Leihwagen keinen Kindersitz habe, muss ich ihr Auto nehmen. Das ist für dich ohnehin angenehmer. Hoffentlich wirst du im Auto schlafen, und bis du wieder aufwachst, werde ich uns an einen sicheren Ort gebracht haben. Noch habe ich genug von Michaels Geld, damit wir uns verstecken können. Wenn alles klappt, werden wir bereits weit weg sein, bis sie in der Lage sind, Bericht zu erstatten.

Ich habe dich so sehr vermisst, Christopher. Ich kann es kaum erwarten, dich in die Arme zu schließen. Ich möchte dich nehmen und an mich drücken und küssen. Ich kann es kaum erwarten, dir zu zeigen, wie sehr ich dich liebe.

ACHTUNDVIERZIGSTES KAPITEL

Als Addy schließlich wieder in der Lage war zu sprechen, sprudelten nur Fragen aus ihr heraus. Evan hatte sich an die drei herangeschlichen, an Addy in ihren Jeans und ihrem schwarzen T-Shirt und an die beiden Fremden, die von Kopf bis Fuß in schlammbedeckter Tarnkleidung steckten. Obwohl er nur ein kleines Stück entfernt dastand, schien ihn niemand zu bemerken. Addy fragte die Fremden immer wieder, wie sie den Überfall überlebt hätten und ob sonst noch irgendjemand mit dem Leben davongekommen sei. Sie hatte jedoch erst die Hälfte ihrer Fragen gestellt, als George ihr ins Wort fiel. »Wir wurden nicht überfallen, Addy«, sagte er mit tiefer, sonorer Stimme.

Addy verstummte und starrte ihn verblüfft an. Einen Moment lang glaubte sie, sie hätte sich verhört, und sah Sam an. Sam bestätigte mit einem Nicken die Worte, die Addy kaum glauben konnte. »Was ist dann hier passiert?«, fragte Addy und deutete auf die verkohlten Ruinen des Stützpunkts.

»Wir haben das Gebäude selbst niedergebrannt«, erklärte Sam. »Reggie hatte das schon immer so geplant. Er hatte immer vorgehabt, es zu zerstören, um die Informationen zu schützen, falls wir es irgendwann einmal verlassen müssen. Auf diese Weise gelangt niemand an die Informationen über die Leute, die wir reingewaschen haben.«

»Also geht es allen gut?«, fragte Addy. »Reggie geht es gut?«

Sam nickte. »Allen geht es gut.«

»Was macht ihr dann hier?«

»Reggie hat uns hierhergeschickt«, entgegnete George. »Wir haben Ausschau nach dir gehalten. Reggie war davon überzeugt, dass du zurückkommen würdest. Er wollte sichergehen, dass jemand auf dich wartet.«

Einen Moment lang war Addy sprachlos. Sie hatte das Gefühl, auf den Arm genommen zu werden. »Wenn ihr nach mir Ausschau gehalten habt, was hat es dann mit der Waffe auf sich?«, fragte Addy und deutete auf das Gewehr, das über Sams Schulter hing. Sie hatte noch nie gesehen, dass jemand vom Untergrund ein solches Gewehr bei sich trug. Hatte sich in den Wochen ihrer Abwesenheit so viel geändert?

»Falls irgendjemand anders als du hier aufgetaucht wäre, hätten wir ihn erschießen sollen«, erklärte Sam.

Addy spürte, wie ein Moskito sie in den Arm stach, doch das war ihr egal. Sie ignorierte es. »Wer hat euch das gesagt?«, fragte sie.

»Befehl von Reggie«, antwortete Sam. In den Wochen von Addys Abwesenheit hatte sich tatsächlich eine Menge geändert. Sie hatte Reggie nie einen solchen Befehl geben hören. Manchmal verlief nicht alles nach Plan, wenn jemand aufgegriffen wurde, und es kam zu Blutvergießen, allerdings niemals auf Befehl. Addy war sich nicht sicher, ob sie stolz oder angewidert sein sollte. »Es wird ernst«, versicherte ihr Sam. Sie klang angespannt und entschlossen.

»Alle schließen sich zusammen, Addy«, erklärte George. »Wir wollten dich eigentlich suchen und es dir sagen, aber nachdem wir von den Razzien in Los Angeles gehört hatten, glaubten alle außer Reggie, du wärst tot.«

»Was meinst du mit ›Alle schließen sich zusammen‹?«, wollte Addy von George wissen.

»Alle«, wiederholte George. Er klang ernster, als Addy ihn jemals erlebt hatte. »Der Untergrund. Die Rebellen. Alle. Sämtliche Lager. Überall. Das ist eine globale Sache. Die Leute kriechen aus ihren Löchern. Das wird der finale Vorstoß. Wir werden endlich versuchen, den Krieg zu beenden.« Addys Herz fing an, so fest zu schlagen, dass sie ihren Puls in den Fingerspitzen spüren konnte.

»Du hast recht gehabt, was das Kämpfen anbelangt, Addy«, sagte Sam, als George fertig war. »Nur dein Timing hat nicht ganz gestimmt.«

Addys Blick wanderte noch immer zwischen George und Sam hin und her. Sie wartete darauf, dass einer der beiden plötzlich grinste oder lachte, damit sie sich sicher sein konnte, dass all das nur ein schräger Witz war. Keiner von beiden schmunzelte. Keiner von beiden verzog auch nur eine Miene. Sie meinten es ernst. »Wie ist das alles möglich?«, fragte Addy. Es war ein Wunschtraum, alle, die gegen den Krieg waren, letzten Endes dazu zu bringen, gemeinsame Sache zu machen. Es war unmöglich.

»Christopher«, sagte George. »Es liegt nur an Christopher. Er bringt alle zusammen.«

»Christopher?«, fragte eine Stimme von außerhalb des Kreises. Sie gehörte Evan. Er hatte die ganze Zeit schweigend zugehört. »Wisst ihr, wo Christopher ist? Wisst ihr, ob es ihm gut geht?«

Alle drei – Addy, George und Sam – blickten auf, als Evan zu sprechen begann, als wäre er eben erst aufgetaucht. Addy hatte ein schlechtes Gewissen. Sie hatte völlig vergessen, dass Evan da war. »Evan?«, fragte sie überrascht. Dann sammelte sie sich. »Evan, das sind Sam und George«, stellte Addy die drei einander vor. »Ich habe früher hier mit ihnen gearbeitet. Sie gehören dem Untergrund an.«

Evan streckte die Hand aus, und George und Sam schüttelten sie nacheinander. »Du bist der Junge aus den Nachrichten«, sagte George, der Evans Gesicht von den Fotos erkannte.

»Er ist mit mir gekommen«, erklärte Addy. Sie trat zu ihm und berührte ihn am Ellbogen. »Glaubt nicht alles, was ihr in den Nachrichten seht.«

»Das habe ich noch nie getan«, sagte George mit einem Lachen. Addy überlegte, ob sie den beiden erzählen sollte, wer Evan war. Sie überlegte, ob sie ihnen sagen sollte, dass Evan mit Christopher aufgewachsen und dessen engster Freund gewesen war. Doch sie entschied sich dagegen. Evan würde ohnehin Schwierigkeiten haben, sich einzugewöhnen, auch ohne weitere Fragen nach Christopher beantworten zu müssen.

»Also, wisst ihr, wo Christopher ist?«, fragte Evan noch einmal.

»Ja«, erwiderte George und sah ihm dabei direkt in die Augen. »Er ist bei Reggie.« Addy erschrak so sehr, dass sie hörbar nach Luft schnappte. George drehte sich zu ihr und bestätigte ihr durch ein

Nicken, dass er die Wahrheit sagte. »Reggie hilft Christopher. Die beiden arbeiten zusammen, um sicherzustellen, dass alle bereit für den Aufstand sind.«

NEUNUNDVIERZIGSTES KAPITEL

Es ist vorbei. Vorerst ist es vorbei. Vielleicht hätte ich dich doch einfach packen und mit dir wegrennen sollen.

Ich kam kurz nach neun Uhr morgens bei dem Haus an und begab mich an dieselbe Stelle, von der ich dich schon in den vergangenen drei Tagen heimlich beobachtet hatte. Von dort hatte ich freie Sicht ins Haus, war aber trotzdem weitgehend verborgen. Ich konnte dich sehen, aber niemand im Haus konnte mich sehen. Es war sonnig. Später würde es heiß werden, trotz der Nähe zum Meer. In einer Stunde würdest du dich für deinen Vormittagsschlaf hinlegen. Mein Plan war, dich aus dem Haus zu holen, kurz nachdem du eingeschlafen warst, damit du zu müde wärst, um zu begreifen, was vor sich ging. Ich hoffte, dass du schließlich bei mir aufwachen und denken würdest, die vergangenen elf Monate wären nur ein langer Albtraum gewesen.

Ich saß da und griff in meinen Rucksack, um meine Glücksbringer-Zigaretten herauszuholen. Die Schachtel war inzwischen geöffnet, doch es fehlte nur eine Zigarette. Ich nahm eine weitere Zigarette aus der Schachtel und steckte sie mir zwischen die Lippen. Dann zündete ich sie an. Ich hatte nicht mehr geraucht seit… sieben Monaten? Acht? Ich rauchte etwa ein Viertel der Zigarette. Dann kam ich mir plötzlich dumm vor, sogar lächerlich, und ich warf die kaum gerauchte Zigarette auf den Boden und trat sie aus. Es gab bereits genug alberne Rituale auf der Welt. Ich brauchte nicht noch eines zu erfinden.

Du begannst deinen Vormittagsschlaf mit etwas Verspätung. Sie legte dich erst um halb elf in dein Kinderbett. Zuerst hast du geweint und dich in deinem Bett hin und her gewälzt, bevor du schließlich doch einschliefst. Ich konnte durch das offene Fenster in dein Bett sehen und beobachten, wie du aufhörtest, dich zu winden, deine Atmung ruhiger wurde und deine winzige Brust sich langsam und gleichmäßig hob und senkte. Das war der Zeitpunkt, an dem ich beschloss, dass es Zeit war, dich zu holen.

Die Eingangstür des Hauses war nach Süden ausgerichtet, mit Blick auf die Felsen und das dahinterliegende Meer. In der Luft hing der stetige Geruch von Salzwasser. Ich ging um das Haus und auf die Eingangstür zu und klopfte drei Mal fest. Die Ironie entging mir nicht, als ich mich an das Geräusch des Klopfens an der Tür an dem Tag erinnerte, an dem sie mir dich weggenommen hatten. Das hier war es jedoch etwas anderes. Ich holte mir nur zurück, was mir gehörte.

Ich klopfte. Dann wartete ich und lauschte. Ich hörte ein Rascheln auf der anderen Seite der Tür. Als ich das letzte Mal durchs Fenster geblickt hatte, hatte die Frau in der Küche Geschirr aufgeräumt. Sie reagierte zunächst nicht auf mein Klopfen, doch ich wusste, dass sie mich gehört hatte. Ich klopfte nicht noch einmal, da ich nicht zu ungeduldig wirken wollte. Stattdessen wartete ich. Schließlich hörte ich, wie sie Geschirr auf der Küchenanrichte abstellte. Ich hörte ihre Schritte, als sie zur Tür ging. Ihre Schritte waren langsam und ängstlich. Sie schob den Vorhang an dem Fenster neben der Haustür beiseite und spähte nach draußen. Dabei sah sie nur mich, das kleine, harmlose Mädchen. Als die Anderen gekommen waren, um dich mir wegzunehmen, hatten sie fünf schwer bewaffnete Männer geschickt. Der Vorhang ging wieder zu. Sekunden später öffnete die Frau die Tür.

»Kann ich Ihnen helfen?«, fragte sie. Sie hatte die Tür nur einen Spaltbreit geöffnet, gerade weit genug, um hinaussehen zu können, und versperrte mir mit ihrem Körper die Sicht ins Haus. Bekleidet war sie mit einer weißen Leinenhose und einer luftigen, rötlich gelben Bluse mit verdeckter Knopfleiste.

»Entschuldigen Sie«, sagte ich. »Ich möchte einen Spaziergang zur Landspitze machen und wollte Sie fragen, ob ich vielleicht kurz Ihre Toilette benutzen dürfte. Es geht auch ganz schnell.«

Die Frau warf einen Blick über die Schulter ins Haus, ohne die Tür weiter aufzumachen. Sie sah zu deinem Zimmer. Dann schüttelte sie den Kopf. »Mein Baby schläft«, sagte sie. »Ich möchte ihn wirklich nicht aufwecken.« *Mein Baby*, hatte sie gesagt.

»Ich bin auch ganz leise«, sagte ich. »Versprochen.« Ich wippte auf den Zehenballen, um meine Lüge besser zu verkaufen.

Die Frau sah mich lange an, als würde sie in ein dunkles Loch spähen. »Kenne ich Sie von irgendwoher?«, fragte sie. »Sie kommen mir bekannt vor.«

Ich schluckte und überlegte, was ich sagen könnte außer: *Natürlich erkennen Sie mich. Sie sehen mich jeden Tag, wenn Sie Ihren Sohn ansehen.* »Ich mache hier im Ort Urlaub«, sagte ich zu ihr. »Vielleicht haben Sie mich auf der Straße gesehen.«

Sie starrte mich nach wie vor an. Offenbar war ihr bewusst, dass sie noch etwas anderes erkannte. Sie warf abermals einen Blick in Richtung deines Zimmers. Einen Moment lang befürchtete ich, sie würde eins und eins zusammenzählen. »Ich muss wirklich dringend auf die Toilette«, sagte ich, um ihren Gedankengang zu unterbrechen. »Anschließend bin ich sofort wieder weg.«

Sie wollte die Tür nicht aufmachen. Sie war nervös. Ich machte sie nervös. Sie blickte an mir vorbei auf die Straße, auf die anderen Häuser, um zu sehen, ob irgendjemand da war, der ihr zu Hilfe eilen würde, wenn sie schrie. Die Straße war leer, doch ich war klein und wirkte harmlos. »Also gut«, sagte sie schließlich und machte die Tür weiter auf. »Aber seien Sie bitte leise. Die Toilette ist am Ende des Flurs.« Sie deutete auf die Toilette ihres Mannes auf der anderen Seite des Hauses, weg von dir.

»Danke«, sagte ich und lief mit leisen Schritten an ihr vorbei. Auch ich wollte dich nicht aufwecken. Vermutlich noch weniger als sie. Ich ging in die Toilette und schloss die Tür hinter mir. Dann legte ich meinen Rucksack ab, griff hinein und holte das restliche Klebeband heraus. Mein Messer hatte ich an der Taille befestigt. Bevor ich wieder aus der Toilette hinausging, betrachtete ich mich im Spiegel. Eine kurzhaarige, müde wirkende Frau starrte mich mit grimmigem Blick an. Ich betätigte die Spülung. Dann drehte ich den Wasserhahn auf und spritzte mir kaltes Wasser ins Gesicht. Es war so weit. Ich atmete tief ein und machte mir Mut. Dann trat ich mit dem Klebeband in der linken Hand wieder durch die Tür.

Sie wartete unmittelbar vor der Toilettentür auf mich. Eigentlich hätte sie eine Waffe haben sollen. Wenn sie eine Soldatin gewesen wäre, hätte sie eine Waffe gehabt. Sie war aber keine Soldatin. Sie war eine Verzehnterin. Ihr Ehemann und sie bezahlten jeden Monat mit einem Scheck für den Krieg. Deshalb brauchten sie nicht zu kämpfen. Sie kauften sich frei. Sie wusste genug, um Angst zu haben, aber nicht genug, um etwas dagegen zu unternehmen. Als ich durch die Tür trat, warf sie einen Blick auf meine Hände und bemerkte das Klebeband. Dann hob sie den Kopf und sah mir wieder ins Gesicht. »Was wollen Sie?«, fragte sie leise und mit bebender Stimme.

»Ich bin keine von den Anderen«, sagte ich zu ihr. Es spielte keine Rolle, ob mit den *Anderen* die Seite deines Vaters gemeint war oder ihre. Ich hatte mich inzwischen daran gewöhnt, den Begriff die *Anderen* austauschbar zu verwenden. Für mich waren die *Anderen* diejenigen, die wirklich glaubten, ganz egal, auf welcher Seite sie standen. »Ich bin nicht hier, um Ihnen etwas anzutun.«

Sie wich vor mir zurück und ging langsam rückwärts zur Küche. »Wozu sind Sie dann hier?«, fragte sie. Sie würde bald losrennen. Das spürte ich. Sie würde sich umdrehen und losrennen, und ich würde sie verfolgen, fangen, überwältigen und zum Schweigen bringen müssen – und das alles, ohne dich aufzuwecken.

»Wissen Sie immer noch nicht, warum ich Ihnen bekannt vorkomme?«, fragte ich, obwohl ich genau wusste, dass ich ihr schlimmster Albtraum war. Sie hätte es sicher vorgezogen, wenn ich eine von den Anderen gewesen wäre. Hätte ich zu den Anderen gehört, wäre sie so gut wie tot gewesen, doch für *ihr Baby* hätte keine Gefahr bestanden.

»Nein«, sagte sie. Sie starrte mich an und versuchte, die Puzzlestücke zusammenzufügen.

»Ich bin wegen Christopher hier«, sagte ich. Ich versuchte, sie einzuholen, schneller auf sie zuzugehen, als sie vor mir zurückweichen konnte.

»Wer?«, fragte sie. Sie hatten ihr nie deinen richtigen Namen genannt.

»Mein Sohn«, sagte ich und blickte über ihre Schulter zu deinem Zimmer.

Da begriff sie. Sämtliches Leben wich aus ihrem Gesicht. »Nein.« Sie schüttelte den Kopf. »Das können Sie nicht tun. Das können Sie nicht tun.«

»Ich werde ihm nichts antun«, sagte ich, da ich plötzlich das Bedürfnis verspürte, sie zu trösten. »Ich bin hier, um ihn zu retten.«

»Um ihn wovor zu retten?«, fragte sie mit vor Panik schriller Stimme.

Ich überlegte, wie ich diese Frage diesmal beantworten sollte. Sie hatte die schmerzhafte Wahrheit verdient. »Vor Ihnen«, erklärte ich. Bevor sie sich umdrehen und weglaufen konnte, hob ich die Stimme, um sie aufzuhalten. »Es hat keinen Sinn wegzulaufen«, sagte ich. »Ich erwische Sie.« Ich betrachtete sie. Ihre Haut hing schlaff an ihren Muskeln. Sie war auf das nicht vorbereitet. »Sie haben sich fast ein Jahr lang um meinen Sohn gekümmert«, sagte ich zu ihr. »Möchten Sie wissen, was ich die ganze Zeit gemacht habe?« Ich wartete nicht auf ihre Antwort. »Ich habe trainiert.« *Alles, was man tut, ist eine Übung für das, was man als Nächstes tun wird.*

Sie rannte weg. Sie wirbelte herum und sprintete zur Küche. In der Küche hatten sie Messer. Vielleicht befand sich dort auch eine Pistole. Ich rannte ihr hinterher und zog im Laufen mein Messer. Als ich ihr nahe genug war, trat ich einen ihrer Füße unter ihr weg. Sie stürzte. Während sie fiel, wickelte ich ein langes Stück Klebeband ab und schnitt es mit dem Messer durch. Sie schlug mit einem lauten Krachen hart auf dem Fußboden auf und drehte sich sofort zu mir um. Ich verlor keine Zeit, warf mich auf sie und bohrte ihr die Knie in die Brust. Sie sah mein Messer. Bevor sie die Chance hatte zu schreien, legte ich ihr das Klebeband quer übers Gesicht, sodass es ihren Mund bedeckte. Sie riss eine Hand hoch und versuchte mich zu schlagen, doch ich packte ihre Hand in der Luft. Dann stand ich auf, verdrehte ihr das Handgelenk und zwang sie, sich umzudrehen. Sie fing an zu weinen, versuchte, durch das Klebeband hindurch zu schreien, und zitterte am ganzen Körper. Das Klebeband erstickte ihr Schreien zu einem tiefen, leisen Stöhnen. Sobald sie auf dem Bauch lag, drückte ich ihr ein Knie in den Rücken und packte ihre andere Hand. Ich hielt mein Messer und ihr Handgelenk in einer Hand und gab mir Mühe, sie nicht zu schneiden. Dann fesselte ich ihr die Hände hinter dem Rücken mit Klebeband, genau wie dem Wachmann in der Informationszelle. Als ich damit fertig war, fesselte ich ihr die Füße. Ich konnte es mir nicht erlauben, dass sie aufstand und flüchtete – nicht in dieser Ortschaft und nicht mit hinter dem Rücken gefesselten Händen und zugeklebtem Mund. Ich arbeitete schnell und effizient. Nachdem ich mir sicher war, dass sie sich nicht mehr bewegen konnte, lauschte ich. Im Haus war es still. Du schliefst noch.

Dann drehte ich sie abermals um und schob sie an die Wand. Ihre Augen waren gerötet, und Tränen strömten ihr übers Gesicht. Ich erinnerte mich daran, wie sich das anfühlte. Ich erinnerte mich daran, wie ich auf dem Boden gelegen und mir gewünscht hatte, sie würden mich erschießen und von meinem Elend erlösen, damit ich nicht mit ansehen musste, wie sie dich mitnahmen. Ich blickte der Frau in die Augen. »Ich weiß, dass Sie ihn lieben«, sagte ich. »Und ich weiß es zu schätzen, dass Sie ihn gut behandelt haben. Aber Sie wollten ihn zu einem Killer machen und ihn lehren zu hassen.« Sie schüttelte den Kopf und versuchte das abzustreiten, von dem sie wusste, dass es sich um die Wahrheit handelte. »Und er ist mein Sohn«, fügte ich mit mehr Nachdruck hinzu. »Sie hatten kein Recht, ihn zu sich zu nehmen.«

Ich stand auf, nahm einen Küchenstuhl und zog ihn zu ihr. Dann hob ich sie hoch und setzte sie auf den Stuhl. Sie versuchte, mir durch das Klebeband etwas zu sagen, doch ich ignorierte sie. Ich wickelte weiteres Klebeband um ihren Körper, um sie an den Stuhl zu fesseln. Dann ging ich nach draußen. Hinter ein paar Sträuchern vor der Haustür hatte ich eine große Reisetasche versteckt. Ich packte die Tasche und ging wieder ins Haus. Die Frau kämpfte gegen das Klebeband an, machte jedoch keine Fortschritte. Ihre Brust hob und senkte sich, während sie weinte. Ich machte mir Sorgen, dass sie womöglich hyperventilieren würde, doch dagegen konnte ich wenig tun. Ich hatte nicht vor, das Klebeband entfernen, und sie wäre ohnehin nicht in der Lage gewesen, ihre Atmung zu kontrollieren. Mit der Reisetasche in der Hand fing ich an, Dinge einzusammeln – Dinge, die sie ohnehin nicht mehr brauchen würden. Ich wusste, wo sie deine Windeln aufbewahrten, deine Bekleidung, deine Fläschchen, deine Schnuller. Ich sammelte alles ein, was ich sie in den vergangenen drei Tagen hatte benutzen sehen, und warf es in meine Tasche. Ich wollte genug mitnehmen, um zwei Tage über die Runden zu kommen. Anschließend konnte ich meine Vorräte selbst wieder aufstocken. Das Letzte, was ich mir schnappte, waren die Autoschlüssel, die neben der Haustür an einem Haken an der Wand hingen.

Ich rannte hinaus zum Wagen, öffnete den Kofferraum und warf die Tasche hinein. Dann ging ich zurück ins Haus, um dich zu holen. Wenn ich doch nur ein paar Sekunden schneller gewesen wäre. Ich lief zwei Schritte in Richtung deines Zimmers, dann hörte ich von draußen ein Geräusch: blockierende Reifen. Ich warf einen Blick hinaus und sah ein Auto schlingernd in die Zufahrt einbiegen und geräuschvoll anhalten. Er war zurückgekommen. Der Ehemann war zurückgekommen. Eigentlich hätte er in der Arbeit sein sollen. Sie musste ihn angerufen haben, während ich auf der Toilette war. Sie musste angenommen haben, ich sei eine von den Anderen. Aber warum war sie dann dageblieben? Sie war dageblieben, um dich zu beschützen. Obwohl sie die Regeln kannte, obwohl sie wusste, dass die Anderen dir nichts antun durften, obwohl sie sich darüber im Klaren war, dass sie nicht kämpfen konnte, war sie geblieben, um dich zu beschützen.

Ich sah ihn durch die weißen Vorhänge der vorderen Fenster aus dem Wagen steigen. Er hatte eine Pistole in der Hand. Er schlug die Autotür hinter sich zu und rannte auf das Haus zu, ohne stehen zu bleiben, um zu überlegen oder zu planen. Er rannte Hals über Kopf ins Verderben. Ich kann nur darüber spekulieren, was sie in den Sekunden, während ich auf der Toilette war, im Flüsterton gesagt haben mochte: *Eine von den Anderen ist hier. Ich beschütze unser Baby. Ich liebe dich.* Für viel mehr als das war keine Zeit gewesen. Er rannte in der Hoffnung zur Haustür, dass er noch rechtzeitig gekommen war, um sein Kind zu retten und, wenn er großes Glück hatte, auch seine Frau. Alles wäre kein Problem gewesen, wenn er nicht die verdammte Pistole gehabt hätte. Vor ihm hatte ich keine Angst, aber ich hatte Angst vor der Pistole. Ich hielt noch das Klebeband in der einen Hand und mein Messer in der anderen und versteckte mich hinter einer Ecke, an der er vorbeigehen musste, bevor er seine an den Stuhl gefesselte Frau sehen würde. Dort konnte ich ihn überrumpeln.

Die Haustür flog auf, und der Mann schrie: »Maggie!«, als er über die Schwelle ins Haus stürmte. Ich hörte die Panik in seiner Stimme. Er hätte vorsichtiger sein sollen, doch warum sollte man von jemandem erwarten, dass er vorsichtig war, wenn er davon ausging, dass er alles auf der Welt, was ihm etwas bedeutet, bereits verloren hat? Ich sage dir, Christopher, dass du in den Momenten, in denen du mit dem Schlimmsten rechnest, die Augen vor allem verschließen musst, von dem du weißt, es ist wahr, und einfach glauben musst – glauben, dass alles funktionieren wird; glauben, dass deine Feinde verdient haben, was ihnen zustößt; glauben, dass dich niemand aufhalten kann; glauben, dass du im Recht bist. Wenn du in diesen Momenten nicht an all das glauben kannst, wirst du in Stücke gerissen.

Die Frau konnte mich von dem Stuhl aus sehen, an den sie gefesselt war. Sie sah mich mit dem Rücken an der Wand und meinem Messer in der Hand dastehen. Ihr Blick huschte zwischen mir und dem Hausflur hin und her. Ich würde an ihren Augen erkennen können, wann ihr Ehemann in ihr Blickfeld trat. Sie versuchte, das Klebeband auf ihrem Mund zu lockern. Ich sah, wie sie verzweifelt mit der Zunge dagegendrückte. Sie wollte ihren Mann warnen, es gelang ihr jedoch nicht. Ich hörte Schritte auf uns zukommen. Dann rief der Mann noch einmal: »Maggie!« Dieses Mal hörte ich sowohl Panik als auch Erleichterung in seiner Stimme. Als er ihren Namen rief, weiteten sich die Augen der Frau vor Entsetzen. Ihr Mann bemerkte es nicht, weil er zu froh war, dass sie noch lebte. Er stolperte auf sie zu und fiel vor ihr auf die Knie. Ich machte einen lautlosen Schritt auf seinen Rücken zu und hielt mein Messer bereit. Er streckte die Hand aus, um das Klebeband vom Mund seiner Frau zu entfernen. Das durfte ich nicht zulassen. Sie würde schreien. Ich musste mich entscheiden, was ich tun würde. Als der Mann das Ende des Klebebands mit den Fingern zu fassen bekam, trat ich ihm hart in die Niere.

Er kippte nach vorn und auf die Seite und drehte sich im Fallen auf den Rücken, ohne dabei die Pistole loszulassen. Dann krabbelte er wie ein Krebs auf allen vieren rückwärts zur Wand, während er zu begreifen versuchte, was vor sich ging. Schließlich fiel sein Blick auf mich, als ich mit meinem Messer auf ihn zutrat. Ich hatte ein Messer, er hatte eine Pistole. Eigentlich hätte die Sache klar sein müssen. Er rappelte sich auf und richtete seine Pistole auf mich, aber ich hatte trotzdem keine Angst. Er war ein Verzehnter. Er tötete Menschen mit seinem Geld, nicht mit seinen Händen. Ich trat näher auf ihn zu. Er wich zurück. »Weg mit der Pistole«, befahl ich ihm.

Zunächst reagierte er nicht. Ich wiederholte: »Weg mit der Pistole«, und fügte dieses Mal hinzu: »Dann passiert niemandem etwas.« Ich musste ihn ebenfalls fesseln. Nur so konnte ich sicherstellen, dass ich aus Mendocino würde verschwinden können.

Er schüttelte den Kopf. Die Pistole zitterte in seiner Hand. »Nein«, sagte er so bestimmt, wie er konnte. Doch er war nicht stark. Ich war stark.

»Ich bin nur wegen meines Sohnes hier«, sagte ich. »Mit Ihnen und Ihrer Frau will ich nichts zu tun haben.« Er verstand, was ich ihm sagte, zählte eins und eins schneller zusammen, als seine Frau es getan hatte. Er warf ihr einen Blick zu, als warte er auf Instruktionen. Sollte er aufgeben, um sie und sich zu retten, oder sollte er kämpfen? Seine Frau schüttelte energisch den Kopf. Sie war bereit, für dich zu sterben.

Wenn ich nicht schnell handelte, würde er schließlich den Mut aufbringen zu schießen. Es war wie bei einem Damm in einem Fluss. Je mehr Zeit verging, desto höher wurde der Druck auf den Damm. Letzten Endes wurde er überflutet oder brach. Wenn der Mann seine Pistole nicht sinken ließ, würde ich ihn töten müssen. Ich wollte ihn nicht töten, Christopher, aber ich war bereit zu tun, was ich tun musste. Dein Vater hatte den Versuch, dich zu retten, mit dem Leben bezahlt. Michael, der dich nicht einmal gekannt hatte und der weitaus mutiger gewesen war als der Mann vor mir, hatte den Versuch, dich zu retten, mit dem Leben bezahlt. Warum sollte dieser Mann nicht ebenfalls sterben? Warum sollte für ihn eine Sonderregelung gelten? Michaels

Worte hallten in meinem Kopf wider: *Tu, wozu ich nie in der Lage war. Sorg dafür, dass mein Leben etwas bedeutet.* Nichts würde mich davon abhalten, dich zu retten.

Als der Blick des Mannes wieder von seiner Frau zu mir zurückkehrte, war ich nur noch Zentimeter von seiner Hand entfernt, in der er die Pistole hielt. Bevor er reagieren konnte, packte ich die Pistole mit der linken Hand und drückte sie von mir weg. Dann stach ich ihm mit meinem Messer ins Handgelenk, um ihn zu zwingen, die Pistole loszulassen. Er stieß einen tiefen, kehligen Schrei aus. Blut schoss aus seinem Handgelenk, das er mit der seltsamen Distanziertheit von jemandem anstarrte, der es nicht gewohnt ist, sein eigenes Blut zu sehen. Ein Teil davon geriet auf mein T-Shirt. Ich wollte nicht noch mehr von seinem Blut an mir haben. Wenn ich dich mitnahm, wollte ich nicht mit dem Blut der Leute bedeckt sein, die du für deine Eltern hieltst. Ich hatte dich bereits zuvor mit Blut bedeckt gesehen: mit meinem, als du auf die Welt kamst, und mit dem deines Vaters, als sie dich mir wegnahmen. Ich wollte das nie wieder sehen. Michael hatte mir gesagt, dein Vater habe seine Opfer immer erwürgt, weil das eine saubere Sache sei. Wenn man es richtig machte, war es auch leise. Messer waren eine blutige Angelegenheit. Ich warf mein Messer weg. Pistolen waren laut. Ich warf meine Pistole ebenfalls weg. Dann rollte ich ein Stück Klebeband von knapp einem Meter Länge ab. Es ertönte ein ratschendes Geräusch, da die Rolle fast zu Ende war. Ich hätte ohnehin nicht mehr genug Klebeband gehabt, um den Mann zu fesseln.

Er starrte noch immer sein Blut an, als ich rasch hinter ihn trat. Meine Gedanken und mein Handeln verschmolzen miteinander, und ich führte alle Bewegungen in dem Augenblick aus, in dem mir der jeweilige Gedanke durch den Kopf schoss. Sobald ich hinter ihm stand, wickelte ich mir die Enden des Klebebandstreifens um die Hände. Dann hob ich das Klebeband über seinen Kopf, mit der nicht klebenden Seite zu seinem Hals, und zog daran. Das Klebeband grub sich in den Hals des Mannes. Er versuchte sich zu befreien, doch ich hielt das Klebeband fest und drückte es zusammen, damit es in der Mitte schmaler wurde und sich tiefer in seine Haut eingrub. Der Mann war größer als ich und zog mich mit sich, als er einen Schritt nach vorn machte. Ich sprang hoch, rammte ihm beide Knie in den Rücken, um einen besseren Hebel zu haben, und zog noch fester. Er schleppte mich auf dem Rücken mit und begann zu taumeln, während er wie ein Rodeo-Bulle versuchte, mich abzuwerfen. Ich hielt mich fest. Ich würde nicht loslassen. Als ihm die Luft und die Ideen ausgingen, drehte er sich um und lief so schnell er konnte rückwärts gegen eine Wand. Ich hörte ihn nach Atem ringen und ignorierte den Schmerz, als er mich gegen die Wand rammte.

Ich bohrte ihm die Knie noch tiefer in den Rücken und zog noch fester an dem Klebeband. In dem Zimmer war es schmerzhaft hell. Das Sonnenlicht fiel durch die Fenster und wurde von dem polierten Hartholz-Fußboden reflektiert. Der Mann rammte abermals rückwärts die Wand, dieses Mal noch fester. Die Wand bebte, als ich gegen sie prallte. Irgendetwas fiel aus einem Regal, schlug auf dem Boden auf und zersplitterte in tausend Stücke. Der Aufprall kam mir vor wie das lauteste Geräusch, das ich jemals gehört hatte, lauter als ein Feuerwerk, lauter als Schüsse. Sekunden später fingst du an zu weinen.

Du warst wach. Ich zog noch fester und spürte, dass der Mann schwächer wurde. Sein Hals verfärbte sich und lief violett an. Er taumelte wieder vorwärts, wobei er jeden Schritt bewusst machte, um sich auf den Beinen zu halten. Zuerst war mir nicht klar, was er vorhatte. Dann begriff ich. Er hatte es auf die Pistole abgesehen, die in der Ecke lag, und machte einen weiteren Schritt auf sie zu, vorbei am Esszimmertisch. Die Pistole war nur noch zwei oder drei Schritte entfernt. Als wir uns auf einer Höhe mit dem Esszimmertisch befanden, nahm ich ein Knie von seinem Rücken und trat so fest ich konnte gegen den Tisch, der daraufhin kreischend über den Boden schlitterte. Eine Ecke der Tischplatte traf und zerschmetterte eines der Esszimmerfenster. Du schriest lauter, da du dich fragtest, warum noch niemand gekommen war, um dich zu trösten. Ich wollte diejenige sein, die dich tröstet. Als ich gegen den Tisch trat, verlor der Mann das Gleichgewicht und taumelte völlig erschöpft zwei Schritte nach links. Dann fiel er auf die Knie. Ich zog noch fester und sah unter dem Klebeband Blut aus seinem Hals sickern. Inzwischen gab er keinen Laut mehr von sich. Es gab nichts mehr, was er noch hätte tun können. Ich warf einen Blick auf seine Frau. Sie starrte uns an und hatte wieder zu weinen begonnen.

Ich spürte, wie der Mann, den du für deinen Vater hieltst, starb. Ich spürte, wie der letzte Lebensfunke durch seinen Körper zuckte. Dann war alles still. Ich kletterte von seinem Rücken und kniete mich auf den Boden. Als ich das Klebeband losließ, rollte der Mann auf den Bauch, und seine Arme waren unter seinem Körper gefangen. Die Position sah unbequem aus, doch das spielte keine Rolle mehr. Dein Schreien grenzte inzwischen an Hysterie. Ich stand auf und holte tief Luft. Jetzt konnte ich zu dir gehen.

Ich betrat dein Zimmer. Ich wollte dich in die Arme nehmen, dich beruhigen. Ich wollte dich trösten, damit du aufhörtest zu weinen. Ich erinnerte mich an den Tag, als dich die Anderen mir weggenommen hatten und ich nicht in der Lage gewesen war, dich zu trösten, nicht in der Lage gewesen war, dich zu beruhigen. Ich erkannte den Klang deines Weinens, da ich es fast jede Nacht im Schlaf hörte. Du standest in deinem Bett und hieltst dich an den Streben fest. Als ich dein Zimmer betrat, blicktest du zu mir auf und weintest noch lauter. Ich war nicht diejenige, die du sehen wolltest. Ich hatte versucht, mich darauf vorzubereiten. Mir war bewusst, dass es seine Zeit brauchen würde, aber es brach mir trotzdem das Herz. Du hast an mir vorbeigesehen und auf die offene Tür gedeutet. Du hüpftest auf und ab. Echte Tränen liefen dir an den Wangen hinunter. Du wolltest sie.

Ich ignorierte dein Flehen, ging zu dir und hob dich aus deinem Bett. Du hörtest nicht auf zu weinen. Ich drückte dich an mich, legte deinen Kopf auf meine Schulter. Dich zu halten, war das wunderbarste Gefühl, das ich jemals empfunden hatte, obwohl du dich wehrtest. Es war, als hätten sie ein Stück von mir gestohlen, das einzige Stück, das eine Rolle spielte, und jetzt bekam ich es endlich zurück. Ich war wieder ganz. Ich war anders, die Zeit hatte mich verändert, aber ich war wieder ganz. Du drücktest den Kopf in die Kuhle zwischen meinem Hals und meiner Schulter und wischtest deine Tränen an mir ab. Ich fühlte mich wieder wie eine Mutter.

Wir gingen aus dem Zimmer. Wir waren nur noch ein paar Schritte von der Haustür entfernt. Wir wollten gerade hinausgehen, als das Schreien begann. Ich blickte mich um. Die Frau hatte eine Hälfte ihres Mundes von dem Klebeband befreit. Ihr Ehemann musste gerade genug davon gelöst haben, dass es ihr gelungen war, es zu entfernen. Zunächst handelte es sich bei ihrem Schreien nur um bedeutungsloses Wehklagen. Dann folgten Worte. »Das können Sie nicht machen!«, schrie sie. »Sie können ihn mir nicht wegnehmen!«

Als sie schrie, fingst du auch wieder an zu schreien. Du schriest das erste Wort, das ich jemals von dir hörte. »Mama!«, schriest du jemandem zu, der nicht ich war, und strecktest die Hände zu der Frau auf dem Stuhl aus.

»Bitte!«, flehte sie. »Bitte!« Ich musste ihr den Mund wieder zukleben. Womöglich würde sie sonst jemand hören. Ich brauchte Zeit, um das Weite zu suchen. Deshalb musste ich dich auf den Boden setzen und das Klebeband wieder auf ihrem Mund befestigen. Ich setzte dich auf allen vieren ab und ging zuerst zur Leiche des Mannes, um den Rest des Klebebands zu holen, und anschließend zu seiner Frau. Als ich mich ihr näherte, flüsterte sie mir stockend zu: »Ich werde ihn wegbringen. Ich werde fliehen. Ich werde ihn nicht zu einem Killer machen. Versprochen. Ich werde alles tun. Bitte.« Sie hielt einen Moment inne, da ihr bewusst war, dass nichts von dem, was sie sagte, irgendeinen Unterschied machen würde. Dann fügte sie hinzu: »Ich liebe ihn.«

»Ich ebenfalls«, flüsterte ich und wickelte ihr ein neues Stück Klebeband um den Kopf, sodass ihr Mund bedeckt war. Ich blickte mich nach dir um. Du weintest noch immer. Ich hörte dich, aber du befandest dich nicht mehr dort, wo ich dich abgesetzt hatte, sondern warst weggekrabbelt. Du warst zu der Leiche des Mannes gekrabbelt, den du für deinen Vater hieltst. Er lag so da, wie ich ihn zurückgelassen hatte, die Arme unter dem toten Gewicht seines Körpers gefangen. Du saßest neben ihm, dein Gesicht nach oben gerichtet, mit offenem Mund und vorgeschobener Unterlippe. Du begriffst nicht. Du weintest, als gäbe es keinen Frieden und keine Gerechtigkeit auf dieser Welt. Wir mussten weg. Ich ging zu dir und hob dich wieder hoch. Dieses Mal klammertest du dich an mir fest, verwirrt, verängstigt und froh, dass jemand – irgendjemand – dich hielt. Dieser Jemand war endlich ich.

Wir schafften es nach draußen und zum Auto. Ich schnallte dich in deinem Kindersitz fest. Du weintest noch immer. Dann ging ich zum Kofferraum und holte einen Schnuller und eine kleine Decke aus meiner Tasche. Ich steckte dir den Schnuller in den Mund und gab dir die Decke. Du fingst sofort an, an dem Schnuller zu saugen und die Decke mit deinen winzigen Händen zu kneten. Dann setzte ich mich ans Steuer, drehte den Zündschlüssel um und fuhr los. Irgendwann schliefst du wieder ein. Du schliefst fast drei Stunden, bis du wieder aufwachtest. Ich hoffe, dass du schöne Träume hattest, Träume, die dir dabei halfen, alles zu vergessen, was du gesehen und gehört hattest.

Als wir zum Abendessen anhielten, schien es dir gut zu gehen. Du hast gegessen. Ich fütterte dich mit einem Löffel, obwohl du ihn lieber selbst gehalten hättest. Du passt dich schnell an. Vielleicht liegt das daran, dass du all das schon einmal durchgemacht hast.

Ich musste mich sehr beherrschen, nicht zu versuchen, dir beizubringen, Mama zu mir zu sagen, nicht zu versuchen, dieses Wort für mich zu beanspruchen. Dafür ist noch Zeit, nehme ich an. Hoffentlich.

FÜNFZIGSTES KAPITEL

»Da ist noch was, Addy«, sagte George, nachdem er ihr etwas Zeit gelassen hatte, um die Neuigkeiten über Christopher und Reggie zu verdauen. Addy sah George an und war sich nicht sicher, ob sie noch mehr Neuigkeiten ertragen konnte. Sämtliche Vermutungen, die sie über die Welt angestellt hatte, waren bereits über den Haufen geworfen worden.

»Was denn?«, fragte Addy. Sie befürchtete, dass er ihr schlechte Neuigkeiten übermitteln würde, die alle guten aufwogen.

»Wir wurden nicht nur deshalb hierhergeschickt, um dich zu finden und wieder willkommen zu heißen.« George warf Sam einen schnellen, nervösen Blick zu. »Reggie hat einen Auftrag für dich.«

»Einen Auftrag?«, fragte Addy. »Was soll ich tun?«

»Das wissen wir nicht«, entgegnete Sam. »Er hat uns das hier gegeben.« Sam zog einen verschlossenen Umschlag aus ihrer Jacke. »Reggie hat uns verboten, ihn zu öffnen. Auch als wir ihn davon überzeugen wollten, dass du vermutlich tot bist, hat er darauf beharrt, dass du die Einzige wärst, die diesen Auftrag ausführen kann.« Sam reichte Addy den Umschlag.

Außen auf dem Umschlag stand Addys Name. Sie erkannte Reggies Handschrift. Sie war überzeugt gewesen, dass sie diese Handschrift nie wieder sehen würde. »Habt ihr was dagegen, wenn ich das da drüben lese?«, fragte Addy. Sie deutete auf die Ruine des Stützpunkts, um zu signalisieren, dass sie beim Lesen alleine sein wollte.

»Nur zu«, sagte Sam. George nickte zustimmend.

Addy sah Evan an, da sie nicht ganz allein sein wollte. Sie wollte, dass er sie begleitete. Evan verstand, und die beiden gingen gemeinsam zu den verkohlten Überresten des Gebäudes. Die Treppe, die vom Erdgeschoss der Ruine in das Untergeschoss führte, war noch weitgehend intakt. Addy und Evan stiegen die Treppe zu den Trümmern hinunter und ließen George und Sam oben warten. Für Addy war es ein seltsames Gefühl, durch die Überreste des Gebäudes zu gehen, das mehr als zwei Jahre ein zweites Zuhause für sie gewesen war. Auch wenn in diesem Feuer niemand ums Leben gekommen war, bedeutete das nicht, dass es hier keine Gespenster gab.

Evan spähte im Gehen in die leeren Aktenschränke und Schreibtischschubladen und wich den verbrannten Trümmern aus, die um ihn verstreut lagen. Er wusste nicht, was er sah oder wonach er suchte. Er starrte einfach die verkohlten Überreste an und war erstaunt darüber, wie viele Geheimnisse ihm in seinem kurzen Leben verborgen geblieben waren. Und er fragte sich, wie viele weitere Geheimnisse es für ihn noch zu entdecken gab.

Die beiden fanden einen Platz, um sich hinzusetzen, einen alten, verkohlten Schreibtisch, der noch stabil genug wirkte, um ihr Gewicht zu tragen. Addy griff mit zitternder Hand nach dem Umschlag. Sie riss ihn auf, zog einen Brief heraus und begann, im Stillen zu lesen. Evan schwieg. Er ließ Addy Zeit, um den ganzen Brief zu lesen, bevor er irgendwelche Fragen stellte.

Als Addy den Brief gelesen hatte, blickte sie auf, und auf ihrem Gesicht zeichnete sich erneut Entsetzen ab. »Was steht denn drin?«, fragte Evan. »Was sollst du für Reggie tun?«

Addy starrte mit leerem Blick in die Ferne. Sie sah Evan nicht an, als sie sprach. »Reggie möchte, dass ich Christophers Mutter suche.« Ihre Stimme verriet keine Emotion. »Er möchte, dass ich sie suche und zu ihm bringe. Er sagt, dass er ihr etwas erklären muss – ein Versprechen, das er nicht halten konnte.«

»Hattest du nicht gesagt, Christophers Mutter wäre tot?« Die Luft war so still, dass Evan einen Moment lang das Gefühl hatte, die Zeit sei stehen geblieben.

»Ja, habe ich. Das wurde mir gesagt. Das wurde uns allen gesagt. Aber sie ist nicht tot. Sie hat dieses Gerücht selbst in die Welt gesetzt, weil sie glaubte, Christopher damit schützen zu können. Sie lebt. Sie lebt, aber sie weiß nicht, dass Christopher mit Reggie zusammenarbeitet.«

Sie saßen eine Weile schweigend da, während Addy auf eine Erwiderung von Evan wartete. »Und, wie finden wir sie?«, fragte er schließlich.

Addy war erleichtert, das Wort »wir« in Evans Frage zu hören. Ihr war bewusst, wie verrückt ihm alles erscheinen musste, aber ihr war auch bewusst, dass alles noch viel verrückter werden könnte. Sie wollte für ihn da sein. Und sie wollte, dass er für sie da war. »Reggie gibt uns in dem Brief ein paar Hinweise«, sagte Addy und hielt das Blatt Papier hoch. »Alles Weitere müssen wir improvisieren.« Wieder herrschte Schweigen. Dieses Mal brach Addy es. »Wir sollten von hier verschwinden, Evan. Wahrscheinlich sind wir hier nicht in Sicherheit.«

Evan starrte auf das Trümmerfeld, das sie umgab. »Wo sind wir in Sicherheit, Addy?«

»Gehen wir«, sagte Addy zu Evan, ohne seine Frage zu beantworten. Sie reichte ihm die Hand. Er nahm sie. Ihre Finger verschränkten sich. Dann verließen sie gemeinsam die Ruine und gingen zurück zu George und Sam.

EINUNDFÜNFZIGSTES KAPITEL

Es wird schwierig, dir meine Entscheidung zu erklären. Selbst wenn ich sie erklären kann, wirst du sie vielleicht nie verstehen. Glaub nicht, dass ich mir über diese Entscheidung nicht den Kopf zermartert habe. Ich muss tun, was ich für das Beste für dich halte. Mir ist bewusst geworden, dass ich dich nicht vor diesem Krieg schützen kann, Christopher. Ich bin achtzehn Jahre alt und jetzt selbst ein Teil dieses Krieges.

Sie hätten uns ewig verfolgt. Und sie hätten uns schließlich gefunden. Leute, die mir nie begegnet sind, erkennen mich. Sie wissen, wer ich bin. Sie wissen Dinge über mich. Ich bin zu einem Gesicht in den abschreckenden Geschichten geworden, die sie ihren Kindern erzählen. Ich habe ihre Regeln gebrochen, obwohl ich eigentlich nie ein Teil ihres Krieges hätte sein sollen. Jetzt bin ich gebrandmarkt. Ich bin beinahe genauso deutlich gebrandmarkt, wie Michael es war. Anstatt die Worte *Ich kämpfe, weil ich mich erinnere* auf dem Rücken eingebrannt zu haben, sind die Worte *Ich fliehe, weil die Anderen nicht vergessen* in meine Gesichtszüge eingemeißelt. Ich könnte damit umgehen. Ich könnte davonlaufen. Ich könnte mich verstecken. Dieses Mal wäre ich besser darin. Aber das ist nicht das Leben, das ich für dich will. Du hast etwas Besseres verdient. Du stehst erst am Anfang. Du musst noch so viel lernen. Ich mag noch jung sein, aber ich glaube, es gab Zeiten, in denen ich dir alles hätte beibringen können, was du zu erfahren verdienst. Diese Zeiten sind jedoch vorbei. Jetzt kann ich dir nicht einmal mehr das beibringen, was ich dich am liebsten lehren würde: dass die Welt ein wunderschöner und anständiger Ort ist.

Ich nehme dich jeden Tag in die Arme, halte dich fest und bin glücklich. Deshalb wird es so schwierig werden, dich zu verlassen. Du bist bereits seit drei Wochen bei mir und hast dich an mich gewöhnt. Du lächelst und lachst, wenn ich dich morgens in die Arme nehme. Wenn du dich an mir festhältst und mich umarmst, kann ich nichts anderes denken als: Lass niemals los, Christopher, lass niemals los. Aber ich weiß, dass jeder Tag, den ich dich länger behalte, alles noch grausamer macht. Du wirst weinen, wenn ich dich verlasse. Du wirst dich fragen, wann ich zurückkomme. Wenn ich nicht zurückkomme, wirst du dich fragen, weshalb ich dich verlassen habe, und keine Antwort erhalten – bis du irgendwann diese Worte liest. Also lass es mich dir erklären. Ich verlasse dich, weil ich dich mehr liebe als alles andere, mehr als mein eigenes Glück, mehr als das Leben selbst.

In einer Woche hast du deinen ersten Geburtstag. Es ist egoistisch von mir, aber ich werde bis dahin bei dir bleiben. Ich habe also noch eine Woche, bis mir erneut das Herz herausgerissen wird. Dieses Mal wird es allerdings anders sein. Dieses Mal weiß ich, dass es so am besten für dich ist. Dieses Mal werde ich mir mein Herz selbst herausreißen, was ich gerne immer und immer wieder für dich tun würde, wenn ich mehr als ein Herz hätte. Eines Tages wirst du mich verstehen.

Ich kenne ein Pärchen, von dem ich glaube, dass es dich bei sich aufnehmen wird. Die beiden haben öfter auf mich aufgepasst, als ich noch ein Baby war. Damals waren sie noch jung. Sie konnten selbst nie Kinder bekommen. Ich weiß, dass sie immer eine Familie haben wollten. Ich erinnere mich, wie sie mit meiner Mutter darüber sprachen. Sie werden gut zu dir sein. Sie werden dich lieben. Sie werden dir alles geben können, was ich dir nicht geben kann. Wenn du diese Zeilen liest, werden sie hoffentlich diejenigen sein, an die du denkst, wenn du die Worte »Mom« und »Dad« hörst. Sie wohnen ganz in der Nähe unseres alten Ferienhauses in Maine. Seit ich dreizehn bin, war ich nicht mehr da. Ich habe sie gestern angerufen, um mich zu vergewissern, dass sie noch dort wohnen. Ihre Telefonnummer habe ich im Internet gefunden. Ich habe die Stimme der Frau erkannt, als sie abhob. Sie klang liebenswürdig. Nach all den Jahren klang sie immer noch liebenswürdig. Dann habe ich wieder aufgelegt. Ihre Stimme zu hören, hat mir genügt.

Vielleicht wird eine Zeit kommen, wenn sich genug verändert hat, dass wir wieder zusammen sein können, ohne uns in Gefahr zu begeben. Ich hoffe es, bezweifle jedoch, dass sich dieser Krieg jemals ändern wird. Ich weiß, was ich tun werde, nachdem ich dich nach Maine gebracht habe. Ich werde nach Ohio fahren. Ich kenne genug Details über einen Jugendlichen, der dort vor knapp anderthalb Jahren auf einem Feld getötet wurde. Ich kenne genug Details, damit sie mir glauben werden, wenn ich gestehe, ihm in den Kopf geschossen zu haben. Dieser Junge war der erste Mensch, dessen Ermordung ich mit eigenen Augen gesehen habe. Es spielt keine Rolle, dass ich den Abzug nicht selbst betätigt habe. Wenn ich mein altes Ich zurückhaben möchte, muss ich bei dem Zeitpunkt anfangen, als das unschuldige Mädchen in mir zu verschwinden begann. Ich werde jede Strafe akzeptieren, die sie mir geben. Nichts wird auch nur halb so wehtun wie die Strafe, die ich mir bereits selbst gebe.

Zunächst habe ich jedoch eine lange Fahrt von hier nach Maine vor mir. Unterwegs gibt es viel zu sehen, für das es sich anzuhalten lohnt. Ich nehme an, wir können uns Zeit lassen. Vermutlich ist es kein Problem, die Fahrt um ein paar Tage auszudehnen.

ZWEIUNDFÜNFZIGSTES KAPITEL

Sie saßen in einem Boot, das heftig schaukelnd das Südchinesische Meer durchquerte. Das lange schmale Holzboot durchschnitt die kleineren Wellen, kletterte jedoch die größeren empor und schoss sie auf der anderen Seite wieder hinunter. Jedes Mal, wenn der Rumpf auf der Wasseroberfläche aufschlug, flog salzige Gischt über das Boot. Christopher spürte den Sprühnebel auf seiner Haut und schmeckte das Salz des Meerwassers auf seiner Zunge. Als er den Kopf nach links drehte, sah er in der Ferne Ortschaften, die sich an den Ufern winziger grüner Inseln befanden. Ihre Gebäude, die nur von aus dem Wasser ragenden Bambusrohren getragen wurden, erstreckten sich aufs Meer hinaus, und an Wäscheleinen, die von einer Hütte zu nächsten gespannt waren, hingen bunte Kleidungsstücke. Zu seiner Rechten sah Christopher Dutzende von riesigen stählernen Frachtschiffen, die zum Teil mindestens so hoch waren wie zehnstöckige Gebäude und unglaublich weit aus dem Wasser emporragten. Kleinere Boote und gigantische Kräne beluden die

Schiffe mit Stahlcontainern. Christopher hatte noch nie in seinem Leben etwas Vergleichbares gesehen.

Ein anderes Boot, das beinahe identisch mit ihrem war, fuhr in entgegengesetzter Richtung an ihnen vorbei und hüpfte über die Wellen. Mindestens zwanzig Menschen saßen dicht gedrängt darin. In ihrem Boot waren sie nur zu dritt: Christopher, Reggie und der Bootsführer. Der Bootsführer war ein kleiner asiatischer Mann mit rundem Gesicht. Seine Haut war faltig und lederartig. Er hatte Christopher und Reggie mit mehr als ausreichend gutem Englisch und tiefen, ehrfurchtsvollen Verbeugungen willkommen geheißen. Christopher war es unangenehm, mit solch unverdienter Bewunderung behandelt zu werden. »Akzeptiere es jetzt«, hatte Reggie ihm bei jeder neuen Person gesagt, die sie getroffen hatten, »denn du wirst es dir später verdienen müssen.«

Christopher und Reggie waren bereits seit mehr als vierundzwanzig Stunden unterwegs. So lange hatten sie gebraucht, um halb um die Erde zu reisen. Der Flug nach Singapur hatte allein schon zwanzig Stunden gedauert, einschließlich ihres kurzen Zwischenaufenthalts in Frankfurt. Christopher hatte noch nie zuvor in einem Flugzeug gesessen. Nach ihrer Landung in Singapur waren die beiden an Bord einer überfüllten Pendler-Fähre nach Indonesien gegangen. Den Kapitän ihres kleinen Bootes hatten sie in einem Hafen in der Nähe der Fähranlegestelle in Indonesien getroffen. Bei dieser Etappe handelte es sich um die letzte des ersten Teils der Reise, die Reggie für sie beide geplant hatte. Zuerst Indonesien, dann Istanbul und schließlich New York. Christopher hatte keine Ahnung, was jede dieser Stationen für ihn bereithalten würde.

Christopher blickte zum Bug des Bootes, wo Reggie saß und dem Meer vor ihnen den Rücken zukehrte. Seine leuchtend grünen Augen reflektierten die Farbe des Wassers. Sein graues Haar ließ ihn zehn Jahre älter wirken, als er war, verlieh ihm jedoch eine Aura von Weisheit. »Wie fühlst du dich?«, rief Reggie Christopher zu, als er bemerkte, dass dieser ihn anstarrte. Reggie musste laut schreien, um sich über den Lärm des Bootsmotors und das Krachen der Wellen, die unablässig gegen den Rumpf schlugen, Gehör zu verschaffen.

Christopher war müde. Er hatte in den vergangenen vier Wochen eine Menge durchgemacht. Er hatte gekämpft und getötet, war geflohen und gerettet worden, war verehrt und angelogen worden. Trotzdem wusste er, dass seine Reise und sein Kampf erst begonnen hatten. »Ich fühle mich gut!«, rief er Reggie zu. Dann hielt er sich an einem Tau fest, das seitlich am Boot entlangführte, um von den Wellen nicht ins Meer geschleudert zu werden. »Ich fühle mich bereit!« Bereit wofür? Christopher wusste es nicht.

Trevor Shane

studierte am Columbia College und am Georgetown Law Center, arbeitete lange Zeit als Berater für einen großen international tätigen Finanzkonzern und lebt heute in Brooklyn, New York. Weitere Informationen zum Autor unter: www.paranoia-buch.de.

Von Trevor Shane außerdem lieferbar:

Der Hinterhalt. Paranoia 1. Thriller
Die Rache. Paranoia 2. Thriller
(Alle Romane sind auch als E-Book erhältlich)

GOLDMANN
Lesen erleben